Dictionnaire amoureux des îles

Hervé Hamon

Dictionnaire amoureux des îles

Dessins d'Alain Bouldouyre

PLON
www.plon.fr

COLLECTION FONDÉE
PAR JEAN-CLAUDE SIMOËN

La liste des ouvrages du même auteur figure en fin de volume.

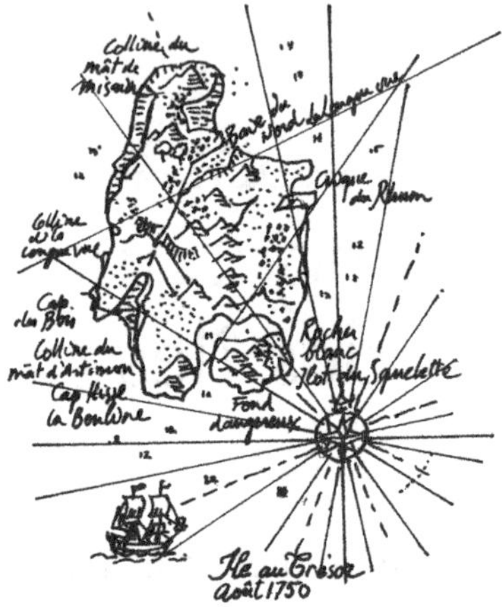

92, avenue de France
75013 Paris
Tél. : 01 44 16 09 00
Fax : 01 44 16 09 01
www.plon.fr
www.lisez.com

Mise en pages : Nord Compo
Dépôt légal : avril 2020
ISBN : 978-2-259-24876-1

MIXTE
Papier issu de sources responsables
FSC® C003309

Plon est un éditeur qui s'engage pour la préservation de son environnement et qui utilise du papier fabriqué à partir de bois provenant de forêts gérées de manière responsable.

En mémoire de mon copain Jean-Marc Guénard,
*maître d'équipage sur l'*Abeille Flandre*,*
qui aimait lire mais ne souhaitait pas que ça se sache.

Nous avions tout ce que le cœur peut désirer. Nous avions des femmes à foison, nous avions à boire, nous avions des tempêtes qui tourbillonnaient à une vitesse de quatre-vingts nœuds. Nous n'avions besoin de rien : merci, passez votre chemin.

Bernhard KELLERMANN, *La Mer.*

Je ne veux jamais l'oublier
Ma colombe ma blanche rade
Ô marguerite exfoliée
Mon île au loin ma Désirade

Guillaume APOLLINAIRE, *Alcools.*

Lorsque les vices les plus destructeurs et les pires apanages de la civilisation auront chassé de la vallée la paix et le bonheur, les généreux Français proclameront à l'univers que les îles Marquises ont été converties au christianisme…

Herman MELVILLE, *Taïpi.*

Ce qu'on apporte dans une île est sujet à métamorphoses. Une île est comme un doigt posé sur une bouche invisible et l'on sait depuis Ulysse que le temps n'y passe pas comme ailleurs.

Nicolas BOUVIER, *Le Poisson-scorpion.*

Carte

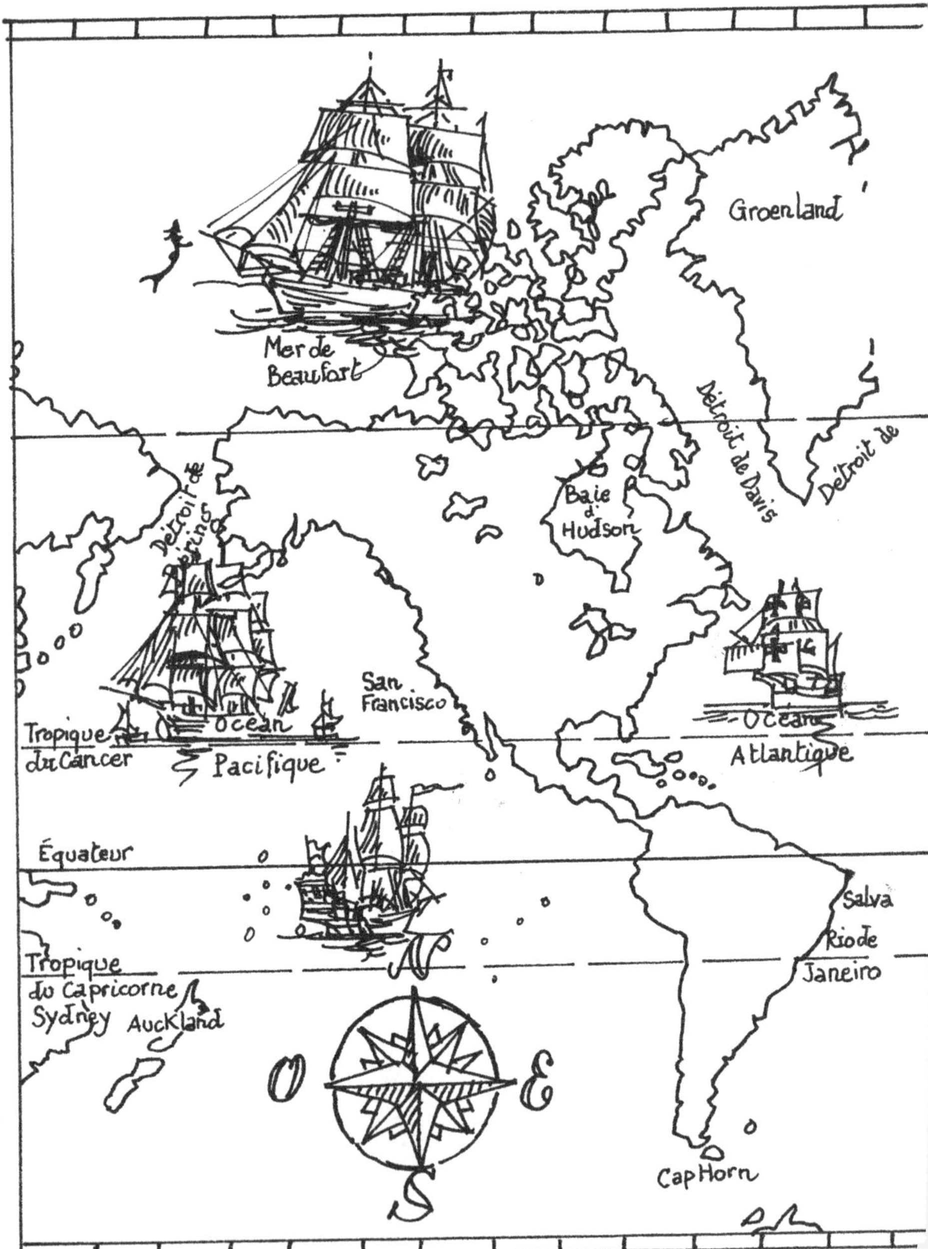

Groenland
Mer de Beaufort
Détroit de Davis
Détroit de
Détroit de Béring
Baie d'Hudson
San Francisco
Océan Pacifique
Océan Atlantique
Tropique du Cancer
Équateur
Salva
Rio de Janeiro
Tropique du Capricorne
Sydney
Auckland
Cap Horn
N
O
E
S

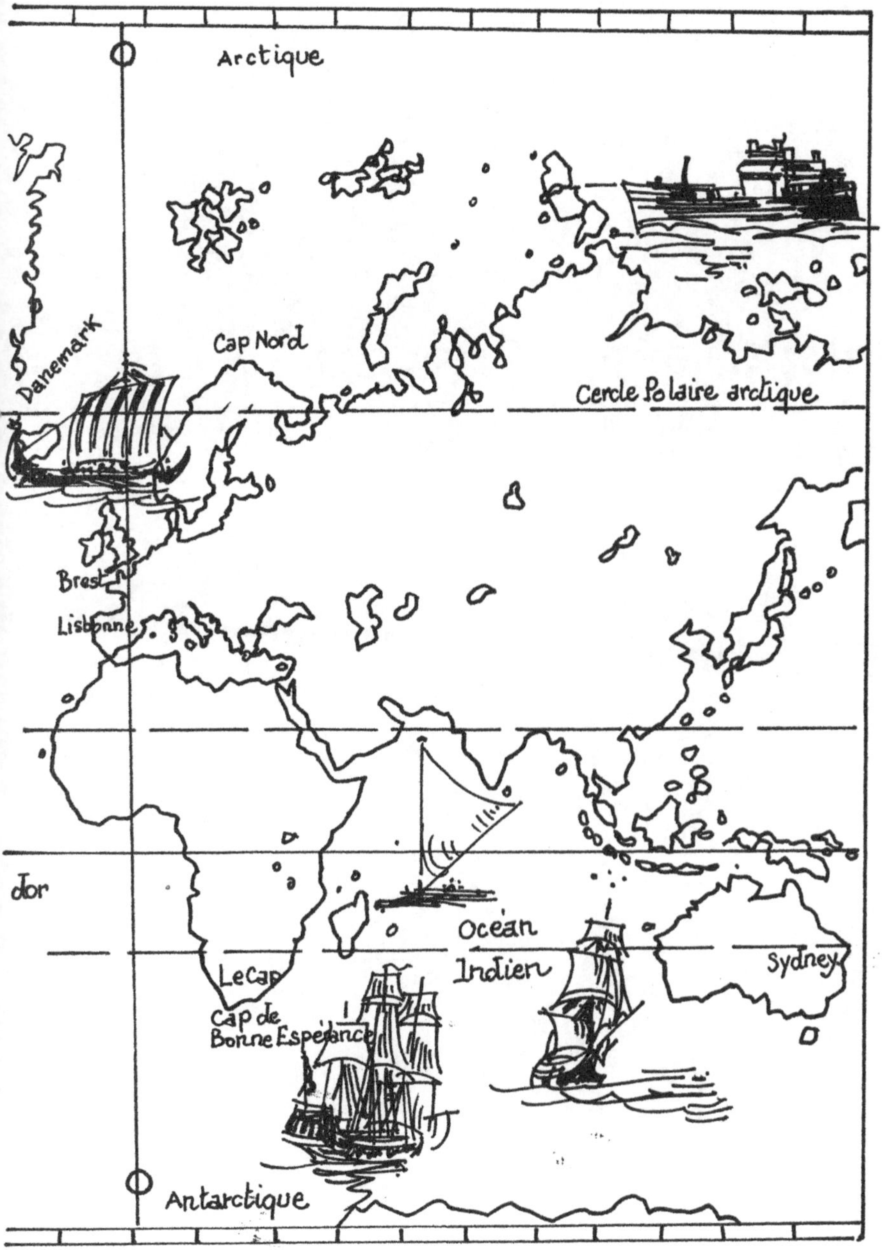
Arctique
Danemark
Cap Nord
Cercle Polaire arctique
Brest
Lisbonne
dor
Océan
Indien
Sydney
Le Cap
Cap de
Bonne Espérance
Antarctique

Observations préalables

L'île, ça commence avant l'île. Bien avant. Qu'on soit îlien, continental, marin, aventurier, naufragé, pirate, migrant, guerrier, touriste, commerçant, poète, pêcheur ou prêtre. L'île, c'est d'abord le voyage vers l'île, voyage qui a toutes les saveurs possibles, du saignant au suave, de l'incertain au familier. Encore le terme « voyage » est-il, lui-même, affreusement équivoque.

Ont voyagé des hommes, des navigateurs, qui ne possédaient qu'une carte très grossière, et ne flairaient l'approche de l'île que par un parfum de l'air, et par les oiseaux connus ou inconnus. Laquelle approche signifiait peut-être de l'eau fraîche, de la viande et des fruits, peut-être des femmes nues, et peut-être des dangers mortels, des écueils, des populations hostiles, des serpents, des animaux inouïs. Les marins portaient sur le papier, à l'estime, la trace probable de cette terre et, parfois, devaient se contenter d'une conjecture, car ils ne la trouvaient pas. D'autres, après eux, renouvelaient l'expérience jusqu'à l'apercevoir, la décrire, la baptiser, jugeant que son existence commençait avec eux. Et je ne parle pas de ceux qui naviguaient sans carte aucune, qui égrenaient des nœuds savamment et empiriquement assemblés, affinant l'entrelacs de leurs savoirs, leur connaissance des vents et des courants.

Ont voyagé des hommes, des femmes, et aussi des enfants, qui étaient rejetés, contraints de partir à l'aventure, ou bien que dévorait l'appétit de conquête, qui étouffaient sur leur propre île, leur archipel insuffisant, coincés entre mer et montagne, entre vagues et volcans, et qui prenaient le large pour déchirer l'horizon, qui rêvaient de plaines, de steppes, d'espace. Quitte à tuer, à forcer le passage, à dominer et asservir. D'île en île, d'île en continent, la volonté de survie, ou de puissance, ou des deux, fut assez forte pour risquer la pire des morts et la donner.

Ont voyagé, sur les océans, à destination des îles ou revenant de ces dernières, des hommes qui commerçaient de toutes les façons possibles, des hommes qui troquaient le vin contre le blé, le lin contre le cuivre, l'épice contre la soie, le bois contre la pierre. Mais aussi des hommes qui échangeaient d'autres hommes contre du vin, du blé, du lin, des épices, du bois et de la pierre, qui les torturaient et les vendaient parce que cela valait de l'or. Ils en étaient si fiers qu'ils ornaient leurs hôtels particuliers, où de hautes portes permettaient d'accéder en calèche, de cariatides qui, loin de dissimuler leur trafic, affichaient l'orgueil des investisseurs audacieux.

Ont voyagé d'île en île des êtres que motivait la curiosité scientifique, des naturalistes qui entreprenaient d'inventorier la création sous toutes ses formes vivantes, animales, végétales, humaines, et qui dessinaient méticuleusement leurs sujets, un à un, afin de les classer, de les comprendre, de les ranger sur la bonne étagère, dans le bon tiroir, afin de dégager des analogies, des lignées, des familles. Ceux-là, mieux que personne, ont proclamé que les îles sont des univers singuliers et ont saisi, éventuellement emportés par le tourbillon de ce qu'ils collationnaient, la complexité d'une planète dont ils ont fini par se demander si l'homme en occupe réellement le centre.

Ont voyagé à destination d'îles spécialement dédiées, spécialement fortifiées, des taulards entravés, des déportés à la pelle, des enfants récalcitrants, des voleurs de poules et des assassins patentés, des dissidents par millions, des communards, des juifs ou des huguenots, des mal-pensants, des fous, des résistants, des lépreux, des assignés à résidence, des empereurs déchus, de simples importuns qu'il importait d'éloigner, et, bien sûr, ceux que toutes les dictatures jugèrent bon de bannir plutôt que de fusiller ou de balancer d'un hélicoptère – ce qui finit, malgré tout, par se remarquer en ces temps médiatiques.

D'autres encore ont voyagé pour voyager, sont partis pour partir, fascinés par cela même. L'île qu'ils voulaient, ils la voulaient forcément lointaine, forcément vierge et déserte. Ils entendaient se l'approprier comme un monde totalement nouveau, comme un monde clos et neuf, comme un monde de début du monde. Ils sont partis pour être Dieu, pour recommencer la création, pour expérimenter l'innocence – enfin, ce qu'ils jugeaient être l'innocence –, pour abolir le temps et décréter l'an 01. Ceux-là n'ont pas vu en Robinson un naufragé, un as de la démerde, mais un prophète novateur, mi-Moïse mi-Pharaon. Et, quelques fois, ils ont théorisé leur projet, ils ont conçu des utopies puisqu'ils n'avaient le choix qu'entre la rêverie et la guerre. Ils ont tracé les plans de la société idéale, et ils ont jugé idéal que celle-ci s'établisse sur une île, immuable, à l'abri des soubresauts et des forfaitures politiques, définitivement hors de l'histoire.

Ont voyagé, avec ferveur, ceux qui se croyaient en mission, ceux qui brandissaient leur foi, la vraie, et entendaient l'exporter. Ces hommes-là, prêts au meurtre et au martyre pour que triomphe l'ubiquité de la divinité irréfragable, avaient généralement la prudence de s'entourer d'hommes d'armes. Et, sous leur houlette, le massacre fut parfait et la répartition des rôles efficace : les uns exterminaient, les autres bénissaient. Jusqu'au dernier. Mais il y eut aussi des exceptions, il y eut Bartolomé de las Casas, il y eut des moines lettrés qui établissaient des bibliothèques savantes sur les plus reculés des îlots, tranquilles face à la fureur et à la désolation des houles.

J'en aperçois aussi qui convoitent l'île pour acheter un royaume, pour dire « Ceci est à moi, strictement à moi », pour être assuré de n'avoir nul voisin, nulle frontière, nul bornage – avec toutes les querelles afférentes. Une terre entourée d'eau, n'est-ce pas la plus indiscutable des terres ? Tous les îliens se savent, se sentent différents, à la fois séparés et protégés. Mais eux, ces gens qui ne sont pas seulement mus par l'amour d'un rivage sans fin ni début, mais par une passion absolue de la propriété, ces gens poursuivent la fiction du pouvoir et de la souveraine distinction. Chaque îlien est, par définition, distinct. Il l'est de naissance, de cœur, de liens, de culture et de géographie. Mais ces rois prédateurs ne sont justement pas nés, pas héritiers, juste possédants. Quelques-uns, les plus nobles, sont foudroyés par la beauté et lui restent fidèles. La plupart s'offrent une île comme d'aucuns se débrouillent pour acquérir un titre nobiliaire. Ils ne restent pas longtemps, ils effleurent, ils revendent, ils spéculent.

Voilà quelques bribes de ce qui s'agite ou peut s'agiter dans la tête des voyageurs en route vers les îles. J'ajouterai les quêteurs d'exploits, les experts en paradis fiscaux, les anthropologues rejoignant « leur » terrain, les mystiques cherchant une retraite, les exilés sur le chemin du retour qui croisent ceux qui n'ont eu que le choix d'opter pour l'exil. Un point commun, un seul, mais énorme : plus que toute autre terre, les îles mobilisent l'imaginaire, le mettent en branle, à la question, le poussent à la corne, suscitent le rêve, la terreur, l'appétence, la fantasmagorie.

La littérature en regorge, comme elle regorge d'îles de fiction, depuis Homère (mais les repaires de Circé ou de Calypso, le palais assiégé de Pénélope, Charybde et Scylla, c'est du réel et de la fiction mêlés, c'est un miroir obscur) jusqu'aux *Mille et Une Nuits*. N'oublions pas que, dans la mythologie antique, nombre de dieux, eux-mêmes, à commencer par Zeus, sont nés dans des îles, et qu'ils choisirent fréquemment ces dernières pour leurs expéditions amoureuses, leurs mutations galantes, leurs aventures. Les îles littéraires fortunées côtoient les îles d'infortune, l'île du Vent de Rabelais, l'île des chevaux de Swift, l'utopie de More, l'île des esclaves de Marivaux ou celle, fatale, des rescapés du *Bounty* selon Robert Merle.

Je prends tout. Absolument tout. Y compris ce que le tourisme contemporain nous procure : le bout du monde à une encablure, Cythère abordable en bateau-mouche, la thalassothérapie *in situ*, le « ressourcement », version Decathlon, sur le « GR » d'Arz – bâtons de marche télescopiques à l'appui. Je prends tout, je prends l'Éden et l'enfer, je prends Alcatraz et les Galápagos, je prends Bréhat et le bagne guyanais, je prends Gorée et Nosy Be, je prends Haïti et le cap Horn, je prends Pitcairn et Capri.

Et même Sakhaline où Anton Pavlovitch Tchékhov rencontra et décrivit les déportés du tsarisme.

Je prends tout parce que tout est dans tout. S'il est « amoureux », mon dictionnaire, il faut qu'il encoure les risques de l'amour. Aucun conte de fées un tant soit peu sérieux ne se termine par « Ils furent heureux et eurent beaucoup d'enfants ». La plupart des îles sont violentes ou ont été traversées par la violence. Les plus souriantes, les plus sucrées, les plus nonchalantes, les plus épiques, les plus grandioses – que leur beauté soit d'harmonie ou que cette beauté fasse mal – nous parlent également de la mort. En ville, dans le monde prétendument normal, dans l'univers continental, cette dernière est contournée, évacuée, cachée, embarquée dans des automobiles spécifiques. Mais aucun marin, aucun îlien, aucun familier de l'océan – on pourrait écrire la même chose des montagnards, des hommes du désert – ne saurait ignorer qu'il est mortel. C'est un pivot, un axe de la « vérité » des îles. Donc de l'amour qu'elles suscitent et que j'aimerais, ici, propager.

Cela va de pair avec ce qu'en disait le pénétrant Gilles Deleuze évoquant le thème de l'île déserte dans un texte publié par les Éditions de Minuit en 2004 : « L'élan de l'homme qui l'entraîne vers les îles reprend le double mouvement qui produit les îles en elles-mêmes. Rêver des îles avec angoisse ou joie, peu importe, c'est rêver qu'on se sépare, qu'on est déjà séparé, loin des continents, qu'on est seul et perdu – ou bien c'est rêver qu'on repart à zéro, qu'on recrée, qu'on recommence. Il y avait des îles dérivées, mais l'île, c'est aussi ce vers quoi l'on dérive, et il y avait des îles originaires, mais l'île, c'est aussi l'origine, l'origine radicale et absolue. »

Voilà mon sujet : la mort et la renaissance, plus tous les états intermédiaires dans leur intégralité. L'île, poursuit Deleuze, nous conduit au vertige : « Il y a dans l'idéal du recommencement quelque chose qui précède le commencement lui-même, qui le reprend pour l'approfondir et le reculer dans le temps… » Se savoir provisoire, mais imaginer le temps réversible, on appareillerait à moins.

Après Mai 1968, il est une question qui revenait rituellement dans toute assemblée : « D'où parles-tu, camarade ? » Entendez : quelles sont tes accointances, tes compétences, ta légitimité à discourir ? Si je m'applique à moi-même l'interpellation, je dois avouer que je ne possède aucun titre pour aborder les îles. Je ne suis pas « nissonologue », comme on dit. Je ne suis nullement géographe, comme mon ami Louis Brigand, grand spécialiste des archipels du Ponant et dont j'ai édité l'excellent *Besoin d'îles*, en 2009, chez Stock. Ni comme mon amie Françoise Péron – qui a évolué, elle, vers l'anthropologie –, dont je connais la maison ouessantine qu'elle a soigneusement gardée dans son jus. Je ne suis pas sociologue, ni psychologue, ni économiste, ni quoi que ce soit de patenté pour prendre la plume.

Mais je suis incontestablement breton. Ce qui m'a amené, dès mes premières années, à arpenter les grèves, à repérer la laisse humide sur l'estran, à faire, dès que je me suis jeté à l'eau, l'apprentissage des courants. À savoir que, dans mon pays, le flux et le reflux sont plus que considérables, et que ce mouvement pendulaire est d'une violence extrême – le marnage, en Manche, la différence entre la marée haute et la marée basse, atteint une quinzaine de mètres quand le coefficient s'affole. J'ai appris à nager là-dedans, et j'ai donc appris qu'on ne résiste pas au flot ni au jusant, que la bonne manière, et l'unique, est de les apprivoiser, de s'y abandonner, de les traiter en alliés.

Et puis j'ai vu, minute après minute, la côte se faire et se défaire. J'ai découvert que rien n'est moins stable, moins fiable que le paysage maritime. À marée descendante, sur nos grèves, si vous fermez les yeux quelques minutes puis les rouvrez soudainement, le monde a changé, des îlots ont fait leur apparition, des îlots avec leurs flaques, leurs plages, leur végétation, leur faune aux aguets. Mon univers d'enfant est nourri de ces surgissements imprévus, et façonné par l'idée que ce qu'on aperçoit risque de disparaître et que l'invisible ne demeure pas fatalement caché. Le roc, le granit, le grès, le schiste ne garantissent en rien que le réel est, une bonne fois, solide et défini.

J'ai compris, comme tout un chacun né près des eaux en mouvement, que c'est la mer qui dessine la terre, et non l'inverse. Que nos limites dites « naturelles », du moins nos frontières océaniques, ne nous appartiennent pas, mais dépendent de l'attraction lunaire, de la salinité, de la météorologie et de quelques autres facteurs, notamment l'inclinaison de notre planète sur son axe. Que l'estran n'est jamais égal à lui-même. Du coup, j'ai accepté l'idée qu'il convient d'opérer une totale conversion, de basculer le regard, d'adopter le « point de vue de la mer », si j'ose écrire, et de voir en conséquence toute terre comme une émergence, d'admettre que l'océan seul embrasse le monde, et que, au fond, tout continent est une île.

Cela m'a débarrassé de maints clichés, de fausses évidences, d'idées reçues, de cartes postales, de poésies à cent sous, de décors en carton-pâte. Non, les îles ne sont pas des « bateaux immobiles », des « navires à l'ancre ». Elles ne flottent pas sur les vagues. Les îles sont des montagnes, des montagnes immergées dont seul perce le sommet, même l'île de Sein qui ne culmine qu'à quelques mètres au-dessus des eaux, comme d'autres en mer d'Arabie, dans le golfe du Bengale, au Vanuatu, aux Marshall et j'en passe. Il faut penser la mer par en dessous, il faut penser son épaisseur, sa surface n'est rien ou presque rien, elle n'est nullement un ornement du rivage, sous sa pellicule d'écume elle dissimule des vallées, des abysses, des pics, des chaînes, des cols. C'est elle, la face obscure de notre planète, et les îles sont troublantes parce qu'elles en constituent l'indice, le truchement.

Si l'on veut bien saisir cela, entrer dans cette dimension, force est aussi de percevoir combien les îles sont agressées, travaillées, taraudées. La mer a le temps, elle n'est pas à un millénaire près, elle fore, elle taille, elle ronge, elle sculpte. Les îles, elle les aura à l'usure, question de siècles, et, dans nombre d'entre elles, les habitants en possèdent un sens aigu, savent et sentent que, tôt ou tard, le sol se dérobera sous eux, le flot envahira les chemins et les rues. En attendant, ils constatent également que la mer, et la mer seule, a décidé de la configuration de leurs existences. Si vous visitez Ouessant, vous découvrez vite combien le plateau est puissant, défendu, combien il domine les rouleaux et les déferlantes, combien il tient le coup. Et le profane de se rêver monarque. L'ennui, c'est que, à Ouessant, la mer a décidé de priver l'île d'un port. Au sud-ouest, la baie de Lampaul serait un abri formidable si les vents dominants ne s'y engouffraient et n'y interdisaient de séjourner par mauvais temps. À l'autre bout, au nord-est, le mouillage du Stiff, malgré le môle qu'on y a construit, est étroit et mal défendu. Au fond, il faudrait retourner l'île, elle serait alors une forteresse merveilleuse, un havre. Mais la mer en a décidé autrement. Et c'est elle qui commande.

L'autre « évidence » dont j'ai appris à me défaire – cette fois, en naviguant –, c'est que, sur cet élément-là, les notions de « près » et de « loin » n'ont pas grand sens. Si vous prenez le train, si vous empruntez une autoroute, vous savez, en gros, pour combien de temps vous en avez. Les chemins de fer, à l'époque où la SNCF était une maison sérieuse, avaient même mis un point d'honneur à ce que le train de 8 h 47 ne puisse être confondu avec celui de 8 h 52. Sur l'eau, il en va tout autrement. Vent portant et courant favorable, vous filez comme François Gabart sur son trimaran magique. Dans le cas inverse, vous tirez des « bords carrés », vous avez l'impression d'avancer, et, de fait, vous progressez sur la peau de l'eau, mais le tapis roulant, lui, vous ramène en arrière, et il suffit de prendre deux repères sur la côte pour le vérifier – je connais un navire qui a mis vingt-huit jours – vingt-huit ! – pour franchir le Horn. En ce sens, toutes les îles sont « éloignées » dès lors qu'un quelconque bras de mer les tient à distance. Bien sûr, il en est de plus isolées que d'autres, de plus perdues. Mais toute « vraie » île (je veux dire non reliée par un pont) connaît et génère l'écart, la mise à l'écart. Sur l'île de Sein, où le sens de l'humour, je dirais même de l'humour vache, est incontestablement supérieur à la moyenne, on a coutume de dire, quand le mauvais temps interdit le passage du bateau de servitude, que « le continent est isolé ». C'est un trait de bonne humeur, un cri de résistance, c'est une blague, mais, si l'on y réfléchit attentivement au fil des pages qui vont suivre, cette blague, on s'apercevra qu'elle est subtile, et complexe.

Les marins ont inventé un mot pour dire que le parcours n'est pas réductible au système métrique – ou à tout autre système linéaire. Ils disent « le large », « prendre le large », et cela signifie que faire route vers l'horizon ne consiste pas à s'en aller d'un point vers un autre par la voie la plus courte et surtout la plus droite. Bien avant Riemann, Lobatchevski et les géométries non euclidiennes, ils savaient que l'espace est courbe. Ils le vérifiaient chaque fois qu'ils regardaient la terre s'effacer derrière eux, s'estomper irrégulièrement, ou bien quand ils la retrouvaient, surgissant par bribes, par signaux discontinus. Les îliens, ceux qui sont nés ou qui vivent sur les îles, sont de la même eau : ils sont nés ou devenus gens du large.

Ce qui modifie grandement et leur perception de l'espace et leur manière de vivre. D'une certaine façon, toutes les îles sont grandes, même les petites, même les toutes petites, les minuscules. Parce que chacune a une côte au vent et une côte sous le vent qui sont deux univers bien distincts : d'une part, la rudesse de la nature, sa sauvagerie, de l'autre le contraire, les plages blondes ou blanches. Parce que le terrain se divise et se subdivise, que chaque lopin devient un domaine avec tout ce que cela déclenche de contentieux, de rivalités, de convoitise, de passion. Parce qu'un endroit où chacun se connaît, se côtoie, un univers « familial », est aussi un territoire où les réflexes claniques s'aiguisent, où l'on fait éventuellement front contre ce qui n'est pas îlien pour ensuite, chez soi, dans l'intimité du cocon, s'affronter librement. Paradoxe de l'île : elle protège et, tout à la fois, sécrète de la compétition, de la rancœur, du conflit, ce qui n'interdit point la solidarité. Le phénomène est beaucoup moins contradictoire qu'il n'y paraît. Quand j'étais embarqué sur le remorqueur de sauvetage *Abeille Flandre*, un obscur et ancien différend voulait que, sitôt à quai, le graisseur tente de flanquer le chef mécanicien dans le bassin du port de commerce. Mais, en mer, l'un se serait jeté à l'eau pour sauver l'autre, et réciproquement, sans l'ombre d'une hésitation. Sur une île, on n'est pas en bateau, mais on est assurément embarqué.

Je ne suis qu'écrivain et n'écris ici qu'à ce titre, en qualité d'amoureux de mon sujet – ce qui n'est certes pas un parchemin convenable. Mon origine, mes voyages, mes navigations m'ont porté vers des îles, autant que j'ai pu. Mais si je sais une chose, avant de certifier que je ne sais rien, c'est que nul n'a jamais « fait le tour du monde ». L'expression n'est qu'une manière approximative, style Vendée Globe, de dire qu'on a viré les trois caps. Le tour du monde est aussi impensable que de siphonner l'océan avec une paille. Ce que j'ai vu, ce que j'ai croisé, ce que j'ai arpenté, ce que j'ai cru connaître, ce dont j'ai étudié les fonds, les écueils, les coraux, les mouillages possibles, n'est rien au regard de ce qu'offre l'infinie diversité du monde insulaire. Pour comble, j'ai fréquenté des îles qui n'étaient pas des îles. Au Japon, je me suis posé sur l'aéroport de Kansai, île artificielle, île de béton. En Bolivie, au salar d'Uyuni, à 4 000 mètres d'altitude, j'ai traversé une immense mer de sel trouée d'îles, enfin d'îles concevables, hérissées de cactus. Et, sur le lac Titicaca, les îles Uros, du nom de leurs premiers habitants et concepteurs, sont des îles flottantes faites de jonc dont je viens pourtant d'écrire qu'elles ne sauraient mériter l'appellation.

D'un point de vue méthodologique et scientifique, je me garderai donc de disserter sur l'« îléité » (l'ensemble des représentations qu'engendre une île donnée), l'« insularisme » (la propension d'une population insulaire à se replier sur elle-même), ou l'« insularité », concept multidimensionnel dont Louis Brigand m'a conté qu'il en avait retrouvé les éléments caractéristiques dans des hameaux de Sibérie ou sur les pentes de la cordillère des Andes, bien loin de la mer, comme je l'avais moi-même perçu dans des oasis sahariennes.

Mais je serai attentif à ceci, qui est neuf. L'île, ce n'est pas seulement la différence, l'altérité, l'exotisme, le rêve. L'île, par les temps qui courent, ce sont les domaines maritimes convoités, les zones de pêche ou d'extraction pétrolière et minière, les bases militaires controversées et les secteurs d'influence des puissants, les zones d'entassement des migrants qu'on refuse d'accueillir proprement. Les îles, ce sont encore les meilleures alarmes concernant le réchauffement climatique. En espérant que ce ne sera pas trop tard. Les îles sont à la pointe, et même à la pointe de l'actualité.

Bref, réelles ou irréelles, littéraires ou littérales, les îles sont, plus que jamais, d'extraordinaires révélateurs, des buttes témoins. Notre voyage sera éminemment imparfait, inachevé, lacunaire, allusif, partial. En d'autres termes, ce sera – j'espère – un vrai voyage.

A

A

Ça tombe on ne peut mieux : ma première île n'existe pas, n'a jamais existé, n'existera jamais. Quoique je l'aime.

Ou plutôt elle n'existe que dans l'imagination de Frédéric Othon Aristidès, né en 1931 à Paris et mort à l'âge de quatre-vingt-deux ans. Frédéric Othon Aristidès, dont les parents, Grecs de Constantinople – comme on disait alors –, avaient émigré lors du conflit avec les Turcs qui prolongea la Grande Guerre. Ils se connurent en Europe, et Frédéric Othon reçut de sa mère, qui avait grandi à Londres, un cadeau inouï : le goût pour le *nonsense* et la *fantasy* britanniques. Ce goût, il le portait en lui, il ne cessa de le retourner dans sa cervelle. Pendant l'Occupation, la famille habitait rue de la Paix où papa était cordonnier, et le meilleur ami de Frédéric, fils de concierge, possédait toutes les clés de l'immeuble, notamment celles de l'agence Opera Mundi où l'on produisait des bandes dessinées, *Hop-là !*, *Robinson*, qui s'épanouirent à la Libération avec tous les titres importés d'Amérique, à commencer par *Le Journal de Mickey.*

Frédéric devint Fred. Et Fred devint dessinateur. Il essayait méthodiquement de placer un dessin par-ci, un dessin par-là, d'*Ici Paris* au *New Yorker*. Puis, c'était fatal, il rencontra un certain Georges Bernier, *alias* professeur Choron, flanqué d'un certain Cavanna, avec lesquels il fonda *Hara-Kiri* en 1960. Le journal « bête et méchant » lui convenait fort. Mais il avait également en tête un projet poétique et gentil, gentil à la manière de Lewis Carroll.

Ainsi naquit Philémon, un grand gaillard aux cheveux noirs et fous, dont le tricot rayé bleu et blanc laisse voir le nombril. Philémon a la particularité, contrairement à son père, le vociférant Hector, de passer lestement d'un monde dans l'autre, ce qui l'amène à fréquenter des personnages imaginatifs : l'oncle Félicien, quelque peu sorcier, Monsieur Barthélémy, Robinson dans l'âme, ou le compagnon de ce dernier, le centaure Vendredi, serviable mais d'humeur revêche.

Tous ces personnages errants ont en commun une île, vers laquelle ils retournent inexorablement : la lettre *A* d'OCÉAN *A*TLANTIQUE. Les chemins, pour y parvenir, doivent toujours être différents – mon préféré est une fermeture Éclair qui s'entrouvre brièvement au milieu des bois puis se referme sans crier gare. Et, là-bas, sous les deux soleils qui doublent l'ombre de fleurs extravagantes, des navigateurs en bouteille, un piano sauvage, un château suspendu qui attend ses libérateurs, un phare-hibou qui a tendance à s'allumer en retard ou des navires-théâtres que les criticakouatiques coulent avec férocité. Le coq-à-l'âne est roi, mais un roi tout doux, un roi de bonne compagnie dès lors qu'on veut bien lui céder. Seul Hector, le père, embarqué par erreur dans une des aventures (*Le Voyage de l'incrédule*), vit tout mais ne voit rien, à l'aune du commun des mortels.

Il en a bavé, Fred, pour caser *Philémon* et le monde du A. Dans l'univers de la bande dessinée, cette poésie-là détonnait furieusement. *Le Journal de Spirou* lui ferma sa porte, et, finalement, c'est *Pilote*, alors dirigé par René Goscinny, qui voulut bien l'accueillir. Goscinny disait que son ami ressemblait à Blériot, à cause des moustaches. À Blériot, et à personne.

Ailsa Craig

Cela se passe en Écosse à la fin du XVIIIe siècle. Un jeu se crée, un jeu qui se joue sur la glace, et dont le but est d'acheminer un disque de pierre vers la « maison », c'est-à-dire vers la cible. La circonférence de l'engin n'excède pas un yard, sa hauteur minimale est de 4 pouces et demi. Quant au poids de l'objet, il se situe entre 38 et 44 livres, ce qui n'est certes pas rien. Il s'agit donc d'un exercice athlétique, et aussi de ce qu'on nomme là-bas un jeu de whisky, car, entre chaque lancée, il convient, *of course*, de lever le coude à la gloire de l'Écosse et à sa revanche promise sur les maudits Anglais.

Simple ? C'est compter sans le raffinement des porteurs de kilt. Car la pierre de curling est lisse, comme doit l'être la glace qui l'accueille et qu'on bichonne avec un soin méthodique, mais sa base, c'est toute l'astuce, est légèrement concave. Si bien que la trajectoire du lancer est plus ou moins déviée, plus ou moins courbe (*to curl*, en anglais, signifie précisément « courber »). Deux équipiers entrent donc en lice, munis de balais qu'ils agitent avec une énergie dosée devant la pierre, ce qui accélère la glisse tout en corrigeant la trajectoire.

La pratique du curling a suivi les migrations écossaises, et on la retrouve bientôt au Canada et aux États-Unis. Puis au Japon, en Suède, en Allemagne. Si bien que, déclarée sport international, cette pratique est admise aux jeux Olympiques de Nagano, en 1988. L'or échoit au Canada, l'argent à la Suède, le bronze à la Norvège. Tout est-il perdu pour l'Écosse (bien que ce soient peut-être les descendants de migrants qui l'ont emporté), contrainte de se présenter sous les couleurs poisseuses de la Grande-Bretagne ?

C'est ici qu'intervient l'île. L'Écosse croule sous le poids de la concurrence, les Finlandais s'y mettent, les Chinois s'éveillent, la Suisse n'est pas en reste. Il n'empêche : l'Écosse reste unique et indispensable, car cette émergence lui appartient.

Franchement, l'île en question paraît assez quelconque. Une protubérance volcanique, haute, dotée d'un phare, inhabitée depuis que ce dernier fut automatisé en 1990, et surnommée Paddy's Milestone (la « borne de Paddy ») parce qu'elle marque le mi-chemin entre l'Irlande du Nord et l'autre rive. Mais, son vrai nom, c'est Alsa Craig, autrement dit Creag Elasaid, autrement dit le Rocher d'Elizabeth. Conquise par les fous de Bassan, elle ne semble qu'un caillou de plus au sud de l'île d'Aran.

Mais, grâce aux amateurs de curling et aux autorités olympiques dont il semble que, bizarrement, elles n'aient cette fois prélevé aucun pot-de-vin, Alsa Craig est l'île au trésor. Car sa roche a engendré un granit spécial, l'ailsite, un granit rare, réputé unique au monde, le Blue Hone, qui facilite la glisse, accompagné d'un granit vert qui résiste à tous – je dis bien tous – les chocs. Une seule entreprise de 14 salariés, sur la côte, à Mauchline, détient le monopole mondial de la fabrication des pierres à curling (jusqu'à Nagano, elle était en quasi-faillite). On travaille, pour polir, sur des machines datant de 1950 qu'il n'est absolument pas question de changer. Deux mille tonnes de ce granit ont été prélevées en 2013. La prochaine récolte est fixée à l'an 2021. Les Chinois ont déjà passé commande, et les Japonais, et les Canadiens, et les Nordiques. L'entreprise est le fournisseur exclusif des Jeux. Et, quasiment pour l'éternité, l'Écosse, même si ses champions restent sur leur faim, peut se vanter, grâce à son île miraculeuse, d'avoir devant elle une éternité olympique de pierres cherchant leur « maison ».

Margaret Thatcher avait cyniquement tué tous les emplois du coin. Mais le Seigneur, qu'on dit assez porté sur le Laphroaig – un whisky qu'on aime passionnément ou déteste sans appel dès la première goutte –, selon maints théologiens du pub de Mauchline, leur accorda sa bienveillante sollicitude.

Alcatraz

J'avais pris le dernier bateau, au quai 39 de Fisherman's Wharf, là où le petit peuple de San Francisco et la nuée des touristes viennent rituellement se payer un tour de baie. Comme tout le monde, je ne voulais pas manquer ça. Le jour descendait, les lions de mer, vautrés sur la roche, émettaient encore quelques grognements épouvantables et débonnaires. Et nous avons embarqué, aspirés par les courants incessants dus aux fleuves qui dévalent la sierra Nevada et viennent heurter le Pacifique.

La carte postale fut parfaite, une réelle aubaine à *selfie*. Tout juste un léger filtre de brume. Le soleil se coucha sur le Golden Gate, tout le monde poussa des « Oh ! » et des « Ah ! », puis le navire remit cap sur le port. À hauteur d'Alcatraz, soit à 1 mille et demi de notre destination, je vis que l'île, encore plus noire que la nuit, semblait sinistre et massive, et il me revint que, au bon vieux temps où le bureau fédéral des prisons américaines tenait là sa forteresse inviolable, la coutume était de la désigner par deux simples mots : The Rock, « le rocher ». Ce qui signifiait caillou hérissé, funeste, sans eau, sans faille, sans grève – un bloc de totale inhospitalité.

Puis j'y aperçus de vagues lueurs qui flottaient comme des feux follets dans un cimetière. Et je demandai à un marin ce que cela pouvait bien être. Il m'expliqua que, la nuit venue, quand les visites régulières étaient achevées, des particuliers louaient l'ancienne prison pour y organiser leurs soirées privées, aux chandelles. Des soirées frissonnantes où la compagnie des ombres était relevée : Al Capone, dit Scarface, condamné pour fraude fiscale en 1931 ; Alvin Karpis, dit Creepy Karpis, batailleur et boulanger, qui détint le record de longévité chez les détenus : vingt-six ans ; Robert Stroud, dit Birdman, qui se prétendait marchand d'oiseaux et passa six années à l'isolement ; George Kelly, dit Machine Gun, dit Pop Gun, condamné pour enlèvement, dix-sept ans d'Alcatraz ; Waxey Gordon, trafiquant d'héroïne, membre de la Yiddish Connection, mort en détention d'une crise cardiaque. Et tant d'autres, 1 576 en tout, qui se trouvèrent là parce qu'ils étaient jugés violents ou susceptibles de s'évader. Ce qu'Alcatraz excluait définitivement. À cause des barreaux, des miradors, de la surveillance impitoyable, mais aussi à cause des eaux glacées et des courants propres à dissuader l'éventuel fugitif.

Oui, ça donne le frisson, un héritage pareil, ça donne un petit goût spécial au champagne de la Napa Valley, bu à trois pas des cellules demeurées en l'état. Mais le pire ou le meilleur, c'est que, lorsque Alcatraz devint prison fédérale, en 1934 (elle était auparavant une prison militaire), et ce jusqu'en 1963 où Ted Kennedy, jugeant l'établissement beaucoup trop coûteux, décida de le fermer, il y eut quand même des candidats à l'évasion. Trente-six, exactement, lors de 14 essais. Bilan : 23 furent repris (2 furent exécutés en chambre à gaz pour avoir tué un gardien), 5 furent présumés noyés, 6 moururent sous les balles. Et une tentative, une seule, laisse encore l'administration perplexe, celle de Frank Morris et des frères Anglin – ils avaient façonné des mannequins (papier toilette et savon, cheveux ramassés chez le coiffeur pénitentiaire) pour donner le change, tandis qu'ils filaient par les bouches d'aération après un très long travail de forage. Un corps, non identifié, fut retrouvé. Mais deux hommes se sont évanouis dans la nature, et on les cherche toujours. Le réalisateur Don Siegel (*L'Évadé d'Alcatraz*, 1979) a prêté à Morris la silhouette de Clint Eastwood. Le mythe américain, à Hollywood comme ailleurs, c'est la possibilité de l'impossible sur fond d'expiation puritaine et de réhabilitation par l'exploit. Avec Alcatraz, nous y sommes.

Nous y sommes et, pourtant, nous manquons une autre vérité, nous nous arrêtons en chemin. Ce que j'appris à l'université de Berkeley, ainsi qu'en lisant les bons auteurs, tel Richard DeLuca, publié par la California Historical Society, c'est que l'île d'Alcatraz, l'île des pélicans telle que l'avaient baptisée les Espagnols, n'était pas, mais pas du tout réductible aux déboires fiscaux d'Al Capone.

L'île d'Alcatraz, c'est d'abord, c'est aussi une histoire indienne. À la fin du XIXe siècle, les premiers détenus furent des Modocs, au bord de l'extermination par les chasseurs d'or, ainsi que des compagnons de Geronimo. En 1895, 19 Hopis qui avaient refusé la parcellisation de leurs terres et la scolarisation de leurs enfants dans des internats y furent enfermés. Au cours des années 1960, l'ampleur de l'ethnocide amérindien, du fait des missions espagnoles, des épidémies, des *rancheros* mexicains, de la ruée vers l'or (on estime que, en Californie, 100 000 d'entre eux furent liquidés durant la seule période 1845-1855), et de la répression étatique continuelle, commença, enfin, d'interpeller l'opinion. *Les Cheyennes*, le dernier film de John Ford (1964), *Un homme nommé cheval*, d'Elliot Silverstein (1970), ou *Little Big Man*, d'Arthur Penn (la même année), trahissent le malaise, voire le repentir.

Quand la prison d'Alcatraz ferma ses portes, nulle autorité fédérale ne semblait encline à s'occuper de l'île. Il fut question de raser les bâtiments et de construire une « statue de la Liberté » de l'Ouest américain. D'autres, plus « entreprenants », songèrent à conserver une cellule pour mémoire et à transformer le lieu en centre commercial ludique. Mais rien de tout cela ne dépassa le stade des vœux plus ou moins pieux, et le délabrement fit son œuvre. C'est alors que, en 1964, cinq jeunes Sioux invoquèrent un traité de 1868 stipulant que les terrains et les bâtiments inoccupés pourraient être récupérés par les Lakotas. Avocat à l'appui, ils réclamèrent une concession légale, exécutèrent une danse de la victoire, puis quittèrent les lieux non sans avoir promis d'installer sur l'île un centre culturel et un refuge.

L'épisode tomba dans l'oubli, mais le 20 novembre 1969, tandis que les astronautes d'Apollo 12 marchaient sur la

Lune, un groupe de travailleurs et d'étudiants indiens, avec femmes et enfants, prenaient pied, sans difficulté, sur Alcatraz. Ils étaient iroquois, tlingits, sauks, sioux, blackfoot, apaches, cherokees, winnebagos, cheyennes, et se déclaraient Indians of all Tribes (« Indiens de toutes les tribus »), ce qu'ils affirmèrent solennellement sous un portrait de Geronimo, au son des tambours et des chants cérémoniels. Leur leader, escorté de sa famille, était un étudiant, un Mohawk de vingt-sept ans, Richard Oakes, inscrit au tout nouveau département des Native American Studies de San Francisco. Richard Nixon avait d'autres chats à fouetter, et le pouvoir décida de jouer l'usure et d'éviter l'affrontement. Bientôt, une banderole *This land is my land* fut déployée sur l'île. Une autre affichait : *We hold the Rock* (« Nous tenons le Rocher »).

Oakes était un homme pacifique, ennemi de la violence, mais déterminé. Ses formules faisaient mouche – « Ils nous ont fait beaucoup de promesses, mais n'en ont respecté qu'une : ils ont promis de prendre notre sol, et ça, ils s'y sont tenus. » L'ennemi, l'adversaire, le criminel, c'est évidemment l'homme blanc. « J'ai grandi, expliquait Oakes, dans la réserve mohawk de Saint Regis, près de la frontière canadienne. Six *miles* carrés, avec 3 000 habitants et leurs 3 000 problèmes. Nos espoirs étaient là, les promesses correspondantes étaient là, mais pas les moyens de les accomplir. Je suis allé à l'école jusqu'à mes seize ans, mais le système ne m'a jamais offert quoi que ce soit de propre à ma condition d'Indien. Tout ce qu'ils voulaient, c'était que je devienne un Indien *blanc*. Moi, je voulais faire quelque chose pour mon peuple. Mais je ne savais par où commencer… »

Contrairement aux prévisions, l'occupation d'Alcatraz est un succès – elle durera dix-huit mois. C'est un temps où l'autre, aux États-Unis, devient désirable, où la victime est fondée à hurler. Le Black Power s'affirme, un Red Power est en train de naître. La presse, une partie du public soutiennent les squatters, Jane Fonda, Marlon Brando et d'autres stars « libérales » se rendent sur l'île et se solidarisent avec les occupants. Une radio émet, animée par John Trudell, un Sioux rescapé du Vietnam – elle est relayée à Berkeley, à Los Angeles, à New York. Des groupes rock jouent et contribuent au financement de l'acheminement des vivres et de l'eau.

Richard Oakes et ses amis n'ont pas seulement de la colère, ils ont de l'humour. Ils adressent « au grand père blanc » une proclamation où ils déclarent Alcatraz propriété indienne « par droit de découverte ». Mais ils consentent à indemniser le gouvernement « caucasien » en lui versant 24 dollars en perles de verre et tissu rouge, c'est-à-dire ce que les Blancs accordèrent aux Indiens pour s'approprier Manhattan. « Nous savons pertinemment, ironise la proclamation, que ces 24 dollars, en échange de 16 *acres*, représentent une somme bien plus élevée, mais nous sommes aussi conscients que, depuis, la valeur du foncier a fortement évolué. Notre offre de 1,24 dollar par *acre* est beaucoup plus généreuse que les 47 cents jadis accordés par les hommes blancs aux Indiens… » Et le texte s'achève sur un projet ambitieux : transformer Alcatraz en centre d'études amérindiennes, en centre spirituel, en centre écologiste, en école de formation culturelle et en musée.

Cela ne se réalisera pas. Les autorités, coupant l'électricité, éteignant d'ailleurs le phare accolé à la prison, finirent par récupérer l'île et la fondre au sein de la Golden Gate National Recreation Area. Mais la démarche de Richard Oakes et de ses compagnons fut une étape importante, sinon décisive, de l'affirmation d'un mouvement amérindien. Entre autres conséquences, elle pesa lourd dans la création, en Californie, de l'All Indian-Chicano College. Aujourd'hui, l'International Indian Treaty Council organise des cérémonies sur l'île, notamment le Christophe Colomb Day et les Sunrise Gatherings (« les rassemblements du soleil levant »).

Richard Oakes poursuivit son engagement activiste. Le 20 septembre 1972, désarmé, il fut abattu à Sonoma, en Californie. L'assassin plaida la légitime défense, et la justice la lui accorda – l'Indien énervé est forcément un péril.

Croisant devant le Rocher au milieu des touristes, *please*, pensez à lui, priez pour lui qui vous voulez.

Ålesund

La Norvège, c'est comme la Polynésie. Aussi agaçant, épuisant : c'est beau tout le temps. Sans relâche, sans trêve, c'est somptueux, quasi insupportable. Même l'aéroport d'Oslo – je hais les aéroports depuis la fin de l'Aéropostale – est élégant et tranquille, avec sa voûte en bois, son absence de musique dite d'ambiance, sa discrétion organisée. L'œil, en Norvège, aimerait se reposer, apercevoir quelque décharge, quelque rebut. Mais non, rien à faire, vous êtes cuit : une dentelle d'îles, des fjords profonds, des montagnes enneigées se heurtant à l'océan – la Nature, avec majuscule, vous cerne et ne vous abandonne que le choix d'être à ses pieds. Et tellement propre… Si vous aimez New York, Mourmansk, Le Havre ou Shanghai, fuyez, fuyez à toutes jambes, vous vous êtes trompé de destination.

Au lendemain de l'an 2000, la compagnie Bourbon, propriétaire – entre autres, beaucoup d'autres – de l'*Abeille Flandre*, a décidé de se faire construire un nouveau remorqueur de sauvetage, une vitrine, le top du top. Et m'a demandé de suivre cette construction et d'en écrire le cheminement. Je n'avais jamais vu une chose pareille, je suis parti dans l'heure.

Au début, cela m'allait parfaitement. Nous étions à Gdańsk, en Pologne, où le savoir-faire, en matière de chaudronnerie, ne s'était nullement perdu. Les grands chantiers, ceux qui avaient donné naissance à Solidarność, ceux qui avaient défait l'Empire soviétique, étaient démantelés, éclatés en mille petites structures, dont celle qui travaillait la tôle pour façonner la coque de l'*Abeille Bourbon.* Une des premières choses que j'ai vues, en arrivant, était le bulbe, enfin le futur bulbe du navire, planté, tout rouillé, dans un champ de patates en attendant mieux.

Les ouvriers portaient des salopettes d'avant-guerre, un casque quand ils avaient le temps, et étaient chaussés, non point de chaussures de sécurité capables de résister à la chute d'une poutrelle, mais de baskets trouées. Les ateliers semblaient dater de la mort du petit père des peuples. Quant aux échafaudages, c'était un enchevêtrement de simples planches, nullement assurées, où il convenait de s'engager du bout de l'orteil avant de se risquer plus loin. Cela se déroulait juste avant que la manne européenne ait *boosté* le pays, nous étions dans une zone incertaine mais où l'on travaillait dur et bien, quitte à risquer sa peau. Les temps étaient rudes, on n'avait pas le choix. Si l'on n'était pas efficace, la seule alternative était de devenir le « plombier polonais » qu'accueillaient – mal – Londres ou Paris.

Mais c'était un monde chaleureux, fraternel, assez nettement alcoolisé – je m'y sentais chez moi.

Une fois la coque mise en forme, une coque vide mais assemblée, on la prit en remorque – on prit, si j'ose dire, en remorque le remorqueur, jusqu'au chantier maître dont les Polonais n'étaient que les sous-traitants. Et je découvris la Norvège. En plein hiver. C'est là que l'agression commença de se produire.

L'agression de la beauté.

L'aéroport d'Ålesund se trouvait sur une île. Forcément. Cette terre n'était qu'un conglomérat d'îles, les unes à l'écart, les autres unies par des ponts, des tunnels, des passages. Ålesund même, la plus grande ville du secteur (presque 50 000 habitants), était établie sur trois îles réunies. C'était une jolie cité, fatalement, dont les pêcheurs traquaient le hareng, et dont les habitations, délicieusement colorées, empruntaient à l'Art nouveau après qu'un incendie, un de plus, eut ravagé les anciennes maisons de bois. Je me trouvais au nord de la région des fjords, et il me fallut faire un peu de route pour atteindre Florø, plus au sud, où la coque de la nouvelle *Abeille* allait recevoir ses moteurs, ses treuils.

Le chantier était important, mais, au bord de l'eau, on ne le discernait guère. En revanche, à l'intérieur, c'était une cathédrale technologique. La Pologne semblait loin, très loin. Ici, des moyens de levage incroyables et télécommandés soulevaient les masses les plus imposantes. J'ai vu, de mes yeux vu, les quatre moteurs Mack de l'*Abeille Bourbon* s'élever dans l'air, puis se déplacer au millimètre près jusqu'à descendre doucement vers le cœur de la coque, tout juste revêtue d'une couche d'apprêt. C'était beau dehors et c'était beau dedans. Dehors, un petit village, deux hôtels, un bistrot, une église modeste et charmante, et puis des maisons sages, peintes de couleurs vives, alignées dans la neige. Dedans, un univers de spécialistes parfaitement opérationnels, parfaitement équipés, chaque type de salopette désignant chaque domaine de compétence, talkie-walkie pour tout le monde. Et, surtout, aucun énervement. Plus l'opération était impressionnante, plus elle était complexe, et plus on s'installait dans une ambiance de bloc chirurgical. Personne ne gueulait ni n'engueulait, on avait le sentiment que chaque acteur possédait parfaitement son texte, que nul n'hésitait sur le rôle qui lui était dévolu. Aujourd'hui, quand je passe à Brest et vais saluer mes amis, quand je descends à la machine – il vaudrait mieux dire « aux machines » –, je songe que j'ai été le témoin privilégié de cette translation et, une fois de plus, je déplore que ces gestes-là ne soient point appréciés comme ceux des peintres ou des danseurs.

La vie, au village, était paisible. Hareng le matin, saumon à midi, et dodo à 21 heures. L'événement, c'était quand l'*Express côtier* faisait halte au port, déversant ses touristes, ses voyageurs, ses journaux, ses caisses de bière, ses produits frais. La semaine s'écoulait ainsi jusqu'au vendredi.

Car le soir du vendredi, dans ce monde policé, dans ce monde courtois, polyglotte sans un mot de trop, Dionysos faisait une tonitruante apparition, Dionysos libérait un flux d'*hubris* qui transformait mes compagnons, mes voisins, en démons frénétiques. Ils se ruaient sur le premier bar accessible, sur tout alcool disponible, et ne consommaient pas comme on consomme en bavardant, ils consommaient pour être ivres le plus vite possible, ils consommaient pour basculer dans un autre univers, un univers où la règle se brise, où l'ordre est désaxé. Les femmes, autant que les hommes, participaient à la bacchanale, et, sur le coup de minuit, on les entendait hurler à la lune. Le samedi soir, ils buvaient encore, mais moins violemment, moins franchement. Car le lendemain dimanche, ils s'en allaient à l'église ou au temple demander pardon au Seigneur, et il y avait de quoi. Le dimanche soir était morose et silencieux, chacun cuvait, chacun se préparait à reprendre, le lendemain, le cours normal de sa vie.

Je ne suis pas psychanalyste, quoique ancien étudiant de Jacques Lacan, qui était un maître beaucoup plus drôle que ses disciples, mais, sur ce phénomène réitéré, j'avancerai une hypothèse : un univers aussi beau, aussi harmonieux, aussi correct, a besoin de son contrepoint, de ses ténèbres, de sa revanche. Il existait, chez eux, un impérieux besoin de salir, de se salir, d'échapper à la magnificence, de se rappeler que la vie, c'est aussi la boue, le sale, le moche, l'ambigu, le pervers, et pour tout dire le dégoûtant, le braillard, l'informe, le malvenu, et ils se libéraient de la beauté. J'ajouterai, évidemment, que le puritanisme protestant n'y était pas pour rien, qu'un désir ardent de transgression couvait sous la convenance et ce qu'elle induit d'autorépression.

Les moteurs installés, je suis reparti pour Ålesund. Le bateau, lui, changeait une fois encore de chantier, s'établissait à Gursken, sur une île (ça va de soi), tout au fond d'un bras de mer protégé, de part et d'autre, par ses collines. Et, nous autres qui avions mission de le surveiller, étions installés dans la « capitale » voisine. Ma chambre d'hôtel, un peu en hauteur, donnait sur un vaste cirque blanc, et, comme le jour était quasiment réduit à sa plus simple expression – il se levait un peu après 10 h 30 et le crépuscule commençait à 15 heures, s'étirant indéfiniment –, toutes les fenêtres de toutes les maisons, dépourvues de rideaux, étaient ornées de lampions, de lumignons, de lanternes, de falots. Et c'était inévitablement joli, d'autant que, à la nuit tombée, la neige paraissait bleue, d'un bleu presque violet.

Chaque matin, il me fallait parcourir une vingtaine de kilomètres jusqu'au chantier, et j'avais à ma disposition une grosse voiture, type 4×4, dont les feux étaient constamment allumés et dont le siège du conducteur – mon siège, donc – émettait une douce chaleur qui me tiédissait le fondement. Je pus constater combien les modes de vie sont relatifs. À Paris, si 3 centimètres de flocons viennent fugitivement garnir chaussées et trottoirs, la vie stoppe, les voitures demeurent au garage, les pharmacies commandent des stocks de béquilles, et la télévision ne parle que de ça. En Norvège, il tombait, chaque nuit, entre 30 et 50 centimètres de neige, les machines appropriées l'écartaient ou la tassaient, et nous partions au travail, lestés de hareng doux, le plus tranquillement du monde, roulant sans à-coup sur la route blanche et glacée, vierge comme la veille et comme le lendemain.

Le hareng, il faut que je lui consacre quelques lignes. Car c'est le roi du buffet matinal. Il peut être à l'huile, comme chez nous, il peut être fumé, mais, surtout, surtout, le hareng du matin, celui qu'on s'arrache, est patelin, quasi mielleux. Celui-là demande un peu de temps pour que nos palais méridionaux en découvrent toute la suavité. Mais il faut s'y mettre, car le hareng n'est pas seulement un mets : le hareng est symbole et mémoire d'une Norvège besogneuse, où l'on n'avait pas encore inventé le pétrole *offshore*, une Norvège qui ne détenait pas, en banque, de quoi garantir les retraites de cinq ou six générations, une Norvège qui dépendait entièrement de la mer et de ce qui voulait bien y frétiller. Bref, le hareng a maintenant la saveur d'une petite madeleine, tandis que d'audacieux et opulents industriels, tout en prêchant l'écologie chez eux, vont élever au Chili des millions de tonnes de saumons gavés d'OGM, et y chassent la baleine à la limite des eaux territoriales.

Et ça, pour le coup, ce n'est pas beau. Mais on ne le voit pas à l'œil nu. Cela ne perturbe point l'harmonie générale.

À Gursken, changement de programme. Florø, c'était la technologie feutrée. Ici, l'*Abeille* était prise d'assaut par des centaines, des milliers d'ouvriers. Il y avait les spécialistes de la tuyauterie, les spécialistes de l'électricité, les spécialistes de l'électronique, sans compter ceux qui posaient les sols, apportaient et assemblaient des cabines préfabriquées. Et j'ajouterai encore ceux qui, sur le pont, enroulaient la remorque sur son treuil ou rectifiaient le format des écubiers. Difficile de faire un mètre, voire un demi-mètre, sans buter sur un homme de l'art. Les arcs électriques fusaient en permanence. À la passerelle, des fils de toutes natures jaillissaient des pupitres, puis cherchaient leur destination : radars, traceurs, informations machine, radios, boîtiers d'alerte, et ainsi de suite. Ça grouillait d'hommes et de femmes – je me rappelle que la grande experte en tuyauterie, ce qui, sur ce type d'entreprise, est une forme de savoir extrêmement ardu, était une jolie blonde qui donnait ses ordres sans jamais élever la voix.

Ce qui m'épatait le plus, c'est que, sur le quai enneigé, rien n'annonçait ce grouillement de compétences, cet entrelacs de qualifications distinctes. Pas d'affolement extérieur, c'était dedans que le bal se déroulait. Les chefs campaient dans des petites cabanes, en retrait, où un plan remplaçait un autre au fur et à mesure que l'on butait sur un obstacle, qu'il fallait corriger l'épure. On en était, peut-être, au 70e plan. L'idée qu'un tel travail consistait à appliquer le mode d'emploi comme mon petit-fils bâtit ses œuvres de Lego était une idée folle. En cours de route, il convenait de revenir en arrière, de défaire pour refaire, d'inventer une trouvaille, de tenter une hypothèse.

Et cela encore m'apparaissait beau.

Autour, le décor était âpre et sauvage. Le vent d'ouest se faufilait jusqu'à nous, fouettait la mer de bronze, la bousculait de claques sèches. La coque du remorqueur, grise, parfois travaillée par la rouille, était prisonnière d'aussières grandioses, et il me revient qu'à l'arrière, entre les hélices monstrueuses, une loutre jouait avec ses petits, jouait joyeusement, se mettait sur le dos et les invitait à emprunter ce toboggan naturel, et que les bébés loutres ne se fatiguaient jamais de l'exercice. J'avais l'impression de les entendre rire, et peut-être riaient-ils en effet.

Je savais que l'architecte de ce bateau était le même qui, trente ans plus tôt, avait dessiné l'*Abeille Flandre*. Il s'appelle Sigmund Borgundvåg et j'allai lui rendre visite (sur une île, évidemment), dans ses ateliers tout de verre et d'aluminium. La porte principale était défendue par un code, puis la porte intérieure, puis une troisième porte : les plans de Sigmund Borgundvåg étaient assurément bien gardés, ce qui veut dire convoités. C'était un homme âgé mais alerte, affable mais aigu. Je lui demandai pourquoi ce nouveau remorqueur avait l'allure d'un yacht, et pourquoi il était privé de cheminées, ces dernières étant presque entièrement dissimulées. Avec un rire sec, il me répondit que c'était affaire de mode, juste de mode, que le design d'aujourd'hui l'exigeait ainsi. Je lui dis que je les aimais bien, moi, les cheminées de la *Flandre*, que j'aimais le bruit de leurs clapets. « Moi aussi, je les aimais bien, sourit-il d'un air mi-nostalgique, mi-ironique. Mais ne croyez pas que les architectes sont les maîtres de la modernité : ils en sont plutôt les esclaves… »

L'échange m'avait à la fois instruit et plu. Une fois de plus, en rentrant, la splendeur du paysage me saisit à la gorge. Des chevaux dans la neige, un petit cimetière, comme abandonné mais qui ne l'était pas, un cimetière avenant, de la lande et de l'eau tout autour, dont j'allai saluer les tombes discrètes. Il était bientôt 15 heures, le soleil lâchait une lumière orange entre des nuages pourpres.

C'était beau comme jamais.

Ensuite, tout s'enchaîna très vite. L'arrivée de mon copain Lionel, le bosco, qui regarda longuement les canapés blancs du carré et lâcha *illico* : « Qui c'est qui va nettoyer, hein ? » Les essais en mer, essais de traction, de vitesse. Et encore l'essai des pompes, majestueuses dans un fjord ombreux et rose. La peinture finale fut comme la robe d'une femme mannequin : cela s'enfilait en quelques secondes et s'ajustait immédiatement. Et puis le remorqueur se vida de tous ses occupants. Il en sortait de partout, on sentait la fatigue, l'usure, le soulagement d'avoir fini dans les temps plus fort que l'orgueil de la tâche accomplie – il viendrait plus tard, l'orgueil. Et la remise des clés se fit sans aucun tralala, presque à la sauvette.

Nous partions le lendemain et, ce bateau, nous ne le connaissions pas. Un neuvage, selon le terme consacré, c'est une méchante épreuve. Nous avions à bord des caisses de manuels, de modes d'emploi. Et, à la cambuse, 200 bouteilles d'eau minérale pétillante. Rien d'autre : c'était un lundi. Au matin, le vent forcit, on nous annonçait force 9 sur les grands bancs de la mer du Nord. Tout le monde était à cran lorsque, sous un premier grain, nous tournâmes le dos à la beauté neigeuse.

Antipodes

Le capitaine William Bligh – comme chacun sait – manquait un brin de fantaisie. Quand, en 1788, il aperçut un archipel d'îles désertes, 13 en tout, et minuscules, à 350 milles dans le suet de la Nouvelle-Zélande (alors partie de ce que les Britanniques désignaient comme Colony of New South Wales), il les baptisa puisqu'il fallait les baptiser. Mais, faute d'inspiration, il leur donna le nom de son navire : les îles Bounty. Puis il vogua vers de terribles aventures dont nous reparlerons fatalement.

Son collègue Henry Waterhouse était plus ambitieux. Il commandait le *HMS Reliance* quand il « découvrit » – du moins le croyait-il – un autre archipel, autour d'une île principale, hostile et tourmentée, dans le grand sud des Bounty. C'était en l'an 1800. Cette île principale se révéla froide, habillée de toundra, constamment balayée par des vents violents. Henry Waterhouse choisit d'accoler son propre patronyme à ce qu'il considéra comme le sommet dominant (il se trompa de 5 mètres, un autre, plus au nord, dépassait ce dernier). Mais, pour qualifier l'archipel, il lui sembla que ces terres étaient ce qu'on pouvait trouver de plus antinomique des coordonnées de Londres, et les nomma « îles Antipodes ». De quoi impressionner les marins et flatter le bon roi George III, dont il était ainsi démontré que les navires avaient atteint le bout du monde.

Waterhouse ne s'intéressa guère aux albatros qui, par milliers, avaient élu ces émergences subantarctiques pour s'y reproduire. Mais beaucoup plus aux otaries qui y pullulaient. Enfin, les otaries, il s'en fichait comme de son premier penny, mais la peau des otaries, ça, ça valait de l'or. D'ailleurs, trois ans plus tard, son propre beau-frère, George Bass, obtint du gouverneur de Nouvelle-Galles du Sud le monopole britannique pour la pêche et la chasse dans le secteur. La concurrence fut toutefois rude, le marché de la fourrure étant florissant, et lorsque Bass appareilla de Sydney, d'autres, notamment américains, se lancèrent à ses trousses. On ne sait ce qu'il advint de l'Anglais qui fit naufrage et dont on ne retrouva nulle trace. Mais on sait qu'en quatre années les otaries furent exterminées, et que 80 hommes s'étaient installés, à cette fin, aux Antipodes.

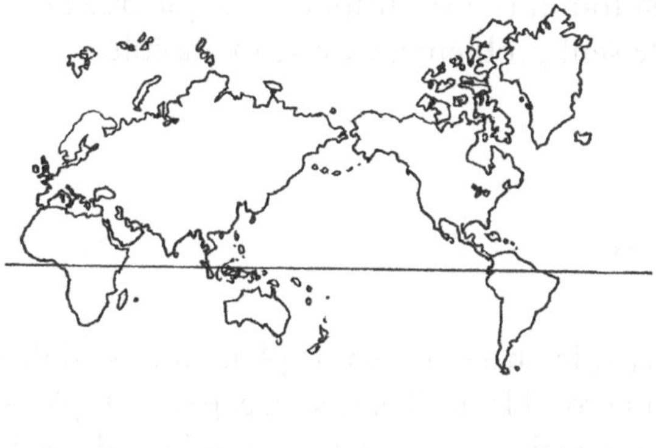

Pour le plaisir de la chicane, nous relèverons que la situation exacte de l'île principale – 49° 40' de latitude sud, 178° 46' de longitude est – ne répond point à Londres mais plutôt à Cherbourg, ou, plus précisément encore, à la commune de Gatteville-le-Phare, sur le Cotentin, jouxtant Barfleur. Ce léger glissement n'aurait peut-être pas été du goût de Henry Waterhouse ni de la marine anglaise.

Mais la vraie question n'est pas là. La vraie question est que les navigateurs européens considéraient que seuls leurs puissants vaisseaux étaient propres à écumer les océans, et que les autres marins ne pratiquaient que la pêche côtière, ou des escapades d'île en île. Londres étant la capitale du monde, les Antipodes étaient forcément vouées à être situées sur la carte par référence à cette dernière. L'ennui, c'est que, en 1886, la reine Victoria ayant porté l'empire à son zénith, on découvrit sur l'île majeure de l'archipel une poterie, un tesson polynésien qui prouvait que les vrais « découvreurs », sans doute sur leurs praos à balancier, étaient venus de l'est et avaient l'antériorité de cette navigation périlleuse. Le fragment de bol polynésien est aujourd'hui exposé au musée Te Papa Tongarewa de Wellington.

On est toujours aux antipodes de quelque lieu. Le problème, le seul problème, c'est la majuscule.

Ar Men

Le phare, le phare en mer, le phare tout seul dans le ressac, c'est le comble de l'île. Je songe, par exemple, à celui de Pridrangar, juché sur la roche volcanique de Háidrangur, au sud des îles Vestmann, en Islande, toute petite lanterne blanche accrochée à une vertigineuse aiguille noire, abrupte et déchiquetée. Je songe au phare de la Jument, qui garde Ouessant, et affronte les pires tempêtes de suroît, au point que le mercure de la cuve a plus d'une fois débordé et les gouttes ruisselé de marche en marche sous les bourrades de la mer. Je songe à Kéréon, planté en plein Fromveur (ce qui veut dire, en breton, « le grand torrent »), en plein déluge, et je me souviens de ce que m'avait conté Jean-Pierre, son ultime gardien : un soir de très grand vent, il regardait avec son compagnon, à la télévision, les jeux Olympiques d'hiver et les athlètes s'élançant sur leurs tremplins géants. « Il y a quand même des types qui font un drôle de boulot ! », s'était-il esclaffé. Une déferlante, interrompant sa phrase, avait défoncé la fenêtre, traversé la chambre, emporté le poste, inondé la marqueterie – car Kéréon est un phare chic où l'on met les patins.

Mais « l'enfer de l'enfer » – selon le mot des professionnels, c'est, c'était Ar Men, tout au bout de la chaussée de Sein, à 13 milles de l'île, en mer d'Iroise. Ces cailloux-là, on ne les voit guère, mais on y meurt *illico*, et fatalement. Une nuit, sur l'*Abeille Flandre*, nous fûmes appelés parce qu'un cargo fonçait droit dessus. Nous avons appareillé vite fait et rejoint l'imprudent. « Contournez Ar Men, bon sang, ou bien virez de bord et abritez-vous en baie de Douarnenez ! » Pas de réponse. Nous avons allumé tout ce que nous avions de projecteurs. « Abattez, abattez tout de suite ! » Enfin une voix répondit, une voix lasse et pâteuse : « Je tourne à gauche dans vingt minutes. » J'entends encore Carlos, le patron du remorqueur, articuler très lentement, très distinctement : « Dans vingt minutes, vous êtes morts… » Le cargo fou a fini par obéir. Les gendarmes maritimes ont trouvé à bord un commandant turc sénile, un second croate ivre et une simple carte routière. L'armateur se cachait derrière un pavillon de complaisance maltais.

Oui, la chaussée de Sein, ça ne pardonne pas. Ça n'a pas pardonné le 24 septembre 1859 quand la corvette *Sané* s'y est plantée. Un naufrage de plus, mais le naufrage d'un navire de la Royale. Les autorités ont décidé de réagir. Comment ? Un bateau-feu ? Inconcevable, le courant l'emporterait. Un phare ? Sur quel socle ? Contre toute évidence, il fut décidé d'explorer cependant la piste. Trois roches retinrent l'attention, trois roches qui n'émergeaient qu'aux basses mers des grands coefficients. La plus « haute » se nommait Ar Men (la pierre), et, aux meilleures marées, dépassait de 4,2 mètres. Une folie. Les ingénieurs, dans un rapport, parlèrent d'entreprise « gigantesque » présentant des difficultés « inouïes » et réclamant des dépenses « énormes ».

Et pourtant, on l'a fait, ce phare impossible. On l'a fait en quatorze ans, pas moins, grâce aux bâtisseurs sénans équipés d'espadrilles antidérapantes et de ceintures de sauvetage en liège. Il a fallu deux années rien que pour percer des trous dans la roche, il a fallu travailler le ciment à l'eau de mer – quarante-deux heures de labeur effectif l'année 1869, selon les marnages et les tempêtes. Souvent, les ouvriers furent précipités dans les flots par les déferlantes. Mais ces ouvriers étaient des marins, des marins du cru, habités par l'absolue nécessité de leur mission. Le phare, ce n'était pas un chantier, c'était de la vie épargnée – même si l'un d'eux y laissa la sienne. Les noyés anonymes, dans le cimetière de Sein, disposent d'un carré où trop de corps témoignent. L'épopée s'acheva en août 1881. Le feu fut allumé, d'abord un feu fixe blanc, puis, l'année suivante, il admit de courtes occultations toutes les cinq secondes. Et, cinq ans plus tard, trois éclats toutes les vingt secondes.

Les tempêtes, là-haut, sont épouvantables. En 1921, le gardien chef Sébastien Plouzennec est emporté par une lame alors qu'il observe l'horizon aux jumelles, et un garde-fou est installé autour de la plate-forme. Jusqu'à la Seconde Guerre mondiale, la règle est de 30 jours au phare et de 10 jours à terre – sur l'île de Sein. Ce sera ensuite 20 jours/10 jours. Puis, tout à la fin, 14 jours/7 jours. En principe. Car cette règle est édictée « temps permettant ». La relève est toujours acrobatique, dans l'effervescence de l'écume et du courant. C'est plus que de l'art, c'est de la haute voltige pour les gardiens du feu, et pour le pilote de la vedette, c'est une manœuvre que très peu, très, très peu sont capables de mener à bien. Si la mer est trop revêche, la relève est ajournée, 5 jours, 10 jours, 20 jours. Le plus dur, ce fut pendant la guerre. Les Allemands imposèrent aux Français la présence de trois de leurs hommes, et le feu n'était allumé que si un navire nazi passait à portée. On imagine sans peine la chaleureuse ambiance dans la chambre de veille, d'autant que les hommes de l'île de Sein avaient, quasiment tous, rallié de Gaulle en Angleterre.

L'enfer. Mais un enfer salutaire. Le signal portait et porte toujours à 23,5 milles. Par brume, une corne puissante est déclenchée, et les gardiens disaient que c'était le pire du pire.

Il n'empêche. J'ai connu un homme qui a aimé d'amour Ar Men, qui a voulu Ar Men, qui a tout quitté pour travailler sur Ar Men. Il a suivi les cours adéquats, il a passé son diplôme d'électromécanicien, il est devenu gardien de phare patenté. Mais à une condition et une seule, non négociable : son phare, ce serait Ar Men. Ni Tévennec, ni La Vieille, ni l'île Vierge, ni les Triagoz. Ar Men, point final. « C'est là que je voulais aller, dans cette chandelle qui sort de l'eau, c'est aberrant. » Et il y est allé. La « chandelle », il l'avait aperçue depuis le dragueur de mines sur lequel il effectuait son service militaire.

Il s'appelait Jean-Pierre Abraham. C'était un garçon mince et courtois, l'œil aigu. Il aimait plaisanter, mais, quand on échangeait avec lui, on se disait qu'aucun argument, aucun sophisme ne pourrait le convaincre de se rendre ailleurs que là où il avait décidé d'aller. Il avait commencé des études de lettres à la Sorbonne, ce qui l'avait convaincu de n'être jamais professeur. Mais, lors de ce séjour parisien (il était originaire de Bretagne), il s'était lié à des écrivains, à des éditeurs, et notamment à Jean Cayrol qui dirigeait la revue *Écrire* aux Éditions du Seuil, et qui publia sans hésiter une belle nouvelle d'Abraham, « Le Vent ». Ensuite, il s'était embarqué, puis avait rencontré « son » phare. À chaque relève, il avait trois ouvrages dans son sac : un album Vermeer (avec *La Jeune Fille au turban*), un autre, plus petit, sur un monastère cistercien, et un recueil de poèmes de Pierre Reverdy.

En 1967, après cinq années de gardiennage, il confia au Seuil un court manuscrit, fin, bouleversant. « Il y a un moment où les lampes, non seulement n'éclairent rien, mais brouillent le reste de la lumière du jour. Le contour des objets devient flou. Les visages sont hagards, les gestes maladroits. On est toujours pris un peu au dépourvu par l'arrivée de la nuit. On se hâte sans rien dire qui puisse effrayer l'autre. Et puis la flamme des lampes n'a pas plus d'importance que les boutons de cuivre des coffres. On regarde l'heure. Elle vient… »

Armen (il avait choisi cette orthographe) marqua la littérature maritime et la littérature tout court.

Qu'est-ce qui l'excitait, dans pareille expérience ? On est tenté par l'analogie monacale, la passion du retrait, le monde intérieur. Je crois que c'est un peu court. Sans doute, Abraham portait au plus haut point la sensation du temps, du temps rythmé – le temps des quarts, le temps de l'entretien minutieux, du nettoyage de l'optique, le temps nécessairement, méthodiquement discipliné. Mais je crois que sa passion majeure était celle de la veille. Un gardien de phare n'est pas seulement quelqu'un qui assure le fonctionnement de la lanterne, c'est quelqu'un qui observe et rend compte. Les oiseaux, l'état du vent et des vagues. Mais aussi les navires : comment ils se déplacent, comment ils ajustent leur cap par rapport aux rafales, comment ils composent avec le courant, comment ils dérivent. Le gardien de phare, c'est un veilleur, c'est un œil, un œil derrière sa lanterne. Et, aujourd'hui que la radiocommande est générale, que le GPS détrône les repères construits, ce qui fait défaut, ce qui manque et manquera, c'est l'œil vigilant, c'est la présence attentive, même la nuit, même au loin, même dans la tempête.

Comme tous les éditeurs, il est quelques hommes que je voulais, à toute force, publier. Jean-Pierre Abraham en était, j'admirais et j'admire son art d'aller profond en économisant les mots. J'ai fini par le lui demander, et il m'a dit oui (après m'avoir annoncé qu'il n'avait plus rien à dire). Un jour de 2004, j'ai reçu un recueil de textes qui s'intitulait *Au plus près* – le titre, à lui seul, résumait l'auteur et le marin. J'y ai découvert une nouvelle appelée « *Velléda* mon amour ». La *Velléda*, c'était la vedette des phares et balises qui assurait les relèves et dont le patron, Henri Le Gall, était devenu un ami d'Abraham.

Ce dernier contait qu'une nuit, à la fin de son quart, il avait éprouvé une douleur au bas du ventre. Et que, au petit déjeuner, il avait dit à son collègue, Germain, que c'était peut-être le début d'une appendicite. Germain s'était levé d'un seul élan, l'avait engueulé de ne s'être pas signalé lors de la vacation radio, et avait couru donner l'alerte *via* les ondes courtes de Radio-Conquet. « Tu as vu la mer ? Alors, je n'aurai plus qu'à aiguiser mon couteau… » C'était quasiment marée basse, le vent, lui, montait. La *Velléda* a réussi à prendre le large, d'extrême justesse. Et Abraham ne sentait plus rien, plus la moindre douleur. Une fois à bord, tandis que les copains le tenaient allongé, toujours rien, juste la honte. La honte d'avoir dérangé tout ce monde, tout ce monde courageux, agile et solidaire. Pourvu que je sois malade, pourvu que je sois malade. Heureusement, c'était bien une appendicite.

Un mois avant la sortie du livre, Jean-Pierre Abraham m'a appelé. La voix très posée, un peu sourde, il m'a annoncé qu'il allait mourir dans une semaine, que c'était incurable et soudain, qu'il était désolé que son livre fût posthume. Il s'excusait de me « faire défaut ». Je lui ai répondu tout ce qu'on répond dans ces cas-là. Il a eu un rire sec, m'a remercié de mes encouragements rhétoriques. Et puis, juste une semaine plus tard, il est mort. À l'heure dite.

Artificielles

Je l'avoue, j'ai toujours été médiocre en géographie (ma mère l'enseignait, je vous laisse deviner le reste). Mais je sais quand même une chose : je sais que Dubaï, ville monde membre des Émirats arabes unis, n'est pas une île. Il faut donc que je m'explique.

Revenons en arrière. Il y a moins d'un demi-siècle, ce n'était qu'un petit port sur la côte des pirates, qui trafiquait de l'or avec l'Inde. Des maisons en pisé, un mouillage ensablé où seuls pouvaient accéder des boutres à fond plat. Ni route, ni école, ni eau, ni électricité, ni médecin, ni rien. L'espérance de vie ne dépassait guère quarante ans.

Ce n'était pas même un gisement de pétrole important, comme son voisin et protecteur, Abou Dhabi. Mais, du pétrole, Dubaï en possédait quand même un peu, et l'envolée des cours, à la suite du premier choc pétrolier qui résulta de la guerre du Kippour, fut une bénédiction céleste, confirmée par la révolution iranienne et la guerre entre la Perse et l'Irak où Dubaï ravitailla Téhéran, mais aussi, en douce, Bagdad. La dynastie régnante, les Maktoum, sachant que l'or noir ne serait pas une ressource durable, investit à fond dans les infrastructures, construisit le port de Djebel Ali, le plus important port artificiel du monde, capable d'accueillir les plus gros porte-conteneurs, et le petit pays se transforma en plate-forme de réexpédition, étape inévitable entre l'Orient, le Proche-Orient, l'Inde, l'Afrique de l'Est. Ce n'était qu'un début. Zone franche, centre financier international, Internet City (IBM, Microsoft, Toshiba), Media City, immense aéroport où l'on vient de partout faire ses emplettes *tax free* sur 9 000 mètres carrés : Dubaï s'est transformé en une sorte de Singapour proche-oriental, attirant une population incroyablement différenciée par la nationalité, les mœurs, la culture, la religion : l'étranger est libre de tout, sauf de faire de la politique.

Du point de vue architectural, les gratte-ciel ont grandi plus vite que n'importe où ailleurs, les vitres ont supplanté le pisé et ses lucarnes, les cybercafés ont fleuri, la technologie de pointe est omniprésente, les villas, dans des quartiers surgis de rien, sont dotées de pelouses ombragées, de haies de bougainvillées, d'acacias et de palmiers, de petits lacs. Une ville hors sol, une ville factice. Un rêve, disent les uns, un décor, disent les autres. Ici, le golf va de soi, et la piste de ski géante défie la nature.

Cette frénésie me permet de retrouver mon sujet. Dubaï n'est sûrement pas une île, mais Dubaï fabrique des îles, et même des archipels en forme de palmiers. Trois, exactement. Le plus abouti est Palm Jumeirah, conçu pour l'habitat privé et pour le tourisme (le fameux hôtel Burj-al-Arab, dont le prix d'une nuitée équivaut à celui de mon voilier, est concurrencé par une vingtaine d'autres). Un train monorail dessert le « tronc », la « côte » comporte 2 500 appartements, tandis que les « palmes » abritent 1 350 villas, toutes de luxe comme il convient, déclinées en trois versions – Signature, Garden, et Canal Cove. La construction, selon l'architecte, fut assez simple : on a dragué du sable, et quelques enrochements, quelques digues en croissant servent à contenir la houle. Je vous épargne la liste des célébrités qui s'y sont installées, ne sachant lire le *Voici* ni le *Gala* local, mais on m'a assuré qu'il y avait du beau linge, c'est-à-dire du riche linge. La marina, où les yachts rivalisent de clinquant, comprend 1 500 places. Le seul problème fut que, au sein des croissants, l'eau ne circulait pas assez, risquant de stagner et d'attirer les moustiques et les algues : on ouvrit des passes afin que la marée conjure pareil inconvénient.

Palm Jebel Ali, construit ensuite, est moitié plus grand. Il est voué aux loisirs, à l'amusement, à un parc d'attractions, aux jeux nautiques, et ses concepteurs ont imaginé d'installer, entre croissant et palmier, des maisons sur pilotis dont l'agencement reproduirait, en arabe évidemment, un poème de l'émir gouvernant. Quant à Palm Deira, le troisième palmier, qui n'est pas encore abouti, il se veut carrément gigantesque, plus étendu que Manhattan ou Paris. Proche du centre, il est destiné à l'habitat – haut de gamme, *of course*. Mais le plus fou, ce n'est pas ce palmier monstrueux. Le plus fou, c'est The World. Il s'agit d'un grand archipel, de 9 kilomètres sur 7, dont les îles forment un planisphère. Chacune est un pays, et ces pays sont assemblés pour figurer un continent. Elles sont pour l'instant désertiques, et l'idée du père de ce monde nouveau, l'émir pour ne pas changer, est de leur adjoindre une station de désalinisation les ravitaillant en eau douce.

On estime que Dubaï, qui dispose de 67 kilomètres de rivage, devrait, grâce à une telle réalisation, en gagner 232.

Pourquoi s'intéresser à ces émergences fabriquées, à ces îles pour milliardaires, à tout le moins pour évadés fiscaux ? Sont-elles comparables à l'*Utopia* de Thomas More, à la Cité du Soleil de Tommaso Campanella, à la Nouvelle Atlantide de Francis Bacon ? Sont-elles assimilables à ces projets philosophiques, au désir de fonder, à l'abri des sociétés connues et de leurs soubresauts meurtriers, un lieu pur susceptible d'héberger une humanité parfaitement en ordre ?

Bien sûr que non. Les îles de Dubaï sont intéressantes parce que, justement, elles sont dépourvues de projet social, parce qu'elles ne constituent qu'un artifice de plus au sein d'un monde complètement artificiel, qui a fait du *bling bling*, de l'apparence, du business et de la *high tech* son image singulière. On peut s'approprier des îles nées des traditions humaines. Mais celles-là, comme les îles « vénitiennes » de Miami, ne sont qu'un produit immobilier, qu'un tour de force du BTP afin de démontrer qu'on peut bâtir n'importe quoi n'importe où, et le vendre. Ce sont, si j'ose écrire, des îles vitrines, des îles vides, non d'habitants, mais de culture, de contenu. À la manière dont une chambre d'hôtel n'est pas pensée pour qu'on s'y installe, mais pour qu'on y passe, qu'on l'effleure. À la manière dont Disney, à Toronto, vous fait « voyager » de Venise miniature à Paris miniature. À la manière dont les hôtels à thème de Las Vegas parodient le monde égyptien ou la barrière de corail. Ça fait joli, c'est étonnant, amusant, surprenant, c'est *fun*, et parfaitement vain.

Lorsque mon avion s'est posé sur la piste de l'aéroport du Kansai, construit sur une île de béton dans la baie d'Ōsaka, je comprenais sans peine pourquoi les Japonais s'étaient lancés dans une telle aventure, même si les risques sismiques (au cours de mon séjour, nous fûmes terriblement secoués par le tremblement de terre de Kōbe) et l'effet des typhons constituaient autant de menaces – à l'été 2018, un tanker, poussé par le vent et les vagues, est venu s'encastrer dans un pilier. Mais j'ai assez fréquenté le Japon pour mesurer combien ce territoire est étranglé entre la montagne et la mer. Et j'avais le souvenir des affrontements protestataires qui avaient accompagné la construction de l'aéroport international de Narita, à Tōkyō. Malgré les éléments, malgré le risque d'une élévation soudaine de la mer en cas de tsunami, ce qui suppose des joints de dilatation exceptionnellement souples, les bâtisseurs avaient opté pour une île conquise sur les flots. C'était (et cela reste) audacieux, mais pertinent.

Rien de tel à Dubaï. Il ne s'agit là que d'épate, que de luxe à gogo.

Tout le contraire de ce qui s'invente aux Pays-Bas, où les architectes réfléchissent à la montée des eaux que va fortement accentuer le réchauffement climatique. La Hollande est, en Europe, le pays des polders (on en dénombre 3 000), des terrains arrachés à la mer, traversés de canaux, protégés par des murs épais. En 1953, une tempête plus violente que les autres a entraîné 3 000 morts et contraint 100 000 personnes à déménager. On a renforcé les digues, encerclé le rivage d'un système complexe de protection et de rétention. Mais le fait est là : si le niveau varie de manière inaccoutumée, tous les remparts du château fort sont à réviser.

Le mouvement, à présent, pousse à ne point arrêter l'ennemi, mais à s'appuyer sur lui. Dans un quartier expérimental au sud-est d'Amsterdam, à Liburg, le cabinet Waterstudio a imaginé et construit des maisons flottantes. Ce n'est qu'un début. Des maisons-péniches, pourquoi pas ? Mais l'idée d'avenir serait de les relier entre elles : le projet Citadel ambitionne une ville sur l'eau, une île formée par 60 appartements liés entre eux, et délibérément installés sur un polder inondable où l'on laisserait la mer circuler à sa guise. L'idée ultime est d'aller vers des immeubles de ce type, d'inventer un nouvel urbanisme qui rendrait caduque la vision statique des cités. Mobiles ou ancrés, des quartiers entiers sont pensables, avec leurs jardins, leurs parcs, délestés du fantasme et de la nécessité d'une terre « ferme » mais agressée. « Une ville mouvante, plus dynamique, se dessine », dit Koen Olthuis, architecte de Waterstudio.

Le projet fait son chemin. Une conférence internationale s'est tenue sur l'architecture amphibie, à Bangkok, en 2015, où ont été présentées les réalisations les plus novatrices, notamment une école flottante, à Lagos, au Nigeria, un pavillon de même nature, à Rotterdam, ainsi qu'un parc dans le port du Rhin. Et encore Floating City, un écoquartier de 10 kilomètres carrés, alliant habitations et espaces verts dans un environnement portuaire chinois. De grands caissons formeront des îlots constructibles, et le souci de créer des logements se conjuguera avec les préoccupations écologiques.

Les architectes « bleus » (en la matière, l'épithète connote la préoccupation écologique) soutiennent que notre siècle sera celui de l'épuisement des terres arables, de l'obligation où nous nous trouverons de coloniser les mers pour stopper la colonisation des sols par l'expansion des mégalopoles. Le gouvernement des Maldives n'a-t-il pas lancé un programme d'îles et de complexes flottants pour sauver, à la fois, les populations et le tourisme dont elles dépendent ? Et des rêves fous ne sont-ils pas envisagés ? Celui de trois îlots végétalisés portant une tour géante (dû au groupe japonais Shimizu Corp.). Celui du Belge Vincent Callebaut, baptisé Lilypad : une île en forme de nénuphar, motorisée, dotée d'hydroliennes et de panneaux solaires, une « arche de Noé » susceptible d'accueillir 30 000 habitants…

D'autres vont plus loin encore, explorent l'utopie dans tous ses recoins. Une société basée à Delft a mis en chantier des plates-formes habitables destinées à la haute mer. Elle se réclame de Blue21, liée au programme Space@sea appuyé par 17 partenaires, avec un financement de l'Union européenne. Le concept est d'élaborer des flotteurs capables de résister aux vagues hostiles de la mer du Nord.

Du même élan, Blue21 a rejoint le programme Seasteading, mouvement californien qui ambitionne également de fabriquer des îles artificielles conçues pour le large et les eaux internationales. De véritables petites villes autonomes, produisant leur énergie, leur nourriture, et éliminant elles-mêmes leurs déchets. C'est évidemment parti de la Silicon Valley, d'un groupe d'entrepreneurs et d'informaticiens, parmi lesquels Peter Thiel, puissant homme d'affaires, et Patri Friedman, qui travaille chez Google. Leur idéologie s'inscrit au cœur du courant libertarien : il s'agit d'échapper à l'État, à ses lois et à ses règles, à son administration et à ses impôts, afin de permettre aux humains d'expérimenter une autodétermination radicale.

Un pas de plus est franchi avec la création de Blue Frontiers, société commerciale basée à Singapour. On va maintenant passer au concret, au réel. Il s'agit, en partenariat avec Blue21, de bâtir une île, une île pionnière. L'un des dirigeants de Blue Frontiers donne le tempo dans un essai : *Comment les nations flottantes vont restaurer l'environnement, enrichir les pauvres, guérir les malades et libérer l'humanité des politiciens.* Nous sommes aux exacts antipodes des « palmiers » de Dubaï. Les concepteurs libertariens estiment que les gouvernements restent prisonniers de raisonnements et de modèles fermés et périmés. Leur texte l'annonce carrément : « Nous pourrons créer des micronations, peuplées sur la base du volontariat, et inventer des modes de gouvernance décentralisés, fondés sur la liberté individuelle et le consensus. » La conviction est qu'une sélection naturelle s'opérera, que les îles, mises en concurrence, attireront plus ou moins de candidats selon leur expérience. De plus, elles seront composées de plates-formes détachables, et il sera donc possible de faire dissidence et d'aller voir ailleurs.

La difficulté n'est pas seulement technique, ni politique. La principale difficulté est que cette utopie échappe aux investisseurs ordinaires, aux banques, aux fonds de pension, etc. Pour y parvenir, les soutiens de Blue Frontiers ont trouvé un remède sans appel : créer une cryptomonnaie, l'ethereum, et ils ont mis en vente sur Internet des *tokens*, c'est-à-dire des jetons, nommés varyons (car le monde, grâce à eux, va varier). Acheter un varyon, c'est prendre une option sur une portion d'île. Une première levée de fonds a mobilisé, en 2018, une centaine d'investisseurs.

Dans le monde entier, des correspondants s'enthousiasment et viennent en renfort. Un mathématicien hongrois, un entrepreneur australien, vivant à Singapour, épris de causes humanitaires. Tous convergent sur l'idée que ce qui est en train de naître, c'est une alternative écologique au réchauffement climatique, ainsi qu'une alternative au manque d'inventivité des politiques face à la mondialisation.

Mais où ? Où installer l'archipel premier ? Force, dans un premier temps expérimental, est de négocier avec des politiciens du vieux monde afin de tester l'île près d'une côte – on ne prendra le large qu'ultérieurement. Un correspondant (ancien de la Silicon Valley), homme d'affaires à Tahiti, propose la Polynésie. Repérages, contacts répétés : à l'évidence, l'administration française n'a pas l'intention de rogner sur ses prérogatives, mais les négociateurs de Blue Frontiers ne désespèrent pas d'obtenir une zone franche. Le gouvernement polynésien, à Papeete, est séduit, va même jusqu'à signer un protocole d'accord, mais – paradoxe – les associations de protection de l'environnement lui tombent dessus (qu'est-ce que c'est que cette plate-forme de béton et d'acier ?) au moment des élections territoriales. Courageux mais pas téméraire, le gouvernement tourne les talons. Ou plutôt il s'abrite derrière les maires : si l'un d'entre eux est accueillant, nul ne s'y opposera.

L'utopie est-elle en marche ? Il paraîtrait qu'aux îles Sous-le-Vent… Il paraîtrait qu'aux Tuamotu… Mais, au fait, les utopies, par définition, n'ont-elles pas pour caractéristique d'être flottantes ? Autant de pistes qui laissent mon ami Louis Brigand, « nissonologue », quelque peu dubitatif. « On retrouve là tous les fondamentaux insulaires, déclare-t-il au *Monde*, qui mène l'enquête, l'île utopie, l'île laboratoire, l'île jardin, l'île microcosme. » Mais, ajoute-t-il, l'île refuge est un concept ambigu : « Penser que nous sauverons l'humanité sur des îles nouvelles me semble une fuite en avant. Il faudrait plutôt apporter une réponse éclairée et durable aux problèmes posés sur terre. » Bref, il récuse le « solutionnisme », la tentation de déplacer l'obstacle plutôt que de le vaincre…

B

Babaté

Je vous jure que c'est une histoire vraie, et non pas un conte. Je vous jure qu'elle nous est rapportée par un scientifique, un ethnomusicologue, qui s'appelle Vincent Dehoux. Je vous jure qu'il l'a publiée dans un très bel ouvrage collectif, *Le Monde et son double*, édité chez Adam Biro par le Musée d'ethnographie de Genève en l'an 2000.

Un ethnomusicologue n'est pas seulement un chercheur qui parcourt la planète et qui en recueille les chants et les sons. C'est quelqu'un qui, à travers ces musiques (il n'est *aucune* société sans musique), à partir de ces musiques, tente de comprendre un groupe humain, son organisation intime, son rapport au monde, son art et ses règles.

Vincent Dehoux est africaniste. Il a pris l'avion pour Bangui, en Centrafrique, puis une voiture de Bangui à Kouango, sur le fleuve Oubangui qui sert de frontière avec la République démocratique du Congo. Et le reste du voyage s'est accompli en pirogue, ce qui n'est pas une partie de plaisir. La pirogue est étroite, on est tassé là-dedans sans guère pouvoir bouger, et cela dure huit heures par jour. Et, quand on s'arrête sur le coup de 17 heures, il faut au plus vite déployer les moustiquaires, car les insectes attaquent tant que la nuit n'est pas noire. Souvent, ces arrêts se font sur les îles innombrables qui ponctuent le fleuve, îles permanentes ou bien bancs de sable blanc et doux, propice au sommeil.

Il parvient à un village et s'y arrête. Et se prépare à enregistrer, mais les instruments sont passablement déglingués, les *ngombi* (harpe arquée) déficients, les languettes de bambou des *sanza* (jeu de lamelles pincées) manquantes, les tambours et les calebasses fêlés, les hochets traditionnels en ferraille négligés. Il s'incruste, il répare, il pêche la nuit avec un homme susceptible de choisir les bons bambous, délicats, lisses dans les mains douces. Et il est insatisfait et troublé de cette insatisfaction.

Pourtant, il finit par trouver des musiciens très acceptables. « Tout le village prend part à une exécution sur une poutre percutée à l'aide de petites baguettes par l'ensemble des participants qui y sont assis. Tout le monde chante, et certains se lèvent de temps à autre, soit pour exécuter quelques pas de danse timides et retenus, soit pour accomplir de véritables chorégraphies… Et si je ne suis pas satisfait, ce n'est pas que ce que j'écoute soit musicalement décevant, mais au contraire me laisse imaginer ce que ce pourrait être. Cela pourrait avoir une ampleur largement supérieure. Il faudrait aller voir ailleurs pour posséder un terme de comparaison. »

Il n'est pas satisfait, Vincent Dehoux, et, pour tout dire, pas satisfait de n'être pas satisfait. Les Gbanzili (le peuple au sein duquel il évolue) en sont amusés et lui disent qu'à huit jours de pirogue existe un village réputé pour son interprétation, un village qui prend en main les campagnes de pêche parce qu'il sait s'attirer les faveurs des « gardiens du fleuve ». La saison sèche va commencer, c'est le moment où jamais. Il n'en apprendra pas plus, c'est à lui de décider s'il est prêt à subir huit jours de pirogue, huit jours de moustiques, huit jours de soleil, jusqu'à ce fameux village qui s'appelle Babaté.

L'insatisfaction est une force motrice. Il y va.

Et c'est vrai. Là-bas, ils jouent bien et même très bien, ils interprètent le répertoire *Dokéné* qui prélude au *Nsua* destiné aux « gardiens du fleuve ». Quels gardiens ? Mystère. Le temps du *Nsua* n'est pas encore venu. Il s'installe avec son équipage sur une île de sable et regarde défiler l'eau de l'Oubangui. Pour tout dire, il commence à en avoir assez, de la cuvette congolaise. Bientôt, lui promettent les gens de Babaté. Bientôt, on jouera le *Nsua*. Mais les jours passent, le soleil tape, les moustiques attaquent, qu'est-ce qu'on attend, bon sang, qu'est-ce qu'on attend ?

Jusqu'au jour où on lui apprend que le fameux *Nsua* sera pour le lendemain. Jour de pleine lune. Ce qu'on attendait, c'était ça, c'était la pleine lune.

Tout le village de Babaté est assemblé dès l'après-midi, le *ngombi* joue de longues pièces, doucement. Et, sur l'île qui fait face au village, les femmes aplatissent le sable, le tassent pour qu'il devienne suave et accueillant. Le *ngombi* cesse alors, les hommes s'en vont aux pirogues, emportent la poutre, les tambours, les baguettes de bois, les hochets, mais aussi des couvertures. Et tout le monde s'installe confortablement sur l'île, sur le sable sans tache, mais un brin en retrait du rivage. Le crépuscule s'étend, un feu est allumé. Et le *ngombi* reprend tout doucement, les participants sont, dit Vincent Dehoux, « calmes et concentrés ». Les femmes esquissent quelques pas de danse, des pas lents, tandis que la lune se lève.

Alors, alors seulement, l'eau de l'Oubangui commence à frémir. On ne discerne rien d'autre que ces multiples risées sous la lune. L'assistance est comme recueillie. Et maintenant, ce sont des petites vagues qui agitent la surface. Il se passe quelque chose, là-dessous, que tout le monde comprend sauf le chercheur. Et soudain, les gardiens du fleuve émergent tous ensemble. « Ils se rapprochent, ayant l'air de répondre en cela à la timide invitation que leur suggère la chorégraphie des femmes, et viennent s'échouer sur le banc de sable comme les habitués au comptoir d'un quelconque Café du commerce. J'étais subjugué, essayant de saisir de tous mes yeux cette réalité tellement… humaine où tous les êtres se connaissent et se respectent. »

Les gardiens du fleuve, ce sont les hippopotames, une bonne trentaine, qui font cercle sur l'île et vont rester toute la nuit écouter le concert des hommes, lequel n'est que pour eux. Une musique douce et dédiée dont les habitants des villages proches diront à Vincent Dehoux qu'ils savent la reconnaître et savent que c'est la musique de Babaté, et de nulle part ailleurs. Au petit matin, ils s'en vont en chœur, non sans pousser quelques cris qui sont reçus comme des cris de solidarité.

Et cela recommencera dans un an. Même île, même lune.

Batz

Évidemment, en haut pays léonard, il vaut mieux aimer le chou. Et l'artichaut. Il est raisonnable d'aimer Dieu, aussi. Et de craindre l'enfer. Et encore d'ouïr la parole de ceux qui sont habilités à vous le promettre, l'enfer, ou à vous remettre les abondants péchés qui vous y conduiraient. Ce pays-là, capitale Saint-Pol, au nord-ouest de la Bretagne, « la terre des prêtres », comme on dit, paraît austère jusque dans ses merveilles, ses basiliques, ses chapelles, ses façades granitiques. Les fioritures, ce n'est que pour le Très Haut et ses délégués dans la vallée de larmes que nous traversons à pas prudents.

Et là, une mauvaise pensée vous assiège. Vous songez que, austère ou non, ce pays semble riche, mais d'une richesse rentrée, terrienne, qui ne se commet en largesses ostentatoires que lorsqu'il s'agit d'investir dans l'au-delà. Le reste des placements se fait devant notaire, lequel, comme chacun sait, est une tombe. Et votre intuition, ma foi, est fondée : vous vous trouvez au cœur de ce qu'on baptise « la ceinture dorée », ces sols féconds qui, à la lisière des vagues, garantissent d'amples récoltes et ce qui va à l'avenant.

Eh bien, moi, sur ce rivage rural, sous ce climat tellement breton qu'il en paraît convenu, j'ai trouvé la plus douce, la plus aimable de mes îles. Du moins de mes îles de proximité. Je l'ai trouvée juste en face de Roscoff, port où le docteur Bagot inventa une thalassothérapie roborative, où Tristan Corbière, qui se jugeait tellement laid, passait pour un original et, disons-le franchement, un traîne-savates, où les « Johnnies », les « petits Jean », eurent l'idée géniale d'aller vendre leurs délicieux oignons à l'ennemi héréditaire, outre-Manche, et les changèrent en or. J'ai trouvé l'île de Batz, Enez Vaz en langue bretonne.

La traversée n'est rien, presque rien. Un petit quart d'heure. D'ailleurs, un siècle avant Jésus-Christ, il semble bien que cette île n'en était pas une. Mais, pour l'être devenue, elle l'est devenue. Car, l'espace de ces quinze minutes, dans un courant forcené, dans une mer haletante secouée de spasmes qui viennent de loin, de l'océan, de la houle étranglée à l'entrée de la Manche, juste dans l'axe des vents dominants, des vents d'ouest, vous cheminez entre mille cailloux, entre des restes, des bribes d'îlots abrasés, entre des phares, des balises, des tourelles qui adressent à l'homme de barre le même message : respecter le tracé des marins, soigneusement, au mètre près, il n'existe pas en ces lieux d'itinéraire alternatif, de plan B. La fantaisie, ici, signifie l'échouement dans le meilleur des cas, et le naufrage dans tous les autres. En un quart d'heure, la mer vous prend, dans toute l'extension de ses attributs. Au milieu du labyrinthe, entre perches et tourelles, vous êtes en chemin pour les îles Féroé.

Du moins c'est ce qu'il vous semble. Le ciel est fatalement incertain, et l'eau, hachée, n'est ni bleue, ni grise, ni verte. Elle est *glaz*, selon les bretonnants inventeurs d'une épithète intraduisible, elle est tout cela à la fois, mêlant l'argent et le sombre, l'inquiétant et le suave, l'éclair et la soie. Ici, disent encore les gens du cru, le ciel est plus vaste. Et c'est vrai, les nuages défilent à toute vitesse, tantôt hauts tantôt bas, et ces lumières instables, rassurantes ou caressantes, vous arrachent à ce que la terre, la terre du continent, avait de sévère, de rude, de formel. Reste que vous êtes en route pour les Féroé, et que vous jugez cette sauvagerie superbe, d'autant que la durée du trajet n'a pas le loisir de laisser votre estomac l'emporter sur l'esthétique.

Mais c'était un piège, les Féroé. Quand l'*Adhara*, l'*Îlienne*, ou la *Fée des légendes* accoste à quai (plus ou moins haut, plus ou moins loin, suivant la marée) dans le havre de Porz Kernoc, vous écarquillez les yeux, le changement est si brutal, si radical, que vous vous sentez confusément floué. La taille du phare qui domine le port trahit la dureté des éléments alentour, le grondement du ressac vous chatouille les oreilles, et pourtant le monde que vous abordez est un monde délicieux, un monde tendre.

C'est ça, Batz. Sur son champ de laminaires, elle respire l'aménité. Vous regardez autour de vous, et vous vous demandez pourquoi c'est beau, pourquoi c'est accueillant. Vous commencez à la parcourir, l'île, sur des chemins à peu près dépourvus d'engins mécaniques, hormis quelques tracteurs, vous regardez les maisons tranquilles, plutôt petites, vous jetez un œil à l'église qui n'a rien de bouleversant – encore un classique du XIXe siècle – et puis vous commencez à comprendre. Ce qui saute aux yeux, hormis les criques exquises de Porz Alliou, de Porz an Illiz, d'où le chenal violent se laisse découvrir entre pins et agapanthes, c'est que rien, ici, ne la joue grandiose, solennel, pathétique, spectaculaire. Pas de maisons de maître, pas de tourelles de granit rose, pas d'épate, pas de théâtre, pas de mise en scène. Je sais bien que Jacques Lacan ou Farah Diba ont niché sur Batz. Je sais encore que le président du Sénat y possède une maison. Mais, ici, les célébrités se fondent dans la population. Pas de château, pas de cocktails mondains, pas de tralala. Ceux qui fréquentent Batz sont invités à la retenue, à se fondre dans la population, à jouer aux boules près de l'église. Et ils s'y conforment.

Comme toutes les îles du Ponant, celle-ci s'inquiète pour sa démographie. À la veille de la Première Guerre mondiale, on comptait 1 300 habitants (sur une terre qui n'excède pas 3,5 kilomètres de long et 1,5 de large). En 1950, ils n'étaient plus que 1 000. Et maintenant, ils ne dépassent pas la moitié. Tel est le lot de toutes les petites îles proches du continent – le travail, les amours, l'attrait de la ville. Et cependant, Batz est originale sous deux aspects. D'abord, le tourisme et les résidences secondaires y sont moins envahissants qu'ailleurs. Ensuite, même si les goémoniers d'autrefois ne sont plus légion, si les marins, les maraîchers ont décru, l'île reste une île où l'on travaille, où l'on produit, une île agricole où les primeurs – souvent biologiques – sont bichonnés, où de véritables entreprises familiales subsistent, où 15 chalutiers sont encore en service. Il y a des enfants, à Batz, il y a une école. Et, dès que des enfants vivent sur une île, y naissent, y jouent, l'atmosphère est autre, tout autre. Les rires, les vélos, les billes, la vie, la vraie vie.

J'aime Batz pour cette raison : on n'est pas en train de visiter un décor, fût-il le plus beau des décors, et les gens que vous côtoyez ne sont pas des décorateurs qui habillent les façades, les bistrots, les rues, les quais, de pittoresque rebattu (boules de verre et filets à l'ancienne, casiers qui n'ont guère vu de homard depuis trois décennies, fête de la moule-frites, et ainsi de suite). Sans compter la musique en boîte, les chants de marins enregistrés par des gars en vareuse rayée. À Batz, si l'on joue de l'accordéon, on joue de l'accordéon, si un sonneur sonne, ce n'est pas parce que le syndicat d'initiative le paie pour jouer breton. Du coup, le touriste se sent moins touriste et plus visiteur. Sur cette île-là, le sentiment de soi est assez fort pour que les horsains soient bienvenus.

Bien sûr, depuis les Vikings, depuis les pillages anglais, il y en aurait à conter. L'histoire la plus fameuse et qui, pour une fois, finit bien, étant celle d'Yves Trémintin, alors lieutenant sur la *Lamproie*, aux prises avec des corsaires grecs qui avaient fait sauter les poudres : il sauta, mais en l'air, survécut miraculeusement, rentra triomphalement au pays où il mourut fort vieux, non sans avoir été reçu, à la demande du roi lui-même, par Louis-Philippe, promu enseigne de vaisseau, doté d'une rente à vie, et nommé chevalier de la Légion d'honneur en un temps où tout le monde ne la recevait pas. Mais trêve de contes et légendes, tous les lieux en héritent, aussi vrai que Pol Aurélien, moine gallois venu porter la divine parole, chassa un dragon vers 530, et lui ordonna de se jeter dans les vagues au lieu-dit Toul ar Sarpent, le « trou du serpent », à l'extrême ouest de Batz, face au large.

Ce n'est pas cela qui me retient. Les expéditions sanguinaires et les moines miraculeux, le *Guide bleu* en regorge.

Le propre de Batz, outre ce que j'ai décrit, c'est l'absolu contraste entre une côte au vent qui résume l'âpreté finistérienne, où la mer cogne avec des accents de gorge, et une côte sous le vent toute délicate et inattendue.

À l'est de l'île, un assureur passionné décida en 1897 de planter un « jardin colonial » et y acclimata, avec succès, la cordyline maorie, le palmier à chanvre de Chine, l'*Echium* des Canaries, le géranium de Madère ou le lin de Nouvelle-Zélande. Il s'appelait Georges Delaselle et une association poursuit son œuvre étonnante – laquelle, au fond, prolonge dans une version savante la tradition des capitaines qui rapportaient un palmier de leurs voyages lointains, et l'enracinaient devant leur maison bretonne. Cette végétation impensable annonce le basculement vers les Bahamas, vers des grèves incroyablement blanches, vers des eaux transparentes et vertes, du côté de Porz Melloc, et des chemins de dunes que traversent en liberté, l'air de savoir exactement où ils vont, des chevaux blonds au cul puissant.

Batz, c'est la discrétion même, la discrétion d'une diva qui se retire du monde. Pour mieux parfaire, loin de la foule, son contre-ut. La classe, mais en douce.

Bec Rond

Quand j'étais enfant, mes parents louaient, l'été, une toute petite maison à Saint-Cast, entre le cap Fréhel et Saint-Malo. La ville comportait trois secteurs assez étanches : la pointe de la Garde où les notables avaient leur villa, leur court de tennis et leur yacht ; les Mielles, la plage centrale qui accueillait « les Parisiens » (était « parisien » tout touriste à tondre) ; et puis la pointe de l'Île où vivaient les pêcheurs. Nous habitions l'Île.

Ça descendait raide jusqu'au petit port où les pêcheurs en question possédaient, pour la plupart, un doris – bateaux longs et pointus, à clins, qu'on empilait sur le pont des goélettes d'où ils s'en allaient, chaque matin, traquer la morue. La plupart de ces hommes étaient des anciens de la grande pêche, ce qui explique cela. Et ils m'apprenaient qu'en tirant tranquillement, régulièrement, sans s'énerver, sur les avirons retenus par des tolets, des petits bouts de bois ronds, il était possible de « nager » longtemps, jusqu'au fort la Latte et aux roches du grand Cap où ils levaient leurs casiers et leurs filets.

J'ai appris beaucoup de choses à Saint-Cast. C'est là que j'ai appris combien la distance, en mer, est une notion toute relative. Et, pour en juger, nous, les gosses, avions un repère : l'îlot de Bec Rond. C'était un gros rocher, dont la partie constamment émergée était peinte en blanc, et qui se trouvait fort au-delà du môle. Nager vers lui, ou en revenir contre le courant, n'était nullement une mince affaire. C'était notre refuge et notre défi. Atteindre Bec Rond n'était pas donné à tous : il fallait du muscle, il fallait du souffle, il fallait de la maîtrise de soi. Cet îlot, c'était l'aventure, c'était le péril et la récompense.

Le maire de Saint-Cast, alors M. Sabouret, a supprimé la petite plage, et construit sur le port une sorte de haut clapier pour estivants. Puis, tout récemment, a été réalisé un parking flottant destiné aux bateaux de plaisance, un parking de 825 places – pour commencer.

Je suis plaisancier, j'ai besoin d'escales et j'aime les ports, les vrais ports. Mais ces immenses marinas d'où peu de bateaux sortent réellement me semblent une insulte au rivage. Et Bec Rond ? me demanderez-vous. Bec Rond, les architectes, qui voient grand et loin, l'ont tout simplement noyé dans le béton de la digue. Une île de plus, une île de moins, quelle importance… ?

Belle-Île-en-Mer

La dernière île où l'on se pâme, après Courbet et Derain, Vasarely, Monet et Matisse, sans oublier Colette, Dumas, Flaubert et, naturellement, Mlle Sarah Bernhardt. Plus François Mitterrand au manoir de Goulphar, plus Chevènement, plus Louis Gallois, Claude Roy, Robert Laffont ou Jean-Pierre Vernant. Plus Honegger et Albert Roussel, dont on ne sait si Laurent Voulzy leur voue respect et admiration. C'est la dernière *place to be*, Belle-Île, un peu moins peut-être que l'île de Ré qui n'est plus une île par la faute de M. Bouygues. À titre personnel, et puisque nous sommes sur le registre de l'anecdote mondaine, je confierai que j'y fis mes débuts comme moniteur de voile, sur la commune de Locmaria, où j'eus pour stagiaire le nommé Pierre Richard. Aussi généreux et charmant qu'on l'imagine, et non moins distrait.

Belle-Île, il faut la voir en hiver, en plein hiver, quand les pastels de Sauzon et les lampions de l'Hôtel du Phare sont éteints, quand la « côte sauvage », comme on dit là-bas, mérite son épithète, quand les aiguilles noires de Port Coton sont encore plus noires, quand la pointe des Poulains, elle, est définitivement blanche, noyée d'écume compacte, quand, enfin, la grotte de l'Apothicairerie rugit et menace, répond à la puissante houle d'Atlantique qui l'agresse avec hargne. Et, aux très grandes marées, quand les pêcheurs de pouce-pied risquent leur peau, jouent avec les lames de fond, pour conquérir l'or gourmand des Espagnols.

Belle-Île regorge d'histoires, de personnages. Mais, pour moi, Belle-Île, c'est Prévert, Prévert qui ne s'est jamais dit poète, mais « auteur de films » et qu'on a souvent réduit à une sorte de copain universel, amoureux des arbres et des bébêtes, emboîtant le pas aux fourmis, une fleur bleue à la boutonnière. C'est vrai qu'il aimait les bêtes, Jacques Prévert, et les arbres aussi, mais la fleur qu'il portait à la boutonnière était carrément rouge (Breton disait qu'il était « rouge de cœur »). Car c'était un type en colère, cet homme-là. Courtois, dandy, tiré à quatre épingles, sensible et attentif, drôle toujours, mais teigneux, révolté, libertaire, irréductible. Pendant la guerre, quand il offrit ses services à la Résistance, il refusa de porter la moindre arme et d'appartenir à la moindre organisation. Mais il cachait ses amis juifs et fabriquait des faux papiers pour tout le monde.

La Bretagne et ses îles, il la découvrit grâce à son copain de régiment Yves Tanguy – qui n'était pas encore peintre, et qui partagea une petite maison, derrière la gare Montparnasse, avec Prévert et Marcel Duhamel, futur créateur de la « Série noire ». Tanguy était originaire de Locronan. Il entraîna son ami vers l'ouest, vers Ouessant, vers Douarnenez et Belle-Île, et le coup de foudre fut immédiat. Pour la mer, pour les ports, et pour ces terres qu'on n'atteint qu'en bateau. Tout au long de sa carrière de scénariste, Prévert cultive l'élément marin et les gens qui lui sont liés, depuis *Quai des brumes* (où il transpose dans le port du Havre un roman de Dorgelès qui se déroulait sur la Butte) jusqu'à *Remorques* (tourné par Grémillon en pleine débâcle, avec Gabin et Morgan au sommet de leur art et de leur passion).

Belle-Île, il l'adopte. Il vient y écrire, généralement à Sauzon, il vient y aimer, notamment la très jeune et piquante Jacqueline Laurent, il vient y travailler. Car

Belle-Île n'est pas seulement le décor de ses inclinations, elle devient une obsession, une totale urgence.

Avec le réalisateur Marcel Carné, que Gabin surnomme « le môme », avec le décorateur Trauner et le musicien Kosma, tous deux juifs hongrois qui ont fui les rafles et les lois antisémites de leur pays, avec nombre de comédiens qui jouent au sein du groupe Octobre (troupe d'agit-prop dont Prévert est le fournisseur quasi exclusif), une belle équipe s'est constituée, et les films s'alignent, *Jenny*, *Drôle de drame*, *Le jour se lève*, tantôt couronnés de succès, tantôt non, mais jamais médiocres.

C'est ici que l'île devient objet d'étude et de protestation.

Car elle abrite, depuis 1880, une « colonie pénitentiaire », une « colonie maritime » flanquée ensuite d'une « colonie agricole » dans les bâtiments annexes de la citadelle qui eut l'honneur de recevoir Blanqui et maints agitateurs de la Commune. Les enfants délinquants ont de treize à vingt et un ans (ce sont des « fortes têtes » et ils n'ont, pour la plupart, commis que de petits délits). L'avocat Henri Rollet, qui deviendra le premier juge pour enfants, écrit à la fin du XIXe siècle : « Ce n'est pas à proprement parler une école, c'est un pénitencier. » Les dortoirs sont divisés en cellules grillagées de 2 mètres sur 1,5 mètre, et un quartier disciplinaire comporte 20 autres cellules. La poigne est la règle, et la violence aussi. En 1924, le journaliste Louis Roubaud décrit « le bal » (les détenus doivent tourner sept heures durant sur une piste ovale) ou « la corvée de sable » (il s'agit de monter et remonter un escalier de 50 marches avec, sur le dos, un sac de sable et de galets pesant 30 kilos). Ses articles ont quelque influence : l'établissement devient « maison d'éducation surveillée », les gardiens sont qualifiés de

« moniteurs », ils portent une casquette et non plus un képi, et les galoches des jeunes sont remplacées par des sabots. Quant au système et à sa dureté, rien de neuf. On parle, comme avant, du « bagne » pour enfants.

Au demeurant, dès 1861, sous Napoléon III, une soixantaine de mineurs avaient été extraits de la prison de La Roquette, à Paris, et « déportés » vers la plus sauvage des îles d'Or, en Méditerranée, bagne privé appartenant au comte Henri de Pourtalès. Mille à 3 000 enfants y furent expédiés bon an, mal an, travaillant près de treize heures par jour, sauf le dimanche. Habillés en treillis, le crâne rasé, ils subissaient coups de ceinture et, parfois, sévices sexuels. Dix pour cent des internés sont morts de ces traitements, de maladies pulmonaires, de dysenterie. Sur l'île de La Réunion, dans les hauts de Saint-Denis, un établissement aussi meurtrier était géré par la très pieuse Congrégation du Saint-Esprit et du Saint-Cœur de Marie.

Le 27 août 1934, à Belle-Île, un incident banal se produit au réfectoire. Un « colon » enfreint la règle et se permet de manger son fromage avant d'avoir fini sa soupe. Il est roué de coups. Et la révolte s'enflamme, inattendue, incontrôlable. Cinquante-cinq détenus franchissent les murs, s'égaillent dans l'île. On fait appel aux gardes mobiles, mais toutes les bonnes volontés se rejoignent, y compris les touristes, nombreux à cette saison, qui reçoivent une prime de 20 francs pour tout « bagnard » repris ou dénoncé. Les évadés sont rossés si cruellement qu'on entend leurs cris à travers l'île. Un journaliste, Alexis Danan, diffuse l'information, dénonce les établissements de ce type. Et Prévert, dans la foulée, écrit « La chasse à l'enfant » – « Pour chasser l'enfant pas besoin de permis, tous les braves gens s'y sont mis… » –, que Kosma habille promptement d'une musique. C'est Marianne Oswald qui, la première, chantera ce texte dérangeant (les gardiens de bagne protesteront) à La Rose rouge, dont ce n'est certes point le répertoire habituel.

Les barreaux, Prévert n'aime pas. Ni les uniformes, quels qu'ils soient. Mais ce qui motive son indignation et son engagement, ce n'est pas que cela. Il est assez cocasse de penser que 83 collèges portent son nom en France, alors qu'il détestait souverainement l'école (où il obtenait pourtant des résultats fort convenables), et qu'il fut ravi de la quitter après le certificat d'études – son seul et unique diplôme. Il y a, chez lui, constamment présente, une indignation contre toutes les manières dont l'enfant est opprimé. Il l'écrit en 1951 dans « La méningerie » :

Dressage
Dompteurs
de cœurs et de cerveaux,
pollueurs de la plus belle eau,
du plus bel âge,
ils font sauter dans leurs cerceaux
les enfants sauvages

Un « poème », comme dirait l'autre, c'est très bien, surtout quand ça choque le bourgeois. Mais Prévert entend ne pas en rester là. Il parle à Carné, « le môme », et lui vend le projet d'un film qui sera tourné à Belle-Île, sur les lieux du crime, qui s'appellera *L'Île des enfants perdus*, et dont la vedette sera Danielle Darrieux. Prévert travaille dur, accouche du scénario. On y croise, derrière les barreaux, Chewing-gum l'acrobate, La Brindille qui balaie, Mésange qui ne peut s'empêcher de chanter, Jean-Louis qui dit toujours non, etc. « Je préfère, dira Prévert en 1960, les films un peu gênants qui mettent les gens mal à l'aise. » Mais la censure, la sacro-sainte censure de la République, qui ne tolère à l'époque ni un sein ni une mauvaise pensée, n'est absolument pas de cet avis. Déjà, Gabin en déserteur dans *Quai des brumes*, ça n'avait pas été simple. Mais une apologie des sauvageons, pas question. À deux reprises, Prévert et Carné voient leur projet retoqué. Puis c'est la guerre, une nouvelle censure et de nouveaux censeurs…

Le conflit mondial à peine terminé, Prévert part pour la Bretagne. Il découvre « Brest dont il ne reste rien » et croise, à Ouessant, une fille qui se prénomme Barbara. Dans l'ivresse d'une victoire ambiguë, on lui reprochera d'avoir écrit, à ce moment-là, « quelle connerie la guerre ! », mais il signe et persiste comme lui seul est capable de persister.

De retour à Paris, le combat pour Belle-Île reprend. Car Prévert et Carné, qui viennent de connaître un triomphe avec *Les Enfants du paradis*, puis un four avec *Les Portes de la nuit*, n'ont qu'une idée en tête : tourner *L'Île des enfants perdus*. Ils trouvent un producteur, Nicolas Vondas, qui ronchonne que les Français ne veulent plus de films « noirs » et impose Arletty à la place de Danielle Darrieux. Quant à la censure, elle existe toujours, et le scénario n'est finalement toléré que grâce au président de la commission dont la voix compte double. Et puis le producteur exige des scènes plus drôles, plus lestes – il n'y a pas qu'un bagne, à Belle-Île, nom de nom. « On ne peut tout de même pas mettre une boîte de nuit dans un pénitencier », bougonne Prévert. Mais il tient tant à son sujet qu'il accepte, par effet de contraste, d'y insérer une bande de Parisiens sur leur yacht, insouciants et noceurs. On négocie mot à mot, virgule après virgule. On change le titre, qui devient *La Fleur de l'âge*, et, le 28 avril 1947, sur l'île, le premier tour de manivelle est enfin donné.

La distribution est époustouflante. Autour de la toute jeune Anouk Aimée (elle n'a que quinze ans, et c'est Prévert qui lui a trouvé son pseudonyme), sont à l'affiche Arletty, Martine Carol, Serge Reggiani, Paul Meurisse ou Julien Carette. Les décors sont évidemment de Trauner, la musique évidemment de Kosma et les costumes de Mayo (qui avait dessiné ceux des *Enfants du paradis*).

Tout pour plaire et réussir. En réalité, le fiasco est total. Belle-Île est parfaite, mais le temps un peu moins. Le producteur réclame à tout moment des modifications, Prévert et Carné s'engueulent, un figurant se noie, les techniciens se mettent en grève, un chien dressé meurt d'une crise cardiaque, et le yacht qu'on avait fait venir de Monte-Carlo connaît un début d'incendie. En trente-deux jours, 69 prises sont réalisées, et il en reste près de 300. Le producteur s'affole, Prévert est sommé de trouver un subterfuge pour abréger le tournage. Finalement, Carné et lui jettent l'éponge. De *L'Île des enfants perdus* ne restèrent que quelques bobines, mystérieusement disparues après un visionnage – celui où la productrice Christine Gouze-Rénal avait convié son beau-frère, François Mitterrand.

L'établissement pénitentiaire, lui, ne ferma qu'en 1977. Il avait beaucoup changé, paraît-il. Belle-Île aussi. Elle pouvait enfin s'abandonner à une sauvagerie souriante.

Berder

Cela sentait la soupe et le jupon fané. L'odeur des propriétaires, petites sœurs de Saint-François, qui avaient migré depuis l'île aux Moines, la grande voisine. J'étais enfant, et, en ces années d'austère reconstruction, il n'était pas question, dans ma famille, de fréquenter l'hôtel, fût-ce l'Hôtel de la Plage cher à Jacques Tati. Toutefois, mes parents avaient trouvé moins cher et plus rare : aux environs de Noël, ils nous emmenaient parfois sur la toute petite île Berder où les religieuses, pour améliorer leur trésorerie, louaient des chambres. C'étaient parfois de vraies chambres, et parfois des locaux carrément rustiques au-dessus de l'étable. J'ai appris, à cette occasion, que les ruminants accomplissent un très laborieux travail dont leur compagnie emplit l'oreille du témoin avant qu'ils n'emplissent définitivement leur panse.

Mais le golfe du Morbihan – mes parents disaient « le Golfe » tout court – valait bien cela. Car c'était et c'est une merveille que cette mer intérieure ponctuée d'îles ensoleillées et s'achevant sur des rives paisibles, des criques herbues, des marais et des joncs. Pour comble, la mer de la Bretagne sud, plutôt tranquille côté courants, s'affole en ces lieux quand le flot vient s'étrangler, à l'entrée, entre la pointe de Kerpenhir et celle de Bilgroix. Les locaux disent que c'est le deuxième courant d'Europe, particulièrement entre Berder et la Jument. Je ne sais. Ce que je sais, c'est que, plus tard, quand j'ai pratiqué la régate parmi ces îles, le jeu consistait à s'écarter du chemin rectiligne et à s'en aller piquer dans un flux bien précis, connu des seuls initiés, passant en flèche sous les yeux éberlués de la concurrence.

Nous arrivions du nord de la Bretagne, et le paysage, ici, nous ouvrait un autre monde, doux, souriant, pastel, délicat. Et puis Berder, au sein de ce monde, était plus singulière encore. Car le couvent qui nous hébergeait n'en était pas un. Ni le manoir, ni la tour octogonale, ni la végétation méridionale ne plaidaient en ce sens. Ma mère m'expliqua que tout cela était l'œuvre, vers 1880, d'un ancien militaire, secrétaire de la Compagnie du câble transatlantique, admirateur du général Boulanger – ce qui lui valut quelques ennuis –, et surtout épris de totale, radicale modernité. Il s'appelait Arthur Dillon, roulait en voiture électrique Krieger, avait installé dans son bureau un appareil Morse pour que le télégraphe atteigne son île, et n'avait pas hésité à faire construire un gois pour qu'elle fût accessible à marée basse.

La classe, la classe mondaine. Bien avant le jupon des nonnes, la dentelle avait ici régné. Rien que du beau linge (à l'exception notable de Louise Michel qui, de retour d'exil calédonien, fut invitée à venir se reposer, comme quoi certains monarchistes ont les idées larges). Reste que l'ordinaire, si j'ose écrire, c'était plutôt Sarah Bernhardt (en voisine), l'archiduc d'Autriche, les Rohan, le futur Jean XXIII, et surtout Anne d'Uzès dont la grand-mère était plus connue sous le nom de veuve Clicquot – c'est elle qui s'était liée d'amitié avec la « vierge rouge ». Arthur avait planté, alentour, palmiers et succulentes, si bien qu'on se serait cru sous d'autres latitudes, et organisait des croisières sereines sur son vapeur, la *Manuella*. Évidemment, tout cela a un coût, Dillon se ruina jusqu'à l'os, et Anne d'Uzès, pour lui permettre de mourir tranquille sur son île de rêve, la lui racheta.

Aujourd'hui, ces extravagances n'ont plus cours. Berder, après avoir été la propriété d'Yves Rocher, a été reprise par un promoteur rennais qui veut y installer un hôtel cinq étoiles où Louise Michel, du moins ses héritiers spirituels, ne seront vraisemblablement pas conviés.

Car le golfe, désormais, c'est le Luberon breton. Le dernier endroit où l'on se croise, où l'on dîne au bord de la piscine, où l'on investit à bon escient. Ce qui change du tout au tout la réalité îlienne. Le sociologue Patrick Prado, chercheur au CNRS, a travaillé et publié – dans la revue *Ethnologie française*, en 2006 – sur la « recomposition sociale du paysage » à l'île aux Moines, et ses conclusions sont parfaitement applicables aux terres voisines, notamment à l'île d'Arz. Il observe « un paysage qui se ferme », d'où la mer devient inaccessible. Hier, dit-il, les habitants se regroupaient au cœur et le rivage était dégagé. Mais le centre de gravité des îles s'est « délocalisé ». Car elles deviennent « sans marins, sans ruraux, sans paysans, et bientôt sans paysages maritimes ».

Pourquoi ? Parce que les résidences secondaires en sont désormais maîtresses. « On comptait encore douze fermes en 1959 [sur l'île aux Moines], explique Prado, trois en 1975, zéro en 1982. » En revanche, 80 % des permis de construire sont accordés à des résidents secondaires. Et que font-ils, que veulent-ils, ces résidents ? Ils veulent l'exclusivité de leur vue et la clôture de leur territoire. Ainsi ont poussé et poussent des conifères, des lauriers-sauce, bref, des arbres ou des arbustes qui n'ont rien à faire là sauf enserrer la maison, la cacher, fragmentant et privatisant l'espace. Des plantations qui tuent le paysage partagé. Qui le rendent sombre. Qui le barrent. « Il est quand même paradoxal, observe le chercheur, qu'on ne voie plus la mer d'une île… » Hier, notait le géographe Louis Brigand dans son ouvrage sur les îles du Ponant, une petite île s'achetait pour le prix d'une voiture. Désormais, lui répond son collègue Prado, « on est passé non seulement d'un régime économique à un autre, mais peut-être d'un régime idéologique à un autre et, probablement, de l'utopie à l'utopie : paysages homogènes, sans ces caractéristiques propres qui ont fait rêver si longtemps notre humanité depuis les Grecs et la Renaissance »...

De grâce, rendez-moi, rendez-nous le fantasque Dillon et son amie, l'hospitalière duchesse d'Uzès, qui aimait judicieusement le rouge, contrairement aux apparences. Et ne nous encombrait pas de lauriers-sauce.

Béring

Vitus Jonassen Béring n'avait pas la réputation d'un homme facile. On le disait cassant, éventuellement brutal, toujours compétent, solitaire, traversé par le rêve. Car Vitus Jonassen Béring n'était pas n'importe qui et ne fit pas n'importe quoi : il changea notre vision du monde autant que, avant lui, Francis Drake et les pionniers de la Compagnie néerlandaise des Indes orientales l'avaient fait, à l'orée du XVIIe siècle, en doublant le cap Horn. Sauf que Béring, lui, ne connut qu'une direction : l'est. Et que son exploit vint cent cinquante ans plus tard.

Danois d'origine, né dans la petite ville de Horsens, entre mer du Nord et Baltique, il se voulut marin puis russe : on le rebaptisa, là-bas, Ivan Ivanovitch. Il bourlingua pour le compte du tsar en Baltique et en mer d'Azov, prit part à des combats, épousa une femme russe, gagna du galon et encore du galon, et, en 1725 – il avait quarante-quatre ans –, se retrouva face à Pierre le Grand, lequel était au terme de sa vie. Avant de mourir, le tsar voulait lancer un immense défi : établir qu'il existait une mer, un passage entre l'Asie et l'Amérique. Il chargea Béring de cette mission folle.

Folle à tuer.

Il ne s'agissait pas de s'embarquer à l'aventure. Bien avant de naviguer, il fallait traverser la terre. Pas n'importe laquelle : la Sibérie, 6 000 kilomètres de steppes, de forêts, de montagnes, de neige, de glace. Béring et la trentaine d'hommes qui l'accompagnaient, partis en janvier 1725, ne parvinrent à Okhotsk, sur la côte orientale de l'Empire russe, que vingt et un mois plus tard.

Et il leur fallut encore huit mois pour que les charpentiers, les forgerons, les gréeurs achèvent la construction du *Fortuna*, lequel toucha l'ouest du Kamtchatka après deux semaines. Béring, toujours cap à l'est, décida de ne pas longer cette côte incertaine : on démonta le *Fortuna*, on traversa la presqu'île à pied, soit 1 000 kilomètres *via* monts et rivières, on passa l'hiver dans des forêts de mélèzes, au bord de l'eau, et l'on en profita pour mettre en chantier un bateau plus grand, plus apte aux mers difficiles.

En juillet 1728, Béring appareilla vers le nord sur le *Gabriel*, en quête de l'éventuel passage. Les terres devenaient de plus en plus arides et inhabitées. Mais des Tchouktches, qui y vivaient sous la hutte, évoquèrent une île, au nord-est. Jusqu'ici, le temps s'était révélé maniable, pas trop rude. Et l'équipage du *Gabriel* finit par l'apercevoir, cette île à laquelle Béring donna, comme souvent, le nom du saint du jour, Saint-Laurent. Il était convaincu que l'Amérique était à portée, il la flairait, d'ailleurs il s'approcha d'une côte montagneuse. Il s'en approcha mais ne l'atteignit guère : à 67°18' de latitude nord et 167°7' de longitude est, il fut pris par un courant violent qui l'entraînait à rebours. C'était le 13 août, les vents allaient forcir, et, sagement, le commandant décida de revenir au Kamtchatka pour hiverner. L'été suivant, il choisit de rectifier sa route, et d'aller plein est. Mais la brume et la tempête eurent raison de l'expédition. Après avoir exploré la plus septentrionale des îles Kouriles, entre Japon et Kamtchatka, il fut contraint de renoncer.

Le retour vers Moscou où la Cour s'était réinstallée après la mort de Pierre fut dantesque. Et l'accueil frisquet. Tout ça pour ça, lui fut-il objecté par les savants assemblés. Où sont le Campagniland, le Gamaland ? Vos descriptions ne correspondent guère à nos cartes. Le commandeur répondit point par point, relata chacune de ses observations, retraça chacune de ses options.

Et, finalement, il reprit la route, retraversa la Sibérie, retrouva Okhotsk où deux navires furent mis en chantier. Entouré de capitaines avec lesquels il s'entendait difficilement mais qui étaient d'excellents marins, Béring avait des appuis solides. L'expédition devint gigantesque : 600 hommes, 12 médecins, 7 ecclésiastiques et maints savants. On ne parvint au port d'Okhotsk que fin 1738 et il fallut encore trois ans pour disposer de deux vaisseaux neufs, le *Saint-Pierre* et le *Saint-Paul*. Entre-temps, Anna-Christina, la femme de Béring, qui n'en pouvait plus, avait fait demi-tour.

Ce n'est donc qu'en juin 1741, vingt-six ans après que Pierre le Grand eut mandaté le navigateur, que Vitus Jonassen Béring reprit la mer. Il avait mûrement réfléchi. Est-sud-est pour commencer, puis on virerait au nord dès que l'Amérique serait reconnue. Très vite, dans la brume et la tempête, les deux navires se perdirent de vue. Béring remonta nord-est. Le scorbut commençait à le ronger, et il n'était pas le seul. Mais, le 16 juillet 1741, la récompense vint : de très hautes montagnes naquirent de la mer. Le commandeur avait hâte, maintenant, de regagner le Kamtchatka. Il longea des îles qu'ensuite on baptisa Aléoutiennes, affronta tempête sur tempête. Le scorbut gagnait encore, peu d'hommes demeuraient valides, à commencer par le patron. Le 8 décembre 1741, tandis que le *Saint-Pierre* s'échouait sur les roches d'une île inconnue qui devint l'île Béring, parmi les « îles du commandeur », une crise de péritonite fut fatale au pionnier. Vingt-huit marins moururent à sa suite, mais un charpentier du bord réussit à récupérer assez de morceaux de l'épave pour en tirer un esquif de 12 mètres. Il y eut 46 survivants. Vitus Jonassen Béring, lui, avait été enterré sur « son » île selon le rite luthérien, dans la mer de Béring, laquelle menait à la mer des Tchouktches par le détroit de Béring. Pierre le Grand, tout compte fait, avait eu la main heureuse. Pour le malheur et la gloire de son affidé.

Blefuscu

Jonathan Swift va d'île en île, mais ne cherchez pas du Stevenson chez lui, moins encore du Jules Verne, du Cook, ou le récit de tout autre narrateur de péripéties réputées vraisemblables. Car Jonathan Swift n'a rien d'un conteur d'aventures. Il rit, il nous fait rire, mais André Breton a bien raison de voir en lui l'inventeur de l'humour noir.

Anglais d'Irlande, il est toujours entre les mondes. Ecclésiastique comme on le devenait au XVIIe siècle quand on avait de l'ambition mais pas les moyens de cette ambition, il se partageait entre la belle et subtile Stella et la belle et subtile Vanessa – sans compter quelques autres. Polémiste ravageur, il se laissait guider par l'indignation, chez lui éternellement à vif, et c'est ainsi qu'il commit une *Modeste Proposition* pour que les familles anglaises aisées fassent le meilleur usage des enfants d'Irlande : qu'elles les mangent en deux ou trois fois, ce qui serait moins douloureux pour eux, et fort approprié pour les dimanches bourgeois. Et il ajoutait : « Quant à notre ville de Dublin, on pourrait y aménager des abattoirs, dans les quartiers les plus appropriés, et qu'on en soit assuré, les bouchers ne manqueront pas, bien que je recommande d'acheter plutôt les nourrissons vivants et de les préparer "au sang" comme les cochons à rôtir… »

Sur sa tombe, en la cathédrale de Dublin dont il était le doyen – Dublin fut aussi sa ville natale –, il fit graver ceci : « L'indignation ardente ne peut plus déchirer son cœur. Va, voyageur, et imite si tu le peux quelqu'un qui se voua entièrement à la cause de la liberté. » C'était en 1745, et ça ne rigolait plus.

Des voyages de Lemuel Gulliver, et des îles prodigieuses qu'il visita, je serais fort tenté de retenir l'île aux chevaux, l'île des Houyhnhnms, qui sont tellement sages et doux qu'ils parviennent à dresser tant bien que mal les Yahoos, les troupeaux d'humains. Mais il est une histoire que je préfère à toute autre. C'est la gigantesque controverse qui oppose les habitants de Laputa, l'île volante, à leurs voisins de Blefuscu. J'en avais déjà fait état dans un précédent livre, *Le Vent du plaisir*.

Deux camps s'affrontent : les grosboutistes soutiennent qu'il faut manger les œufs par le gros bout, et les petitsboutistes soutiennent qu'il faut manger les œufs par le petit bout. L'affaire est sérieuse, on se bat à son propos, on s'injurie, on se déteste, on meurt. Évidemment, des transfuges naviguent entre les fortins, des renégats, des félons, des apostats prolifèrent un peu partout. Les théoriciens s'enflamment, démontrent, pontifient, pourfendent. Et bientôt, à l'intérieur du camp grosboutiste comme à l'intérieur du camp petitboutiste, des divergences apparaissent et saignent. Jusque-là, rien que de banal : le train-train partisan.

Mais l'exécration, qui précédemment divisait les deux blocs comme la terre unit et sépare les tranchées, se ramifie, prolifère désormais au sein de chaque famille : c'est le plus proche qu'on déteste, ce n'est point l'ennemi – il est franc, l'ennemi, et puis il est loin, on sait à quoi s'en tenir. Certains grosboutistes deviennent suspects de petitboutisme, et certains petitboutistes deviennent suspects de grosboutisme. Les purges commencent. Les grosboutistes s'efforcent d'éradiquer la tentation petitboutiste qui ravage, parmi eux, les brebis galeuses, tandis que les petitboutistes déclenchent, chez eux, la chasse au grosboutisme déguisé.

Naturellement, les grosboutistes modérés qui essayaient de dialoguer avec les petitboutistes modérés se retrouvent premiers dans la ligne de mire des grosboutistes intransigeants, tandis que les petitboutistes modérés qui avaient pris langue avec les grosboutistes modérés sont cloués au pilori. La guerre continue de faire rage entre grosboutistes et petitboutistes, mais cette guerre primaire, originelle, n'est maintenant que peu de chose à côté de la guerre intragroboutiste et intrapetitboutiste. L'ensemble de la société se délite et s'entre-hait.

Et la boucle est bouclée. Voici que les grosboutistes jusqu'au-boutistes, tout à leur détestation des grosboutistes pondérés, décident de faire alliance avec les petitboutistes jusqu'au-boutistes, heureux de trouver en ces derniers des interlocuteurs au-dessus de tout soupçon. Et les jusqu'au-boutistes de chaque obédience, provisoirement unis, mitraillent, d'un commun accord, le reste de leurs concitoyens, en attendant, bien sûr, de reprendre entre eux les vraies hostilités tactiquement suspendues. L'alliance entre extrêmes plutôt qu'avec le voisin est une constante des zélateurs quels qu'ils soient...

Voilà, me semble-t-il, une magnifique initiation à la politique partisane et aux théologies sourcilleuses. Swift connaissait par cœur l'une et les autres. Il avait aussi bien servi les *whigs* que les *tories*, il avait expérimenté le fondement et les limites des camps adverses, et conclu à la vanité de ces affrontements – on dirait aujourd'hui de ces postures – aussi féroces que vains, et avait plaidé, par exemple, pour que la paix revienne entre Anglais et Français. D'autant que, pendant ces joutes, ces combats, ces échauffourées, ces glorieux barouds, il voyait les Irlandais crever de faim et le monde entier indifférent à ces tortures.

En matière théologique, il était également bien placé, et fort instruit des querelles imaginables. Dans *Gulliver*, il s'amuse d'ailleurs à citer le grand prophète Lustrog de Blefuscu, lequel, dans le livre sacré du Blundecral (le Coran local), au chapitre 54, déclare péremptoirement : « Tous les vrais fidèles casseront leurs œufs par le bout le plus commode. » Article d'apparence tolérante, et qui risquerait d'être interprété comme « chacun le cassera à la façon qu'il préfère ». Lors interviennent théologiens et exégètes : que signifie, au juste, « le bout le plus commode ». Et ça fuse, et ça s'empoigne, et c'est reparti.

Les Voyages de Gulliver ne sont pas, mais alors pas du tout, un livre pour enfants. *Les Voyages de Gulliver* sont un livre pour quiconque s'adonne à la politique et joue sur les croyances. Swift raconte que des grosboutistes dissidents ont trouvé refuge à la cour de l'empereur de Blefuscu, mais que cette dissidence même relance tant de guerres sanglantes, tant de conflits navals, que les îles en sortent épuisées. Et ainsi de suite, pour les siècles des siècles.

Jonathan Swift, qui tenait en horreur toute forme de pédanterie, n'était pas seulement un génial indigné. C'était un « libéral », au sens fort du terme : un ami des libertés et un partisan de la négociation intransigeante, de la négociation obstinée, mais de la volonté de négociation. Voltaire ou Montesquieu l'encouragèrent en ce sens. Hélas, faute de terre habitable, il partit pour ses îles imaginaires, passablement désespéré. Mais riant toujours.

Bolchevique

À 30 milles au large de la Sibérie, plus exactement d'une péninsule qui se nomme Taïmyr, se trouve un archipel qui fut le dernier découvert sur cette planète – repéré en 1913 et cartographié en 1933.

Il n'est certes pas impossible qu'un aventurier soit passé par là antérieurement. Mais, disons-le franchement, cette « terre du Nord » n'a rien d'appétissant. Des eaux solides, des glaciers, un air froid et sec, des températures qui vont de – 30 °C en février à – 0,5 °C au mois de juillet. Des mousses et des lichens entre les glaces, et, à la belle saison, une fleur, une seule, le pavot polaire, autrement dit la saxifrage pourpre et ses pétales roses. Des oiseaux nichent là-bas, au moins une partie de l'année : le mergule, le bruant des neiges, le bécasseau violet, la bernache cravant. Sans oublier la mouette chère à Gaston Lagaffe.

Je pourrais continuer sur ce registre, vous parler du lemming à collier, du renard arctique, etc. Mais, à vrai dire, mon propos, mon intérêt n'est nullement écologique. Ce qui m'attire l'œil et me titille la mémoire, c'est que, parmi les 70 îles, la plupart minuscules, de l'archipel, les quatre plus importantes se nomment île Bolchevique, île de la Révolution d'Octobre, île Komsomolets ou île Pionnier. Aujourd'hui encore. Et, tout d'un coup, des flashs me reviennent en mémoire, les fusées triomphales sur la place Rouge, le landau d'Eisenstein descendant les marches de la révolution, Khrouchtchev ôtant sa chaussure à l'ONU pour marteler son discours, ou Brejnev qui paraissait embaumé bien avant sa mort. Sans oublier, *laï laï laï*, la fraternisation avec les Chœurs de l'armée Rouge chantant « Kalinka ».

La terre du Nord avec ses îles, et d'abord l'île Bolchevique, est l'ultime témoin déclaré du monde soviétique.

Bien sûr, en 1913, quand les brise-glace *Taïmyr* et *Vaïgatch* s'y aventurèrent pour une expédition hydrographique menée par Boris Vilkitski, le palais d'Hiver n'avait pas été vidé de ses hôtes princiers et, tout naturellement, le drapeau qui fut planté portait le nom et les armes de Nicolas II – on croyait alors que tout cela ne formait qu'une île et une seule. Mais, en 1931, le dirigeable LZ 127 Graf Zeppelin établit qu'il s'agissait bel et bien d'un archipel. Le temps de mettre sur pied une véritable campagne scientifique qui cartographia l'ensemble, on n'y alla pas par quatre chemins idéologiques pour procéder au baptême : les piliers du régime furent appelés à la rescousse.

En 1988, la perestroïka étant d'actualité, Andreï Sakharov, *via* sa fondation Memorial, tenta de débaptiser

Bolchevique et ses cousines. Il proposa de transformer la « terre du Nord » en « archipel des Victimes » et de décliner ainsi les appellations : Révolution d'Octobre deviendrait « île des Victimes de la terreur », Bolchevique « île des Victimes du goulag », Komsomolets « île des Victimes de la guerre », ou Pionnier « île des Victimes de la famine ». Mais, soit par volonté, soit par inertie, l'appareil ou ce qu'il en restait ne broncha point. Les habitants du continent, eux, proposèrent des noms de saints : Olga, Marie, Alexandra, Tatiana. Mais leurs pieuses revendications n'eurent pas plus d'écho.

Si bien que l'ordre rouge demeure. Au moins dans ses confins absolus. Est-ce un oubli ? Ou un échantillon de nostalgie congelée ?

Bréhat

Celle-là, je l'aime avec rage. Comme on aime sa famille tout en sachant qu'au fond des placards, quelques fantômes sont oubliés mais pas si oubliés que ça. Comme on aime son pays, sa langue et tout ce qui s'ensuit, quoique l'histoire nous susurre qu'il ne fut pas toujours exemplaire et, pour tout dire, le contraire de cela même. Comme on aime ses voisins, en joyeuse compagnie desquels on partage, l'été venu, un barbecue sans chichi et le petit rosé qui va avec tout, même si les voisins… enfin vous voyez ce que je veux dire…

Celle-là, Bréhat, c'est la mienne, c'est « mon coin », selon l'expression consacrée, et c'est, à mes yeux, la plus belle, la plus dorée, la plus étonnante, la plus complexe. Et la plus exaspérante.

Quand j'étais au « petit lycée » de Saint-Brieuc – qu'aujourd'hui on nommerait un collège –, les professeurs, une fois l'an, organisaient une « sortie scolaire », c'est-à-dire un jour de balade récréative. La fonction pédagogique de cette excursion était parfaitement indéfinie, mais tout le monde y allait de grand cœur. Et, chaque année, la destination était la même : l'île de Bréhat. Pourquoi ce choix ? Parce qu'une île, c'était simple : il suffisait de s'assurer que toute la classe était présente à l'embarquement et que ladite classe était également présente au rembarquement. Une fois sur l'île, après que nous avions braillé en chœur dans le car dont le conducteur avait bien du mérite, puis la courte traversée, nos maîtres s'installaient au bistrot, toujours le même, La Potinière, face à la plage du Guerzido, et ils fumaient, buvaient, mangeaient et papotaient, sans plus s'occuper de nous, qui étions libres de nos mouvements jusqu'à 17 heures. Et jusqu'à 17 heures, ce dont nous nous occupions, c'étaient des filles. Il était fréquent, et quasiment fatal, que le lycée femelle suivît à la lettre la démarche du lycée mâle. L'île, l'île de Bréhat, nous offrait une expérience unique : la mixité. Autrement dit l'impensable.

N'allez surtout pas croire des choses. Le long des sentiers, parmi les fleurs printanières, à l'ombre des rochers roses piquant la côte, ou bien sur les promontoires, surtout celui de la chapelle Saint-Michel qu'on gravit d'un genou de pèlerin, il ne se passait rien, ou presque rien. Ce qu'il se passait était de l'ordre du parfum, de l'effleurement, de la peau entrevue et furtivement convoitée, du rire niais. Et surtout, surtout, du fantasme – mais du fantasme partagé, du fantasme deviné entre les herbes, dans l'odeur sucrée des genêts.

Autant dire que Bréhat, dans ma vie commençante, s'annonçait très bien, et délicieusement frustrante. Plus tard, ayant approfondi sa connaissance comme celle des femmes (imparfaite par définition et où l'assurance est promesse d'échouement), j'ai été émerveillé par l'une et par les autres. Bréhat – mes confidences n'iront pas au-delà, ce n'est guère le lieu – a ceci d'extraordinaire, non seulement que ses replis, ses criques, ses hauts et ses bas sont infinis, mais encore que la magnificence de ses paysages contraste parfaitement avec la mer qui l'entoure. Le Ferlas, le chenal séparant l'île, ou plutôt les îles du continent, est agité, somptueux, et perfide. Le courant y est inverse de celui du Trieux, plus serein, mieux balisé, dont les rives sont boisées jusqu'au rivage (le peintre Henri Rivière l'a fort bien rendu, avec sa touche japonisante). C'est exquis, c'est radieux, et parfaitement acrobatique. Si vous vous laissez distraire, en bateau, passant devant Trebeyou, si vos yeux s'attardent sur le port ovale de Loguivy (et comment ne pas s'attarder devant pareille élégance ?), le talonnage est aussitôt garanti. Bréhat est une fête, mais une fête méritée.

Même la nuit, au mouillage, il convient de garder l'œil ouvert et l'oreille prudente. Mon ancre a dérapé quatre ou cinq fois, dans l'anse de la Corderie, là où, un siècle plus tôt, hivernaient, tassées les unes contre les autres, les goélettes morutières. Et même dans le trou de la Souris, havre réservé aux locaux, aux initiés, les algues qui jonchent le fond sont carrément traîtresses. Vous vous croyez blotti, et le caillou se rapproche, insensiblement. Elle sourit, Bréhat, elle est avenante, mais c'est une garce, c'est un traquenard. S'en approcher est scabreux. En faire le tour sans tirer un bord, jouant sur les renverses, est un exercice aigu.

Au demeurant, Bréhat n'est pas une, mais archipel. Pour commencer, elle est double : un petit pont – à l'origine, un tombolo de galets – relie les deux versants de l'île principale. Au nord, c'est ras, les maisons semblent des îles sur l'île, et le phare du Paon est la porte de la pleine mer, d'une mer prompte à la convulsion et à la révolte. Au sud, en revanche, c'est cossu, verdoyant, coloré, c'est jonché d'agapanthes, c'est le domaine des domaines acquis, conquis et transmis par les familles qu'on dit grandes, c'est engazonné, planté, dessiné, c'est orné de tourelles, d'arbres majestueux, et l'on sent, et l'on sait que le moindre mètre carré vaut aussi cher que boulevard Malesherbes.

Mais autour, tout autour, il y a des îles secondaires, et puis les plus petites, celles qui ne portent qu'un arbre, celles qui ne portent rien mais dont les plagettes abritent une vie prodigieuse que les pêcheurs connaissent par cœur. Et encore les îlots qui sont des crocs, qui sont les rostres de galères invisibles, qui apparaissent et disparaissent, qui se planquent entre deux eaux et qu'il faut, humblement et méticuleusement, savoir renifler. Si vous ne venez à Bréhat que pour la photo, que pour l'instantané saisi au vol, vous n'avez rien vu, absolument rien : l'image arrêtée n'est que mensonge, tout est dans le flux, tout est dans le mouvement, l'oscillation, la mobilité – le paysage n'est jamais figé, c'est sa force et sa merveille.

Bréhat connaît, en pire, le sort des îles proches du continent. Sa population réelle s'évanouit (2 000 au mitan du XIXe siècle, 300 aujourd'hui), les résidences très secondaires font plus que l'emporter, et quelques valeureux, maraîcher bio ou talentueux souffleur de verre, se sont établis à l'année tandis que les vacanciers affluent dès que l'Éducation nationale le décrète. Ils sont jusqu'à 4 000, durant « la saison », et le flot des visiteurs d'un jour que charrient les vedettes locales, vedettes qui ressemblent désormais à des bateaux-mouches et dont les propriétaires, plus que jaloux de leur monopole, ont fait main basse sur les hôtels haut de gamme, se déverse en continu et picore dans les échoppes étudiées pour. L'hiver est morne, la plupart des boutiques, des bistrots sont fermés – leurs exploitants les plus heureux se dorent aux Antilles. L'été, le flot moutonnier se renouvelle quotidiennement, empruntant le chemin tout tracé, toujours le même, de Port-Clos au Paon et retour.

Si séduisante soit-elle, Bréhat ne sait pas, ne veut pas recevoir. Les marcheurs avec leurs sacs à dos sont vécus comme un mal plus ou moins inévitable, et comme un réservoir de monnaie qu'il s'agit de vider prestement, et au meilleur compte. Les navigateurs ne sont guère plus accueillis, quelques coffres en eau profonde à la Corderie : les autres doivent mouiller dans le courant. Aussi voiliers soient-ils, on les perçoit comme des intrus et des pollueurs. Et pourtant les piétons comme les marins viennent là par amour, par amour d'une beauté qui ne réussit pas à se faner quand elle se refuse à sourire.

L'île de Béniguet, entre Grou Ézen et Raguénès, à l'ouest de Bréhat, séparée de cette dernière par le chenal incomparable du Kerpont, appartient à la famille Baud, héritière du fondateur de Franprix et de Leader Price. Autant dire une famille entreprenante – elle a conçu, à Perros-Guirec, un hôtel de luxe avec spa, un hôtel à bulles. Et elle a décidé de muer Béniguet, refuge délicat et boisé avec vue sur le moulin à marée du Birlot, en « Seychelles françaises » (le tout couvre 800 mètres de long sur 300 à 500 mètres de large). Pour ce faire, sans permis aucun, elle a édifié des maisonnettes « de charme », créé des chemins pavés, construit des murs et un débarcadère afin qu'une clientèle choisie, et qui a les moyens de ses choix, puisse venir chercher « relaxation et méditation » dans ce « petit paradis » – la com', on le voit, ne fut pas avare de clichés. Mais, le 25 mars 2014, une quarantaine de gendarmes, d'agents des services de l'urbanisme ou de l'Office national de la chasse et de la faune sauvage ont interrompu les travaux, rendu les Seychelles à l'océan Indien et le paradis aux simples mortels. À l'heure qu'il est, le dossier se plaide toujours.

Dans le même temps, Hervé de Roeck, héritier d'une modeste parcelle de 130 mètres carrés sur l'île Lavrec, exactement de l'autre côté, vient, au terme de ses ans, de la léguer à une association qui se fixe pour but d'inventorier des vestiges gallo-romains, de rechercher les traces éventuelles d'un cimetière mérovingien, et celles de la première université monastique qui aurait été fondée là par saint Budoc, au Ve siècle. Lequel Budoc était disciple de Maudez, non moins saint, supposé d'origine irlandaise, et qui, fuyant les intrigues d'une cour dissolue, aurait gagné le Trégor, notamment l'île qui porte désormais son nom à l'embouchure du Trieux. Il débarrassa cette dernière des serpents, des vers qui y pullulaient, et l'on prit le bateau, génération après génération, pour y guérir des fièvres, des morsures, de la cécité, bref des maux redoutés des honnêtes chrétiens, et surtout des pauvres.

Bréhat, c'est tout cela. Ce sont les Seychelles et saint Budoc, c'est la vulgarité et le raffinement, ce sont les mouillages exquis et les vagues dures et sèches. Un miracle, comme eût dit l'évangélisateur, mais un miracle en suspens, instable. Le gigantesque parking, avec panneaux lumineux numériques, où s'entassent les voitures des candidats à la traversée a encore été agrandi. On parle de muer la cale en « gare maritime ». On parle de nouveaux traversiers, encore plus massifs que les actuels bateaux-mouches.

Ce qui nourrit les réflexions de François Letron, agriculteur bio, qui exploite en structure partagée. Il s'est exprimé à la veille du Festival annuel des îles du Ponant (elles sont 15, sur les côtes occidentales de la France). « Nous sommes, dit-il, dans une très bonne dynamique, avec des reprises d'exploitation qui se font depuis 2016, ce qui n'est pas le cas partout. Pour autant, à Bréhat, un bâtiment agricole peut vite se transformer en vocation touristique ou en loft pour un particulier aisé. Le lucratif pourrait alors prendre le pas sur les produits de première nécessité, d'autant que les baux ruraux ne tiennent pas compte du mode d'exploitation comme le bio, par exemple, et que les normes environnementales n'ont pas encore intégré l'approvisionnement local : seuls les paysages et les sites sont pris en considération... » Tourisme de masse, résidences secondaires dont les occupants importent leur consommation ou production locale ? Simple affaire de vie ou de mort...

C

Capri

Lorsque Patrick Rotman et moi avons écrit *Les Intellocrates*, qui fut un sacré succès germanopratin, nous savions pertinemment, dévoilant le mécanisme très français des grands prix littéraires, que nous renoncions à ces colifichets nourriciers qui n'ont qu'une fonction : concentrer les ventes sur 8 ou 9 titres tandis que les 300 autres font tapisserie. L'édition a horreur du flou, et la librairie y gagne en gestion et en trésorerie. Avantageux pour tout le monde, sauf pour les perdants et leurs lecteurs, c'est-à-dire pour presque tout le monde. Ce n'est pas parce qu'un livre est couronné qu'il est mauvais, mais l'ombre qu'il étend sur les autres ouvrages est assurément funeste.

Et pourtant, des prix, des prix d'honneur, des prix d'amour, j'en ai obtenu quelques-uns. Cela prenait généralement la forme d'un objet en bronze – j'avais, à la maison, un coin où j'alignais mes trophées comme, au Café des sports, on aligne les coupes de l'équipe locale. Mais une fois, une inoubliable fois, j'échappai aux œuvres d'art : la rançon de mes exploits était une croisière, une croisière en Méditerranée, qui nous mènerait à Naples, Malte, Alexandrie, Haïfa, et ainsi de suite. Ma compagne me regarda – enfin – comme l'héritier de Flaubert.

La croisière, c'était bien. Un petit paquebot tout vieillot, assez étroit pour emprunter le canal de Corinthe, un petit paquebot familial où il était loisible de se promener sur le pont sans être gêné par les voisins. Mais il y avait un « mais » : ce paquebot miniature, dont la cheminée était bleue et l'armateur italien, était un paquebot « animé ». La compagnie, considérant que la mer est le plus ennuyeux des éléments, veillait à nous distraire à toute heure. Et, pour nous distraire, chaque repli, chaque recoin du navire était dûment sonorisé – au cas où le bruit des vagues, le cri des oiseaux, le ressac, bref tout ce qu'on est susceptible de subir sur l'eau, viendrait à nous perturber. Couvrant ces sons importuns, nous étions abreuvés, sans aucune, je dis bien aucune interruption, de chanson française dont le plus grand commun dénominateur était Dalida. Vingt ans plus tard, je jure que je suis définitivement habité par les paroles de « Bambino » :

Tu peux fumer comme un monsieur des cigarettes
Te déhancher sur le trottoir quand tu la guettes…

Peut-être songez-vous, à ce stade de ma narration, que je suis en train de me tromper de livre, que l'âge, ou la fébrilité de tout auteur devant l'urgence des contrats qu'il aurait dû honorer, a provoqué chez moi une confusion certes excusable mais désastreuse. Disons-le tout net : il n'en est rien. J'entends parler d'îles, d'une île, et non de la moindre. J'entends, plus précisément, relater comment je fus le témoin – et la victime – du massacre, de l'extermination de la perle du golfe de Naples : Capri. Oui, pour moi, Capri, c'est liquidé, irrécupérable. N'insistez pas, je ne m'en approcherai plus.

La mer Tyrrhénienne était parfaite, la lumière dorée à point, le soleil s'alanguissait comme il convient, l'air paraissait suave, une caresse, les femmes étaient en chemisiers de soie. On attendait les violons, vous savez, ces violons dégoulinants que dirige si pertinemment André Rieu. Pour ma part, apercevant le Monte San Michele, je songeais au tournage du *Mépris*, à la villa Malaparte, aux épaules d'Elizabeth Taylor, et, bien sûr, à la cohorte de fantômes qui se bousculaient dans ma mémoire, Gorki, Rilke, Wilde – sans oublier, *of course*, Rudolph Valentino.

Et soudain Piaf, Piaf plein pot. Je me rappelle que Montand m'avait conté comment Édith la rouée lui avait expliqué qu'il était maladroit de bondir sur scène, qu'il convenait de s'avancer à tout petits pas, le temps que le désir du public s'allume, s'échauffe. Mais là, sur les rives de Capri, Piaf faisait une entrée si tonitruante qu'à tous elle a coupé la chique. Les lueurs de la Marina Piccola commençaient à trembler, les Giardini di Augusto s'enfonçaient dans le crépuscule, mais nos yeux étaient devenus aveugles, nos oreilles les cachaient.

Moi j'essuie les verres, au fond du café
J'ai bien trop à faire pour pouvoir rêver…

J'aime beaucoup la chanson réaliste, j'adore « Les goélands » ou « Sombre dimanche » chantés par Damia, la voix qui tremble à l'instant idoine, la tragédie en cinq couplets. J'ai un infini respect pour les paroliers des « Amants d'un jour », Claude Delécluse et Michelle Senlis, et je porte une véritable dévotion à Marguerite Monnot, qui composa la musique, comme elle composa celle de « La goualante du pauvre Jean » ou de « L'hymne à l'amour ». Mais là... « dans ce décor, banal à pleurer... », ça ne passait pas, ça ne passait pas du tout, même si le banjo, au refrain, tentait de se déguiser en mandoline. Bardot et Capri, c'est lié pour toujours, Tino Rossi et Capri, ça peut (et ça a) fonctionner(é), Cocteau, Gide ou Picasso, ça va de soi, la Mafia et Capri, c'est fondamental. Mais Piaf... Le paquebot a lâché un pet noir auquel le Vésuve répondit par une fumée blanche, puis il s'est éloigné lentement. On en était au hara-kiri des amoureux. Et Capri, à jamais, c'était fini.

Chagos

C'est un archipel perdu, mais pas perdu pour tout le monde. Une poussière d'îles, Chagos, 64 au total, dont la plus importante, Diego García, n'excède guère 44 kilomètres carrés – lagon compris. Au nord, très loin, les

Maldives. À l'ouest, très loin, les Seychelles. L'eau y est turquoise, le sable à l'avenant. Tout pour plaire.

Enfin presque. Au XVIIIe siècle, les colons européens y importent des « originaires » d'Afrique ou de Madagascar afin de travailler le coprah. Puis, l'esclavage aboli, les populations se métissent, se « créolisent » et vivent plutôt paisiblement, à l'écart des fracas continentaux. Tout bascule le 30 décembre 1966. La libération semble proche, mais pas encore effective. L'Empire britannique, qui entend retirer ses forces « à l'est d'Aden », avait envisagé, la décolonisation venue, de placer l'archipel sous la tutelle de l'île Maurice – l'ancienne isle de France rattachée aux Anglais après l'abdication de Napoléon. Pourtant, lors des pourparlers, le Premier Ministre, Harold Wilson, déclare au négociateur mauricien, Anerood Jugnauth, que l'abandon des Chagos est l'absolue condition du passage à l'indépendance. Là-dessus, les Britanniques sont intraitables, les Mauriciens ne disposent d'aucune marge de manœuvre.

Et pour cause. Le 30 décembre 1966, les Américains signent avec leurs alliés anglais un traité secret destiné, en principe, à assurer « la protection des autoroutes des hydrocarbures et des matières premières stratégiques » qui traversent l'océan afro-asiatique. Cela pour une période de cinquante ans, renouvelable vingt ans de plus, soit jusqu'en 2036. Diego García, à 2 000 kilomètres de l'Inde, à 3 500 kilomètres des côtes orientales africaines et indonésiennes, à 4 500 kilomètres du golfe Persique, est au carrefour des tankers qui remontent vers le canal de Suez ou le cap de Bonne-Espérance, et de ceux qui descendent du Golfe, en particulier vers l'Asie. L'atoll est aussi frêle que stratégique. Qui plus est, l'argument pétrolier, quoique réel, est le cache-sexe d'autres ambitions. La guerre froide est encore d'actualité, l'Iran cesse d'être un allié, et d'autres conflits se profilent : première guerre du Golfe, Afghanistan, et l'on connaît la suite.

Les Américains veulent un porte-avions géant dans un endroit inaccessible. Londres n'a rien à leur refuser. Malgré l'opposition des Nations unies, l'archipel est détaché de l'île Maurice, et un nouvel ensemble colonial ou postcolonial voit le jour : le Territoire britannique de l'océan Indien. En 1971, une unité de génie militaire, les Seabees, prend pied sur Diego García. Elle va concevoir les fondations de la plus puissante base non territoriale des forces américaines, qui sera opérationnelle en 1986. L'île accueillera des bombardiers B-52, mais aussi des avions furtifs B-2 Spirit. La marine imagine un port flottant capable d'abriter quatre sous-marins nucléaires. Et, au lendemain du 11 septembre 2001, on soupçonnera Diego García d'héberger une prison secrète de la CIA et un centre de torture. Le chiffre de 3 milliards de dollars est avancé. Celui de 4 000 salariés militaires ou techniciens civils, travaillant notamment sur les communications et l'espace, est avéré.

L'ennui, c'est que, sur Diego García, il y a des habitants, les Chagos, ou Chagossiens. Le premier amiral en charge des opérations, Elmo Zumwalt, n'en veut pas, absolument pas. Il se méfie de ces gens « susceptibles d'être influencés par la propagande communiste ». Qu'à cela ne tienne, les Britanniques vont l'en débarrasser, et par tous les moyens (un câble officiel, révélé aujourd'hui, parle de « quelques Tarzan et Vendredi »). On les affame, on les intimide, on leur propose des séjours à Maurice d'où – ils le découvrent ensuite – le retour est exclu. Et à la fin, au bout du bout, on entasse les ultimes récalcitrants à fond de cale, sans qu'ils aient même pu emporter leurs biens, et on les déverse dans les banlieues de Port-Louis, à Maurice, ou de Victoria, aux Seychelles. Présentés comme des « travailleurs détachés », ils ne jouissent d'aucun statut, n'ont droit à aucune indemnisation, et se clochardisent dans les bas quartiers.

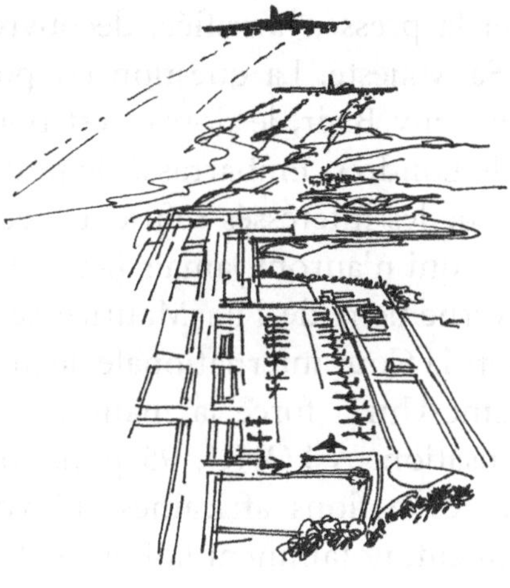

Ils sont 2 000 à 3 000. Une fois le lagon « nettoyé », la société Brown & Root, dirigée par Dick Cheney, futur vice-président de George Bush, peut se mettre pleinement au travail. L'épuration s'opère dans la plus totale et cynique clandestinité. Bien sûr, l'article 7 du statut de Rome de la Cour pénale internationale stipule que la déportation ou le transfert forcé de gens est un crime contre l'humanité, lorsqu'ils sont commis « dans le cadre d'une attaque systématique contre une population civile, en connaissance de l'attaque ». Mais les crimes perpétrés avant 2002 ne relèvent pas de la CPI car sa compétence n'est nullement rétroactive.

Les déportés et leurs enfants, au fil des années, essaiment et se multiplient. Certains sont restés au bord de leur océan, mais d'autres ont migré vers la banlieue ouest de Londres, à Crawley, et se sont organisés au sein d'un Groupe des réfugiés chagos. En 1997, trente ans après l'exil, certaines archives officielles britanniques sont déclassifiées et la presse, horrifiée, découvre qu'il s'agit de sujets de Sa Majesté. La question est posée au gouvernement de Tony Blair, le dossier est porté devant la Haute Cour de Londres. Embarrassé, le pouvoir propose de l'argent – que les intéressés refusent – et des visites à Diego García – qui n'auront jamais lieu. Le 3 septembre 2018, le gouvernement de l'île Maurice se tourne, une fois encore, vers la Cour internationale de justice, arguant que le Royaume-Uni a forcé la main aux négociateurs de la décolonisation. À l'ONU, 95 pays votent pour la requête, dont les nations africaines, 15 votent contre, et 65 s'abstiennent, notamment la France, l'Allemagne et l'Italie. La Cour de La Haye, le 27 février 2019, somme Londres de rendre Diego García à l'île Maurice. Cet avis n'est toutefois que consultatif. Réponse immédiate du ministère anglais des Affaires étrangères : « Les installations de défense sur le territoire britannique de l'océan Indien aident à protéger les gens ici, au Royaume-Uni, et à travers le monde contre les menaces terroristes, le crime organisé et la piraterie… »

Les Chagos espèrent toujours. Et le porte-avions du « monde libre » continue de remplir sa mission. Sa mission secrète.

Chausey

Voilà, pour qui navigue, pour qui s'embarque, une des meilleures écoles de modestie que je connaisse. Et une des plus savoureuses.

J'y suis allé bien des fois, toujours à la voile. J'y retourne tant que je peux. Et je ne fais pas le malin. Je me blottis dans le *sound*, dans le chenal entre la Grande Île qui n'est pas grande et les mille autres qui sont épisodiques. Je m'amarre à l'une des solides tonnes que les locaux ont la gentillesse de mettre à la disposition des navires de passage, en veillant à laisser une ample longueur de bout car, entre marée haute et marée basse, les variations peuvent être énormes – quasiment le record du monde, après la baie de Fundy, au Québec.

Et j'admire.

Cette admiration est cependant fréquemment perturbée par un bruit clair, parfois cristallin, un bruit haut perché qui sonne gai et qui ne l'est pas : le choc soudain d'une quille contre un écueil. Le bateau se plante, et il faut ensuite des cordages, des projecteurs, des treuils, une main-d'œuvre abondante pour parvenir à évaluer les dégâts et à déséchouer le malheureux. Personne ne ricane, personne ne traite l'autre de maladroit. Car chacun sait que le guignard, la prochaine fois, ce pourrait être lui-même. Tout au plus réprime-t-on un sourire quand la mésaventure frappe un de ces skippers arrogants par le seul fait qu'ils ont de l'argent, le laissent voir, et se croient au-dessus des péripéties maritimes.

À Chausey plus qu'ailleurs, ces péripéties sont possibles et probables.

Au début du XXe siècle, les publicités, les « réclames », comme on disait alors, juraient que l'archipel ne comptait pas moins de 365 îles à marée basse et 52 à marée haute. Le fait, à ce jour, n'est pas encore avéré, mais il est vrai que la différence entre ce qu'il est possible d'arpenter à l'étale de jusant et ce qui est concédé à l'étale de flot va de 1 à 100. Le Bonhomme et la Bonne Femme, la Culassière et les Carniquets, Aneret (la seule émergence qui porte une construction) et la Petite Ancre, les Canuettes et la Moule, l'Enseigne et les Roches à Pi-Pi, le Hibou et le Coucou, la Pucelle et le Dormeur, le Caillou Bouillon et le Rocher Pouillou, ce n'est pas un archipel, Chausey, c'est pire que la litanie de tous les saints : le record absolu du paysage inconstant. Si vous voulez vérifier combien la mer « fait » la terre, la dessine ou la cache, c'est vraiment là qu'il faut aller.

Chausey est hors normes, dans toutes les acceptions du terme. Elle est normande et a pourtant échappé à la couronne d'Angleterre, contrairement aux îles voisines, Jersey, Guernesey, Sark, Lihou, Jethou, Aurigny, sans oublier les Minquiers que quelques Malouins, pour défier « l'Anglais », s'en vont symboliquement « reconquérir » chaque année, plantant leur drapeau sur la « Maîtresse Île ».

Mais Chausey est plus surprenante encore par son histoire humaine (je ne parle pas des pirates qui passaient forcément dans ces eaux où l'on se cachait mieux qu'ailleurs). Qui pourrait imaginer que, en 1850, 500 carriers vivaient là, campaient là, s'entassaient sur les 45 hectares de la Grande Île, 1,5 kilomètre de long, 500 à 50 mètres de large ? Nombre d'entre eux étaient des granitiers bretons, et, durant huit siècles, la pierre qu'ils ont laborieusement extraite a façonné nos villes, nos repères. Les manoirs du Cotentin, bien sûr, mais aussi les quais de Londres ou de Dieppe, les avenues du baron Haussmann, et Saint-Malo quand, après la guerre et les bombardements, on entreprit de la reconstruire. Je me souviens que chaque dalle du parvis, au Mont-Saint-Michel, juste devant l'église, est « signée ». Tout carrier possédait son symbole propre, ce qui lui permettait ensuite de réclamer son dû, au pavé près. Oui, Chausey et ses mines de granit, c'était *Germinal* à ciel ouvert.

De tout cela, de toute cette peine et de cette souffrance, il ne reste, aujourd'hui, que la mémoire et la splendeur. L'hiver, ils ne sont guère plus d'une douzaine à vivre sur l'île principale (contre 400 l'été, sans compter les visiteurs du jour qui arrivent de Granville). Le dernier agriculteur a cessé son activité en 1990, les « Blainvillais » qui venaient d'une petite cité du Cotentin ont abandonné leurs maisonnettes aux estivants, les gardiens de phare se sont éloignés pour cause d'automatisation. La relève a été définitivement assurée par des amoureux des îlots et des criques, amoureux sincères, qu'il s'agisse de Louis Renault (mais oui, Renault de chez Renault) ou du peintre (de la marine, bien sûr) Marin Marie. Astucieusement, ils ont constitué, voilà des décennies, une société civile immobilière qui garantit, tout à la fois, le passage des horsains et la protection de ce qui est devenu un espace « Natura 2000 ». Entre les deux, il faudra chercher et trouver l'équilibre, il faudra peut-être limiter le flot des visiteurs. Mais tout cela se gère avec retenue et respect. L'idée que le touriste épris de beauté est susceptible de devenir un allié, cette idée-là, goûteuse comme le homard bleu de l'Hôtel du Fort et des Îles – ouvert du printemps jusqu'à la Toussaint –, fait son chemin. À Chausey, le pire n'est résolument pas sûr.

Chiloé

J'en ai follement rêvé avant de la connaître, de l'arpenter, d'explorer sa mer intérieure. Chiloé. Il y a des noms, comme ça, des noms qui vous flottent dans l'esprit quoique vous n'ayez guère appris la langue dans laquelle ils sont formulés, quoique vous ignoriez l'essentiel de ce qu'ils connotent. Tombouctou, Zanzibar, Samarcande, Anchorage, Malacca, etc. Je ne suis pas le seul, d'ailleurs, à me laisser ainsi emporter. Mon compère Erik Orsenna, qui n'y a jamais mis les pieds – Dieu sait qu'il en a vu d'autres –, a ainsi baptisé son Dragon, voilier aigu, technique. Quel lien avec Chiloé, je vous le demande ? Rien. Enfin, l'imaginaire, ça n'est pas rien.

Puis ce fantasme s'est fait chair. Chiloé est devenue, pour moi, un visage, une silhouette, une voix : ceux de Francisco Coloane. Nous autres, francophones, ne l'avons découvert que fort tard. Il avait quatre-vingt-trois ans quand son recueil *Terra del Fuego* fut traduit chez nous, suivi de *Cap Horn*, du *Golfe des peines* ou du *Sillage de la baleine*. Des ouvrages nerveux, ramassés comme seuls savent le faire les auteurs de nouvelles – genre inexplicablement maudit dans notre pays fasciné par les histoires d'amour et les autofictions nombrilistes. Coloane réussit à grouper ses brefs récits de manière qu'ils s'enchaînent comme un roman cohérent quoique discontinu. Je le vois encore, à Saint-Malo, au temps où le barnum était un club, avec Gilles Lapouge ou Jacques Lacarrière : c'était la statue du Commandeur qui s'offrait à nous, mais une statue prodigieusement animée, forte en gueule, et levant le coude à l'aube sans mollir ni pâlir.

Il a vécu sa vie jusqu'au bout du bout, et s'est éteint en 2002, à quatre-vingt-douze ans. Cette longue vie, elle commence à Quemchi, un petit port au nord-est de Chiloé. J'y suis allé : un buste pas très fameux lui est dédié, d'où s'est détachée la plaque portant son nom. À quoi bon, du reste ? Nul, ici, n'ignore que Coloane est Coloane, qu'il est l'enfant du pays et le fils de son père, Juan Agustín, qui fut le capitaine du *Yelcho*, le premier baleinier du Chili. Et, très vite, le malheur. Le diabète emporte le père, et sa mère, qui l'emmène alors à Punta

Arenas, ne lui survit que deux ans. Chiloé, c'était le début de la Patagonie. Punta Arenas en est l'achèvement. Un temps dur, des vents excessifs, et le détroit de Magellan dont les eaux sont grises et rugueuses.

À dix-sept ans, il plaque le collège et travaille n'importe où. Matelot cap-hornier, gaucho, dessinateur de cartes, dresseur de chevaux, chasseur de baleines et même inspecteur du travail : sur mer et sur terre, il fréquente toutes les tempêtes et tous ceux qu'elles brassent. Il observe les bêtes parmi les neiges et les glaces comme dans les plaines d'Argentine : lions de mer, pumas. Et il se prend de passion pour les derniers Fuégiens, pêcheurs des archipels ou chasseurs de la pampa, les Alakaluf, les Yamana, peuples des confins de la Terre que ses nouveaux occupants, les maîtres d'*estancia*, ont méthodiquement exterminés. Toute son existence, jusqu'à son dernier souffle, il fut leur truchement, leur défenseur. Il admirait leur vision du monde : les Yamana n'estimaient-ils pas qu'ils étaient descendus du ciel jusqu'au cap Horn le long d'une corde en peau d'otarie jalonnée de nœuds en huit sur lesquels leurs pieds et leurs mains prenaient appui ?

« Monté » à Santiago où il se fait journaliste et décroche un poste au ministère de la Culture, il écrit, il écrit beaucoup, gagne un concours de nouvelles, pénètre les cercles littéraires (il reçoit, en 1964, le prix national de littérature et sera élu président de la Société des écrivains). Lié à Pablo Neruda dont il partage les engagements, il connaît, comme lui, les hauts et les bas de la conjoncture politique. C'est lui qui, lors des funérailles de ce dernier – dont on subodore que les sbires de Pinochet l'ont achevé à la clinique Santa Maria où il avait été transporté –, prononce l'éloge de son ami assassiné. Le coup d'État vient d'avoir lieu, cet enterrement est, en quelque sorte, la première manifestation de résistance, les militaires encerclent le cortège, et nul ne sait s'il en reviendra vivant.

Quand il parle de Chiloé, Coloane commence par la pluie. La grande île, dit-il ironiquement à ceux qui la rêvent d'abord comme destination de vacances, c'est l'eau du ciel sous toutes ses formes : bruine, crachin, ondée, grain, giboulée, averse, cataracte, déluge, orage. Le Breton, ici, n'est guère dépaysé mais un brin débordé – si j'ose écrire. Même en janvier – notre juillet –, ces ingrédients se mêlent, et dans n'importe quel ordre. Résultat : tout pousse, tout pousse abondamment et en grand, les fleurs sont innombrables, les fruits également, et les arbustes semblent des arbres. Tout le sud-ouest de l'île n'est d'ailleurs qu'une étrange forêt, quasi impénétrable, une forêt froide mais dense où des feuilles géantes vous barrent le passage.

La route centrale, la route numéro 5, par laquelle tout transite, hommes et biens, sur 80 kilomètres, est artère et frontière. À l'ouest, par-delà les bois et les champs, l'infinie côte du Pacifique, ses interminables plages désertes, ses pingouins, ses falaises abruptes et sombres, et le fracas incessant de rouleaux puissants qui interdisent d'y tremper le pied. À l'est, les ports, les îles, un dédale balayé par des courants qu'il faut connaître, mais souriant et pentu, et derrière, au loin, sur le continent, les volcans alignés dont la neige résiste à l'été. Deux mondes.

Les Huilliches, qui vivaient là, avaient coutume de construire leurs abris sur pilotis, à la fois pour s'isoler du sol et pour prévenir les tremblements de terre – une assise souple résiste infiniment mieux que des fondations qui paraissent solides jusqu'à la secousse imprévue. Et les maisons d'aujourd'hui perpétuent la tradition lointaine (naguère encore, on les déménageait par la mer, sur des radeaux, si l'on voulait changer de décor). Elles sont en bois, modestes, couvertes d'écailles grises, peintes de toutes les couleurs, et de toutes formes : à Chiloé, comme plus largement au Chili, tout propriétaire a une âme d'architecte, et conçoit « sa » maison, avec des fenêtres asymétriques, des tours qui paraissent des phares et dont la seule fonction est d'apercevoir la mer, des balustrades inattendues. Sur les lagunes, parfois les étangs, dans les replis des fjords, les plots sont carrément plantés dans l'eau, et c'est une grâce que cet assemblage bariolé et pourtant harmonieux qui émerge plus ou moins au gré des marées.

On est pauvre, à Chiloé, mais on a le sens de l'esthétique, du tissage, de la musique, de la narration et de la fête. Les charpentiers de marine ont façonné d'incroyables églises, tout en bois – piliers inclus –, qui sont des merveilles et où nichent des saints populaires, voire quelques figures plus en rapport avec les légendes locales qu'avec la théologie. Il faut, pour goûter tout cela, s'en aller vers les îles qui s'abritent sous la grande île, Quinchao, Quehui, Mechuque, Caucahué, et mille autres. Il faut accompagner les cortèges qui extirpent d'une guimbarde une vierge dont la tête a été enlevée durant le trajet, et qu'on remet avec dévotion, puis qu'on escorte avec flûtes, violons, accordéon et tambours. Il faut, au creux des criques, admirer le savoir-faire des hommes qui, à mains nues, vous bâtissent un navire de pêche à la proue impérieuse.

Ce monde-là, ce monde combatif et joyeux, ce monde parfois impénétrable comme les eaux noires du lac Huillinco, celui d'habiles marins, de paysans obstinés, est un monde en sursis. Voici qu'au tourisme traditionnel, au tourisme du sac à dos, succède – le gouvernement l'encourage, entend bâtir un pont sur le canal de Chacao pour que le flux s'intensifie – un tourisme fléché, un tourisme motorisé dont la classe moyenne est friande, et qui transforme les *cabañas* rustiques et sans protocole en gîtes plus ou moins perfectionnés, dont les prix, qui ont perdu toute boussole, donnent le tournis. Et derrière, derrière le troupeau, il y a, cachées, des résidences de grand luxe, des résidences à 1 000 dollars (ou plus) la nuit, avec spa, accès privé à la mer, chefs péruviens étoilés et serveurs multilingues. Ce tourisme à l'abri du tourisme est invisible, mais il est, il gagne, la gangrène est à l'œuvre. Je me souviens que, voilà une décennie, le meilleur hôtel de Castro – la « capitale » – se vantait de posséder un ascenseur, un ascenseur de deux étages, le seul de la ville avec l'hôpital. C'était avant, c'était le bon temps.

Mais il y a plus grave que cette pollution estivale. Le gouvernement chilien a autorisé l'industrie norvégienne du saumon à conquérir les fjords de Chiloé, contre l'avis des populations. Ils sont très portés sur l'écologie, les Norvégiens, premiers producteurs mondiaux en la matière. Ils sont très portés sur l'écologie dans leurs eaux. Et, pour ne pas polluer leur propre océan, ils ont décidé d'exporter leur industrie en venant polluer Chiloé. En grand. Huit cent mille tonnes par an, 3,5 milliards de dollars de recette. Les Chilotes ont assisté, impuissants, à l'installation et l'expansion des fermes aquacoles. Ce qui s'inscrit dans le droit fil de la politique impulsée par Pinochet, dont les pêcheurs disaient qu'il vendait la mer – qu'il s'agisse de la côte ou de la pêche – au plus offrant, sur les conseils judicieux de l'Américain Milton Friedman, prix Nobel d'économie, et de ses Chicago Boys.

Le Chili est ainsi devenu le deuxième producteur mondial de saumon, ou, plus exactement, la Norvège, *via* le Chili, a conforté son écrasante première place. Elles sont parfaites, les eaux chiliennes, elles sont à la bonne température, juste assez froides, juste assez profondes, juste assez accueillantes. Les pêcheurs de Chiloé ont très vite senti l'impact des déjections animales et des antibiotiques répandus.

Mais, surtout, en 2016, une vague de « marée rouge » a déferlé. Il s'agit d'une concentration exceptionnelle d'organismes unicellulaires, d'algues microscopiques qui rendent les fruits de mer inconsommables. Vingt-trois personnes en sont mortes depuis 1972, et lesdites marées se sont répétées régulièrement, en 2002, 2006 et 2009. Jusque-là, on se fiait aux analyses, on arrêtait de pêcher le temps qu'elles redeviennent correctes, et tout repartait. Mais, en 2016, le mal, inexplicablement, s'est étendu dans l'espace et dans le temps. Plus de poissons, plus de crustacés, plus rien. La misère. Des dizaines de milliers de *machas*, sortes de praires propres au Chili, ont été retrouvés morts sur 5 kilomètres, à Cucao, côté Pacifique, là où Darwin inventoria avec effarement et passion la prolifération naturelle.

Des experts ont invoqué El Niño et le réchauffement des eaux qu'il provoque, mais les pêcheurs et les éleveurs n'étaient pas convaincus. Ils incriminaient le saumon et ils avaient raison. On a fini par découvrir que les saumons d'élevage, eux aussi atteints par le mal, crevaient par millions. Et que le pouvoir chilien, sans consulter les habitants de Chiloé, avait autorisé les industriels à rejeter dans les eaux de l'archipel quelque 5 000 tonnes de poisson pourri, ce qui a décuplé l'effet de la marée rouge. Le saumon génère, en se décomposant, de l'ammonium en grande quantité, lequel est la nourriture préférée des algues toxiques. Les îliens ont barré les routes, manifesté à tout-va, fait brûler des pneus : ils n'ont obtenu qu'une indemnisation dérisoire.

Qu'en penserait Coloane ? Je le sais. Il n'est même pas besoin de le formuler. Le joyau que constituent Chiloé et ses îles est happé par la production intensive, cyniquement intensive, des industriels chiliens et norvégiens. J'y retourne quasiment chaque année. Ils se battent, les locaux. Ils se battent sans armes. Ils se battent avec leurs mots. Et la rage côtoie l'humour. Tenace, l'humour. L'an dernier, une femme de pêcheur qui m'invitait à déjeuner dans sa gargote me disait : « Viens, viens, je t'offre un verre de vin blanc. » J'hésitais. « Bon, je t'offre aussi un café. » Comme j'hésitais encore, elle a ajouté :

« Et si tu n'as pas d'argent, viens quand même, je t'en prête… » Je me suis attablé. L'élégance du désespoir, ça ne se refuse pas.

Clipperton

Je ne suis pas sûr que ça marche, je suis même sûr du contraire. Mais le code postal existe et il est bien de chez nous : 98799. Si l'envie vous prend d'adresser la lettre la plus extravagante qui soit, tentez le coup. Elle n'arrivera probablement pas, il sera impossible de lui trouver un destinataire car ce bout de France est inhabité. Tant mieux, du reste : il est inhabitable. On peut y conduire des expéditions scientifiques, on peut essayer de débarquer malgré les rouleaux d'écume, on peut même y atterrir puisque les Américains, pendant la Seconde Guerre mondiale, y ont tracé une ébauche de piste et entassé des obus qui rouillent encore, mais y vivre, franchement, je vous le déconseille. C'est trop loin, c'est trop petit, c'est ailleurs.

Imaginez un atoll, dans le Pacifique, de 12 kilomètres de circonférence, mais dont la partie émergée ne fait que 1,7 kilomètre carré, autour d'un lagon d'eau douce – la chose est unique –, ou plutôt d'eau saumâtre et profonde : les pluies ne parviennent pas à s'évaporer. Imaginez un lambeau d'émergence corallienne qui ne dépasse que de 4 mètres, surmonté d'un rocher plus ou moins vert qui, lui, culmine à 29 mètres. Imaginez, là-dessus, 900 cocotiers, 40 000 fous masqués (l'équivalent tropical du fou de Bassan), et quelques millions de crabes. Imaginez que vous vous trouvez à l'écart de toute route : Paris est à 10 500 kilomètres, Papeete à 5 400, les Marquises à 4 000, et la côte la plus proche, la côte mexicaine de l'État du Michoacán, à 1 000. Bienvenue en France. Car cette île, on a envie de dire cet îlot, d'ailleurs les grincheux ont tenté de plaider que c'était un rocher et non une terre, est le plus petit territoire du domaine public de notre pays, sous l'administration du haut-commissaire de la République, en Polynésie française.

À vrai dire, la prééminence des trois couleurs paraît un brin contestable. L'atoll aurait été découvert par John Clipperton, pirate anglais (et naturaliste, car la piraterie mène à tout, même au meilleur), en délicatesse avec l'escadre à laquelle il était lié, l'an 1704. Il lui aurait donné son nom. Les cartographes ne prirent guère la peine de porter sur quelque mappemonde un domaine à ce point égaré, insignifiant. Mais, sept ans après le flibustier britannique, ce sont deux Français, capitaines corsaires, Martin de Chassiron et Dubocage, qui s'égarèrent de ce côté et, comme c'était un vendredi saint, baptisèrent « leur » trouvaille « île de la Passion », ce qui fut dûment consigné.

On s'en tint là, même si une compagnie américaine, à la fin du XIXe siècle, y prit pied pour exploiter le guano. Et cela réveilla les Mexicains qui décidèrent d'y installer, invoquant leur (relatif) voisinage, une garnison avec femmes et enfants. L'aventure, à elle seule, mériterait un roman-feuilleton : faute de ravitaillement pour cause de guerre, la situation devint dramatique, d'autant que des naufragés débarquèrent comme tout naufragé, c'est-à-dire à l'improviste. L'histoire finit très mal, un des hommes survivants s'érige en « roi » de Clipperton et transforme ses sujets en esclaves sexuels. Lesdits sujets le massacrent à coups de marteau (j'abrège, j'abrège). Et la France et le Mexique s'accordent pour solliciter l'arbitrage de... Victor Emmanuel III, roi d'Italie. Le verdict ne tombe qu'en 1931 : Clipperton échappe aux Mexicains. Cocorico !

On en reste là, et plus personne ne se préoccupe de l'atoll perdu jusqu'en 1966, quand les militaires français y installent un observatoire scientifique, afin de vérifier les retombées des essais nucléaires qui s'opèrent alors dans l'atmosphère (cela, afin de calmer l'ire des Américains qui ne voient pas d'un très bon œil ce qui se trame à Moruroa).

Puis la science se démilitarise, l'environnement et l'écologie deviennent sujets d'importance, et diverses expéditions, dont l'une conduite par l'explorateur Jean-Louis Étienne, se passionnent pour Clipperton dont elles inventorient la faune spécifique, menacée par des afflux de plastique et par les trafiquants de drogue : on retrouve sur l'île des sacs étanches de cocaïne, enfermés dans un autre sac contenant du sel. Le cas échéant, la règle est de balancer le tout à la mer, la drogue s'immerge, puis le sel fond et le contenant dérive vers la côte. Christian Jost, géographe à l'université de Papeete, devient le spécialiste de l'atoll qu'il examine sous toutes les coutures, avec son équipe. Il en conclut que c'est une vigie parfaite pour étudier le changement climatique, les relations entre l'océan et l'atmosphère, le phénomène El Niño, l'état de la biodiversité.

Est-ce pour cette raison que la France s'aperçoit soudain que Clipperton, c'est la France, au point d'y missionner chaque année un navire de la marine, en général la frégate *Prairial* qui s'absente longuement de Papeete durant un mois ?

Sans doute. Mais l'enjeu s'est déplacé, complètement déplacé. Car l'atoll dérisoire, le petit point sur l'océan, refuge des oiseaux et des crabes, a pris de la valeur. La convention de Montego Bay sur le droit de la mer accorde à la France, qui veille tous les ans à repeindre en blanc la stèle érigée sur l'île et à changer le drapeau effiloché par les cyclones, une zone d'économie exclusive de 200 milles nautiques alentour. Soit 440 000 kilomètres carrés. Soit plus que l'ensemble des côtes métropolitaines, Manche, Atlantique, Méditerranée, Corse, la plus belle façade maritime d'Europe avec 345 000 kilomètres carrés. Oui, tout à coup, Clipperton, c'est la France et même plus que la France. D'autant que ses eaux regorgent de thon. Les corsaires du XVIIIe siècle ignoraient qu'ils avaient trouvé de l'or.

Il faut savoir qu'un navire de pêche mesurant 70 mètres, une usine flottante, est doté de sonars et d'un hélicoptère qui traquent impitoyablement les bancs. Il faut savoir qu'un bateau de ce type est capable de capturer 1 100 tonnes de poisson. Il faut savoir aussi que la senne déployée par des barges à l'arrière du chalutier géant couvre plusieurs hectares, et ratisse tout, absolument tout, dans son entonnoir monstrueux – jusqu'à 300 tonnes par levée. Il faut savoir enfin qu'entre 1975 et 2014, 10 000 tonnes de thon ont été prélevées bon an, mal an par les navires d'une douzaine de pays. Illégalement, mais difficile à contrôler, tant la zone est au large du large et requerrait, pour être surveillée, trop de frégates, d'avions, de moyens d'intervention.

La France a donc choisi le moindre mal : plutôt que de se ruiner en opérations coûteuses et modérément efficaces, elle a conclu, en 2007, un accord exclusif avec le Mexique dont les chalutiers s'engagent à déclarer leurs prises à la Commission interaméricaine qui contrôle les thons des tropiques. Ainsi achète-t-on la paix maritime. Le grain de sable du bout du monde est à la hausse.

Cook

Il va falloir, de plus en plus fréquemment, mettre à jour la nomenclature des îles. Car, pas plus que Christophe Colomb n'a « découvert » l'Amérique, les noms que les navigateurs et les cartographes ont attribués aux terres qu'ils apercevaient pour la première fois trahissent le nombrilisme européen et sont, à présent, l'objet de révisions peu ou prou déchirantes.

Ainsi les Cook. Il s'agit d'un archipel d'une quinzaine d'îles situé à 3 000 kilomètres, environ, au sud-est de la Nouvelle-Zélande. Les îles du Nord sont des atolls (Rakahanga, Manihiki), et celles du Sud sont volcaniques à la manière des îles de la Société. La plus grande de ces dernières, Rarotonga, abrite la capitale et héberge 10 000 des 17 000 habitants. L'ensemble vit essentiellement du tourisme.

Mais ce n'est pas James Cook qui a visité le premier cet archipel polynésien, lors de son troisième grand voyage, en 1777. C'est un Espagnol, Álvaro de Mendaña, qui, avant tout autre Européen, a décelé une des îles au bout de sa longue-vue en 1595. Puis, onze ans plus tard, c'est un autre Espagnol, Pedro Fernández de Quirós, qui, lui, en a foulé le sable. Cook n'arrive donc que très tard, en 1777, suivi du capitaine Bligh et de son *Bounty*, en 1789. Et ce sont des navigateurs russes qui, à l'orée du XIXe siècle, parlent d'« îles Cook ». La crainte d'une mainmise des maudits Français incite la Couronne britannique à les déclarer sous protectorat, les rattachant en 1900 à la (lointaine) Nouvelle-Zélande. Il faut attendre 1965 pour que l'archipel accède à l'indépendance, tout en restant lié à Wellington quant à la défense et aux affaires étrangères. En contrepartie de cette « libre association », les îliens des Cook – qui ne possèdent pas le statut de membre de l'ONU – ont le droit de venir travailler, s'ils le désirent, sur le territoire néo-zélandais.

Cela fait un moment que l'idée de changer de nom les démange. La première tentative fut un échec retentissant. En 1994, un référendum proposa de rebaptiser le pays « Avaiki », cela pour marquer une bonne fois ses origines polynésiennes, les populations des îles nord venant des

Samoa et Tonga, celles du sud de Tahiti, et cela, estime-t-on, entre 600 et 800 après Jésus-Christ. Les « Cook » sont assurément protestantes, investies par des missionnaires qui ont épousé des femmes polynésiennes, mais nullement anglaises ni espagnoles. Au demeurant, ce référendum venait trop tôt et fut repoussé.

En 2019, le gouvernement charge un comité *ad hoc* de trouver à l'archipel une nouvelle dénomination. Et le comité en question se met au travail, jugeant qu'il serait absurde d'accoler un nom autochtone à celui du navigateur britannique. Il faut non seulement changer, décide-t-il, mais changer radicalement. Le vice-Premier Ministre déclare très officiellement à Radio New Zealand : « Je serais heureux d'un nom traditionnel qui reflète la vraie nature polynésienne de notre nation insulaire… »

On en est là, et l'affaire devrait prendre quelque temps. Paradoxe des îles dont la culture originelle s'est étiolée, métissée, ou a été niée : c'est maintenant qu'elles entendent affirmer une identité perdue. Si j'ose écrire, Cook, ça paraît cuit.

Corse

Une nuit, une nuit douce et chaude comme un air de Tino, je dormais dans une maison qui avait les pieds dans l'eau, laquelle clapotait délicieusement par la fenêtre ouverte. La baie de Saint-Florent, sous le cap Corse, était sereine, les feux de mât des voiliers se balançaient à peine, et, au milieu d'eux, un petit cargo avait, lui, lâché tous ses groupes et flambait comme un sapin de Noël. Sur le coup de minuit, quelques gouttes m'ont réveillé, puis un roulement, puis une explosion. L'orage était furieux, le vent sifflait, hurlait dans les drisses. Je voyais les équipages des bateaux de plaisance qui couraient vers l'avant, s'efforçaient de doubler les amarres. Je voyais les feux du cargo qui dansaient dans les trombes.

Soudain, je me frottai les yeux. Ils ne dansaient pas, ces feux, ils grossissaient, ils s'approchaient. Le navire n'avait pas seulement dérapé, pour foncer comme cela il avait dû rompre sa chaîne, et la proue venait sur moi car le vent portait de la mer. Je hurlai pour prévenir les autres occupants de la maison, il allait nous écraser, ce machin de métal, il allait s'écraser contre nous, et, à ce jeu-là, c'est toujours la tôle qui gagne : elle plie mais découpe, tel le fendoir d'un boucher. J'entendis, dans les rafales, la gueulante hachée, aiguë, des marins. Le cargo n'était peut-être qu'à 150 mètres de nous. Puis je perçus le claquement des maillons dans l'écubier : il avait mouillé de l'autre côté et la seconde ancre avait croché, les feux s'immobilisaient, c'était moins une, moins que moins une.

La Corse, voyez-vous, quand elle tourne à l'orage, c'est du sérieux. Et je ne parle pas seulement de météorologie. Quoique…

J'ai navigué le long de ces côtes, je connais les surventes du cap Corse, des bouches de Bonifacio, je sais surtout que, à la belle saison, il n'est que deux cas de figure : pas de vent ou trop de vent. Et, moi qui viens d'un pays où les dépressions ont la sagesse de se dérouler dans l'ordre, du suroît au noroît, où les nuages, du premier cirrus au ciel de traîne, défilent chacun son tour, comme un 14 Juillet, je reste sur mes gardes en Méditerranée où l'on passe de la bronzette à force 8 en vingt minutes. Mais la récompense corse vaut mille fois cette vigilance, tout comme le granit des îles Lavezzi vient en écho à celui de Ploumanac'h.

Une de mes amies étudiantes était originaire de Rogliano, tout au nord, tout en haut, et je me souviens que, l'été, en bande, nous nous entassions sur le sol de ciment dans sa maison vide et somptueuse, aux plafonds peints et colorés. Il faut être aveugle pour ne pas voir, pour ne pas dire, chanter, marteler que la Corse est époustouflante. Je ne parle pas seulement de la baie de Porto et des calanques de Piana, du désert des Agriates et des îles Sanguinaires. Je parle de l'intérieur où l'accueil est si bienveillant. Mes mollets souffrent encore d'avoir cheminé d'Ascu Stagnu à Tighjettu, je ne pense pas qu'ils seraient aujourd'hui capables de renouveler l'expérience, mais je sais ce que j'ai reçu.

Bien sûr, dès qu'on aborde l'île, on est submergé par les histoires vraies ou fausses, histoires de clans, de corruption, de rivalités, de meurtres, d'honneur, de tango à la Fernandel, de paillotes illégales et de subventions détournées – cela s'étend depuis *Colomba*, roman de genre, jusqu'aux assassins du préfet Érignac, qui n'ont rien de romanesque. Là-dessus, je renvoie à l'œuvre immortelle du très regretté René Pétillon qui, en un tome, a tout ramassé. Avec humour. Car, ce que m'ont appris mes voyages, c'est combien les autochtones ne savent pas seulement rire des autres et d'abord des touristes, mais – c'est un privilège que d'en être témoin – pratiquent l'autodérision à un degré insoupçonné des plagistes. Comme est insoupçonnée leur douleur – et leur rage.

J'aimerais, là-dessus, citer le propos d'un homme qui n'avait pas plus que moi « une goutte de sang corse », mais qui, en l'an 2000, rédigea une tribune mémorable où il s'en prenait aux jacobins. Il est mort aujourd'hui, et je ne cesse de le pleurer. Car, fût-ce dans ses erreurs, il avait introduit en France un « parler vrai », un timbre, un son parfaitement originaux. Patrick Rotman et moi lui avions naguère consacré un livre, et je ne l'ai jamais quitté. Peu de temps avant sa mort, nous discutions encore de l'utilité et des vanités du pouvoir, des méandres de l'histoire sociale, des limites de la pensée partisane, et ainsi de suite. Il s'appelait Michel Rocard.

La Corse, il lui portait une passion. Pas uniquement pour le coup d'œil. Parce qu'il était pétri d'histoire et avait en tête comment Pascal Paoli, en 1755, chef de la résistance contre les Génois, avait doté le pays d'une Constitution inspirée des Lumières, la première Constitution démocratique des temps modernes, ce qui insupporta tout le monde, mais d'abord les Français : Louis XV acheta les droits de suzeraineté sur l'île, et n'imposa son emprise qu'au prix d'une guerre où la France perdit plus d'hommes que pendant la guerre d'Algérie. La Corse subit un « gouvernement militaire » jusque tard dans le XIXe siècle, la légalité républicaine n'étant pas pour elle.

Rocard, en août 2000, au moment où Lionel Jospin estime que l'insularité et la spécificité corses justifient de conjuguer unité et diversité, s'adresse aux jacobins qui ne veulent voir qu'une seule tête et ne connaissent que la répression. Leurs arguments, estime-t-il, sont « xénophobes », propres à « créer le peuple corse par rejet ». Il n'a nulle indulgence envers les criminels mais entend, précisément, se défaire des amalgames. « Comment, explique-t-il, peut-on imaginer qu'il suffirait d'un projet d'accord pour ramener dans le droit chemin les quelques dizaines de tueurs, dont beaucoup de mafieux, qui, pour maintenir leur ligne de violence démente, sont de plus en plus obligés de se couper des troncs principaux du "nationalisme" corse ? » On n'arrêtera la violence que lorsque les jeunes cesseront de penser l'histoire de leur île comme celle d'une oppression. Or il y a eu oppression, non pas « coloniale » au sens historique, et néanmoins réelle.

Et il en aligne maints exemples.

Pendant la guerre de 1914-1918, on a mobilisé dans l'île, ce qui ne s'est jamais produit sur le continent, jusqu'aux pères de six enfants. Après la capitulation allemande, il n'y avait plus d'hommes valides pour reprendre les exploitations agricoles. Le savoir-faire rural n'a pas été transmis, les orphelins se sont portés vers la poste, vers les douanes, et la Corse est devenue « une économie assistée, ce qu'elle n'était pas auparavant. L'apparition de la “paresse corse” dans les blagues, les chansons et le folklore datent de là. On n’en trouve pas trace avant ».

D’autre part, on s’étonne que nombre d’agriculteurs traditionnels ne possèdent pas de titre de propriété, ce qui leur ferme le crédit. C’est parce que le droit successoral corse était très différent du code civil continental. Ceux qui venaient de métropole ou qui en connaissaient les règles ont pu s’approprier des terres ancestrales, les autres non. Inversement, le code civil exclut la propriété collective alors que tout l’élevage, à commencer par celui des porcs, des fameux porcs noirs, se menait ainsi.

À la fin des années 1950, les tensions devenant fortes, le gouvernement créa une Société de mise en valeur de la Corse afin de racheter les terres disponibles ou en déshérence, de les remembrer, de tracer voies et chemins, d’amener l’irrigation le cas échéant, puis de les rendre aux paysans de l’île. Les 400 premiers lots furent prêts début 1962. Mais Paris décida d’en réserver 90 % pour les pieds-noirs rentrés d’Algérie. Pas la moitié, pas le tiers, pas le quart. « Ce pourcentage, observe Michel Rocard, était une incitation à la guerre civile… » Du reste, les 21 et 22 août 1975, des militants, emmenés par Edmond Simeoni, occupent une cave viticole de la plaine d’Aléria, sur la côte orientale. Ils sont une cinquantaine, le propriétaire est pied-noir, le propos des manifestants est de dénoncer les passe-droits dont l’État français s’est rendu coupable. Jacques Chirac, alors Premier ministre, opte pour la force, déploie un millier d’hommes, des hélicoptères, des blindés. L’assaut est donné, beaucoup de retranchés sont gravement blessés, deux gendarmes sont tués. Commentaire de Michel Rocard : « Jamais une riposte pareille à une occupation de ferme n'aurait pu avoir lieu dans l'Hexagone. »

Il relève une autre aberration, peu connue du public continental : alors que le président Giscard d'Estaing a voulu, très légitimement, assurer à l'île une véritable « continuité territoriale », les oranges corses continuent d'arriver à Marseille avec des frais de transport plus élevés que celles qui viennent d'Israël. Pourquoi ? Parce que l'Administration a appliqué la règle dans le sens Hexagone-Corse, mais pas dans le sens inverse. Ce qui a ruiné les viticulteurs, les producteurs de charcuterie, dont les spécialités sont pourtant haut de gamme. « Il faut soit beaucoup d'inconscience, soit beaucoup d'indécence pour dire seulement aux Corses : "Assez erré, maintenant. Soyez calmes et respectez les lois de la République. Vous bénéficierez alors pleinement de sa générosité." De cette application uniforme et loyale, les Corses n'ont guère vu trace dans leur longue histoire. »

On objectera que les îliens ne se sont pas contentés d'exécuter des chants polyphoniques, la main sur l'oreille. Ils ont aussi exécuté des hommes, ils se sont exécutés entre eux, selon les traditions claniques ou les rivalités mafieuses. Rocard, sans aucunement excuser la chose, porte sur elle un regard sociologique : « C'est une évidence mondiale que toute société autosuffisante est beaucoup plus résistante à la corruption qu'une société assistée. Or la Corse l'est, largement par le fait de la France, depuis des décennies. Il n'est dès lors pas surprenant que cette puissante institution méditerranéenne, la grande famille, soit devenue l'instrument presque exclusif de la solidarité et de la défense collective. Tout commence, bien sûr, par la terre. En l'absence d'une véritable justice foncière, c'est la violence qui est devenue l'instrument de défense des droits personnels, et la loi du silence, l'omerta, la traduction inévitable de la solidarité familiale devenue clanique. »

Les trois quarts des Corses, selon Rocard, n'en peuvent plus, de cette violence, s'appuient désespérément sur l'État central malgré son impéritie. L'autre quart, décrit comme autonomiste ou nationaliste, est en réalité prêt à chercher des solutions négociées. Les quelques centaines de *desperados* qui les ont quittés pour sombrer dans la violence pure ne leur obéissent guère et ne les engagent nullement. « Comment en vouloir aux représentants élus de ces mouvements ? questionne l'ancien Premier ministre. C'est au contraire leur honneur, et la garantie de sérieux de leur choix. » Et il plaide pour une autonomie croissante de l'île, pour un chemin spécifique dont le continent doit accepter la singularité et garantir la légalité, la loyauté, dans le respect de l'identité îlienne. « Refuser, conclut-il, de donner une large autonomie à l'Assemblée de Corse, c'est faire le calcul que les nationalistes pourraient y être bientôt majoritaires, mais surtout afficher clairement qu'on se méfie d'eux, qu'on ne croit ni à l'apprentissage de la responsabilité ni aux vertus des réconciliations. »

Ainsi parlait Michel Rocard. Comme je lui faisais remarquer, peu avant sa disparition en 2016, que les autonomistes, alliés aux nationalistes, risquaient fort de gagner les prochaines élections – ce qui s'est vérifié –, il m'a répondu que, précisément, les premiers, si on leur donnait du jeu, contiendraient les seconds, et étaient les mieux placés pour le faire. À condition que, pour une fois, Paris honore sa parole.

Elle est accidentée, la Corse. Rien n'y va droit, rien n'est plat, paisible, le train lui-même est contraint de grimper, de tourner, de haleter. Elle est accidentée dans tous les sens du terme. La population est pauvre tandis que des spéculateurs viennent bâtir des villas avec vue. Nombre de touristes s'estiment quittes après avoir visité la presqu'île de Scandola. Oui, la frustration est constante, chez les îliens, l'orage n'est jamais loin. Mais la splendeur non plus.

Crète

C'est inévitable. Avant d'aborder une terre pareille, il faut entendre Homère (*Odyssée*, chant III) : « Dans la brume des mers, aux confins de Gortyne, il est un rocher nu qui tombe sur le flot ; le *notos* [le vent des tempêtes] contre lui jette ses grandes houles, qui le prennent en flanc du côté de Phaestos, et ce caillou tient tête à cette vague énorme… » Mais il faut également comprendre que cet assaut des éléments est nourri de mystères, de mythes, de chimères, et de divinités. Fermez les yeux, laissez-vous envahir, c'est l'Olympe qui parle.

Il était une fois l'impétueux Zeus qui, le fourbe, se déguisa en taureau pour enlever l'accorte Europe et la transporter d'un lointain rivage d'Asie jusqu'à la terre crétoise. De leurs amours contestables naquirent trois fils : Minos, Rhadamanthe et Sarpédon. Minos, le plus élevé en grade et en vertu, conseillé par son père redevenu raisonnable, fonda 100 villes heureuses protégées par un robot de bronze.

Mais, comme l'exige la fatalité afin de rassurer les simples mortels, sa vie privée n'était que désastres et intrigues. Ses filles, Ariane et Phèdre, couchaient avec n'importe qui. Et son épouse, Pasiphaé, avec n'importe quoi : elle engendra une créature effroyable, le Minotaure, que l'architecte Dédale enferma dans un labyrinthe (où il se retrouva lui-même bouclé par la jalousie royale). L'aventure, évidemment, finit très mal. Dédale s'évade. Minos périt noyé dans un bain brûlant que lui ont fielleusement préparé ses femmes. Et, pour l'éternité, il siège parmi les juges au tribunal des morts.

Il était une fois un ethnologue anglais, correspondant du *Manchester Guardian*, qui avait quarante-trois ans et s'appelait Arthur Evans. Passionné d'archéologie, il rendit visite, en 1894, à un Crétois, riche marchand de savon, qui se nommait Kalokairinos et se prénommait – c'était écrit – Minos. Minos le moderne était persuadé que Minos l'ancien, celui des légendes, n'était pas pure invention des lyres et des songes, que poètes et conteurs évoquaient une réalité perdue dans les cryptes de la mémoire mais présente à quelques pieds sous terre. Du reste, l'Allemand Schliemann venait de situer les fondations de Troie (et entendait bien poursuivre des recherches du même ordre en Crète). Kalokairinos avait donc creusé sur le territoire de Knossos, au lieu-dit Tselepi Kefala (« la butte du seigneur »), et y avait trouvé, outre des jarres, des vases, des tablettes, les vestiges d'amples monuments ignorés. Ce fut la ruée, de toute l'Europe. Mais les temps étaient troublés, les Crétois se levaient contre l'Empire ottoman, ce qui fut réprimé dans le sang, un conflit gréco-turc s'engageait, les grandes puissances s'en mêlaient et s'emmêlaient.

Rien d'étonnant si ce fut Evans, digne héritier des inventeurs du rugby et de l'esprit d'entreprise, qui parvint à négocier l'achat du terrain tant convoité. Entre 1900 et 1902, dans une ambiance fébrile et enthousiaste, il mena dare-dare trois campagnes dont le moins qu'on puisse dire est qu'elles se révélèrent fructueuses. Pas seulement, d'ailleurs, pour l'ingénieux Anglais : le marché des antiquités connut un fameux *boom*.

L'ennui, c'est qu'il y avait du Disney chez Evans, une fâcheuse tendance à mélanger la prospection méthodique et l'à-peu-près rocambolesque. Telle construction labyrinthique était, juré, le labyrinthe. Telle autre, à plusieurs étages, était un palais, le palais, juré, de Minos, lequel, juré, était roi et prêtre. La Crète avait été, juré, l'épicentre d'une thalassocratie, on y vénérait, juré, une déesse mère, et la jolie femme rescapée d'une fresque en miettes s'appellerait – c'est tellement *chic* – « la Parisienne ». Le fumant Arthur, par la suite promu sir, qui n'avait pas hésité à donner un coup de peinture aux colonnes exhumées, laisse aujourd'hui perplexes, soyons aimable, historiens et archéologues.

Témoin la visite moutonnière du « palais », près d'Héraklion, où le ciment vient en renfort un peu partout, où les fresques – sublime prince aux fleurs de lys, magnifiques dauphins reconstitués – ont été « complétées » dans le sens du peut-être plausible, où les touristes, 'tention la tête, s'engouffrent, 'tention la tête, par millions, et s'ébaudissent devant la « salle de bains » de la « reine », avec chasse d'eau, je vous prie (des types formidables, ces Minoens, de vrais pionniers). Bref, le parcours vous laisse comme un goût d'ouzo arrangé. Fuyez, partez à la recherche des sites intègres, Festos, Kato Zakros. Allez-y le soir, quand les ombres déploient les reliefs, quand le soleil décline, dans la solitude de quelques chercheurs et curieux.

Car la Crète, cette île qui n'est devenue grecque qu'en 1913, cette île qui s'est battue contre les Turcs, qui s'est battue contre les Allemands, cette île de paysans montagnards qui abandonnaient les grèves à l'occupant, quel qu'il soit, ottoman ou vénitien, pour se retrancher là-haut, dans les nids d'aigle et les monastères, est bel et bien une énigme, une totale exception. À l'âge de bronze, avant Moïse, avant Carthage et Athènes, avant la XVIIIe dynastie de l'Égypte impériale, une incompréhensible anomalie a voulu que naquît sur ce bout de terre et de roche une société complexe organisée autour de véritables villes, rondement administrée, plus brillante par les arts et les lois que par les armes, d'un raffinement sans égal. Une société où les femmes ne vivaient point enfermées, dont les artistes aimaient dessiner serpents et oiseaux, roseaux et plantes. Quinze siècles avant Jésus-Christ, sur des navires d'alpha aux voiles de papyrus, à la proue desquels étaient peints des yeux afin d'apaiser ou de dissuader les monstres du dessous, les marins crétois commerçaient avec l'Égypte, avec l'Orient, avec la Méditerranée entière.

Héraklion est laide, la guerre mondiale l'a dévastée, mais son musée est inouï. Les déesses aux serpents, les acrobates bondissant au-dessus de taureaux, les moissonneurs d'Aghia Triada, les adorants, les princes aux chevelures souples, les prêtresses en jupe longue et aux seins dévoilés : ce monde-là est souriant, les processionnaires n'y sont jamais dupliqués, les fruits et les fleurs, les abeilles et les colombes, les palmiers et les épis d'orge abondent. Et les poulpes, les poulpes « astucieux » selon Homère, dansent gaiement. En Crète minoenne prévalent le mouvement, la courbe, l'ondulé, le méandre, la spirale, la volute, la vague. Cette culture ignore la rigidité. Elle ne s'y résigne qu'arrachée à elle-même, vaincue, hellénisée. Nul ne sait, faute de signes déchiffrables, pourquoi les prétendus « palais » sont tombés, pourquoi la fête minoenne s'est interrompue. Éruption de Santorin, luttes intestines ? Mystère.

Par convention, on admet aujourd'hui qu'est « minoenne » cette civilisation dont nous méconnaissons l'essentiel. Est un « palais » l'extraordinaire assemblage de gypse, de stuc, de moellons, de poutres, de chapiteaux aplatis dont subsiste la trace. Est un « Minos » le chef ou le groupe dirigeant des sociétés détruites. Les uns dépeignent une cité idyllique, naïvement enjolivée. Les autres rétorquent que les fouilles d'Anemóspilia paraissent trahir la pratique – exceptionnelle – d'un sacrifice humain. Laissons les chercheurs chercher. Peut-être bien que « le théâtre » identifié par Evans parce que des gradins y montaient n'a rien d'un théâtre. Ce qui est sûr, c'est que, dans cette société, l'individu était quelqu'un : les sceaux innombrables, variés à l'infini, l'attestent sans discussion.

Et qu'est-elle devenue, cette Crète fabuleuse – au sens étymologique ? Il y a encore quelques décennies, elle était frugalement traditionnelle, riche d'huile et de vin, de dorades et de lait de brebis. Mais les colonels grecs, au pouvoir entre 1967 et 1974, comme tous les dictateurs, comme Franco avec la Costa Brava, comme Pinochet bazardant ses côtes, ont nourri le projet de muer les territoires indociles soit en bagne, soit en Luna Park. Ils y sont partiellement arrivés. Ils ont créé une mono-industrie qui encourageait les villageois, les gens de l'intérieur, à quitter leurs olivaies pour faire frire à la chaîne, dans les stations touristiques, des calamars surgelés. Ils ont déclenché la spéculation sur les terrains proches de la mer, terrains jusqu'alors considérés sans valeur car médiocres pour l'agriculture. Et les 4 × 4 ont pris le pas sur les ânes patients, les chemins sont devenus routes, les charters ont succédé aux charters.

La Crète s'est transformée en destination *low cost*, une sorte de Hammamet au rabais, carte qu'ont jouée à fond les voyagistes et les hôteliers. C'est toujours la même histoire : du béton blanchi, des portes peintes en bleu – tellement « couleur locale » –, des chambres carrelées aux murs nus, une piscine centrale, trois palmiers, et, sur le sable ou le gravier de la plage, des parasols alignés. Très beau pas cher. D'autant que la crise grecque et les diktats de M. Schäuble, l'ex-ministre de l'Économie allemand, ont tiré plus encore les prix et les coûts vers le bas, avec la bénédiction de la « troïka », sourcilleuse d'assurer que le « redressement » de la République exsangue était en bonne voie.

Sur la côte nord, entre Bali et Malia, inutile de chercher l'exception, minoenne ou contemporaine. Moussaka à la louche, bouzouki en boîte, feta importée, *night-clubs*, personnel qui racole le chaland, chaland qui se laisse racoler, souvenirs *made in China*, yaourts au miel continental, et ainsi de suite. Où es-tu passé, Pandelís Prevelákis, auteur du *Crétois*, roman de la résistance aux Turcs, chronique flamboyante de l'orgueil national ? Où es-tu passé, toi qui écrivais : « Qu'est-ce qu'un homme immortel, mes enfants ? C'est un homme dont la mémoire reste impérissable et survit sur les lèvres des hommes… » ?

Prevelákis est mort en 1986, mais je ne crois pas que la Crète qu'il célébrait soit morte avec lui, quels que soient les dégâts du « progrès ». Ni que les Crétois soient devenus amnésiques. Derrière le carton-pâte à cent balles, il est encore possible de partir à sa recherche. À l'Est, d'Elounda jusqu'aux palmiers de Vai où les routards de ma génération venaient fumer leur joint comme à Katmandou, c'est beau, c'est même magnifique, depuis la baie de Mirabello jusqu'aux fresques de Kritsa, mais le flot pousse et presse. Tout juste est-il loisible de s'isoler dans la crique de Mokhlos, avec son île blanche et ses falaises roses, où les petites tables bleues, fichées dans le sable, ornées d'une simple nappe de plastique tenue par des épingles, invitent à la contemplation, le verre d'ouzo dans la main gauche, le verre d'eau dans la main droite. On n'aperçoit que quatre ou cinq barques de pêche, mais ici, voilà trois mille ans, l'activité était intense, et les fonds marins sont tapissés des amphores que les équipages offraient aux dieux lors du départ.

À l'ouest, les villes sont attirantes. Rethimno, La Canée portent la marque des architectes vénitiens dont les demeures étaient et sont encore parfaites. Mais, là aussi, la foule piétine. Il faut pousser plus loin, encore plus loin, jusqu'à Phalasarna, jusqu'à Kissamos, pour découvrir une Crète qui n'est pas sur les catalogues, les plages immenses et désertes, les falaises qu'on n'aborde que par des chemins de terre. L'Ouest, c'est le pays du vert, des grands arbres, des places de village ombreuses et conviviales, comme à Spilia, en retrait de Kolymbari, où les platanes, près du *cafenion*, dissimulent la plus belle fontaine de l'île ornée des amours et des lions de Venise. L'Ouest a de l'eau, l'Ouest respire, tandis que le Sud, où le sable brûle sur la mer de Libye, est sec, subdésertique comme disent les géographes, et ne conserve, même dans ses oasis, que des oliviers gris-vert et des touffes d'ébène.

Vous la voulez, l'âme crétoise, vous la voulez toute fraîche, toute nue, loin des sirtakis d'opérette ? Agissez comme les habitants l'ont eux-mêmes toujours fait face aux envahisseurs : montez, montez, n'oubliez pas que cette île est une montagne, et que la montagne est en ces lieux le refuge des hommes libres. Et, pour cela, devenez orthodoxe, suivez la route des monastères. Qui n'étaient pas seulement des monastères mais des forteresses, des abris. Arkadi, en retrait de Rethimno, dont les assiégés mirent le feu aux poudres plutôt que de se rendre. Gouverneto, sur la presqu'île d'Akrotiri, dont les moines se battirent contre les pirates. Gonia, près de Kolymbari, dans les murailles duquel un boulet turc est encore fiché. Chrysoskalitissa, au sud-ouest, juché seul face à la mer, où l'on bâtit un des premiers phares méditerranéens – et où le bon peuple rural, loin des touristes, se rassemble, tous les 15 août, jour de l'Assomption, autour de son évêque. Faneromeni d'où la vue sur la baie, sur l'ennemi, est à couper le souffle. Un chemin poudreux vous emmène au ciel, non loin de Gournia. Là-haut, il est écrit : « Si vous ne voulez plus être un homme et portez en vous la brutalité de la bête, quittez cet endroit… »

Enfin, je suggérerai un point d'orgue à votre parcours, non pas le plus beau des sites mais le plus troublant, qui vous ramène au début de cette histoire, aux dieux, à leurs terreurs et à leurs fantasmes : rendez-vous au mont Dikti, sur le plateau du Lassithi. Là, dans un hameau nommé Psykro, de bonnes âmes vous proposeront des mulets pour grimper plus haut. Car la caverne où naquit Zeus en personne s'ouvre à l'amont. Négligez le mulet et mettez-vous en route. La descente dans le gouffre ne requiert nul talent de spéléologue. Simplement, vous êtes saisi par une onde froide, par le contraste violent entre la chaleur du dehors et les ténèbres d'en haut rejoignant celles d'en bas, comme si, au fond du fond, le nocher Charon allait vous faire franchir les rives de la mort. À la quatrième marche, votre souffle n'est que buée, votre progression n'est que brume. Savez-vous que la Crète comporte 3 000 cavernes, que cet univers souterrain, mystérieux, la perce de part en part, que les rebelles se dissimulaient dans ce labyrinthe occulte ? Exactement comme Zeus y fut caché par sa mère, car son papa, qui était lacanien, entendait le dévorer tout cru. Voilà, vous avez retrouvé le dieu d'Homère, la boucle est bouclée. Et, pour une fois, la tragédie ne finit pas mal. Pas mal du tout.

Crozet

C'est un bateau costaud, un gros bateau taillé pour la grosse mer, sans chichi (il y a quand même un petit espace fitness, car les traversées sont longues), un bateau qu'on voit à Brest quand il n'est pas à La Réunion, et qui est absent de tout port plus souvent qu'à son tour, un bateau de légende. Le *Marion-Dufresne*, deuxième du nom, 120 mètres de long, 59 cabines pouvant accueillir 114 passagers, principalement des scientifiques (cartographes, éthologues, biologistes, géologues, spécialistes du climat, botanistes, etc.), est tout à la fois un pétrolier, un porte-conteneurs, un navire de recherches avec de vastes laboratoires, des treuils et des portiques, un puissant sondeur, un carottier sédimentaire. Il est costaud, mais il a fort à faire, il est le fil ténu qui relie l'Hexagone aux TAAF (Terres australes et antarctiques françaises). C'est loin, c'est agité, c'est parfois périlleux : en 2012, il touche un haut-fond et s'ouvre sur 25 mètres. Mais il sauve aussi : lors du Vendée Globe de 2016, il est le seul navire capable de porter assistance à Kito de Pavant dont le voilier a heurté un objet flottant.

Cap au sud, au grand sud. C'est-à-dire au désert marin. Les îles dont la France tire gloire sont des têtes d'épingle dans l'océan infini, l'océan Indien, loin les unes des autres, loin de tout et de tous. Appareiller pour de telles destinations, c'est se préparer à de sérieuses « branlées », comme disent les marins, c'est se préparer à vivre avec le mal de mer, avec le roulis et le tangage, c'est laisser la tempête vous pourrir l'existence. Dans l'archipel de Crozet, à 2 860 kilomètres de La Réunion, la température est relativement constante, environ 5 °C, le vent souffle à 120 kilomètres/heure quatre mois par an, les rafales à 180 kilomètres/heure sont fréquentes, les pluies sont lourdes et abondantes, la neige est susceptible de tomber à toute période. Il faut aimer ça, il faut être volontaire, il faut être passionné. Et aimer les pingouins, aimer les pingouins à en mourir. Sur Crozet, c'est-à-dire 350 kilomètres carrés toutes îles comprises, on en compte 4 millions, gorfous dorés et manchots royaux.

Le bateau n'a pas été baptisé par hasard. Il commémore l'« explorateur » (à 51° 40' de latitude sud, on n'est, en ce temps-là, plus seulement un navigateur) Joseph Thomas Marion-Dufresne qui, à bord du *Mascarin*, le 24 janvier 1772, repéra l'île principale et envoya son second, Julien Crozet, y déposer une bouteille contenant un parchemin au nom du roi Louis XV. Cette île volcanique fut nommée « île de la prise de possession » et s'est muée en île de la Possession tout court. À une quinzaine de kilomètres, une seconde, plus petite, devint l'île de l'Est. Et, loin à l'ouest, on trouva encore un groupe d'îlots qui furent dits des Apôtres, et deux terres : l'île aux Cochons, l'île des Pingouins. L'archipel éclaté mais partageant le même basalte, les mêmes restes de volcans, prit le nom de Crozet.

Ensuite, ces îles, on les oublia. Elles étaient administrativement rattachées à Madagascar quand celle-ci était colonie française, mais qui se souciait de leurs landes rousses, des otaries, des orques, des éléphants de mer qui, là-bas, tout là-bas, côtoyaient les albatros et les pétrels ? Quand, au milieu des années 1950, elles devinrent un district du territoire austral français, un ingénieur en météorologie, Alfred Faure, conduisit une expédition sur l'île de la Possession, y installa une petite base (sur le site qu'on appelle aujourd'hui port Alfred) et se passionna pour ce « rien », comme d'autres se passionnèrent pour les minuscules îles Saint-Paul et Nouvelle-Amsterdam, tout à l'est, à mi-chemin entre Madagascar et l'Australie. C'est un Portugais, compagnon de Magellan, qui les avait repérées, celles-là, dès 1522, mais la France se débrouilla pour les récupérer sur le tard, à la fin du XIXe siècle – non sans susciter maintes contestations.

Crozet n'était qu'une étape. Plus au sud, encore plus au sud, un autre navigateur, Yves de Kerguelen de Trémarec, découvrit une terre qu'il nomma « France australe », persuadé d'avoir touché le continent antarctique dont les géographes, alors, débattaient fort, et enjoliva la description de ces îles pour obtenir les fonds d'autres expéditions, ce qui lui valut bien des ennuis (sans compter des aventures plus pittoresques : sa jeune maîtresse le suivait, déguisée en matelot). Malgré l'antériorité de ses navigations (reconnue par Cook), les Britanniques puis les Australiens bataillèrent, mais la France tint bon, pour le principe, pour le plaisir de la joute avec « l'Anglais », et réaffirma sa souveraineté. Quiconque, aujourd'hui, a la curiosité de consulter une carte, ne saurait d'ailleurs douter de cet attachement. La baie d'Audierne, celle de la Désolation, la passe Royale qui conduit au golfe du Morbihan répondent aux péninsules Jeanne d'Arc, Gallieni, Courbet, Foch ou Joffre. On est en France, crénom, et on le clame sur tous les modes et tous les tons. Comme à Crozet, une base scientifique s'est installée (45 personnes contre 18 à la Possession), et ces chercheurs, il faut les ravitailler, assurer leur relève, la maintenance des communications, et fournir une assistance médicale. Bien sûr, ce sont des mordus et des pointus, raison de plus pour n'être jamais loin même quand on est loin.

Pour une fois, nul intérêt colonial, nul calcul industriel, nulle considération stratégique n'entrait en ligne de compte. À Crozet, aux îles Saint-Paul et Nouvelle-Amsterdam, aux Kerguelen (à 3 500 kilomètres de La Réunion, quand même !), on hissait le drapeau, mais on était essentiellement là pour la recherche, pour la connaissance. C'est l'essor de la pêche industrielle qui posa un problème aux autorités et à la Marine nationale. Les chalutiers géants, les navires usines, essentiellement asiatiques, étaient techniquement capables de venir pêcher la légine dans ces eaux lointaines, et suffisamment pirates pour le faire en toute illégalité, par tous les moyens. Prétendre les poursuivre revenait à chercher une aiguille dans une botte de foin et coûtait à l'État des sommes astronomiques. De temps en temps, une frégate réussissait à arraisonner un délinquant, mais les marins ne nourrissaient guère d'illusions : pour un bateau pris sur le fait, combien d'autres passaient à travers ?

L'arrivée des satellites a changé la donne, d'autant plus que Paris a passé des accords avec l'Afrique du Sud. Un quota de langoustes a été fixé, et seuls sept bateaux français sont autorisés à travailler, pourvu qu'ils utilisent des palangres conseillées par le Muséum national d'histoire naturelle. À bord, c'est la règle, un contrôleur vérifie les techniques et les prises. Et les frégates, si elles traquent un contrevenant, commencent par le cibler. Depuis l'an 2000, 26 chalutiers, quasiment toujours asiatiques, ont été saisis en flagrant délit. La dissuasion, aujourd'hui, fonctionne.

Le but n'est pas de se réserver, de réserver à la France, un gisement halieutique. Le but est tout autre, il a changé de nature comme nous avons changé de point de vue sur la nature. Le but, à présent, et singulièrement depuis la COP21, est de protéger un espace de 1,6 million de kilomètres carrés et de mettre à l'abri une des plus grandes réserves naturelles du monde, trente fois plus étendue qu'au départ. L'enjeu est écologique (et a été salué par l'UNESCO), l'enjeu est la biodiversité. Cinquante millions d'oiseaux, c'est énorme, mais c'est fragile, un espace maritime immense leur est nécessaire – l'albatros endémique de l'île d'Amsterdam n'est plus représenté que par une trentaine de couples ; les orques, un peu partout, ont terriblement souffert de la pêche flibustière, et 55 % des invertébrés de Crozet ne sont présents que sur l'archipel. Il est temps, plus que temps.

Et puis, gare aux invasions, fussent-elles pacifiques ! Un pissenlit, accidentellement parvenu là, est en train de coloniser l'île Verte des Kerguelen. Sur l'ensemble des terres australes, 7 000 chats sauvages massacrent les oiseaux : on les avait introduits pour exterminer les rats et les souris qu'importaient, malgré eux, les navires, et qui s'attaquent aux pétrels, aux puffins. Les chercheurs eux-mêmes sont considérés comme suspects. Par crainte de la grippe aviaire, tout ornithologue débarquant doit se décontaminer. De même, plus question de caisses en bois qui risquent de véhiculer des micro-organismes dangereux. Plus question de plastique dont on sait comment il pollue la mer. Hier, on redoutait les pirates. Maintenant, on dépiste les invasions.

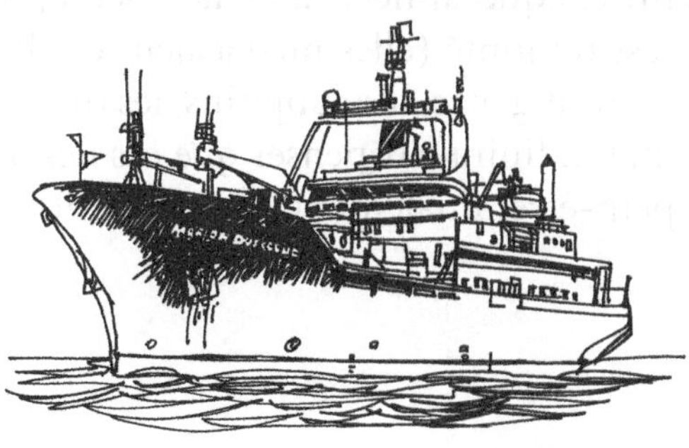

Mon compère Jean-Paul Kauffmann est parti là-bas, fasciné par cette ambiance, cette lumière de fin de tout, propice à la méditation et à l'expiation, tels les jansénistes devant le chaos de l'océan. En publiant *L'Arche des Kerguelen* (Flammarion, 1993), il avertit : « Ces îles dites de la Désolation, où règne le vent, passent pour être le point le plus isolé du globe. La solitude y est extrême, rompue seulement par des troupeaux de moutons, des régiments de chats sauvages, des lapins cachés dans les prairies profondes. On retrouve des tombes partout. Ce que j'entreprends n'est pas un voyage initiatique. Il n'y a pas de Graal à découvrir dans ce district mystérieux que le chevalier de Kerguelen, emprisonné après avoir découvert ces îles en 1772, appelait le "troisième monde". » Au moment de se réembarquer sur le *Marion-Dufresne*, l'auteur écrit joliment : « Le ciel se retira comme un livre qu'on roule. »

Mais voici que ces îles blafardes s'éclairent d'une lumière inattendue. Elles étaient îles de l'abandon, elles deviennent îles des retrouvailles, de la préservation, voire de la renaissance. Quatre cent mille éléphants de mer se renouvellent, chaque année, dans la réserve, le nombre des otaries est remonté (elles menaçaient de disparaître), les cétacés en tout genre, les dauphins, les orques naissent et renaissent. On finira par penser que ces îles du bout du bout sont peut-être, finalement, îles du salut.

D

Dominique

J'ai passé sur ce rivage une des plus étonnantes soirées de ma vie. Nous étions partis à la voile des Saintes et avions fait route de nuit (la Dominique, à ne pas confondre avec la République dominicaine, se situe entre ces dernières et Marie-Galante). La brise était soutenue, les surventes nerveuses, nous avions pris un ris ou deux, la lune nous accompagnait entre les nuages, et nous voguions sous un ciel d'argent sur une mer de plomb. De temps à autre, un poisson volant venait s'échouer sur le pont, et nous le remettions à l'eau, le voyions repartir dans un battement forcené de nageoires ou d'ailes, c'est selon. À l'aube, nous avons jeté l'ancre dans une baie magnifique, mais deux cargos rouillés que le cyclone Hugo avait poussés jusqu'à la côte nous la masquaient.

Le skipper était du cru, il connaissait les beautés, les périls et les trafics de l'île. Trois Noirs nous attendaient, ont pris possession du sloop qu'il valait mieux ne pas abandonner à son destin récréatif, et, en Zodiac, nous sommes partis explorer une entaille profonde de la côte abrupte. On ne la voyait pas d'abord. La mangrove, la profusion de végétation nous en cachaient l'existence. Nous nous sommes enfoncés dans l'île, et c'était superbe. Les cimes des arbres s'entrelaçaient, nous progressions dans un tunnel vert et obscur, plein de bruits et de grouillements. De temps à autre, le soleil perçait comme s'allume, au théâtre, un projecteur ciblé, faisait exploser un coin secret tandis que les alentours demeuraient mystère. J'ai entrevu quelques reptiles, quelques bêtes à poils qui plongeaient à notre approche, mais les oiseaux l'emportaient, et de très loin. C'étaient eux qui régnaient, ici, nous avions l'impression d'être admis quelque temps dans une immense volière dont les occupants se montraient peu, mais entremêlaient leurs chants et leurs cris.

Puis nous avons mis pied à terre et commencé à grimper sur un mauvais chemin, à flanc de colline volcanique, parmi des corossols, des gommiers, des manguiers. Nous marchions lentement, durement, la terre était meuble, mais notre récompense était là : c'étaient les *sisserous*, les grands perroquets verts au ventre pourpre, les perroquets propres à l'île, dont nous nous attendions à ce que l'un ou l'autre lâche : « Que le grand cric me croque », comme dans les expéditions tintinophiles.

Est-ce que ces perroquets, ou plutôt leurs aïeux, avaient vu comme je les voyais Christophe Colomb en personne, lorsqu'il aborda l'île au terme de son deuxième voyage, le 3 novembre 1493 – qui tombait un dimanche, ce qui valut à la Dominique d'être baptisée Domingo ? Les Indiens caraïbes furent exterminés comme ailleurs, néanmoins quelques-uns réussirent à se cacher dans les hauteurs de la forêt sauvage. Les Espagnols lâchèrent prise, mais Français et Anglais ne cessèrent de se disputer cette terre – hormis une courte période de répit, dans la seconde moitié du XVIIe siècle, où un pacte de neutralité sembla régner entre les uns, les autres, et même les Indiens. Et puis cela reprit, les Français introduisirent la culture du café, et firent donc appel à des esclaves africains, on ressortit les armes, on extermina ce qui pouvait encore l'être, et, finalement, les Britanniques l'emportèrent à l'issue de la guerre de Sept Ans. L'esclavage fut aboli en 1833, fort avant la Martinique ou la Guadeloupe, et maints fuyards tentèrent de gagner l'île par tous les moyens possibles et imaginables.

La nature y est somptueuse, mais les hommes y sont pauvres. Les trafiquants de drogue règnent en maîtres, tandis que le gouvernement essaie de développer un tourisme ambitieux, un tourisme de qualité. C'est peut-être l'avantage des îles démunies que de parvenir à une offre touristique plus exigeante, plus écologique.

Le soir venu, nous avons dîné avec les pêcheurs de brochettes de poisson cuisinées sur un barbecue improvisé – en fait, un demi-baril posé sur quatre pierres. L'ambiance était exquise et chaleureuse, certains habitants avaient sorti leurs instruments de musique, le rhum remplissait son chaleureux office. Mais un détail, un détail que je n'oublierai jamais, perturbait le décor. Nous étions au bord de la mer, nous l'entendions chuinter et siffler, mais nous ne la voyions pas. Car ce barbecue convivial se tenait sur la plage, c'est-à-dire contre une muraille d'acier et de rouille, bien plus haute que les petites maisons, plus haute que les arbres mêmes. Et, tandis que nous discutions, chantions, dansions, nos ombres se profilaient sur l'ocre de la paroi métallique. Les pêcheurs et leurs femmes nous expliquèrent qu'ils réclamaient, depuis bien longtemps, que les coques des deux cargos soient déconstruites, qu'ils récupèrent leur vue, leur beauté. Mais personne, absolument personne, n'accordait la moindre attention à leurs doléances. Et ils continuaient à vivre entre cargos en ruine et forêt magnifique, sur un lambeau de sable et de gravier.

D'autres cyclones ont soufflé depuis. Je me demande souvent si nos hôtes sont toujours prisonniers des épaves qui se referment sur eux. Je crains que oui.

E

East Island

« *Oh my God !* » Climatologue à l'université de Hawaï, Chip Fletcher se frotte les yeux. Avec son équipe, il travaille depuis des semaines sur la petite île d'East Island, le deuxième plus grand îlot de ce qu'on appelle « le banc de sable de la frégate française » – depuis que Jean-François de Lapérouse, le 6 novembre 1786, alors qu'il faisait route de Monterey vers Macao, a bien failli y perdre deux frégates. Les Américains en ont officiellement pris possession au milieu du XIXe siècle. Et, en l'an 2000, il est rattaché à la réserve de l'écosystème du récif corallien au nord-ouest hawaïen, inclus dans ce qu'on appelle le « monument national marin de Papahānaumokuākea ».

Ses 4,5 hectares sont inhabités, sinon par des phoques moines et des tortues vertes, mais Chip Fletcher, muni de drones, s'y intéresse beaucoup. Il prélève des échantillons de sable et de coraux afin de déterminer l'âge de l'île – sans doute entre mille et deux mille ans. Par ailleurs, en ce mois d'octobre 2018, il cherche à savoir ce qu'il adviendra sous l'effet du changement climatique.

Un ouragan survient, l'un des plus puissants jamais observés, nommé Walaka. Fletcher et ses compagnons, comme toute la population hawaïenne, court aux abris. Et, quand, il sort, « *Oh my God !* », l'île a disparu, mangée par l'océan. Pas seulement recouverte, mais comme aspirée, niée.

On peut penser que ce n'est pas trop grave. Que ces émergences coralliennes sont comparables aux bancs de sable de la Loire, qui disparaissent puis réapparaissent, ou à ceux de la baie d'Arcachon, dont les passes sont constamment redéfinies. « Rien à voir, objecte Fletcher. Ce que cela nous enseigne, c'est à quel point nos écosystèmes sont encore plus fragiles que nous l'imaginions. » Les images satellites ne cessent de balayer le Pacifique à la hauteur du tropique du Cancer. Et l'écran reste vide. Néant. Mille ou deux mille ans ont été emportés.

Ééa

Éole avait pourtant bichonné l'ingénieux Ulysse : il lui avait confié une outre qui recelait tous les vents possibles, ne laissant s'échapper que le zéphyr. Et c'est pourquoi les navires de la flotte se retrouvèrent en vue d'Ithaque, dont les hommes apercevaient, avec espoir et impatience, les lanternes. Mais la vue d'Ithaque évoquait aussi le partage du butin, moment clé, moment fatidique. L'équipage d'Ulysse, dans un accès de mutinerie, de jalousie irrépressible, finit par ouvrir l'outre d'Éole. Et tout fut à recommencer.

Les éclairs, les ouragans, rien ne fut épargné aux navires qui se dispersèrent sur des routes divergentes et imprévisibles. Longtemps après, Ulysse, sur son bateau, finit par trouver un mouillage paisible et accueillant au creux d'une île inconnue : l'île Ééa.

Une moitié de ses hommes, commandés par Euryloque, s'en allèrent reconnaître les lieux et trouvèrent, cerné d'une clairière avenante où se promenaient loups et lions apprivoisés, un palais dont s'échappait la voix la plus mélodieuse qui fût. C'était la voix d'une femme, ou peut-être d'une déesse, qui les reçut fastueusement, mais soudain les frappa de sa baguette et les transforma en porcs. Euryloque, resté en arrière, avait été le témoin de la scène et vint rapporter à son roi ce qu'il avait vu. Celui-ci voulut intervenir au plus vite, mais Mercure au sceptre d'or lui apparut sous la forme d'un jeune homme « brillant de grâce et de fraîcheur » et le mit en garde contre les effrayants pouvoirs de la femme déesse. Mieux : Mercure arracha du sein de la terre une plante blanche à la racine noire – on la nomme « moly » – que seuls les dieux savent se procurer, et la confia au navigateur.

Lorsqu'il se présenta au palais, Ulysse découvrit la femme déesse. Elle se nommait Circé et était d'une beauté extraordinaire. Elle l'accueillit mieux encore que ses compagnons, et lui fit servir un repas somptueux. Mais Ulysse le rusé avait mêlé la plante divine à ces mets, et Circé s'étonnait de le voir insensible à son emprise. Il tira son épée, elle fut saisie par la peur, et promit de rendre à ses compagnons leur aspect d'homme. À une condition : qu'ils fassent, tous deux, l'amour. Certainement, répondit Ulysse, mais si tu prononces « le grand serment des dieux » garantissant que tu ne me chercheras plus aucun mal, ni à moi ni à mes hommes. Ils firent l'amour avec enthousiasme, et recommencèrent selon les préceptes de Mai 1968, si bien qu'ils engendrèrent de nombreux enfants.

Circé, la magicienne ϖολυφάρμακα – c'est-à-dire experte en poisons et drogues –, libéra les marins de leur apparence porcine et devint une compagne si fascinante qu'Ulysse demeura un an à ses côtés. Et, à l'heure de partir, l'envoûtante encouragea l'envoûté à se rendre aux Enfers questionner le devin Tirésias qui lui enseignerait la route à suivre. Ils se revirent, par la suite, et elle lui enseigna comment se défaire des sirènes et déjouer les pièges de Charybde et Scylla. Tel est, selon le chant X de l'*Odyssée*, un très grossier résumé de ce qu'il advint en l'île d'Ééa, auprès de Circé, fille d'Hélios et de Perséis.

Ici commence la glose, et je ne saurais m'en mêler, c'est affaire de spécialistes. D'abord, où se trouvait Ééa ? Le célèbre helléniste Victor Bérard reconnaissait le Monte Circeo, en Italie, au nord de Naples, qui servait d'amer pour les navigateurs de l'Antiquité. Mais cette hypothèse est battue en brèche. Les uns y voient l'île de Salina, l'une des Éoliennes, d'autres la cherchent du côté du Paxos ou de la Colchide. L'autre débat porte sur les plantes médicinales dont usaient les Tyrrhéniens et qui auraient composé le redoutable poison de Circé. On s'accorde pour penser qu'il s'agirait de l'atropine, présente dans la belladone ou la jusquiame. Quant au « moly », l'antidote d'Hermès, ce serait le perce-neige qui contrecarre, précisément, l'atropine.

Mais le fond de l'affaire, le secret de l'île d'Ééa, c'est le mythe lui-même. Une irruption féminine qui mue les hommes en porcs, voilà qui nous paraît terriblement contemporain, ce ne sont pas les propagatrices de #MeToo qui vont me contredire. Plus complexe et intéressante est la conversion de Circé. Attaque-t-elle pour se défendre ? Est-elle méchante pour devenir plus caressante ? Est-elle duale comme le plaisir est dual, comme il fait perdre la tête et l'esprit, comme il entraîne les amants, dans un temps suspendu, vers une négation du monde extérieur, du réel – tels les amoureux de Jérôme Bosch, qui côtoient l'horreur, prisonniers de leur bulle, dans le *Jardin des délices* ? Ce qui trouble le plus, me semble-t-il, est que Circé, femme ou déesse on ne sait – comme toutes les femmes qu'on désire –, au moment de la séparation, donc de la douleur, du chagrin, non seulement n'est plus une menace mais devient conseillère, devient sage et protectrice. Le mythe est un puits et une porte, on n'a jamais fini d'en extraire le message ultime. Voilà pourquoi j'ai placé en exergue de ce livre la belle phrase de Nicolas Bouvier : « Ce qu'on apporte dans une île est sujet à métamorphoses. Une île est comme un doigt posé sur une bouche invisible et l'on sait depuis Ulysse que le temps n'y passe pas comme ailleurs. »

C'est tout Circé, non ?

El Hierro

Les « îles des Bienheureux », pour les Anciens, étaient le territoire des Enfers où les vertueux, après leur mort, goûtaient le repos et la félicité – tels Achille et Pénélope, Médée et Rhadamanthe. On s'accordait pour les situer dans l'Atlantique, à la limite ouest des terres connues. Ptolémée avait retenu les Canaries pour y faire passer son méridien zéro. Mais les recherches les plus récentes penchent pour que les âmes d'élite se soient réfugiées aux îles du Cap-Vert.

Quoi qu'il en soit, j'aimerais vous parler d'une de ces îles canariennes, non parce que Eurydice et Diomède s'y prélassent pour l'éternité, mais parce qu'elle détient, cette île, un record d'innovation et de modernité. Elle est la première, dans le vaste monde, à avoir lancé un programme de transition énergétique qui vise les 100 % renouvelables et se veut susceptible de garantir son absolue autonomie. Elle s'appelle El Hierro, c'est, au large de la Mauritanie, la plus occidentale de l'archipel. Il n'est guère de domaine insulaire qui ne soit confronté au problème, et nous le serons tous, insulaires ou pas.

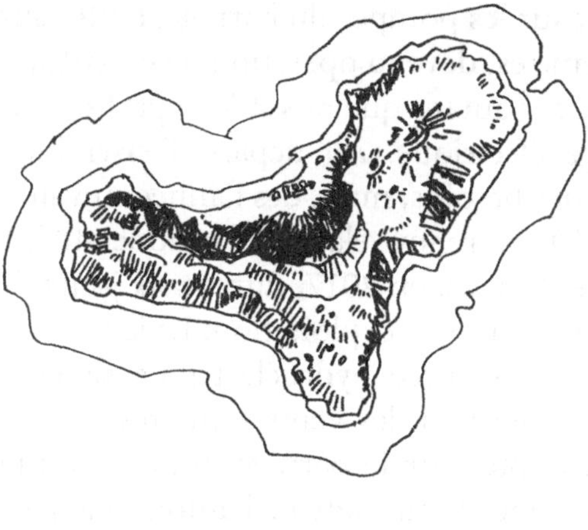

El Hierro est une terre volcanique et séduisante dont la population décline tandis que le tourisme croît – 11 000 habitants voilà quelques années, 8 000 à présent. Elle était traditionnellement ravitaillée en électricité par une centrale thermique fonctionnant au diesel, centrale qui alimentait en outre son usine de désalinisation, car l'eau y est trop rare. Mais, à partir de 2007, les autorités, non seulement ont décidé qu'il fallait que ça change, ce qui est discours fort répandu, mais en outre se sont attelées à un réel et progressif changement, ce qui est nettement plus original.

La solution retenue a été de coupler un parc éolien à un barrage hydroélectrique. Le parc éolien comprend cinq aérogénérateurs, complétés par le barrage qui utilise le vif dénivelé de cette terre volcanique. Deux bassins de rétention ont été creusés afin d'alimenter des turbines, et des pompes remontent l'eau du réservoir d'aval vers le réservoir d'amont. L'astuce consiste à équilibrer les deux sources d'énergie. La production de l'éolien, tributaire des vents, est par définition variable, et l'on joue tantôt sur elle, tantôt sur les pompes du barrage, tantôt sur les deux.

Le système est devenu opérationnel en 2015, et l'idée est de développer autant que possible la part de l'éolien dans le mélange électrique. Au départ, l'ensemble n'assurait que 40 % des besoins, mais, dès l'année suivante, c'étaient 70 %. Le 100 % renouvelable n'est donc atteint que progressivement, mais, en 2017, durant six jours, l'île entière a dépendu de sa seule exploitation. Le jeu consiste à doser finement la ressource hydroélectrique selon les saisons – en avril et en mai, les vents sont très faibles, et il faut pouvoir compter sur le barrage pour le compenser. On n'en est pas encore au stade de l'autonomie parfaite, seuls 60 % de l'électricité éolienne sont injectés directement dans le réseau (le reste va aux pompes), mais les techniciens s'attachent à faire progresser le ratio. Ils s'appliquent, également, à mieux doser le fonctionnement de l'usine de désalinisation, et à lui fournir de l'électricité de manière flexible, soit quand les rafales sont amples, soit la nuit.

Leur objectif est clair et net : zéro hydrocarbure. Du reste, l'île s'équipe de bornes électriques afin que, progressivement, des véhicules fonctionnant sur batterie puissent s'y connecter. L'autonomie des voitures ne devrait pas poser de problème puisque El Hierro ne couvre que 270 kilomètres carrés. La centrale thermique (tout comme les automobiles brûlant de l'essence) n'a pas encore complètement fermé. Mais nul doute qu'on s'en approche, ce qui démontre combien les îles sont – ontologiquement – pionnières.

El Hierro commence à être sérieusement imitée, de par la planète. L'île de Kauai, la plus septentrionale de l'archipel hawaïen, suit la même voie et entend se trouver autonome à 90 % dès 2023, les 10 % restants prenant ensuite quelques années. Là, c'est l'énergie solaire qui est fondamentale, le parc étant couplé à une gigantesque batterie.

Mais c'est au Japon que l'expérience la plus singulière est en cours de développement. Sur la petite île d'Ukujima, en face de Nagasaki, ce qui se prépare ressemble bel et bien à un anti-Fukushima. Et tout repose, non pas sur une hypothèse, mais sur un fait avéré : les grandes centrales photovoltaïques ne sont nullement incompatibles avec une agriculture soigneusement raisonnée. À Ukujima, on se trouve au sud du pays, mais on n'est absolument pas dans le cas des gigantesques déploiements de panneaux observés dans les déserts – qu'il s'agisse de l'Arabie, du Nevada ou de celui d'Atacama –, panneaux serrés les uns contre les autres au point que les capteurs solaires ne paraissent former qu'un tout. La tradition îlienne repose sur la pêche, mais aussi sur l'agriculture, et n'entend nullement y renoncer.

La « découverte » technologique n'est pas si nouvelle qu'on pourrait le penser. Les historiens nous révèlent que les Mayas de l'actuel Mexique cultivaient le haricot et la courge sous le maïs. Cette méthode, appelée *milpa* ou « pratique des trois sœurs », consistait à profiter de l'ombre du maïs pour diminuer les nécessités d'arrosage tout en augmentant la productivité des plantes installées dans le clair-obscur.

C'est exactement le système retenu à Ukujima, système dit du *solar sharing* (« le partage du soleil ») qui consiste à exploiter des cultures sous les panneaux photovoltaïques, installés à 2 mètres et demi au-dessus du sol et disposés de manière à filtrer la lumière. Les chercheurs en agrobiologie ont établi que nombre d'espèces végétales se développent à merveille dans la pénombre, parce que ces espèces possèdent un point de saturation de la photosynthèse particulièrement peu élevé. En vrac, des laitues et des épinards, des betteraves et des choux, des haricots et des fraises, des pois, des navets, des radis, et j'en passe. Qui plus est, les structures qui portent les panneaux solaires sont parfaitement susceptibles d'être utilisées comme tuteurs de certaines variétés grimpantes.

Et l'on s'y met. Sur cette île de 24 kilomètres carrés, 1,7 million de panneaux solaires se déploient, couvrant un quart du territoire. La production d'électricité, qui excède, et de beaucoup, les besoins insulaires, est renvoyée, moyennant 60 kilomètres de câbles sous-marins, vers Sasebo, cité de 260 000 habitants au nord de Nagasaki. Les maraîchers comptent multiplier par dix leurs revenus. Comme disent les politiques, c'est un mécanisme gagnant-gagnant.

Le monde maritime pourrait, en la circonstance, amener le monde continental à sortir de son conservatisme et de ses habitudes. Hormis des expériences en Allemagne où les éleveurs de moutons constatent que leurs troupeaux profitent très heureusement de l'abri solaire, nous sommes en retard parce que nous voulons rester en arrière malgré les déclarations d'intention.

A-t-on songé, par exemple, que la production électrique de la « ferme » d'Ukujima correspondrait parfaitement aux 225 kilomètres carrés que représentent les champs de choux-fleurs bretons ? Les îles ne sont pas seulement de merveilleux refuges. Elles ont des leçons à nous donner, si nous voulons bien les recevoir…

Ellis Island

Je revois ces couloirs blancs, ces couloirs carrelés d'hôpital vieille manière, ces couloirs étroits, et j'imagine la foule des migrants s'engouffrant là-dedans, ces hommes, ces femmes, ces enfants trop nombreux pour s'y faufiler, apeurés et maladroits, incapables de parler la langue dans laquelle on voudrait qu'ils parlent, et contraints d'attendre au seuil de petites pièces sous-dimensionnées et impersonnelles. C'est donc ça, l'Amérique ?

Ils sont pauvres (ceux qui ont pu prendre le bateau en première ou en deuxième classe ont été inspectés à bord, les autorités gagent qu'ils ont les moyens de subsister, et un débarcadère leur est réservé du côté de Battery Park, là où, naguère, le tout-venant était attendu). Mais, depuis qu'Ellis Island a été aménagée en 1892, avec ses tours avenantes et son entrée solennelle, c'est là que les démunis et les pouilleux se présentent. La traversée les a épuisés, ils ont fréquemment dormi sur le pont ou se sont entassés pour se protéger de la pluie, du froid et des embruns. Les femmes seules se sont défendues de leur mieux contre les violeurs et les maquereaux. Et le mal de mer a été le lot fatal de tous les passagers.

Ils sont partis pour mille raisons, dont le manque de ressources est le plus grand commun dénominateur. Mais il en est bien d'autres : haine raciale, pogroms, guerres et massacres en tout genre, intolérance religieuse, étouffement, rêve d'un monde nouveau, d'un monde libre où l'origine sociale, l'ethnie, la croyance ne seraient plus un fardeau à traîner. Une centaine de millions d'Américains sont leurs descendants, petits-fils ou arrière-petits-fils d'exilés. Qu'est-ce que c'est, l'exil ? L'exil, c'est la perte et la perte de la perte. L'exil, c'est ne jamais connaître, au juste, ce qu'on a perdu. Est-ce un choix, l'exil, un vrai choix ? Je ne sais, mais j'en doute fort.

À Ellis Island, à 800 mètres de la statue de la Liberté, à quelques encablures de Manhattan, se sont présentés 5 millions d'Italiens, 4 millions d'Irlandais, 1 million de Suédois, 3 millions d'Austro-Hongrois, 6 millions d'Allemands, 3,5 millions de Russes et d'Ukrainiens, 5 millions de Britanniques, 800 000 Norvégiens (dont le dernier qui passa par là, avant fermeture, en 1954), 600 000 Grecs, 400 000 Turcs et autant de Hollandais, 600 000 Français et 300 000 Danois. Candidats à l'exil.

Comme l'écrit Georges Perec, dans le beau livre accompagnant le film qu'il tourna sur place avec Robert

Bober : « Une usine à fabriquer des Américains, une usine à transformer des émigrants en immigrants, une usine à l'américaine, aussi rapide et efficace qu'une charcuterie de Chicago : à un bout de la chaîne, on met un Irlandais, un Juif d'Ukraine ou un Italien des Pouilles, à l'autre bout – après inspection des yeux, inspection des poches, vaccination, désinfection – il en sort un Américain… » Ce qu'expriment de manière plus châtiée les vers de la poétesse juive Emma Lazarus, gravés sur le socle de la statue de la Liberté :

Donnez-moi ceux qui sont las, ceux qui sont pauvres,
Vos masses entassées assoiffées d'air pur,
Les rebuts misérables de vos terres surpeuplées,
Envoyez-les-moi, ces sans-patrie ballottés par la tempête,
Je lève ma lampe près de la porte d'Or.

Elle est à deux pas, à quelques coups de rame ou de tours d'hélice, la porte d'Or, celle de New York. Mais, avant, il y a Ellis Island, qu'on appelle aussi l'« île des pleurs ». Car le chemin est abrupt et menaçant. Cela commence dans l'escalier, et les migrants ignorent que c'est là le plus terrible. Ils sont d'abord passés par la grande salle des bagages, sorte d'immense consigne où ils se sont délestés de leurs valises, de leurs malles, de leurs baluchons. Puis ils ont tourné à droite, et l'escalier qu'ils ne savent pas encore redoutable est là, vaste, presque grandiose. En haut, des hommes les observent, des hommes bien mis. Ils les observent très attentivement, et, parfois, ils écrivent à la craie, directement sur leurs dos.

Ce sont des médecins. Et ils usent, entre eux, d'un code aussi élémentaire qu'efficace. Leurs yeux fouillent le troupeau, essayant de repérer le mouton noir. Et, quand ils le décèlent, ils tracent une lettre majuscule au dos de son vêtement. C pour tuberculose. E pour yeux. F pour visage. H pour cœur. K pour hernie. L pour claudication. SC pour cuir chevelu. TC pour trachome (infection oculaire très contagieuse). PG pour enceinte. X, le pire du pire, pour débilité mentale, comportement étrange, instabilité aiguë. Bien sûr, les médecins sont des scientifiques. Ils savent que ce premier repérage n'est qu'une conjecture, une suspicion, et nullement un diagnostic. Ils ne procèdent là qu'à un tri grossier, sous réserve d'examen ultérieur. Mais les personnes marquées sont destinées à être sorties du rang jusqu'à ce qu'ils y voient clair. Quelques-uns des arrivants flairent le danger. Ceux d'entre eux qui ont détecté le procédé, qui sentent que ce marquage n'est pas bon signe, et qui portent le vêtement adéquat, retournent leur veste ou leur manteau pour dissimuler l'inscription.

Et maintenant, la scène est à la fois affolante et grandiose. Une salle monumentale qu'on appelle la salle d'enregistrement, avec une mezzanine, capable de contenir des centaines, des milliers de gens, un hall de gare, mais à la noble architecture, orné de lustres. Ce qui est moins noble, et qui sera retiré par la suite, ce sont les structures métalliques qui dessinent les files, et qui forment des sortes de cages. Et puis la réverbération, ce vacarme qui se répercute, s'amplifie, cette rumeur babélienne, indéchiffrable. Au loin, tout au bout des files, les tables de bois, les *legal desks*, derrière lesquelles officient des inspecteurs flanqués d'un traducteur – Fiorello LaGuardia, futur maire de New York, a longtemps rempli cette fonction car il connaissait le yiddish et l'italien.

L'interrogatoire est simple, simplissime. Comment vous appelez-vous ? D'où venez-vous ? Pourquoi venez-vous aux États-Unis ? Quel âge avez-vous ? Combien d'argent avez-vous ? Où avez-vous eu cet argent ? Montrez-le-moi. Qui a payé votre traversée ? Avez-vous signé en Europe un contrat pour venir travailler ici ? Avez-vous ici des amis ou de la famille ? Quelqu'un peut-il se porter garant de vous ? Quel est votre métier ? Êtes-vous anarchiste ? (Plus tard, cette dernière question s'enrichira : êtes-vous communiste ? Et, dans les années 1950, une réponse positive à cette question vaudra internement.)

La pire, c'est la première demande, le nom. Parce que l'inspecteur ne le comprend pas ou parce que l'interprète lui-même déforme la réponse. Beaucoup sont dotés, à vie, d'un patronyme qui n'est pas le leur, non pour être « américanisés », mais parce que les oreilles officielles ont ouï de travers. Perec raconte qu'un homme de Berlin se retrouve Berliner, qu'un autre, prénommé Vladimir, devient Walter, un Skyzertski Sanders ou un Goldenburg Goldberg. Il faut aussi exhiber un peu d'argent, quelques dollars, histoire de prouver qu'on n'est pas indigent. Et les plus malins se refilent le billet, en douce, par-derrière, et le représentent chacun à tour de rôle…

Si l'inspecteur est satisfait, il appose un coup de tampon sur la fiche de l'impétrant. S'il a un doute, il porte sur son registre la mention « SI », ce qui signifie *Special Inquiry*, et l'immigrant doit patienter jusqu'à ce qu'une commission examine son cas plus avant (il y a cette fois trois inspecteurs au lieu d'un, un sténographe, un nouvel interprète, et les questions sont serrées). En règle générale, l'atmosphère n'est pas hostile. Certains fonctionnaires d'Ellis Island peuvent être méchants ou brutaux, mais ce n'est nullement la règle. La fabrique d'Américains cherche à tourner sans accroc, et, pour la plupart des cas, l'entretien s'achève par « *Welcome to America* ».

Mais la porte d'Or est encore loin. Sur la gauche, une autre porte, étroite, celle qui donne accès aux couloirs carrelés, initie le véritable parcours de l'immigrant. Trois heures, au bas mot. Cette fois, on lui scrute le fond de l'œil, on s'assure qu'il n'est pas analphabète, on le soumet à des tests d'intelligence et de compréhension. Et il progresse ainsi, de petite pièce piège en autre petite pièce piège. Aujourd'hui, Ellis Island, transformée en musée de l'Immigration, vous met, très intelligemment, dans la peau d'un arrivant. Vous cheminez sur ses pas, et, vous qui avez un passeport dûment validé, vous n'en ressentez pas moins une pointe d'angoisse, voire un frisson glacé lorsque vous pénétrez dans *the mental room* où il va être décidé, à la louche et au moyen de puzzles, si vous êtes ou n'êtes pas apte à vivre en société.

La majorité des candidats sont admis. Ils passent par le bureau de change où toutes les monnaies du monde, je dis bien toutes, se transforment en dollars, puis par le guichet des transports. En réalité, un quart des immigrants, pas plus, reste à New York. Les autres s'en vont vers une destination lointaine, vers un frère, un cousin, et, comme ils ne parlent pas l'anglais, on agrafe leur billet de train au revers de leur veste ou de leur manteau. Puis ils descendent l'« escalier de la séparation » et s'acheminent vers le *kissing point*, le point de rendez-vous où l'on se congratule parce que la famille est au complet. Si elle est au complet. Car il y a les malades qu'on oriente vers l'hôpital de l'île, qui restent parfois des mois en observation, voire en quarantaine. Et il y a les recalés, les refusés, soit pour raison médicale, soit parce qu'ils ont un passé criminel ou suspect d'être criminel. Ils ont le droit de faire appel devant une espèce de minitribunal intégré aux bâtiments. Mais ils gagnent rarement. Ceux-là, les autorités les réexpédient chez eux, s'ils ont un chez-eux.

Entre le 1er janvier 1892 et le 12 novembre 1924, plus de 12 millions d'immigrants sont sortis « vainqueurs » d'Ellis Island. Leur vie, ensuite, se révéla généralement très dure, sans doute plus dure qu'ils ne l'imaginaient. 1907 fut l'année record, plus de 1 million. Ensuite, la Première Guerre mondiale perturba la machine à fabriquer des Américains. Les autorités décidèrent d'interner sur l'île des marchands allemands, des ennemis de guerre, et de loger dans l'hôpital des soldats américains blessés en Europe. Les immigrants se présentaient encore, mais beaucoup moins.

Au total, sur l'« île des pleurs », on dénombra 2 % de pertes. Soit 250 000 refusés, 3 000 morts à l'hôpital. Et autant de suicides.

À la fin de la guerre, malgré l'opposition du Président Wilson, les règles d'admission furent durcies, les tests renforcés. Et, en 1924, de nouvelles lois fixèrent des quotas où prévalaient les Irlandais. Mais c'est surtout la crise de 1929 qui brisa le flux des arrivants. En 1932, ils n'étaient plus qu'une trentaine de milliers, et Ellis Island devint un centre de rétention où l'on stockait le rebut du rêve américain : les anarchistes et les communistes, beaucoup de réfugiés politiques, beaucoup de chômeurs aussi.

Malgré tout, quelle moisson, quel casting ! Irving Berlin qui s'appelait Isidore Balin quand il se présenta à l'enregistrement, et Colette Colbert, et Johnny Weissmuller, Tarzan inégalé, et Bob Hope, qui fit vibrer Broadway, et l'énigmatique et formidable Erich von Stroheim, et Samuel Goldwin, Cary Grant, Greta Garbo, et encore Ernst Lubitsch, Billy Wilder, Alfred Hitchcock, Al Jolson. Et puis Charlie Chaplin (dont la mère fut récusée pour folie, et qu'il récupéra quand même) ou le génial traître, Elia Kazan, dont le film *America America* mérite la palme d'or de mon festival personnel. Et Isaac Asimov, et même Wilhelm Reich, et, et, et…

Une toute, toute petite sélection des VIP de l'île des pleurs. Mais sa vérité profonde, c'est l'immense masse de ceux qui sont restés anonymes, juifs de la diaspora, Ritals de Mulberry Street, puis du Bronx, Orientaux en tout genre. Il faut voir leurs photographies hagardes, il faut prendre le temps de regarder le beau film que De Niro, tournant dans les ruines, réalisa en hommage à son père, ou bien se souvenir que Coppola, ce n'est évidemment pas un hasard, a situé dans ses murs une scène du *Parrain*. Pour partir, il faut être tenaillé par la faim, la peur, le courage et l'ambition. Nous les admirons, ces laissés-pour-compte, ceux qui se sont embarqués et qui, pour beaucoup, n'avaient jamais vu la mer. Nous les admirons comme nous devrions considérer ceux qu'actuellement l'Europe rejette, condamne à se noyer, couvre d'opprobre, scandant, scandaleusement : « On est chez nous. » Que ces Européens de marbre s'en aillent visiter, une bonne fois, Ellis Island.

En repartant, sur le ferry orange qui s'en allait vers Manhattan, j'ai songé que ce brassage-là était légitimement l'orgueil de la nouvelle Amérique. Laquelle a oublié qu'elle s'est construite dans l'effort et l'audace, mais sur un génocide. Débarquant à Battery Park, je suis allé visiter, juste à côté, tout près de Wall Street, le Musée national amérindien. Un grand bâtiment, une petite collection, peu de visiteurs. Les témoignages sont poignants, les objets (essentiellement vestimentaires) superbes. Mais il est clair que ce musée n'a ni les honneurs ni la renommée du Guggenheim ou du MoMA. L'ethnocide indien a précédé l'appel à l'immigration et le rêve a chassé le sang comme un clou chasse l'autre. Comme Trump a remplacé Obama et voulu un mur contre les Mexicains qui le franchissent quand même.

Je n'oublierai jamais Ellis Island et je n'y retournerai jamais. Mais je crois qu'il est impossible d'aborder Manhattan sans s'y rendre, sans méditer sur l'exil, sur la diaspora humaine, et sans ruminer la belle et tragique pensée arménienne : « Nous sommes les invités de la Terre. »

Les invités. Et rien d'autre.

F

Fårö

Cela se passe au cœur de la mer Baltique, bien au sud de Stockholm, sur l'île de Fårö, une des îles innombrables parmi les archipels suédois. La plage est de galets, la mer est souvent grise. Il n'y a là que 500 habitants. Et puis Bergman, jusqu'au 30 juillet 2007. C'est là qu'il habitait, qu'il vivait quand il n'était pas requis par un tournage, par une pièce de théâtre ou un opéra, et c'est là qu'il est mort et enterré dans le vieux cimetière, à l'écart de la route. Fårö prolonge, en version courte, sa voisine de Gotland. Un rivage minéral, la mer haletante, un grand phare blanc et la nuit, la longue nuit de ces latitudes. En été, mais en été seulement, on aperçoit des moutons et encore des moutons, de l'herbe pour les moutons, et quelques pièces d'eau. Le reste du temps, c'est le vent et le ressac. Et l'ombre ou la nuit. À quarante ans, Bergman a décidé que Fårö serait sa retraite, a bâti une maison face aux vagues, et n'a jamais molli : son île serait son lieu.

Je l'admire follement, Bergman, mais il me fait peur. Avant ses autres films, ses chefs-d'œuvre, *Le Septième Sceau*, *Les Fraises sauvages*, *À travers le miroir*, *Le Silence*, *Persona*, *Cris et Chuchotements*, j'ai sur la rétine, fortement imprimés, les plans de *La Nuit des forains*, des plans magnifiques, qui trahissent encore l'admiration qu'il portait à Marcel Carné pour *Le jour se lève*, ou aux maîtres du néoréalisme italien. C'est beau, c'est très beau, *La Nuit des forains*, mais c'est le film le plus triste que j'ai jamais vu. Ce n'est pas qu'il vous tire des larmes, qu'il vous émeut ou vous bouleverse : le mélodrame en est absent et le malheur dont il parle n'a rien d'épisodique, de fortuit. Bergman a ce talent-là, cette force-là, cet emportement résolu : le malheur n'est nullement une péripétie, un accident, c'est une masse qui vous tombe dessus, définitivement, et qui vous noie.

Je me demande si Fårö était le lieu idéal du tête-à-tête avec cela. Dans son livre autobiographique, *Lanterna magica*, publié par Gallimard en 1987, Bergman ne le dit pas, ou pas exactement. Il parle du coup de foudre qu'il a éprouvé, de la certitude d'avoir déniché sa « véritable demeure », et il parle encore d'un autre coup de foudre : celui qui l'entraîna vers Liv Ullmann pendant le tournage de *Persona*. Mais, justement, le malheur de Bergman n'est-il pas le produit de ce déchirement, de ce basculement incessant entre la passion et l'issue de la passion, son fatal châtiment ?

Je lis un peu plus loin : « Aucun art ne traverse, comme le cinéma, directement notre conscience diurne pour toucher à nos sentiments, au fond de la chambre crépusculaire de notre âme. Une petite misère de notre nerf optique, un choc, vingt-quatre images lumineuses par seconde, entre ces images, le noir, mais notre nerf optique n'enregistre pas le noir… » Toute la vie du cinéaste fonctionne de cette manière, et son île noire où l'on ne voit pas le noir semble la résumer, résumer son « effroyable misère ». Il n'est pas asocial, Bergman, il ne fuit pas les gens, la cité, il est fou de théâtre et, quand il met en scène Strinberg ou Ibsen, c'est pour un public dont il goûte les applaudissements. L'île, sa retraite, n'a rien d'une mise à l'écart. C'est un lieu pur et ambivalent, comme tout ce qui l'intéresse.

Évidemment, il n'est pas aisé d'être fils de pasteur, d'un ambitieux pasteur luthérien qui ritualisait les coups et faisait jongler le péché et le repentir. Toute sa vie, Bergman se bat avec lui, avec Dieu qu'il renie et la famille qu'il hait. Mais, toute sa vie, il cultive aussi le désir, il s'éprend, il épouse, il enfante, il court de passion en passion, puis de rupture en rupture. Les familles, à trente-deux ans, il en a déjà trois sur les bras, et il accepte toutes les commandes qui se présentent parce que, la famille, ça n'est pas seulement lourd, ça coûte cher. Et il repart, il repart avec la même faim. Quand il s'installe à Fårö avec Liv Ullman, il veut que sa maison leur soit commune, que ce soit la maison de l'amour. Cela durera cinq ans. Déjà pas si mal.

L'île, il l'avait découverte en 1960 lors du repérage de *À travers le miroir*, qu'il choisit d'y tourner. Une île, c'est l'endroit pour tomber amoureux, n'est-ce pas ? Mais aussi le territoire du dédoublement, de la parole tue et du silence éloquent, de la révélation non dite, de la fusion et de la coupure, de l'ici et de l'ailleurs, de la frustration et de la plénitude, comme dans *Scènes de la vie conjugale.*

Bergman a dit encore : « Je porte en moi un continuel tumulte qu'il me faut surveiller. L'imprévu, l'imprévisible m'angoisse. » Le cinéma lui permettait d'explorer le chaos, de plonger au cœur du tumulte pour en saisir « l'implacable et absurde mouvement sous un ciel vide ». Et l'île, tout compte fait, l'abritait et, sans doute, le rassurait.

Flores

Ça démarre en 2004, mais, quand ça démarre, nul ne se doute qu'un feuilleton formidable vient de commencer. Ils sont deux chercheurs, l'Australien Mike Morwood et son collègue local Raden Soejono, qui mènent conjointement des fouilles dans une grotte, à Liang Bua, au centre-ouest de l'île de Flores, en Indonésie. Ils s'interrogent sur la façon dont les populations anciennes ont migré d'Asie en Australie. Ils fouillent, ils fouillent, ils découvrent des trucs et des machins relativement intéressants. Mais ils tombent, soudain, sur le squelette plutôt bien conservé d'un hominidé.

Ils appellent à la rescousse un scientifique australien, Peter Brown. Qui accourt et déclare tout de go : « Si un vaisseau extraterrestre avait été découvert sur Flores, je n'aurais pas été plus surpris... » Le squelette est celui d'une femme, adulte mais toute petite, 1 mètre environ, dont la boîte crânienne n'excède pas 400 centimètres carrés, soit à peu près celle d'un chimpanzé. Cette femme ne devait guère peser plus de 30 kilos. Et les premières datations de charbons voisins lui donnent quelque dix-huit mille ans. Par ailleurs, des outils relativement sophistiqués sont mis au jour, et même des traces de feu. Du jamais vu. La première datation est mise en question et repoussée à soixante mille ans.

La communauté scientifique s'enflamme et s'écharpe. L'hypothèse la plus communément retenue est que cet *Homo floresiensis* serait un assez étrange avatar de l'*Homo erectus* (beaucoup plus grand, 1,65 mètre pour 67 kilos), voire un *Homo sapiens*, d'autant que d'autres fouilles, sur le site de Mata Menge, à 50 kilomètres de Liang Bua, révèlent des outils, des fossiles d'animaux datés, eux, de huit cent quarante mille à sept cent mille ans. La dame de Flores prend de l'âge, selon la revue *Nature*, et une hypothèse grandit : il pourrait s'agir d'un *Homo sapiens* déformé par une pathologie, trisomie 21 ou microcéphalie. Mais un chercheur du musée de l'Homme, Antoine Balzeau, en 2016, reprend les travaux de son collègue Matthew Tocheri, du muséum d'Histoire naturelle de Washington, ainsi que ceux de Yousuke Kaifu, du musée national de la Nature et des Sciences d'Ibaraki (Japon), et, après examen de l'endocrâne du squelette – dont, entretemps, on a trouvé d'autres exemplaires et pu examiner les dentitions, les mâchoires, etc. –, ferme définitivement cette piste : la femme de Flores n'était pas malade ni porteuse d'une déformation congénitale.

On penche alors pour un *Homo erectus* victime de nanisme insulaire, d'autant que le phénomène a été observé, en Indonésie et ailleurs, sur certaines espèces privées de leur alimentation habituelle, en particulier des éléphants.

Une nouvelle équipe, australienne celle-là, spécialisée dans la modélisation des données fossiles, après étude, non seulement du crâne et de la dentition, mais aussi des bras, des jambes, des épaules, conclut formellement l'année suivante : « Nous sommes sûrs à 99 % qu'*Homo floresiensis* n'est ni un *Homo sapiens* mal formé ni lié à *Homo erectus.* » Il évoque plutôt l'*Homo habilis* africain et serait le cousin d'une espèce fort ancienne et lilliputienne apparue voilà plus de 1,75 million d'années.

Les populations « préhistoriques » de cette île indonésienne, qui n'ont disparu que voilà cinquante mille ans, seraient donc des cousins hors normes, des cousins royalement inconnus, un total cauchemar pour les créationnistes. Qui nous dit que, sur d'autres îles, d'autres branches d'hominidés n'apparaîtront pas, ne viendront pas bouleverser nos arbres généalogiques ? N'a-t-on pas trouvé, sur la grande île de Luçon, aux Philippines, les vestiges d'un « homme de Callao », pour l'instant situé entre soixante-sept mille et cinquante mille ans, dont on ignore la taille mais qui posséderait d'étranges pieds prenants, comme s'il grimpait aux arbres ? En attendant, la petite femme de Flores nous laisse devant deux énigmes. D'abord son crâne, bien plus réduit que celui de l'*Homo habilis*, mais apte, semble-t-il, à des opérations complexes, au maniement d'instruments fabriqués. Ensuite, puisque aucun fossile approchant n'a, pour l'instant, été découvert en Afrique, le problème de sa parenté et de sa migration demeure entier. On suppose que c'est de là qu'elle provient. Mais par quels chemins, à l'occasion de quels cataclysmes écologiques ? Les îles sont des montagnes, mais aussi des puits.

G

Galápagos

Il est des îles qui portent un autre nom que leur nom. Sainte-Hélène, c'est Napoléon, Ithaque, c'est Homère, les Marquises, c'est Gauguin, le Frioul, c'est Dumas, et ainsi de suite. Les îles Enchantées, ou Galápagos (qui reçurent la visite de La Pérouse ou de Bougainville), c'est assurément Darwin. D'ailleurs, la baie qui sépare et relie les 14 îles principales, outre 17 îlots et pas mal de rochers émergents, porte à tout jamais son patronyme. Nous sommes à 1 000 kilomètres de l'Équateur, la chaleur humide est contrecarrée par le courant de Humboldt – l'onde venue du pôle Sud qui refroidit l'océan – si bien que tout en haut, là où des volcans ou des restes de volcans dominent, la végétation est fournie, touffue, cyclopéenne, alors qu'en contrebas, au ras de l'eau, elle est plutôt maigre voire quasi désertique.

Enchantées ne signifie pas ravissantes, mais frappées d'un sort mystérieux. Quand les navires à voile, au crépuscule, arrivaient en vue de l'archipel, le capitaine faisait fréquemment mettre en panne le bateau, bordant les focs à contre, larguant les voiles et inversant la barre, afin qu'il s'arrête jusqu'au lendemain. Mais, le lendemain, les îles enchantées avaient disparu comme par enchantement. Et ce n'était pas la brume qui les avait effacées. Il fallait les rechercher, patienter, souvent contre le vent – qui, à l'équateur, est fréquemment instable, capricieux –, jusqu'à s'en approcher et mouiller enfin. Car les courants, là-bas, sont vifs et traîtres : dans la nuit, ils remportaient les voyageurs vers le large.

En 1835, quand le *HMS Beagle*, le navire sur lequel s'est embarqué le jeune Darwin, atteint les Galápagos, ces dernières sont fort peu habitées. On y exilait des soldats rebelles, de temps en temps. Mais les habitants, c'étaient les tortues géantes (10 000, paraît-il), les phoques, les iguanes de mer qui cuisent, dans leur estomac qu'ils exposent au soleil, les algues marines qu'ils sont allés brouter au fond de l'eau, les lézards, les pingouins, les fous à pattes bleues, toutes sortes d'animaux, essentiellement endémiques. Si Darwin ne s'était intéressé à l'archipel, nul doute que les Équatoriens, pirates ou baleiniers, auraient tué les tortues pour les transformer en huile, que des chiens, des porcs, des rats y auraient, volontairement ou pas, été introduits, détruisant la faune originelle, et que la réserve aujourd'hui jalousement protégée n'aurait tout simplement jamais vu le jour.

Mais Darwin est venu et il y a trouvé son Graal. C'est alors un homme jeune – il a vingt-six ans –, dont le père était médecin, et le grand-père naturaliste et poète, tous deux raisonnablement libres-penseurs bien que se pliant aux conventions religieuses du temps. L'étudiant Darwin, qui avait observé son père en train de pratiquer, entame des études de médecine, mais ne les supporte guère, préférant la taxidermie à la brutalité des chirurgiens. À Cambridge, il se passionne pour l'histoire naturelle, pour la classification des êtres vivants, et devient l'élève d'un professeur qui se réclame du Français Lamarck, lequel, cinquante ans plus tôt, a évoqué l'adaptation des espèces et non point l'accomplissement d'un projet divin préconçu. Sous la houlette du révérend Henslow, professeur de botanique et grand connaisseur des insectes, Darwin suit une formation de biologiste, de botaniste, de géologue, mais aussi de théologien, et, sur le conseil et la recommandation de son maître, il postule pour s'embarquer, en qualité de « naturaliste approprié », à bord du *Beagle*, navire cartographique qui s'en va relever la côte ouest de l'Amérique latine. Son père hésite à le laisser partir, l'expédition est prévue pour deux ans (et en durera cinq), mais il aime son fils et cède à son goût de l'aventure scientifique.

Darwin, minutieusement, méticuleusement, descend à terre dès que le bateau s'arrête, observe les couches géologiques, s'interroge sur l'effet des tremblements de terre (il en traverse un), décrit et dessine les bêtes et les plantes, déniche les fossiles d'espèces disparues, expédie à Cambridge rapports et échantillons de ses découvertes. Tout l'intéresse, absolument tout. Ce chercheur qui n'a pas même achevé son cursus travaille d'arrache-pied, avec une curiosité inépuisable. Continuité de la morphologie des animaux et des végétaux, continuité paléontologique : l'Amérique du Sud le met à la question, et délicieusement.

Tout l'intéresse, mais, aux îles Enchantées, un choc se produit. Cette vitrine de la vie sauvage, de la vie quasi intacte, en tout cas formidablement préservée, provoque dans son esprit une mutation qui n'est pas de degré mais de nature. Carlos Valle, chef du département de biologie à l'université San Francisco de Quito, et grand expert des Galápagos, compare ce qu'il est advenu chez lui à la pomme de Newton : « S'il était prouvé que Newton s'est inspiré de la chute des pommes pour formuler sa théorie de la gravitation, on pourrait aussi dire que les îles Enchantées ont été décisives au moment de l'élaboration de la théorie évolutionniste. » Rien que ça.

Darwin regarde, fouine, escalade, va d'une île à l'autre, s'émerveille, s'interroge. Et, finalement, ce qui l'étonne le plus, plus que les tortues géantes ou les phoques qui jouent avec les marins, ce sont les pinsons. Sur l'ensemble de l'archipel, il en recense 13 espèces (il en rapportera à Londres quelques exemplaires). Des petits oiseaux, plutôt mignons (encore que ce genre de considération ne doit pas effleurer l'esprit d'un naturaliste), dont la taille va de 10 à 20 centimètres. Treize espèces, mais apparentées. Les différences tiennent au bec. Sur telle île ou tel îlot, il est résistant et camus, sur tel autre, il est fin et allongé, sur tel autre encore, il est apte à se servir d'une épine de cactus pour dénicher les insectes du trou ou de la fissure où ils se dissimulent. Suivant que l'île offre des graines, des insectes à la volée, d'autres insectes cachés, le bec des pinsons s'adapte au mode de capture des proies.

La révolution de l'évolution, c'est exactement cela, ce que Darwin lui-même décrira plus tard en parlant de « descendance avec modification ». Une population ancestrale de pinsons s'est divisée au gré des ressources de l'archipel. Chaque espèce a sa propre histoire évolutive, et les animaux, sous les mêmes climats, sont capables de se transformer en fonction de leur habitat et de ses ressources. L'isolement géographique n'a pas empêché, au contraire, la formation d'individus distincts à partir du même groupe – qui conserve, par ailleurs, sa communauté morphologique.

L'illumination des Galápagos n'a pas produit, sur le coup, la formulation de la théorie de l'évolution, puis de l'évolution par sélection naturelle. C'est plus tard, rentré à Londres, que Darwin interprétera ce qu'il a observé et généralisera ses conclusions. Qui seront, d'ailleurs, plus ou moins acceptées : les scientifiques de l'époque accepteront la thèse de l'évolution, mais ce n'est qu'au XXe siècle que l'idée de sélection naturelle sera enfin admise, malgré les résistances idéologiques et religieuses dont les « créationnistes » nous montrent, aujourd'hui, qu'elles n'ont pas encore disparu.

Quant aux pinsons des Galápagos, ils volettent en paix et ne savent pas combien, grâce au prodigieux Charles, ils ont eu de la veine.

Giudecca

À Venise, j'ai tout essayé. J'y vais depuis des décennies, et, vraiment, je crois pouvoir dire que j'ai tout essayé. Suivant les hauts et les bas de ma fortune, c'est-à-dire de l'écho ou du non-écho de mes livres, j'ai tenté la chambre chez l'habitant, le petit hôtel-niché-dans-un-coin-où-l'on-se-sent-en-famille, le bateau, la location comme à la maison, et même, en période très faste, le palace, c'est-à-dire le palais. Hors saison, s'entend, quand les prix sont divisés par cinq, ce qui fait quand même une belle addition. Je me rappelle les couloirs déserts du San Clemente, sur l'île du même nom, et les canots vernis qui m'épataient plus que les innombrables lustres de l'établissement. Ou les plafonds peints du Baglioni qu'on regardait, mangeant son croissant du matin, comme on eût contemplé Botticelli aux Offices florentins, et qui détournaient votre œil, un instant, des marbres colorés sous vos pieds.

Quant aux « attractions » vénitiennes, je n'oserais tenir pareil discours. Car ce que j'ai appris, là-bas, c'est combien cette ville, cette ville archipel, est une ville gigogne. Quand vous avez épuisé les *musts* qui figurent sur tous les guides, le portail San Alipio, les trésors de la famille Barbarigo, les feux de La Fenice ressuscitée, le Ca' d'Oro ou la basilique dei Frari, tout reste à découvrir, à renifler. Le ghetto et son unique puits, la gondole de Peggy Guggenheim au musée naval, les quelques artisans qui fabriquent eux-mêmes leurs masques et se gardent d'importer des « veniseries » asiatiques, le quartier de l'arsenal où l'on trouve encore – mais oui ! – des ouvriers, la langueur surannée du Lido, les sapins de Noël en verre de Murano, sortis des ultimes ateliers qui travaillent à l'ancienne, les bottiers de luxe qui jaugent vos chaussures dès l'entrée et savent aussitôt si vous êtes badaud ou client : on croule littéralement sous la beauté, on est submergé, soûlé, c'est trop. Heureusement que, pour reposer nos prunelles, les couples, dans leur gondole, vont de *selfie* en *selfie*, ne prêtant attention à rien d'autre que leur propre image. Une de mes amies, qui habite Venise, a coutume de soupirer : « Ah, tout ce sperme dans le Grand Canal... »

Au début du *Casanova* de Fellini, après une traversée de la lagune dans le froid et la nuit, Donald Sutherland, qui incarne le personnage, s'en va rejoindre une nonne et lui démontrer la perfection de ses prouesses masculines. Il sait que l'ambassadeur de France, pervers ou simplement curieux de la réputation du preux Giacomo, mate leurs ébats par un trou doré. La représentation achevée, Casanova se dresse, explique au voyeur qu'il connaît aussi la philosophie, la musique, l'astronomie, qu'il apprécierait de partir à Paris pour confronter et perfectionner sa science. Il est éloquent, brillant. Mais le trou doré se referme, l'œil s'en est allé, l'ambassadeur a vu ce qu'il voulait voir, et l'amant prodige est réduit à son rôle fameux et futile.

Venise, c'est un peu cela. La merveille est merveilleuse, et plus encore, la merveille abrite d'autres merveilles qu'on n'en finit jamais d'inventorier, mais la merveille des merveilles, c'est une Venise toujours cachée sous l'autre, l'époustouflante, la spectaculaire, l'unanimement désirée par le monde entier, qui attire les amoureux comme ceux qui viennent y enterrer leur amour. Au début, lorsque j'y passais, je me disais que c'était ainsi, que la cohue était normale, que la république de Venise commerçait avec le monde entier, était par essence un lieu de rencontre, de troc, d'affects et d'affaires.

Mais j'entends à présent la doléance des Vénitiens bannis par la spéculation, par la vitrine elle-même, toujours superbe mais totalement perverse : sa beauté captive le lointain et éloigne le proche. L'archipel lagunaire perd ses habitants, à toute vitesse, chassés par la meute, chassés par le jeu effrayant de l'immobilier qui se prend pour une roulette où, à tous les coups, gagne celui qui est capable de miser.

Maintenant, quand je me rends à Venise, ce n'est pas pour visiter, c'est pour flâner, regarder les gens vivre, du moins ceux qui vivent là. Je ne suis pas hostile à une chapelle par-ci, un tableau par-là, un peu de musique baroque tant qu'on y est, mais je suis là pour perdre mon temps, me promener, point final. Cela fait des lustres que j'ai abandonné l'emploi d'un appareil photographique. J'ai des amis dont c'est le métier, soit qu'ils pratiquent le reportage, soit qu'ils regardent ce que je regarde et me montrent ensuite, devant le tirage, qu'ils ont vu autre chose que moi, et mieux. Mais j'ai renoncé à collectionner des souvenirs, j'ai renoncé à prouver et me prouver que j'y étais. Je laisse fonctionner ma rétine, je laisse fonctionner ma mémoire, je laisse ma capacité d'oubli, qui est grande, sélectionner d'elle-même ce qu'il me restera et ne restera pas. Bref, j'ai compris que je suis de passage.

J'ai pas mal cherché. Une terre qui me plaisait et me plaît toujours infiniment, c'est le cimetière San Michele, à mi-chemin entre Fondamente Nove et Murano Colonna. Les arbres sont majestueux et sereins, les fleurs abondent sur les tombeaux, l'eau bat doucement les rives. J'envie Stravinsky, Ezra Pound ou Diaghilev d'y avoir trouvé un refuge marin. Mais, enfin, je suis provisoirement de ce monde, il faut me poser ailleurs.

Alors j'ai fini par trouver mon île parmi les îles. À Venise, désormais, je séjourne à la Giudecca. D'abord, quand vous traînez sur la Fondamenta San Biagio, vous avez la plus belle vue qui soit sur la Sérénissime, et la plus ouverte. Droit devant vous, le Dorsoduro et l'Accademia, un peu plus à droite, San Marco et les Giardini Reali, et puis, à droite toute, San Giorgio Maggiore. Que voulez-vous de plus ? Ce n'est pas *intra-muros* qu'on embrasse Venise, il faut sortir un peu, traverser un bras de mer. Ce n'est pas long, mais c'est une autre planète. Ici, hormis les garçons et les filles qui viennent à l'auberge de jeunesse, on est en retrait, entre soi.

Cela m'est égal que le Cipriani, le Bauer, grands noms de l'hôtellerie, aient ouvert sur l'île des annexes confidentielles – le dernier dans l'ancien couvent palladien des Zitelle. Leurs clients veulent la même chose que moi : la distance, les oiseaux, les reflets de la lagune. Et puis croiser des Vénitiens, des Vénitiens normaux qui n'ont rien à vous vendre, qui travaillent, qui produisent des légumes dans des jardins discrets, qui tiennent un marché, pas un marché pour la photo, mais pour les gens, pour les mères de famille qui font leurs courses et la cuisine. Sur la Giudecca, il y a même une prison pour femmes et des logements sociaux. Et encore des enfants qui jouent aux billes et poursuivent les pigeons. Au bistrot, quand ce n'est pas la première fois que vous vous présentez – et, vous qui me connaissez, savez que ce n'est pas la première fois –, on vous dit bonjour, et ensuite un bonjour plus appuyé, un bonjour de connivence. Le soir est exquis. Les locaux sortent un peu tard, boivent un verre, s'attardent à bavarder sans gueuler, sans bruit.

La Giudecca n'est en rien l'île des Juifs. L'étymologie renvoie aux juges et aux jugements. Au IXe siècle, quand la république de Venise battait son plein, les nobles quelque peu dissidents, dissipés, mal pensants, étaient priés de s'y retirer, d'y bâtir des villas à l'écart du glorieux train-train de la cité. Puis l'île a perdu de sa superbe, au siècle dernier elle accueillait surtout des ouvriers dont les industries se sont effilochées – elle avait même mauvaise réputation. C'est plus mêlé, à présent, le cocktail me convient fort bien. Vous, visiteur, n'êtes pas perçu comme intrus, ni comme agresseur. Et, du coup, l'air devient léger et le vin blanc plus perlant, plus gai.

Il m'est quand même arrivé, sur mon île, une aventure mémorable. J'avais loué, à l'extrémité occidentale, et au dernier étage, une merveilleuse chambre tout en fenêtres donnant sur le canal principal et sur un plus petit, adjacent, le canale dei Lavraneri, qui abrite un mouillage. J'étais sous la douche, savonné et chantant, quand le ciel s'est obscurci, suivi d'un bref éclair. Mais ce n'était pas un orage, non, c'était une Chinoise. Une assez jeune Chinoise qui me dominait depuis le septième ou huitième pont d'un paquebot, à quelques mètres, et qui venait, en passant, de me photographier. Il me semble que Venise regorge d'hommes de marbre nus, à chaque coin de rue, avec lesquels ma plastique ne songe à rivaliser. Et je me demande parfois ce qu'il est advenu de cette image, et de son usage exact. En tout cas, je me retrouvai comme Casanova sous l'objectif du voyeur.

Les monstrueux navires à passagers – 3 000 à 4 000, au bas mot – étaient alors autorisés à emprunter les canaux, à les détruire à coups d'hélices géantes, à écraser la splendeur de la ville et le dédale des chemins d'eau, pour le seul plaisir de l'affiche et le bénéfice que les compagnies en retiraient – sans compter la mairie, qui prélevait sa dîme. L'après-midi de ce même jour, habillé, cette fois, j'ai observé toutes sortes de barques, engins flottants, *vaporetti*, qui s'en venaient manifester contre cette intrusion géante. Ils se pressaient devant l'étrave d'un monstre blanc, et les policiers, en Zodiac, les poursuivaient, les pourchassaient comme le chien de berger mord le mouton qui s'égare.

Il paraît que c'est fini. Il paraît que le maire a cédé. Peut-être, alors, pourrai-je retourner à la pointe de la Giudecca et – qui sait ? – préserver ma vertu.

Glénan

Faut pas confondre. Faut pas confondre les Glénan et les Glénans. L'archipel des Glénan est un parfait assemblage de neuf petites îles, sans compter une profusion de rochers et d'îlots, qui sont, à quelques milles de Concarneau ou de Fouesnant, ce que les sudistes bretons considèrent comme leur Polynésie réservée. À vrai dire, si les fonds sont sublimes, l'herbe y est assez rase, et, l'été, le mouillage de la Chambre, entre les îles Saint-Nicolas, Drénec, Bananec et Cigogne, est tellement assailli qu'on se croirait aux Embiez ou à Porquerolles. Très loin des corsaires qui, jadis, y trouvaient refuge, ou des pêcheurs qui y faisaient sécher leur poisson, les exquises Glénan incarnent à présent l'absolue victoire de la plaisance.

Et ça, c'est l'œuvre des Glénans (avec un *s*), association qui déposa ce nom en 1957 auprès de L'Institut national de la propriété industrielle. Si elle ne fut reconnue d'utilité publique qu'en 1974, cette association – loi 1901 – avait depuis longtemps montré ce dont elle était capable : devenir la première école de voile d'Europe. Enseigner la manœuvre, mais aussi la sécurité, le sauvetage, le pointu et la débrouille. Grâce aux Glénans, la plaisance – joli mot puisque le plaisir y est associé – n'est nullement l'univers des marins d'opérette : ceux qui sont passés par là connaissent la mer et leur bateau. Certains sont devenus champions du monde, tels Franck Cammas, Michel Desjoyeaux, Vincent Riou. J'y ajouterai un champion du monde atypique, Jean-Luc Van Den Heede, qui, non content d'en avoir fait le tour à l'envers, a remporté, à l'âge de soixante-treize ans, la Golden Globe Race, parfaitement à l'ancienne, sans assistance, sans technologie *up to date*, le sextant au poing. Les 14 000 stagiaires qu'accueillent les Glénans chaque année ne sont certes pas tous de cette trempe-là, mais l'art de voguer au gré du vent est une sacrée reconquête. Quelques pêcheurs s'y (re)mettent, quelques armateurs l'envisagent : ce n'est pas seulement un loisir, cela fait partie de l'écologie nécessaire.

Au départ, en 1947, deux anciens résistants, Hélène et Philippe Viannay. Ce sont eux qui choisissent pour base les Glénan, obtenant de la famille Bolloré, propriétaire de l'île du Loc'h, l'autorisation de s'y implanter. Philippe Viannay connaissait Gwenaël Bolloré qui avait, à seize ans, gagné l'Angleterre en canot afin de s'engager dans les commandos de la France libre. Mais, deux ans plus tard, ils doivent déménager sur Penfret, la grand-mère Bolloré ne supportant point l'effroyable mixité entre garçons et filles…

Évidemment, les débuts furent rustiques et l'ambiance assez proche des camps scouts, l'épouvantail de la mixité en plus – ce qui n'est pas rien. Mais la révolution n'était pas là. La révolution, ce sont les architectes navals amis qui l'ont déclenchée. Herbulot, le père du Vaurien, de la Caravelle, du Corsaire, de la Cavale, du Mousquetaire. Herbulot, l'as du contreplaqué : bateaux pas chers, bateaux solides, bateaux rapides au moindre coût, bateaux marins. Harlé, le génie du Muscadet, de l'Armagnac, du Fantasia, de l'Attalia, l'inventeur de la cabine arrière, le maître du large à la portée de tous. Finot, élève de Harlé, qui conçoit l'Écume de mer, le Figaro, puis travaille pour les coureurs, Gauthier, Auguin, Desjoyeaux, Riou, Parlier, Autissier…

Du jour au lendemain, grâce aux Glénans, une guerre de classe s'achève par la défaite des *yachtmen.* Le monde des amateurs richissimes, le monde des Thomas Lipton, le monde de l'île de Wight, le monde qui ne concevait la voile qu'en tenue chic portée dans des clubs fermés où l'on se disputait entre soi la conquête de trophées, le monde distingué, à part, voit soudain débouler sur les quais des types assez pataudes, le nez rouge, bottes jaunes cirés jaunes suroîts jaunes, des types qui prétendent manœuvrer finement, se garer sans moteur dans les ports, et – pourquoi pas ? – régater. Et qui le font – *my God !* –, qui le font même bien, puis très bien. Les années 1960, portées par les victoires de ce sacré Tabarly dont nul n'avait jamais entendu parler, et qui sera le voileux du siècle, les années 1960 sonnent le glas, non de la passion, mais du snobisme notable.

Pour ma part, je ne suis pas et je ne serai pas un *yachtman*… Farouche disciple de La Bruyère, je reste peuple.

La démocratisation, pinçons-nous le nez, cela suppose promiscuité, odeurs, spaghettis, boîtes de thon, pâté Hénaff et toute cette sorte de choses. J'y étais, je puis affirmer que sir Thomas (Lipton) n'aurait pas tenu vingt-quatre heures. À cinq dans un Mousquetaire, sans toilettes, sans moteur, sans GPS, c'est peu dire qu'on est interdépendant. Surtout pour les dames qui sont priées de ne pas gâcher l'ambiance avec leurs petites différences, et d'aller pisser sous le foc comme tout le monde. Ce fut l'époque où le chef de bord se sentait vraiment chef et où un machisme maritime plutôt simplet régnait sur l'équipage. On laissait filer une feuille de papier hygiénique de la proue à la poupe, et, sur l'enseignement de cette formidable et probante expérience, on déduisait la vitesse du navire. On relevait les clochers, les châteaux d'eau, les points de côte « remarquables », on reportait tout cela sur la carte, on obtenait un « chapeau », et l'on était au milieu du chapeau. En cas de brume ou de crachin tenace, on ne relevait rien du tout, et le plus surprenant, c'est qu'on arrivait au port.

Non, décidément, je ne serai jamais un *yachtman*…

Aujourd'hui, je me demande si beaucoup de gens, sur l'eau, connaissent la différence entre le nord magnétique et le nord vrai (d'autant que le nord magnétique, ces temps-ci, dérape à toute vitesse du côté russe). Je me demande si beaucoup de gens savent additionner ou soustraire la dérive vent et la dérive courant. Je ne veux pas jouer au nostalgique du bon vieux temps, répertoire que j'abhorre, mais je crois que si, sur mon propre bateau, toute l'électronique, toutes les radios et autres moyens de communication tombent en panne, les réflexes Glénans me ramèneront au port. Et que je saurai fabriquer un gouvernail et un safran de fortune.

Les Glénans ont évolué, les bateaux sont beaucoup plus confortables, ils sont munis de toilettes, de frigos et de moteurs. Les dames peuvent bénéficier de toute l'intimité souhaitable, et les coques à bouchains peu ou pas insonorisées sont matelassées à souhait. Et ils vont même plus vite que leurs aînés, en règle générale. Les dériveurs sont des luges, les catamarans voltigent : l'ère de la glisse, dont je crains qu'elle ne soit pas exactement l'ère de la navigation, s'est ouverte là aussi. Mais s'il est une chose qui n'a pas varié, ce sont les protocoles de sécurité : gilet, harnais, lignes de vie, formation préventive à la récupération d'un homme à la mer, etc. Les gilets sont désormais gonflables et légers, mais leur raison d'être, elle, est postulée invariable.

Mais je ne suis pas devenu un *yachtman*…

Et puis, les Glénans, c'est le *Cours de navigation*, sorte de Wikipédia dont chaque article serait pesé, débattu, contrôlé, amendé. Nombre de mes amis y ont contribué, de Jean-Pierre Abraham à Christian Baudelot. Il ratiocine, le *Cours*, il imagine l'inimaginable, il invente des entrées d'eau dont aucune pinoche ne saurait venir à bout, il vous décrit des nœuds dont je dois avouer que je ne possède ni le commencement ni la fin, il invente tous les gréements de fortune concevables, et, à l'en croire, rentrer à Paimpol par nuit noire est à peu près aussi complexe que d'aborder les Aléoutiennes. C'est la Bible, le Coran, la Torah, mais encore *Les Mille et Une Nuits* ou *Don Quichotte* : on l'ouvre pour étudier un point précis, et on ne le ferme plus tant de nombreuses portes se sont ouvertes.

La réussite des Glénans, ce n'est pas seulement le nombre de stagiaires, des bénévoles. La réussite des Glénans, c'est qu'en France où un diplôme est requis pour conduire une Mobylette, aucun permis n'est exigé quand vous manœuvrez un bateau dont le moyen de propulsion majeur est la voile. En Allemagne, par exemple, quatre ou cinq titres sont nécessaires pour aller ici, puis là, puis un peu plus loin que là, *und so weiter*. En France, on admet que les voileux, du seul fait qu'ils pratiquent la voile, n'ont nul besoin d'une autorisation. Et les chiffres le confirment : les accidents fréquents, c'est la glisse ou c'est le moteur (pour lequel il faut pourtant détenir un parchemin). La croisière est bien plus sûre que le vélo, la montagne, ou l'équitation. Ce qu'on pourrait appeler le « paradoxe de Viannay »...

Et ça ne fera pas de moi un *yachtman*... *Over*, comme on dit à la VHS, quand il n'y a vraiment rien à ajouter.

Grand Bé

Quand il fut décidé que, de ma provinciale Bretagne, je partirais pour la capitale, telle Bécassine, afin de subir le thème grec propre au lycée Louis-le-Grand, exercice inégalable et inégalé dont la maîtrise, exclusive, était capable de me hisser jusqu'aux portes de l'École normale supérieure, Jacqueline, la meilleure amie de ma mère, qui enseignait les lettres, m'offrit trois livres, trois d'un coup : c'étaient les trois tomes de *À la manière de...*, signés Paul Reboux et Charles Müller, qui détournaient les classiques et les contemporains. « Tu verras, me dit Jacqueline, ils t'aideront plus à connaître ce dont tu dissertes que les fiches académiques. »

Elle avait mille fois raison, et je me délectai d'*Albe draps*, furieuse contrefaçon de Mallarmé (« Une traduction de ses œuvres en français semble annoncée », précisait cruellement une note), des *Stances à Sainte-Barbe* de Charles Péguy, ou d'un formidable discours de Jaurès à la Chambre (« Mais voici bientôt onze heures que j'occupe la tribune et je ne voudrais pas, messieurs, abuser de vos précieux instants… »). Le troisième volume parut en 1913, et Müller, hélas, fut fauché par la Grande Guerre. Je n'ai retrouvé pareille jubilation qu'en lisant, beaucoup plus tard, les féroces *Parodies* de mes amis le très regretté Michel-Antoine Burnier et son complice Patrick Rambaud – l'érudition vraie et la facture d'*Actuel*. Je recommande à quiconque aime se taper sur les cuisses l'interview de Gilles Deleuze et Félix Guatarri concernant leurs « machines désirantes » traitées comme des motocyclettes…

Cela dit, je ne perds nullement mes îles du regard. Car Reboux et Müller m'amènent tout droit au Grand Bé, îlot malouin proche de la plage du Bon Secours, où la tombe de François-René de Chateaubriand se dresse face aux vagues. Saint-Malo est une ville singulière à bien des titres, mais le plus original, je crois, est que là, et là seulement, on *monte* vers la mer. Donc vers Chateaubriand. Qui a tenu, le papelard, à ce qu'aucun nom ne figure sur l'édifice. Cela nous vaut, auprès de ce dernier, une plaque dont les vers de mirliton ne doivent rien à l'auteur du *Génie du christianisme* : « Un roc battu par la tempête / Vaut mieux qu'un Panthéon / Quand le mort est un poète / Et que ce poète est breton… »

On comprend que Sartre, à en croire Simone de Beauvoir dans *La Force de l'âge*, se soit laissé aller à pisser dessus. Il est vrai que Sartre avait en sainte horreur tout ce qui était honneurs et commémorations. Je me souviens que, le jour où les Nobel lui décernèrent le prix de littérature, ce qu'il refusa *illico*, il avait répondu à un journaliste qui objectait : « Mais c'est une consécration, quand même » ces sept mots définitifs : « Justement, je ne veux pas être consacré... » Tout le monde n'est pas Flaubert : « Pendant que les flots de la grève natale iront se balançant toujours entre son berceau et son tombeau, le cœur de René, devenu froid, lentement s'éparpillera dans le néant, au rythme sans fin de cette musique éternelle... »

Mon propos n'est pas de poser au critique littéraire, de trancher entre Julien Gracq qui juge Chateaubriand gagné par l'enflure et Philippe Sollers qui voit en lui un semeur d'éternité. Assurément, il s'agit là d'un immense écrivain, d'un écrivain majeur. Mais mon propos n'est que de comprendre et d'admirer la manière dont il organisa minutieusement les pèlerinages qui ne cessent de se porter vers le Grand Bé et le grand homme.

Car François-René, lui, contrairement à ce malappris de Sartre, rêvait d'être consacré. Par les éléments et par la foule, pour les siècles des siècles. Ce fut une assez rude entreprise. En 1828 – il avait tout juste soixante ans et se trouvait diplomate à Rome –, Chateaubriand, par l'intermédiaire d'un ami officier de marine et historien à ses heures, sollicita la municipalité de sa ville natale pour que lui soit concédé ce « petit coin de terre » émergée. En vain. La mairie jugea la demande incongrue, et le Grand Bé resta ce qu'il était : un bout de rocher seulement accessible à marée basse, et encore.

François-René a d'autres chats à fouetter. Sa carrière connaît, une fois de plus, des accidents vertigineux, Louis-Philippe (« l'illégitime ») arrive au pouvoir, et Chateaubriand retourne à son métier d'écrivain et à ses *Mémoires d'outre-tombe*. Néanmoins, il poursuit, il s'obstine, il correspond, et profite d'un changement de majorité municipale pour obtenir enfin, en 1836, son cimetière marin à lui. « Point d'inscription, précise-t-il, ni nom, ni date, la croix dira que l'homme reposant à ses pieds était un chrétien : cela suffira à sa mémoire… » Il mourra douze ans plus tard en chuchotant, quand il apprend la chute de Louis-Philippe : « C'est bien fait… »

Un communicant d'aujourd'hui dirait que la méthode îlot était parfaite. Une tombe détachée, anonyme, une tombe dernière avant l'océan, un chemin que la mer recouvre deux fois par jour, c'est tout de même le comble de la distinction. Bien mieux que le Père-Lachaise où les célébrités s'entassent, et même mieux que le cimetière de Venise où les célébrités côtoient les gondoliers. Un roc orgueilleux, une vraie fausse solitude, et le vent rien que pour soi. On visite Combourg, on parcourt l'escalier qui grinçait, on devine le parfum subtil, énigmatique, de Lucile, la sœur trop aimée. Mais la foule touristique, la masse simple et moutonnière, c'est le Grand Bé qu'elle veut, au point que, l'été, il faut corner à la marée montante pour prévenir que l'eau arrive et qu'on risque fort de passer six heures froides avec le cadavre du géant.

Reboux et Müller – je ne les ai pas oubliés – consacrent à Chateaubriand des pages définitives intitulées *Troulala*. Elles renvoient à ce fameux voyage aux Amériques que le jeune écrivain accomplit en 1791, ce qui l'amena, dit-il, à rencontrer Washington *himself*, lequel aurait lâché en sa présence « *Well, well, young man* », ce qui n'est pas donné à tout le monde, et à séjourner, blessé, parmi des sauvages qui surent le guérir. Nombre d'historiens ont là-dessus quelques états d'âme, et plus encore sur la rencontre avec Washington, mais vous connaissez les historiens : toujours à ratiociner, à exiger des preuves concourantes quand l'écrivain, lui, est porté par le souffle du verbe. Toujours est-il que François-René, de ces aventures exotiques plus ou moins avérées, rapporta un récit, *Atala*, qui conte l'amour impossible de deux êtres que tout attire et sépare. Le livre fut un fameux succès. D'où la tentation perverse qui étreignit nos deux lascars, et dont j'extrais ceci.

> — Ô vierge, m'écriai-je en versant des larmes de reconnaissance, quel est ton nom ?
>
> — Je me nomme Troulala, répondit-elle, mon père est un cacique renommé qui règne sur la tribu des Zagaragar. Tandis qu'il est allé porter ses offrandes aux Manitous et aux génies des Roches, il m'a confié le soin de veiller sur tes jours.
>
> Ah ! qu'il eût mérité d'être plaint, celui qui ne se fût pas, à ces paroles, prosterné, plein de gratitude, devant les décrets de la divine Providence ! Mes pleurs ruisselaient sur mes joues, tel un flot que les abîmes de la terre essaient en vain de retenir, ou tel le lait nourricier, mais inutile, que le sein de la mère fait jaillir comme une libation du défunt nouveau-né…

Et, au milieu « des chênes fraisiers et des arbres à pain d'épice », Reboux et Müller, décrivent la totémisation de notre héros, lequel se perd en conjectures devant le choix de ses hôtes : le paon serait son animal fétiche. Le paon qui n'est pas un oiseau de mer, mais sait-on jamais ? Sur les îles, et même les îlots, tant de prodiges nous sidèrent…

Groenland

C'est une île, le Groenland ? C'est vraiment une île, cet immense territoire, couvert à 80 % par les glaces, et dont la rare population, guère plus de 55 000 habitants, se niche dans les fjords de la côte, lesquels ne sont reliés, pour l'essentiel, que par la mer, les airs ou la banquise ? Oui, répondent sans hésiter les géographes. Oui, c'est une île, l'Atlantique Nord d'un côté, la mer de Baffin de l'autre, et, au-dessus, vers le pôle, l'océan glacial Arctique. Ils précisent même que c'est la plus grande île non continentale du monde. Je ne sors donc pas de mon sujet.

Et ce sujet précis, l'occasion m'a été donnée d'aller le voir de près voilà une quinzaine d'années. Le réchauffement climatique n'était pas aussi affirmé, le tourisme n'envahissait guère le pays – mais, de toute façon, je voulais connaître le vrai Groenland, quand les glaces sont prises, quand la température ne dépasse point – 8 °C, – 10 °C, quand les Inuits sont entre eux, quand les moustiques dorment encore. J'ai visité la baie de Disko au mois d'avril, à partir d'Ilulissat, au-dessus du cercle polaire. Le jour devenait de plus en plus long, la glace se craquelait un brin mais tenait bon. Et le temps, d'une journée à l'autre, était fort capricieux, ce qui me valut des éclairages inouïs, des ciels de bronze, des jours de nuit et d'autres où le bleu de l'azur était quasi insupportable.

Je ne suis pas naïf. Je sais combien est obstinée la vie des locaux, des pêcheurs. Je sais combien l'hiver est long, et avec quelle attente, quel enthousiasme, à Ilulissat, la population s'assemble le 13 janvier tout au haut de la colline de Hom Bakke, près des ossements des anciens blottis sous la glace, et salue le tout premier rayon (ou clignotement diffus) du soleil revenu. Je sais que l'interminable nuit et la grande solitude portent à l'alcool. Je sais que les témoins de Jéhovah ont débarqué, disputant leur emprise à celle de l'Église luthérienne. Je sais encore que les maisons de bois, ça brûle vite et que, sous ces latitudes, c'est un malheur peu réparable.

Je sais tout cela. Mais force m'est d'avouer que ce voyage fut un des plus doux de mon existence, un des plus suaves, aussi suave que la place ovale de Sienne quand les conversations du soir évoquent la rumeur de la mer, aussi suave qu'un glissement, vent portant, dans la baie Haamene, à Tahaa, sur l'eau fluide du lagon.

À ma descente de l'avion, un robuste Dash à hélices qui nous avait pas mal secoués, la première note était funèbre. Un cortège, dans le vent et la neige, entourait difficilement un cercueil, et l'on apercevait la pelleteuse qui avait dû lutter pour creuser la tombe. Mais, le soir venu, un soir interminable, je me suis retrouvé dans une petite maison peinte en noir (les maisons, là-bas, portent toutes sortes de tenues, du rose bonbon au vert tendre et au jaune jonquille), environnée de chiens dont je savais qu'il était sage de ne pas trop s'approcher, de ne jamais les regarder dans les yeux ni leur donner la main. L'air était devenu tendre et la beauté me sautait à la gueule.

Devant moi, des chalutiers, la coque doublée de métal, étaient pris dans la glace et attendaient le dégel pour pêcher la crevette. En guise d'ancre, ils étaient amarrés à un pieu, un solide pieu. Et puis je voyais les hommes qui rentraient de la pêche, à pied, marchant près de leur traîneau chargé à bloc de poissons raides et plats. Et encore, dominant tout cela, des icebergs (j'appris ensuite à distinguer le modèle cyclopéen, hérissé de pics et de lames, le modèle raboteux qui se retourne sans crier gare et déclenche un tsunami, et le modèle discret, presque immergé, faux jeton, traître en diable). Le sol qui luisait, le sol bosselé où les bois des traîneaux avaient creusé des chemins, le sol pastel et coloré, orange ici, violet là, c'était donc la mer.

En Bretagne, mes parents m'avaient appris à marcher au fond de la mer. Ils m'avaient appris le jusant, les coefficients des marées, ils m'avaient appris qu'en accompagnant la retraite de l'eau, en la surveillant bien, il est possible d'accéder aux jardins secrets, aux jardins qu'elle cache. Pas longtemps, mais le temps de humer, d'écouter le bruissement de tout ce qui vit là et qui est invisible, guettant le retour du flot dans les filières, insidieux. Mais, au Groenland, c'était autre chose, c'était une autre planète : elle m'invitait à marcher sur l'eau. Maladroit, malhabile, le pas hésitant, je me suis lancé et n'en suis pas encore revenu.

Les jours suivants, j'ai accompagné un homme à la pêche. Je ne me rappelle absolument pas dans quelle langue nous communiquions, ce n'était ni de l'anglais, ni du danois, ni de l'inuit, mais nous communiquions, et mon mentor s'amusait beaucoup de mes yeux effarés. Nous avons marché sur l'eau une petite demi-heure, et l'homme m'a indiqué son trou : une sorte de puits carré, avec deux planches en guise de margelle, et une manivelle en métal rouillé. Je lui ai signifié que j'étais prêt à travailler, j'ai empoigné la manivelle, et j'ai tourné, tourné à n'en plus finir. Le pêcheur riait aux larmes et m'encourageait à poursuivre. Ce jour-là, j'ai appris que loin, à 120 mètres sous la banquise, circule un délicieux courant froid où le plancton, les poissons abondent. J'ai fini par relever la ligne, lestée d'une plaque de métal, et dégagé une douzaine de flétans, sept ou huit morues, le tout immédiatement congelé par la nature. Mon compagnon s'essuyait le front car, disait-il, l'air était un peu trop chaud. Et moi aussi, tant mes muscles protestaient.

Le flétan est un beau poisson, assez plat, dont les yeux sont asymétriques. Pour moi, c'était un poisson noble, mais mes hôtes ne partageaient guère cette opinion. Il leur servait surtout à nourrir les chiens, et je ne me lassais pas d'observer le subtil rituel de la distribution. Chacun recevait sa ration, mais il y avait des primes, et puis de petites punitions, un ordre délibéré, des retards calculés dont l'animal interprétait parfaitement la signification. Petit à petit, je compris comment il fallait s'approcher d'eux sans dommage, comment il fallait ménager les femelles enceintes ou qui venaient de mettre bas (leurs chiots étaient parfois enfermés, par précaution). C'étaient des bêtes magnifiques, au poil touffu, à l'encolure puissante, aux yeux profonds et bleus. Il y en avait trois ou quatre fois plus que d'habitants, et, la nuit, ils hurlaient en chœur, on ne savait pourquoi, et nous réveillaient tous. Le système flétan-chien était parfaitement au point. Le chien véhiculait les poissons, les poissons nourrissaient les chiens, ce monde était cohérent, simple, efficace. Le samedi et le dimanche, je voyais les parents partir en week-end sur la mer, avec une armée de gosses (les témoins de Jéhovah étant passés par là) : les familles possédaient un igloo, à une heure du port, et allaient y camper dans la splendeur des murailles bleutées.

J'eus bientôt l'occasion d'admirer les chiens au travail. J'avais demandé à partir sur la banquise et l'on m'indiqua un meneur qui s'appelait Oono. Ce n'était pas un jeune homme, il avait de la bouteille, de l'expérience : lors d'une expédition fameuse, il avait relié le Groenland à l'Alaska, retrouvant la source des Inuits qui succédèrent aux Vikings. Avec Oono, ce fut simple : il raisonnait exactement comme un marin, il affrontait les éléments comme un marin, il avait le même sens de la précaution qu'un marin, et le même sens du danger. Nous partagions un registre identique.

Il m'expliqua pourquoi il était favorable à la limitation de l'emploi des scooters des neiges (qui fut effectivement régulé par décret). L'odeur d'essence, disait-il, perturbait les chiens, même à très longue portée. « Et puis, ajoutait-il, si je suis victime d'un malaise, si je me casse une jambe, le scooter ne me sera d'aucun secours, tandis que mes chiens, eux, me remonteront sur le traîneau et me ramèneront à la base. Je ne suis pas un intégriste ni un réactionnaire, les machines peuvent nous être grandement utiles. Mais, sur la banquise, les chiens sont et restent le moyen le plus sûr. » Il me montra, par ailleurs, comment les éléments du traîneau étaient assemblés et tenus par des liens. Pas un clou, pas une vis, nulle rigidité : il fallait que l'engin fût souple, capable d'absorber les chocs, d'escalader et de dévaler, et réparable intégralement. Tel un marin au long cours, Oono envisageait sa survie et les moyens de celle-ci dans un milieu hostile.

J'appris que la peau de caribou était supérieure à toute autre, en matière de coupe-vent, même aux matériaux beaucoup plus modernes et légers. J'appris aussi pourquoi les chiens groenlandais sont attelés en éventail, et non les uns derrière les autres, comme c'est l'usage au Canada : c'était pour détecter et compenser une quelconque fragilité de la glace, surtout quand le dégel n'est plus loin. Si un chien sentait le « sol » se dérober sous lui, les autres tiraient dans l'autre sens, et le traîneau passait. Oono n'utilisait jamais son fouet. Pas plus que je n'entendais ses ordres. Non seulement il ne criait pas, mais il ne parlait pas de manière audible pour des oreilles humaines. Il émettait entre ses dents des consignes murmurées que les animaux captaient parfaitement.

C'était fatigant. La mer liquide, ce n'est certes pas plat, sauf dans les publicités, mais la mer gelée enchaîne les trous et les bosses, les pièges, les obstacles. Il fallait constamment descendre, pousser, aider les chiens. Et, quand la pente nous offrait un répit délicieux, je me cramponnais sous ma peau de caribou, je m'abandonnais, brouetté au-delà du possible, heureux sous un soleil aigu. Nous cheminions entre les icebergs dont les crevasses me révélaient un bleu inconnu, à la fois lumineux et profond, qui tranchait crûment sur la blancheur fulgurante.

Nous nous arrêtâmes pour prendre le thé. Les chiens s'étirèrent, voluptueusement couchés. Oono sortit un petit réchaud à méta, ouvrit son couteau et entreprit de détacher un fragment d'iceberg multimillénaire. Hormis les coups secs qu'il donnait à la glace, le silence était incroyable, un silence absolu, un silence qui me faisait penser au « grand silence » recommandé par les moines contemplatifs. Nous bûmes notre thé sans le rompre, jouissant de l'harmonie ambiante comme les chiens jouissaient du soleil.

Puis mon compagnon m'a parlé de Jean Malaurie – je lui avais dit que je le connaissais, que je l'avais rencontré plusieurs fois. Le hasard voulait qu'Oono ait été son guide, au nord, toujours plus au nord, au-delà de Thulé où l'OTAN a implanté sa défense antimissile (Oono cracha), et où un bombardier, paraît-il, a perdu une bombe atomique jamais retrouvée. J'en appris de belles, sur le camarade Malaurie ; j'appris que, dans le moindre hameau où il se présentait (par « hameau », j'entends un ou deux igloos), il y avait toujours une belle pour l'attendre, et même la plus belle. Fût-ce au bout du monde. Fût-ce au pôle. Oono riait, se tapait sur la cuisse.

Il n'était pas peu fier d'avoir escorté un tel anthropologue, un grand ami des Inuits, un grand savant, et, qui plus est, un séducteur hors pair.

Quelques heures plus tard, nous sommes arrivés à Oqaatsut (ce qui veut dire « cormorans »). Cinq ou six maisons. Un coin pour toi, puisque tu aimes les bouts du monde, a dit mon compagnon. Les gens, ici, se débrouillent très bien, la crevette donne, ils vendent le poisson dont ils n'ont pas besoin. Si les touristes venaient jusque-là, ils diraient que c'est mort, qu'il n'y a rien, ou presque. Ils se tromperaient du tout au tout : c'est vivant, ça se tient, c'est mon monde.

Rentré à Ilulissat, j'ai senti l'approche de la débâcle. La banquise se fissurait, un brise-glace, qu'on ne voyait pas encore, avançait vers nous à coups de chevauchements furieux. Le dégel, c'était, m'a-t-on raconté, assez épouvantable, toute la merde qui ressort de sous la neige, et qui pue, tout ce joli décor blanc qui part en lambeaux. Mais aussi, dans les cales du bateau, des fruits, des produits frais, de l'été en branche, de la joie et de la lumière, des touristes, des moustiques et du fric. Je me souviens de la dernière phrase que m'a confiée la femme qui me conduisait à l'aéroport : « J'aimerais tant, une fois, voir une pomme sur un arbre… »

Je sais qu'il a été agrandi, l'aéroport, que sa piste a été rallongée pour que de plus gros avions y aient accès. Je sais qu'Ilulissat, où les plus formidables icebergs de l'hémisphère Nord sont produits, se déversent en baie de Disko, remontent, puis, saisis par le courant du Labrador, pivotent et redescendent vers le Canada, voit les monstres se réduire un brin sous l'effet du réchauffement. Et même qu'un projet de golf – oui, de golf – a été conçu pour attirer le touriste. N'empêche, s'il m'était donné de partir quelque part, au débotté, sans autre considération, s'il m'était donné de repartir sans raison, sans réfléchir, sans souci financier, c'est probablement là que j'irais d'abord. Tout droit.

Guam

Les Chamorros n'ont vraiment pas eu de chance. Leur île, la plus méridionale des Mariannes, avait pourtant tout pour être tranquille, à 2 000 kilomètres du Japon, des Philippines, de la Papouasie-Nouvelle-Guinée, et à 3 000 kilomètres de la Corée. Du beau sable, des beaux cocotiers, des eaux poissonneuses, un cyclone tropical de temps à autre, mais cela, c'est le lot commun sous ces latitudes. Oui, originaires d'Indonésie, parlant une langue spécifique mais qui trahit cette filiation, les Chamorros jouissaient d'un des meilleurs domaines des mers du Sud, 500 kilomètres carrés, de quoi s'ébattre et respirer. Jusqu'en 1521, date à laquelle Magellan prit pied sur l'île qui devint espagnole et terre de mission pour des prêtres escortés de soldats. Se convertir ou mourir, tel fut le marché. Les Chamorros se convertirent, car les voies de Dieu sont impénétrables.

Et cela dura un peu plus de trois siècles. À la fin du XIXe siècle, les Américains et les Espagnols s'écharpèrent, Guam tomba sous l'emprise de la bannière étoilée. Ce fut le début de très gros ennuis, pire que ceux inaugurés par Magellan. En 1941, les Japonais virent très clairement l'intérêt de cette base avancée. Laquelle fut reprise de haute lutte par les yankees en 1944. Eux aussi, désormais, en voyaient très clairement l'intérêt. Ils avaient même envisagé d'en faire décoller l'*Enola Gay*, le bombardier qui largua la première bombe atomique sur Hiroshima (*in extremis*, c'est l'île Tinian, une autre des Mariannes, qui fut choisie). Guam n'en avait pas moins trouvé son destin militaire : guerre de Corée, guerre du Vietnam, on ne pouvait plus s'en passer. Six mille Américains, occupant un quart du territoire, s'y installèrent. Et le gouvernement de Washington proposa aux 160 000 habitants un statut spécial : ils deviendraient « territoire incorporé » aux États-Unis. Sans droit de vote, mais dotés par naissance de la nationalité yankee, et susceptibles d'élire un gouverneur. Ultime étape : 6 000 autres militaires, dont 5 000 marines, ont été invités à se joindre aux forces existantes, car une autre île, japonaise celle-là, et célèbre puisqu'il s'agit d'Okinawa, est en pleine ébullition et souhaite la fin de l'occupation étrangère.

Tout le monde se replie donc sur Guam où les Chamorros sont devenus minoritaires. L'agriculture traditionnelle est abandonnée, tout s'importe, les burgers, mais aussi les touristes japonais ou coréens. Car le *hub* stratégique de l'US Army est on ne peut plus sûr. Les autorités ont annoncé à cor et à cri qu'un bouclier antimissile, capable de parer « à toute éventualité », le protège.

Voilà qui tombe bien, si j'ose écrire. Car, le 10 août 2017, les stratèges nord-coréens avertissent, et désignent leur objectif : Guam. Pyongyang menace de lancer quatre missiles Hwasong-12, qui parcourent 3 356,7 kilomètres en 1 065 secondes. Aimablement, Kim Jong-un précise que les premiers missiles tomberont à 30 ou 40 kilomètres, mais que, pour les suivants, rien n'est acquis. On connaît la suite. Trump garantit aux communistes « le feu et la colère comme le monde n'en a jamais vu jusqu'ici ». Et Kim rétorque que « le dialogue est impossible avec un homme qui a perdu la raison ». Insultes, contre-insultes. Puis, embrassons-nous, Folleville, rencontre ô combien médiatisée et promesses, la main sur le cœur, de désarmer un peu et de s'aimer beaucoup. Kim est épatant, Kim est un simulateur, Kim écoute, Kim n'entend rien, Kim promet mais est chafouin… Et la guerre froide reprend, plus ou moins tiède. Du côté de Guam, mais aussi en Chine, en Corée, au Japon, et bien sûr chez les Américains raisonnables, on ne nourrit strictement aucune illusion : le dirigeant nord-coréen a réussi à imposer une reconnaissance sans précédent de son pays, mais il n'a aucune intention de renoncer à ce qui lui a permis de l'obtenir – le chantage nucléaire.

Décidément, les Chamorros n'ont guère de chance : baptisés, convertis, occupés, investis, les voici maintenant cible, fusible très involontaire des tensions dans la région.

Le ciel leur a d'ailleurs envoyé un signe qui fait penser aux plaies que Yahvé infligea à Pharaon pour lui prédire la déroute. Vers la fin des années 1940, un cargo provenant des îles Salomon ou de Papouasie a introduit sur Guam un serpent inconnu, éventuellement long de 2 mètres, aux écailles brunes et au ventre jaune. Il n'est pas venimeux, il étouffe et il avale avec un appétit redoutable. Il n'est pas venimeux mais il est fécond : à l'heure actuelle, on estime que quelque 2 millions d'exemplaires se promènent en liberté, notamment dans les arbres. On les retrouve partout : au fond des lits, sur les plages, aux abords des bases militaires. Et surtout ils ont anéanti 10 des 13 espèces endémiques d'oiseaux – dont le Ko'Ko', emblématique de Guam, qui ne sait voler et porte une sorte de masque, de longs traits blancs (quelques spécimens ont été sauvés à la dernière minute et transférés sur une autre île). Plus d'oiseaux, cela veut dire plus d'alliés pour réguler le nombre des insectes. Les araignées noires, en particulier, pullulent depuis que les serpents règnent. Et je ne parle pas des câbles électriques auxquels ils s'accrochent, provoquant d'innombrables courts-circuits.

Il n'est qu'une façon de s'en débarrasser : le paracétamol. Alors on prépare des pièges, disposés dans les arbres : des souris congelées au ventre bourré de la molécule assassine. Trois mille quatre cents pièges entraînent bon an, mal an la mort de 10 000 serpents. Nous sommes loin du compte…

Je vous avais prévenu : les Chamorros n'ont pas de chance. Et je ne suis pas sûr, contrairement à Magellan, que Dieu soit avec eux.

Guernesey

Comment ne pas l'aimer, celle-là ? On l'aperçoit de si loin, bravant les vagues, on aperçoit ses falaises hautaines, tenaces, et, lorsqu'on arrive au port, longeant Castle

Cornet à bâbord, quand on se défait enfin de la houle et des courants, on ne peut qu'être touché par ce havre en amphithéâtre qui paraît vous embrasser, vous serrer dans ses bras, vous souhaiter la bienvenue, vous promettre du repos, de la chaleur et de la bière tirée en trois fois afin que la mousse, compacte, se creuse sous la lèvre supérieure.

J'ai voyagé un peu, rencontré des gens fort différents, Inuits, Polynésiens, Indiens, Africains, Malaisiens, Asiatiques, mais il me semble, tout compte fait, que le peuple anglais est le plus exotique de la Terre. À première vue, ce sont des Blancs, des Blancs comme nous, les Bretons, enfin des Blancs roses, des Blancs vikings, et ils donnent l'impression de partager beaucoup de nos codes. Les femmes portent des robes, des shorts, les messieurs des costumes et des shorts, ils disent bonjour et au revoir avec une sorte d'enthousiasme communicatif, ils sont capables de parler longuement, un verre à la main, d'un bouvreuil qu'ils ont aperçu l'avant-veille. Mais tous ces signes apparemment ordinaires sont décalés, déportés. La robe des femmes est à fleurs, et même à fleurs épanouies, leur short plus que court, et même minimaliste, le costume des hommes est d'une coupe irréprochable, et d'un tissu qui ne s'exporte guère ; quant à leurs shorts, ce n'est pas qu'ils soient un peu longs, c'est qu'ils échappent aux notions mêmes de long et de court.

Et, derrière leur affabilité bienveillante, derrière leur humour qui n'est pas feint mais incontestablement signe de connivence, couve un sens aigu, froid, de l'efficacité non négociable, et de la conviction que cette efficacité ne saurait être que britannique. Un grille-pain anglais est certainement un grille-pain. Mais différent par la couleur, la forme, le cordon, la grille intérieure. Différent par la pensée du grille-pain, et de ce à quoi il pourrait servir, car le pain anglais, *of course*, est spécifique et requiert donc une élaboration correspondante. *Take care*, ces délicieux voisins ne sont pas si voisins que ça. Car le guerrier ou la guerrière ne sont jamais loin. N'oubliez pas qu'ils sont les inventeurs des pontons, les plus effroyables mouroirs maritimes – insularité oblige.

C'est donc un plaisir, un bonheur, que de se trouver ailleurs, tellement ailleurs, après seulement 40 ou 50 milles de traversée. Rien, absolument rien n'est standard : ni les uniformes, ni les bouches à incendie, ni les parkings et ce qui se trouve dessus. Le ciel sera peut-être le même que chez vous, ou quasiment le même, mais le rapport au ciel est, lui, tout différent. Car, pour un sujet de Sa Majesté, vous êtes ici au grand sud, vous êtes quelque part entre la Corse, la Sardaigne et les îles d'Or, et il est donc logique que les vacanciers roulent en voiture décapotable par temps, non pas chargé, mais modérément gris. Quant aux vacancières… Quiconque n'a jamais observé, le vendredi soir, un bataillon de filles en goguette, hauts talons, jambes à l'offensive, maquillage conquérant, œil perçant et dent prête à mordre, ignore ce qu'est, en ces lieux, la revanche des femmes. Du reste, leurs aînées, tricot frileux et jupe sous le genou, n'en paraissent pas moins étroitement solidaires.

Oui, j'aime, j'adore Guernesey. Ses paysages, bien sûr, ses petits ports, ses homards qu'on vous cuisine dans un blockhaus (car les anglo-normandes furent la seule partie du Royaume-Uni où les Allemands osèrent prendre pied), ses voyous qui traînent sur les quais, et ses autres voyous qui n'en ont pas l'air et qui fonctionnent dans les hauteurs, tout de noir vêtus et avec cravate pour les hommes, avec tailleur *executive woman* pour les dames. À Saint-Pierre, en effet, plus vous grimpez, plus l'odeur de l'argent

– nous sommes bien d'accord que cet argent-là vous saisit à la gorge – est perceptible, insinuante. Montez, montez encore, c'est pentu. Et là, vous allez trouver d'assez petites maisons, cossues comme il faut, avec une plaque discrète où s'annoncent des « conseillers en » et des « experts de ». Ils sortent tous à 17 heures et vont se changer avant d'aller au pub, avant de mêler l'*offshore* au commun des mortels.

Je pense à eux en voisin quand je m'en vais visiter Hauteville House, au numéro 38 de la rue du même nom, la maison de Victor Hugo, l'étrange maison de Victor Hugo, perchée dans ces altitudes. Au mois de novembre 1845, à Paris, il avait entamé un roman provisoirement intitulé *Les Misères*, fruit de ses observations au fil des rues de la capitale. Il se défaisait de ses attaches monarchistes, le peuple ne le fascinait pas seulement comme objet d'étude, il lui touchait le cœur et l'âme, au point de soutenir la IIe République, d'approuver la candidature de Louis Napoléon Bonaparte, puis de s'insurger quand ce dernier, en 1851, changea, par traîtrise, la nature de son pouvoir. Il n'était certes pas du clan des agitateurs socialistes, Barbès ou Blanqui, mais la condition populaire était son tourment – qu'on pense à son magnifique discours sur, une fois encore, la misère – et il avait fini, avant d'être contraint de se cacher, par rejoindre « la montagne », la gauche. *Les Misères*, devenues *Les Misérables*, furent publiées en 1862 tandis qu'il habitait ici, à Saint-Pierre, en exil.

1855-1870. Quinze ans de Guernesey, quinze ans d'île, ça n'est quand même pas rien. Il faut être plus que têtu, il faut être plus qu'une mule pour s'infliger quinze ans de Guernesey, même si l'on aime les éléments et l'infini des flots, même si l'on goûte ce « rocher d'hospitalité et de liberté, ce coin de vieille terre normande où vit le petit peuple de la mer, à l'île sévère et douce ». Il n'a pas molli, le père Hugo, il avait cinquante-deux ans à son départ, il était célèbre, plutôt riche, l'empereur lui a proposé l'amnistie en 1859, mais il n'a pas molli : « Fidèle à l'engagement que j'ai pris vis-à-vis de ma conscience, je partagerai jusqu'au bout l'exil de la liberté. Quand la liberté rentrera, je rentrerai. » Et l'« Augustule » se l'est tenu pour dit. Et Hugo n'est revenu, en 1870, que lorsque son départ fut acté.

Alors, forcément, à Guernesey, malgré l'exotisme anglais, on est renvoyé à Victor Hugo. C'est-à-dire à la France, la France tonnante, républicaine, progressiste, la France généreuse qui se soucie de ses citoyens modestes, des femmes tenues à un rang second, qui se soucie des esclaves et des condamnés à mort. *Les Contemplations*, *La Légende des siècles*, *Les Travailleurs de la mer*, *L'Homme qui rit*, sans oublier Gavroche, Marius et Fantine, c'est là que c'est né. Là, au numéro 38 de la rue abrupte, dans cette belle et haute maison blanche, trois étages, et au-dessus, tout au-dessus, le perchoir, la *cristal room*, la chambre de verre où l'artiste écrivait debout, sur un abattant, face à l'est, face aux îles de Herm et de Sark, apercevant parfois, quand le temps était excessivement clair, la ligne sombre du Cotentin, et recevant les gifles du vent et de la grêle pendant le gros de l'hiver.

Il n'est pas venu du premier coup, Hugo. Proscrit (on avait même offert 25 000 francs pour sa capture), il a gagné Bruxelles, son faux passeport mentionnait Jacques-Firmin Lanvin, ouvrier imprimeur. Puis, après la publication de *Napoléon le Petit* où il qualifiait aimablement l'usurpateur de filou (« un guet-apens réussi... »), il sentit que le gouvernement belge jugeait ces réfugiés, et notamment le plus illustre d'entre eux, assez encombrants. Il est parti à Londres où il a retrouvé Dumas (qui, lui, s'était mis au frais pour cause de dettes surabondantes), et, de là, s'est embarqué pour Jersey. Il s'y ennuyait un brin, il disait qu'il travaillait pour combattre l'ennui et le néant, et sa grande distraction, alors, c'étaient les séances de spiritisme animées par une amie, Delphine de Girardin. Hugo s'y prêtait sérieusement, trop sérieusement même, il commençait à avoir le pied entre deux mondes – mais n'est-ce pas une figure de l'exil ? Il s'associa à d'autres réfugiés pour dénoncer la manière enthousiaste dont la reine Victoria avait accueilli Napoléon III. Les Anglais étaient hospitaliers, mais contester Sa Majesté, c'était plutôt *shocking*, et il fallut quitter Jersey et la maison Marine Terrace pour l'île plus lointaine et plus petite de Guernesey, où l'on voulait bien de lui malgré ses ruades. Et là, contre toute attente, contre l'attente de ses proches, il se plut, il se plut même beaucoup.

Guernesey, c'était alors une sorte de bout du monde, c'était violent, salé, c'était un cap où l'aspiration romantique trouvait son compte (« le pâtre promontoire au manteau de nuée… »), et la révolte farouche son terrain. Adèle, l'épouse de Victor, n'était guère enthousiaste de venir nicher sur cet îlot venteux, ses chers fils – tous deux jetés en prison par Louis Napoléon – et sa fille rebelle mais aimante l'étaient modérément, et Juliette Drouet, la fidèle maîtresse, jamais bien loin, suivait son amant infidèle avec une totale assiduité. Le mondain Hugo, qui menait grand train dans la capitale, se trouvait réduit au cercle familial, ou plutôt au cercle familial élargi.

Qui plus est, sa bourse était déclinante. *Les Châtiments* ne s'étaient guère vendus, mais *Les Contemplations* changèrent tout. Un triomphe. Vingt-quatre mille francs de droits d'auteur, c'était énorme, d'autant que les titres suivants allèrent de succès en succès. Pour la première fois de sa vie, Hugo envisageait d'acquérir une maison, et son choix se porta sur l'ancien hôtel d'un corsaire fortuné. Les pièces, inoccupées, étaient assez délabrées, et les Guernesiais soutenaient que l'esprit d'une femme, une suicidée, hantait l'édifice. Mais rien de tout cela n'effrayait l'écrivain. Dans *Les Travailleurs de la mer*, il y fait allusion, à propos de la demeure du héros : « La maison comme l'homme peut devenir un cadavre, il suffit qu'une superstition la tue… » Hauteville, au contraire, il la voulait bien vivante, ce n'était qu'une coque vide qu'il s'apprêtait à remplir, tout comme le jardin un prétexte à inventer un jardin. Il allait investir tout cela, façonner tout cela, méthodiquement, avec un acharnement de démiurge. Il mit en route son chantier comme il bâtissait un roman. « N'ayant plus la patrie, je veux avoir le toit », écrivit-il à un ami.

Il écuma les brocantes, récupéra des meubles, acheta du bois ancien et des draperies, tapisseries et tentures, fit venir des carreaux de Delft, acquit des chinoiseries, des porcelaines, des tapis rouges, du chêne à foison, mobilisa tous les artisans qu'il put, conçut, dessina les caissons de plafond, les chambranles, les lambris. Et, quand ce fut terminé, au terme de trois ans, quand chaque chaise fut ornée de la signature *VH*, quand il écrivit à ses correspondants qu'il se sentait, jusqu'au bout des ongles, une âme de décorateur, Adèle Hugo, elle, angoissée, se confia à une intime : « J'y mourrai, dans cette maison. Hier, en traversant le vestibule qui mène à la porte d'entrée, je me disais : ma bière passera ici. Mon mari va prendre vie ici... » Elle n'avait pas tort, en un sens, sauf qu'elle mourut à Bruxelles, avant le retour du grand homme. Elle n'avait pas tort sur le fond : la demeure qu'il avait voulue sienne, il s'y accrocha furieusement.

Chaque fois que je la visite, cette maison, elle me fait peur. C'est une sorte de palais sombre et fou, aussi fou que la construction du facteur Cheval, mais sans la légèreté, la drôlerie de ce dernier. La fantaisie y est présente, oui, mais c'est une fantaisie pesante, solennelle, abyssale. C'est plein de maximes en latin gravées un peu partout (*Exilium vita est*, « La vie est un exil », *Absentes adsunt*, « Les absents sont présents »)... Il n'est pas de plafond ni de mur qui ne soit habillé, le moindre centimètre carré est investi. Franchie la lourde porte verte, on est plongé dans l'ombre que ne réchauffent ni la salle de billard, ni la salle à manger, ni même le couloir des porcelaines. C'est au troisième étage, là où Hugo avait sa chambre, que l'on commence à respirer, à sentir la splendeur pénétrer, le miroitement de la mer, à deviner les îles, le monde extérieur, la vie.

Bref, au terme de l'étouffante traversée, tout devient lumineux, tout devient simple. On est au ciel, on plane, on s'envole, on a envie d'oublier le savant agencement des chênes obscurs, des corridors inquiétants. Le balcon blanc s'avance comme une jetée, le port est à vos pieds, les bateaux grouillent, les quais s'animent. Et, de la main, de la main d'où sont nés Jean Valjean et M. Madeleine, on a envie d'adresser un signe complice à Juliette.

Car elle est là, Juliette, elle est juste en dessous, au numéro 20. Avant d'acheter leur demeure, les Hugo y ont séjourné quelque temps, puis le patriarche – qui s'est laissé pousser la barbe car il fait frisquet – lui a carrément offert la maison. Tout cela sans mystère ni hurlements. Adèle Hugo, qui ne fut d'ailleurs pas un modèle de fidélité soumise, sait tout, et s'accommode de tout, quitte à grincer le soir. Juliette Drouet, elle, vient de fort loin. Belle, intelligente, elle a commencé, enfant, par le couvent des Bernardines-Bénédictines de l'Adoration perpétuelle. Mais, une fois sortie de là, elle va de sculpteur en patron de théâtre, de patron de théâtre en journaliste, de journaliste en peintre décorateur, et ainsi de suite jusqu'à Victor Hugo auquel elle succombe dans la loge de Mademoiselle Mars – elle tenait un petit rôle dans *Lucrèce Borgia*.

Cette liaison vaut bien des épousailles. Évidemment, Hugo était un amant volage, mais il lui est toujours revenu. Et elle s'est installée dans l'ombre du grand homme, lui écrivant tous les jours, recopiant ses manuscrits, souffrant de son statut d'« officieuse », mais portée par une passion qui n'a cessé de brûler et qui le comblait.

Dira-t-on que Victor Hugo, à Guernesey, était un adepte du mariage « branché » ou, plus classiquement, du vaudeville bourgeois ? Cet homme de principes, ce batailleur furieux fuyait le conflit amoureux. Tyran familial, père passionné (il ne s'est jamais remis de la noyade de sa fille Léopoldine), amant insatiable, époux inconstant, bienfaiteur débonnaire qui invitait sans façons les enfants du quartier à sa table et les traitait comme les siens, trousseur de filles, et surtout forcené d'écriture, possédé par l'écriture quoique capable d'autres talents, et d'abord celui de dessiner et de peindre.

Les Travailleurs de la mer sont le dernier roman qu'il produisit dans l'île, quatre années avant son retour triomphal. « J'ai voulu montrer, annonce-t-il, que le plus implacable des abîmes, c'est le cœur, et que tout ce qui échappe à la mer n'échappe pas à la femme. » Son héros amoureux, Gilliatt, sentant que celle qu'il aime, et pour qui il a risqué sa vie, est éprise d'un autre bien qu'elle lui soit promise, ne cherche pas à négocier la passion : il s'assoit sur un rocher à marée montante et laisse le flot l'emporter – « La tête disparut sous l'eau ; il n'y eut plus rien que la mer… »

Au fond, à Guernesey, qui est une de mes destinations préférées, j'ai le privilège de croiser l'exotisme britannique avec le plus français des écrivains français. Qui, paradoxalement, a trouvé là son abri, et s'y est peu ou prou délivré de son ouragan intérieur. Douleur de l'exil, saisissement de l'exil.

H

II

Henderson

Ne cherchez guère : plus loin, plus seul, il n'y a pas. L'atoll Henderson (Makatea en sa vraie langue d'origine maorie), dans la partie orientale du Pacifique, entre – si j'ose écrire – la Nouvelle-Zélande et le Chili, appartient aux îles Pitcairn, liées au Royaume-Uni, là où s'étaient réfugiés les mutins du *Bounty*, à l'écart de toute route, à 5 000 kilomètres de la moindre grande terre. Cet atoll est inhabité car dépourvu d'eau douce. Les scientifiques pensent que, entre les XIIIe et XVe siècles, quelques hommes s'y sont établis, sûrement des Polynésiens, comme l'attestent des traces de terrasses pour les cultures, mais que ces derniers ont disparu en raison d'un changement de climat, la pluie devenant trop rare. En tout cas, lorsqu'un navigateur portugais a reconnu Henderson, à l'orée du XVIIe siècle, il n'y a trouvé personne. Depuis, l'île est inhabitée et inhabitable, faute du moindre puits ou de la moindre source d'eau potable. En 1820, un navire baleinier, l'*Essex*, y rencontra un monstre si puissant qu'il l'agressa et déchira sa coque – l'épisode aurait inspiré Melville pour *Moby Dick.*

C'est l'UNESCO qui, en 1988, a promu l'atoll corallien en le déclarant patrimoine de l'humanité. Les attendus sont enthousiastes : l'île est une des rares sur la planète « à avoir conservé une écologie pratiquement intacte, et sa situation isolée permet d'y observer la dynamique de l'évolution insulaire et de la sélection naturelle ». Elle a « préservé sa beauté exceptionnelle avec ses plages de sable blanc, ses falaises calcaires et sa riche végétation pratiquement intacte ». De plus, elle abrite des oiseaux endémiques, le pétrel de Henderson et une dizaine d'autres espèces. Un site protégé et à protéger. Ainsi soit-il.

L'UNESCO est généreuse, mais pas vraiment à jour. Car l'atoll de rêve est une décharge qui possède la pire densité de détritus sur la planète.

Pas n'importe quels détritus. C'est une équipe de chercheurs, conduite par Jennifer Lavers, financée par l'Institut d'études marines et antarctiques de l'université de Tasmanie, qui a révélé le pot aux roses. Car ils y sont allés, eux. Et ils y retournent régulièrement. Qu'ont-ils trouvé ? Tout le plastique du monde. Pas trois pots de Yoplait, pas un bout de chalut perdu par un pêcheur, mais des tonnes, 17,7 tonnes exactement, de déchets. Jennifer Lavers a évalué à 3 750 le nombre d'objets qui arrivent, chaque jour, sur une seule plage. « Des briquets, des rasoirs, des brosses à dents, des tétines, des soldats de plastique, des dominos, et même les petits hôtels rouges du Monopoly. » Bref, les témoins, les épaves, les résidus de notre vie quotidienne. Elle estime, d'ailleurs, que ses propres chiffres sont sous-estimés, qu'il est impossible d'établir une mesure quantitative exacte de la pollution.

Six cent soixante et onze objets par mètre carré, c'est un minimum. Les éléments trop petits, les éléments entre deux eaux sont impossibles à prendre en compte.

Comment se fait-il que l'atoll solitaire devienne ainsi capitale de la déchetterie humaine ? C'est le résultat du grand vortex – soit un écoulement tourbillonnaire où les particules fluides tournent autour d'un axe instantané – du Pacifique Sud. Un courant circulaire, lent et puissant, dont il existe quatre autres sur la planète (Atlantique Nord et Sud, Pacifique Nord, océan Indien). Des milliards de détritus s'accumulent suivant une force centripète qui les aspire progressivement. Et le tout part à la dérive, le vortex du Pacifique – dont Henderson est le centre – recevant les rejets de l'Amérique latine entière. La conclusion des scientifiques est affolante : ça ne presse pas, ça urge – 1,7 million de tonnes de plastique en 1954, 311 en 2014. La chercheuse tranche : c'est aussi grave, dit-elle que le réchauffement climatique, nous devons agir maintenant, massivement. Il ne s'agit pas seulement de sacs pour les fruits et légumes. Regardons autour de nous, de la cuisine à la salle de bains : tout cela prendra le chemin du bout du monde.

Il n'y a pas que les gyres océaniques qui aspirent et transportent nos déchets. La Méditerranée, qui n'y est pas soumise, est cependant une poubelle de plus en plus pleine. Et en Arctique, une équipe internationale menée par Andrés Cózar, de l'université de Cadix, en Espagne, a publié en avril 2016, dans la revue *Science Advances*, les résultats d'une observation montrant que loin, très loin des tourbillons de l'océan, le plastique est à l'offensive.

Au Groenland, en mer de Barents, on trouve des zones de concentration beaucoup plus élevées que les scientifiques ne s'y attendaient – plusieurs centaines de milliers de débris au kilomètre carré. Rien de comparable, toutefois, avec la Méditerranée : dans l'océan glacial, la quantité totale de fragments oscille entre 100 et 1 200 tonnes, alors que la masse globale dans les océans pourrait atteindre 200 000 tonnes. Il est extrêmement difficile d'estimer le ratio entre ce qui flotte et les débris qui ont coulé ou qui demeurent immergés. La goélette scientifique *Tara*, en déployant ses filets, a confirmé l'ampleur du phénomène sans pour autant être en mesure de la chiffrer.

Ce que l'on sait, et qui a été publié dans la revue *Science*, c'est que les rejets provenant de pays d'Asie (Chine, Indonésie, Philippines, Vietnam, Sri Lanka, etc.) sont particulièrement importants et dominants. Mais les recherches dans l'Arctique établissent que l'Europe de l'Ouest et les États-Unis ne sont nullement hors jeu, puisque leurs rejets finissent partiellement dans l'Arctique, zone biologiquement stratégique et extrêmement fragile.

L'atoll Henderson, que l'UNESCO nous a dépeint tellement paradisiaque, est extrêmement révélateur d'un problème mondial, d'un problème crucial. Cette petite île dépourvue de population où les crabes, les poissons ingèrent nos débris, où les tortues ont renoncé à pondre, est devenue tristement emblématique des dégâts du progrès. Il ne s'agit pas, cette fois, de nous priver d'une source d'énergie qui produit du CO_2 à l'excès, il ne s'agit pas non plus de l'enfouissement de nos déchets nucléaires, il s'agit de notre mode de vie dans sa quotidienneté la plus banale : nos boissons, nos lessives, nos emballages de toutes sortes, nos jouets, l'ordinateur sur lequel j'écris, le surligneur avec quoi je marque en jaune ma documentation, mes lunettes, mon téléphone, et ainsi de suite…

Le petit atoll, tout aux confins du monde, nous pose la question de la décroissance. Et nous prouve que c'est une question pertinente.

À l'automne 2017, diverses associations et communicants ont eu l'idée diabolique et géniale d'exiger de l'ONU qu'elle reconnaisse un 196e État membre : *Trash* (autrement dit : « Poubelle »). Le site LADbible et l'ONG Plastic Oceans ont interpellé António Guterres, le secrétaire général, afin qu'il devienne citoyen des îles Poubelles. Al Gore, ancien candidat à la présidence des États-Unis, et très investi dans la cause écologique, s'y est, pour sa part, engagé. Les initiateurs de la démarche savaient pertinemment qu'ils n'auraient jamais gain de cause, mais les graphistes que se sont joints à eux ont imaginé des billets de banque, les « débris », un hymne national, un passeport et une équipe de football.

Leur argument est simple : si l'amas de plastique qui flotte dans l'océan pacifique devient un pays à part entière, il sera sous la sauvegarde des traités internationaux que les autres membres ont signés, et il faudra bien nettoyer et modifier nos comportements en tous domaines, à commencer par l'emballage.

Le site LADbible n'y va pas par quatre chemins : « Si vous pensez que tout cela est ridicule, alors rendez-vous compte qu'il y a une zone de la taille de la France couverte de déchets plastiques dans l'océan. »

Mais ce « septième continent » n'est guère ce qu'on imagine – un amas de bouteilles de Coca-Cola et de sacs à provisions. Le pire est qu'il s'agit d'une « soupe », de millions de kilomètres carrés invisibles, constitués de particules qu'on ne distingue pas à l'œil nu et qu'aucun hélicoptère ne saurait photographier. Interrogé par le journal *Le Monde*, l'océanographe François Galgani le dépeint en ces termes : « L'image d'un continent sert à sensibiliser le grand public, mais ne rend pas compte de la réalité. Il s'agit plutôt d'une multitude de microplastiques, d'un diamètre inférieur à 5 millimètres, en suspension à la surface ou jusqu'à 30 mètres de profondeur, difficiles à voir de loin. Mais quand on puise dans cette eau, on en remonte une quantité impressionnante. »

Les gyres océaniques ne sont que la partie émergée d'un effrayant iceberg. Plus encore que les îles polluées, les « nouveaux continents pollués », on est en droit de se demander si cette pollution ne se confond pas avec l'océan même, et est donc irréversible.

Herm et Groix

Rien n'est tendre, ici, sauf la vue et l'île – c'est-à-dire l'essentiel. Parce qu'autour, croyez-moi, ce serait plutôt nerveux. De la caillasse en veux-tu en voilà. Des courants débridés. Le pire, c'est à l'est, du côté de la roche Caquorobert. Il y a là une tourelle que les marins normands ont baptisée « la Noire Pute ». C'est franc, c'est direct, c'est immédiatement accessible. Je l'ai eue sous les yeux, la Noire Pute, quatre heures durant, sous une pluie battante, jusqu'à la renverse. Le vent était pourtant « modéré », en d'autres termes carrément soutenu. Mais rien à faire contre un courant pareil. Et j'atteste qu'elle mérite son nom, et l'épithète aussi. Le chenal du Grand Russell, qui sépare Herm de Sark, n'a d'égal que celui du Petit Russell, qui sépare Herm de Guernesey. Dans un cas comme dans l'autre, je citerai la phrase que mon ami Charles Claden prononçait rituellement quand la mer se moquait de nous : « L'homme est un apprenti, la douleur est son maître… »

Mais, au milieu de ce tohu-bohu, il y a la petite Herm.

Et, quand je pense à elle, c'est une onde de tendresse qui me monte du cœur à la tête. Tout le monde peut prendre un bateau pour s'y promener, pour escalader ses falaises, goûter ses plages, découvrir son port minuscule où seules trois ou quatre coques ont la place d'échouer. Tout le monde peut se payer ça, enfin tout le monde depuis la dernière guerre, car c'était auparavant une île privée où l'on ne débarquait qu'un ou deux jours par semaine. Tout le monde a le droit de fouler le sol de ce qui fut d'abord un lieu monastique, puis un centre d'élevage, puis un domaine de chasse réservé aux aristos (on croise encore des faisans un peu partout, mais les kangourous qui avaient été introduits ont disparu), enfin le refuge d'un écrivain par ailleurs sir. Ce n'est qu'en 1946, après le passage des Allemands qui l'avaient dévastée, que l'État de Guernesey l'a rachetée. Pour 15 000 livres, l'affaire du siècle.

Tout le monde peut donc s'y rendre, aujourd'hui, mais le propre de cette île, je suis tenté d'écrire cet îlot (2,5 kilomètres pour 60 habitants), est la faculté de vous accueillir comme un prince, comme un hôte d'exception, sitôt escaladées les marches de Rosiere Steps et franchie l'arche de ce royaume infime. Pas de voiture. Le chemin vous mène vers White House, l'unique hôtel de l'île, qui enchaîne *bow-windows*, jardins paisibles, yuccas aussi exotiques que possible et clochetons exquis. On a le droit d'entrer, de s'installer sur une banquette de cuir au coin du feu, ou bien de commander un thé près de la fenêtre, sur des nappes brodées comme celles de ma grand-mère.

Ce qui m'est venu à l'esprit, c'est que c'était un lieu pour se marier. Je dois confesser qu'au cours de ma longue vie, j'ai eu tendance à abuser de cette institution qui rebute tant les jeunes. Peut-être parce que j'apprécie l'énonciation sociale, publique, du lien privé. Peut-être aussi parce que c'est l'occasion, somme toute assez rare dans une vie, de faire la fête, d'arrêter le temps, de se nicher dans une faille où rien d'autre n'existe que l'exception de ce moment. Nul n'est dupe. Nul ne doute que cette parenthèse n'est qu'une parenthèse. Elle n'en est pas moins précieuse en ce qu'elle crée l'illusion d'une suspension qui n'est pas plus mesurable que le plaisir. Si j'ai un conseil à vous donner, c'est celui-là : oubliez le Glitterbox ou le Zoo Project d'Ibiza et mariez-vous à Herm, prenez une chambre (avec son balcon, car les Anglais ne considèrent point les balcons comme des compléments du soleil) plein ouest, face à Saint Peter Port, face à Victor Hugo. Une chambre sans radio, sans télé, car, à l'hôtel White House, ça va de soi.

Et si l'envie vous prend d'en sortir, ce qui se discute, marchez jusqu'à la plage, car elle est étrange, cette plage : elle est convexe. Non seulement le sable y est fin et blanc, mais il monte, il culmine, il fonctionne au rebours de toutes les honnêtes plages du cru, il ne descend pas vers la mer, il ne se laisse pas forer par le vent et la vague, il a de l'aplomb, il a le culot de vous proposer un mouvement qui paraît contre nature et qui en est une singulière dérogation.

Ce qui m'amène à un rapprochement que le lecteur jugera probablement hardi.

La seule autre plage convexe qu'il m'ait été donné de connaître, c'est celle des Grands Sables, à l'île de Groix. Là-bas, une explication est fournie par les experts en explications : cette convexité rarissime serait le produit de courants marins antagonistes qui longent le rivage de l'île, l'un portant au nord-ouest, l'autre au sud-ouest, ce qui a pour effet de drosser le sable, de susciter un renflement, une cambrure, un arrondi, un bombement dont les locaux soutiennent qu'il est unique en Europe – ce qui prouve qu'ils n'ont point visité Herm.

Mais leur plage, à l'est de Port-Tudy, qui est le nombril de l'île, là où convergent touristes et bateaux traversiers, est affectée d'une autre extravagance : elle se déplace au gré des coups de vent et des tempêtes, au gré aussi du renforcement de l'un ou l'autre courant. On l'a observé sans discussion lors des grandes tourmentes de 1987 et 1994, la dune menaçant de forcer la pointe de la Croix et même d'ensabler le port. Nous avons donc non seulement une anomalie géologique, mais encore une grève baladeuse, ce qui, on en conviendra, mérite la visite.

Au reste, le rapprochement que j'opère ici de façon quelque peu cavalière n'est pas seulement affaire de baignades et de bronzettes. J'ai dit que l'île Herm me touchait au cœur. Celle de Groix aussi. Devant cette Bretagne Sud envahie par les vacanciers, les investisseurs et les *people*, celle-là a conservé son âme, sa simplicité, sa beauté nue qui ne s'encombre pas trop de mièvreries saisonnières, de décoration *made in Taiwan* et de folklore recuit. Bien sûr, Groix n'a rien à voir avec la rudesse hivernale des anglo-normandes, Groix ne retrouvera jamais les 277 thoniers qui se pressaient au port et qui la transformaient en capitale – profitant que la sardine était en crise. Mais Groix, qu'on atteint d'un bord depuis Lorient ou Port-Louis, hauts lieux de la grande navigation et aussi de la traite, n'a jamais renié sa culture maritime ni ne l'a déguisée en polos rayés. Je me souviens des soirées chez Ti Beudeff, où s'assemblait tout ce que l'île comptait de marins de passage, de voileux d'opérette, et d'autres qui étaient des grands. Je me souviens de Gilles Servat, qui alors vivait là, et qui écrivait de bien jolies choses sur l'hiver îlien, sa dureté, mais aussi sur la façon dont, paradoxalement, la mer repoussait l'hiver, le muait en beauté – éventuellement en beauté dangereuse, mais encore éblouissante.

Je compte pas mal d'amis sur l'île. Ils partagent deux caractéristiques. D'abord, la discrétion, la volonté farouche de ne rien gâcher par leur notoriété, parce qu'ils ont signé des livres, parce qu'on les a vus à la télévision. Et puis le projet de la faire vivre, cette île, de la faire vivre autrement qu'à l'été, quand la moule-frites devient un produit phare, quand le port est saturé et les gîtes aussi. Être sur l'île et y travailler, y produire. Ne pas exclure un tour à la pointe de l'Enfer ou à Port-Saint-Nicolas, mais demeurer actif, convivial, créateur. Témoin l'excellent festival du cinéma insulaire qui s'y déroule chaque été.

Herm, ai-je dit, est une île parfaite pour s'y marier. Groix, ma foi, me semble une île parfaite pour y tester ce mariage, pour s'essayer à durer.

Horn

C'est une île, le Horn, une petite île où n'habitent que le gardien du feu et sa famille chilienne, et où une statue d'albatros commémore les marins à jamais disparus. Mais l'île, on l'oublie, on ne pense qu'au cap, à ce seuil qu'il faut franchir pour passer de l'Atlantique au Pacifique, et *vice versa*. Le « cap dur », dit-on, et cela dit tout. Le cap Horn, d'ailleurs, est flanqué, en son nord-ouest, d'un « faux cap Horn » (en fait la péninsule de Hardy), parce que nombre de navires, pris dans la tempête, étaient ramenés vers cette pointe par le vent furieux, et s'y fracassaient en croyant qu'il s'agissait du Horn, le seul, le vrai.

Le nom lui-même provient d'une rivalité entre marchands hollandais. Au début du XVIIe siècle, face à la toute-puissante Compagnie des Indes orientales qui empruntait, plus au nord, le détroit de Magellan, un concurrent, Jacob Le Maire, fit alliance avec un homme de mer pour chercher un passage méridional dont Drake avait suggéré l'existence. La ville de Hoorn était ce qu'on appellerait aujourd'hui leur principal « sponsor », et c'est ainsi que fut baptisé le cap (on mit des années à comprendre qu'il s'agissait d'une île). Et le détroit de Le Maire, entre les îles des États et la Terre de Feu, en devint la porte.

Reste que cette porte était celle de l'enfer. Car, là-bas, le vent souffle constamment de l'ouest, enfin du sud-ouest au nord-ouest, et génère, qui plus est, de redoutables courants de surface. Si vous cheminez du Pacifique vers l'Atlantique, c'est généralement praticable. Mais, dans le sens inverse, c'est un défi. Or, pour la plupart des navires qui voulaient bien descendre jusqu'au 56e degré de latitude sud, l'intérêt était là : éviter la longue route qui doublait le cap de Bonne-Espérance, pour pénétrer au plus vite de l'autre côté.

L'ennui, c'est que ce « raccourci » se choisissait contre le vent, et qu'il fallait donc louvoyer, tirer des bords. Et, pour tirer des bords, pour être capable de virer, il faut avoir de la vitesse, c'est-à-dire porter de la toile. Sitôt engagés dans le détroit de Le Maire, les capitaines remplaçaient les voiles de beau temps par de la « chemise de bonne sœur », du tissu raide et dense, du tissu de combat. On tâchait de progresser sous misaine et huniers fixes, en serrant la côte de près afin que le courant – qui porte à l'est – soit moins fort. Les voiles menaçaient d'exploser, on naviguait à la limite de la casse, guettant le moment où il mollirait en remontant, ce qui permettrait de doubler enfin la pointe. Et si l'on manquait cette petite lucarne, cette bénédiction céleste, tout était à refaire, au risque de chavirer.

On pouvait également tenter de descendre plus au sud afin d'essayer de toucher des vents moins terribles. Mais, au sud, les icebergs se multipliaient, visibles ou invisibles, le gréement dormant et courant se couvrait de glace au point qu'il était susceptible de se briser, si ce n'est de faire couler le bâtiment lui-même. Alors on renonçait et l'on remontait dans la piaule.

Mais il faut comprendre qu'un virement de bord, sur ces bateaux, était une manœuvre qui réclamait une prodigieuse coordination. Si l'on n'avait pas assez d'« erre », d'élan dynamique, la proue se plantait dans le vent et la vague, et l'on culait, quitte à casser la barre. Et l'on reperdait l'avantage laborieusement gagné, les 3 ou 4 milles grignotés mètre après mètre. Il était également possible de virer lof pour lof, de virer par l'arrière pour franchir le lit du vent plus en douceur, mais la manœuvre était longue, et l'on se retrouvait fréquemment bien en retrait de la position si difficilement conquise. C'est dire si les commandants devaient se montrer fins tacticiens. Trop de gîte, et le bateau se vautrait voire s'approchait du chavirage. Trop peu de toile, et il devenait incapable de faire route, se retrouvait en travers de la vague. Trop de toile, et l'on pouvait démâter, purement et simplement.

Il faut imaginer les matelots, là-haut, sur leur marchepied (le cordage qui les soutenait quand ils carguaient les voiles carrées ou la brigantine), quand ils serraient les festons contre les vergues, quand ils tiraient sur les rabans. La chute menaçait constamment, le tangage était brutal, le roulis vertigineux. Ces hommes-là, vraiment plus que d'autres, ont dû négocier avec la peur dans le froid et les embruns.

Plus d'un capitaine a fini par renoncer. En 1788, William Bligh, qui commandait le *Bounty* et qui n'était guère homme à céder, finit par jeter l'éponge après vingt-neuf jours de combat, et vira vers le cap de Bonne-Espérance pour rejoindre Tahiti. Avant lui, en 1740, l'amiral George Anson mit plus de sept semaines avant d'atteindre le Pacifique. Autour des années 1900, les architectes de marine avaient conçu des navires fins et rapides, beaucoup plus aptes aux manœuvres à l'improviste. La concurrence de la vapeur commençait à poindre sérieusement, et il s'agissait de démontrer que les voiliers restaient les plus marins et les plus compétitifs. Telle était l'ambition des clippers, soit pour relier New York à San Francisco plus vite que le train, soit pour apporter d'Australie en Europe du coton, des céréales, de l'or.

Ces voiliers magnifiques, aux lignes tendues, extrêmement toilés, firent merveille jusqu'au percement du canal de Panama. Et pourtant, le cap Horn n'était pas encore invaincu ni invincible. En 1904, le quatre-mâts américain *Edward Sewall* rencontra tempête sur tempête, se heurta à une telle mer (y compris ce que nous nommons aujourd'hui des vagues scélérates, pouvant atteindre une trentaine de mètres), qu'il lui fallut trois mois pour passer. Je n'arrive pas à imaginer ce que peut représenter une telle épreuve : de mars à mai, inlassablement, avancer, reculer, avancer, reculer, dans une totale furie de temps. De même, en 1909, le trois-mâts barque nantais *La Rochejaquelein* refusa de céder (il avait pourtant rallié Philadelphie à Cherbourg en onze jours, ce qui constituait un record), et finit par doubler l'île Horn au bout de plus de deux mois. Le second du bord a scrupuleusement dressé la carte, au jour le jour, des positions successives du bateau, que l'on voit reculer, tenter de descendre sud, remonter, revenir en arrière, et ainsi de suite.

Les cap-horniers, s'ils le voulaient, étaient autorisés, par coquetterie, à porter un anneau d'or à l'oreille gauche, distinction plus courue qu'une Légion d'honneur, et plus rare. Aujourd'hui, ce sont les plaisanciers, enfin les plaisanciers très avertis, qui franchissent l'île de tous les dangers. Ce sont les coureurs, ceux qui, tels les concurrents du Vendée Globe, accomplissent le grand tour par les trois caps (néanmoins, le Horn, ils le passent dans le « bon » sens). Mais aussi les passionnés de destinations polaires, telle Isabelle Autissier, qui ne craignent ni le souffle des soixantièmes ni les icebergs ou growlers (les blocs à demi immergés, les pires) qu'on rencontre sous ces latitudes. Le dernier navire commercial a franchi l'île en 1949. D'autres cap-horniers ont pris la relève. Avec des instruments autrement performants, des bateaux autrement maniables. N'empêche : je n'en connais pas un qui n'ait éprouvé, passant le Horn, et même si, pour une fois, le temps était non pas aimable mais convenable, le sentiment de la distinction – comme eût dit l'éminent Pierre Bourdieu.

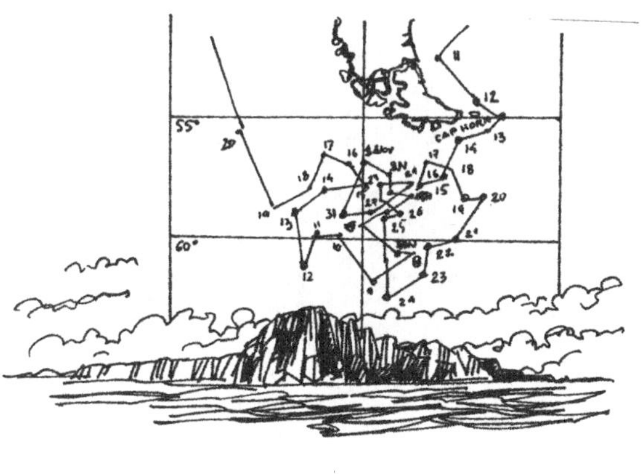

I

Ibiza

C'était paisible et frugal, c'était à part et agricole, c'était une île oubliée. Dans les années 1930 et après, quelques intellectuels s'y réfugiaient pour cacher leurs amours plus ou moins licites – Prévert, Camus –, des juifs s'y sont cachés du nazisme, tel Walter Benjamin, des nazis s'y sont cachés des chasseurs de nazis, des homosexuels appréciaient la tranquillité des criques sauvages, tout comme les nudistes. Puis, dans les années 1960, une autre faune a surgi, les hippies, les déserteurs de l'armée américaine, un « tourisme alternatif » qui dérangeait un peu les locaux, mais pas plus que ça. L'île, c'était la possibilité d'un ailleurs, ce qui signifiait le droit de vivre autrement.

Et puis la déflagration, l'explosion, le déchaînement. Promoteurs aidant, l'île oubliée s'est mise en vedette, hérissée de béton, submergée de charters et de paquebots. Avec un argument de vente bien précis, parfaitement ciblé : l'île de la fête, de la fête débridée, décomplexée, avec drogue et drague. De la fête en musique, de la fête dansée, de la fête qui attire les meilleurs DJ du monde, les meilleurs lasers, les meilleures fumées, les meilleurs jeux d'eau. La fête ininterrompue, la fête non-stop, la fête qui s'achève à 7 heures du matin et qui recommence à 10 heures. L'île paisible est devenue une bulle, une bulle d'*hubris*, une bulle où l'on s'éclate. Le plaisir sans l'utopie, sans la règle, le pur plaisir de la transgression effrénée.

Le royaume des fêtards.

Il a des temples, ce royaume, il en a beaucoup, et parmi les plus célèbres de la planète. Le Pacha est le plus ancien, il s'est prolongé par une chaîne internationale, par des hôtels, par une gamme de produits dérivés, et d'abord de vêtements. Il se décline en plusieurs niveaux et accueille 3 000 personnes chaque nuit. Les célébrités s'y pressent, et la soirée de David Guetta est la plus courue d'Ibiza.

Mais la concurrence est rude. L'Amnesia a, lui, une capacité de 5 000 hôtes et ses soirées à thème, dont la célébrissime « fête de la mousse », où les clients, avec ou sans maillot de bain, se perdent dans des flots de vapeur et de bulles, est inégalée. Quoique le Privilege, classé par le *Livre des records* comme la plus grande discothèque du monde – 10 000 personnes ! – offre aux fêtards un bassin unique au-dessus duquel trôle le DJ, mais aussi un club plus intime avec vue sur la ville. Le Hï Ibiza, lui, mise sur la technologie, les lasers, le tournis des lumières, les vidéo-projections, les odeurs distillées par des designers olfactifs – le troisième *dancefloor* est installé, provocation piquante, dans les toilettes mixtes elles-mêmes. Si vous avez commencé la soirée à l'hôtel Ushuaia, vous n'avez qu'une rue à traverser pour y continuer la *party*, jusqu'au bout de la nuit, voire un peu après.

Et je pourrais citer encore l'Es Paradis, le Sankeys, l'El Divino, le Space, le Bora Bora, l'Eden, l'Ocean Beach ou le DC10, tout au bout de l'aéroport… De toute façon, vous ne pouvez pas vous tromper, le « Discobus » fait la tournée des établissements toute la nuit, à l'écart de la vieille ville d'Ibiza dont les ruelles et les remparts ont été classés au patrimoine mondial de l'UNESCO – et que personne ne visite plus.

Il y avait 40 000 habitants dans les années 1960, 40 000 habitants dont les pouvoirs publics ne se souciaient guère, qui subsistaient dans une indigence « digne, mais noire ». À présent, en saison, le Disneyland brasse les millions de dollars, emploie en payant mal un petit personnel abondant et à tout faire, depuis les *go-go dancers* jusqu'aux laveurs de carreaux. Ibiza reçoit 2 millions de fêtards. Ibiza est devenue une *marque* pour le monde entier.

Et cela m'amène à réfléchir. Car il ne me semble pas anodin que cela se produise sur une île, tout comme je ne crois pas anodin que Las Vegas ait déchaîné ses bandits manchots en plein milieu d'un désert. Le bordel sur l'île, au fond, tient à l'autre monde qu'elle incarne. C'est là que s'implantent les monastères, que se retirent les copistes. Mais c'est également là, par l'effet de la distance réelle et imaginaire, par la *mise à part*, que le contraire peut advenir et même s'industrialiser. Les moines irlandais, de même qu'après eux les jansénistes, se retiraient devant la mer infinie. Les fêtards font exister un univers distinct où la transgression est permise et – pourquoi pas ? – organisée.

Je songe à ce que racontait Graham Greene, préfaçant son livre cocasse *Notre agent à La Havane*, où un marchand d'aspirateurs vend aux services secrets de Sa Majesté les étranges constructions cubaines – nous sommes en pleine guerre froide – qui ne sont rien d'autre que les pièces très agrandies des machines dont il fait commerce. Greene est un bon connaisseur des Caraïbes (on ne saurait trop recommander son roman *Les Comédiens* qui se passe en Haïti sous Papa Doc) et il a fréquenté abondamment le Cuba de Batista avant la victoire des castristes.

Les Américains, dit-il, avaient transformé l'île en un vaste lupanar où leur culture puritaine venait s'encanailler. « J'étais avec une amie et, pour notre dernier après-midi, nous songeâmes à essayer quelque chose de nouveau. Nous étions allés au Shanghai, nous avions regardé sans grand intérêt les ébats de Superman avec une petite mulâtresse (aussi peu exaltants que ceux d'un mari remplissant honnêtement ses devoirs) et perdu un peu d'argent à la roulette ; nous avions mangé au Floridita, fumé de la marijuana et assisté à un numéro de lesbiennes au Blue Moon. Nous demandâmes au chauffeur s'il pouvait nous procurer un peu de cocaïne. Rien de plus facile, apparemment… » Cela se passe il y a presque un siècle, et cela se passe toujours, en particulier dans les îles asiatiques où la prostitution est reine.

L'île, c'est l'éventualité de la dérogation. Pour le meilleur et pour le pire.

Même chez moi, en Bretagne, j'ai observé que certains visiteurs de l'île de Sein s'embarquent, à Audierne, l'œil allumé. Ce sont généralement des hommes entre eux. Ils ne partent pas pour jouer à la roulette ni pour porter atteinte à l'honneur des Sénanes – qui savent parfaitement se défendre. Ils partent pour boire, sans contrôle, sans limites, sans le regard de leurs épouses, de leurs parents, de leurs enfants. Ils transforment l'île en une terre où, sans contrôle, il est loisible de « faire la java », de chanter la nuit, de « partir en piste ». C'est assurément moins cher, moins pervers et moins technologique qu'à Ibiza. Mais la démarche, tout compte fait, est la même.

C'est le fantasme de se créer un temps suspendu, un *no man's land* régressif. C'est le fantasme, également, de s'inventer un plaisir qui est à lui-même sa propre fin, qui n'est pas le produit de la vie concrète, de la vie sociale, de la vie amoureuse. L'aller est grisant. Le retour est nauséeux.

Icaria et Tinos

Il existait à Rennes, voilà des années, une petite librairie nommée Les Nourritures terrestres. Une petite librairie tenue par deux petites dames, pas toutes jeunes quand je les ai connues, à laquelle nous nous rendions comme on se rend, en principe, à l'église : pieusement. Car cette petite librairie possédait un sous-sol prodigieux, que nul client n'avait jamais exploré, et dont sortaient tous les trésors que l'on voulait. Et même ceux dont on n'avait pas idée, car les petites dames, qui avaient tout, absolument tout lu, amendaient vos commandes, les enrichissaient de suggestions auxquelles on était obligé – mais pas contraint – de succomber fatalement.

Je me souviens d'y être entré et d'avoir demandé si, par hasard, la petite dame menue n'aurait pas un exemplaire du livre de Pandelís Prevelákis *Le Crétois*, traduit chez Gallimard par Jacques Lacarrière. La petite dame a plissé les yeux, est demeurée immobile et silencieuse quelques instants, puis a disparu en bas, et a réapparu tenant un exemplaire qu'elle a soigneusement emballé. J'ai payé. Alors elle m'a tendu l'ouvrage avec un sourire presque coquin, comme si elle m'indiquait une adresse illicite, et m'a dit : « Je crois que vous allez passer une excellente soirée… »

J'en ai passé plusieurs, car Prevelákis n'est pas homme à faire court.

Lacarrière, lui, je l'ai rencontré beaucoup plus tard, une dizaine d'années avant sa mort. C'était un athlète qui le dissimulait soigneusement, rond, débonnaire, jovial, toujours prêt à partager un coup, le cheveu libre et le sourire fendard. Le strict contraire de ces savants anguleux qui procèdent par sentences, qui vous font ployer sous le privilège de saisir au vol un échantillon de leur pensée. Lacarrière, lui, était généreux. Et savant, épouvantablement savant. Non seulement il avait étudié l'hindi, lu et relu les auteurs de l'Antiquité, mais il était passionné de théâtre, avait mis en scène *Ajax* de Sophocle, et côtoyé comme il se doit Vitez (l'homme qui soutenait que l'art de la scène est régulier et non séculier), Queneau ou Barthes.

Comme ses amis Bouvier ou Lapouge, Lacarrière avait adopté une bonne fois les chemins de traverse, hors de toute quête académique, de tout itinéraire balisé. D'ailleurs, sa plume, qu'il avait chatouilleuse et nerveuse, l'incitait au vagabondage attentif, du moment que ce ne fût jamais sur des routes bitumées. Il n'était pas un flâneur, ni un randonneur, mais un promeneur qui savait s'arrêter. Je l'ai questionné sur *Le Crétois*, que j'aime beaucoup, et il m'avait répondu que cette langue, à son goût, était un peu trop rugueuse, rebelle, qu'il avait eu du mal à en venir à bout, à l'interpréter.

N'empêche, la petite dame des Nourritures terrestres avait raison. Je lui porte une folle gratitude de l'avoir traduit, d'autant que cet homme amène n'arrondissait point son jugement, ne cédait rien là-dessus. Et maintenant, je rouvre mon exemplaire de *L'Été grec*, dont le succès avait surpris son auteur, et je m'en vais au chapitre des îles qu'il a tant fréquentées et qu'il évoque magnifiquement. Il les a fréquentées comme d'autres vont, à Paris, de station de métro en station de métro. Sauf à la période des colonels. « On a du mal, écrit-il, à accoler le mot "enfer", le mot "prison" à ces îles qui auraient pu abriter une vie si différente… » Et il mentionne évidemment Yaros, relève que Parménide la citait déjà comme lieu de déportation, Yaros dont mon ami le musicologue Makis Solomos, grand spécialiste de Xenakis, fut le plus jeune hôte, avec sa mère et 22 000 autres détenus.

Sitôt la dictature tombée, Lacarrière reprit la route des îles. Il affectionnait, dans les agences maritimes du Pirée, les *agonès grammès*, les lignes « stériles », c'est-à-dire les lignes non rentables que les armateurs grecs, les meilleurs et les plus fourbes du monde, se devaient, malgré tout, de desservir une ou deux fois par semaine. « Pendant ces années cycladiques, j'ai porté d'île en île une errance poétique, une quête inexplicable qui me firent ressentir quelquefois ces déplacements comme une émigration intérieure sur des lignes inféconds. »

Mais il y avait la mer, la mer « vineuse », eût dit Homère. Et souverainement inconfortable. Surtout cette mer-là, sujette au ballottement de vagues croisées, de risées inattendues. La mer qu'on traversait enroulé dans des couvertures afin de combattre le froid, pêle-mêle sur la plage arrière, avec des fanaux qui « oscillent dans la nuit comme des lampions fous, lumière d'une fête passée dont les convives auraient roulé à terre ». La mer Égée.

Quand le bateau roulait trop fort, il avoue que l'angoisse l'étreignait : « J'arrêtais le premier homme d'équipage que je voyais passer, agrippé au plat-bord, et je lui demandais d'un ton très détaché : *Fortouna ?* C'est la tempête ? En général, il répondait avec un rictus appuyé de la bouche : *Ochi ! Thalassita !* Non, c'est une petite mer ! Que serait-ce alors s'il m'avait dit : *Thalassara* ? Une grosse mer. Mais, à vrai dire, je n'avais pas toujours l'humeur si linguistique. La mer, même *thalassita*, me paraît démontée… »

C'est la faute du vent, d'un vent précis et violent qu'on appelle « meltem » quand il souffle en été. Les vents, en langue grecque ancienne ou moderne, sont innombrables. Les Anciens disaient *Kaïkias*, *Skirôn*, *Zéphyros*, *Lyps*, *Euros*, *Apiliotis*. Les Modernes disent *Graigos*, *Maïstros*, *Ponentès*, *Garbis*, *Ostria*, *Levantès*. Mais le meltem, mes amis, le meltem, je ne vous dis que ça. Vingt-cinq nœuds établis, au bas mot. Un bon ris, un bon bateau, et ça tient. Le problème du meltem, c'est quand il s'engouffre entre deux îles qui le font grossir, s'affoler, par effet d'entonnoir.

À force d'y retourner, Jacques Lacarrière a identifié les deux îles entre lesquelles se crée le pire couloir, l'aspirateur égéen. Elles sont fort loin d'être les plus connues : elles se nomment Icaria et Tinos. Mykonos, leur voisine, est infiniment plus fréquentée par les touristes étrangers. Tinos, l'île d'Éole, est un lieu de pèlerinage important lors de la fête de l'Annonciation. Quant à Icaria, elle doit son appellation au fait que le fils de Dédale se serait abîmé dans ses eaux. N'y allez pas pour visiter des monuments, il ne s'en trouve guère. Allez-y pour en saisir le souffle. Et y lire ou relire le poème d'Elytis, auteur d'*Axion Esti* que Lacarrière vénère entre tous, qu'il a traduit et cite dans son journal de bord :

les vents signaux qui officient
soulèvent l'Océan comme Mère de Dieu
soufflent, embrasent les orangers
sifflent sur les monts et surviennent
novices imberbes des tempêtes
routes essaimant leurs lochs dans les cieux
Hermès aux pétases ailés
et le caducée de l'orage...

If

La première fois que je suis parti « loin », c'était en bateau et c'était de Marseille. J'avais dix-huit ans, et, au lendemain de la guerre d'Algérie, je m'en allais là-bas « rattraper » naïvement les péchés du colonialisme : j'avais accepté de travailler quelques mois comme instituteur, dans le quartier du ruisseau, à Alger, près du jardin d'essai, le quartier pauvre où Camus était né. Le *Ville d'Oran*, sur lequel je me suis embarqué en cinquième classe, avait servi de transport de troupes pendant les « événements ». Je dormais sur le pont, tout à l'avant, et je m'amusais de voir les hommes en djellaba essayer de tendre, vaille que vaille, quelques tissus, afin que leur famille, et d'abord leur femme, échappe aux regards sournois. Et je n'oublierai jamais la petite baleine blanche qui m'a salué au réveil.

Je suis revenu bien souvent à Marseille, et toujours par plaisir, même si c'était pour le travail. Parce que c'est une vraie ville et un vrai port, un port qui est une porte. Parce que c'est un lieu où la passion s'envole plus vite que les mots. Je me souviens de Jean-Claude Izzo, tellement chez lui. Il avait sorti son beau livre *Les Marins perdus* au moment où je publiais moi-même *Besoin de mer*, et cela nous amusait de nous retrouver fatalement, à la même heure, dans les mêmes studios où notre duo était parfaitement au point. Il me manque. Mais, à Marseille, il me manque moins, il est là.

Le *Ville d'Oran* a appareillé juste avant la tombée de la nuit, et je me rappelle l'éclatante blancheur du château d'If dans la lumière rasante. Par la suite, j'ai eu maintes occasions de partir ou d'arriver à la Joliette, et d'assimiler les îles du Frioul au commencement ou au terme de ces navigations. Si bien qu'un beau jour, désœuvré, j'ai pris place dans une vedette du Vieux Port, une vedette à touristes, pour m'en aller visiter If et son château.

Je ne regrette pas l'aventure. À cause de l'abbé Faria. Il faut dire que je suis un lecteur assidu et passionné d'Alexandre Dumas. Et que je considère *La Dame de Monsoreau* et *Monte-Cristo* comme d'heureux, très heureux temps de lecture – vous savez, ces heures où vous ne savez pas exactement ce qu'est devenue votre vie, où cette vie concrète ne s'organise que dans l'attente de la suite de l'histoire, où vous expédiez les charges assommantes et les misérables détails de votre existence avant de revenir, plus qu'impatient, à l'essentiel : les pages d'après. Je sais que ce n'est pas dans l'air du temps d'accorder à « l'histoire » une telle ferveur, mais l'air du temps, comme tout air, flotte et va.

Le château d'If est un château, ses canons ont défendu la ville, et sa prison a hébergé bien des malheureux, depuis les huguenots galériens après la révocation de l'édit de Nantes jusqu'aux communards et à Blanqui – lequel, je pense, n'a manqué aucune geôle maritime. Rien de tout cela ne m'émerveille, je hais les barreaux, et quand j'entends nos politiques clamer que nous sommes en manque de culs-de-basse-fosse, j'ai envie de les y enfermer moi-même. Mais ce qui m'a épaté, sur l'île, c'était l'homme qui débitait, parfaitement au premier degré, le discours précuit concernant les cellules.

Voici, disait-il sans l'ombre d'un sourire, celle de l'abbé Faria qui communiquait avec celle d'Edmond Dantès. C'est ici, entre ces murs, que le détenu numéro 34 a assuré l'éducation du détenu numéro 27, et qu'il lui a révélé, par amitié, quasiment par sentiment paternel, où se trouvait l'immense trésor de la famille Borgia. C'est ici que ledit Edmond Dantès, quand son formateur intellectuel est venu à mourir, est parvenu à s'évader en se glissant dans le linceul du défunt – qui fut jeté à la mer. Je regardais autour de moi, et je suis sûr et certain que plus de la moitié des présents, comme notre guide, souscrivaient pleinement à ce récit « historique ». Et j'ai songé que la fiction est puissante et se glisse partout, notamment dans les recoins d'îles-prisons.

Certes, un abbé José Faria a réellement existé, et profondément marqué l'imaginaire de Dumas. C'était, tout comme ce dernier, un métis (il avait « le teint bronzé des mulâtres »), né à Goa, capitale des Indes portugaises au mitan du XVIIIe siècle. Il réussit à gagner Rome et à devenir docteur en théologie. Pénétré par l'esprit des Lumières, il s'insurgea contre le colonisateur, connut la prison vu ses activités subversives, prit part (modestement) à la Révolution française dont il partagea les aspirations et, sous l'Empire, se retrouva professeur de philosophie à Marseille. Pour la beauté de la légende, certains voudraient que, lorsque la police impériale le recherche car il propageait les écrits et les idées de Babeuf, il ait été brièvement emprisonné au château d'If. Mais l'affaire semble trop belle pour être avérée. En réalité, Faria se prit alors de passion pour l'art des magnétiseurs, et il eut un réel succès en ouvrant un cabinet où il pratiquait l'hypnose (le mot ne vint qu'ensuite). Il publia un ouvrage, *De la cause du sommeil lucide*, et s'attira les quolibets des médecins en renom, à commencer par l'éminent Binet. Un esprit libre, hardi, frondeur, qui avait tout pour plaire à l'auteur des *Trois Mousquetaires*.

Ce n'était pas ce fumant abbé qu'on célébrait sur le sol d'If. C'était le personnage de Dumas, à ce point entré dans la légende que la frontière entre l'histoire fictive et l'histoire réelle était complètement, définitivement abolie. Je soutiendrai même que, à tout prendre, le faux Faria l'emportait, et de beaucoup, sur le vrai – ce qui est peut-être regrettable, car ce dernier personnage me paraît mériter plus et mieux qu'une silhouette hâtive. Mais telle est la force de l'œuvre, et de l'œuvre populaire : au fil du temps, elle devient le temps.

À ceux qui me soupçonneraient de railler le tempérament « marseillais », hâbleur, prêt à tordre le récit quand ce dernier n'est pas assez croustillant, à fournir des détails qui l'enjolivent et le confortent, je répondrai que chez moi, en Bretagne, j'ai observé le même phénomène.

Je suis né près de Paimpol, dont l'activité remarquable, à la fin du XIXe siècle et jusqu'à la Grande Guerre, fut « la pêche à Islande ». Les goélettes partaient fin avril, c'était un très rude voyage, et, une fois sur zone, l'équipage traquait la morue jusqu'à ce que les saleurs, dans les cales, ne sachent plus où la mettre. Deux goélettes se perdaient lors d'une tempête, bon an, mal an – les armateurs n'étant pas toujours sourcilleux sur l'entretien (comme l'a établi l'historien François Chappé) –, et les marins, qui étaient au demeurant des paysans très pauvres, se noyaient plus souvent qu'à leur tour. Ce qui a ému Pierre Loti, qui non seulement y consacra plusieurs livres avec le succès que l'on sait (*Pêcheurs d'Islande*, etc.), mais encore lança une mutuelle pour soutenir les femmes privées de leur époux.

Eh bien, j'atteste qu'au hameau de Kergrist, près d'une chapelle, une pancarte annonce le nom du lieu, puis précise « Pays de mon frère Yves ». J'atteste aussi qu'à Ploubazlanec, au-dessus de Paimpol, les familles allaient guetter le retour des bateaux près d'une croix qui, en breton, s'appelait tout simplement la « croix du loin ». Loti, jugeant cela un peu plat, l'a rebaptisée, en bon scénariste, la « croix des veuves », et tout un chacun, désormais, la nomme ainsi.

Bref, le château d'If n'est pas l'île des chimères. Juste un hommage aux conteurs. Qui racontent ici, là, et même ailleurs.

Île-à-Vache

J'ouvre, au hasard, un René Depestre dont les livres m'emportent toujours, et je tombe là-dessus : « Du salon aux terrasses, des chambres à l'office, de la buanderie aux salles de bains, de la véranda à la bibliothèque, un moulin des rêves, générateur d'électricité magique, n'arrêtait pas de nouer en un courant ininterrompu d'émerveillement le flot des petits et des grands mystères... » Tous les codes sont présents (c'est une page d'*Hadriana*). Tous les codes que le Cubain Alejo Carpentier, sous l'appellation « réalisme merveilleux », a défini comme l'« alliance baroque du mythe et du concret ». Et dont les magnifiques auteurs haïtiens se sont emparés de façons diverses et concourantes.

Mais, d'abord, il y a, chez ces écrivains, la totale, la géniale maîtrise de la langue française, ce qui n'est quand même pas rien au pays de Toussaint Louverture, au pays de la première république noire, ce que la France, la pseudo-mère patrie, leur fit payer de toutes les manières, jusqu'au dernier sou – ce n'est pas une métaphore, Haïti a acheté sa liberté, et la France la lui a vendue, a perçu sa rançon, sans le moindre égard pour le passé, pour le poids de l'esclavage. Moyennant quoi, sur cette île où la population analphabète est majoritaire, ont grandi des stylistes incomparables qui, loin de se défaire de la langue héritée, de la langue du maître, l'ont portée à l'incandescence. Pied de nez de l'opprimé, il renvoie la politesse à l'oppresseur en lui offrant une leçon, une rude leçon de raffinement.

Par la suite, le raffinement s'est raffiné. Chez les Frankétienne, Lyonel Trouillot, Gary Victor, Jean Métellus, Rodney

Saint-Éloi ou Dany Laferrière, et j'en oublie tant et tant, le créole, le vaudou ont fait irruption dans le français sublime, sublimé, dans le français virtuose qui a désormais absorbé, intégré le parler des gens qui n'écrivent pas, et l'imaginaire tropical s'est envolé, s'est autorisé à dire ce qui, chez nous, ne se dit pas, ne se pense pas, ne se rêve pas, hormis de façon expérimentale comme l'ont montré les surréalistes.

Ce qui a tout compliqué, c'est que la politique, en Haïti, a déporté des vagues entières d'artistes enracinés, les a forcés à émigrer sous le règne des Duvalier et compagnie, et leur a posé crûment la question de l'appartenance si chère, si centrale, quand on est exilé, c'est-à-dire confronté à la perte de sa perte même, à la certitude que la terre qu'on retrouve par éclipses n'est plus, ne sera jamais celle qu'on a quittée.

Les Haïtiens m'étonnent plus encore que les autres peuples des Caraïbes. Parce que, dans l'invraisemblable bordel qu'est leur île, prise entre les tremblements de terre – je pense à celui de 2010, qui fut effroyable –, les cyclones, les tyrannies, les coups d'État, la CIA même pas en sous-main, le cynisme de l'impérialisme et l'omniprésence de la corruption, une fois enterrés leurs morts, ils ont encore non seulement le cran de protester, le courage de descendre dans la rue, mais aussi une obstination formidable à vouloir de la beauté. C'est un pays où tout le monde peint, où tout le monde peint sur tout, partout. C'est un pays où l'on travaille le fer-blanc, où l'on sait lui donner de la grâce, le marteler délicatement. Je me souviens que, à Santiago du Chili, j'ai connu un Haïtien sans papiers qui se baladait avec une valise en toile, surveillait les flics du coin de l'œil et, quand la voie était libre, étalait sur le trottoir sa production, ses arbres et ses oiseaux métalliques qui semblaient des volutes d'élégance.

Je sais d'où je viens. Ma grand-mère et ses six frères et sœurs avaient pour parents des ouvriers agricoles qui sont morts à un mois d'intervalle. Toute la fratrie était bonne pour l'assistance publique, mais l'aînée a convaincu des paysans, des braves gens, de l'employer et de laisser un bout de grange pour elle-même et ses cadets. Et, à la force de son amour ou de sa rage, ou des deux, les cadets, elle les a élevés. Ma grand-mère était la cinquième, je crois.

Oui, je sais d'où je viens. Mais j'ai perdu le sens de la catastrophe, je ne sais pas ce que c'est que d'avoir une baraque en planches, et, le lendemain matin, de ne plus rien avoir du tout. Je ne sais pas ce que c'est que de voir les corps de la moitié de ma famille disparaître dans une fosse commune, au plus vite, parce que l'eau saine est rare et que l'on craint les épidémies. Le peuple haïtien sait tout cela, lui, il encaisse, il repart, et, en plus, il produit de l'art, de la musique, des rituels prodigieux. Et même des livres, de sacrés livres.

En 1992, j'ai édité au Seuil un témoignage, *Tout homme est un homme*, de Jean-Bertrand Aristide, président d'Haïti victime d'un coup d'État orchestré par les États-Unis et réfugié à l'étranger. Question de principe. Je ne le connaissais évidemment pas, mais je connaissais un journaliste qui faisait partie de son équipe. Prêtre plus ou moins défroqué, partisan de la théologie de la libération, ce qui lui avait valu d'être écarté par l'archevêque de Port-au-Prince lié au régime Duvalier, il avait fondé un orphelinat, la *Fanmi Selavi*, où il accueillait les enfants livrés à eux-mêmes. Et, dans son église d'une banlieue misérable, il dénonçait les macoutes, les élites corrompues, et le soutien sans faille que leur apportait Washington. « On » essaiera d'ailleurs de le tuer, conformément aux usages locaux.

En 1990, il se présente à l'élection suprême. Son adversaire se nomme Roger Lafontant, ministre de la Défense puis de l'Intérieur sous Duvalier, et surtout chef des macoutes. La CIA, estimant ce candidat peu exportable, le remplace par un homme à elle, Marc Bazin, ex-fonctionnaire de la Banque mondiale, auquel sont alloués, sous la table, 36 millions de dollars pour mener campagne. Aristide, lui, avec les moyens du bord, et malgré l'opposition déclarée de l'armée, de l'Église, et des réseaux affairistes, avance un programme où il plaide pour une réforme agraire garante de l'autosuffisance alimentaire, pour une totale refonte de l'Administration, pour l'augmentation du salaire minimum et pour un démantèlement de la contrebande portuaire. Il l'emporte avec 67 % des voix (contre 14 % pour Marc Bazin), au terme d'un scrutin validé par les observateurs internationaux.

Les difficultés commencent aussitôt. George Bush père est à la Maison Blanche, les temps sont difficiles en Amérique latine, au point que les États-Unis, hors de tout mandat des Nations unies, envahissent La Grenade, prennent le contrôle du Panama, soutiennent les paramilitaires qui cherchent à déstabiliser le Nicaragua. Aristide fait tache dans le paysage, la CIA orchestre une gigantesque campagne médiatique contre lui, exerce une pression sur les patrons qui seraient tentés d'augmenter les salaires, bref, sape son crédit et le réduit à l'impuissance, d'autant que son administration est corrompue jusqu'à l'os. Les choses ne traînent pas, un coup d'État, un de plus, le renverse le 30 septembre 1991. Le chef des armées, Raoul Cédras, est porté au pouvoir et déclenche une répression telle que 300 000 personnes quittent leur domicile, que des milliers d'autres cherchent à gagner Saint-Domingue par la mer – beaucoup se noient durant la traversée.

Par principe, donc, nous publions le livre d'Aristide et l'invitons à Paris pour le lancement. Le Quai d'Orsay nous refuse toute aide déclarée, mais il me semble bien que nous obtenons quand même deux motards et une voiture. Ne sachant où aller, ce sont les Arts et Métiers qui nous accueillent. Bref, nous réussissons, vaille que vaille, à donner un peu de lustre à l'événement. Aristide lui-même ne nous paraît pas très net dans son discours, mais nous mettons cela sur le compte de notre médiocre compréhension du créole, l'essentiel étant de marquer le coup, d'apporter notre soutien éditorial à un homme d'État renversé.

Le hasard veut que, deux semaines plus tard, je doive me rendre à New York pour un court voyage professionnel.

À Newark, je tombe, comme de bien entendu, sur un chauffeur de taxi haïtien. Et je lui dis benoîtement que je viens de rencontrer Aristide. L'homme devient gris, arrête la voiture, me fait jurer que ce n'est pas une blague. Je jure sur la tête de qui on voudra. Et, les jours suivants, je suis pris en charge par un réseau de taxis haïtiens, tous plus loquaces et volubiles les uns que les autres, qui ne me lâchent pas d'une roue. Où que je me rende, une voiture m'attend, il n'est pas question d'argent ni de quelque rémunération que ce soit. À toute heure. Même la nuit.

Bien sûr, comme dans Bach, la fugue a son contrepoint. Un beau soir, tandis que je suis au bar de mon hôtel, on me prévient que trois messieurs aimeraient me rencontrer. Les trois messieurs sont noirs, costauds, vêtus de costumes impeccables qu'ils remplissent allégrement. Ils m'expliquent que le livre d'Aristide les intéresse, les passionne, même. Au point qu'ils sont prêts à acheter, et *cash*, la totalité du stock. Je les écoute avec l'intérêt que vous devinez et leur explique que, selon la loi française, aucun éditeur n'est autorisé à pratiquer la vente directe – je m'amuse même à faire l'éloge de la loi Lang qui protège les libraires. Ils sourient, opinent du chef et me proposent le double. *Cash*. Et là, je sens la menace, je flaire le macoute et leur indique poliment la sortie.

« On reviendra », me disent-ils.

Cela tombait bien : je partais le soir même, sur le coup de 23 heures. Par la suite, Aristide a tenté de négocier avec les Américains, est revenu, s'est englué dans des compromis de plus en plus compromettants, est revenu à la présidence, puis a été de nouveau débarqué sans qu'il soit opportun, cette fois, de se porter à son secours.

Et ça continue. J'ai sous les yeux un reportage, paru en avril 2019 dans *Le Monde*, de Florence Aubenas sur l'Île-à-Vache. Florence, je la connais, c'est du béton. Du béton sensible, fluide, de la dentelle, mais du béton. Elle s'est rendue en Haïti pour voir de ses yeux ce que le chanteur Sweet Micky avait fait de cette île, à 10 kilomètres de la côte sud du pays. Une île magnifique et abandonnée, 20 plages, grande comme deux fois Saint-Barth, peuplée de paysans et d'éleveurs plus que pauvres, sans eau courante, sans électricité, à laquelle aucune personnalité n'avait jamais rendu visite. Jusqu'à ce que le populaire Sweet Micky, Michel Martelly pour l'état civil, soit élu président.

Du jour au lendemain, l'Île-à-Vache devient une cible privilégiée. Il s'agit d'en faire « un havre de paix à l'écart des tumultes du continent », c'est l'occasion de démontrer que « *Haïti is open for business* ». En août 2013, le Président en personne lance l'inauguration. Les troncs des palmiers ont été peints en rose, un aéroport international va être construit, un golf de 18 trous, des milliers de chambres, deux ports – 250 millions de dollars d'investissements. Les gens du cru, habitués aux moustiques et à la typhoïde, n'en croient pas leurs yeux. Ils aperçoivent des filles en jet-ski qui assurent la promo de l'ébauche le long de la divine baie d'Abaka, classée par CNN parmi les 100 plus belles plages du monde. Ils voient débouler des 4 × 4 étincelants sur leurs chemins qui deviendront des routes. Ils ne sont pas contre. Si cela apporte du travail, de l'électricité et de l'eau courante.

Et puis des entreprises débarquent, avec, dit Florence Aubenas, « leurs générateurs, leurs cuisiniers, leurs mitraillettes ». Des machines renversent les arbres qui appartenaient, génération après génération, aux îliens, sans leur demander leur avis. Puis les maisons sont détruites, sans l'ombre d'une question ni d'une indemnité. Sur la côte ouest, au hameau de Grand-Sable, les pêcheurs apprennent que tout doit être remplacé par une clinique esthétique, une marina, un centre commercial, et que l'ensemble s'appellera désormais le « village de Mary-Ann ».

L'île entière est classée « zone réservée et touristique ». Il est question de délocalisation des habitants. Lesquels se regroupent en une association dont le leader est emprisonné puis contraint de partir, tandis que l'on fait miroiter aux autres des jobs qu'ils n'obtiendront jamais. Le pire, c'est l'aéroport, tout est dévasté, tout est préparé pour que coule l'asphalte. Mais l'asphalte ne coulera pas.

Dès 2014, le Premier ministre s'en va, la Cour des comptes est incapable de retrouver les 13 millions de dollars investis dans le futur aéroport, les 19,5 autres millions signés avec la compagnie dominicaine Estrella ne sont pas versés, les fonds provenant de PetroCaribe, un prêt très avantageux d'origine vénézuélienne, sont partis en fumée. Le chantier s'arrête, Sweet Micky achève son mandat en 2016 sans que les détournements aient été identifiés.

Restent trois hôtels, trois hôtels de standing moyen, dont il s'avère que l'un appartient à l'ancien président. Ils sont en vente et, comme par hasard, personne n'en veut. Les îliens contemplent leur île dévastée, leurs plantations rasées, leurs terres massacrées.

C'est Haïti. Des dizaines de milliers de jeunes, dans les rues, manifestent obstinément contre la corruption. D'autres essaiment, comme ils le peuvent, à travers l'Amérique latine ou centrale, essaient de se faufiler jusqu'aux États-Unis. Qui les refusent, mais veillent à ce qu'aucun gouvernement « hostile » ne risque d'émerger à Port-au-Prince.

Restent les écrits, les romans, la poésie, le théâtre qui se donne de plus en plus en langue créole. Et la quête de la beauté qu'aucune barbouze n'est parvenue ni ne parviendra à éradiquer.

Isole Le Scole

Les Scole, ce sont trois îlots, trois minuscules îlots rocheux, sans intérêt aucun, sur la côte est de la petite île Giglio, une île de Toscane vraiment charmante, tellement charmante qu'elle est intégrée à un parc marin protégé. Mais si ces trois rochers dont tout le monde se moque n'avaient pas existé, juste au-dessus de la Punta di Castella, le plus grave naufrage de ces dernières années n'aurait pas existé non plus, Francesco Schettino ne serait pas en train de croupir dans sa prison, et 32 personnes, aujourd'hui mortes, seraient toujours en vie. J'ajoute que 750 millions de dollars auraient été économisés. Et je suggère de graver, sur ces maudits cailloux, quelque pensée bien sentie du type *Vanitas vanitatum*, etc.

Tous les marins, du moins les marins sérieux, ont talonné une fois ou l'autre au cours de leur vie navigante. Tabarly lui-même s'échouait fréquemment (mais sans dommage), car les calculs de marée l'assommaient, et les navigateurs qui aiment à tutoyer la côte s'y sont fatalement frottés. Dans ma Bretagne septentrionale, qui n'a de leçons à recevoir de personne en matière d'écueils, la coutume, près de Bréhat, est même de décerner chaque année un « Talon d'or », lequel récompense la plus belle bourde de la saison écoulée (l'an passé, le maire de Paimpol fut l'heureux gagnant, pour s'être mis au plein, selon l'expression consacrée, du côté des Sables-d'Olonne). En ce qui me concerne, j'ai touché deux ou trois fois, mais j'ai observé que c'était toujours dans « mon coin », là où je connaissais chaque danger par cœur, chaque balise, chaque tourelle, là où je me sentais à l'abri, en sécurité et sûr de moi. Près d'un rivage méconnu, mon attention ne se serait pas relâchée, j'aurais suivi la carte au mètre, voire au centimètre près. Petite leçon de modestie que la croisière vous rappelle au cas où la désinvolture gagnerait. Ce n'est généralement pas grave, on sort le bateau et on en est quitte pour une séance de plasturgie/ponçage.

Le problème, c'est quand ledit bateau mesure 290 mètres de long, comporte 17 ponts qui accueillent 3 216 passagers et 1 013 membres d'équipage, réclame un peu plus de 8 mètres sous la quille et jauge 114 500 tonneaux. Il avait coûté 500 millions d'euros, il s'appelait le *Costa Concordia*, et, le vendredi 13 janvier 2012 à 21 h 45, il s'est risqué à racler les Scole. Trois fois rien : un coup de barre trop tardif et mal compris, le cul qui chasse, et le malheur qui s'abat sur un monde en goguette. On ne devrait pas appareiller un vendredi 13.

Ce bateau-là, je le connais bien car j'ai navigué sur son *sister ship*, le *Costa Pacifica*, même plan, même machine, mêmes piscines. Nonobstant mon aversion pour la foule en général et pour la foule croisiériste en particulier, j'y avais été très aimablement convié par un journal auquel je collabore – la moindre des courtoisies était d'accepter.

Comment dire ? C'est une vie sous globe dont la mer est absente. Le navire se déplace pendant la nuit, de manière feutrée, afin qu'une nouvelle carte postale chasse l'autre le lendemain matin. Et, à bord, il n'est question que de bars, de cocktails dansants, de thés avec petits gâteaux, de spectacles vociférants, de musique trop forte, de bandits manchots, de ventes très exceptionnelles, le tout dans un décor de plastique avec ascenseurs vertigineux et transparents. Une enclave dans l'existence, un moment festif où l'on ne compte plus, où ceux qui comptent sont les professionnels. Le top, la cerise sur le gâteau, ce sont les repas, italiens et, ma foi, excellents, deux services par restaurant. Au beau milieu de la cérémonie, les serveurs font tourner les serviettes et le boum-boum explose, n'oublions pas qu'on est là pour rigoler.

Ce vendredi 13, la nuit est aussi douce que possible, le vent léger et la mer aimable. Le *Costa Concordia* a quitté Civitavecchia, devant Rome, pour Savone. Et le plan de route est de passer entre Giglio et la côte toscane, pour faire joli, pour apercevoir et se montrer. Rien d'exceptionnel, la compagnie est dans ses eaux et la manœuvre parfaitement banale. Tout est calé sur le traceur à la passerelle, et il est légitime que le commandant soit en train de dîner à 21 heures (il y eut cependant débat pour savoir s'il dînait au restaurant Milano, tout à l'arrière, ou s'il avait préféré, comme l'ont avancé certains journaux, un tête-à-tête avec une jeune Moldave dans un petit salon attenant à la salle des commandes). Mais vous connaissez la presse, moldave ou pas, elle se jette sur le moindre ragot.

Ce qui est établi, c'est que Francesco Schettino dîne et ne s'inquiète guère. Au reste, pourquoi s'inquiéter ? Le

Concordia progresse à 15,8 nœuds, cap au 279 sur l'île de Giglio, ce que le second, Ciro Ambrosio, qui est l'officier de quart, confirme à son patron, le passage devant l'île devant s'effectuer à 6 milles de distance, et un coup de barre à droite étant prévu à 21 h 39 afin que la trajectoire soit parallèle au rivage. En principe.

Le commandant finit par se présenter à la passerelle, juge qu'on est nettement plus près de la côte que prévu, ordonne qu'on débranche le pilote automatique et demande au timonier de venir à droite, d'abord au 300 puis au 340.

« Trois cent quarante », répond le timonier.

Schettino jette un coup d'œil dehors.

« Trois cent cinquante, sinon nous allons sur les rochers ! »

Le timonier se trompe, met la barre du mauvais côté, s'aperçoit de son erreur, inverse le cap. L'inertie est trop forte, l'arrière « balaie ». On est à 150 mètres des Scole. 21 h 45 : tandis qu'il s'efforce de virer, le paquebot cogne et se déchire à la poupe sur une cinquantaine de mètres. L'eau s'engouffre. Le commandant ordonne la fermeture des portes étanches, qui répondent dans les quarante secondes. *Black-out*, la panne générale, tout s'éteint. Dans les salles à manger, les passagers ont senti le choc, de la vaisselle se répand et se fracasse. On leur répond que ce n'est rien, que le courant va revenir, qu'il s'agit d'un petit problème technique. Ils sont invités – par précaution… – à gagner les postes de sécurité et enfiler des gilets de sauvetage, ce qui s'opère dans un total désordre, le navire étant, du point de vue linguistique, une tour de Babel. La lumière est bientôt rétablie à l'aide des groupes de secours, mais la panique se répand.

Car le bateau prend de la gîte sur bâbord, il a chargé des tonnes et des tonnes d'eau. La barre répond très mal. Le paquebot continue d'avancer, mais lentement, et le commandant sait ce qui l'attend : il va couler corps et biens s'il reste en mer. Ce ne sera pas le *Titanic*, il y a suffisamment de chaloupes pour tout le monde, mais on comptera certainement des centaines de morts si la coque fait la pirouette. En moins d'une demi-heure, le vent, le courant lui donnent la possibilité d'inverser la course du navire. À 22 h 10, le *Concordia* finit de pivoter. Les passagers, eux, ne comprennent strictement rien. Cela penchait à bâbord, et, maintenant, la gîte s'est inversée. Le bateau prend de la bande, de plus en plus, et se plante sur les rochers de Punta Gabbianara. Il est 23 heures. La gîte atteint 80 degrés : c'est énorme, mais, du moins, on n'a pas fait son trou dans l'eau, et les passagers vont pouvoir débarquer tant bien que mal. Ce qui prendra plusieurs heures.

Le capitaine du *Concordia* appelle le responsable de crise au siège de l'armement. Mais il minimise ce qui s'est passé. Il indique le *black-out*, une entrée d'eau, et précise que les hélices ne sont pas touchées. Il ajoute avoir talonné, mais ne décrit pas l'étendue du désastre. Du coup, les techniciens de Costa ne prennent pas la mesure de la catastrophe, suggèrent d'utiliser les propulseurs d'étrave, de jeter l'ancre, toutes procédures inutiles. Il est trop tard. L'évacuation commence dans l'atmosphère qu'on imagine.

Mais Francesco Schettino et son second ne sont pas de l'étoffe des héros. Estimant qu'ils ont fait ce qu'ils avaient à faire, dès 23 h 40, ils sont à bord d'une chaloupe, laissant le reste de l'équipage se débrouiller. D'où le dialogue surréaliste enregistré par le capitaine du port de Livourne, en charge des secours, Gregorio de Falco, avec son collègue.

« Dites-moi votre nom, s'il vous plaît.

— Je suis le commandant Schettino, commandant.

— Écoutez, Schettino, il y a des gens bloqués à bord. Maintenant, allez avec votre chaloupe sous la proue du navire, côté droit. Il y a une échelle de secours. Vous montez à bord et vous nous dites combien il y a de gens. C'est clair. J'enregistre cette communication, commandant.

— Actuellement le navire est incliné…

— Vous devez me dire combien d'enfants, de femmes et de personnes ont besoin d'assistance, c'est clair ? Écoutez, Schettino, vous avez peut-être réussi à vous sauver de la mer mais là, vraiment, ça va mal se passer. Je vais vous causer une énormité d'ennuis. Allez à bord, bordel de merde ! Vous allez à bord, c'est un ordre. Vous avez déclaré l'abandon du navire. Maintenant, c'est moi qui commande…

— Mais vous vous rendez compte qu'il fait nuit et que, ici, on ne voit rien ?

— Qu'est-ce que vous voulez faire, Schettino, rentrer à la maison ? »

Et ainsi de suite.

On connaît l'issue de la catastrophe. Schettino, condamné, en cassation, à seize ans de prison pour faute professionnelle et lâcheté. Trente-deux vies perdues, 16 hommes et 16 femmes noyés dans les cabines. Et l'incroyable chantier qui fut nécessaire pour redresser le *Concordia*, le remettre à flot, l'arracher à son caillou, le convoyer jusqu'au lieu de déconstruction. Contrairement à son commandant, l'équipage fut ensuite unanimement salué pour son dévouement et son sérieux. Les sauveteurs italiens, eux aussi, eurent droit à la reconnaissance professionnelle et publique.

Tout ça pour trois écueils, une erreur d'attention, et une sorte de sidération, de total délitement.

Je me souviens que mon ami Charles Claden, commandant du remorqueur de sauvetage *Abeille Flandre*, après une jolie manœuvre, quand cela s'était joué à un cheveu, une intuition, avait l'habitude de conclure : « Bah ! Ça n'est jamais qu'un tour de con qui a réussi... » Devant les Isole Le Scole, j'ai, ma foi, fort envie d'écrire qu'il s'est passé exactement le contraire...

Iwo Jima

Iwo Jima, l'île du soufre, que les Anciens japonais nommaient Iōtō, ça n'est rien du tout. Un caillou de 20 kilomètres carrés – un peu moins que Groix –, inhabité, à 1 000 kilomètres au sud de Tōkyō, dominé par un « mont », le Suribachi, culminant à 169 mètres. Le reste est plat. Aucun intérêt. Sinon que, pour les Japonais, ce fut le terrain de la dernière bataille. Et que, pour les Américains, ce fut l'amorce de la défaite nippone.

Entre le 19 février et le 26 mars 1945, 20 703 Japonais ont été tués sur cette terre, plus 1 152 disparus. On ne compta que 216 prisonniers, dont 22 volontairement, les autres étant des blessés. Jusqu'à la mort, tel était le mot d'ordre, et il a été respecté. Du côté yankee, ce fut l'affrontement le plus meurtrier de la guerre du Pacifique : 6 821 tués, 492 disparus, 19 189 blessés.

A-t-on jamais vu pareil massacre sur une île aussi petite ?

Les Japonais étaient à bout de forces, ils avaient recruté ce qu'ils pouvaient, essentiellement des gamins de vingt ans voire moins. Ils savaient que les Américains attaqueraient là, à cause des pistes d'aviation, ils savaient qu'Okinawa n'était pas à leur portée. Alors ils se sont préparés, très méthodiquement. Leurs armes n'étaient guère flambantes, leur flotte hors de service. Ne restaient que quelques avions suicides, et la possibilité d'entamer, à terre, un travail obstiné. Ils ont creusé des tunnels dans le sol et le basalte, transformé le mont Suribachi en vigie surarmée, et soigneusement préparé la défense des deux aéroports que comptait l'île. L'idée était de disséminer les postes de résistance afin que l'ennemi ne se sente nulle part en sécurité, même s'il avait conquis une partie du terrain. Le général Tadamichi Kuribayashi, un homme raffiné et intelligent, savait pertinemment qu'il était voué à mourir – sous des balles américaines ou de sa propre main. Il avait établi son poste de commandement au nord, à l'écart, afin de tenir le plus longtemps possible. Il ne pouvait compter sur aucun renfort, ni par la mer ni par les airs (un avion kamikaze endommagea toutefois, et sérieusement, un porte-avions *US*).

Dès 1944, les Américains, eux, tentaient de préparer l'affrontement en affaiblissant l'adversaire. Depuis les îles Mariannes, ils lancèrent, à l'été et à l'automne, 48 opérations de bombardement, essentiellement pour détruire les aérodromes – mais vainement : les défenses enterrées avaient tenu le coup (la base d'Iwo Jima était susceptible de fournir une tête de pont aux avions japonais, et l'US Army ne pensait pas que l'ennemi était à ce point en manque de moyens aériens). Puis ils préparèrent le débarquement, mobilisant deux fois plus d'hommes que n'en comptait la garnison japonaise. Ils disposaient de 10 porte-avions, de 8 croiseurs et d'autant de cuirassés. Ils se concentrèrent sur une vaste plage, ample à souhait, mais sous le feu du mont Suribachi.

Les Japonais attendirent le dernier moment pour répliquer, quand la grève serait noire de monde. Ce fut une boucherie. Les mitrailleuses du mont étaient relayées par des snipers très mobiles. Chaque Japonais s'était engagé à tuer 10 ennemis. Il fallut quatre jours, pas moins, même avec les canons de la flotte en appui, pour réduire le mont, au moyen de grenades et de lance-flammes. Enfin, le 23 février, le sommet fut conquis, une patrouille de six marines y dressa un drapeau américain, et le photographe Joe Rosenthal appuya sur le déclencheur de son appareil : il venait de prendre la photographie la plus légendaire de toute la guerre du Pacifique.

Pendant que les combats se poursuivaient – ils durèrent encore un mois, la résistance nippone étant héroïque et acharnée, jusqu'aux dernières offensives, autour de l'aéroport, l'ultime étant probablement commandée par le général Kuribayashi lui-même, dont on ne retrouva jamais le corps –, la propagande yankee s'activait, c'est le moins qu'on puisse dire. La pellicule de Rosenthal fut transportée par avion sur l'île de Guam et développée au quartier général du Wartime Still Picture Pool. Transmise par Télex, elle fit la une de toute la presse américaine, fut reproduite en timbre, valut à son auteur le prix Pulitzer et symbolisa à tout jamais l'héroïsme des Marines. Les caisses étaient vides : trois des glorieux combattants saisis par l'instantané furent rapatriés, fêtés et sommés d'entamer une tournée où, couverts d'honneur, ils enflammèrent les stades et les portefeuilles.

En l'an 2000, James Bradley, fils d'un de ces derniers, John, publia un ouvrage où il faisait état du silence de son père sur Iwo Jima, et inscrivait ce silence au compte des traumatismes vécus par le jeune infirmier qu'il était chez les Marines. Mais, en 2013, deux historiens amateurs, Eric Krelle et Stephen Foley, eurent comme un doute. Ils avaient découvert d'autres clichés de cette séquence historique, et ils ne correspondaient pas entre eux. Maints détails – dont la tenue de John Bradley – variaient trop d'une photo à l'autre. Lorsque Clint Eastwood, trois ans plus tard, acheva de réaliser deux films sur Iwo Jima, l'un vu du côté américain, l'autre du côté nippon, l'affaire devint plus limpide, sinon morale.

En fait, le secrétaire d'État à la Marine entendait garder le précieux drapeau comme symbole et trophée, tandis que le corps des Marines le souhaitait aussi. Il y eut donc deux photographies : la première, l'authentique, fut laissée de côté tandis qu'un peu plus tard, lors d'une accalmie, une deuxième équipe reprit la pose avec un deuxième drapeau – et c'est ce cliché qui conquit l'Amérique. Rosenthal, par la suite, argua qu'il n'avait guère eu le loisir d'étiqueter ses prises de vues, et l'on comprend volontiers pourquoi. Toujours est-il que les trois soldats survivants, transformés en marionnettes de la propagande, n'ont peut-être pas participé à l'érection du premier drapeau, auquel cas la photo légendaire serait un « vrai faux », tout comme l'immense monument de bronze (24 mètres de haut sur un socle de granit) qui se trouve dans un cimetière militaire près de Washington.

Clint Eastwood, dans son film *Flags of Our Fathers* (présenté en France sous le titre de *Mémoires de nos pères*), retient clairement cette hypothèse, insiste sur les silences de John Bradley, sur la manière dont les trois héros – qui le furent assurément lors de la bataille – paraissent plus que mal à l'aise lors de la tournée qu'on leur impose, et sur le sort de l'Indien Ira Hayes qui mourra solitaire, saisi par le froid près d'une grange, quand les vivats se seront calmés.

Le 19 février 1985, quarante ans après la bataille, les anciens combattants des deux armées – du moins ceux qui restaient – se sont réunis sur l'île, près de l'endroit où les Marines ont débarqué. Ils ont dévoilé ensemble une plaque de granit où est écrit ceci, côté mer pour la langue d'Amérique, côté terre pour celle du Japon : « Au jour du quarantième anniversaire de la bataille d'Iwo Jima, les vétérans américains et japonais se sont de nouveau rencontrés sur les mêmes étendues de sable, cette fois dans la paix et l'amitié. Nous nous souvenons de nos camarades, vivants ou morts, qui se sont battus ici avec honneur et bravoure, et prions ensemble pour que nos sacrifices en ce lieu soient toujours rappelés et ne soient jamais répétés. »

Ils se retrouvent tous les dix ans, et ne se retrouveront bientôt plus.

J

Jersey

Nous sommes sur une île. Si, si, je vous le jure.

Les bêtes sauvages, c'est très tôt le matin qu'il faut s'en approcher. Même celles de la nuit, celles qui vont s'éclipser quand le public afflue – elles ne sont pas là pour lui, il est là pour elles, nuance. Vous descendez une allée pentue longeant le manoir des Augrès. Vous saluez, à droite, dans une obscurité qui vous ramène avant l'aube, le aye-aye aux yeux d'ambre et au doigt crocheteur, si aigu et long qu'il est associé, dans la légende malgache, aux griffes sataniques. Vous passez un porche, visitez encore – toujours dans la pénombre – les roussettes géantes de l'île Rodrigues, chauves-souris dont l'envergure atteint 1,5 mètre, puis vous dites adieu à l'obscur, vous sortez pour de bon, vous glissez vers le pastel.

La vallée est délicieusement creuse, la rivière est encore noyée d'une brume opaline d'où émerge le pourpre d'un magnolia colossal. Les grues à couronne, les faisans du Chili, les oies hawaïennes ne bronchent guère quand monte, d'un coup, la clameur des lémuriens qui se chamaillent, sur la droite. De l'autre côté de l'eau, juste en face, les loups à crinière mordorée, les loups du Brésil et du Paraguay dont les jambes sont si longues qu'ils galopent en dansant dans les herbes, sont de sortie avec leurs deux petits. Ils ont la réputation d'être réservés, émotifs. Plus tard, ils se cacheront jusqu'au soir. D'arbre en arbre, suivant des fils de chanvre, des tamarins d'Amazonie se baladent – libres, si libres qu'il faut leur apprendre à se méfier des goélands.

En grimpant sur l'autre rive, derrière la petite maison des loups, voici l'immense demeure des orangs-outans de Sumatra, demeure en bois qu'ils partagent avec les gibbons aux mains blanches. Par un pont, elle débouche sur une très grande île hérissée de troncs. Tous les six mois, une vaillante équipe de recrues militaires s'en vient modifier l'entrelacs de cordages qui relient ces derniers, ponctués de hamacs et de vigies : il ne faut pas que les hôtes du lieu s'enlisent dans la routine.

Et tout près des orangs-outans, si près que chacun peut jouer en regardant l'autre, les mêmes cordes et le même bois offrent aux enfants des hommes balançoires, tunnels et agrès. Car les enfants des hommes, eux aussi, ont droit de se distraire et, ce faisant, de distraire les singes. Comme Alice, vous êtes aux frontières du miroir.

Tout esprit rationnel songe que ces animaux (encore la collection complète est-elle autrement riche) sont ici « déplacés », dans tous les sens du terme. L'île de Jersey, 116 kilomètres carrés, émerge du plus furieux des courants de la Manche, là où Victor Hugo, qui a eu le temps d'étudier la question en dix-neuf ans d'exil anglo-normand, parlait des écueils locaux comme des « assassins de la mer ». Il parlait d'or. Les falaises du Nord tiennent bon, mais, à l'ouest, le flot montre ce dont il est capable : jusqu'au phare de La Corbière, la roche est déchiquetée, taraudée, émiettée. Sous le vent, les plages sont certes douces et les forteresses érigées naguère pour dissuader l'assaillant français, tel Mont-Orgueil, le château gardant le mouillage de Gorey, paraissent aujourd'hui bienveillantes. Mais, franchement, sans même évoquer l'interdiction absolue d'importer ou d'exporter tout être vivant pourvu de sabots, créer un zoo dans un endroit pareil, était-ce bien raisonnable ?

Singulier endroit que Jersey, en effet, et très beau. Les Britanniques le considèrent comme un ersatz de *riviera*, avec un exotique avant-goût de France, sans descendre si bas. Les Français, eux, se croient déjà en Angleterre. Et l'âpreté marine est contestée par la douceur de vallées normandes où poussent tout et n'importe quoi, orchidées et palmiers inclus – cette terre-là est résolument hors gel. Les Rolls-Royce abondent en la paroisse de Saint-Brélade, l'église Saint Matthew est signée Lalique, et le seuil d'imposition le plus élevé n'excède pas 20 %. Ce qu'on appelle, dans les guides touristiques, un microclimat.

Telle est la façade. Suave, tiède comme le Gulf Stream. Post-victorienne. Plus que cossue : aussi élégante et rétro que les vitrines des maîtres joailliers, descendants pour certains de huguenots pourchassés, ou fournisseurs au temps jadis de ci-devant en cavale. Quant à l'arrière-cour, c'est une autre affaire. Des plaques de cuivre sur des immeubles anonymes, des sociétés anonymes abritées par ces mêmes immeubles, des banques ayant pignon sur rue, d'autres s'affichant moins, et des transfuges de la City naviguant entre les lois européennes et un petit État hors normes, sinon hors la loi – ce qui arrange tout le monde et pas seulement Londres. Un petit État rattaché à la Couronne, où tout allait fort bien jusqu'à ce que les voyous de l'île de Man, en mer d'Irlande, se fussent avisés d'imiter les messieurs de Saint-Hélier.

Hospitalière, Jersey ? Elle vous couvre de fleurs, elle vous tend ses grèves blondes, ses boutiques hors TVA, elle vous invite avec bonhomie à fréquenter ses bookmakers vantant les chevaux qui s'affrontent au couchant, sur la falaise, devant Sark. Mais si vous avez l'intention d'y travailler, et plus encore d'y prendre racine, cela devient compliqué, très compliqué (il faut dix-huit ans de résidence avant d'obtenir le droit d'acheter le moindre gîte, et 10 personnes par an, maximum, ont quelque chance d'obtenir leur naturalisation – si elles justifient un patrimoine de 10 millions de livres.) Bref, il ne suffit pas de montrer patte blanche, il est souhaitable qu'elle ait un brin de crédit.

Question : pourquoi Ya Kwanza (ce qui signifie « le premier », en swahili), gorille des *lowlands*, dont les ultimes semblables habitent les monts Virunga, aux confins de l'Ouganda, du Rwanda et du Zaïre, a-t-il obtenu droit de cité, en juin 1993, non loin de Trinity Church, et a-t-il disposé (il est soudainement décédé en 2017), avec sa famille – sept membres –, de 2 000 mètres carrés aussi rares que chers et dotés d'une vue imprenable sur les champs de jonquilles ?

La réponse se confond avec la vie d'un homme, Gerald Durrell, mort en 1995. Jersey, dans cette vie, n'est qu'une heureuse coïncidence. Mais Ya Kwanza, sûrement pas. Chez Durrell, l'ailleurs fut à la fois origine et destination. Et le comble de l'ailleurs, de l'autre, du voyage chimérique, c'était pour lui l'animal sauvage et le mystère de sa sauvagerie. « Gerry » est né en 1925 à Jamshedpur (son grand frère, Lawrence, lui, avait vu le jour à Darjeeling), mais il a grandi à Corfou – l'île bien-aimée, l'arche matricielle – après la mort de son père. La famille était assez fortunée et totalement fantaisiste, témoignant d'un sens vertigineux de l'impromptu, et soudée autour d'une mère tendre et alcoolique. Gerald Durrell, le petit dernier des quatre enfants, aurait été jugé irrécupérable par le système scolaire moderne, et sans doute classé comme gibier pour psychologues spécialisés. Ne voulant ou ne sachant se plier à l'exercice convenu, il se réfugiait auprès des bêtes, même pas les grandes, les chiens, les ânes, mais auprès des secrètes, des répugnantes, les araignées, les vers, les scorpions. « Je crois, dit sa veuve, Lee, que le monde des animaux, celui des serpents ou des oiseaux, était à ses yeux le seul qui le laissait libre de s'investir ou de se désinvestir, de se taire ou de parler, de se montrer ou de se cacher, de se soumettre ou non à l'attention d'autrui. »

Autodidacte, dandy – Lawrence lui avait montré le chemin –, fort en gueule et introverti, doué d'un humour dévastateur et d'un culot à l'avenant, Gerald Durrell, sitôt majeur, dépense tout son héritage pour monter des expéditions au Cameroun, puis en Argentine. Il n'achète pas des animaux rares, il va les chercher lui-même, crapahutant dans la forêt ou la montagne, attrapant en chemin toutes les amibes et toutes les malarias, partageant joyeusement et sans modération le whisky avec les chefs locaux. L'animal rare, pour lui, n'est pas un guépard dont la robe serait particulièrement seyante. C'est aussi bien une grenouille poilue. Car il refuse le culte du joli, l'instrumentation décorative, la mièvrerie ordinaire. C'est mignon, les jeunes animaux, observe-t-il, mais c'est quand même ce qui est le plus difficile à nourrir et à soigner.

Continuellement fauché, obstinément épris de luxe, Gerald Durrell trouve la parade : il se met à écrire. « Larry », et pour cause, est l'écrivain officiel de la famille. Mais les récits de « Gerry », où le documentaire, l'aventure et l'humour se combinent, connaissent un succès comparable aux romans du grand homme (lequel rédige la préface de *My Family and Other Animals*, évocation par son cadet de l'enfance à Corfou). Toute sa vie, ce sera la même histoire : un compte en banque qui plonge dans le rouge, et un livre (plus tard, des émissions) qui éloigne la faillite.

Succès de conteur et d'humoriste ? Pas seulement. Durrell « frère » a quelque chose à dire. Une protestation et un désir.

Très vite, chez lui, l'instinct du chasseur s'est émoussé. C'est autre chose qui le meut. Il décide de fonder son propre zoo. Un zoo différent. À commencer par la méthode qui n'est guère classique. Au lieu de repérer un territoire et de le peupler ensuite, il entrepose ses animaux chez sa sœur Margo, à Bournemouth, en attendant de trouver un point de chute. Et cela dure… deux ans.

La chose vient par hasard et par nécessité. Un ami de son éditeur possède une propriété à Jersey et se déclare prêt à la louer. Pourquoi pas ? Le manoir est beau, les dépendances nombreuses. Et le terrain est vallonné, rien à voir avec les zoos plats comme une limande où les bêtes sont parquées en rangs d'oignons. Durrell négocie, emprunte, tanne les banquiers, cherche ce qu'on appellerait aujourd'hui des « sponsors ». Et il se lance, en 1959, avec une petite équipe de bricoleurs passionnés. Bien que ce ne soit pas son tempérament profond, il bat les estrades, propose à tel ou tel partenaire fortuné d'« acheter » un bras ou une jambe de gorille, jusqu'à ce que l'animal entier soit financé (il n'hésitera pas à solliciter, avec succès, Grace Kelly et la princesse Anne). « L'intendance suivra » est sa devise inavouée, si ce n'est aux tout proches. Le plus fort, c'est qu'elle suit, cahin-caha.

Les scientifiques et les directeurs des « grands » zoos regardent avec condescendance cet aventurier bateleur, exempt du moindre diplôme, qui s'en vient leur faire la leçon, qui soutient que c'en est assez d'exhiber les bêtes comme des choses, comme des « attractions ». Pour annoncer la couleur, Gerald Durrell, aux portes du parc, érige deux statues d'un animal inconnu, et pour cause : le dodo, un gros oiseau originaire de La Réunion, un peu lourd, au col recourbé, dont le dernier spécimen a été aperçu en 1680 (le dessin du volatile est également intégré aux grilles du manoir). Voilà, proclame-t-il, ce que doit devenir, maintenant, tout jardin zoologique : une arche, un havre pour les animaux en voie de disparition ou d'extermination. Il va plus loin. L'enjeu n'est pas seulement d'abriter des chefs-d'œuvre en péril, mais de favoriser leur reproduction afin que, contre vents et marées, l'espèce perdure. Ainsi naît le parc de Jersey, annoncé par un slogan provocateur : « Le zoo qui n'est pas un zoo… »

Durrell et son équipe avertissent le public : les bêtes que vous allez voir ne sont pas ici *because they are cute but because they are rare* (« parce qu'elles sont mignonnes mais parce qu'elles sont rares »). Ils savent bien que les gorilles attirent les foules. Mais Durrell plaide pour ce qu'il nomme ses *little brown jobs*, ces « petits machins brunâtres » auxquels personne ne s'intéresse, tortues minuscules, couleuvres oubliées, oiseaux faussement anodins, rats sauteurs nocturnes. Est-ce donc si grave qu'un de ces « petits machins » soit à jamais rayé de la nomenclature ? Oui, tonne Durrell avec une sorte de rage et quelquefois de désespoir. Oui, parce que nous sommes capables de fabriquer une fusée, de restaurer une pyramide ou une cathédrale, de copier un tissu ancien. Mais pas une minuscule grenouille bleue d'Amérique centrale, parfaitement *cute* bien que son poison se révèle foudroyant, si elle est supprimée, une fois pour toutes, du règne vivant. « En un sens, lui arrivait-il de répéter, le zoo idéal n'aurait plus besoin de public. »

Le père fondateur est mort. Étourdissant et tyrannique, il a déclenché une révolution culturelle qui n'est pas une mode, un état d'âme, une figure du « politiquement correct » : grâce notamment à lui et à ses héritiers, notre rapport à l'animal sauvage ne sera plus jamais ce qu'il était, et les montreurs d'ours deviendront une espèce menacée. Grâce à lui, les zoos se sont sentis coupables. L'autodidacte provocateur est cité en référence mondiale.

À Jersey, un demi-siècle après sa création, le zoo n'a pas été fermé au public, tant s'en faut : 150 000 visiteurs s'y présentent annuellement. Mais il n'est plus qu'un des piliers du Durrell Wildlife Trust, fondation à but non lucratif dont la finalité est d'assurer la préservation, la reproduction et la réinsertion des espèces menacées. Non seulement sur place, mais encore à travers la planète.

Il est plus riche, le zoo, plus beau, quoique non bénéficiaire, dépendant pour partie des dons et legs généreux. Sans même songer à ceux qu'il héberge, on s'y promènerait pour la seule splendeur du jardin. « L'idée initiale, m'explique la paysagiste, était d'associer aux espèces la flore qui leur correspondait. C'est pourquoi nous avons beaucoup d'essences d'origine lointaine. Nous n'avons pas abandonné cette piste, mais notre réflexion va maintenant dans un autre sens : attention à l'exotisme, attention à la mise en scène dont beaucoup de zoos font aujourd'hui leur spécialité. Nous sommes installés sur cette île, les arbres et les fleurs y sont beaux, restons authentiques, ne fabriquons pas une fausse jungle. »

C'est plus fort qu'eux, à Jersey, il faut qu'ils se démarquent, il faut qu'ils proclament leur différence. Qui d'autre a eu l'idée de créer une ferme bio produisant elle-même l'alimentation des animaux ? « Le but n'est pas de faire des économies, dit le fermier, mais d'élever des plantes qu'on ne trouvera jamais au marché... » Qui d'autre a flanqué le jardin zoologique d'une sorte de faculté sauvage, centre de formation (dont la validité scientifique est attestée par la prestigieuse université du Kent) qui a hébergé, à cette heure, plus d'un millier de stagiaires venus d'une centaine de pays ? « Le zoo, commente le responsable de ces formations, est devenu notre école d'application. Nous avons acquis un savoir spécifique : il faut l'exporter, il faut créer un réseau de gens compétents, de toutes cultures et origines, qui échangent leurs connaissances et les affinent sur le terrain. »

Gerald Durrell avait fourni l'impulsion. La démonstration est faite que des espèces rares se reproduisent en captivité, ce qui relève de l'art autant que de la science : on n'imagine pas combien il est difficile de recréer un univers d'accueil, combien il est nécessaire d'observer le comportement intime et social de l'animal pour que ce dernier engendre des petits – le zoo héberge des groupes, des familles, et non des spécimens. Mr. Duck était prêt à travailler la nuit si les sarcelles malgaches dont il a recueilli sur place les derniers exemplaires s'étaient révélées de tempérament nocturne (il les aime tant, ses canards, qu'il a prénommé ses filles de noms d'oiseaux). L'homme des gorilles et des orangs-outans explique que Ya Kwanza était de caractère timide, qu'il lui a fallu du temps pour s'affirmer, pour se faire admettre des femelles, qu'il avait une rude succession à assumer après la mort subite du précédent mâle dominant, Jambo – dont la statue de bronze jouxte le territoire des grands primates, mais hors de la vue de Ya Kwanza. « Quand Jambo est mort, dit la chef biologiste, j'ai perdu un ami. Et quand j'ai su qu'une femelle gorille était enceinte de Ya Kwanza, quand j'ai eu sous les yeux le résultat du test, j'ai gardé l'information pour moi pendant dix minutes, le temps de savourer. Quel privilège ! »

Ils parlent tous avec une passion qui n'est pas feinte. Jane, au milieu de ses lémuriens à collerette rouge qui prennent le soleil bras écartés, jouisseurs. Matt, venu du sud de l'Allemagne, a renoncé à la chaire universitaire qui l'attendait là-bas pour étudier les reptiles et amphibiens rassemblés à Jersey, en compagnie de Kevin, maître *ès* boas de la Jamaïque, iguanes des Caraïbes, vipères aux cils jaunes ou « poulets » (grenouilles géantes) de Montserrat, qui faillirent tous périr dans une éruption volcanique. Dom, le sauveur des tamarins-lions, dorés ou noirs (le Trust a carrément acheté un fragment de forêt à Bahia, car l'espèce compte parmi les 25 plus menacées), est en liaison permanente avec des équipes brésiliennes.

« Le style de la maison, affirme le directeur de l'établissement, ce ne sont pas les soigneurs traditionnels qui balaient les cages. Chaque *keeper* est diplômé d'université, pratique l'informatique, voyage. Notre équipe d'encadrement comprend une cinquantaine de personnes. Nous logeons nous-mêmes les arrivants puisque, sur l'île, ce n'est pas simple. Nous offrons des salaires un peu supérieurs au marché. Mais nous sommes petits et nous le resterons, le tourisme stagne à Jersey, et notre développement ne consiste pas à grandir pour grandir. Nos *keepers* sont chassés par les grands zoos. Dans les conférences internationales, on se demande encore comment nous avons pu dégoter les meilleurs spécialistes des tortues ou des ouistitis. »

Effectivement, l'intuition de Gerald Durrell s'est confirmée. Mais le concept évolue. John Hartley, qui fut le compagnon, l'ami et le porteur d'eau du père fondateur, a pris sa retraite et quitté la direction des programmes internationaux. « Autrefois, m'a-t-il raconté, les choses se faisaient presque par accident, au gré des voyages de Gerry. On passait de l'île Maurice à la Jamaïque, et ainsi de suite. Nous avons progressé, nous nous sommes nous-mêmes placés devant des choix stratégiques. D'abord, conserver des animaux. Ensuite, les réintroduire dans leur milieu d'origine. Mais ça ne suffit pas : réintroduire est une opération fragile, le milieu change, l'animal lui-même s'est modifié. L'étape présente consiste à sortir, à travailler sur place, avec les gens du cru. Au Brésil, les tamarins auraient tous disparu sans des couloirs forestiers reliant les espaces encore plantés d'arbres, et ces couloirs n'existeraient pas sans le soutien des paysans locaux. »

L'avenir est là, ils sont tous d'accord sur ce point. Le zoo est un cocon, un refuge. « Nous ne sommes pas des collectionneurs de timbres, proclame l'actuel patron, nous développons un processus. Beaucoup de zoos sont aujourd'hui passionnés par la conservation. Mais que devient leur savoir-faire, combien investissent-ils dans sa divulgation ? *Peanuts !* Nous, qui sommes les meilleurs en matière de conservation, nous consacrons un quart de notre budget à la promotion de projets locaux, à une formation qui doit tenir compte de son contexte social et politique. Décidément, ce n'est pas une collection spectaculaire que nous voulons. Nous sommes mûrs, je crois, pour abandonner le mot “zoo”. »

Qu'est-ce qui les fait courir, tous ces passionnés de biodiversité ? Pourquoi se précipitent-ils au secours d'un ibis noir dont personne n'a cure ? Pourquoi répètent-ils en plaisant que les VIP de Jersey sont ses *very important primates* ? Lee Durrell, directrice honoraire du Trust, certifie qu'elle n'est pas « militante », qu'elle n'anime pas un « lobby », et que rien ne lui est plus étranger qu'une appropriation anthropomorphique de l'animal sauvage. « Les animaux n'ont pas de nom, dit-elle, respectons leur sauvagerie. Mais je n'oublie pas que leur fréquentation nous enseigne ce qui fonde la communauté des vivants. »

Sur un caillou fleuri, contre vents et marées, de drôles de gens et de drôles de bêtes se sont donné rendez-vous. Les premiers cultivent des myrtilles pour le dessert des lémuriens. On se sent plus humain en retournant au port.

Juan Fernández

À Valparaíso, il y a trois sortes de ports. Celui, grandiose, de l'*armada*, la marine militaire, avec son quatre-mâts de rêve, l'*Esmeralda*, où l'on enfermait et torturait les opposants à Pinochet. Le port de commerce, jadis incontournable quand le canal de Panama n'était pas encore percé, contraignant les clippers, les paquebots, les cargos à doubler le Horn et à guetter le « val paradis » comme les Hébreux cherchaient Chanaan. Et puis les *caletas*, les petites criques des pêcheurs qui mettent leurs bateaux à l'eau avec une grue. C'est là que viennent chanter les musiciens des rues, toujours le même répertoire, celui des *boleros*, des airs nostalgiques et des histoires d'amour qui, en général, finissent mal.

À Valparaíso, il y a trois sortes de maisons, suivant l'altitude. En bas, les bureaux des armateurs, les banques et les bordels officiellement fermés. Au milieu, les maisons d'architecte, imbriquées, suspendues, couvertes de tôle, mais, à l'intérieur, toutes de bois magnifique, quasi clandestines. Et puis, là-haut, où la vue est superbe mais l'eau lourde à monter, les baraques des pauvres. Là, le *street art*, qui est la merveille de la cité, a disparu. Et le vrai Valparaíso, Valpo pour les intimes, celui dont les enfants se lancent dans de formidables concours de cerfs-volants, celui qui est ravagé par des incendies féroces, c'est au ciel qu'on le trouve.

Je suis allé bien des fois à Valparaíso. Et il n'est pas d'autre choix, si votre intention est de gagner l'archipel (chilien, parce que la férule espagnole est passée par là) de Juan Fernández, situé à 700 kilomètres de là, plein ouest. Autant dire carrément loin, sur la route de l'île de Pâques. Le navigateur qui lui a donné son nom l'a croisé par hasard le 22 novembre 1574, il voguait du Pérou vers le Chili, et s'était écarté de son chemin. Il a trouvé trois îles, l'une plus au large baptisée Más Afuera, les deux autres voisines, Más a Tierra et Islote de Santa Clara. Tout lui a paru désert, pas une âme. Mais les historiens pensent aujourd'hui que des Pascuans s'y étaient arrêtés, notamment parce que les sources d'eau y sont abondantes.

Pour y aller, il faut s'inscrire sur la liste d'attente. Car le bateau de servitude qui fait deux allers-retours par mois (et s'arrête, là-bas, quatre ou cinq jours) n'embarque que 12 passagers, la priorité étant accordée aux îliens, ce qui est très normal. Du reste, les tarifs sont eux-mêmes inégaux, du simple au double. Hier, c'était un vieux rafiot militaire, le *Rancagua*, qui assurait la liaison. Maintenant, c'est un petit cargo, l'*Antonio*, coaffrété par le ministère des Transports. Il a bonne allure, l'*Antonio*, robe verte, liseré bleu, deux grues pour la manutention, un château arrière ramassé, mais on voit bien que le Pacifique hostile, il le fréquente, et l'a laissé le buriner.

À bord, des couchettes superposées de type SNCF au bon vieux temps, un cuistot jovial, et quarante à quarante-cinq heures de traversée dans une mer qui est vite houleuse. Le bateau ne dépasse pas 50 mètres, parce que, sur l'île principale, là où se groupent les 500 à 600 habitants du village de San Juan Bautista, en baie de Cumberland, il n'est guère de port. On a construit un appontement directement sur le rivage, mais abordable seulement par temps convenable. C'est d'ailleurs la raison pour laquelle les corsaires, les pirates, les navires de guerre anglais et espagnols qui se pourchassaient mutuellement dans ces mers ne s'y sont jamais arrêtés bien longtemps : on faisait de l'eau, on carénait si le ciel était souriant, mais pas question de s'installer durablement. Pour comble, les tremblements de terre et les tsunamis sont fréquents. Le dernier a frappé Juan Fernández le 27 février 2010 : 8,8 sur l'échelle de Richter, ce qui est énorme, et un tsunami propulsant une vague de 10 mètres. Le village a été quasiment rasé.

N'empêche, Juan Fernández, ça vaut le voyage. Ça vaut le coup de se laisser ballotter par l'océan impétueux. Parce que cette île-là, plus ou moins ignorée des Chiliens eux-mêmes, des navigateurs et des amateurs de roman, fut celle d'un héros littéraire que le monde entier fréquente : Robinson Crusoé. C'est si vrai que, en 1966, les autorités chiliennes ont changé le nom de Más a Tierra en Isla de Robinsón, comme quoi la fiction est plus forte que tout, plus forte que les géographes. Daniel Defoe, lui, n'y avait strictement jamais mis le pied : il faisait du business à

Londres, avec des hauts et des bas, il publiait à la gloire d'une Angleterre entreprenante et bourgeoise (un de ses pamphlets lui valut même la prison), et, en bon puritain, il considérait que les ouvrages de fiction, bien qu'il en écrivît lui-même, et beaucoup, n'étaient guère convenables, la littérature ayant pour objet d'échanger des idées, de décrire la planète et l'expérience de ses habitants, de rendre hommage à la transcendance divine, mais non de divertir le lecteur. Quand le succès de *Robinson* explosa, il toucha les droits d'auteur mais n'avoua pas avoir commis le roman.

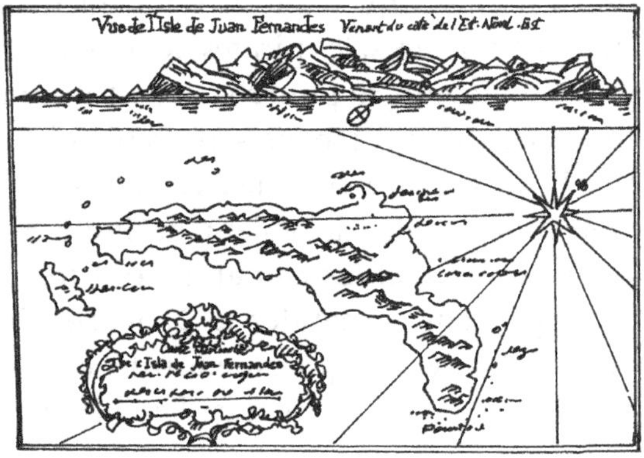

Je me rappelle, quand j'avais huit ans, être allé voir au cinéma *Le Splendide*, à Saint-Brieuc, une adaptation de l'œuvre de Defoe par Luis Buñuel qui exécutait, sans passion, une commande alimentaire, et utilisait la couleur pour la première fois. Et je me rappelle, surtout, l'ambiance exubérante, les cocotiers qui frissonnaient au vent, les collines couvertes d'une verdure quasi amazonienne.

Eh bien, Buñuel, pas plus que Defoe, n'avait fréquenté Juan Fernández. Car, là-bas, pas question de cocotiers et de tout ce qui s'ensuit. L'archipel est beau, mais sombre, volcanique, hérissé de pics, de pitons, d'aiguilles taillées à la hache, de falaises verticales et peu hospitalières – le plus haut sommet, le *cerro* El Yunque, culmine à 900 mètres d'altitude, mais sur l'autre île, celle de l'Ouest, cela monte à 1 300 mètres. Des fleurs, mais petites. En bas, des fougères arborescentes. En haut, des ronces, et surtout la redoutable *murtilla* introduite sur l'archipel par des visiteurs imprudents, et qui étouffe tout le reste, qui gagne inexorablement du terrain. La faune est à l'avenant. Les grands gagnants, ici, sont les otaries innombrables et les langoustes – les meilleures du Chili – qui permettent aux pêcheurs de s'en sortir. Tropical, si l'on veut, mais plus exactement subtropical froid. Le courant de Humboldt, qui va du sud au nord, rafraîchit les îles : il pleut de mars à décembre, les températures varient énormément, et il est très fréquent que les sommets soient pris dans des nuages bas ou dans une sorte de brouillard obscur, qui ajoute du mystère à ces beautés insolites.

Le village est tout petit, coincé entre les plages de galets et les forêts de fougères. Un petit terrain de jeux. Un petit cimetière, poignant : il y eut huit morts lors du dernier tsunami. Des petites maisons simples, construites en bois, et pas de vrai hôtel : un lodge et quelques *cabañas*.

C'est là qu'est censé avoir vécu Robinson, les otaries et le village en moins. Mais c'est là, surtout, qu'a réellement vécu celui qui inspira le personnage : Alexandre Selkirk, marin écossais, lequel fut seul sur cette île de 1704 à 1709. Il survécut et raconta son histoire. Defoe fit le reste, qui était l'essentiel.

Sur Selkirk, le « modèle » de Robinson, les sources ne sont pas toutes concourantes. On sait – l'état civil le garantit – qu'il naquit en 1676 à Nether Largo, modeste commune des Highlands. On sait aussi qu'il était le septième enfant d'une famille de tanneurs. Et pas des plus faciles. La discipline n'était guère sa tasse de thé, il quitta les siens à quinze ans et fut, deux ans plus tard, accusé de « conduite indécente dans une église ». Mais il échappa au jugement : il était – déjà – en mer. Puis il se joignit à des colons, dans le nord du Panama, qui échouèrent lamentablement, victimes de fièvres et de faim. Il revint en Écosse, s'y bagarra tant et plus, notamment avec des membres de sa propre famille, et trouva à s'enrôler, en 1703, dans une expédition corsaire commandée par William Dampier. Il devint, dit-on, pilote sur le *Ports*, dont le capitaine se nommait Thomas Stradling. L'objectif était simple à formuler sinon à réaliser : attaquer tout ce qui portait pavillon espagnol sur les côtes d'Amérique latine. Cela commença bien puisque le *Ports* arraisonna un galion, le *Manille*. Mais, bientôt, le cap de Bonne-Espérance franchi, les choses s'envenimèrent.

Dampier n'était ni un bon marin ni un bon chef : tyrannique et coléreux. Selkirk ne le supportait guère, occupait un excellent poste d'observation pour juger de l'état et de la vitesse des navires. Il plaida auprès de Stradling pour qu'on rallie un port et procède à des réparations et un carénage complet avant d'affronter le Horn. Mais il se heurta à un mur, entreprit de rameuter l'équipage, sans vraiment convaincre ses compagnons qui avaient trop peur de la corde. Fou de rage, lors d'une escale pour faire de l'eau douce à l'île de Más a Tierra, il demanda à quitter le navire et Stradling fut trop heureux de se débarrasser d'une aussi grande gueule. En vain, Selkirk chercha quelques camarades pour le suivre dans une telle aventure, jura que, tôt ou tard, un bateau anglais les récupérerait, mais, une fois encore, nul ne l'écouta. Il fut conduit à terre, avec les instruments rituels fournis en pareille occasion : un couteau, un mousquet, de la poudre, des outils de charpentier, des vêtements, de la corde et une bible. Quand la chaloupe fit demi-tour, il se ravisa soudain, hurla qu'il avait changé d'avis, mais rien n'y fit : il était désormais seul à 400 milles de toute côte.

En réalité, sa décision fut sage, car son bateau coula trois jours plus tard, entraînant la moitié de l'équipage (une autre version soutient qu'une bataille avec les Espagnols fut défavorable aux Anglais, et que les survivants se retrouvèrent dans une « mine » de guano péruvienne jusqu'à ce qu'on négocie leur libération et leur rapatriement).

Selkirk a raconté par la suite que, passé une phase d'abattement, il se reprit et s'installa près du rivage car il craignait que la forêt n'abrite des bêtes sauvages. Il se nourrit d'abord de crustacés, de crabes qui abondaient, ce qu'apprécièrent modérément les otaries en pleine phase de reproduction. Qui plus est, des pirates péruviens l'obligèrent à s'éloigner, à grimper. Il vit qu'on pouvait parfaitement s'installer plus haut, construisit deux cabanes en bois de poivrier, et constata que des chèvres avaient été introduites par quelque navire de passage, ainsi que des chiens et des chats plus ou moins sauvages. Ces derniers l'aidèrent à lutter (victorieusement) contre les rats qui n'hésitaient pas à l'attaquer. Mais il avait désormais de la viande et du lait, il cultivait des choux, des navets. Une assez jolie « robinsonnade », tout compte fait…

Deux événements vinrent bousculer cette quiétude relative. Par deux fois, Selkirk aperçut un navire et se signala tant bien que mal. Mais, à chaque coup, il s'agissait d'Espagnols, et il dut se cacher jusqu'à leur départ. Et puis il connut un accident grave – péripétie que Defoe exploita directement. Il tomba d'une falaise en poursuivant une chèvre (sa poudre avait diminué, et il convenait de chasser à l'ancienne), cette dernière lui sauva la vie en amortissant la chute, mais il resta inconscient longtemps et en sortit traumatisé. C'est à partir de là qu'il commença à lire assidûment la Bible, ce qu'on retrouve également chez Robinson.

La délivrance ne vint qu'en 1709, par un bateau que Dampier avait affrété mais que commandait le capitaine Woodes Rogers, futur vainqueur des pirates de Nassau et gouverneur des Bahamas. L'équipage, miné par le scorbut, était en moins bon état que Selkirk, et ce dernier se rendit vite populaire, fournissant les hommes en légumes, en fruits et en chèvres. Puis la chasse maritime contre les Péruviens remplaça la chasse caprine, et une réelle relation de confiance s'établit entre le naufragé volontaire et le capitaine sauveteur – lequel relata l'histoire dans ses mémoires de mer.

Ensuite, au retour en Angleterre en 1711, les versions divergent de nouveau. Les unes donnent Selkirk pour démuni, les autres le décrivent plutôt à l'aise car il aurait touché sa part du galion *Manille*, le galion pris d'assaut par le *Ports*, soit 800 livres. Il semble qu'un procès maritime se soit tenu où il témoigna durement contre l'irresponsable Dampier. Ce qui est certain, c'est qu'il fut approché par l'écrivain Richard Steele qui publia ses aventures dans *The Englishman*, en décembre 1713. L'affaire ne fit pas grand bruit, mais on a toutes les raisons de penser que Daniel Defoe en eut soigneuse connaissance avant de livrer au public, en 1719, *La Vie et les Aventures étranges et surprenantes de Robinson Crusoé de York, marin, qui vécut vingt-huit ans sur une île déserte sur la côte de l'Amérique, près de l'embouchure du grand fleuve Orénoque, à la suite d'un naufrage où tous périrent à l'exception de lui-même, et comment il fut délivré d'une manière tout aussi étrange par des pirates. Écrit par lui-même* – ce n'est plus un titre, c'est tout un programme, et l'on notera comment l'auteur choisit la clandestinité.

Pour nous, les aventures de Selkirk s'achèvent. Il revint triomphalement dans son pays natal, s'y maria vite fait et repartit en mer. Il mourut en 1721, terrassé par la fièvre jaune dans le golfe de Guinée où son navire, fortement armé, entendait protéger les vaisseaux attirés par la traite négrière. Savait-il que *Robinson* était un franc succès ? Certainement pas.

Daniel Defoe s'est approprié son histoire, mais l'a grandement détournée. Son héros naît à York, est capturé par un Maure, s'évade, devient propriétaire d'une plantation au Brésil, et c'est lors d'une expédition pour acquérir des esclaves africains qu'il est l'unique rescapé d'un naufrage. Là, nous retrouvons Selkirk à travers mille détails. Et cela dure vingt-huit ans. Mais la grande invention de Defoe, c'est évidemment Vendredi. Un sauvage que des cannibales s'apprêtaient à dévorer tout cru, et que Robinson va « civiliser », lui apprenant l'anglais et le convertissant au christianisme. Vendredi que, par la suite, Michel Tournier retournera, inversant les regards, les logiques, les cultures, renversant les codes de Defoe, ce qui prouve combien la force du mythe est grande puisqu'il est loisible de le triturer, de l'amender, de l'amener à se contredire.

L'invariant, c'est le naufragé, c'est l'homme nu, l'homme privé de tout, l'homme seul au monde et qui doit inventer non seulement sa survie, mais sa vie même. L'homme plus mortel que les autres, cerné par un univers hostile. Selkirk s'en est tiré, mais marqué, incapable de retrouver une « normalité » qui, chez lui, paraissait déjà fragile. Robinson, lui, finit riche, retrouve la plantation brésilienne et la fortune qui lui est liée (c'est tout Defoe, ça). D'autres reprendront le sujet en allant jusqu'au bout de la tragédie – je pense au roman d'Isabelle Autissier *Soudain, seuls*, où l'île devient l'enfer et où nul sauveteur ne surgira.

Les Chiliens ont rebaptisé « île de Robinson » la Más a Tierra où le naufrage réel et le naufrage fictionnel se sont produits. Mais un scrupule les a saisis. Un scrupule qui concernait Alexandre Selkirk. Alors, comme dans un jeu de chaises musicales, ils ont considéré que, lui aussi, méritait bien une île. Et, paradoxe, ils ont nommé Isla Alejandro Selkirk la plus occidentale, la plus lointaine des trois qui forment l'archipel de Juan Fernández. C'est-à-dire celle où le marin écossais n'a jamais abordé. Résumons : le personnage romanesque détient l'île où se sont initiées les aventures du personnage réel, auquel on accorde en lot de consolation ce qui constituerait pour lui une île fictive. Une fois encore, c'est le mythe littéraire qui l'emporte, qui se substitue à l'histoire tout en la dévorant.

Jura

Le whisky de l'île de Jura, dans l'archipel des Hébrides, non loin du « continent » écossais, a fortement évolué au cours de l'histoire. Il était naguère assez puissant et tourbé, mais les propriétaires de la distillerie ont voulu lui bâtir une personnalité plus singulière, distincte de ce que produit sa voisine, Islay, à quelques milles en ferry. Ils ont eu l'idée de recourir à des alambics immenses, plus de 8 mètres, qui rendent la fermentation très lente et complexe. Si bien que Jura se flatte d'offrir, à la sortie de ses cornues géantes, une liqueur unique, à la fois légère et parfumée (chocolatée, disent les experts, épicée, avec un goût de noisette). La distillerie emploie 13 personnes, soit le tiers de la population active de l'île.

Pour le reste, à Jura, pas grand-chose n'a changé depuis des décennies. Cent quatre-vingts habitants, dont beaucoup sont âgés, des daims à profusion qui courent dans les herbages, sur les *paps* – les mamelons –, des faisans, aussi, qui n'ont pas l'air de craindre le plomb, et puis des phoques, ravis d'être au nord mais de jouir du Gulf Stream. Jura, c'est une sorte de sauvagerie douce, un mélange réussi de côte hérissée et de rusticité bon enfant. Un unique village, Craighouse, un unique pub, une boutique unique qui vend de tout, un unique hôtel, un unique médecin. Et puis une seule route, disons une chaussée défoncée, qui s'en va vers le nord, vers Ardlussa, là où vécut, tout à la fin de sa vie, Eric Blair, dit George Orwell. Là où il écrivit *1984*.

C'est son ami David Astor, le patron de *The Observer*, qui l'avait mis sur cette voie. La famille Astor possédait des terres sur l'île, et savait qu'une femme, nommée Margaret Fletcher, cherchait un locataire pour l'ancienne ferme qu'elle y détenait, Barnhill. Le bâtiment était relativement grand, mais peu confortable, et ce qu'elle cherchait, c'était moins à en tirer profit qu'à dénicher quelqu'un qui, s'y installant, éviterait que la propriété ne parte à vau-l'eau. Le loyer était donc symbolique. Cela faisait six ans que l'écrivain en rêvait, de Jura. Dès 1940, il notait dans son journal : « Pense toujours à mon île dans les Hébrides que, je suppose, je ne verrai jamais. »

Au printemps 1946, il la vit. Il avait quarante-trois ans. Entre-temps, sa femme Eileen était morte d'un cancer après lui avoir donné un fils, sa sœur aînée Marjorie venait tout juste de décéder à son tour. Raison de plus pour partir. La maison était sans électricité, sans téléphone, le village était distant de 50 kilomètres, le courrier était distribué tous les trois jours, et le camion dont Orwell avait imprudemment fait l'acquisition rendit l'âme assez vite. Comme vingt ans plus tôt, alors qu'il était fonctionnaire de police en Birmanie, il eut recours à la moto, cahotant sur le chemin. La journée, il pêchait, chassait le lapin, traquait les poules égarées, jardinait, posait des casiers à homards. Et, le soir, il écrivait. Quand ses amis, nombreux pendant l'été, lui fichaient la paix. À l'hiver, en compagnie de sa sœur cadette et de son enfant, luttant contre le froid qu'il détestait, il put s'y coller pour de bon.

Ce n'était guère un styliste-né, Orwell. Étudiant, il avait produit des poèmes assez médiocres. Adulte, il avait cheminé dans le monde des lettres, mais à la dure, comme on s'ouvre un chemin dans une jungle, mètre après mètre, au coupe-coupe. Mais ce qu'il avait en lui, c'était la révolte, une révolte fondée sur l'expérience, c'était une capacité d'indignation supérieure, une intelligence de l'inadmissible. Et aussi, la fréquentation assidue de la littérature – depuis Dickens jusqu'à Joyce –, qu'il abordait sous tous les angles, et d'abord celui du critique.

Il était brillant, au départ, il avait des facilités, comme on dit, il avait même décroché une bourse pour fréquenter Eton. Mais ensuite, partout où il passait, il était l'indocile de service, travailleur mais rétif, observateur sans concession. Sa première insurrection, ce fut la Birmanie (son père avait travaillé au service de l'empire). Dans un roman touchant et maladroit, il dit l'ennui et l'horreur, l'absolue horreur coloniale, la morgue de caste et l'exploitation sanglante, cynique. Il en revint définitivement anti-impérialiste, adversaire farouche de tout ce qui pouvait connoter la trique raciste, la désinvolture hiérarchisée. Pendant la guerre, il se proclama patriote, et le prouva, cherchant à s'engager (ce que sa tuberculose ne permit pas), travaillant à la BBC. Mais, aussitôt, il expliquait que ce patriotisme était l'ennemi, et non le support, de tout nationalisme.

À Londres, où il finit par revenir, il se passionna pour le peuple. Celui des ateliers, mais aussi celui des rues. Comme Hugo, il allait au contact, il fréquentait les humiliés et les clochards, il fit la plonge dans les restaurants à Paris, il multiplia les reportages sur le monde du travail, le monde de la mine, gagnant durement sa vie, collaborant à des journaux plus ou moins confidentiels, se réclamant d'un socialisme radical qui ne trouvait nulle part où se poser. Les travaillistes, oui mais, les trotskistes, oui mais. Il campait à la périphérie de la gauche établie, écrivant, polémiquant, courtois mais intraitable. Quand je pense, aujourd'hui, que des esprits souverainistes, des nostalgiques des frontières, osent se réclamer d'un tel être, les bras m'en tombent, c'est brandir une enseigne sans savoir ce qui se trouve à l'intérieur. S'il était, en effet, un militant internationaliste, parfaitement internationaliste sur cette Terre, c'était bien George Orwell.

Son chemin de Damas, à lui, fut celui de Barcelone. Il ne partait pas en Espagne pour écrire des reportages, il partait pour se battre contre les fascistes qui attaquaient la République espagnole. Avec, à la main, un vieux flingue dont l'origine remontait aux calendes, il fit le coup de feu sur le front d'Aragon, puis se retrouva en plein milieu de la guerre dans la guerre, de la rivalité entre les communistes staliniens et le POUM (Parti ouvrier d'unification marxiste) dont sa brigade dépendait. Il vit Andreu Nin, leader du mouvement, arrêté par des « camarades », qualifié d'hitléro-fasciste, torturé, et enfin liquidé, comme nombre des siens, sur ordre de Moscou. Il lui fallut se cacher, et une balle dans la gorge (une balle franquiste, il est vrai) le ramena chez lui, à Londres, où les intellectuels communistes lui tournèrent le dos et le qualifièrent de traître quand parut son livre magnifique, frémissant, *Hommage à la Catalogne*.

Il publia, publia, sans grand succès, frappant souvent vainement à la porte d'éditeurs. La montée des « Bruns » l'épouvantait, mais il savait qu'en face le monde n'était pas moins trouble – ce que trahit le Pacte germano-soviétique. Quand il acheva, en février 1944, *La Ferme des animaux*, conte des temps présents, quatre éditeurs successifs refusèrent le texte, les uns parce que c'était trop révolutionnaire, les autres parce que c'était trop anticommuniste. L'un des premiers, il ne recula pas devant l'épithète « totalitaire », et s'il fut entièrement solidaire des combattants soviétiques, il ne le fut jamais des dignitaires du Kremlin. Bref, à cette époque, il paraissait un personnage étrange, non dépourvu de charme ni de verve, mais obscurément inquiétant, difficile à situer. « Le paradis terrestre, écrivait-il, n'a jamais été réalisé, malgré la facilité avec laquelle les hommes politiques de toutes couleurs peuvent le détrôner… » La révolution, oui, mais démocratique, quant au millénarisme révolutionnaire, c'était non, trois fois non.

Décalé. Même quand sa réputation commença à s'établir dans la capitale, il aimait vivre à la campagne, prendre soin de ses bêtes et de son potager. C'était le moins mondain des êtres (et le plus fauché), mais sa culture, sa force de conviction lui conféraient un ascendant inattendu. Son biographe, Bernard Crick, raconte comment un ami, Cyril Connolly, lui rapporta une sortie « en ville » d'Orwell : « Je me rappelle l'avoir vu arriver à un cocktail que nous donnions à l'époque de la guerre d'Espagne ; il y avait pas mal d'amis de droite, de joyeuses filles plutôt jolies avec beaucoup d'argent et peu de sens politique, ainsi qu'une ou deux personnes engagées à gauche, et des poètes… Il arriva, l'air décharné, miteux, hirsute et distant, et il fit un effet magique et extraordinaire sur ces filles. Elles le voulaient toutes, discutaient avec lui et leurs manteaux de fourrure en tremblaient de plaisir. Elles n'étaient vraiment pas préparées à ce genre d'apparition, mais elles répondirent à quelque chose… cette sorte de Jean-Baptiste sortant de sa sauvagerie, et soudainement ces femmes ne s'inquiétaient plus de ses opinions politiques, pensant : “Quel homme merveilleux” ! »

Quand il part s'isoler à Jura, Eric Blair – dans l'île, on ne le connaît que sous son vrai nom – est, pour la première fois, relativement à l'aise. *La Ferme des animaux* a été un succès, et d'abord en Amérique. Fait sans précédent, il ne court plus le cacheton, et la critique salue son talent, son originalité – sauf, bien sûr, la critique stalinienne. Mais, là-dessus, sa religion est faite. À partir d'août 1945, il devient vice-président du Freedom Defense Committee, lequel a pour objectif de « défendre les libertés fondamentales des individus et des organisations, et de venir en aide à ceux qui sont persécutés pour avoir exercé leurs droits à la liberté de s'exprimer, d'écrire et d'agir ».

Pourquoi l'île ? Pourquoi s'abstraire de la vie citadine ? Pourquoi faire retraite dans une bâtisse mal chauffée, et qu'un champ, un seul petit champ sépare de la mer ? Orwell, homme de douleurs et d'engagements, ne rompt avec rien, avec aucune de ses intuitions paradoxales – qu'il partage notamment avec son camarade et ami Arthur Koestler. Au contraire, ce dépouillement de la mondanité, cette quête du contrepoint qu'est la beauté, le refus du divertissement, le ramènent à l'essentiel, au cœur de son sujet.

Et le sujet, c'est *1984*, soit – pour aller très vite – trois choses.

D'abord, la haine, pierre angulaire de la société (faussement) révolutionnaire. Elles sont fascinantes, ces « deux minutes de la Haine » par lesquelles, dans son livre, la journée de travail commence. La Haine comme ciment, la Haine comme plus grand commun dénominateur, l'hystérie comme fondatrice et nécessaire, les traîtres comme liens de l'adhésion et de la soumission au culte du chef, de la parole unique, de la pensée formatée et surveillée sans relâche, sujette à toutes les délations.

Ensuite, la vérité, la vérité slogan (« La guerre, c'est la paix, La liberté, c'est l'esclavage, L'ignorance, c'est la force »), la vérité remaniée, constamment mise à jour comme on retouche une photo, comme on refabrique une archive, le flux d'une vérité qui s'amende, se contredit, se nie et se renie, mais persiste à se proclamer vérité, vérité incontestable, indiscutable, vérité définitive jusqu'à nouvel ordre.

Enfin, la novlangue, le vecteur, la matière, le support de tout ce qui précède. La novlangue n'est pas seulement la langue d'une dictature, c'est l'interdit de la langue, des folies, des déviances, des caprices, des fantaisies, des trouvailles de la langue. Et là, il s'agit évidemment de liberté et de démocratie, mais il s'agit conjointement d'art dans ce que l'art porte d'incongru, d'impensé, de radical, de dérangeant, d'approximatif, d'inachevé, de subversif. Ce qu'Orwell baptise « la corruption du langage ».

1984 n'est pas seulement un chef-d'œuvre (Orwell, lui, n'en est pas si content, se dit et dit qu'il faudrait reprendre ceci ou cela). C'est une œuvre définitive en ce qu'elle ne concerne pas uniquement le stalinisme, ni les fascismes, ni les excès de la période. Mais, si je puis me permettre d'extrapoler, tout autant Facebook, Twitter, les incontournables de l'économie dominante ou les « évidences » de la mondialisation achevée. Sur son caillou des Hébrides, Orwell nous parle d'aujourd'hui, de la Chine, des fous de Dieu ou du Brésil accueillant un tortionnaire comme son sauveur.

Il ne voulait pas s'arrêter là, Eric Blair. Il avait un roman dans sa besace, il nourrissait des projets à foison, il n'avait pas terminé, il était insatiable, il avait le sentiment, et le proclamait, que cela venait tout juste de commencer, qu'il était en plein progrès littéraire et intellectuel, que mille causes l'appelaient, mille réflexions sur la démocratie. Mais la tuberculose a été la plus forte. Il a quitté « son » île, et la vie. À quarante-sept ans. Ne restent plus que ses livres, et le whisky Isle of Jura – ce qui n'est pas une mince consolation. Quoique insuffisante. Il nous manque. Il ne cesse de nous manquer.

K

Kiribati

Cet archipel (en réalité, ce triple archipel) micronésien, il faut avoir lu *Dans les mers du Sud*, le récit du voyage que Robert Louis Stevenson entreprit avec sa femme avant de mourir aux Samoa, pour le situer et le connaître. Trente-trois îles dispersées sur 3,5 millions de kilomètres carrés, quelque part dans l'infini du Pacifique, soit l'équivalent d'un continent entier – l'Inde, par exemple – à cheval sur l'équateur et sur l'antiméridien 180°. La « capitale », Tarawa-Sud, n'est accessible par avion que deux fois par semaine, après trois bonnes heures de vol depuis les Fidji. La moitié des 103 500 habitants s'y entassent, les autres campent sur des atolls terriblement éloignés les uns des autres.

On rêve d'innocence et d'eaux sereines, on rêve de mers chaudes, de poissons bigarrés, de coraux intacts. Hélas ! ce n'est pas cela que les Kiribati ont à vendre, c'est de l'angoisse, et cette angoisse, elles sont venues la clamer lors de la COP21, à Paris. Car elles représentent l'avant-garde des terres immédiatement menacées par la montée des eaux, effet du réchauffement climatique. Dès l'an 2000, la Banque mondiale a produit un rapport annonçant que, si les principaux pollueurs de la planète n'agissent pas, et vite, pour contenir le phénomène, 54 % de Bikenibeu, une bourgade de Tarawa-Sud, et 80 % de Buariki, une île plus au nord, seront engloutis avant 2050. Les experts intergouvernementaux jugent que le niveau des eaux pourrait monter de 98 centimètres d'ici la fin du siècle. C'est beaucoup, c'est énorme pour tant d'atolls au ras de la vague, affleurant tout au plus de 2 mètres. La côte s'érode, les sols sont corrompus par le sel, l'eau douce vient à manquer.

Ces îles sont pauvres, les habitants vivent de la pêche, des fruits des papayers, des cocotiers, des bananiers. Et, contre les inondations déjà fréquentes, ils bricolent des digues de fortune mêlant sacs de ciment, détritus, blocs de corail – ces digues, leur efficacité est très contestée, nombre de scientifiques estiment qu'elles forment moins un rempart qu'une entrave au travail de la mer qui, agglomérant des sédiments, serait elle-même capable de limiter la casse. Aux grandes marées, le flot déferle, envahit l'hôpital ou la maison commune. Ban Ki-moon, alors secrétaire général de l'ONU, est venu en 2011 visiter l'atoll Abalang submergé. Les défenses sont passablement inopérantes. Et la concentration des populations à Tarawa-Sud, bouleversant l'habitat traditionnel, mettant à mal les mangroves qui contribuent à fixer le rivage, provoque maints effets pervers médiocrement analysés.

C'est un comble : les pauvres paient pour les riches. La totalité des émissions de gaz à effet de serre imputables à l'archipel des Kiribati n'a pas dépassé, en 2013,

0,1 million de tonnes de CO_2 alors qu'en France c'étaient 344 millions, et en Chine 9,9 milliards. On comprend que, avant la COP21, les « Lilliputiens de la planète », les 10 millions d'habitants des micro-États et territoires insulaires d'Océanie se soient réunis en Nouvelle-Calédonie afin de préparer un commun appel au secours. Ils ne niaient pas les efforts de la communauté internationale, mais les jugeaient « inadéquats pour les pays en développement vulnérables, comme le sont les États insulaires ». Et leur conclusion avait des accents de désespoir : « Nous sommes les victimes vivantes des effets négatifs du changement climatique, alors que nous n'en sommes pas responsables… »

Au demeurant, le chef de l'État et ministre des Affaires étrangères des Kiribati ne cache pas son pessimisme. Pour lui, la seule issue est carrément « une migration dans la dignité ». Considérant que nombre d'atolls sont condamnés à terme, il bat les estrades pour expliquer qu'il ne faudra pas s'y prendre à la dernière minute, qu'il convient, dès aujourd'hui, de préparer le déplacement d'une partie de la population. Comment ? D'abord par la formation. Il est possible de trouver accueil dans des pays vieillissants tels que le Japon, l'Australie ou la Nouvelle-Zélande, mais pas en qualité de « réfugié climatique », ce qui n'est un statut pour personne et ne jouit d'aucune reconnaissance internationale. Ces pays sont amplement fermés aux migrants (Wellington accorde royalement… 75 places aux postulants de l'archipel), il est donc indispensable de leur proposer des compétences, de la main-d'œuvre utile et qualifiée.

Les éventuelles solutions techniques, le lanceur d'alerte ne les récuse pas *a priori*. Rehaussement de certains atolls, orientation vers des îles flottantes artificielles ? Pourquoi pas. Mais à vingt, vingt-cinq ans, le rendez-vous, à ses yeux, est inévitable et cruel. « La migration dans la dignité, c'est le seul moyen de nous construire un certain sentiment de sécurité, de se dire “J'ai un plan”, même si ce dernier est radical. Ça va être difficile, on va beaucoup y perdre, nous ne savons pas ce qu'il adviendra de notre culture, mais quel autre choix avons-nous ? Encore une fois, le statut de réfugié climatique n'est pas plaidable, nous ne voulons pas devenir un poids pour les autres nations, nous ne voulons pas devenir des citoyens de deuxième zone. Nous sommes en train de perdre notre sol, gardons au moins notre honneur… »

Le dirigeant des Kiribati, lucide, parle courageusement. Et d'autres, dont la submersion n'est pas le péril majeur, sont amenés à poser et se poser des questions analogues ou connexes. Les Philippines, en 2013, ont été dévastées par le super-typhon Haiyan, le plus intense dans cette région du globe. Les rafales ont atteint 350 kilomètres/heure, au point que les scientifiques ont envisagé d'ajouter un sixième niveau à l'échelle de Saffir-Simpson qui classe la puissance des typhons de 1 à 5. Seize mois plus tard, un phénomène équivalent a ravagé, en 2015, le Vanuatu. Cette fois encore, la force des vents a dépassé tout classement, Port-Vila, la capitale, a été saccagée. Et les Nations unies ont réuni 186 pays, à Sendai, au Japon, pour une conférence sur la prévention des risques naturels.

Ceux-ci, qui vont croissant, coûtent actuellement entre 230 et 300 milliards de dollars par an. Et les 70 pays les plus concernés, souvent insulaires, sont bien incapables de faire face à de telles dépenses et d'assumer les mesures de prévention qui s'imposent. Pas seulement pour réparer, pour reconstruire, mais aussi pour modifier l'habitat, les voies de circulation, les ressources énergétiques, etc. Le monde insulaire, non seulement est menacé et fragilisé, mais encore il se retrouve en première ligne, tributaire de décisions qui lui échappent et d'un effort financier qui ne lui échappe pas moins. Récemment, les dirigeants du Pacifique, réunis dans l'archipel des Tuvalu, ont interpellé l'Australie. Ils se sont heurtés à un mur de climato-scepticisme quasi déclaré.

Robert Louis Stevenson, tenaillé par la tuberculose mais enthousiaste jusqu'au bout, ne s'est probablement pas douté que ces lagons éparpillés auxquels il accédait avec émerveillement cesseraient d'être le bout du monde pour se retrouver au cœur d'une planète déréglée, au cœur d'une planète sans cœur.

Komodo

J'aime bien les rats. Leur intelligence, leur museau rose, leur sens de la collectivité comme du lien conjugal, leur extraordinaire capacité d'adaptation, leur sagacité stratégique. J'aime bien les serpents. Leur timidité, leur discrétion, leur aptitude à se déplacer sans aucun bruit, la splendeur, souvent, de leur parure, et ce venin qui n'est que défensif, contrairement aux armes humaines. J'aime bien les araignées. Leur sens de l'esquive, leur dextérité de Bigoudènes au travail, leur capacité de produire une nouvelle œuvre d'art, chaque matin, dans la lumière naissante. J'aime bien les crapauds, leurs chants d'amour, leur peau rugueuse, leur façon de se blottir, de se fondre, attendant que ça passe. Oui, j'aime tous ceux-là et encore beaucoup d'autres, notamment les chauves-souris, leurs radars déployés, leur vol précis et mystérieux.

Mais les dragons de Komodo, non, vraiment non. Sans façon.

Les dragons de légende, c'est épatant – au sens étymologique –, c'est comparable aux marionnettes géantes de Royal de Luxe, on a peur, mais on est enchanté comme dans les contes. Ça crache du feu, ça bat des ailes, ça fulmine de la prunelle, mais, au total, ça pourrait devenir gentil, débonnaire même, ça pourrait se changer en demoiselle appétissante, battant des cils, avec une robe de tulle rose.

Tandis que les dragons de Komodo, ça ne se change en rien d'autre. Et c'est bien là le malheur.

Komodo est une des innombrables îles de l'Indonésie, sous l'équateur, entre la mer de Florès et celle de Savu, à l'est de Sumbawa. Il fait chaud et humide, les locaux pêchent près de sublimes récifs coralliens, ils sont pauvres et n'auraient certainement pas droit à la visite de très nombreux touristes si une espèce endémique n'était installée chez eux depuis quatre millions d'années. Tellement unique, tellement rare qu'elle est inscrite au fameux patrimoine de l'UNESCO et a entraîné la création d'un parc national. À noter que les bêtes en question, qu'on estime à 1 700 exemplaires, sont aussi présentes, en nombre assez comparable, sur les îles voisines, Rinca et Florès.

On les appelle les dragons de Komodo, en latin *Varanus komodoensis*. Et ça n'est pas parce qu'ils portent un nom latin que ça les rend plus sympathiques.

À leur contact, on se croirait sur un plateau de Spielberg, en plein *Jurassic Park*. Imaginez le plus gros lézard du monde, capable de dépasser 3 mètres, capable de peser, pour les poids lourds hors catégorie, quelque 150 kilos, doté d'une queue monstrueuse, aussi longue que le corps. Les scientifiques hésitent, d'ailleurs, pour déterminer si ce gabarit est le produit d'un gigantisme insulaire ou si, à l'inverse, il s'agirait d'une version naine du *Megalania*, un mastodonte de 8 mètres qui sévissait en Australie avant l'arrivée des premiers aborigènes. Toujours est-il que l'animal en question, vêtu d'une cote d'écailles ou plutôt de plaques grises, noires et vert foncé, se cache aisément, malgré sa taille, dans la végétation environnante. Ses 60 dents peuvent mesurer 2,5 centimètres, ses mâchoires se distendent énormément, et il sécrète une bave sanguinolente. Sachez encore que ses pattes sont terriblement griffues (les jeunes grimpent aux arbres), et que sa très longue langue noire et fourchue lui sert à goûter mais aussi à sentir, et de très loin – c'est grâce à elle qu'il se déplace dans l'obscurité car sa vision nocturne est fort défaillante, tandis que le jour, il voit à 300 mètres. Longtemps, on l'a cru sourd, mais, aux dernières nouvelles, il entend un peu, quoique beaucoup moins bien que nous autres.

Les mœurs dudit « dragon » sont parfaitement répugnantes. Hormis un goût prononcé pour la sieste et pour une douce chaleur, ce qui pourrait nourrir quelques affinités, rien, chez lui, n'est réellement attirant. Quand il se met en chasse, en fin d'après-midi, mieux vaut se tenir à l'écart. Car il se déplace promptement, jusqu'à 20 kilomètres/heure, et plonge profond. L'embuscade est son point fort, il mord vite et cruellement au ventre ou à la nuque, et il est capable d'avaler une chèvre entière en un petit quart d'heure – après digestion, il n'en régurgitera que les cornes, les sabots, les poils et quelques os. Mais un cerf ou un buffle feront tout aussi bien l'affaire. Voire un homme, de préférence un enfant – le dernier cas recensé remonte cependant à 1975. Pour attaquer, le varan se dresse sur ses pattes de derrière, appuyé sur sa queue géante, ce qui lui donne une assise redoutable et meurtrière.

Carnivores, on l'aura compris, les dragons aiment autant la charogne que la chair fraîche. Les habitants de Komodo et des îles avoisinantes ont d'ailleurs dû déplacer leurs morts, qu'ils avaient coutume d'enterrer dans le sable, vers des sols plus argileux où ils couvrent les tombes de pierres. Mais, en plus d'être carnivores et charognards, les varans sont volontiers cannibales. Ils se mangent entre eux, soit à l'issue des joutes qui opposent les mâles quand vient la poétique saison des amours, soit après la naissance des petits qui peinent à se protéger, et se réfugient dans les arbres pour échapper à la voracité de leurs congénères plus musclés. Une part non négligeable des naissances disparaît ainsi dans l'estomac des adultes. Petit à petit, les rescapés apprennent à survivre en se nourrissant d'abord d'œufs d'oiseaux, puis des oiseaux eux-mêmes, puis de petits mammifères, de singes, de geckos. Quand, environ au terme de cinq années, ils parviennent à s'en prendre aux sangliers ou aux chevaux, on est en droit de soutenir que leur éducation est bouclée, et qu'ils peuvent maintenant revendiquer leur statut de dragon accompli.

On m'objectera que ma manière de parler d'un tel animal, quels que soient ses us et coutumes, est à la fois désinvolte et anthropomorphique. Et l'on aura raison. Un loup est un loup, c'est tout. Ne lui demandons pas de cesser de hurler ni de se lécher les babines. Au demeurant, le dragon de Komodo possède des singularités intéressantes. Les bactéries venimeuses qu'il refile aux bêtes ou aux hommes qu'il agresse n'ont rien de passionnant. Mais que les varans femelles soient capables de féconder certains de leurs œufs par parthénogenèse, voilà qui est moins ordinaire, et qui ira peut-être chatouiller ceux qui scandent que le Créateur, de toute éternité, a conçu papa et maman comme indispensables sources de tout être.

Les habitants de l'île vivent assez en paix avec leurs encombrants compagnons qu'ils nomment fréquemment *buaya darat*, « crocodile terrestre ». Selon la légende traditionnelle, les dragons sont les doubles des hommes, ou de leurs ancêtres (il est dit qu'une princesse de l'île accoucha de deux jumeaux, un garçon nommé Gerong et une fille à l'allure de varan nommée Ora ; ladite princesse veilla à ce que ses enfants se respectent mutuellement, et le ton fut donné...).

Mais si vous n'avez pas l'intention de voyager jusqu'en Indonésie pour voir l'animal fabuleux, contentez-vous d'ouvrir *Vol 714 pour Sydney*. Hergé, malicieusement, y organise une rencontre très inattendue entre Tintin, le capitaine Haddock et un dragon de Komodo. Lequel, ma foi, paraît plus sociable que sur son île. Assez costaud, quand même. Et l'air prêt à s'exclamer, interrompu dans sa sieste, mille sabords, bachi-bouzouks, pieds plats, mérinos mal peignés, zouaves interplanétaires, moules à gaufres, anacoluthes, catachrèses, écornifleurs, gyroscopes, macrocéphales, nyctalopes, polygraphes, rhizopodes, troglodytes ou zapotèques – tout cela ne constituant qu'un court extrait de sa rumination indignée...

L

Lampedusa

Une île de rien.

Une petite île peuplée de 6 000 âmes, une petite île à l'écart, excentrée, sans véritable hôpital, sans tout-à-l'égout, sans lycée, où l'essence est hors de prix et les routes caillouteuses. Une île village où, hors saison, tout le monde connaît tout le monde de part et d'autre de la *via Roma*. Pas de cinéma, pas de librairie, pas de bibliothèque, juste un modeste stade. Et un aéroport confidentiel. La mer est bleue, les fonds sont tapissés d'éponges, le roc est blanc, le soleil aussi, les criques nombreuses et le vent d'hiver agressif. Nous sommes à l'extrême extrémité de l'Italie, mais récente – le milieu du XIXe siècle – et distante : la Sicile est à quelque 200 kilomètres, plus loin que la Tunisie. Si Giuseppe Tomasi di Lampedusa n'avait écrit et (difficilement, car les éditeurs ne se sont guère bousculés) publié *Le Guépard*, qui se soucierait de ce caillou ? C'est une île où l'on ne va pas, sinon pour bronzer.

Du moins en principe.

Le 3 octobre 2013, vers 7 heures du matin, ils sont un peu plus de 500 humains, entassés sur un chalutier pourri parti deux jours plus tôt de Tripoli. À 2 kilomètres de l'île, le moteur, qui ne s'est jamais montré très vaillant, rend son dernier soupir, non sans répandre une nappe de fuel. La plupart des passagers viennent d'Érythrée, où le régime est dictatorial, et de Somalie, où c'est pire que la misère. Ils hurlent afin d'alerter les pêcheurs qu'ils aperçoivent au loin, mais leur bateau est trop distant. Un d'entre eux a l'idée d'enflammer une couverture, gageant qu'elle attirera l'attention. Mais le feu se propage, certains sautent à l'eau, d'autres s'écartent de l'incendie naissant : la coque est déséquilibrée et se retourne soudainement. Les pêcheurs de Lampedusa, alertés cette fois, foncent, récupèrent tous les naufragés qu'ils peuvent, appellent les gardes-côtes, les vedettes, les plongeurs. Mais seuls 155 migrants échappent à la noyade. Avec beaucoup de mal, les corps de 366 malheureux sont récupérés, placés dans un hangar près de l'aérodrome. José Manuel Barroso, alors président de la Commission européenne, et le Premier ministre italien viennent témoigner de leur émotion. Ils sont accueillis plus que fraîchement, et, pour tout dire, conspués.

Car cela fait vingt ans que Lampedusa a cessé d'être une île sereine, une île quiète. À l'aube de la Noël 1996, une première catastrophe a fait au moins 283 morts, ce qui n'a pas touché grand monde en dehors des habitants. Et, depuis 2002, on estime à 3 000 le nombre des disparus aux abords du rivage. Les pêcheurs n'en peuvent plus de remonter des cadavres – pour comble, ils sont déchirés entre l'impératif catégorique maritime de porter assistance sans barguigner et l'interdiction formulée par Rome d'aider les migrants. Quant aux îliens, comment n'auraient-ils pas la nostalgie des baies et des plages où le clapotis des vagues n'accompagnait que poulpes et enfants rieurs ?

Juste avant le grand naufrage du 3 octobre, le pape François a choisi Lampedusa pour son premier voyage depuis qu'il occupe le trône de Saint-Pierre. Et il n'a pas mâché ses mots. « La culture du bien-être nous rend insensibles aux cris d'autrui, elle aboutit à la globalisation de l'indifférence… » Ou encore : « Qui est responsable du sang de ces frères et sœurs ? Personne ! Nous répondons tous que ce n'est pas moi, que c'est sans doute quelqu'un d'autre. Nous avons perdu le sens de la responsabilité fraternelle… »

Ce qui est sûr, c'est que le président de la Commission européenne, tout en versant des larmes de crocodile, a effectivement perdu ce sens, et l'Europe quasi entière avec lui. Partout, sauf dans l'Allemagne d'Angela Merkel, ce ne sont que filtrages, procédures indignes qui contredisent les discours humanistes officiels, centres de rétention où l'on enferme à présent les enfants, et parfois miradors dressés, rouleaux de barbelés déployés, refus farouche de l'autre, de sa misère, de sa souffrance. La Grèce de Tsipras, pourtant exsangue, accueille ce qu'elle peut comme elle peut. Quant à l'Italie, après avoir été la moins égoïste et la plus exposée des destinations, elle oscille, à l'exception de certaines cités, notamment siciliennes.

Et Lampedusa, dans ce contexte, devient selon l'ex-ministre de l'Intérieur italien, « le Checkpoint Charlie du troisième millénaire ».

Les migrants sont arrivés de partout. D'Afrique noire, mais aussi du Maghreb, d'Égypte, de Syrie. Les dirigeants italiens avaient passé un accord avec le colonel Kadhafi pour que ce dernier, d'une main de fer, filtre et retienne les arrivants – le chef de l'État libyen ne se gênait d'ailleurs pas pour user de cette arme avec le dernier des cynismes : si Rome le contrariait, il laissait s'échapper un flot de réfugiés, si Rome se montrait docile, il respectait les accords et retenait le flux, traitant les candidats au voyage avec une totale cruauté. Kadhafi éliminé, les « printemps arabes » achevés et généralement réprimés, la Libye se mue en jungle où des passeurs cupides et esclavagistes rançonnent, violent, torturent ceux qui n'ont d'autre choix que de subir leur loi.

Pour ces derniers, Lampedusa n'est nullement un but. Ils visent la Sicile, Catane, les criques de débarquement italiennes, et ont l'intention de remonter vers le nord. Mais les embarcations où ils sont contraints de prendre place, une fois sur deux, sont incapables de supporter la traversée jusque-là. Et ils échouent sur la première côte qui s'offre – d'où, espèrent-ils, on viendra les extraire. La population est généralement bienveillante, mais totalement dépassée. Un centre d'accueil est prévu pour 380 personnes, et ils arrivent par milliers. Qui plus est, les autorités romaines traînent les pieds pour soulager leurs compatriotes, quand elles ne l'excluent pas, et les migrants sont obligés de rester là des semaines, tournant en rond, insuffisamment nourris malgré l'intervention des ONG et du Haut-Commissariat pour les réfugiés de l'ONU, insuffisamment soignés faute d'hôpital performant. Pour la seule année 2011, en raison des révolutions arabes, plus de 50 000 personnes ont transité par l'île. Et l'Europe regarde ailleurs, obstinément ailleurs, avec une totale et souveraine hypocrisie.

À la surprise générale, aux élections municipales de 2012, c'est une militante écologiste qui fut choisie. Giusi Nicolini, depuis son petit bureau de Lampedusa, devient une avocate mondialement reconnue de la cause des réfugiés – ce qui ne va pas sans conflits ni rivalités. Omniprésente, elle est vite surnommée la « pasionaria des migrants », elle interpelle et dérange les autorités européennes, déclarant partout et sans qu'on ose la contredire que Lampedusa est « dans une situation d'urgence permanente ». Rien que la première année de son mandat, elle a encaissé trois naufrages ; elle crie que son île est au centre de jeux politiques qui la dépassent, mais qui sont meurtriers. Et ces morts que l'Europe et la plupart des dirigeants italiens ne veulent pas connaître, ni d'ailleurs l'opinion publique des divers pays, c'est elle et les siens qui en ont la charge. Elle réclame des droits, elle réclame des aides, elle se bat sur tous les terrains, a le sens de la formule qui fait mouche (« Le droit d'asile, il n'est pas normal qu'on vienne le demander à la nage »), elle est si éloquente que le Premier ministre d'alors l'invite à dîner avec Barack Obama lorsque ce dernier passe par l'Italie. Au cours de ce repas, elle leur explique qu'une réelle politique d'accueil est compatible avec une ambition touristique, aspiration naturelle de Lampedusa.

On parle d'elle pour le Nobel de la paix, l'île oubliée commence à n'être plus « seule au monde ». Mais ses propres électeurs n'en peuvent plus, n'y croient plus. En juin 2017, au terme de son mandat, elle perd la mairie, et sèchement. Il n'empêche : cette femme-là, durant cinq ans, contre vents et marées, a montré trois choses. Qu'une toute petite terre peut être la plaque sensible d'un immense problème, dont l'avenir montrera qu'il n'a pas fini de monter en puissance, que la politique de l'autruche n'est pas seulement assassine mais inefficace, et qu'une frêle parole, mais résolue, est susceptible d'interpeller les sourds. Et même de se faire entendre.

Langeoog

Autant l'avouer tout de suite : le plat pays n'est guère ma tasse de thé. Pas la chanson de Brel, non, ni les canaux de Hollande, qui sont tous deux exquis. Je veux parler de ces plages immenses et pâles que rien n'arrête, qui alignent leurs dunes à l'infini. Moi, je suis un homme de criques, de replis, de trous, de rochers, je suis né dans un creux et ne goûte guère le rectiligne, le monotone. Démocrate sincère, je comprends, j'essaie de comprendre ceux qui privilégient cette esthétique. Mais bon, je vous devais cet aveu avant de commencer.

Car l'île dont je vais parler, c'est exactement cela. Langeoog est une plage sans fin, une des îles frisonnes du nord-ouest de l'Allemagne. Elle s'étire en longueur non loin de la côte, les marées y sont si faibles que des navettes la desservent en continu, et une petite ville guillerette, une ville touristique avec terrasses de café et centres de cure qui mettent la mer en bouteille s'est plantée en retrait du sable immaculé. Le ciel y est beau, plein de nuances, de gris, de bleu, de nuages indécis, et c'est de ce côté-là que mon regard s'envole.

Mais si elle retient mon attention, cette île, ce n'est pas pour sa banalité vacancière. C'est à cause de la statue plantée près d'un réverbère, en plein centre, cernée de brique rouge, pratiquement à l'angle de la Hauptstraße et du Rudolf-Eucken-Weg. Une statue de jeune femme en pantalon, l'air décidé. La statue de Lale Andersen, née près d'ici, à Bremerhaven où son père était pilote maritime, et enterrée ici, en 1972, selon son vœu. C'était une chanteuse, une chanteuse « réaliste » qui est montée à Berlin dans les années 1930 – elle était née avec le XXe siècle – et qui se produisait alors dans les petits cabarets où elle avait commencé par donner des chansons de marins, celles de son monde. C'était une fille moderne, Lale Andersen, une créature qui, dans l'entre-deux-guerres, se voulait libre de sa vie comme de son répertoire. Elle admirait Brecht, Kurt Weill, autant dire qu'elle penchait à gauche et n'entendait pas se satisfaire d'un filon folklorisant.

1937 : elle ouvre un recueil de poèmes dû à un garçon nommé Hans Leip. Deux décennies plus tôt, en 1915, le jeune Leip, soldat de la garde impériale, coupable d'indiscipline, est condamné à monter la garde, en long et en large, jusqu'à ce que l'ennui l'étouffe. C'est un littéraire, et il dit sa nostalgie des femmes (il en aime deux à la fois, Lili, fille de sa logeuse, et Marleen, une infirmière), dans un poème intitulé *Lied eines jungen Wachtpostens* (« Chanson d'une jeune sentinelle »). Et ce texte plaît à Lale. Quant à la musique, elle la demande, ou plutôt elle les demande, pour essai, à deux de ses ex-amants, Rudolf Zink (sur un mode plutôt romantique) et Norbert Schultze (un poil plus martial). Elle teste les deux versions devant son public, et, à son vif regret, c'est Norbert qui gagne. La chanson est enregistrée dans la nuit du 31 juillet au 1er août 1939. Elle s'appelle « Lili Marleen », et le disque n'a aucun, mais alors aucun succès. Sept cents exemplaires, qui dit moins ?

La roue tourne en 1941, à Belgrade. Là-bas, le directeur de la radio militaire allemande, cruauté de la guerre, voit son stock musical détruit par un bombardier anglais. À court de munitions, il passe le disque inconnu. Ses émetteurs portent loin, depuis l'Afrique du Nord jusqu'à la Norvège. Et partout, absolument partout, la chanson fait mouche, elle devient même l'indicatif des fins de programme.

Du coup, la propagande nazie se mobilise. Bien que Goebbels n'apprécie guère cet air qui « sent la danse macabre » (la sentinelle meurt en pensant à Lili), Rommel, lui, comprend l'émotion de ses troupes et réclame diffusion sur diffusion. Lale Andersen, qui n'aime guère les nazis, est convoquée pour assurer une tournée auprès des troupes allemandes, à travers l'Europe entière. Les sbires de Goebbels lui demandent même d'enregistrer une version anglaise afin de « démoraliser » les troupes alliées. Lale est sur le fil du rasoir, elle a un fils mobilisé, elle chante quand on lui demande de chanter. Mais il se trouve que Hans Hinkel, l'homme à tout faire de Goebbels, la harcèle et se permet des privautés. Lale répond par une paire de claques, refuse de se produire le lendemain à Varsovie occupée et qualifie le ghetto de « zoo humain ». C'en est trop : elle est assignée à résidence, son fils est expédié sur le front russe, et elle tente de se suicider. Dix mois plus tard, elle retrouvera la liberté, mais il lui sera interdit de rechanter « sa » chanson.

Mais, justement, « sa » chanson va cesser d'être sienne, pas seulement parce que Goebbels en a décidé ainsi. L'historien Jean-Pierre Guéno conte que, lorsqu'elle franchit la Méditerranée, elle touche les soldats alliés de Tripolitaine, et qu'à Tobrouk, quand elle est diffusée, un bref cessez-le-feu est observé de part et d'autre, chaque soir, à 22 heures. « Lili Marleen », de chant plus ou moins militaire, est devenu un hymne à l'amour et à la perte qui transcende les camps. Quarante-trois versions sont adaptées de par le monde. Aux États-Unis, les Andrews Sisters la reprennent avec le *big band* de Glenn Miller.

Et une autre Marlène entre en scène. Allemande et berlinoise – ô combien ! –, Mlle Dietrich, attirée par Hollywood et rejetée par les nazis, s'est réfugiée outre-Atlantique où sa carrière est foudroyante et son engagement sans faille. Elle milite aux côtés des artistes antinazis pour que Washington entre en guerre, accueille tendrement Jean Gabin qui n'entend pas tourner sous la houlette de l'occupant, prend, non sans états d'âme, la nationalité américaine, et conçoit, en 1944, une interprétation plus sentimentale de « Lili Marleen » (le texte est à peine modifié, mais la sentinelle, à la fin, reprend courage quand il pense à son aimée) :

You're blue tonight, dont play the call too high
I want another evening with her charms
(« Tu es triste cette nuit, ne sonnez pas le rappel trop fort
Je veux passer cette soirée sous son charme »...)

Lale Andersen a été interrompue en pleine tournée. Marlène Dietrich, elle, est invitée à soutenir la campagne d'Europe, suit la troisième armée du général Patton, et donne 60 concerts pour les soldats. « Lili Marleen » se mue en « Lily Marlène », et, plus tard, Lale Andersen, enfin libre de chanter Kurt Weill, commentera la chose avec un humour décapant : « Le vent peut-il expliquer pourquoi il devient tempête ? »

À Langeoog, devant la statue de bronze, et sous le ciel inépuisable, un souvenir m'est revenu. Tout jeune éditeur, je travaillais chez Ramsay, et nous avions en chantier un magnifique ouvrage intitulé *Sublime Marlène*. Le livre était vraiment exceptionnel, par la qualité d'impression, par le grain du papier, par le choix des photographies. Mais, comme d'habitude, les légendes prêtaient à discussion. Et, parfois, « elle » appelait. C'était l'époque où « elle » ne quittait plus guère son appartement, 12, avenue Montaigne, ni même sa chambre. Je décrochais le combiné et j'entendais la voix grave, la voix de velours, qui chuchotait :

« C'est Marlène. »

Frisson assuré, chaque fois. Tout le monde n'a pas reçu les épanchements de l'Ange bleu…

Lesbos

Normalement, là-bas, tout devrait bien se passer. Une grande île égéenne – la troisième de la Grèce –, une île montagneuse où le calcaire le dispute à la roche volcanique. Beaucoup de végétation, si bien qu'on l'appelle « l'île d'émeraude ». Et puis deux baies profondes, deux abris parfaits pour les navires. On comprend qu'Achille ait souhaité l'arracher à Priam en combattant Penthésilée, reine des Amazones, afin qu'un domaine pareil échappe à l'emprise des Troyens. Des fleurs, des fruits, toutes sortes d'arbres, des moutons, des oliviers à perte de vue. Et encore une source qui, par la suite, a désaltéré le pays tout entier : à Plomári, petite cité où les maisons semblent se toucher, l'ouzo a, semble-t-il, vu le jour, et les distilleries de Lesbos sont légitimement fameuses.

Oui, tout devrait bien se passer au pays de Mytilène où vécut Sappho entre 630 et 580 – estime-t-on – avant Jésus-Christ. Difficile d'imaginer son talent, car on ne possède de ses écrits, de ses poèmes, que d'infimes bribes et un unique texte sauvegardé, un hymne à Aphrodite – *Celle qui te fuit promptement te poursuivra, celle qui refuse tes présents t'en offrira, celle qui ne t'aime pas t'aimera sans tarder, et même malgré elle…* Ce qui est acquis, c'est que, pour parler d'Homère, on disait « le poète », et que, pour parler de Sappho, on disait « la poétesse ». Je ne voudrais pas faire de peine à mes amies lesbiennes, mais, s'il est avéré que Sappho chanta (en musique) l'amour et la passion, s'il est certain que cette femme d'origine aristocratique s'entoura de filles et de compagnes, et entretenait avec ces dernières une relation de *philia*, d'amour-amitié où entrait la pratique du théâtre, de la danse, des vers et de la pensée libre, il l'est beaucoup moins, et non conforme à la culture hellénistique, qu'elle ait été le chantre d'une sexualité alternative. Elle était mariée, elle avait des enfants, et la légende rapporte qu'elle se consuma pour un nommé Phaon. Mais il semble bien que, à la manière de la Grèce classique, elle avait du désir, de l'initiation, de la pédagogie et de la passion une définition assurément extensive.

À la beauté du site s'ajoute donc la beauté de l'art et d'une réputation légendaire. L'ennui, c'est que Lesbos était et reste à la jonction des mondes. L'Empire ottoman ne se situait qu'à deux encablures. Et au lendemain de la Grande Guerre, le traité de 1923, qui consacra la naissance de la république turque, décréta des échanges de population obligatoires entre Istanbul et Athènes. Les réfugiés d'Asie Mineure affluèrent sur l'île, et les musulmans, qui y vivaient sans encombre, furent contraints de partir. Ce chassé-croisé entraîna la faillite de nombreuses petites industries, le cours de l'huile d'olive s'effondrait, Lesbos se retrouva, économiquement s'entend, à la périphérie de la Grèce mais sans bénéficier de son voisinage turc, et dut lutter pour repartir.

Ces dernières décennies, c'est le tourisme qui fut la nouvelle manne, tandis que l'université de Mytilène prenait une importance inédite. Jusqu'à ce que la guerre en Afghanistan, en Irak et en Syrie achemine vers la Turquie des cohortes de réfugiés. Ceux qui ne voulaient pas, ceux qui avaient les moyens de ne pas stagner dans un camp jordanien ou turc connaissaient le chemin : gagner Izmir puis chercher un embarquement pour Lesbos. Sous le régime dictatorial des colonels, des opposants politiques, essentiellement communistes, avaient été détenus à la prison de Pagani. À partir de 2009, celle-ci fut transformée en centre de rétention, surtout pour les Afghans. Mais les émissaires de l'ONU, effarés par l'état de délabrement de l'établissement, réclamèrent un autre centre, plus convenable.

Et c'est là que Lesbos, l'île où tout devait bien se passer, est devenue l'île de la tragédie, et, à partir de 2015, la « Lampedusa d'Orient ». Parce que le flot des Syriens ne cesse de grossir, les familles fuyant la répression violente du régime, les conflits entre opposants, les tortures, les exécutions et les bombardements. Et parce que la traversée, prise en charge – comme d'habitude – par des passeurs assassins, tourne souvent mal. La Grèce, tenue en laisse par la « troïka », est dans une situation économique effrayante, mais nombre de bénévoles îliens, de pêcheurs, de gardes-côtes essaient de limiter les dégâts. Sans y parvenir. Les cadavres au fil de l'eau gâchent la saison touristique, et celui d'un enfant, photographié échoué sur le rivage, émeut l'opinion internationale sans que les gouvernements européens partagent cette émotion. Le 18 mars 2016, l'Union européenne passe un accord avec la Turquie afin que cette dernière, qui héberge déjà 4 millions de réfugiés, récupère les migrants auxquels le droit d'asile n'est pas reconnu. Le président Recep Tayyip Erdoğan dispose désormais du moyen de tenir l'Europe à sa main, quelles que soient les entorses aux droits humains qu'il accumule cyniquement.

Le flot se réduit sur Lesbos, mais n'est pas stoppé pour autant : 91 506 personnes s'y sont présentées en 2016, cela tombe à une dizaine de milliers en 2017 – moyennant quoi, nombre de leaders politiques continuent, sans vergogne aucune, à parler d'« invasion » ou de « submersion ». C'est le début de la stratégie des « *hotspots* » : on dirige les migrants sur quelques points d'entrée où ils seront, en principe, retenus vingt-cinq jours, le temps que leur demande d'asile soit examinée. Cela en vertu de la convention de Dublin qui veut que les réfugiés ne soient pas libres de circuler où ils l'entendent mais doivent être enregistrés dans le pays où ils ont pris pied. Lesbos est en première ligne, avec les îles de Chios, Samos, Leros et Kos. À Moria, entre baie et mer, un camp de rétention leur est destiné.

Très vite, le désastre est patent, d'autant que, dans son défaut d'organisation, il s'agit d'un désastre organisé, voulu, délibérément planifié. En principe, Moria peut héberger 3 000 personnes. Il y en a bientôt 5 000, puis 8 000. La règle des 25 jours est impossible à appliquer, faute de personnel, de traducteurs. On compte un sanitaire pour 70 personnes (le Haut-Commissariat pour les réfugiés en réclame trois ou quatre fois plus, mais n'est pas entendu). Les Grecs observent une grève pour que les conditions s'améliorent, mais en vain. La clinique pédiatrique de Médecins sans frontières signale un tiers d'enfants et d'individus malades. La gouverneure du nord de la mer Égée proteste à son tour, menace de fermeture. Sans résultat. L'évacuation des eaux usées est défectueuse, les rats pullulent, les femmes seules craignent pour leur sécurité. Les psychiatres s'inquiètent des troubles que manifestent les enfants, des automutilations, des tentatives de suicide. Pour comble, un incendie se déclare à l'automne 2019 – un mort, plusieurs brûlés. Le directeur adjoint de Moria incrimine un système où toute décision, toute commande doit être validée par le ministère de l'Économie, puis celui de la Défense, puis celui de l'Immigration… La réponse gouvernementale est qu'il faut renvoyer vers la Turquie ces candidats au grand voyage.

La Grèce n'est pas le quart-monde. Les représentants d'ONG comme celui de l'agence onusienne concernée considèrent que la non-gestion du camp de Moria est dissuasive, que la Grèce est implicitement chargée par Bruxelles de faire le « sale boulot », d'assumer l'inhumanité du système afin de mener une « politique d'endiguement ». Au demeurant, ceux qui viennent au secours des malheureux entassés sont frappés par la « justice ». Sarah Mardini et sa sœur Yusra, deux Syriennes qui s'étaient rendues célèbres en sauvant du naufrage leur bateau qui coulait (elles sont des nageuses confirmées, la première a participé aux jeux Olympiques, et elles ont elles-mêmes tiré l'esquif à la dérive), ont été emprisonnées à Athènes trois ans plus tard pour implication dans « un réseau criminel d'aide à l'immigration irrégulière ». De son côté, Filippo Grandi, à la tête de l'Agence des Nations unies pour les réfugiés, déplore que les pays géographiquement exposés soient abandonnés par les autres, et estime que 100 000 personnes, guère plus, sont candidates à une installation en Europe, ce que cette dernière pourrait facilement assumer si elle le voulait.

Dans ce cas, et dans ce cas seulement, tout devrait redevenir normal sur la charmante Lesbos. Qui, en attendant, souffre de faire souffrir. Mais il est fort à craindre que cette souffrance, déjà intolérable, devienne monstrueuse. Car la droite grecque qui a renversé Tsipras n'y va pas par quatre chemins. C'est un camp de concentration qu'elle édifie, en dur. Et elle y ajoute des barrages sous-marins. Pour sa plus grande honte, et pour celle de l'Europe entière.

L'Île Noire

Elle existe, l'île Noire, aussi vrai que Tintin existe, que les Dupondt sont irremplaçables, etc. Mais cette aventure, d'abord publiée en 1937-1938 dans *Le Petit Vingtième*, reprise en 1943, puis, dans sa version définitive, en 1965, est trompeuse. L'honnêteté m'oblige à rétablir ici les faits dans leur intégrité sourcilleuse.

Elle est censée se dérouler, cette aventure, à Kiltoch, une ville imaginaire située à l'ouest de Glasgow, en bord de mer, entre l'île d'Aran et celle de Mull, et il est vrai que, grâce aux repérages de l'ami Bob de Moor, Tintin porte un kilt absolument irréprochable (tartan rouge, béret bleu, *and so on*), et qu'une publicité pour le whisky

Loch Lomond – le *loch* du secteur – orne le mur du premier bistrot où il pénètre. Il est également notable que, dans la version d'origine, Tintin et Milou (qui se soûle à l'occasion) voyagent sur un wagon plein de Johnny Walker alors qu'ensuite, par la grâce de Bob de Moor, ce wagon (qui fuit un brin, d'où l'ivresse de Milou) affiche désormais Loch Lomond, la marque préférée du capitaine Haddock dont on ne saurait dire qu'il n'est pas expert en la matière.

Tout cela sonne diablement écossais, rien à redire, Hergé est un pro et, quand il se documente, il se documente. N'empêche que l'île Noire, ce n'est pas en Écosse qu'il l'a dénichée. Ni dans la magnifique baie de Morlaix, où une émergence homonyme côtoie le château du Taureau. C'est sur le rivage de la plage du Dramont, à Saint-Raphaël, dans les années 1930, alors qu'il découvrait avec ravissement la corniche de l'Esterel. À 200 mètres de la côte, il y avait un caillou de 200 mètres de long, lequel était surmonté d'une tour. Eh bien, l'île Noire, la « vraie », c'est celle-là.

Et, pour comble, cette île Noire, en fait, s'appelle l'île d'Or. L'État avait décidé de la vendre, pour trois sous – 280 francs ! –, en 1897, à un architecte. Mais celui-ci la perdit aux cartes, la cédant à l'excellent docteur Auguste Lutaud qui construisit une tour « sarrasine », l'habita et y donna des réceptions joyeuses où il se décernait lui-même le titre d'Auguste Ier, roi de l'île d'Or. Comme quoi les esprits scientifiques sont plus loufoques qu'on ne veut bien le croire.

Vous objecterez qu'un artiste a parfaitement le droit de transposer ce qui l'inspire, et que, si Hergé appréciait la silhouette de ce château méridional, rien ne lui interdisait de la déplacer vers le septentrion. Et vous aurez raison. Mais une question surgit, une question cruciale : pourquoi l'île d'Or, au cours de la manœuvre, est-elle devenue noire ? À cela, les Écossais, qui ont potassé le dossier comme vous pouvez l'imaginer, ont une réponse solide. Sur la côte où est théoriquement située Kiltoch se trouvent d'anciennes mines d'ardoise, notamment celle d'Easdale dont les pierres lisses et brillantes ont conservé, aujourd'hui encore, une fonction : ce sont elles qu'on utilise pour le championnat mondial de ricochet – qui se tient rituellement en ces lieux, et auxquelles participent des compétiteurs du monde entier. *Black is black*, vous ne songez quand même pas qu'on pratique le ricochet athlétique sur la Côte d'Azur.

Les tintinologues les plus pointus ne sont guère convaincus par l'argument. Pour eux, l'île est noire pour des raisons d'ambiance, de gravité. Hergé met en scène le combat entre Tintin et un réseau de faux-monnayeurs, l'épisode est un de ceux où il risque le plus sa vie (on le croit même mort, un instant, avant de tourner la page, et, un peu plus loin, les méchants veulent qu'il se précipite d'une falaise) : il convenait donc que cette sombre affaire, peut-être inspirée du complot ourdi contre les Soviétiques pour dévaluer leur monnaie, se déroulât dans un décor adéquat, d'où les pentes ensoleillées de l'Esterel étaient forcément bannies.

Je ne sais. Malfrats ou agents secrets, l'ennemi est l'ennemi, et les redoutables Wronzoff et Müller sont fatalement destinés à perdre, non sans avoir failli gagner. Mais j'aimerais, pour ma part, souligner un élément qui n'est guère traité dans les débats tintinophilesques. L'île est noire parce qu'elle fait peur. Et elle fait peur parce qu'elle recèle un monstre dont on découvrira, au terme du nécessaire suspens, qu'il s'agit d'un grand singe tout noir – comme par hasard –, d'un cousin de King Kong amené là par les faux-monnayeurs pour plomber la réputation de l'île.

Et j'aimerais souligner qu'à la toute fin, l'épouvantable Ranko, la terreur des terreurs, se révèle un ami pour peu qu'on le traite convenablement. D'ailleurs, une des dernières vignettes montre Tintin venant lui dire au revoir comme on salue un compagnon apaisé. L'île n'est plus noire, et le singe est d'or.

Little Bay

Elle est belle, pourtant, avec ses sapins enneigés, ses maisons de bois plutôt cossues, sa petite église blanche. Elle dépend de Terre-Neuve-et-Labrador, tout au nord, et il ne faut qu'une demi-heure de bateau pour gagner le monde actif, là où l'on trouve des docteurs, des commerçants, des instituteurs, des salles de gym. Elle est belle, mais elle se meurt.

Elle a même voté sa propre euthanasie, à l'unanimité cette fois. En 2013, les candidats au départ atteignaient 79,7 %. En 2016, 85 personnes sur 95 avaient choisi de quitter l'île, soit 89,47 %. Mais le programme de « déplacement provincial » conçu par l'État canadien exige un score de 90 %. On a donc patienté, parlé, débattu, voté de nouveau trois ans plus tard. Et, cette fois, c'est tranché, les résidents s'en vont, chacun muni d'un chèque de 270 000 dollars, dédommagement qui compensera, sur vingt ans, une dépense estimée à 20 millions de dollars pour assurer la survie de l'île et de sa communauté.

Cette île, c'est bien la leur, ils y sont nés pour la plupart. Mais ils constatent qu'elle n'a plus d'avenir. Aucun. Plus un enfant à l'école. Plus un cabinet médical. Plus un commerçant. Ils deviennent vieux et regardent les choses en face : comme le dit l'un d'entre eux : « Il n'y a plus rien à faire dans ce monde… » La solitude du vieillissement, lorsque la société devient stérile, loin de resserrer les rangs, est source d'aigreurs, de divisions. La famille éclate quand elle ne se renouvelle pas. « Pour faire quoi que ce soit, il faut sortir de l'île », et ce « quoi que ce soit » signifie aussi bien les soins dont on a besoin en prenant de l'âge que le désir d'entreprendre, d'agir, de se fixer un objectif, d'occuper le temps.

Deux îliens, deux « jeunes » qui n'ont pas vécu assez longtemps sur Little Bay pour avoir le droit de vote (ni pour toucher l'indemnité de déplacement), ont, eux, décidé de rester. Mike et Georgina Parsons ont respectivement cinquante-deux et quarante-trois ans. Ils voulaient cette île, elle sera totalement leur. Au demeurant, Mike est né ici, contrairement à son épouse, mais il était parti travailler à l'extérieur, et pour cause. Il a vu, dit-il, son père déchiré entre la perspective de stagner sur Little

Bay et celle de l'abandonner. Lui et sa femme refusent l'alternative, maintiennent leur rêve, et ont l'intention « d'être le plus heureux possible avec ce [qu'ils] auron[t] et malgré ce [qu'ils] n'auron[t] pas ». L'absolue solitude. Je connais d'anciens gardiens de phare qui, eux aussi, en ont parfois le regret.

Est-ce ainsi que les îles meurent ?

M

Madeleines

Je suis plutôt voileux que pêcheur ; nos bateaux, à nous autres, vont trop vite pour traîner des hameçons en douceur, tout au plus croise-t-on de temps à autre, quasi mécaniquement, un banc de maquereaux suicidaires. Ou alors il nous arrive – je l'ai vécu aux îles Scilly – de pêcher en dormant : j'avais oublié ma ligne le soir et, le lendemain matin, j'ai remonté un superbe lieu jaune. Fameux, mais, honnêtement, pas de quoi se vanter…

J'ai pourtant grande estime pour ce que le commandant Jean Recher, auteur d'un beau livre publié par Jean Malaurie dans sa collection « Terre humaine », nommait le « grand métier ». Je me suis embarqué sur un gros chalutier de Boulogne, je dormais dans la même cabine que le radio (c'est-à-dire que je ne dormais pas), et nous travaillions sans horaire. Quand ça donnait ça donnait, *non-stop*. Je me rappelle les levées, en pleine nuit, en plein chahut de la mer du Nord, et les hommes barbotant jusqu'à la taille dans des monceaux de lottes, des monceaux d'écailles et de gueules affolées.

Mais mon heure de gloire pêchante, c'est aux îles de la Madeleine que je l'ai eue, entre l'Île-du-Prince-Édouard et Terre-Neuve, à l'orée du golfe du Saint-Laurent. Il y a là, si vous regardez attentivement, un délicat archipel en forme d'hameçon – ça tombe bien –, une conjonction de petites îles reliées entre elles par des cordons de dunes sur lesquelles passe la route centrale. Pour les Québécois, c'est un peu leur Corse. Et pour tout marin, c'est un piège, un concentré d'Atlantique Nord. Eh bien, je vous garantis que, dans ces eaux-là, sur le bateau de Claude Nadeau (nous étions trois à bord) qui partait du havre de l'Étang du Nord à 3 heures du matin, sur ce modeste bateau, nous faisions 280 homards en quatre heures, 600 kilos par jour, 12 à 15 prises par levée de 6 « cages » (ainsi nomme-t-on, là-bas, les casiers). Du beau homard bleu, que nous installions au fur et à mesure dans des niches de polypropylène, non sans lui avoir préalablement ligoté les pinces avec de l'élastique afin qu'il ne se blesse pas.

Nous allions de bouée en bouée, dans la brume, Claude avait ploté ses cages sur un traceur mais me jurait que, avec ou sans GPS, il les retrouvait toujours. Le faible tirant d'eau et la fraîcheur du Labrador expliquaient le miracle. Aux Madeleines et alentour, le hareng donnait beaucoup moins qu'autrefois, la morue était strictement contingentée – elle avait failli disparaître –, restaient le crabe des neiges dont les Japonais sont fous, le pétoncle et le homard. La campagne commençait mi-mai et durait cinq semaines, pas un quart d'heure de plus. Mais quelle campagne, mes amis ! À 6 heures du matin, c'est-à-dire à mi-marée, nous prenions le petit déjeuner le plus royal que j'aie connu. Chacun sa bête, parfaitement cuite dans un peu d'Atlantique. Engoncé dans mon ciré bleu, les mains puantes d'avoir boëté avec du maquereau ou de la plie, je sortais un petit quart de blanc (les autres pratiquaient le Canada Dry) et là, je ne pouvais les suivre), et je ne vous dis que ça. Le jour commençait à venir, la brume se dissipait peu à peu, le cap Savage émergeait de la nuit. Qui donc prétend que la vie de marin est fatalement un calvaire ?

Il faut les mériter, ces îles. Du moins hors saison. L'été, on trouve des bateaux, des avions. Mais le reste du temps, pas de ligne aérienne directe (on fait escale en Gaspésie, parmi les arbres), et un cargo qui part de Montréal et descend tout le fleuve. Évidemment, j'ai opté pour le bateau, un bateau lourd, trapu, avec des cabines monacales pour les rares passagers, un bateau qui ne craignait ni la glace, ni les sept nœuds de courant dans le goulet de Québec, près de l'île d'Orléans, ni les baleines en baie de Tadoussac. *Le Voyageur* était son nom, et le voyage durait deux jours. Je me souviens que le capitaine, maître à bord après Dieu voire un peu avant, ressemblait furieusement au capitaine Haddock, un Haddock d'Acadie. Il descendait le matin en robe de chambre, blaguait, n'aimait guère se raconter, et était considéré par ses compatriotes madelinots comme un artiste, un fin manœuvrier. *Le Voyageur*, disait-il, c'est du costaud. Et puis – une pointe d'orgueil dans la voix –, ce bateau-là, « il n'est pas vibreur »...

Et c'est vrai qu'on glissait sans un frisson sur la peau du Saint-Laurent. Cela commençait par un chenal exigu, tortueux, remuant, puis, au fur et à mesure que le sel l'emportait, l'eau devenait libre à l'approche de la Gaspésie dont nous longions les à-pics enneigés, perdant de vue l'autre rive. L'Atlantique est le déversoir de la planète, drainant l'apport des principaux fleuves d'Amérique, d'Europe, d'Afrique, et de la moitié nord de l'Asie. Et là, on le sentait venir, on le sentait venir furieusement. Le Saint-Laurent, si pastel au couchant, est lui-même le produit d'une telle cascade de lacs qu'on n'en trouve pas la source. Où commençait la mer ? La houle du loin devenait sensible sous l'île d'Anticosti et, le lendemain matin, quand se profilait Cap-aux-Meules, pivot des Madeleines, face au rocher de l'Homme mort, la mutation s'était accomplie comme en rêve.

Les Madeleines, c'est le plus grand cimetière marin de l'Amérique du Nord. Au moment où j'écris, 713 naufrages ont été recensés sur leurs côtes. Cela tient à la violence des tempêtes qui arrivent par le sud-ouest, et à la multiplicité des hauts-fonds indécelables sur lesquels les bateaux sont déportés et viennent s'échouer. Le rivage nord des îles est ocre et superbe, piqué de petits phares de bois, et friable. Au sud, des plages de sable qui paraissent accueillantes et qui le sont à l'été, mais qui cachent toute la perfidie de l'invisible. Très majoritairement francophones, les Madelinots sont un mélange de rescapés des persécutions et de rescapés de l'océan. Mon aubergiste était le descendant d'un marin qui fut sauvé de l'échouement et de la dislocation de son navire, le mal nommé *Miracle*, un trois-mâts barque transportant des migrants irlandais, perdu le 19 mai 1847. D'autres ont connu des aventures plus pittoresques. Ainsi, au début du XXᵉ siècle, deux marins d'une goélette morutière, deux gars de la Rance, qui ne pouvaient plus supporter la méchanceté de leur capitaine, s'échappèrent en doris et se réfugièrent chez les habitants, dans une cave. On les chercha, mais en vain. Et ils épousèrent deux filles des îles. La culture du sauvetage, de l'assistance, avec notamment l'aide de chiens puissants, m'a fait penser aux Ouessantins, aux Sénans, aux Molénais – le même sens du devoir, du devoir qu'on accomplit sans discussion aucune et au péril de sa vie, et le même sens de l'hospitalité due aux gens de mer.

Des Madeleines, je dirai la Grande Échouerie où les femelles morses venaient mettre bas jusqu'à ce que les pêcheurs basques ou bretons les exterminent férocement – les dunes pâles et venteuses sont désormais livrées aux « loups marins » (la façon locale de désigner les phoques, très protégés, et qui pullulent). Je dirai la Belle Anse, promontoire de grès que les vagues attaquent et remodèlent constamment. Je dirai l'herbe courte, l'arbuste boréal, les lagunes changeantes au gré des cieux. Je dirai les maisons de bois fuchsia, bleu pétant, bouton d'or, gris ou noir austère, rouille, orientées à leur guise, fichées où bon leur semble. Un monde simple et chaud que seul le tourisme, deux mois par an, vient perturber.

Et puis, j'avouerai un crime qui peinera Brigitte Bardot et mes amis vegan. Un soir, non loin du Havre Aubert, un ami, un de ces merveilleux amis de rencontre que les voyages solitaires vous procurent, m'a régalé, au terme de mon séjour, de phoque (légal) arrosé de chablis. Le phoque, j'en avais déjà tâté au Groenland – un ragoût de tripes mi-cuites –, et disons que ma nuit fut ensuite quelque peu agitée. Mais là… Millefeuille de lamelles de cœur juste grillées, dos rôti à point, sauce légère et parfumée, viande délicate, terre et mer. Le tout devant un camaïeu de gris et un vol de hérons cendrés. Le plus grand cimetière marin d'Amérique du Nord avait de tendres annexes.

Malte

Quand je suis allé pour la première fois à Malte, en 1974, le Premier ministre Dom Mintoff venait tout juste de parachever l'indépendance, et de sortir du Commonwealth britannique. C'était un travailliste fort à gauche et il avait, dans l'urgence, trouvé un nouvel allié, et riche : son quasi voisin Kadhafi. Je me rappelle qu'à La Valette, l'ambassade libyenne, tous balcons déployés, trônait un peu comme celle des « amis » soviétiques à Cuba ou américains à Tel-Aviv. Après tout, la singulière langue maltaise est un hybride de racines latines – venues de Sicile – et de métissages arabes. On avait le sentiment d'être vraiment au carrefour de la Méditerranée.

En découvrant l'île, tout s'est compliqué. C'était plus qu'un carrefour, c'était un carrefour de carrefours – et je ne parle pas seulement de Ġgantija, sur l'île de Gozo, édifice qui remonte au IVe millénaire avant Jésus-Christ, un des plus vieux qui soient connus. Les bateaux de Marsaxlokk, magnifiquement colorés, m'évoquaient, avec leurs yeux peints à la proue, ceux du monde minoen, les dalles en marbre de la cathédrale Saint-Jean, au cœur de la capitale, chacune dédiée à un chevalier de l'Ordre, saluaient la victoire du grand maître Jean Parisot de La Valette contre les Ottomans, le *palazzo* Falzon, à Mdina, sublime cité du silence, me renvoyait à un Moyen Âge érudit et raffiné, sans oublier que le Caravage, coupable de meurtre en la sainte ville de Rome, vint ici peindre un génial saint Jean-Baptiste, feindre d'être devenu dévot, et se battre la nuit comme tout provocateur qui se respecte. Je nageais parmi ces signaux brouillés, et, cerise sur le pudding, j'admirais en fin de journée les *bow-windows* intégrés aux façades dorées de la vieille ville. Malte est une île vertigineuse où il faut arriver par la mer, sous les remparts blancs qui la défendent. Le reste est inépuisable.

Mais cette île est bien autre chose qu'un camaïeu d'histoire et de promenades culturelles. Y revenant et y revenant encore, j'ai compris peu à peu qu'une constante, là-bas, traverse les siècles : le secret, le clair-obscur, l'entre-deux, le non-dit. Voire le mafieux. Si vous imaginez que les pieux chevaliers, forts de leurs six ou huit quartiers de noblesse et revenus des croisades quelque peu esquintés (avant d'être chassés de Chypre, puis de Rhodes, enfin de Malte même par Bonaparte et contraints de se replier sur Rome), ne sont qu'une association caritative, demandez-vous pourquoi le pape François en personne a, début 2017, exigé la démission du grand maître Frá Matthew Festing, et l'a remplacé, ce qui ne s'était pas fait depuis l'an 1113, par un Italien dûment contrôlable. N'étant point cardinal, je ne détiens pas la clé de l'affrontement, mais affrontement il y eut. Discret quoique plénier.

Depuis l'indépendance, l'île s'est cherchée. Elle se savait, de par sa petite taille et le faible nombre de ses habitants – 430 000, soit 1 400 au kilomètre carré, record d'Europe –, condamnée aux activités « de niche ». Elle a tenté le textile, l'électronique, la pharmacie, mais subissait la concurrence de l'Asie du Sud-Est. Elle a aussi envisagé le tourisme de masse, en détient le potentiel mais non les moyens d'accueil : pas assez de terrain, de pierre, d'agriculture, et surtout d'eau potable qu'elle fabrique grâce à des usines de désalinisation horriblement coûteuses et polluantes. Il lui fallait autre chose. Les Maltais sont gens de ressource, ils ont trouvé : comme d'autres pays insulaires mais avec un culot et une discrétion exemplaires, ils ont investi le créneau des interstices du système, le créneau de la dérogation légale.

Paradoxalement, pour se déployer efficacement sur pareil terrain, il fallait appartenir à l'Union européenne. Les démarches d'approche ont été laborieuses, le temps de la tutelle libyenne appartenait au passé, et l'adhésion a été conclue en 2004. L'ambition de l'île n'était pas de se positionner comme une place *offshore*, mais, au contraire, comme un membre légitime de l'Europe qui vous apporte tout ce que l'Europe peut apporter, mais en s'installant à la lisière de la légalité. Par exemple, un pavillon de complaisance très complaisant quoique parfaitement réglementaire. Par exemple, une délivrance de passeports – moyennant 1 million d'euros pièce – qui permet aux oligarques de Russie ou aux princes saoudiens de circuler sans visa dans l'espace européen. Par exemple, un taux de TVA de 5,4 %, un impôt sur les sociétés encore plus attirant que celui des Irlandais. Tout cela, non pas hors la loi, mais à la limite extrême de la loi, les institutions bruxelloises se contentant, au pire, de froncer les sourcils.

À la manœuvre, pendant dix-huit ans, et quel que soit le parti au pouvoir, un ancien biologiste, le professeur Bannister, responsable de l'Autorité des services financiers de Malte (MFSA). C'est lui qui a bâti la finance du pays, contrôlant les banques, les assurances, le registre du commerce. C'est lui qui a eu la main sur la nomination des hauts fonctionnaires impliqués. C'est lui qui, conjointement, était le vice-président de Finance Malta, agence dont la fonction était de promouvoir l'investissement dans l'île.

Lors de l'enquête déclenchée par les Paradise Papers, le Consortium international des journalistes d'investigation a relevé qu'il dirigeait aussi plusieurs fonds d'investissement aux îles Caïmans, et que les archives du cabinet (panaméen) Appleby le donnaient comme gestionnaire d'une société domiciliée aux îles Vierges britanniques, société connue pour avoir des intérêts dans un consortium russe coupable d'avoir détourné des fonds publics de la Banque européenne pour la reconstruction et le développement. (Il s'est justifié auprès des journalistes en déclarant que le superviseur maltais de ces activités était parfaitement au courant, mais que ledit superviseur était, hélas, mort, et l'ordinateur sur lequel tout cela était stocké détruit car hors d'usage…) En outre, des rapports internes d'Appleby décrivaient l'Autorité maltaise comme « un des régulateurs les plus accessibles d'Europe » et son président comme « particulièrement accueillant ». Du reste, « Joe » Bannister l'a confirmé sans ciller à un journaliste du *Monde* : « L'arrivée d'un cabinet d'avocats *offshore* international ne pouvait que favoriser un développement positif pour la croissance de Malte comme centre financier… »

Le « professeur », qui commençait à trop sentir le soufre, a, officiellement, pris une retraite amplement méritée après toutes ces années d'efforts. Mais le système perdure avec bonheur et succès. Avant même qu'Emmanuel Macron décide d'exempter les yachts de l'IFI (impôt sur la fortune immobilière), Malte avait amplement pris les devants : les propriétaires de ces gigantesques navires sont exonérés ou quasiment exonérés de tout ce qui, en d'autres lieux, leur tombe dessus : TVA, impôt sur les sociétés, taxes sur les produits pétroliers, etc. En 2015, le prince héritier d'Arabie Saoudite, l'illustre Mohammed ben Salman, a repéré en France le *Serene*, un des plus grands et luxueux yachts du monde, propriété d'un milliardaire russe, Yuri Scheffler. Séduit, MBS, comme on dit, a rondement mené l'affaire : en quelques heures, le bateau de 133 mètres, sept ponts, deux hélicoptères, etc., changeait de main. Mais, avant signature, il prenait le large pour gagner « les eaux internationales de la Méditerranée occidentale ». Les enquêteurs ont retrouvé le contrat dans les Paradise Papers. En venant à Malte, MBS a économisé 84 millions d'euros sur les 429 que représentait la vente. Tous les professionnels du secteur connaissent cette exemption de TVA. À quoi s'ajoute une formule de *leasing* très alléchante : vous faites l'acquisition d'un yacht en location-vente *via* une société maltaise et vous vous le louez avec un taux de TVA à prix cassé : au bout d'un certain délai, le bateau est à vous, toutes taxes contournées. N'importe quelle officine compétente de l'île sera en mesure de vous épargner une TVA à 18 %.

Très loin du nautisme, les Paradise Papers ont révélé que non seulement des sociétés d'assurances, mais aussi des mutuelles publiques empruntent les sentiers maltais.

On savait que PSA, Renault ou Auchan avaient soustrait au fisc national 141 millions d'euros en domiciliant leur offre d'assurances à Malte. Mais on ne savait pas que la mutuelle Intériale, qui compte 500 000 adhérents parmi le personnel des préfectures, les agents territoriaux ou les policiers français, avait ouvert une filiale à La Valette, ce qui lui permet de réduire son impôt sur les sociétés de 33,3 à 5 %. Ce n'est pas un paradis fiscal, tout est parfaitement légal et contrôlé, objectent les gestionnaires : un pays membre de l'UE est légitimement en droit de mener une politique d'incitation qui lui est propre. Malte se conforme aux règles européennes en matière de transparence et d'échange d'informations. Rien à ajouter, sinon que Bruxelles tolère l'intolérable. Si elle souhaitait réguler les dérives, elle le pourrait. C'est donc qu'elle ne le souhaite pas.

L'île élégante, saturée d'histoire, où les couples d'amoureux se promènent en calèche le long des quais de Sliema, serait-elle devenue « toxique » ? Après l'assassinat de la journaliste enquêtrice Daphne Caruana Galizia, dont la voiture a explosé le 16 octobre 2017 et dont les assassins ne semblent guère recherchés par le gouvernement travailliste de Joseph Muscat, élu et réélu sans problème alors que deux de ses proches ont été dénoncés par les Paradise Papers. Il a fallu que le chef de cabinet de Muscat soit compromis dans l'assassinat de la journaliste pour que ce dernier démissionne. Mais le réseau tient bon. Le successeur du Premier ministre sortant a proclamé qu'il s'inscrivait dans le droit fil de la politique dominante. Nombre de Maltais ont perdu toute illusion. Que leur île ait rêvé de devenir une sorte de Dubaï méditerranéen, pourquoi pas ? Mais que les scandales mafieux aillent jusqu'au sang, et ce en quasi-impunité, c'est une autre affaire. Jacob Borg, reporter au *Times of Malta*, confesse que son pouvoir d'investigation est limité par des « intimidations récurrentes », et que seuls ses confrères étrangers sont peut-être à même de tenter une radiographie du pays qui ne soit ni censurée ni complaisante.

Mais, bien sûr, chacun est libre de se contenter des temples mégalithiques, du marbre des chevaliers, de l'austère Mdina, et de ce petit goût d'Angleterre qui plane encore au détour des rues. C'est l'invisible qui tue. En silence ou presque.

Manus

Parmi les auteurs que je rêvais de publier dans ma collection, aux Éditions du Seuil, il en était un plus singulier que les autres. On le disait très difficile à joindre, un peu comme Chris Marker qui ne donnait son téléphone (s'il en avait un) à personne, et qu'on était prié de contacter *via* une boîte postale. Cet auteur rêvé, c'était Pierre Ryckmans, *alias* Simon Leys, dont les écrits sur le maoïsme furent un coup de tonnerre pour les sectateurs du *Petit Livre rouge* comme pour les autres – dont moi. Je me rappelle cette séance d'« Apostrophes » où il a littéralement pulvérisé sur place la très dévote Maria Antonietta Macciocchi, laquelle nous avait conté la Chine comme le regretté André Stil nous contait dans *L'Humanité*, en 1956, Budapest « souriant au milieu des ruines »... Et sa disparition me fait terriblement regretter qu'il ne puisse river son clou au négationniste Alain Badiou.

Grâce à un ami commun, j'ai fini par lui mettre la main dessus, et lui arracher *L'Ange et le Cachalot*, recueil d'essais sur la littérature, la traduction et la source chinoise. Dans la vie, la vraie vie, Leys était attachant, drôle, caractériel, spirituel, et belge jusqu'au bout des ongles, sachant rire de ce rire vachard qui n'épargne personne, et surtout pas celui qui l'émet. Je revois sa silhouette dégingandée, sa barbe de marin et ses yeux fatigués.

Mais une chose m'étonnait : qu'est-ce qu'un type comme lui, un type si indépendant, éthique, chrétien et sourcilleux, pouvait trouver à l'Australie ? Je savais qu'on était venu le débaucher jusqu'à Hong Kong pour enseigner la littérature chinoise à Canberra (l'université française, fort pénétrée par les admirateurs de la Révolution culturelle, lui avait fermé ses portes), puis à Sydney. Leys en Australie, hormis la splendeur de la barrière de corail, cela me paraissait aussi étrange qu'Orwell chez les Birmans. Le surf, que je sache, n'était pas sa passion première, ni le culte du corps savamment bodybuildé. Quand je pense à cette île-continent, si violemment rouge vue du ciel, je songe immédiatement à la férocité de *The Dead Heart*, le premier et peut-être meilleur roman de Douglas Kennedy, lequel ne trouva, m'a-t-il confié, aucun éditeur aux États-Unis, ni d'ailleurs en France, si ce n'est Patrick Raynal, alors patron de la « Série noire », qui l'accueillit bien que ce ne fût nullement un roman policier, juste un réquisitoire sans appel – on lui donna pour titre *Cul-de-sac*.

Avouons-le carrément : l'Australie – je ne parle pas des personnes, je parle des politiques –, pour moi, c'est non, trois fois non. Question de rapport à l'autre. Savez-vous que les autochtones, les Aborigènes, qui se trouvaient là depuis cinquante mille ans, ne sont devenus pleinement citoyens qu'en 1967, au terme d'un référendum ? Savez-vous que, lorsque les Britanniques prirent possession du territoire, en 1788, ils dépossédèrent les habitants de tout droit foncier, décrétant cet espace *terra nullius* (la terre de personne), et que la qualité de premiers occupants du sol ne leur fut concédée qu'en 1993 ? Savez-vous qu'au XXe siècle, le Native Welfare, l'administration australienne, s'acharna à les déraciner, à les boucler dans des réserves, à les priver de leurs enfants ? Savez-vous que, parmi ces enfants, ceux qui avaient la peau plus claire étaient raflés, arrachés à leurs familles et expédiés loin des leurs pour servir les colons – un enfant sur cinq a ainsi été déporté ? Savez-vous enfin que les politiques appliquèrent la stratégie dite du « blanchiment » qui consistait à choisir les individus les moins noirs afin que leur « tare » originelle s'estompe peu à peu ? Il y avait, quand les Britanniques débarquèrent, entre 250 000 et 750 000 aborigènes. Au début du siècle dernier, il en restait 31 000, victimes de massacres, d'infections délibérément transmises par des vêtements contaminés, par l'empoisonnement des points d'eau.

La lutte des quelques survivants a fini par porter ses fruits, par faire éclore des lois, par déclencher de rares restitutions. Vous objecterez que ces atrocités étaient une sorte de loi commune, que Christophe Colomb et ce qui s'ensuivit n'étaient pas moins sauvage envers les sauvages, et que j'aurais mauvaise grâce à épingler spécifiquement l'Australie que maints anthropologues ont étudiée avec passion et sévérité, de Mauss à Durkheim, de Durkheim à Lévi-Strauss.

Sans doute. Mais j'observe que ces pratiques abominables trouvent aujourd'hui une sorte de continuation effrayante, et j'en veux pour preuve ce qu'il se passe sur l'île de Manus.

Il s'agit d'une des îles de l'Amirauté, la plus grande de Papouasie-Nouvelle-Guinée, 100 kilomètres sur 30, quelque 40 000 occupants. Une île volcanique, en partie couverte de forêt tropicale humide, que les Australiens et les Japonais se sont disputée pendant la Seconde Guerre mondiale, les premiers réussissant à tenir leur position malgré les bombardements. À partir de 2012 (une expérience avait auparavant été conduite sous le doux nom de « Solution du Pacifique »), les Australiens ont conclu un accord « humanitaire » avec le gouvernement de Papouasie-Nouvelle-Guinée pour qu'un centre de détention soit construit à Lorengau, la capitale, afin d'y interner tout demandeur d'asile arrivant illégalement par la mer, y compris s'il peut prétendre au statut de réfugié. Or ces migrants, essentiellement des hommes afghans, srilankais ou iraniens, sont en règle générale des candidats à ce statut, conformément aux conventions internationales. Mais les autorités australiennes, pratiquant la politique du « zéro réfugié », justifient cette violation des règles onusiennes en avançant qu'elles protègent ainsi les populations concernées des passeurs qui les exploitent. Les ONG australiennes, elles, soutiennent qu'il s'agit d'un calcul cynique pour « externaliser » la question.

La sujétion de la Papouasie-Nouvelle-Guinée à l'Australie est facile à comprendre : ce n'est qu'une question d'argent, on échange les migrants importuns contre des investissements dans les domaines de l'éducation et de la santé. Et les 6 000 habitants de Lorengau sont condamnés à cohabiter avec les arrivants, car il est arrêté que c'est l'île qui accorde le statut, et non les Australiens – Ponce Pilate doit s'en frotter les mains. Ce régime bâtard fonctionnait vaille que vaille quand, au printemps 2016, la Cour suprême de Papouasie-Nouvelle-Guinée a déclaré illégal le camp de réfugiés et ordonné sa fermeture. La Cour a précisé que ce centre était « contraire à la dignité humaine ».

À partir de là, tout se corse, tout s'embrouille, et l'on bascule dans un chaudron du diable. Le camp fermé, les anciens occupants, qui seraient au nombre de 2 000, sont livrés à eux-mêmes, s'entassent dans des structures de tôle qu'un rapport d'Amnesty International décrit comme infestées de moustiques, dans la touffeur d'une chaleur humide. L'eau a été coupée, les migrants sont condamnés à creuser eux-mêmes des puits, à boire dans la boue, dans les poubelles, sans alimentation convenable. Au demeurant, la population de la ville leur est souvent hostile, la police se montre brutale, l'accès à l'hôpital leur est interdit alors que maladies chroniques et troubles psychologiques se multiplient et ne sont plus pris en charge. Tout le monde, à commencer par le Haut-Commissariat pour les réfugiés, se retourne vers l'Australie où des manifestations invitent le gouvernement de Canberra à « prendre ses responsabilités ». Mais ce dernier reste absolument inflexible, ne veut rien savoir ni rien faire.

C'est la Première ministre de Nouvelle-Zélande qui tente de s'interposer, offre d'héberger 150 personnes.

Paradoxe : une terre naguère peuplée de déportés, de relégués, de migrants, après s'être livrée à un ethnocide méthodique, refuse l'asile à quelques hommes qui ont affronté l'océan pour parvenir jusque-là. On lui souhaite de jouir « en paix » de ses merveilleux spots de plongée, de son opéra grandiose, de ses kangourous pittoresques, de ses évêques pédophiles et de sa modernité réservée aux Blancs plus blancs que blanc.

Marquises

Il n'avait que vingt-trois ans et venait de Manhattan. Son père était mort, sa famille, plutôt bourgeoise, se trouvait endettée et minée par les à-coups financiers. Il avait travaillé dans une banque, tenu un poste d'instituteur, repris le lycée, vainement tenté sa chance dans l'Ouest, et s'était engagé comme mousse, à la dure, sur un bateau qui traversait de New York à Liverpool. Et puis, le 26 décembre 1840, sur l'île de Nantucket, au sud de Boston, là où s'enrôlaient tous les chasseurs de baleine, il avait signé – en échange de 84 dollars – pour devenir matelot à bord de l'*Acushnet*, un trois-mâts qui partait en campagne.

Pour voir du pays, il a vu du pays. Il s'est enfoncé dans l'immensité du Pacifique – les « mers du Sud », comme on dit –, a fait escale aux « îles enchantées », aux Galápagos, et est reparti plus loin, toujours plus loin, dans le sillage des cachalots. Enfin, au début de juillet 1842, l'*Acushnet* s'est ancré en baie de Taiohae, le principal mouillage des Marquises sur l'île de Nuku Hiva. Ailleurs, les pentes de basalte, les parois vertes de falaises aiguës étaient trop inhospitalières, d'autant que l'océan poussait contre elles ses rouleaux qui explosaient fougueusement. Et c'est là que Herman Melville, en compagnie d'un autre marin prénommé Tobby, a résolu de déserter. Parce qu'il en avait assez de la discipline, de la schlague, de la monotonie des trop longues traversées.

Déserter, ça n'était pas rien. Si vous étiez rattrapé, ce qui vous attendait était pire que la prison, parfois pire que l'esclavage. Melville profita de l'agitation provoquée par les Français qui, au même moment, avaient pris pied sur l'île, désigné comme « couple royal » deux marionnettes à leur botte qu'ils couvraient d'honneurs goguenards en attendant d'imposer leur propre souveraineté. « On ne saurait, écrivit-il plus tard, s'étonner que ceux qui complotaient une si insigne violation des droits de l'humanité aient tenté d'en voiler l'énormité aux yeux du monde. Et pourtant, en dépit de leur conduite inique en cette matière comme en bien d'autres, les Français se sont toujours targués d'être la plus humaine et la plus civilisée de toutes les nations… »

En attendant, il fallait que les fugitifs s'éloignent. Ils choisirent la montagne. Les Marquises sont divisées en vallées profondes séparées par des arêtes redoutables – que nulle route, nul chemin ne reliait. Les ethnies qui occupaient ces territoires tranchés les surveillaient jalousement, n'hésitant pas à recourir aux armes si l'une empiétait sur le domaine de l'autre, tant il est vrai que les îles suscitent une infinie subdivision des terres et de leurs habitants – quand ce n'est pas des langues. Melville ne savait à peu près rien de ces peuples, sinon que les Hapaas étaient réputés accueillants et que les Taïpis, leurs voisins et adversaires, passaient pour de redoutables cannibales.

Après maintes péripéties, morts de faim et de soif, Tobby et lui se retrouvèrent dans une sorte de clairière, approchés par deux enfants nus et beaux qui se tenaient la main. Hapaas ou Taïpis ? Pas de chance : ils étaient chez les Taïpis. Mais ces derniers firent mentir la légende. Melville, flanqué d'une sorte de garde du corps souriant nommé Kory-Kory, découvrit la douce hospitalité du chef Mehevi, la nourriture débonnaire de la vieille Tinoa, et, *last but not least*, la grâce inépuisable de jeunes filles vraiment en fleurs.

« Chaque soir, conte-t-il dans le livre *Taïpi* qu'il publia à son retour, les filles de la case se réunissaient autour de moi sur les nattes, oignaient tout mon corps d'une huile odorante, suc d'une racine jaunâtre broyée au préalable entre deux pierres, et que dans leur langage elles nommaient *aka*. Et le suc de l'*aka* est d'autant plus lénitif et plaisant qu'il est étalé sur vos membres par les douces mains de nymphes exquises dont les yeux clairs vous regardaient avec tendresse… »

Pour le marin exténué, sale, vêtu de haillons, tant de raffinement, d'élégance, de partage des heures et des jours entre le loisir, l'esthétique, le chant et le travail savamment dosé dessine une figure du « bon sauvage » que Jean-Jacques Rousseau n'eût pas reniée : « J'aurais bien aimé voir un instant confronter une tribune de ces beautés qui se pavanent en un jour de couronnement à l'abbaye de Westminster avec cette troupe de jeunes insulaires : la raideur, le formalisme et l'affectation des premières opposées à la vivacité sans artifice et aux grâces naturelles sans voiles de ces vierges sauvages. Ce serait comme la Vénus de Médicis à côté d'une marotte de modiste. »

Parmi lesdites insulaires, il en était une, nommée Faïaoahé, dont le protestant Melville ne nous décrit pas tous les talents, mais les laisse entendre. Au fil des pages de *Taïpi*, il prend de plus en plus nettement parti, se fait l'avocat de la société dans laquelle il s'est retrouvé par hasard et par nécessité : « Il n'y avait pas de vieilles dames hargneuses, pas de farouches belles-mères, pas de vieilles filles rancies, pas de vierges chlorotiques, pas de vieux garçons aigris, pas de maris volages, pas de jeunes hommes mélancoliques, pas de poètes pleurnicheurs, pas de marmots braillards. Tout était joie, liesse et parfaite bonne humeur. Les "papillons noirs", l'hypocondrie et les profonds soupirs allaient chercher un refuge parmi les creux et fissures des rochers. »

Il découvrit, peu à peu, que ce prétendu « état sauvage » était fort réglé, que, les femmes étant moins nombreuses que les hommes, la polyandrie était non seulement admise mais ordonnée. Les adolescentes avaient le droit de se choisir un amoureux et d'entretenir avec ce dernier une relation tendre et privilégiée, voire exclusive. Mais ce n'était, dit-il, qu'une « gambade de l'affection » : dès que ce premier amour s'atténuait un peu, un second prétendant, plus mûr, invitait le couple à s'installer chez lui, et tous trois semblaient mener une vie harmonieuse.

« Il y a, paraît-il, en pays civilisé, des gens qui, en sus de leurs femmes, épousent à l'étourdie des familles nombreuses, mais je n'avais pas idée qu'il existât des endroits où les gens épousent en même temps qu'elles des maris supplémentaires. L'infidélité de part et d'autre est chose exceptionnelle. Personne n'a plus d'une femme, et aucune femme d'âge mûr n'a moins de deux maris, voire elle en a trois, mais ce dernier cas est peu fréquent. Le lien matrimonial, quel qu'il soit, ne paraît pas indissoluble, car il se produit parfois des séparations. Mais celles-ci n'entraînent pas de désagrément, et ne sont point précédées par des querelles : pour la simple raison qu'une femme maltraitée ou un mari tarabusté ne se voient pas obligés de régler une note à la chancellerie pour obtenir leur divorce. » Et Melville de s'interroger sur le « barbare » et le « civilisé » en des termes qu'employait Montaigne deux siècles et demi auparavant.

À Taïpi, les rituels lui paraissaient assez incompréhensibles. Il assista à une « fête des calebasses » qui lui parut grandiose, impressionnante, mais indéchiffrable. En revanche, il constatait chaque jour l'emprise et l'absolue observation des tabous. Le mot est d'ailleurs d'origine mélanésienne (Cook, en 1777, à Tonga, constata ainsi que les chefs ne devaient ni s'asseoir ni manger comme les autres, ce qui se disait *tabou* ou *tapou*), et, dans les sociétés polynésiennes, il apparut qu'il s'agissait d'interdictions coutumières véhiculant une force d'obligation morale, d'une parfaite interpénétration du social et de l'invisible.

Melville remarqua vite que la pêche était strictement l'affaire des hommes ou que l'accès au Ti, le lieu propre des chefs et des anciens, où des crânes étaient réunis, excluait toute présence féminine. « Mehevi faisait office de grand maître de l'endroit et il y passait la plupart de son temps ; on était sûr – même à certaines heures de la journée où ce lieu était abandonné de presque tous hormis les centenaires à l'aspect de vert antique, partie intégrante du bâtiment – d'y trouver le chef lui-même en train de jouir de son *otium cum dignitate* sur les nattes voluptueuses qui recouvraient le sol. Chaque fois que j'apparaissais, il se levait et, comme un gentleman faisant les honneurs de sa résidence, m'invitait à me reposer où bon me semblerait ; il appelait *Tammari* (*Boy*), et un jeune garçon d'apparaître, qui disparaissait un instant pour revenir avec quelque mets savoureux… »

Herman Melville était-il au jardin d'Éden ? Il se le demandait tout en songeant à fuir, car il ne se voyait guère finir son existence dans ce monde doux, fût-il le meilleur des mondes. D'autant que son ami Tobby avait soudainement disparu lors d'une échauffourée avec les Hapaas. Apprenant qu'un navire allait relâcher aux Marquises, à destination de Tahiti, il prépara sa fuite discrète (par la mer), ignorant si ses hôtes toléreraient ou non son escapade.

Et Faïaoahé pleura beaucoup.

Mais, par la suite, il ne cessa de s'inscrire en faux contre le tableau qu'on donnait des « cannibales ». Sans exclure cette pratique rituelle (on la sait aujourd'hui avérée), il essaie, ethnologue amateur, de la détacher des récits effroyables propagés notamment par les missionnaires ou les aventuriers. « On m'objectera que ces scandaleux misérables sans principes sont anthropophages. Très juste. Et il faut admettre que cela ne leur fait pas honneur. Mais ils ne le font que lorsqu'ils cherchent à assouvir leur soif de vengeance sur leurs ennemis ; et qu'on me dise si le simple fait de manger de la chair humaine surpasse tellement en barbarie cette coutume qui sévissait voici peu encore dans la progressiste Angleterre : un condamné pour haute trahison (c'est-à-dire parfois un homme coupable de loyauté, de patriotisme et autres crimes odieux) avait la tête tranchée au moyen d'une grosse hache, les entrailles arrachées et jetées au feu ; tandis que son corps, taillé en quatre quartiers, était exposé ainsi que sa tête sur des piques et laissé à pourrir sur la voie publique. » Et de pourfendre « la fumisterie involontaire dans certaines relations que nous font des hommes de science sur les institutions religieuses de la Polynésie ».

Après s'être arraché aux bras délicieux de sa belle, au terme d'un séjour de deux mois, Melville réussit à gagner le baleinier australien *Lucy Ann*. Ce n'était que le début de nouvelles péripéties. Parvenu à Tahiti, il fut jeté en prison pour avoir participé à une mutinerie sur ce dernier. Il s'échappa, gagna Moorea, trouva un autre bateau qui, lui, partait pour Hawaï. Et, là-bas, il s'engagea comme simple matelot à bord de l'*USS United States*. La vie militaire, même en mer, lui fut un supplice, et il honora fréquemment de sa personne la prison du navire. Il ne rejoignit Boston qu'en 1844, quatre années après son départ.

Un an plus tard, il achevait d'écrire *Taïpi*, son premier livre. S'il avait parlé à sa famille d'intentions littéraires, il n'était jamais passé à l'acte et son nom se trouvait royalement inconnu de la République des lettres. D'ailleurs, il démarcha en vain les éditeurs américains, et son texte, finalement, ne fut pris – avec des pincettes – qu'à Londres. Mais le succès, lui, fut immédiat. Et tant qu'il resta dans la veine de l'aventure et de l'exotisme, tout alla bien pour lui. Jusqu'à *Moby Dick*, en 1851. Pour un bide, ce fut un bide, les ventes s'effondrèrent, et, chez les critiques américains, il ne s'en trouva qu'un, son ami intime Nathaniel Hawthorne, pour louanger les vertus et les vertiges de ce monstre abyssal. La carrière de Melville écrivain s'arrêta net, et il termina sa vie professionnelle comme inspecteur des douanes de la ville de New York – il en fut, paraît-il, le seul élément incorruptible. Le monde littéraire l'avait purement et simplement effacé.

Mais, en attendant que justice lui soit rendue, il avait poussé un cri, un cri fort original que les Marquises lui avaient inspiré : « Qu'on civilise les sauvages, soit, mais qu'on les civilise en bien et non en mal. Qu'on supprime l'idolâtrie, mais non en supprimant les idolâtres. Les Anglo-Saxons ont extirpé le paganisme de presque tout le continent nord-américain ; mais, avec lui, ils ont pareillement extirpé la plus grande partie de la race rouge [...]. Dans les îles de la Polynésie, on n'a pas plus tôt renversé les idoles, abattu les temples, et converti les idolâtres en chrétiens nominaux, que la maladie, le vice et la mort font leur apparition. La terre dépeuplée est alors envahie par la horde rapace d'individus éclairés qui s'établissent dans ses limites et annoncent à grands cris le progrès de la Vérité... »

Sombres Marquises.

Ce fut un jour de deuil que ce matin de 1595 où le nommé Álvaro de Mendaña, tout jeune commandant, repéra l'île de Fatu Hiva, la plus méridionale de l'archipel, et baptisa ce qu'il apercevait « Islas Marquisas de Mendoza », en hommage à l'épouse du vice-roi du Pérou, lequel avait financé l'expédition. Ensuite, pendant quasiment deux siècles, on les laissa tranquilles, ces Marquises si lointaines. C'est James Cook, revenant de l'île de Pâques, qui renoua le fil en 1774, suivi de l'Américain Joseph Ingraham, vingt ans après, qui reconnut les îles du Nord. Et, sur leur lancée, surgirent les baleiniers, les pirates, les bagnards en cavale, les voyous de toute espèce. Lorsque les Français affirmèrent leur domination – au moment où Melville se cachait parmi les « cannibales » –, les Marquisiens étaient décimés, contaminés par ces étrangers brutaux, alcooliques, qui répandaient leurs bactéries et leur violence : variole, lèpre, tuberculose, véroles. Au début du XIXe siècle, on estimait la population autochtone à 50 000 habitants. En 1926, il en restait 2 000.

Quand Gauguin s'installe à Atuona, sur l'île de Hiva Oa, le 16 septembre 1901, il est passablement déprimé, marqué par la mort de sa fille Aline, gagné par la syphilis, il rêve de paradis « sauvage » et se heurte vite aux réalités de l'administration coloniale : il refuse de payer ses impôts, invite les îliens à agir de même, à se dresser contre l'occupant. « J'ai tout ce qu'un artiste modeste peut rêver », écrit-il à son ami George-Daniel de Monfreid. De la beauté jusqu'à plus soif, des vahinés à peine pubères (il a un enfant avec une fille de treize ans, Marie Rose Vaeoho), de solides ennemis (l'évêque, les gendarmes), il peint des merveilles, mais sa vie, comme sa jambe purulente, n'est qu'un cloaque quand il rend l'âme, deux ans plus tard, en sa « maison du jouir », haï par l'Église, condamné par l'État, rongé par l'alcool, rejeté par les Marquisiens eux-mêmes. Ses chefs-d'œuvre sont vus comme des croûtes, ne valent rien, ni en termes académiques ni sur le marché de l'art.

L'archipel ne va guère mieux que cet hôte bizarre, la population dépérit. Les Frères de l'instruction chrétienne, dits « de Ploërmel », c'est leur maison mère, en Bretagne, et les sœurs de Saint-Joseph de Cluny mènent une guérilla de tous les instants contre les « superstitions », contre les tabous mystérieux (l'accès des pirogues est interdit aux femmes, certaines vallées aussi, tout comme les repas mixtes, ou bien tel type d'arbre à pain, tel tatouage, et encore ce que produit le corps, les cheveux, les ongles, qu'il faut enfouir en des lieux bien précis, etc.). Les Marquisiens acceptent les chapelles, les vierges de Lourdes, les messes et les chants, mais refusent *in petto* de nier leurs traditions, leurs convictions fondatrices, leurs héritages.

En contrepartie d'une docilité affectée, les missionnaires s'efforcent d'endiguer les contagions, de fournir des soins, des médicaments. Et, à partir de 1920, la République elle-même s'émeut, amène des médecins, endigue la prolifération des maux. Peu à peu, la situation s'améliore. On ne sait pas encore guérir la syphilis ni la tuberculose, mais une information hygiéniste porte ses fruits : le nombre d'habitants, à tout le moins, cesse de décroître, les femmes enceintes sont suivies, les jeunes enfants protégés. La culture des Polynésiens décline, mais leur santé se rétablit.

Ils sont à présent près de 10 000, sur l'ensemble des îles. Fragmentés, terriblement dépendants de la métropole, de

Tahiti. Tout arrive par l'*Aranui*, le bateau de servitude qui fait la navette mensuelle – 1 500 kilomètres, quand même – entre Papeete et Nuku Hiva. Sans lui, plus d'essence, plus de médicaments, plus de biens de consommation ordinaires, plus de poulet pour la cantine des enfants. Tout, absolument tout est importé, donc cher. Et l'artisanat local, les objets destinés aux quelques touristes, est une mono-industrie très insuffisante. Les jeunes, quand ils ont de la chance, partent pour Tahiti comme, en France, on part pour la capitale. L'université est là, le travail est là, l'avenir est là. Et les Marquises, les Marquises orgueilleuses, jalouses de leur culture propre ou de ce qu'il en reste, demeurent terriblement excentrées, terriblement dépendantes.

Il est pourtant un domaine où les Marquisiens excellent : la pêche, la pêche artisanale. Là, ils sont autosuffisants, la ressource est abondante et protégée. Mais voici que, depuis l'été 2017, le gouvernement polynésien a décidé de concéder les eaux de l'archipel aux chalutiers industriels. Une compagnie s'est aussitôt mise à l'œuvre, a acquis 60 bateaux de 10 mètres, 12 de 30 mètres, et 6 de 50. La cible ? Le « thon obèse », le thon roi du sashimi japonais. Les entrepreneurs tahitiens escomptent en capturer 3 000 tonnes par an, toutes prélevées dans la zone des Marquises. Ce n'est qu'un début. Les Nations unies déploient des trésors d'arguments et de subventions pour contenir la pêche industrielle, et, dans le même temps, le gouvernement tahitien est prêt à doubler, dégrèvements fiscaux à l'appui, l'activité des bateaux usines. Les Marquisiens ne sont pas dupes. Ils savent que le thon obèse est en voie d'épuisement dans la plupart des mers, et que les très grandes nations, Australie, Chine, Japon, Indonésie,

Canada, Corée, Philippines sont disposées à aligner leurs capitaux pour exploiter de nouveaux gisements.

Les habitants de l'archipel ont le sentiment de ne pas peser lourd dans la bataille qui s'engage. Ils se disent prêts à résister, et on les croit, on veut les croire. Ce dont je suis sûr, c'est de ce qu'aurait pensé le baleinier – ou plutôt le déserteur ex-baleinier – Herman Melville, quant à l'avenir de son éden anthropophage.

Martinique

À ma décharge, j'invoquerai l'ignorance et la jeunesse. C'était la toute première fois que je mettais les pieds sur l'île, et j'étais décontenancé. Cette mer faussement ouverte, cette mer rugissante et carcan, et puis cette forêt, cette forêt tropicale dont André Breton avait dit, quand il s'était réfugié là, fuyant l'Occupation : « Pour peu que la lumière se voile, toute l'eau du ciel pique aussitôt sa tente, d'où pendent les agrès de vertige, et de l'eau encore s'égoutte à accorder des hauts instruments de cuivre vert... » Folle diversité des mondes, volcan, pitons, mornes, rivières et fleuves qui n'en finissent pas de charrier toute la sécrétion possible et inimaginable d'une terre pareille, jusqu'à ce qu'elle se perde, se dilue dans l'immensité océane. La mer et la forêt, deux abîmes en miroir.

Je connaissais la Dominique, la Guadeloupe. Là-bas, on m'avait plutôt mal parlé de la Martinique – sans excès, mais avec ce petit trait de fiel que les îliens savent si bien lâcher au coin d'un mot pour esquinter le plus proche : écoutez un Molénais parler des Ouessantins, un Ouessantin parler des Sénans, et ainsi de suite. Ce n'était pas dit, non, c'était implicite, juste esquissé. Nous autres, Guadeloupéens, nous sommes fiers et rugueux, nous sommes indisciplinés et arrogants, nous ne courbons l'échine ni devant Paris ni devant les touristes. Les Martiniquais, vous verrez, c'est plus aimable, c'est plus souple, c'est gentil, c'est souriant. Et cette amabilité et cette souplesse et cette gentillesse et ce sourire n'étaient point donnés pour des qualités, mais pour les indices d'un sens du compromis limite obséquieux.

En Martinique, ne relevant d'aucun *tour operator*, je n'ai pu tester la véracité de la pique. J'étais autonome et je suis blanc, c'était ma force et c'est ma faiblesse. J'avais, depuis la métropole, retenu une chambre dans un établissement qui s'appelait « Pension Leyritz », qui se vantait d'être en pleine nature et de posséder un jardin exceptionnel. En outre, j'avais noté que ladite pension se situait juste à côté de Basse-Pointe, tout au nord-ouest, le pays natal d'Aimé Césaire – que je tenais à visiter.

La Pension Leyritz avait dit vrai sur un point : son jardin était de toute beauté, il dominait la mer et je ne sais plus quel arbre monstrueux en balisait l'accès, entouré de toutes les fleurs dont la Martinique est capable. Du reste, j'avais lu, sur Internet, que Joseph Zobel, auteur de *La Rue Cases-Nègres*, les avait lui-même choisies et réparties, ce qui m'avait fait saliver. Le problème était que, dans mon ingénuité bretonne, je n'avais pas compris que cette « pension » était, en réalité, une « habitation », et que, là-bas, « habitation » signifie « plantation », ce qui signifie lieu d'esclavage.

Cela méritait assurément une visite. Toutes les composantes d'une habitation se trouvaient, en l'occurrence, parfaitement réunies. La digue en brique, la masse à canal, la « coulisse » de bois, le moulin à eau et sa sucrerie, la purgerie où s'assèche le sucre, la guildiverie ou distillerie, la case à lessive et la remise à morue destinée à stocker le ravitaillement des esclaves. En haut, superbe, pur XVIIIe siècle, la maison de maître aux murs blancs colorés en rose avec du sang de bœuf, ses meubles de bois chaud, sa galerie, éminente, culminante, prépotente. La maison du géreur venait ensuite, à mi-hauteur. Et puis, en descendant la rue Cases-Nègres, les petits logements de bois ou de ciment, couverts d'essentes et de tuiles, alignés comme à la parade.

Entre la montagne Pelée et l'océan, Michel Leyritz, l'an 1713, avait investi dans ce domaine. Il était d'origine bordelaise et, vu ses états de service, fut anobli au terme de sa vie féconde, promu capitaine de cavalerie au quartier de Basse-Pointe, et doté d'un écu : trois étoiles d'or sur fond d'azur, et trois salamandres vertes montant vers ces dernières.

Moi, le touriste breton, il m'était proposé d'occuper un logement d'esclave. Ce qui s'appelle une fulgurante reconversion.

L'habitation fut vite florissante. On y cultivait le manioc, la canne, les agrumes, les épices, le tabac et, plus tard, la banane. Tout allait bien, les quelque 330 esclaves qui s'entassaient dans leurs cases travaillaient dru et, d'ailleurs, n'avaient pas d'autre choix. Les seules catastrophes furent les ouragans qui obligeaient à rebâtir, l'éruption de la montagne Pelée qui submergea le jardin de cendres, la crise sucrière qui développa la distillerie (tafia, rhum), et, naturellement, l'abolition de l'esclavage, en 1848, laquelle contraignit les maîtres à importer de la main-d'œuvre indienne pour venir à la rescousse de travailleurs noirs qui, désormais, œuvraient « librement ». Au mieux de sa forme, la plantation occupait 500 hectares, et les ultimes descendants des esclaves se logèrent dans les cases jusqu'en 1970 – date à laquelle ils furent transplantés à l'extérieur, tandis que l'habitation périclitait et se scindait en maintes parcelles.

Tout cela m'intéressait fort. Je jugeais qu'il s'agissait d'un lieu de mémoire, d'une des exploitations les plus vastes de l'île, comparable à celles d'autres grandes familles, les Chalvet, les Pécoul, les Pocquet. Mais j'avais grandi dans le rejet du colonialisme et milité, avec mon père, contre la guerre d'Algérie, j'avais biberonné, dès mes jeunes années, Montesquieu et Victor Hugo, j'étais un pur produit de l'école laïque, et l'idée de nicher là, à l'exacte place des malheureux qui y avaient été importés, vendus et fouettés – si ce n'est pire –, je trouvais cela d'un total mauvais goût. Bien sûr, on pouvait ironiser sur le ricanement de l'histoire, sur les vertus pédagogiques concédées au petit Blanc qui s'en vient liquider ses états d'âme dans la case de l'oncle Tom. Il n'empêche : accepter ce sinistre jeu de rôles me faisait irrémédiablement penser aux Américains qui louent la chambre de veille d'Alcatraz pour fêter l'enterrement de leur vie de garçon.

Je rendis donc ma clé à l'hôtelier, qui s'en fichait pas mal, et m'en fus trouver asile chez l'habitant. L'image me revient d'une grand-mère tout à fait charmante, et qui craignait tant de paraître radine qu'elle remplissait à ras bord l'assiette d'excellente soupe, et y plongeait le pouce tout en racontant, mi-français, mi-créole, des histoires dont je me désespérais de ne saisir que la moitié tant elles paraissaient relevées – comme la soupe, ça va de soi. Il paraît que la « Pension » Leyritz, victime d'incuries hôtelières et du cyclone Dean, a fermé ses portes en l'an 2007.

La Martinique, je l'ai arpentée avec mes pieds et avec mes livres. Car les îles caribéennes sont incroyables. Elles sont incroyables à voir, leurs plantes, du gommier au bois côte, du fromager au mancenillier, leurs animaux, de la mangouste au colibri, de la matoutou à l'engoulevent, sont un effarement privilégié. Mais la littérature ! Pourquoi faut-il que ces petits archipels douloureux, que ces archipels de rêve et de délire, aient engendré et continuent d'engendrer une telle kyrielle de talents ? Pourquoi faut-il qu'ils viennent et reviennent nous enseigner ce dont notre langue est capable, ce qu'elle peut receler dès lors qu'elle sort d'elle-même, devient enfin autre, maniée et remaniée au cœur, délestée de nos platitudes académiques, nos autofictions nombrilistes, nos romans d'hypokhâgne, nos sentiments en trois parties ?

Comme eût dit Arthur R., à la Martinique, je me suis baigné dans le poème. D'abord les lieux, juste la toponymie. André Masson, André Breton, Aimé Césaire et les collaborateurs de la revue *Tropiques* en avaient fait un poème inventaire : La Jambette, Favorite, Trou-au-Chat, Pointe La Rose, Sémaphore de la Démarche, Pointe du Diable, Brin d'amour, Passe du Sans-Souci, Piton Crève-Cœur, île du Loup-Garou, Fénelon, Espérance, Anse Marine, Grand'Rivière, Rivière Capot, Rivière Salée, Rivière Lézard, Rivière Blanche, Rivière La Mare, Rivière Madame, Les Abîmes, Ajoupa-Bouillon, Mont de la Plaine, Morne des pétrifications, Morne d'Orange, Morne Mitrail, Morne Rouge, Morne Folie, Morne Labelle, Morne Fumée. Tout cela emballé par Breton sous l'appellation *Martinique, charmeuse de serpents*.

Ensuite la forêt tropicale, la forêt jaillissante, « la cynthée merveilleuse sous laquelle s'effeuille une jolie nymphe parmi le lait des mancenilliers et les accolades des sangsues fraternelles », selon Aimé Césaire. (Peut-être faut-il mentionner que le lait du mancenillier, précisément, est tout sauf un onguent délicieux : il porte l'acide, la brûlure violente.) La forêt rafraîchissante, la forêt geyser, où la vie invisible et la mort invisible prolongent l'apparence touffue. La forêt consolatrice des brûlures, filtre de la lumière, mais aussi messagère de l'ombre, des ombres qui naissent du crépuscule.

Les Amérindiens caraïbes, définitivement ennemis de toute activité servile, furent massacrés jusqu'au dernier et « remplacés » – si j'ose écrire – par les Africains importés. Je ne saurais évoquer une quelconque transmission. Toujours est-il que les fantômes sont là, et que des créatures naissent de l'entame obscure. Ce que rapporte Joseph Zobel dans *La Rue Cases-Nègres*. Ne jamais saluer un inconnu quand la nuit tombe, c'est peut-être un zombi.

Toujours fermer ta porte parce que de mauvais esprits pourraient te lancer des cailloux douloureux à jamais. Ne pas parler de l'odeur qui te parvient la nuit tombée, ni fixer un chien dans les yeux. Et surtout, surtout, se méfier de « la quimboiseuse », Mam'zelle Abizotye, dont les attouchements sont maléfiques. Tout cela, et bien d'autres choses, d'autres êtres encore, rôde dès que la nuit s'abat sur l'île comme elle s'abat en zone tropicale : brutalement, radicalement, sans transition aucune.

Là-bas, la fête et la mort s'entrecroisent comme la douleur et le rire. Michel Leiris, qui séjourna pour l'UNESCO en Martinique et en Guadeloupe, note que « les veillées funèbres prennent l'allure de fêtes au cours desquelles se consomme force rhum, dont le défunt a souvent sa part ; dans ces réunions à la fois graves et animées, se pressent de nombreuses personnes venues pour saluer le mort, assister les deuilleurs, voir simplement se divertir en écoutant les conteurs spécialisés – ceux qu'à la Martinique on appelle des « craqueu's », diseurs de cracs – débiter en créole les récits et devinettes destinés à tenir en éveil les membres de l'assemblée ».

Quant à la vraie fête, non pas celle qui conjure le chagrin mais qu'on assume comme transgressive, Frantz Fanon, Martiniquais s'il en est, l'interprète, dans son maître livre *Les Damnés de la terre*, comme la « relaxation du colonisé » : « L'agressivité la plus aiguë, la violence la plus immédiate se trouvent canalisées, transformées, escamotées. Le cercle de la danse est un cercle permissif. Il protège et autorise. À heures fixes, à dates fixes, hommes et femmes se retrouvent en un lieu donné et, sous l'œil grave de la tribu, se lancent dans une pantomime d'allure désordonnée, mais en réalité très systématisée où, par des voies multiples, dénégation de la tête, courbure de la colonne, rejet en arrière de tout le corps, se déchiffre à livre ouvert l'effort grandiose d'une collectivité pour s'exorciser, s'affranchir, se dire. Tout est permis… dans le cercle. » Je ne connaissais pas le discours antillais de Fanon, je savais qu'il était né à Fort-de-France, je le connaissais par la guerre d'Algérie, par son combat indépendantiste, par ses recherches psychiatriques et son emprise sur la pensée émancipatrice des années 1960. Et voici que, en Martinique, tout cela me sautait à la gueule. Comme si cette échappée, cette excursion caribéenne n'était pas un détour exotique, mais un retour à la source.

Il faut commencer par le commencement. Il faut commencer par l'ancêtre, le pilier. Aimé Césaire. Les jeunots d'aujourd'hui (ils ont à peu près mon âge, les jeunots) ont tendance à considérer que c'est derrière, Césaire. Mais non. Césaire est toujours devant. Par sa volonté farouche de placer au centre le Nègre humilié, chosifié, le Nègre nié. C'est *Cahier d'un retour au pays natal*, c'est en 1939, juste après Ulm, avec ses amis de *L'Étudiant noir*. C'est l'irruption de la « négraille », de la « négraille aux senteurs d'oignon frit ». « Elle est debout, la négraille, inattendument debout… » Ce n'est pas une revendication, c'est de la rage crue. D'ailleurs, Césaire, bien plus tard, dans *Moi, laminaire*, alors même que les honneurs commencent à arriver, alors qu'on s'extasie sur l'ampleur, le raffinement de sa langue, maintiendra sans broncher : « J'ai eu, je garde, j'ai le libre choix de mes ennemis. » Connaître, identifier l'ennemi, ce n'est pas simple, ça n'a rien d'évident. Il l'écrit en 1946, dans *Et les chiens se taisaient* : « Qui m'appelle ? J'écoute je n'écoute pas. Il y a dans ma tête une rivière de boue d'ablettes de choses troubles et vertes, d'oiseaux morts, de ventres jaunes, de miaulements entrecroisés giclés très près du bâillon. » L'ennemi, c'est bien sûr le colonisateur, il le criera en 1950 : « Il faudrait d'abord étudier comment la colonisation travaille à déciviliser le colonisateur, à l'abrutir au sens propre du mot, à le dégrader, à le réveiller aux instincts enfouis, à la convoitise, à la haine raciale, au relativisme moral… »

Quand je pense que nos représentants métropolitains ont débattu sans rire ni pleurer au Palais-Bourbon, voilà très peu, de la considération qu'il serait décent d'apporter à l'« œuvre coloniale », et de l'opportunité d'inclure ce scrupule dans nos programmes scolaires. Césaire, messieurs-dames, Césaire !

Mais ensuite vient Édouard Glissant. Il n'a que quinze ans de moins que le pilier, mais la décolonisation est en marche et il se retourne vers la victime, vers l'entrelacs de ce qu'elle porte, de la langue qu'elle parle. Glissant a participé, et comment, aux combats d'indépendance, il a signé le Manifeste des 121 pour soutenir ceux qui, tel Francis Jeanson, ont fait le choix d'appuyer le FLN contre, non pas la France, mais l'armée et le gouvernement français. Ensuite, il revient vers sa terre, sa terre émergée. « Son silence est de vous appeler à ce feuillage de grandeur où naissent la mer, et les continents après elle, et toutes les saveurs réparties sous le couteau de la lumière, les nappes spectrales du silence, buses et blancheurs du cri, et toute chose épanouie vers son île quotidienne, hélante, et secrètement close, et muette autant qu'une splendeur… » C'est écrit, sous le titre *Un champ d'îles*, en 1965. Et les « nappes spectrales du silence » qu'il faut soulever sinon dissoudre, c'est ce qui entoure la « créolité ». Césaire a introduit la « négritude » dans la pensée caribéenne,

Glissant, lui, s'intéresse à ce qui lui semble être son complément indispensable, son dépassement contemporain : la « créolisation ».

« J'appelle ainsi, explique-t-il dans un entretien, des contacts de cultures en un lieu donné du monde qui ne produisent pas un simple métissage, mais une résultante imprévisible. Cela est très lié avec ce que j'appelle le chaos-monde. Un chaos-monde caractérisé, non par le désordre, mais par l'imprévisible. Essayer de pénétrer et de deviner la créolisation du monde, c'est commencer à lutter contre la standardisation généralisée qui atteint l'économie, le social, la culture. Il faut développer la pensée que la créolisation n'est pas une évaporation dans une sorte de gros magma, mais l'instauration, de plus en plus concrètement et de plus en plus poétiquement, de la relation entre le lieu où l'on est, d'où l'on élève la voix, et tous les lieux possibles du monde. »

Voilà qui interroge de plein fouet les Antillais, mais aussi nous autres, gens de métropole, en pleine réflexion sur l'identité, la langue, la culture, les brassages migratoires, les nostalgies d'un univers menacé sinon perdu.

Au moment où il théorise sa pensée, Édouard Glissant enseigne aux États-Unis et critique volontiers l'éloge qu'on dresse, là-bas, du métissage, d'un « multiculturalisme » qui est, selon lui, une manière d'évacuer les problèmes, d'éviter une réelle interpénétration. De même, il conteste la mode, chez les Noirs américains, d'un « retour à l'Afrique ». Les déportés, dit-il, ont suivi leur propre histoire, tout comme les Africains demeurés en Afrique. L'afrocentrisme, à ses yeux, est une forme d'enfermement, alors que la créolisation est dynamique, incertaine, poétique. « Il faut en finir, conclut-il avec l'idée de l'identité comme racine unique. Car cette racine est en rhizome, et la Caraïbe en est un exemple. Il est difficile, pour les gens, de concevoir que leur identité puisse avoir des ramifications. Or c'est la vérité. Un Cubain blanc peut danser aussi bien que moi, s'habiller de la même manière, manger les mêmes choses... »

Ainsi cette réflexion puissante interpelle-t-elle les siens, mais aussi les autres, qu'ils soient européens, américains, etc. Car la question qu'il pose se veut parfaitement universelle, quand bien même les réponses sont différentes et divergentes. Au demeurant, certains anthropologues contestent, précisément, ce caractère « tout terrain » de la créolité, affirmant que diverses sociétés fonctionnent et se conçoivent d'une autre manière et expriment leur propre identité culturelle sans passer par le « chaos » ni l'« imprévisibilité ».

Quoi qu'il en soit, d'autres écrivains et poètes martiniquais reprennent le concept et l'adaptent. Jean Bernabé, Patrick Chamoiseau, Raphaël Confiant publient ensemble un *Éloge de la créolité*. Interrogé après le prix Goncourt qu'il obtient pour *Texaco*, Chamoiseau s'explique sur l'urgence qu'il y avait, en Martinique, « de traiter une déperdition – déperdition de la langue – et une mésestime collective de nous-mêmes et de nos réalités ». Autant le héros d'Aimé Césaire est, selon eux, une sorte de Spartacus, rebelle, avec son épée dressée, autant il leur semble nécessaire d'« identifier cette dimension héroïque silencieuse, mais où nous n'avions pas une perception positive de nous-mêmes ». Penser la langue créole comme un trésor, aller chercher la beauté là où, apparemment, il n'y a pas de beauté. « Les gens avaient tellement peur de cette bâtardise, de ce truc qu'on ne comprenait pas, mélangé, méprisé, qu'ils se réfugiaient souvent dans l'universel ou dans une sorte de copyright des valeurs occidentales. Alors que nous, on dit : non, non, il nous faut retourner dans la poubelle, il nous faut retourner à la décharge de l'histoire. Revenez à vous-mêmes et, à partir de ce que vous pensez être de la boue, cherchez la beauté. »

En Martinique, mais aussi en Guadeloupe (la jeune Estelle-Sarah Bulle avec *Là où les chiens aboient par la queue* introduit le créole dans sa superbe langue narrative), en Haïti avec René Depestre (« Être poète, c'est avoir honte à toutes les joues qui ne peuvent rendre les coups… »), la créolité chemine, ressuscite, questionne, tente, venge, désire. Je me souviens qu'à la « Pension » Leyritz, une très vieille dame anglaise était assise près de « sa » case, et lisait attentivement. Quoi donc ? Peut-être bien Chamoiseau, dans *Chronique des sept misères* : « Les enfants, fauves cruels, se délectaient à l'écoute des tortures ou des abîmes de détresse, et dansaient frénétiquement quand Pipi, ses effets soigneusement dosés, assassinait le méchant maître et dévastait l'habitation… »

Miyajima

Le ciel est léger, le soleil brille, les avenues sont amples et paisibles, les enfants des écoles débarquent joyeusement des autobus qui les ont convoyés, chaque classe se signalant par la couleur de sa casquette – jaune, verte, bleue –, et les maîtres leur rappellent qu'on n'est pas là pour rigoler. Qu'on est là en pèlerinage.

Je suis allé maintes fois à Hiroshima. La cité est agréable, construite sur sept îles. C'est une grosse préfecture, quelque 250 000 habitants, tout est normal et fluide, les trains fonctionnent, les bâtiments sont modernes, un parfum de Sud s'accroche à l'air, et la carte de l'hôtel où j'aime descendre propose, au dessert, des crêpes Suzette, ce qui ne manque pas de me faire rigoler, alors que, moi non plus, je ne suis pas venu pour ça.

Je suis venu et revenu pour arpenter le parc du Mémorial de la paix, entre les rivières Ola et Motoyasu. À sa pointe, sur la droite, le dôme de Genbaku, structure métallique qui ressemble à un squelette d'observatoire (mais qui couronnait, en fait, un établissement de promotion industrielle). Rien de très remarquable, si ce n'est qu'il a résisté à l'explosion de la première bombe atomique jamais lancée pour de vrai, baptisée « Little Boy », larguée par l'*Enola Gay*, l'avion très longuement préparé qui a décollé depuis l'île de Tinian, aux Mariannes. Le 6 août 1945, à 8 heures, 16 minutes et 2 secondes, il a ouvert sa trappe. Son altitude était alors de 31 000 pieds, et la bombe a éclaté après une chute de quarante-trois secondes. Un seul essai avait précédé ce tir : un engin au plutonium, nommé « Gadget », avait montré son efficacité trois semaines plus tôt, le 16 juillet, sur la base aérienne d'Alamogordo, au Nouveau-Mexique. Les Américains ignoraient, pour l'essentiel, la véritable puissance destructrice de leur arme. Ils avaient pris grand soin d'épargner Hiroshima lors de leurs raids aériens conventionnels afin de mieux mesurer ce dont ils étaient capables.

Dix jours plus tôt, le 26 juillet, les dirigeants japonais, bien qu'exsangues, avaient refusé de signer la déclaration de capitulation qui leur était proposée, parce que les *yankees*, probablement désireux d'expérimenter *la* bombe, donc de susciter un rejet opiniâtre, y avaient introduit une clause symboliquement inadmissible : la destitution de l'empereur Hirohito. Les Russes, eux, étaient de longue date en pourparlers avec le gouvernement nippon, ils n'allaient pas tarder à attaquer en Mandchourie et l'issue dernière était écrite. Le recours à l'arme atomique était loin de faire l'unanimité au sein de l'état-major américain : MacArthur, l'officier le plus gradé dans le Pacifique, ne fut guère consulté, l'amiral Nimitz, commandant en chef des forces navales sur zone, émit des réserves comme nombre de ses collègues, Eisenhower lui-même rapporte dans ses mémoires qu'il se trouvait en grave désaccord. Mais le président Truman avait hâte d'en finir, hâte d'impressionner les Soviétiques, hâte de marquer l'opinion, lui qui n'avait été élu que vice-président et que, seule, la mort de Roosevelt avait porté à la Maison Blanche.

La température, au moment de l'incandescence, fut de 4 000 °C, et l'on estime que les vents générés atteignirent 800 kilomètres/heure. Le nombre des morts fait toujours débat, mais semble concerner entre 240 000 et 300 000 personnes, dont les trois quarts moururent le jour même. La plupart des autres, la peau arrachée, périrent dans les quinze jours qui suivirent. Une minorité survécut, se traîna, sans qu'on puisse estimer combien de cancers, de leucémies sont imputables à la radioactivité. Même le bombardement de Dresde se situa très loin du compte, quasiment huit fois moins. En Occident, le soulagement fut la première réaction. Churchill se félicita qu'une telle arme ait échappé aux nazis. *Le Monde*, daté du 8 août 1945, annonça « Une révolution scientifique ». Et Albert Camus fut bien seul à s'inquiéter dans *Combat* : « La civilisation mécanique vient de parvenir à son dernier degré de sauvagerie… »

C'est peut-être une curieuse manière d'aborder ainsi le Japon. Ne sommes-nous pas assez encombrés de *Pont de la rivière Kwaï*, de massacres de Nankin, de « femmes de réconfort » coréennes, de kamikazes aussi farouches qu'alcoolisés, de bataille d'Iwo Jima jusqu'à la mort et un peu au-delà ? Justement, ce que le voyage à Hiroshima m'enseigne, c'est une humanité plus obscure, plus composite, sibylline à jamais.

Ni les Portes de la Paix, ni le Musée national, ni le Cénotaphe en forme d'arche ne sont propres à ordonner la confusion des sentiments. Sans aucun doute, la plupart des Japonais qui viennent ici se recueillir ne s'imaginent nullement agresseurs mais pures victimes, comme si la violence de l'embrasement et la douleur de la capitulation avaient gommé les crimes de la dictature militariste nippone. Vous observez, vous cherchez bien, et le seul message qui vous parvient est brouillé, gluant : que la paix soit avec vous et que ceux qui la menacent s'écartent d'un lieu pareil. Soit. Mais c'est un peu court. Ce serait même un brin révisionniste. D'ailleurs, quand je pénètre dans le Mémorial – qui est circulaire, beau, subtilement éclairé, où l'on progresse doucement vers on ne sait quel rendez-vous, accompagnant des milliers de noms qui sont des gens, qui sont des disparus –, je finis par découvrir un panneau discret et traduit, où il est question de politique erronée, et puis c'est tout, n'en parlons plus.

Mais c'est alors que cela se déclenche. Car au bout du bout, à la fin du dernier cercle, il y a des sortes de petits bureaux avec des ordinateurs. Je m'assois et, d'un clic, je pénètre au royaume des morts. Au royaume des gens de ce 6 août 1945, des gens comme moi, des gens qui allaient chercher des fruits chez le marchand, qui conduisaient leurs enfants à l'école, des artisans qui partaient au travail. Des dizaines de milliers de fiches, de visages, d'histoires, d'agonies. Et là, j'oublie tout, tout ce qui est de l'ordre du colloque, de la délibération, de l'argumentation saine et normale des chercheurs qui se contredisent, des historiens qui polémiquent, des jeux idéologiques ou partisans : je patauge dans l'humanité, dans l'humanité souffrante, je visite, une à une, les images de ces corps en lambeaux, de ces peaux écorchées, de ces yeux qui saignent, je patauge parmi ces mots, ces bribes de mots, ces récits fragmentaires, interrompus, décousus. Et quand j'ai fini, quand on me dit que c'est fini, qu'il faut s'en aller maintenant, que c'est l'heure de fermer, de sortir, je porte tout ce fardeau, tout ce fatras sur moi, avec, en moi, la radicale incapacité d'imaginer le jour du

Jugement, l'hypothèse de la justice souveraine et de la paix qu'elle est censée générer, si rude soit le verdict.

Une image, une non-image me hante. Contre un fragment de mur ocre, j'ai vu distinctement, comme un négatif photographique, la silhouette d'un homme accroupi, la silhouette d'un homme inidentifiable qui a existé, qui a eu de la chair, de l'épaisseur, de la salive et des yeux, et qui a été littéralement « soufflé » par le vent de la bombe, par la radiation de la bombe, qui n'a été ni brûlé, ni fondu, ni haché : juste gommé, laissant après lui une sorte de pochoir, de trace inverse et invraisemblable, mais de trace précise. Une fiction réelle. Quelqu'un s'est réellement accroupi contre ce mur. Il paraît que c'est atomique, ce phénomène, que c'est, comme eût dit *Le Monde*, une révolution scientifique. L'empreinte de l'absence.

Et le soir, crêpes Suzette pour essayer de se délester. Mais, outre qu'il s'agit d'une totale erreur de casting alimentaire, ça ne marche pas : les écrans de la mémoire, de la mémoire impossible, ne s'éteindront jamais. Les trous de la mémoire demeureront des trous noirs.

L'antidote existe. Tout près.

À une quinzaine de kilomètres d'Hiroshima s'offre la splendeur des îles de la mer intérieure, îles touffues et bossues dont la végétation plonge dans l'océan. Et d'abord la plus proche et la plus sacrée : Miyajima. Avant l'ère Meiji, avant l'installation de l'empereur à Tōkyō et l'ouverture aux technologies industrielles occidentales, il n'était, paraît-il, permis ni d'y naître ni d'y mourir (ni d'y arracher un arbre, de tuer un animal ou de cultiver la terre). Pourtant, maints brûlés et irradiés s'y trouvèrent au grand soir atomique. Mais c'est du passé, c'est un tas de cendres dispersées au vent indéfinissable.

Ce sanctuaire-là, dont la conception remonterait à l'an 811, est la butte témoin du shintoïsme. Bien sûr, le temps, les incendies ont contraint les hommes à ravaler, à reconstruire. Mais c'est toujours le même vaisseau qui s'avance sur la vague, ce sont toujours les mêmes pilotis plantés dans le sable gris. Et le même rouge orangé qui toujours compose avec les reflets de l'eau. En outre, dans la pensée shinto, l'éternel, l'immuable ne sont guère bienvenus. On refait à l'identique, mais on refait, car tout est périssable sur ce Japon qui tremble et tressaute.

Pour une fois, moi qui goûte les eaux basses, les saveurs de l'estran, j'éprouve une prédilection pour la marée haute. Car ce temple, ces temples, et les cinq étages de la pagode qui domine l'ensemble, c'est un navire complet, un navire altier. D'abord le *torii*, le portique sacré en bois de camphrier, dressé sur ses six pieds et cependant gracieux. Puis ces jetées ponctuées de lanternes. Et ces pavillons dont le principal est dédié aux trois filles de Susanoo, un *kami* fougueux dont les descendantes protègent les bateaux, les pêcheurs, les chemins maritimes. Les coursives abritées mènent au très ancien (le plus ancien, dit-on) théâtre japonais où se donnaient des représentations de nō, des spectacles de bugaku (ballets et musiques de cour). L'envie me saisit de dévider le carnet touristique, d'évoquer les érables et les pêchers, de souligner la cohabitation tranquille du shintoïsme et du bouddhisme, de peindre les 500 statues des disciples de Shaka Nyorai, chacun coiffé d'un bonnet de laine. Et encore de vous entraîner, tout là-haut, vers le sommet du mont Misen où la mer se livre entière, où les singes facétieux guettent le pèlerin. Et je n'ai rien dit des rituels élémentaires, des mains qu'on lave et des bouches qu'on purifie avec de longues louches de bambou, des deux coups qu'il convient de frapper dans les mains après inclinaison, ni des huîtres chaudes vendues à chaque coin de venelle, ni des daims en liberté. Le détail se raconte-t-il quand il foisonne à ce point ? Ce que je retiens, c'est l'absolue beauté, le calme absolu, la paix absolue de cette proue lancée sur l'onde, dès lors que le dernier ferry s'éloigne et que les lanternes s'éclairent. Eh oui, la paix, enfin. La paix, malgré tout.

Je dirai juste deux mots – pas deux mots savants, je ne suis guère japonologue – de l'esprit shinto qui nous interpelle sans cesse, nous autres Occidentaux. Qu'est-ce donc que ce « sacré profane » dont Nicolas Bouvier, dans sa délicieuse *Chronique japonaise*, rappelle qu'il bannit le péché, la mortification, l'éthique et la morale, la doctrine, le *De Profundis*, le châtiment, l'angoisse ou l'enfer ? Bref, tout notre arsenal religieux. Chaque Japonais adhère à cette culture, mais personne n'y « croit », il s'agit de mythes, non d'articles de foi. « Selon le chamanisme shinto, écrit l'ethnologue Patrick Prado, chaque élément de la nature est animé et représente une parcelle de la totalité sacrée en renvoyant à son origine divine. » Les *kami*, les entités, les énergies invisibles, sont partout : sur un rocher, dans un souffle ou un arbre, sous une feuille, dans le creux d'une cascade ou le craquement de la neige. Ils sont milliers, ils sont millions (8 millions, prétend-on, car le chiffre 8 est celui de la multitude), ils sont propres à dramatiser ou esthétiser le paysage, la fragilité des êtres et des choses, le vol d'un oiseau, la fureur d'une vague, le volcan qui se déchaîne ou la poussée du riz.

J'essaie de comprendre, fût-ce par analogie.

Je me souviens d'une nuit, en Inde, vraiment loin de toute cité, en compagnie d'un jeune et sympathique informaticien de Bangalore. Nous nous trouvions là, dans une sorte de hutte, car notre quête était d'apercevoir un tigre, un seigneur en liberté. Mais il y fallait énormément de patience, il fallait se lever tôt, dans le froid (ce qui n'est guère mon inclination naturelle), il fallait s'embusquer patiemment. J'ai demandé à mon compagnon ce que signifiait, pour lui, l'hindouisme. Il a réfléchi longuement et, au terme de cette réflexion, il a lâché : « Maman. » J'ai écarquillé les yeux, mais il a répété : « Pour moi, l'hindouisme n'est pas une religion que je partage ou ne partage pas, c'est juste ça : maman. Ce qui m'a nourri, les premiers gestes, les premières chansons, les premiers mots : maman... »

Loin de moi l'idée de rapprocher, si peu que ce soit, les « religions » entre elles, et moins encore de vouloir les comparer. Les Occidentaux n'ont eu que trop tendance à vouloir les classer et à inscrire, qui plus est, l'animisme au bas de l'échelle. Mais le monde shinto, l'animisme shinto si tant est qu'il s'agit d'un animisme, me semble procéder de la même évidence et du même partage culturel. Le *Kojiki*, le « Livre des choses anciennes », rapporte que la Terre, tout d'abord, ne ressemblait à rien, à une espèce de méduse informe, flottant sur les eaux. Les *kami* célestes, alors célibataires, demandèrent à un couple qui s'affirmait de se pencher sur tout cela, de touiller tout cela, et leur fournirent, à cette fin, une hallebarde géante. Les *kami* en question la plongèrent dans cette sorte de magma, et il en sortit quelques îles. Ils descendirent dans ce monde chaotique et découvrirent qu'ils étaient propres à s'unir.

Ainsi naquirent 8 îles, et les 8 devinrent 80. Izanagi et Izanami, les *kami* initiaux, copulant et copulant encore, firent naître le Japon. Et, au port de Futamigaura, près du temple d'Alaterasu, la déesse du soleil, on salue, chaque année, deux rochers proches qui les figurent et qui sont baptisés les « rochers mariés ».

Un Japon sur le fil, sur la crête, un Japon étroit, mal fini, nombreux, en danger de tout – tremblements de terre, cyclones, tsunamis –, un Japon où rien n'est stable si l'on n'y veille pas, où les contradictions sont fortes et les solutions jamais binaires. J'avais cela en tête, cherchant un *ryokan*, un hôtel traditionnel, à Miyajima. Je rêvais de *fusuma* (cloisons mobiles) légères, et de *shōji* (fenêtres de papier). J'eus tout cela et j'obtins, en prime, une servante dédiée que je faisais rire aux éclats (n'imaginez pas une seconde que les Asiatiques sont impassibles ni que le personnel de service est compassé comme au sortir de nos écoles). Mon japonais se résumait aux quelques mots qui sauvent, son anglais à *My sister is not a boy*. Mais elle me demanda en mariage quand elle me découvrit en train de cirer mes chaussures, et jura qu'elle n'avait jamais vu une chose pareille de la part d'un Occidental. Peu après, elle se tut, ravala ses hoquets joyeux, percevant mon dilemme : sur une table de bois noir, un jeune homme avait disposé mille choses très jolies et raisonnablement inconnues. Au centre : une tête de poisson, toutes dents dehors. La servante m'observait malicieusement en silence, ce n'était pas le moment de perdre la face. Je songeai : pas de langue, de deux choses l'une, ou ce sont les yeux, ou ce sont les joues. Armé de mes baguettes, j'optai pour les joues qui étaient délicieusement caramélisées. Elle rit : j'avais gagné, mais d'un rien.

Si vous avez peur du ridicule, évitez le Japon et ne faites surtout pas semblant d'en maîtriser les secrets. La première fois, tout vous déconcerte, vous tâtonnez gauchement, vous vous heurtez aux murs visibles et invisibles malgré la bienveillance amusée de vos hôtes. La deuxième fois, vous croyez avoir tout compris, vous cédez aux pièges de la familiarité de surface. La troisième fois et les fois suivantes, vous commencez à comprendre que vous n'avez rien compris, que le bonheur, en ces lieux, sera de se perdre et de puiser dans cet égarement une félicité supérieure. Je me souviens d'avoir mis en joie tout un restaurant populaire en essayant de maîtriser un bol de *udon*, ces grosses nouilles de blé servies dans un bouillon, qui se faufilent comme des anguilles entre les baguettes. Mes voisins, qui pleuraient de rire, m'encourageaient de la voix et du geste. Et tout cela s'est achevé par une dégustation de saké nouveau dont je rappelle ici qu'il s'agit d'un vin et non d'un alcool – ce qui ne vous empêche guère de perdre la tête, mais à retardement.

J'ai eu de la chance. J'ai eu la chance d'être invité, là-bas, par mon ami Jean-François Sabouret, directeur du CNRS à Tōkyō, « tatamisé » depuis toujours – ses enfants y sont nés –, auteur d'une thèse sur les *burakumin*, minorité discriminée de siècle en siècle dont il a maîtrisé la langue et le mode d'être, et qui m'a donné, au Seuil, un *Besoin de Japon* aussi érudit qu'accessible et poétique. Maître d'aïkido, un art martial fondé sur la souplesse et le compromis, il savait à la fois se montrer débonnaire et filer à la pointe.

Pour quelle raison un jeune homme né à Châteauroux et voué à enseigner Platon jusqu'à l'heure de la retraite avait-il bouclé ses malles vers l'Extrême-Orient, au point d'y prendre racine ? « L'universel occidental était battu en brèche par des gens qui n'avaient ni notre culture ni nos croyances. La réussite des Japonais faisait d'eux les premiers de cordée des non-Blancs, des non-chrétiens. Il y avait là un défi, un miroir. Je voulais comprendre comment et pourquoi la performance technologique et l'attachement à la tradition ne sont pas inconciliables. Ce n'est pas propre au Japonais mais à l'Asiatique qui manifeste une frénésie du moderne sans abandonner le confucianisme. En Occident, nous disons "ou bien, ou bien". La logique japonaise est accumulative, tout en strates, en fouillis, elle est obsédée par l'idée de ne pas opposer les contraires. Chez les gens d'ici, les autels, avec les photographies des défunts et une clochette, côtoient les écrans et la réalité virtuelle. Quand un Japonais a de l'argent, il fait construire une maison à l'ancienne. Le *tatami*, la natte en paille de riz, est à la fois le symbole du riche qui échappe aux appartements de banlieue et le symbole du pauvre qui est resté en marge du grand boum urbain. »

Les hommes d'affaires, fréquentant le Japon, décrivent souvent ce dernier comme un pays qui possède au plus haut point la bosse du commerce, mais qui emprunte plus qu'il n'invente, sorte de pays caméléon. Mon interlocuteur s'insurge : « C'est le souverain poncif. Les Asiatiques ne pensent pas qu'au business. Et le Japonais est soucieux de son identité. Lorsque l'empire s'est ouvert à l'Occident, en 1868, il l'a fait de manière sélective, accueillant la technologie industrielle et militaire, mais non l'éthique de l'homme blanc. Le slogan d'alors, *wakon yôsai* ("âme japonaise et savoir occidental"), répondait, mille ans plus tard, à celui qui inspirait les rapports avec la

Chine : *wakon kansai* (“âme japonaise et savoir chinois”). Quant à la faculté d’invention, je rappellerai que ce sont des lettrés japonais qui, aux VIIe et IXe siècles, ont inventé l’écriture syllabaire, rompant avec l’écriture chinoise. Que le premier roman connu – *Le Dit du Genji* – fut conçu par une femme, au Japon, vers l’an mil. Les Japonais sont des pêcheurs : ils ramassent et assimilent, mais le résultat est japonais. L’art du brassage est une chance pour ce peuple. Lui-même est un mélange d’ethnie autochtone (le peuple ainu), de Chinois et de Coréens. Mieux vaut qu’il s’en réclame que d’échafauder, comme la tentation lui revient toujours, le mythe d’une pureté dangereuse. »

Grâce, notamment, aux œuvres dont les cinéphiles se sont emparés, nous avons quelque représentation du rapport qu’ont noué les Japonais avec des épisodes ou des archétypes forts de leur passé. Sabouret m’a cependant enseigné la nuance : « Le Japon des samouraïs, c’est une image prégnante. Mais on pourrait y opposer celle de la noblesse de cour qui avait horreur de ces aventuriers casqués et malodorants, et qui déclamait : “Allons voir la lune se lever, et pleurons parce que la vie est brève...” Le Japon est multiple, la personnalité japonaise est la somme de maints personnages. Il suffit de comparer le théâtre nō, le théâtre samouraï, qui parle de la mort, avec le théâtre kabuki, celui des riches marchands, plein de vie, de rires et de jolies femmes (jouées par des hommes). L’un est transcendance, l’autre immanence. Tous deux sont japonais. »

Au cœur de Tōkyō, derrière des murs infranchissables constitués de blocs géants, l’empereur. Que signifie cette présence quasi muette, non pas à la tête mais au centre de la troisième puissance du monde ? Mon ami fait la moue, sourit : « Avant la guerre, chacun se tournait quotidiennement dans la direction de la maison impériale, et saluait très bas. À présent, les intellectuels de gauche certifient tranquillement que l'empereur parti, le pays serait égal à lui-même. D'autres objectent qu'un système présidentiel est inconcevable quand la corruption est omniprésente et la classe politique discréditée, que le Japon perdrait son "boulon central". À mon sens, l'empereur, pour les Japonais, ne représente plus ce qu'il était. Un peu comme l'horloge franc-comtoise dont on hérite : elle sonne à l'heure et on la garde même si elle détonne dans le décor… Le commun des mortels a d'autres soucis : le chômage qui est difficile à chiffrer parce que le travail des femmes, épisodique, n'est guère quantifiable, l'exiguïté et la cherté des logements, le perpétuel concours qu'est le cursus scolaire des jeunes… »

Compétition, crise, anxiété. Comme tout le monde, en sorte. Pourtant, à traverser le Japon, le voyageur est frappé par la multiplicité des petits emplois, des poinçonneurs, des camelots, de tout ce que les sacro-saints « gains de productivité » ont éliminé ailleurs. « C'est la quadrature du cercle, explique mon mentor. Le Japon s'est offert le luxe – et a eu la sagesse – de devenir ultra-performant sans liquider le petit peuple qui a déserté, en France, les rues et les stations de métro. Il s'est offert ce luxe parce qu'il était riche. Mais aussi parce que c'est un trait de la culture intime. Un petit job n'humilie personne. Contrairement aux apparences, au Japon, il n'y a pas de larbins – ni, du reste, de pourboires. Tout geste en vaut un autre. Faire perdre la face à quelqu'un, c'est lui signifier qu'il n'existe pas, qu'il n'existe plus, c'est détruire le rocher inaccessible qui est au tréfonds de chacun, l'acculer à ne plus se laver que par sa mort. Mais, la crise montant, les choses changent. Il va probablement falloir de plus en plus travailler à l'occidentale, de manière intensive. Et je vois la nouvelle génération qui espère, par la même occasion, récupérer une vie privée, du loisir, bref, qui espère sortir d'une existence tout entière plongée dans le travail et rythmée par lui. La question est de savoir si pareille mutation s'accomplira au prix d'une banalisation du Japon, à la fois dans son mode de vie et dans ses valeurs. »

On est perdu, au Japon, d'autant qu'on n'y est jamais perdu. Malgré l'illettrisme auquel vous êtes condamné, malgré la langue qu'on vous coupe (au sud de Kyōto, l'anglais devient denrée rare), malgré le gigantisme des cités (Tōkyō, avec ses 12 millions d'habitants, n'est pas une ville dont le « centre » serait identifiable mais un archipel de villes juxtaposées), vous ne risquez guère de vous fourvoyer. Des centres de communication vous assiègent, des taxis noirs vous escortent, des employés galonnés doublent, à la gare ou dans le métro, les distributeurs automatiques, et les grandes enseignes de Ginza, Matsuya ou Mitsukoshi, valent Harrods à Londres ou Le Bon Marché à Paris. Et en tout lieu et à toute heure, quelqu'un vous accostera paisiblement, si nécessaire, et vous guidera jusqu'au terme. La courtoisie n'est pas un mythe, la sécurité non plus – le réseau des *koban*, des omniprésents postes de police de proximité, vous enserre et, bientôt, vous connaît, îlotage oblige. On ne se marche guère sur les pieds, même aux heures de pointe. Rien à voir avec la foule chinoise qui vous écrase et vous emporte. Ni même avec celle du RER, au Châtelet, sur le coup de 18 heures.

On est perdu parce qu'on imaginait un Manhattan d'Asie. La cohue, la fébrilité, le tapage. Et qu'on est d'abord saisi par une sorte de bonhomie tranquille, plus dérangeante peut-être. Ce monde performant, conquérant, est un monde de ruelles, de passages étroits, de ponts arqués, de lanternes, de bistrots, de millions de bistrots. Les maisons n'y portent aucun numéro, demandez aux voisins présumés. Les Japonais sont fous d'images, mais la télévision, chaque soir de novembre, guette le rougissement des érables, et, en mars, la floraison des cerisiers. Les banquiers de Marunouchi, non loin des toits verts du palais impérial, pédalent volontiers – sur les trottoirs, c'est l'habitude – pour quitter le bureau. Et à Shinjuku, la cité des jeux et des plaisirs, une banderole de l'administration fiscale rappelle aimablement l'échéance de leur terme aux passants et aux prostituées déguisées en infirmières ou en collégiennes… L'« exotisme » japonais est d'abord fruit de la familiarité autant que de l'adversité, mais d'une familiarité détournée. « Mon dissemblable, mon frère », serais-je tenté d'écrire.

L'expression « s'enfoncer dans le pays » est ici pertinente, la témérité en moins. Nul besoin de parodier Stanley et Livingston. Quittez les artères de Tōkyō, emplies de véhicules briqués avec un amour délirant, et pénétrez dans quelque venelle adjacente. Vous voici au village, parmi les chats, sous l'incroyable entrelacs des fils électriques (qui ne sont pas enterrés, à cause des séismes), dans un dédale de maisons basses. Où donc a disparu la mégalopole (et sa mairie de verre effectivement mégalo, dont la silhouette, paraît-il, emprunte à Notre-Dame de Paris) ? La ville elle-même vous rappelle que le Japon urbain, avec ses terrains de base-ball sur les toits et ses pieuvres d'asphalte, n'est qu'une plaine étriquée où court le Shinkansen, le TGV national, une plaine où s'empilent les Japonais mais qui n'est point « le » Japon.

Rendez-vous au temple, n'importe quel temple, shinto ou bouddhiste, ne soyez pas plus théologien que l'indigène. Les fidèles, autour de vous, ne sont pas si fidèles que cela. Ils bavardent, rient, achètent un grigri, sonnent l'esprit qui passe (et sont parfois fort en peine de vous dire lequel). Lors des mariages, il n'est pas rare que la cérémonie se déroule en trois temps : shinto, bouddhiste et catholique, histoire de changer de costume et d'amplifier l'apparat. À l'évidence, des sectes vénérables sont vénérées, et d'autres naissent et croissent. Mais les rituels populaires, eux, sont à la fois incontournables et débonnaires.

Bref, si vous abordez les îles du Soleil-Levant, évitez le solennel, le « forcément sublime ». Même en terre sacrée, même à Kyōto ou Nara, régalez-vous du pavillon d'or, et de celui d'argent, des portiques rouges de Fushimi Inari Taisha. Très tôt le matin, avant les touristes, grimpez au Kiyomizu et goûtez son *architecture de précipice.* Très tard, saluez l'extinction des dernières lanternes de Gion et le pas furtif des geishas sur leurs socques. Il n'empêche : non loin des jardins de pierre et des mille déesses de la compassion, une salle de *pachinko* (200 flippers horizontaux alignés en rangs compacts) flambe de néon dans l'effroyable ruissellement des billes d'acier. Et, tout près, les lattes volontairement disjointes de la demeure du shogun chantent au moindre pas dans le « couloir des rossignols »…

J'aime les librairies bondées, les brocantes, les sushis à l'oursin, les cartes téléphoniques irisées, les *love hotels* en forme de palais des *Mille et Une Nuits*, de saloon ou de tour Eiffel, refuge des couples trop à l'étroit chez eux (dormir dans une Cadillac au balancement moelleux n'est pas donné à tout le monde), les filles à perruque rose des quartiers branchés et les dames trottinantes du troisième âge. J'aime le côté rigolard, bon vivant des Japonais, les longues tables d'hôtes. J'aime la fantaisie japonaise, cet au-delà de la convention. Le très regretté Pierre Barouh (l'auteur de « La bicyclette » ou du « Cabaret de la dernière chance » chantés par Montand), époux d'une Japonaise, m'avait glissé une nuit entre deux tanches grillées : « Ce pays, on peut le manquer d'un rien, on peut le frôler comme une goutte sur la plume… »

Grâce à l'ami Sabouret, j'ai croisé, sur ces îles, des personnages fort peu conventionnels. Ainsi M. Suzuki (il doit être mort aujourd'hui), peintre magnifique qui refusait l'argent au pays de la gagne. Après avoir traversé la guerre tel le brave soldat Chveik (« On avait toujours, disait-il, la marque du talon d'un supérieur sur la joue… »), il avait retrouvé sa bonne ville d'Aomori, tout au nord, avant Hokkaido. Il peignait, il ne cessait de peindre. Et il refusait d'exposer comme il convient. Ses œuvres, il les dévoilait, sitôt achevées, dans la vitrine de la pâtissière, du boucher. Il avait transformé Aomori en galerie et distribuait sa production. Il refusait d'être proclamé *nigen kokuro*, trésor vivant. Il refusait les rétrospectives. Il refusait de fonder une école mais enseignait, deux fois par semaine, à l'hôpital psychiatrique. Quand je lui avais demandé s'il était bouddhiste et souverainement détaché, il avait souri dans sa barbe : « Pas du tout. J'ai peur de la mort et je crée pour être vivant. »

Reste que le voyageur n'est nullement contraint de sombrer dans la calembredaine, de chavirer dans la niaiserie complaisante qui est l'envers du préjugé. Si la vie japonaise est douce au voyageur, elle l'est moins au Japonais lui-même. Et, plus encore, à la Japonaise. Le chauvinisme, l'affirmation du « caractère unique » – *tanitsu minzoku* – de la « famille » nippone, fut la pierre angulaire des décennies d'expansion. Et la mystique du travail et de l'entreprise ont laminé la sphère privée.

« De peur de réveiller les morts, au lendemain de ce que les vieux, ici, appellent encore la défaite, les Japonais ont transféré leur nationalisme sur l'entreprise. Parce que nous n'avons pas entamé notre examen de conscience au sujet de la Seconde Guerre mondiale, la chose politique s'est diluée, le facteur identitaire dominant est devenu l'appartenance à Toyota ou à Mitsubishi. Aujourd'hui, le chômage est là et le yen est un fardeau, les jeunes patientent avant de trouver un emploi à la sortie de l'université, les femmes sont dissuadées de revendiquer leur place et leur qualification, l'entreprise devient mauvaise mère et rassure de moins en moins. Sans compter la Chine et les missiles de Kim Jong-un… »

L'homme qui s'exprime aussi crûment est un ancien de Waseda, l'une des plus prestigieuses universités privées, l'équivalent, en France, d'une très grande école. Mais cet homme-là s'est évadé, a bifurqué : au lieu d'endosser le costume trois-pièces, il a ouvert un restaurant convivial dans le quartier des imprimeurs, à Tōkyō. « Je sers du bon vin, dit-il malicieusement, du bon saké authentique. Je le sers, le soir, aux amis qui passent. Je montre qu'il est possible de sortir des rails. Et je n'ai pas moins qu'un autre le sentiment de défendre la singularité japonaise. Celle qui est réellement défendable. »

Les échos qui me sont parvenus de la vie d'entreprise, fût-ce chez les cadres, m'ont donné le désir, toutes affaires cessantes, de relire *Le Droit à la paresse* (mais aussi de me méfier des fables d'Amélie Nothomb). « Nous sommes soixante dans une sorte de hangar, conte un employé de Sony. Soixante, constamment sous le regard les uns des autres. Nous signons en entrant le matin, ce qui est une manière de pointer. Les accoudoirs de ma chaise font des jaloux, car un signe aussi distinctif devrait être le propre d'un chef de division adjoint. L'intérêt, c'est que chacun, une fois désigné, gère vraiment le dossier qui lui a été confié. L'enfer, c'est qu'après 9 heures du soir, un tiers des effectifs est encore présent. Nous ne prenons pas nos vacances. Nous visitons l'Europe, si j'ose dire, en quatre jours à la queue leu leu. Canon a fait sensation en accordant seize jours de congé obligatoire, l'été, à ses employés. »

Bien sûr, des correctifs s'imposent. Le travail, au Japon, est « extensif ». On prend son temps, on boit le thé, on papote, les bouteilles de bière sortent à la nuit tombée. Mais qu'advient-il de ces couples dont le mari ne connaît plus l'épouse et n'entrevoit les enfants que le dimanche ? Que deviennent la tendresse et le plaisir lorsque les compagnons d'atelier ou de bureau sont les plus proches des proches ?

Cela bougera par les femmes. Elles s'organisent, entre elles, une existence de moins en moins monotone, plus ouverte, plus cultivée. Brillantes dans leurs études, elles ne supporteront plus longtemps d'être aiguillées vers des cycles universitaires courts où l'on cherche un mari, ni de quitter le travail au premier enfant, ni de laisser dépérir les rapports sexuels cette tâche accomplie. Elles ne supporteront pas indéfiniment que le lobby des médecins leur refuse la contraception parce que l'avortement est un marché plus rentable. Les hommes eux-mêmes en conviennent : les « nouvelles femmes », dont on répétait en blaguant amèrement qu'elles avaient le saké et le sexe triste, secoueront le Japon comme aucun tsunami ne l'a secoué. C'est l'affaire d'une génération ou deux.

Le hasard a voulu que, voilà vingt-cinq ans, un hebdomadaire chic m'ait commandé un reportage sur les jardins secrets de Kyōto. Vous pensez que j'ai approuvé dans la minute. C'était en janvier 1995. Je me suis régalé, on m'ouvrait des portes interdites, j'étais accompagné par une délicieuse interprète qui savait rendre les nuances de ce que les paysagistes nous confiaient. Je me souviens d'un jardin conçu afin que la lune se reflète dans ses eaux lorsqu'elle est pleine. Chaque pierre, chaque île avait été pensée avec une minutie extrême. Chaque lanterne, aussi loin que l'œil portait, tirait ce dernier vers la forêt sauvage. Les buissons avaient été taillés pour se fondre dans la colline. Et le jardinier s'était acharné à gommer l'artifice de sa création, à estomper la lisière entre son œuvre et la nature – qu'il avait, du coup, mise en scène. Rien n'était plus « évident » que ce travail, rien n'était plus discret, rien n'était plus « simple ». Comme sont simples, à force d'élégance, les objets quotidiens, les coupelles judicieusement disposées sur une table sombre.

Et puis, le 17 janvier au petit matin, le lendemain de la fête des Pêchers, la terre tremble à Kōbe. Un séisme de magnitude 7,3. Pas de journalistes sur place, des informations brouillonnes, l'angoisse. Yoshiko, mon interprète, a des amis et de la famille là-bas. Nous oublions les jardins au clair de lune et nous partons, sac au dos. Le train, jusqu'à Shin-Ōsaka, traverse un paysage quasi normal. Les serres des maraîchers offrent de courts intermèdes vaguement champêtres parmi l'amoncellement de cubes agglomérés entre montagne et mer. Puis les signes sont là. Ce sont les maisons anciennes qui parlent les premières, ces trop rares maisons de bois aux toits concaves couverts d'épaisses tuiles d'un bleu violent et pur. Des bâches lestées de sacs blancs les habillent, et la terre apparaît, la terre dont une couche sépare ordinairement la tuile de la charpente. Il faut un effort de l'œil pour déceler une inclinaison suspecte, une bizarrerie dans les alignements.

Voici Ashiya, aux abords de Kōbe. Cette fois, la brutalité s'étale. Les immeubles anciens ont tassé leur béton – le premier étage, écrabouillé, a carrément disparu entre les niveaux supérieurs et les fondations. Lézardes, brèches. Tout est possible. Les plus lourdes bâtisses ont adopté les grotesques postures des navires après l'échouement. Les pavillons préfabriqués ont basculé d'un seul tenant. Et les demeures traditionnelles ont explosé, déchirées. Le train stoppe. La ligne s'interrompt. Au-delà, des bus sont prévus, qui longent l'autoroute du Hanshin, la voie expresse surélevée dont les piliers ont ployé et que des vérins monstres tentent d'étayer. La queue sage et grave se reforme, se disperse. Un nouveau tronçon de voie ferrée jusqu'à la station de Nada. Et ne reste plus qu'à marcher, patiemment, marcher pesamment vers Nagata, le carrefour du désastre.

La pire folie, dans les catastrophes, est que le malheur, à 3 mètres près, sévit inégalement. Ce côté de la rue a l'allure d'une rue. Et l'autre n'a l'air de rien : un fracas d'enseignes, de vitres, de planches, de pierres. Le verre des lampes a fondu. La poussière le dispute à la cendre car les incendies ont cerné et noyé le quartier commerçant, un quartier populaire, amplement coréen, prolongé, vers le port, par des ateliers, des petites fabriques dont il ne reste rien. Ce sont les moins riches qui ont trinqué, fût-ce au royaume de l'infinie classe moyenne.

Un véhicule municipal clame par haut-parleur : « Méfiez-vous. N'acceptez pas les services d'un couvreur avant d'avoir obtenu un devis ! »

La plupart des survivants fouillent en quête d'ossements, de fragments, pour rendre aux défunts le culte qui leur est dû, accrochent, çà et là, un mot précisant leur destination de fortune. Le petit peuple des décombres s'égaille tant bien que mal. Quelques-uns campent en lisière du *no man's land* calciné, piqué de chrysanthèmes et d'autels poignants, ou bien dans la cour des écoles dont les murs ont mieux résisté. En principe, Kōbe n'était pas considérée comme une possible zone sismique. Si bien que la mafia du bâtiment a contourné les normes, enfreint les règles, sauf dans les établissements scolaires.

Fréquemment voilés d'un masque, les survivants parlent, ils ne demandent qu'à parler, il faut que ça sorte, violemment. « J'ai cru que c'était le crash d'un avion… », « Je n'ai rien entendu, rien, j'ai juste vu la commode s'envoler… », « La façade des voisins s'est effondrée. Il n'y avait plus que leur gamine, sur les gravats, qui appelait sa mère… », « Je me suis traînée. Je ne pouvais pas escalader les débris qui encombraient la rue. Ma fille et mon gendre m'ont crié qu'ils étaient saufs. Dix minutes plus tard, leur maison se cassait en deux… », « J'ai retrouvé le corps de ma cousine couvert de boue, jeté sur un tas dans un gymnase. Je l'ai sorti de la pile, je l'ai lavé de mon mieux... ».

Les simples gens de Nagata ont eu l'impression d'avoir été les laissés-pour-compte de l'Organisation toute-puissante. Et ce n'est pas qu'une impression. Le chœur est accablant. « On entend tourner des hélicoptères, mais ce sont ceux de la télévision... », « Les politiciens, les bureaucrates ont été nuls, comme d'habitude... ». Les yakusas eux-mêmes, les grands corrupteurs, sont les premiers à distribuer soupe et couvertures au coin des rues, avouant leur culpabilité.

Un autre Japon prend le dessus dans les ruines. Le vieux Japon – qui endure mais ne se résigne pas – des quartiers, des voisinages, de la débrouille, du bénévolat. Le Japon des réseaux spontanés. Au beau milieu d'un campement, sous une tente-marabout, on a improvisé un bain collectif parce qu'on ne saurait renoncer au bain collectif pour cause de tragédie. Et j'entends encore cette confession d'une jeune femme : « Jusqu'à présent, mon principal souci était la réticence de ma fille devant la machine scolaire du pays, où la compétition est effarante. Je me rongeais parce que son intelligence n'était pas conforme au système. Maintenant, je me fiche qu'elle entre dans la meilleure université ou non. Ce que je voudrais, c'est qu'elle soit portée à la compassion, qu'elle n'oublie jamais cela... »

Deux tours sont intactes. Elles étaient construites aux normes. Elles ont tout, l'électricité, le téléphone. Deux îles dans l'océan des corps calcinés, des décombres, des gravats, de la fumée. Les amies de Yoshiko sont vivantes, elles nous recueillent, et je me retrouve au sein d'un gynécée en ébullition. Le tremblement de terre les révolte, la mafia les révolte, mais le Japon tout entier les révolte : elles disent qu'elles ne se marieront jamais, qu'elles n'auront jamais d'enfants, qu'elles partiront travailler à Hong Kong, à Kuala Lumpur, à Singapour, n'importe où, du moment qu'une femme est libre d'être femme et compétente.

On a dénombré, finalement, 6 434 morts.

Je me souviens que, de retour à Kyōto, après avoir écrit et transmis mon reportage, j'ai dîné dans le restaurant cossu de l'hôtel qui m'avait été attribué. C'était un de ces restaurants qui tournent sur eux-mêmes, au haut d'une tour, le plancher était blanc, un piano jouait la musique internationale que tous les pianos du monde se croient obligés de jouer, et le maître d'hôtel m'a proposé un vin de Kyōto – une nouveauté. J'étais comme Robinson échoué sur sa grève, je disais oui à tout, je m'en fichais éperdument, j'étais vivant et cela me paraissait totalement incongru.

Molène

Il y avait alors, dans le petit port du Conquet, un port de bout du monde face à Ouessant, un hôtel, une grande bâtisse bétonnée, définitivement exempt de charme, et qui était quasiment vide l'hiver. Mais marin, ça oui, plein pot, les vagues lui léchaient les pieds, les rouleaux s'écrasaient contre ses fondations. Une espèce de propédeutique au large, au gros temps. J'arrivais tard le soir, j'y dormais avant d'embarquer, et je choisissais ma chambre, une chambre d'angle, totalement exposée aux rafales et aux embruns. Il faisait noir, une ou deux loupiotes, parfois, réussissaient à déchirer les bourrasques. J'étais plus en mer que si je l'avais de mes yeux contemplée. Les risées cinglaient les vitres, obstinément, méchamment. C'était, selon le tarif de la maison, une « chambre avec vue ». Le tarif ne mentait pas.

Il était prévu que, le lendemain matin, un bateau de la douane, une de ces vedettes grises marquées DF (douanes françaises), me prenne et me dépose à Molène. Quand je suis sorti de l'hôtel, le vent avait bien atteint les 50 nœuds, la vedette était au rendez-vous, mais cognait durement contre le quai. À bord, j'ai vite senti le malaise. Ils étaient trois, trois jeunes, deux garçons et une fille. Et ils n'avaient aucune, mais alors aucune envie de quitter le port. En même temps, c'étaient des fonctionnaires consciencieux : ils avaient mission de me transporter, ils me transporteraient s'il le fallait. Jusqu'en enfer. Je me suis amusé un brin :

« Il est à fond plat, ce bateau…

— Eh oui, a gémi le commandant.

— Ça doit cogner sec. »

L'autre leva les yeux au ciel :

« Ça, pour cogner, ça cogne. »

J'observai la jeune femme, c'était elle la chef mécanicienne. Elle oscillait entre l'espoir et la crainte, se demandait si je n'étais pas un de ces fayots prêts à tout pour tester un équipage. Une déferlante submergea la jetée, nous secoua sévèrement. L'air sévère, j'ai rendu mon verdict :

« On ne va quand même pas aller se faire branler pour rien. Je prendrai le traversier, s'il passe.

— Il y en a un qui est en route, ce sera le dernier, ils nous ont dit à la VHF que, devant Saint-Mathieu, c'était intenable.

— Eh bien, je vais l'attendre. »

Et, d'un coup, l'atmosphère devint complice et charmante. Le café était parfait, tout le monde souriait, des croissants sortirent de nulle part, j'avais, à vie, la douane avec moi – ce qui peut servir, ô combien.

Une demi-heure plus tard, *Le Fromveur* fit son entrée, en provenance de Brest, roulant comme pas possible. Le matelot me lança l'amarre que je tournai sur une bitte.

« Fais *fissa*, me gueula-t-il, on s'arrête pas, c'est de pire en pire. »

J'aimais bien *Le Fromveur*. C'était le plus vieux et le plus marin des traversiers de la compagnie Penn Ar Bed, il prenait mieux la vague que ses deux collègues, plus récents. Et puis il avait gardé une belle barre de bois verni, et non un volant comme les unités de maintenant. Mais, une fois les passes franchies, je compris à quel point mes camarades douaniers avaient eu raison de craindre le chahut. Ce n'était plus une passerelle, c'était le hublot d'une machine à laver. On ne voyait rien, strictement rien, des bulles brassées, des giclées d'écume blanche. L'homme de barre gardait les yeux rivés au traceur, tandis que le commandant, à ses côtés, surveillait le radar. À hauteur de la Grande Vinotière, dans le chenal du Four, qui est aussi traître que le raz de Sein, nous prenions la houle par le flanc et nous couchions systématiquement.

« Heureusement qu'on n'a que trois passagers », grogna le matelot tout en se cramponnant.

Je jetai un coup d'œil à l'anémomètre : 47 nœuds, je n'étais pas tombé bien loin. Dans le chenal des Laz, la mer était un peu moins dure. Mais la visibilité toujours aussi nulle. Nous savions que nous progressions parce que l'électronique nous le disait, parce que les échos du radar le confirmaient, parce que les satellites du GPS le corroboraient. Mais la route que nous suivions n'était qu'une fiction, un trait rouge qu'il s'agissait de suivre au plus près. Nous n'apercevions aucune des îles qui précèdent Molène : Béniguet, Quéménès, Litiry, Trielen, Morgaol, et moins encore la minuscule île aux Chrétiens. Îles rases, cernées de brisants, inoccupées, à l'exception de Quéménès, où Marie-Thérèse Darcque avait décidé de s'établir avec son mari, comme le faisait son père.

Molène est une petite île ovale, 800 mètres sur 1 200, guère haute, que les touristes ont tendance à négliger sur le chemin d'Ouessant la puissante. Mais ils ne savent pas ce qu'ils manquent. Car cette petite île dont on fait le tour en une heure de marche, outre son opiniâtreté sauvage, ses lichens magnifiques, son sémaphore – disons sa tour de guet, aujourd'hui délaissée –, se multiplie dès lors que le jusant est là, et qu'un fort coefficient lui permet de se déployer. L'île et ses voisines fusionnent, l'espace minéral, le domaine rocheux se transforme en empire, et quiconque a l'œil un peu averti comprend que cette barrière à demi immergée, en mer d'Iroise, aux sources de la Manche, est, pour les bateaux, plus qu'un obstacle : un défi.

L'île possède un joli port en eau profonde, tout ce qui manque aux Ouessantins. Mais l'entrée du port, croyez-moi, se mérite. Lorsque, ce jour de gros mauvais temps, nous avons détouré le phare des Trois Pierres et ralenti pour tenter de discerner quelque chose, et d'abord l'île de Lédénez Vraz, qui, tout à la fois, protège l'accès et le parsème d'écueils, chacun écarquillait les yeux, et d'abord le commandant qui avait pris la barre comme il convient. Ce jour-là, il ne nous laissa que le temps de sauter sur le môle et repartit vers Ouessant où il savait qu'il allait devoir rester le temps que la tempête se calme. En 2013, au demeurant, dans une brume épaisse, le *Fromveur II*, successeur de celui sur lequel j'avais embarqué, talonna à quelques encablures de sa route et il fallut que la Société nationale de sauvetage en mer (SNSM) et les canots disponibles évacuent patiemment les 365 passagers présents à bord. Fortune de mer, comme on dit…

À Molène, bien sûr, comme sur toute île qui se respecte, on arbore ses petites différences. Et d'abord l'heure GMT toute l'année (l'heure du méridien de Greenwich, déterminant le « temps universel »). Cécile Masson, qui régna sur la plus ancienne pension de l'île et dont le fils, Erwan, anima le club de fans de Johnny le plus occidental de l'Hexagone, m'a déclaré une fois pour toutes : « Ici, on ne vit pas à l'heure de Berlin. » Que Giscard d'Estaing se le tienne pour dit, l'horloge de la mairie comme celle de l'église ignorent l'heure d'été, la chose est entendue, inutile de revenir là-dessus.

Et puis, l'allusion à Berlin n'a rien de fortuit. Michel Corolleur, d'abord gardien du phare de Kéréon et ensuite patron des canots de sauvetage *Coleman* puis *Jean Charcot*, a mis le cap sur l'Angleterre dès le 19 juin 1940 avec d'autres îliens, dont son fils âgé de dix-huit ans, ainsi que le père et l'oncle de Cécile. Il mourut en 1942 à l'hôpital des Forces françaises libres de Penzance. Quant au père de Cécile Masson, il disparut lors d'une « opération spéciale ». Ça laisse des traces, d'autant que les Sénans, là-dessus, ont raflé la vedette à tout le monde, et que les

Molénais auraient le sentiment d'avoir été quelque peu oubliés.

Ils étaient 600 au début du XXe siècle et ne sont plus que 130. Tous pêcheurs, à l'origine, inscrits maritimes, pas riches, excellents pilotes servant les gros navires qui voulaient gagner Brest. L'histoire de Molène est plus que rude, marquée par des épidémies (choléra, typhus...), des famines quand les ouragans interdisaient tout ravitaillement, quand les raz de marée noyaient les maigres terres, emportaient le goémon qu'on brûlait pour faire de la soude, qu'on séchait pour le transformer en engrais. Vent violent signifiait manque de pain, de farine (il n'y avait pas de boulangerie), et plus d'un canot n'a guère hésité à défier les éléments pour faire le plein de miches. On élevait, pour la viande, des moutons, des cochons, dans de minuscules enclos de pierre. L'agriculture était réduite à sa plus simple expression. Au cours des années 1920 et 1930, l'île fut un peu moins isolée (même si elle perdit son médecin) : liaison postale, électricité, et surtout desserte par un navire appartenant à la Compagnie des chemins de fer. Lequel ne pouvait accoster, il mouillait à l'entrée du port et l'on venait ensuite décharger hommes et biens à la rame. Ce n'est qu'à la fin des *sixties* qu'une jetée digne de ce nom fut construite, régulièrement mise à mal par les coups de vent.

Une vie tenace, une vie savante aussi, car naviguer en ces eaux est le plus périlleux des arts. Les noyés, les disparus, même parmi ces experts entre les experts, sont légion. Les archives sont éloquentes, depuis le 16 février 1804 où la chaloupe qui ravitaille les gardiens du phare des Pierres Noires se perd dans la tempête. Le 7 mai 1893, lors d'un fort coup de vent, le canot qui relie Molène à

Quéménès chavire : à son bord, entre autres, l'instituteur de l'île qui se nomme Mahé. Le 1er octobre 1906, un bateau pilote se fracasse sur les roches de la Jument. Le 21 février 1907, le *Rose de Noël*, canot de pêche de Molène, coule à 12 milles du port. Le 2 décembre de l'année suivante, c'est au tour de *L'Augustine* de faire son trou dans l'eau près de la roche de Men-Corn. Et ainsi de suite. Les cérémonies de *broella*, de veillée funèbre et parfois d'enterrement fictif se succèdent douloureusement. La mer, la mer d'Iroise, est assurément nourricière. Mais elle est et reste l'ennemi.

Comme les Ouessantins, les Bigoudens, ou encore les riverains du pays *pagan* (dont les frontières sont indécises, de Brignogan à Plouguerneau, tous pays hérissés d'écueils), les Molénais furent soupçonnés d'être des naufrageurs, des pilleurs d'épaves. Et ce en vertu du « droit de bris » édicté par Louis XI et (mal) corrigé ensuite. Il est certain que, pour les îliens et les habitants du rivage, une épave était manne céleste. Pour un peu, on aurait chanté un *Te Deum* si la coque déchirée contenait des tonneaux de vin, de la toile, des ustensiles ménagers, etc. Juste compensation de la violence des eaux, des agressions des vagues. Hier encore, lorsque l'*Olympic Bravery*, un pétrolier tout neuf appartenant à Onassis, reprit la mer après des réparations à Brest, et vint se crasher, en janvier 1975, au nord d'Ouessant, dans la crique de Yusin, je puis témoigner que les vestiges – projecteurs légèrement disproportionnés dans les jardins – en sont toujours visibles, et que le parc de télévisions îlien s'accrut soudainement. Mais chut !

Un cantique, sur la question, est demeuré célèbre et cité à tout-va :

Madame Marie de Molène
À mon île envoyez naufrage
Et vous, monsieur Saint-Renan
N'en envoyez pas un seulement
Envoyez-en deux, trois plutôt...

Elle date de 1903, cette pieuse sollicitation, selon *L'Universel, magazine hebdomadaire illustré*, daté du 24 septembre. Mais elle est fallacieuse, en ce qu'elle invite à confondre les naufrageurs – qui ont bel et bien existé ici ou là, mais dont on exagère l'importance – et les cueilleurs qui, passant outre la loi, s'estimaient parfaitement légitimes à récupérer les cadeaux de l'océan. D'autant que ces supposés naufrageurs étaient, en fait, les sauveteurs.

On entre, là, dans la grande histoire de la petite Molène. Car c'est une capitale, une capitale du sauvetage. Il est facile d'avoir accès au palmarès du courage de ces hommes – et femmes –, mais un seul chiffre résume tout : en six décennies, entre 1870 et 1930, les marins de Molène ont sauvé 50 bâtiments et 561 vies. On trouve de tout, dans l'inventaire : des corvettes, des trois-mâts, des frégates, des vapeurs et des steamers, des paquebots (le *RMS Boyne*, arrivant de Buenos Aires, le *Ville de Bilbao*, parti de Liverpool), des bricks, un contre-torpilleur, des cargos, des pinasses et, bien sûr, des chalutiers, des bateaux de servitude. La tragédie la plus affreuse, la plus assassine, fut la catastrophe du paquebot *Drummond Castle*, qui, dans la nuit du 16 juin 1896, heurta la chaussée des Pierres Vertes et sombra en un quart d'heure dans les eaux du Fromveur. Il y avait 248 passagers et 113 hommes d'équipage à bord. Les Molénais prirent tous les risques pour n'en récupérer que 3, si bien que la reine Victoria leur fit don d'une citerne pour recueillir l'eau douce et d'un calice d'or chargé de pierreries.

Au début, seul un mât se dressait au cœur de l'île, auquel on hissait un pavillon pour signaler qu'une urgence se présentait. Puis Molène fut dotée d'un sémaphore d'où l'on observait la zone et donnait l'alerte. Les premiers bateaux de sauvetage, le *Saint-Renan*, l'*Amiral Roussin* (ce dernier muni de voiles) n'étaient pas assez pontés, il fallait que les rameurs puissent s'y déployer. Alors vint le *Coleman* (on lui prêta mille sauvetages) et, ensuite, la série des *Jean Charcot*. Pour en arriver au « canot tous temps » *Jean Cam*. Les anciens HSB (Hospitaliers sauveteurs bretons) se sont fondus dans la SNSM (Société nationale de sauvetage en mer), dont les membres sont tous bénévoles, pêcheurs, marins de marine marchande ou de la Royale, plaisanciers, retraités. Le maillage s'est resserré, tout au long de nos côtes qui sont les plus étendues d'Europe, et une idée s'est progressivement imposée : le naufrage n'est ni une fatalité ni forcément fatal.

J'en ai été le témoin sur l'*Abeille Flandre*. Le 12 novembre 2001, un porte-conteneurs, le *Melbridge Bilbao*, qui assure la ligne La Havane-Rotterdam, s'apprête à embouquer la Manche. C'est un navire en bon état, bien équipé, qui marche à 15-17 nœuds. À 4 heures du matin, le second relaie le lieutenant à la passerelle. Il est seul, et sait qu'il doit s'annoncer au centre de contrôle afin de donner son identité, son tirant d'eau, sa cargaison, sa provenance et sa destination – c'est la règle, depuis l'accident de l'*Amoco Cadiz*, lequel inonda nos rivages de son fuel. Tous les bateaux, à présent, doivent suivre une autoroute clairement balisée, et à l'écart des dangers. Pour communiquer tranquillement, le second désarme le dispositif dit « de l'homme mort », une sonnerie régulière à laquelle il faut répondre afin de montrer qu'on est frais et dispos. Et il s'endort.

Ce n'est pas un bateau fou qui file vers la roche, c'est un bateau assoupi. Au début, les hommes du CROSS Corsen, qui lui demandent de s'annoncer à l'approche de la zone des 35 milles, croient qu'il s'agit d'un de ces cargos qui tardent ou rechignent à s'identifier, par inertie, ignorance, désinvolture. Ils le relancent, mais sans trop d'inquiétude : un navire blessé se traîne, or l'écho radar montre que celui-là fonce allégrement. Et puis il apparaît que le *Melbridge Bilbao* est fou d'une folie singulière : au lieu de bifurquer comme prévu, il vise l'île Molène, de manière incompréhensible. Et il est à cinquante minutes de l'impact.

Trop tard pour faire décoller un hélico de Lanvéoc (qui ne pourrait que tourner autour de la passerelle). Trop tard pour que l'*Abeille Flandre*, à quai dans le port de Brest par ce joli temps, soit sur zone rapidement.

Dans son genre, le *Melbridge Bilbao* a réussi un exploit. Il a évité les Pierres Vertes où le paquebot *Drummond Castle*, lui, s'était planté. Puis il s'est involontairement faufilé entre les roches de Men Gwenn Goundizig et d'An Tarvig pour terminer sa course sur un fond sableux, entouré de crocs plus mordants les uns que les autres, quasiment sous le clocher de l'île. Louis Lacaze, alors président d'honneur de la SNSM locale et « mémoire » molénaise, attestait qu'avant lui, de toute éternité, deux navires marchands, pas un de plus, avaient réchappé d'un coup pareil.

À 7 h 20, la station est alertée par le CROSS. « Il y a un navire qui vient vers vous à 17 nœuds. » À quelle distance ? « Deux milles… » « À la limite, m'ont confié les sauveteurs, ce n'était plus la peine de se presser. Mais le *Jean Cam* a appareillé dix minutes plus tard. » Un fileyeur, qui se trouvait dehors, est déjà là, et la vedette des gardes de la Réserve d'Iroise. Sur le porte-conteneurs, guère de mouvement. Jean-Paul Monot, le patron du *Jean Cam*, Noël Cuillandre, sous-patron ce matin-là, les canotiers Théo Le Bousse, Bruno Callac, Jean-René Dréan et Jean Gacic s'approchent de la coque. « Ils avaient l'air de roupiller comme des bienheureux, rapporte Noël Cuillandre. Le bateau reposait légèrement sur bâbord. On était au jusant, l'hélice dépassait de 50 ou 70 centimètres. »

À 9 h 40, l'*Abeille Flandre*, commandée par Charles Claden, familier des Molénais, se présente à l'entrée du grand chenal. Mais avec ses 7,30 mètres de tirant d'eau, le remorqueur ne progresse que très prudemment. Le Zodiac du bord file vers le *Melbridge*, afin que Dominique Desmars, le second capitaine, puisse procéder à un état des lieux. Presque dans le même temps, les commandants de la Royale Mousseau et Marsa sont hélitreuillés depuis un Lynx dépêché par la préfecture maritime. Tous deux ont l'expérience de ce genre d'accident. Olivier Mousseau, le militaire, a participé avec Carlos, le civil, au sauvetage du *Rosa M*, un grand porte-conteneurs bourré de produits chimiques dangereux, en décembre 1997. Et ils se sont retrouvés à l'occasion des accidents de l'*Erika* et du *Ievoli Sun*.

Le commandant russe du *Melbridge* soutiendra plus tard que des « pirates » se sont introduits sans autorisation sur son navire. Mais l'*Abeille*, tout comme l'équipe d'évaluation de la préfecture maritime, a bel et bien requis la permission d'envoyer du personnel à bord.

Sur le *Jean Cam*, en attente, on sait que le *Melbridge* a eu la chance de s'échouer en fin de jusant. Mais on sait aussi que les coefficients de marée vont progressant. Si ce qui est tenté maintenant ne réussit pas, le navire sinistré va monter vers l'île, s'empaler sur les brisants, et se démantibuler rapidement. Qui plus est, un coup de vent est imminent. Il faut agir, mais l'arme dont on dispose est un fusil à un coup.

Les investigations, sur le *Melbridge Bilbao*, n'interdisent pas de risquer une manœuvre. Les ballasts ont souffert, et il y a fatalement du dégât, mais la cale est sèche, la machine paraît disponible, la barre répond, le propulseur d'étrave semble en état. C'est maintenant ou jamais. Le flot vient, le *Melbridge* commence à pilonner. « Nous ne savions pas quelles étaient les intentions du commandement et des officiers du navire, se souvient Charles Claden. Ils n'ont commencé à répondre au CROSS que vingt ou trente minutes après leur échouement, pour préciser qu'aucun blessé n'était à déplorer. Mais j'avais un autre souci, plus grave. Le cartouche sur la carte marine indiquait : zone B, sondage au plomb datant de 1898. Autrement dit, je ne savais pas exactement ce que j'avais sous la quille. C'est pourquoi j'ai fait appel aux meilleurs connaisseurs du coin : l'équipage de la SNSM. »

Par VHF, Carlos interroge Jean-Paul Monot. Serait-il possible d'avoir deux hommes à bord du *Melbridge*, afin d'assister Olivier Mousseau et Dominique Desmars ? Et un autre sur l'*Abeille*, pour sa propre conduite ? « La décision, racontent les bénévoles molénais, s'est prise à l'ancienneté. » Noël Cuillandre gagne le remorqueur.

Bruno Callac et Jean Gacic sont transférés par le Zodiac de l'*Abeille* à bord du *Melbridge.*

Il est temps. Olivier Mousseau a mis la machine en arrière lente. Le navire commence à pivoter sous l'effet de la marée et du courant. L'*Abeille*, elle, avance très précautionneusement et talonne même une roche qui n'est pas portée sur la carte (le SHOM – le service hydrographique et océanographique de la Marine –, par la suite, découvrira le caillou et corrigera le manque). Noël Cuillandre met tout son savoir de pêcheur à la disposition de Charles Claden. « En arrivant à la passerelle, dit-il, j'étais choqué par toute cette avalanche d'appareils. Alors, j'ai fait confiance à mes alignements. »

Sur le *Melbridge*, le commandant paraît se désintéresser totalement des efforts des sauveteurs. Il soutient qu'il n'a besoin d'aucune assistance et se réfugie sur l'aileron, le téléphone portable collé à l'oreille, en grande palabre avec l'armateur, l'affréteur, l'assureur… on ne sait. Les deux experts de la préfecture maritime, les deux canotiers du *Jean Cam* et le second capitaine de l'*Abeille Flandre* devinent sur qui retombera l'accusation en cas de pépin.

Le porte-conteneurs se déséchoue seul en arrière. Le plan est simple : essayer de retrouver la route exacte qui l'a conduit jusque-là. Mais le courant se fait sentir, de plus en plus. Olivier Mousseau confie à Bruno Callac, de la SNSM, la barre et le propulseur d'étrave du *Melbridge*. Le Molénais apprécie mieux que quiconque la situation : le navire est à un petit demi-mille de la roche, et il est en train de déraper.

Il faut le prendre en remorque. Conseillé par Noël Cuillandre, Carlos s'approche, au ras des cailloux. Dominique Desmars, le second de l'*Abeille*, et Jean Gacic, du

Jean Cam, s'affairent sur la plage avant, aidés par deux matelots philippins, pour saisir la touline et établir la pantoire (le cassant de sécurité entre le navire assisté et le remorqueur). En neuf minutes, la remorque est passée.

L'*Abeille* est contrainte de tirer à 80 % de sa puissance, faute de quoi le *Melbridge* est perdu. « Heureusement qu'il avait de la gomme, raconte Noël Cuillandre. J'ai pris l'alignement du chenal du Noroit, puis à gauche. On a creusé des fonds de 12-13 mètres. Ensuite on a trouvé un pic à 11 mètres, on a ralenti, et après c'était bon, on retrouvait des fonds normaux. » Jean Gacic et Bruno Callac, sur le *Melbridge*, continuent d'observer, tout en travaillant au plus fin, le capitaine qui téléphone et déserte sa propre passerelle.

Le bateau a été sauvé. « Un coup de pot, commente Noël Cuillandre. Si on ne l'avait pas eu à cette marée-là, c'était fichu. » « Pas tout à fait un coup de pot, corrige Charles Claden : l'initiative d'hommes de l'art qui ont saisi la chance. » D'habitude, un bateau prend la suite de l'autre. L'*Abeille* relaie un canot moins puissant. Ou bien le canot reste par précaution tandis qu'une opération s'achève ou risque de mal tourner. Cette fois, le « club » a joué au complet, tous talents déployés. Sans l'*Abeille*, le *Melbridge* serait une épave molénaise. Mais sans les sauveteurs molénais, c'est peut-être l'*Abeille* elle-même qui serait demeurée piégée près du navire qu'elle assistait.

« Au fond, a conclu l'amiral Stéphan, alors délégué départemental de la SNSM, les spécialités des uns ou des autres les séparent moins que ce qui les rapproche : l'idée que les marins ont mission de sauver les marins dans les coins qu'ils connaissent... » Christophe Stéphan, qui était mon ami, se fichait bien des galons et des uniformes, c'était un fils de pauvres auquel la marine a permis de déployer son talent qui était aussi grand que son langage était vert. Il est mort récemment, et je ne peux plus lui sortir ma blague de chaque soir, quand nous nous retrouvions pour l'apéro :

« Mes respects, amiral !

— Je n'en crois rien… »

C'est quoi, en fait, un sauveteur ? C'est un homme qui oublie tout, sauf ce qu'il fait, qui oublie toute considération de rémunération, qui mobilise le maximum de ses connaissances, qui considère l'assistance comme le plus catégorique des impératifs, et qui ne requiert aucun ordre pour engager sa peau. Un homme libre.

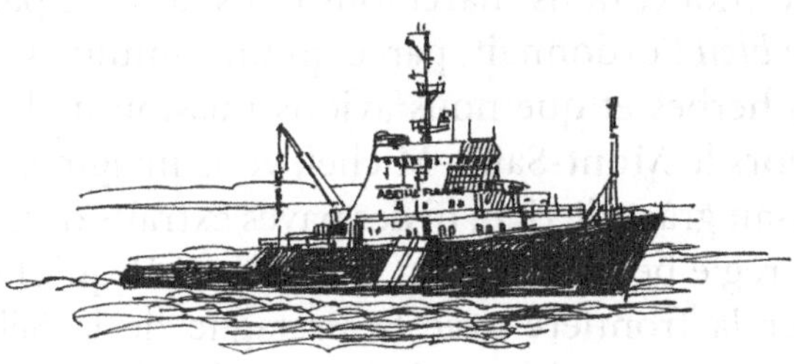

Mont-Saint-Michel

Damné Couesnon ! S'il avait coulé un peu plus à l'est, le Mont se serait retrouvé breton. Mais bon, que voulez-vous, j'ai une sainte horreur des frontières, des chauvins en général, et des chauvins bretons en particulier, je vomis ceux que Georges Brassens nommait « les imbéciles heureux qui sont nés quelque part », alors on ne va pas en faire une montagne, de cette petite rivière qui a bêtement suivi son cours. Le Mont-Saint-Michel est normand, dont acte. Et une merveille normande, dont acte aussi. Voilà pour le drapeau, pour l'écu. Mais quant à savoir ce qu'ils en ont fait, les Normands, c'est une autre affaire.

Car le Mont-Saint-Michel, aujourd'hui, je n'en peux plus, je n'en veux plus. Tout merveilleux qu'il soit. Il me débecte, le Mont-Saint-Michel, il me hérisse, il m'horripile, il me harasse, il m'excède, il m'accable, il me chagrine.

Ma mère, qui était historienne, tenait pieusement son *Guide bleu* comme les curés d'autrefois tenaient leur bréviaire. Le *Guide bleu* déterminait nos itinéraires, nos lieux de pique-nique, nous marchions dans la boue parce que le *Guide bleu* l'ordonnait, parce qu'un tumulus se cachait dans les herbes et que nous avions mission de le débusquer. Alors le Mont-Saint-Michel, vous imaginez. Elle ne nous faisait grâce de rien, ni des pavés extraits de Chausey, ni de la règle bénédictine, ni de Richard II qui, l'infâme, fit passer la frontière avec la Bretagne de la Sélune au susdit Couesnon, ni les colonnettes du cloître en quinconce, ni les fenêtres du réfectoire invisibles de l'entrée et pourtant formidablement lumineuses – ce qui inspira, plus tard, Le Corbusier quand il conçut le couvent de la Tourette. Puis, par la suite, lorsqu'on découvrit, peu à peu, les soubassements romans profonds et jusqu'alors inconnus, ma sœur et moi fûmes priés de revêtir la tenue du spéléologue patrimonial. Nous connaissions la prison maritime en quoi fut transformé l'établissement religieux au XIXe siècle – Blanqui fut son douloureux pensionnaire –, cette fois, il s'agissait d'explorer le cœur du bloc, le soubassement des siècles.

Aux marées de très grand coefficient, nous montions tout là-haut, au jardin des moines, et regardions la mer s'emballer. On disait qu'elle progressait à la vitesse d'un cheval au galop. C'était presque vrai, mais plus insidieux : elle s'engouffrait dans les filières avec un appétit suspect, une férocité gloutonne. Mais surtout, surtout, je fermais les yeux et j'aimais l'entendre, j'aimais entendre le son du mascaret, quasi cristallin, de l'eau chevauchant l'eau. Nulle part ailleurs, je n'ai discerné ce son avec une pureté comparable.

Nous attendions que le Mont soit redevenu île, puis, au jusant, nous hasardions nos pas avec grande précaution, la tête pleine d'histoires de sables mouvants, de gens aspirés, de fagots qu'on jetait pour les aider à s'extraire, de disparitions énigmatiques. Tombelaine me paraissait une île suspecte et menaçante. Je savais que les pèlerins cheminaient de ce côté et j'essayais de me représenter l'arrivée du voyage, tout au sommet, avec les chants, l'encens oriental, la grâce divine et l'archange d'or.

Vous objecterez que rien, dans mon propos, n'annonce la fâcherie mentionnée plus haut. Mais, patience, les mauvaises nouvelles se méritent, en temps et en heure.

À l'époque – je parle de mon enfance, de mon adolescence, je parle aussi de brefs séjours, l'hiver, quand le Mont était désert, les boutiques fermées, quand les restaurants avaient rangé leurs tables et verrouillé les terrasses –, nous arrivions en voiture jusqu'au pied de la tour d'entrée, garant notre véhicule, si la mer le permettait, à même le sable. C'était rustique, désinvolte et populaire. C'était l'époque où la bagnole est forcément une conquête, une liberté nouvelle, et, à l'occasion, un objet de culte susceptible de rivaliser avec n'importe quel morceau de la Vraie Croix.

Quand des architectes, des experts en régimes fluviaux, des géologues appréciant la mobilité du sable et le risque d'engorgement voire de stérilisation de la baie et du Mont lui-même débattirent longuement de ces phénomènes, en conclurent que l'île avait vocation à redevenir une île, et la mer à circuler librement alentour, l'atmosphère, chargée de CO_2 et de mille choses nuisibles, avait changé du tout au tout. Comment pouvait-on, désormais, s'opposer au bannissement des moteurs à explosion, au droit des oiseaux à prospérer et s'organiser sur le site ? Comment pouvait-on s'opposer à cette formidable redécouverte : la marche à pied ? Le visiteur se referait pèlerin, et la boucle serait bouclée. J'applaudis à tout rompre, l'idée me semblait non seulement épatante, mais évidente.

Mais cette simplicité retrouvée, ce retour au naturel, que j'approuvais hautement et approuve toujours, est la source indirecte de ma rupture.

Car, une fois les travaux achevés, j'ai voulu voir ça de plus près. Ce qui est façon de parler car on était prié de laisser son automobile loin, très loin, sur des parkings élégants enserrés de joncs et d'herbes hautes, puis de recourir au muscle ou à la navette. Très bien. Très, très bien. Je m'aperçus alors que nos automobiles ne pesaient pas lourd sur ces parkings, que ce qui comptait, c'étaient les cars, des centaines, des milliers de cars qui se rangeaient les uns contre les autres dans les espaces fléchés régis par des hommes en tenue adéquate qui étaient à ces engins ce que les aiguilleurs du ciel sont aux avions. Et – miracle ! – le pèlerinage se faisait foule, une foule internationale où dominaient, me semblait-il, les Asiatiques. Une foule munie de ces tubes extensibles qui permettent d'agrandir le champ des *selfies* et dont je découvris que c'était la vraie quête : moi et le Mont-Saint-Michel. Ils avaient déjà moi et la tour Eiffel. Ils avaient moi et Notre-Dame. Ils avaient moi et le Rialto. Ils complétaient la collection.

Tout le monde est le touriste de l'autre, et j'ai une véritable aversion pour les gens qui ne rêvent que de « visites privées » parce qu'ils comptent, eux seuls, parmi les *happy few*. Mais mon aversion n'est pas moins forte pour ce tourisme-là, pour ce tourisme qui se contemple lui-même *à propos* des châteaux de la Loire ou du Taj Mahal. On venait de rendre le Mont-Saint-Michel plus « nature », plus égal à lui-même, plus vrai. Et, dans le même temps, on l'avait transformé en *must* des *tour operators* internationaux. Les trois quarts des visiteurs ne montaient même pas jusqu'à l'abbaye, c'est fatigant, et puis les vieilles pierres, c'est toujours pareil. Leur suffisaient les souvenirs fabriqués à la chaîne, dans leur propre pays, pour des margoulins saisonniers. Je découvris qu'une omelette, à la Mère Poulard (établissement où naguère François Mitterrand avait convié Margaret Thatcher sans même parvenir à l'étouffer), bref une brave omelette à laquelle on ajoute un œuf battu en neige, se vendait au prix du caviar. Je découvris que « l'agneau de pré salé », spécialité locale, était importé de Nouvelle-Zélande. Je découvris que ce lieu spirituel était devenu une foire, encore que j'aime bien les foires. Disons plutôt un lieu d'abattage. D'ailleurs, une société avait postulé, sans rire, pour installer, en face, un Luna Park. Son argument, très solide, était qu'avec un tel produit d'appel, ça ne pouvait que marcher.

Voilà pourquoi je suis fâché, et pourquoi je ne remettrai pas les pieds au Mont-Saint-Michel. Qui est pourtant redevenu une île, une île sublime.

Cela me fait songer aux pyramides de Gizeh. La première fois que je suis allé au Caire, j'ai eu l'absolue chance de visiter le musée avant sa rénovation : les objets, les masques, les momies, les inscriptions se trouvaient à portée de main, on avait l'impression d'être un égyptologue en 1920. La dernière fois, il n'était question que du pourboire qu'il serait séant de donner au meneur de dromadaires, et de l'occasion qui nous était offerte d'acquérir un véritable papyrus, réalisé à l'ancienne, selon des méthodes transmises de génération en génération, et, qu'avec un léger supplément, on obtiendrait tout encadré.

Au Mont-Saint-Michel, c'était pareil. L'archange me semblait barbouillé d'omelette dégoulinante. Il n'était pas le seul.

Monte Isola

Je sais.

Je vais avouer un péché inavouable, inadmissible. Je vais basculer dans le mauvais goût, et fâcher inutilement des lecteurs auxquels je donne mille fois raison. Mais les lacs, moi, ça n'est pas mon domaine, ça n'est pas mon truc. J'ai lu Lamartine (*Rochers muets, grottes, forêts obscures,* etc.), je suis allé à Genève, à Lausanne, à Annecy, au Bourget, et tout ça, j'ai même traversé la Pologne et admiré les orangers du Balaton, et je ne vous parle pas des eaux de Finlande qui se mêlent à la terre comme nulle part ailleurs. Je connais les variations infinies de la lumière, les reflets des nuages, les nuances du soir, les frissons du vent. Je plaide coupable, je tends le cou, le panier est prêt, il n'y a plus qu'à lâcher le couperet.

J'ajouterai même une chose pour aggraver mon cas. Lorsque je me trouve en pleine terre, loin de tout rivage – disons dans une Sibérie quelconque –, ma boussole intime se tourne vers la première mer disponible, fût-ce à des milliers de kilomètres. Et si cette hypothèse est intenable, je cherche avidement la mare la plus proche, fou de joie si cette mare est un lac. Mais ce lac, soyons honnête, je le vois comme un océan de substitution, un pis-aller, une oasis en attendant de trouver la « vraie » eau, l'eau salée. Bien sûr, je ne parle pas du Titicaca, ni des grands lacs américains, ni du Baïkal, ni du Tanganyika, ni de la Caspienne. Je parle, ici, des lacs dont la rive opposée est visible ou à tout le moins perceptible.

Je vais encore vous faire un aveu : j'ai régaté sur des lacs, et ces régates sont passionnantes. Parce que, en raison des collines ou des montagnes environnantes, le vent saute, varie, revient, surprend. Nous autres, les hommes du large, sommes démunis devant ces phénomènes qui nous paraissent quasi imprévisibles. Il faut observer comment les navigants du cru savent anticiper, flairent que la risée va monter ici, mollir là. Ordinairement, nous jouons, nous, sur les courants, et le vent, nous le sentons de mille manières, l'ombre d'un nuage, son cheminement, sa vitesse de déplacement, ce qu'il nous enseigne du futur proche. Oui, barrer sur l'eau douce d'un lac, qui est loin d'être toujours paisible, est un art subtil, un art de tacticien pointu.

Mais ce n'est pas mon monde.

Considérons la petite cité de Monte Isola, la plus grande île lacustre d'Europe, sur le lac Iseo, à moins de deux heures de Milan, par le train. Au bas de sa colline pentue, elle est parfaite d'équilibre, maisons ocres, plutôt hautes, couvertes de tuiles, et qui contrastent parfaitement avec le vert assez soutenu des arbres qui l'enserrent. Seul le campanile de l'église les surmonte et donne la verticale du tableau. Rien, absolument rien à redire. Sérénité, silence, douceur un peu sombre. Ici, on fabrique des filets depuis des siècles (pour la pêche d'abord, pour le sport ensuite), on fabrique également des hamacs, ce qui paraît logique et naturel, et puis de l'huile d'olive, et encore des canots en acajou. Élégance et simplicité.

Bien évidemment, on prend un bain de romantisme, un grand bain, presque un bain rituel. Pas étonnant qu'ici même, entre Peschiera Maraglio et Sensole, George Sand ait amené ses amants, Musset puis Chopin. Vous pouvez marcher sur leurs pas, tout est fourni : les vers, les partitions, les saules et les ifs. Et moi qui aime Musset et Chopin – un peu moins George Sand, à qui je ne saurais pardonner les lettres ignobles qu'elle échangea avec Flaubert pendant que les communards étaient fusillés par milliers –, je devrais en être, je devrais suivre avec ferveur. Je suis, je suis un peu, j'admire, il faudrait être aveugle ou fou pour ne pas constater la beauté du lieu, l'équilibre du décor.

Mais, si je suis honnête avec moi-même, je suis ravi d'un ravissement insensible. Comme on regarde un tableau incontestablement réussi, talentueux, un bon et grand tableau, dont on est incapable de nier la qualité. Sauf qu'il y manque cette vibration, ce frémissement, cet emportement qui déclenche et accompagne l'amour.

Recommençons l'expérience. Portons-nous vers le fin du fin, le lac Majeur, côté Piémont. Il y a là une toute petite île proche des Borromées. Au XVe siècle, la puissante famille Borromeo, d'origine toscane mais exerçant en Lombardie, a acheté sur un coup de tête deux îles qui n'étaient alors que des tas de pierres et de boue, et ils y engagèrent d'énormes travaux dont sont issues Isola Bella et Isola Madre, la première baroque et déjantée, la seconde de style anglais pur sucre. Palais, jardins, rien ne fut hors de portée, rien ne fut excessif, rien ne fut compté.

Les Borromeo ne s'intéressèrent guère à la troisième île, l'Isola dei Pescatori, l'île des Pêcheurs. Elle est minuscule et charmante, les demeures se serrent les unes contre les autres, et l'on comprend que, dans ses *Impressions de voyage*, Alexandre Dumas l'ait assimilée à une « plaisanterie qui ressemble en petit à un village, et qui a des maisons, des rues, un prêtre et des enfants de chœur »...

Il n'empêche. Des pêcheurs, elle en a aussi, elle en a toujours – comme l'atteste la statue de saint Pierre dans l'église de San Vittore. Ils ne sont plus qu'une quarantaine, mais restent actifs, leurs barques métalliques comprennent une bâche pour y dormir, et ils traquent le sandre, la perche, le brochet qui alimentent les restaurants familiaux du lieu. Tout au bout de la courte terre se trouve la *coda*, la « queue » de l'île, hors des rues et des terrasses. Là, sous deux arbres plus que majestueux, vous aurez la plus belle vue qui soit sur l'Isola Madre et sur le lac.

On aura compris qu'elle me plaît, cette île minuscule dépourvue de routes, de voitures, à défaut de touristes (mais ces derniers s'en vont par le bateau du soir, et, comme d'habitude, vous qui restez entrez alors dans la confidence).

Mais…

Le lac Majeur est encore plus spectaculaire que l'Iseo. On regarde, on regarde encore, et c'est parfait. Absolument, totalement parfait. Si vous cherchez le détail qui cloche, la petite faute sur laquelle il conviendrait de glisser pour retenir l'essentiel, vous vous trompez, c'est impossible. La beauté est installée, solide, comme une statue grecque sur son socle. Et c'est cela, sans doute, qui me retient d'aimer. Trop de marbre impeccable. La photographie n'a nul besoin d'un coup de Photoshop, la première prise est la bonne, définitivement bonne. Et moi, j'ai besoin d'incertitude, de mouvement, d'inachevé. De salé, peut-être.

Morotai

C'est Philippe Pons, longtemps correspondant du *Monde* à Tōkyō (où il avait lui-même pris la succession de Robert Guillain, l'un des premiers à avoir visité le site d'Hiroshima après la bombe), qui raconte. Lorsque le gouvernement nippon rendit les armes, il y avait 3,5 millions de soldats japonais de par le monde, notamment sur les îles du Pacifique. Beaucoup d'entre eux se dispersèrent. Les uns croyaient que la guerre continuait et la poursuivaient à leur manière, se cachant de l'ennemi supposé. D'autres craignaient d'être portés déserteurs, bons pour la cour martiale, et préférèrent tenter de survivre là où ils se trouvaient. D'autres encore basculèrent dans une vie tout autre : moines, trafiquants d'opium ou d'armes, mercenaires à la solde de mouvements indépendantistes asiatiques, notamment au service de Sukarno qui défiait les Hollandais en Indonésie.

En tout, 127 soldats japonais, pendant un quart de siècle, poursuivirent, sur leurs îles respectives, un combat dépourvu de sens et d'adversaire. Le monde les ignora durant des décennies. En 1974, un sous-lieutenant des services de renseignement nippons, Hiroo Onoda, émergea de la jungle sur l'île de Lubang, aux Philippines. Voilà vingt-neuf ans qu'il tenait le maquis, attendant, déclara-t-il, « l'ordre de se rendre ». Le Japon en fut ému, mais l'opinion internationale plus encore, voyant dans cette fidélité inébranlable une sorte d'esprit samouraï terriblement exotique. Deux ans plus tôt, un autre soldat en déroute, Shoichi Yokoi, fut repéré à Guam, mais avoua que sa motivation était la terreur d'être exécuté.

Une autre histoire défraya la chronique, cette fois au chapitre des faits divers. Sur l'île d'Anatahan, aux Mariannes, pourtant évacuée après la victoire des Américains, une trentaine de marins japonais s'enfouirent dans la jungle, en compagnie d'une jeune femme, Kazuko Higa, mariée avec un employé de plantation. Ils se disputèrent si bien ses faveurs que 11 d'entre eux y trouvèrent la mort. Celle qu'on baptisa « la reine d'Anatahan » devenait si vénéneuse que le groupe se résolut à la liquider. Mais elle parvint à s'enfuir, regagna le Japon sur un navire américain, et les prétendants n'eurent d'autre choix que de se rendre.

L'affaire la plus étonnante, à mon sens, nous est rapportée par un confrère de Philippe Pons, Bruno Philip. Cela se passe sur l'île de Morotai, tout au nord des Moluques, à mi-chemin de la Papouasie occidentale et de l'Indonésie septentrionale. Les Moluques, ce sont des paysages pour Club Méditerranée, plages de sable blanc, eau limpide, cocotiers et, au centre, une jungle accidentée, forcément mystérieuse. La « capitale » se nomme Daruba, et l'île comporte un singulier monument en lisière de jungle : sur un piédestal, la statue d'un soldat japonais en uniforme réglementaire, muni de son sabre, d'un sac sur le dos, et coiffé de la fameuse casquette assortie d'un protège-nuque. Cette statue, haute de plusieurs mètres, a été érigée à la gloire du soldat de l'armée japonaise Teruo Nakamura qui avait été officiellement déclaré mort le 13 novembre 1944, et qui consentit à s'extraire de l'épaisse jungle de Morotai fin 1974, soit trente ans après que le général MacArthur eut pris pied sur l'île.

Bruno Philip a mené l'enquête et est parvenu à rencontrer un homme qui l'avait croisé en chassant avec son chien. Il s'était soudain trouvé nez à nez avec un individu en guenilles qui l'avait menacé de son sabre – sans autres conséquences. En fait, l'ermite nippon, sans vraiment sortir de la clandestinité, était devenu une célébrité invisible. On savait qu'il nichait dans une hutte, qu'il faisait ses ablutions sous une cascade. On murmurait même qu'il rendait parfois visite à une femme, du nom de Nifa, et l'on avait construit autour de tous ces bruits une légende : si Nakamura ne se montrait pas plus souvent chez Nifa, c'est qu'un autre soldat japonais, nommé Morita, était jaloux de cette relation, et qu'il ne voulait pas attiser chez son camarade une mauvaise jalousie.

Nul n'a jamais vu Morita, et plus d'un suggère que Nakamura finit par savoir que l'Indonésie était devenue indépendante, et que la guerre était terminée. Alors pourquoi ne faisait-il pas son *coming out* ? Avait-il peur des avions Hercules qui survolaient la forêt et qui sonnaient comme ceux de l'US Air Force ? Avait-il peur d'être considéré comme déserteur ?

Les rumeurs enflaient sur « l'homme de la jungle », sur l'être à demi nu qui hantait la forêt. Et ces rumeurs finirent pour atteindre l'ambassade du Japon à Djakarta, qui demanda aux autorités indonésiennes de bien vouloir s'en occuper. Elles s'en occupèrent, et de singulière façon. Avant de pénétrer la jungle impénétrable, les soldats indonésiens eurent l'idée fumante de se munir de photos de geishas, gageant que ce Japonais privé de sexe depuis tant d'années n'y résisterait pas. Et pour parfaire l'effort de séduction, ils avaient péniblement appris l'hymne japonais qu'ils gueulèrent en chœur au fur et à mesure qu'ils progressaient dans la forêt. Les appâts étaient trop puissants : Teruo Nakamura se livra sans aucune résistance.

Mais on n'était pas encore au bout de l'aventure. Car il s'avéra que le nommé Nakamura n'était nullement japonais, mais taïwanais, enrôlé dans l'armée japonaise. Depuis sa victoire sur les Chinois, à la fin du XIXe siècle, l'île qu'on appelait encore Formose était sous la coupe de l'empire du Soleil-Levant, et ses ressortissants appelés, de gré ou de force, à intégrer l'armée nippone. Non seulement Nakamura n'avait rien de japonais, non seulement il était taïwanais, mais en outre il appartenait à l'ethnie minoritaire aborigène des Amis (son nom d'indigène était, semble-t-il, Attun Palalin). On ignore s'il fut un engagé volontaire ou bien s'il fut recruté – c'est le cas de le dire – *manu militari*.

Toujours est-il que, sorti de la jungle et escorté de son bataillon chantant, il demanda à être rapatrié à Taiwan et raconta sa vie d'homme des bois : il disposait d'un fusil (mais de munitions limitées), d'un sabre, d'un casque, d'un couteau, d'une casserole et d'un miroir de poche. Il cuisait ses aliments à l'ombre des arbres, pour que le feu ne fût pas perceptible et qu'aucun ennemi ne pût le détecter, il se nourrissait de patates douces, de pois qu'il cultivait lui-même, de canne à sucre, de racines et de fruits. Il traquait des faisans et, parfois, des cochons sauvages. Et conclut par ces mots : « Ne pas perdre la vie constitua, avec le temps, mon unique raison de durer… »

L'ennui, c'est que sa femme, entre-temps, s'était remariée – ce qu'on ne saurait lui reprocher. Elle avait eu un fils de lui, qu'elle lui présenta, et qui était né après son départ. Le deuxième mari se montra beau joueur : moyennant un champ et un buffle, il consentit à s'éclipser.

Telle est, à peu près, l'histoire du soldat Nakamura dont il n'est pas sûr qu'il voulut être soldat, mais dont il est certain qu'il ne s'appelait pas Nakamura. On soupçonne les autorités de l'île de Morotai d'essayer, statue majestueuse aidant, de développer, grâce au « héros », un petit flux de tourisme japonais. Mais c'est loin, Morotai. Très loin… Je ne serais pas surpris que le Club Méditerranée reste à l'écart.

Moruroa

Juste une glissade. L'entrée dans la troisième dimension maritime pourrait se résumer à ça. Le commandant ordonne, le chef de quart coordonne, le pilote manipule quelques boutons simples d'aspect, presque rustiques, pousse le manche, et, dans la lumière diffuse du centre opérationnel, il ne se passe quasiment rien. Sauf qu'on est parti. Qu'on plane dans les profondeurs, qu'on a perdu la vue, la houle, le vent, la parole, le satellite, bref, l'essentiel de ce qui façonne, dans mon univers, la navigation. C'est beaucoup plus dangereux qu'il n'y paraît, beaucoup plus compliqué, aussi. L'usine à gaz est pleine de recoins. Mais on éprouve, d'abord, un sentiment d'évidence. L'aventure naît en douceur.

Tel est le paradoxe du sous-marin. Plus la puissance et la masse sont requises, plus l'équilibre et l'onctuosité s'imposent. On est prié de laisser la brusquerie, la brutalité au vestiaire. Nulle gesticulation. On se pèse, on dose, on vérifie, on recoupe, on multiplie les rondes après l'immersion. Tous les marins sont gens de compromis et de précaution, mais l'exercice, en l'occurrence, atteint une sorte de perfection harmonieuse, de vigilance absolue d'où la fébrilité est exclue.

On apprend que la mer est le monde du bruit et le navire celui du silence. Le chuchotement est à la fois nécessité militaire et forme de vie. Discret. L'épithète est omniprésente. Dans les coursives mêmes, des autocollants le rappellent. Pour gueuler, on attendra deux mois. On écoute, on reconstitue l'espace et ses habitants bribe par bribe, on traque et l'on imagine le réel. On ruse, on s'applique à ne rien émettre, ou si peu. Jusqu'alors, tout bateau me semblait un animal frémissant. Tressaillement de la tôle, fouet de la risée. Ici, tout est suspendu, amorti, jusqu'aux plus épaisses machines. La seule chose qui trépide, c'est la concentration. Demandez à un sous-marinier, n'importe lequel, devant n'importe quel écran, ce qu'il est en train de faire, et deux heures après, il parle encore. À voix basse.

Après les tests, les faux incendies, les avaries de barre simulées, que reste-t-il à vivre ? L'essentiel. « Maintenant, disent les hommes du bord, on va se diluer. » Se fondre quelque part, se tapir entre des montagnes invisibles, déceler sans être décelable.

J'ai failli me diluer. C'est comme ça qu'ils parlent, sur un SNLE, un sous-marin nucléaire lanceur d'engins. Se diluer, c'est partir en patrouille pour plusieurs semaines. Où ? Le commandant et son adjoint le savent. Et eux seuls possèdent les coordonnées des cibles potentielles, s'ils reçoivent l'ordre de tirer. À bord, des hommes jeunes (et quelques femmes, grande innovation), des électroniciens, des informaticiens, des atomiciens. La plupart sont sous contrat pour cinq ou sept ans – ensuite, ils se recaseront dans le civil, sans aucun problème.

C'est le privilège des écrivains de marine que d'être accueillis par les bâtiments militaires. Je suis allé sur une frégate, un porte-avions, un croiseur, une ou deux goélettes, un chasseur de mines, etc., mais un sous-marin, je n'y songeais pas un instant. Quand le commandant m'a invité, je lui ai avoué que mon dossier, à la Sécurité militaire, ne devait guère être reluisant. J'avais été classé P4 O5, c'est-à-dire indésirable du point de vue psychiatrique et incapable de discerner un amiral d'une meneuse de revue des Folies Bergère. Qui plus est, mes faits d'armes gauchistes n'étaient guère passés inaperçus. J'ai donc prévenu mon interlocuteur que je le remerciais chaleureusement, mais que mon avenir de sous-marinier me paraissait fortement compromis.

Eh bien, j'avais tort. La Sécurité militaire a certainement de la mémoire et des archives, mais la chasse aux soixante-huitards ne devait certainement plus compter parmi ses priorités. Si bien que tous les portillons se sont ouverts, que l'île Longue, face à Brest, m'a livré ses secrets, et que j'ai appris à descendre les échelons d'un « massif », ce qui est moins évident qu'il n'y paraît. À bord, l'espace était évidemment compté, le carré des officiers (orné d'un aquarium et d'un poisson rouge qui vous disait dans une langue aussi élémentaire qu'efficace si vous étiez en train de descendre ou de monter) exigu, et le logement du capitaine comparable, en surface, à celui d'une studette étudiante. L'essentiel était occupé par les machines sur vérins, et par les fusées. N'empêche : c'était le plus gros des bâtiments du genre, nous avions de l'eau et de l'air à volonté, et même des douches – le luxe absolu.

Je suis demeuré sans voir le jour une petite semaine, le temps que l'engin accomplisse toutes sortes d'essais avant de partir en mission. Ce qui me fascinait, c'étaient le positionnement et les communications – comment se situer, comment échanger quand on est dépourvu des instruments traditionnels ? Et puis l'analyse des bruits : j'entendis des crevettes grouiller, j'appris à reconnaître qu'un bateau précis avait changé son hélice. J'assistai même à la « grand-messe » : un jour de semaine, toujours le même, et à la même heure, on procédait au lancement des fusées. Cela se déroulait en 12 étapes dont seule la dernière était fictive. À côté de moi, au fur et à mesure qu'avançait la cérémonie, un sous-lieutenant, toutes les deux minutes environ, m'avertissait : « Ceci est un secret d'État… » Je ferais un espion déplorable, j'en ai oublié l'essentiel.

Ce qui me frappait, c'est que pas un de ces marins ne paraissait songer, une seule seconde, que la moindre de nos fusées – qui avait *n* fois la puissance de celle d'Hiroshima (et je crois me souvenir que nous en avions 48 à bord) – risquait de partir pour de bon. La dissuasion, la certitude que cette dernière fonctionnerait, n'était pas une doctrine, une thèse, une forte probabilité, c'était un lien, une certitude, le principe même de ce navire et de sa fonction, le socle aussi de la psychologie des techniciens assemblés : ils étaient là pour en être collectivement les garants, mettre leurs compétences et leur expertise au service de ce qui n'était pas une conviction mais une certitude.

Au carré des officiers, les choses semblaient beaucoup moins tranchées. En principe, quand vous embarquez sur un navire inconnu, il est de bon ton de respecter une règle : on ne parle, à l'apéritif, ni de femmes, ni de religion, ni de politique. De fait, nous n'eûmes, concernant les femmes, ni dispute, ni accord, ni plaisanterie, ni rien. Quant à Dieu, nous étions sans doute trop bas pour venir Le chatouiller. Mais la politique... Je fus surpris d'entendre, sur ce registre, maintes opinions, et avec la plus grande liberté. Mes interlocuteurs semblaient s'accorder sur deux doses. Un : la vente d'armes, notamment de sous-marins, à des puissances stratégiquement difficiles à cerner, revenait à fabriquer des ennemis potentiels. Deux : le type de sous-marin sur lequel nous nous trouvions était technologiquement parfaitement au point mais historiquement complètement dépassé.

« Il a été conçu pour transformer l'URSS en parking au cas où les Soviétiques nous auraient agressés. C'est un héritage de la guerre froide. Mais, désormais, les conflits seront tout autres, localisés, requérant, si frappe il doit y avoir, des frappes ciblées, dosées, mesurées. Et, pour cela, il faut d'autres instruments, d'autres armes, une tout autre réactivité. Militairement, nous ne servons plus à rien. »

Venant d'officiers éminents, soigneusement choisis, le propos n'allait pas sans m'intriguer. Je répondis que le gouvernement français calculait ses investissements, que la direction du budget, la Cour des comptes n'étaient guère portées à l'indulgence ou au laxisme.

« Vous avez raison, me fut-il répondu. Le sous-marin sur lequel vous naviguez n'a pas de réelle fonction militaire qui justifie la dépense. Ce qui la justifie, et qui n'a pas de prix, c'est le prestige, c'est notre siège au Conseil de sécurité de l'ONU. Nous fonctionnons pour entretenir l'idée que nous restons une puissance qui compte, qui a les moyens de sa singularité, qui appartient à un club de moins en moins fermé, mais restreint, malgré tout… »

Après quoi, j'eus droit au baptême rituel de tout impétrant sous-marinier : un verre d'eau de mer fraîchement tirée, et une coupe d'excellent champagne car la marine, entre autres traditions, garde celle d'une cave de bord digne de ce nom. Et, le lendemain matin (j'ignorais tout de notre position, mais je pariais sur le golfe de Gascogne), un filin d'acier m'a aspiré dans la lumière éclatante du soleil levant jusqu'à un hélicoptère qui semblait savoir où il se trouvait et où il me ramènerait.

Je pense à mes parents, aujourd'hui disparus. C'étaient des gens de gauche dont Pierre Mendès France était le référent. Ce même Mendès qui, en 1954, donna le feu vert à un programme de recherches atomiques mais expliqua que son souci était d'exercer une pression politique, non de s'orienter fatalement vers l'arme nucléaire et l'équilibre de la terreur. Dans les années 1960 ou 1970, tout en approuvant le retrait de l'OTAN décidé par le général de Gaulle, nous étions farouchement opposés à « la » bombe. Dans les argumentaires, celle-ci servait d'ailleurs d'outil universel. Comment financera-t-on le nécessaire *boom* des salaires ? L'argent de la bombe, voyons. Et les hôpitaux ? L'argent de la bombe. L'instruction publique ?

L'argent de la bombe. Et ainsi de suite. Les essais atmosphériques, en Algérie, nous faisaient horreur. Leur justification, par nos adversaires, était toujours la même : la France se donnait les moyens de son indépendance militaire, et refusait ainsi d'aller se nicher sous l'aile des impérialistes américains.

Puis elle est arrivée au pouvoir, la gauche. Et, du jour au lendemain, cette bombe que tous nos programmes récusaient, qui allait, par sa suppression, gonfler les finances sociales de la France, est soudainement devenue amie. Une amie indiscutable que nul, ou presque, n'a discutée. Je me souviens de Charles Hernu se baignant, épanoui, dans les eaux transparentes de Mururoa (qu'on appelle maintenant Mororua). Je me souviens du même Charles Hernu contraint de rendre son bâton de maréchal – le ministère dont il avait toujours rêvé –, acceptant de porter le chapeau dans l'affaire du *Rainbow Warrior*, le navire de Greenpeace coulé en Nouvelle-Zélande (au prix de la vie d'un militant photographe) par des agents français, nageurs de combat, qui eurent la malchance ou la maladresse de se faire prendre. Nous étions la risée du monde, nous étions mis au pilori. D'autant que Jacques Chirac, après François Mitterrand, jugea nécessaire une dernière campagne de tirs, jusqu'en 1996, date à laquelle la France signa un protocole qui créait une zone dénucléarisée dans le Pacifique Sud, puis ratifia un traité d'interdiction complète des essais nucléaires.

Mais pendant trente ans, à partir de 1966, 193 essais, pas moins, ont été effectués sur le territoire de la Polynésie française, essentiellement les atolls de Moruroa et Fangataufa, à 1 250 kilomètres de Tahiti, tout au bout de l'archipel des Tuamotu. Les plus inquiétants et les plus contestés sont les 46 essais réalisés dans l'atmosphère selon diverses techniques : sur barge, largage à partir d'avions, déclenchement sous ballons captifs. Trois mille personnes s'étaient installées à Moruroa (« l'île des grands secrets » en mangarévien, cela ne s'invente pas), civils et militaires, légionnaires, techniciens, entassés sur une terre qui n'excédait pas 15 kilomètres carrés et où une piste d'aviation de 2 000 mètres avait été construite. Le 2 juillet 1966, une bombe de 28 kilotonnes, Aldébaran, génère un nuage radioactif qui atteint l'île de Mangareva (le ministre des Outre-mer est évacué mais la population, elle, n'est informée de rien). Le 24 septembre de la même année, une autre bombe, surpuissante, touche l'atoll de Tureia et les îles Gambier (Tureia sera de nouveau concernée par un autre tir, l'année suivante). Le 12 juin 1971, une bombe sous ballon de 440 kilotonnes, Encelade, atteint de nouveau Tureia. Le 8 août de la même année, les îles Gambier sont encore concernées. Et le 17 juillet 1974, une bombe sous ballon, Centaure, contamine Tahiti *via* des pluies locales qui n'avaient, évidemment pas été prévues, parsemant l'environnement de radionucléides, exposant hommes, bêtes, et plantes à la contamination.

Il est extrêmement difficile, faute d'informations rigoureuses, de mesurer l'impact exact de ces opérations. Le personnel lui-même ne semblait pas réellement formé, et nombre de militaires n'étaient pas équipés de dosimètres. Quarante ans plus tard, un rapport de l'Observatoire des armements a permis de connaître des enregistrements jusqu'alors classifiés qui avaient été recueillis par un organisme dépendant du CEA (Commissariat à l'énergie atomique). On a ainsi découvert que, quatre jours après l'explosion d'Aldébaran, les niveaux de radiation sur des laitues non lavées étaient 668 fois supérieurs à la normale, que l'eau était 6 fois plus radioactive ou les sols 50 fois plus. Bien sûr, les pluies tombées à Mangareva étaient fortement contaminées, et j'en passe.

En 2010, une loi dite Morin – du nom du ministre alors en exercice – a prévu le versement d'indemnités aux victimes des essais nucléaires ; 1 245 dossiers ont été déposés, dont seulement 147 en provenance de Polynésiens. Une décennie plus tard, une vingtaine de cas ont été retenus et indemnisés. L'Inserm estime ne pas être en mesure de se prononcer sur les taux de cancer (notamment de la thyroïde chez l'enfant), à la fois parce que les données sont insuffisantes et parce que les effets de l'irradiation sont susceptibles d'être très lents. L'association Moruroa e Tatou, qui estime que Tahiti a été « littéralement douchée au plutonium pendant deux jours », fait état de cancers, de malformations congénitales. Mais, comme pour l'amiante, comme pour le glyphosate, la corrélation directe est malaisée à établir, et l'opposant Oscar Temaru s'est déclaré prêt à saisir la Cour pénale internationale. Les vétérans et les travailleurs qui ont construit la base de Moruroa et qui ont participé aux campagnes d'essai se retrouvent dans une situation assez analogue. Leur logique et leur conviction intime coïncident mal avec ce qu'attend la justice.

François Hollande, à la fin de son mandat, avait exprimé le souhait de « tourner la page du nucléaire » en ouvrant un service d'archives, en finançant des traitements oncologiques, en dépolluant les sites. Louables intentions, mais qui, pour l'instant, la vie politique étant ce qu'elle est, n'ont pas connu l'esquisse d'un début d'application.

Il ne s'agit pas, en effet, que de conséquences sanitaires et de salades vénéneuses. Toute la vie de la Polynésie a été bouleversée par l'arrivée soudaine de 10 000 militaires, ouvriers, techniciens, etc., venus tester la bombe. La sociologie de ces transformations reste à écrire, mais il est certain que l'activité, les compétences, l'habitat, la pensée même du travail en ont été durablement affectés. Chaque tir requérait la présence d'un porte-avions, d'escorteurs d'escadre, de navires pétroliers, de bâtiments de soutien, sans oublier les avions de guet aérien, de reconnaissance et d'assaut, plus un essaim d'hélicoptères. Imagine-t-on à quel point la vie sociale fut chamboulée par de tels arrivants ?

Il y a plus. Aux essais atmosphériques ont succédé les essais souterrains, et, là encore, le bilan écologique de pareilles secousses n'a guère été dressé. Le lagon de Moruroa, pour ne parler que de lui, a été creusé de 27 puits profonds de 1 kilomètre, et bétonnés afin que les déchets radioactifs et 5 kilos de plutonium soient mélangés avec les sédiments accumulés. Lequel plutonium demeurera actif pour encore cinq cent mille ans. Les experts les plus optimistes soutiennent que les explosions ont vitrifié la roche, ce qui rendrait cette décharge homogène et sûre. D'autres objectent que, même si le socle volcanique de l'atoll n'est plus « en travail » depuis quarante millions d'années, ce qui condamne toute remontée de magma, rien ne garantit que les 138 explosions souterraines n'ont pas ébranlé la roche au point de fragiliser l'île même. En 1979, un bloc de plusieurs millions de mètres cubes s'était détaché de la masse corallienne. Une étude datant de 2011, émanant du délégué à la sûreté nucléaire, n'exclut pas un prodigieux glissement de 670 millions de mètres cubes, lequel provoquerait, à Moruroa mais aussi sur l'atoll de Tureia – qui compte 300 habitants –, un tsunami foudroyant.

Bref – et là, je retrouve mon sous-marin –, on est dans le bleu, le grand bleu. Les atolls du bout du monde nous rappellent combien l'apparent consensus, sur la question, est devenu fragile, au point qu'il n'est soumis à nul débat. Le seul (de son envergure) qui ait osé briser cette sorte d'omerta, de convention silencieuse, c'est Michel Rocard (dont le père, grand physicien, ne fut nullement étranger à la gestation de la bombe). Je le revois encore clamer, juste avant sa mort : « Le nucléaire n'est d'aucune utilité devant les menaces d'aujourd'hui. Il est clair que la destruction de populations entières n'est pas la bonne réponse. La bonne réponse, c'est, désormais, la destruction ponctuelle et précise d'installations et d'engins... »

Qui l'a entendu ? Peut-être bien, paradoxalement, mes hôtes galonnés...

N

Nauru

Son drapeau est splendide : un fond bleu sombre, une ligne jaune au milieu, une étoile blanche à 12 branches, proches de la ligne jaune. Le bleu, c'est la mer, son intensité, son immensité. Le jaune, c'est l'équateur. Et, sous l'équateur, les 12 branches de l'étoile symbolisent les 12 tribus fondatrices du pays. Nous sommes en Micronésie, sur une île isolée, l'un des États minuscules de la planète. L'île la plus proche, à l'est, se nomme Banaba, distante de 265 kilomètres. Les Kiribati, à l'ouest, sont, elles, à 700 kilomètres. Au sud-ouest, très, très loin, les Salomon. Au nord-est, très, très loin, les Marshall. Si vous êtes en quête de solitude, cela semble la destination idéale. Et pourtant, je vous la déconseille. Énergiquement.

Car l'histoire de Nauru – Naoero, en langue locale – ressemble à une fable imaginée par George Orwell. Une fable si forte, si violente, qu'on croit à la production d'un artiste, d'un écrivain, d'un homme qui a quelque chose à montrer, à prouver. Mais non. Cette histoire-là est aussi fumante que l'enfer.

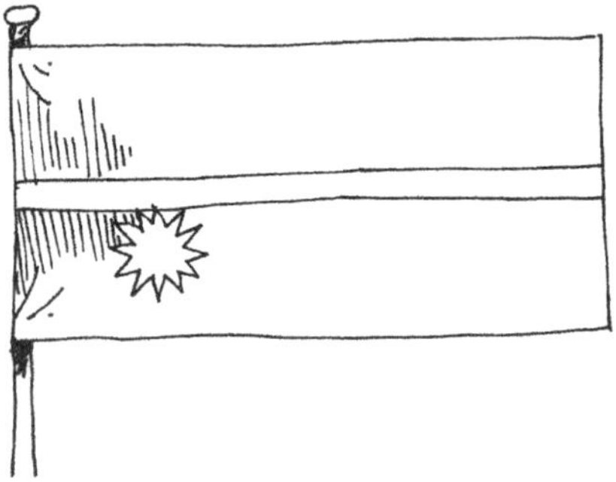

Il était une fois un territoire, un tout petit territoire (20 kilomètres carrés), peuplé de Mélanésiens, de Micronésiens, et aussi de Chinois qui migrèrent jusque-là *via* les Philippines. La société nauruane était divisée en tribus dont chacune possédait son dialecte propre, tandis que tous vivaient de la noix de coco, des bananes, des fruits et des feuilles tressées du pandanus, ainsi que du bois de takamaka. Les Allemands prirent le contrôle de l'île à la fin du XIXe siècle, mais le perdirent vite – la Grande Guerre aidant – au profit du Royaume-Uni qui chargea l'Australie d'administrer cette colonie lointaine. Au départ, nul n'en attendait des miracles, on misait sur le coprah, quand une découverte géologique bouleversa les Nauruans et leurs « amis » : l'île, cette toute petite île, recelait le plus formidable gisement de phosphate qui fût. On importa, d'urgence, des ouvriers étrangers, chinois ou océaniens. Et, tant qu'à faire, un bataillon de missionnaires protestants qui se chargèrent de répandre la vraie foi et d'imposer l'éducation occidentale. Les Japonais, durant la Seconde Guerre mondiale, firent un court mais ravageur passage, déportant nombre d'îliens, mais, ensuite, les affaires reprirent et même s'affolèrent.

Les Nauruans souhaitaient leur indépendance et l'arrachèrent en force au début de 1968. Le cours du phosphate ne cessait de monter, l'industrie était florissante et le niveau de vie des îliens – 20 000, au total – s'envola. Nauru devint le troisième ou le quatrième pays le plus riche du monde. Les citoyens profitaient d'une manne qui leur tombait sans effort, ils achetèrent des maisons, des voitures (pas très faciles à utiliser sur la courte route qui encerclait l'île), ils calquèrent leur mode de vie, leurs désirs, leurs fantasmes sur ce que le monde « développé » avait à proposer de pire. Leur santé s'altéra, le taux d'obésité devint effrayant, et leur espérance de vie, logiquement, diminua – notamment en raison du diabète. Nauru indépendante était devenue une sorte de vitrine de la consommation triomphante et du Coca-Cola généralisés.

Puis, au début des années 1990, le phosphate vint à manquer, les gisements étaient épuisés, le centre de l'île s'était transformé en champ de ruines, la terre agraire avait totalement régressé. Pressentant ce rendez-vous, le gouvernement avait fortement investi dans l'immobilier à l'étranger, et acquis du foncier lointain. Il obtint en outre de la Cour internationale de justice des dizaines de millions de dollars australiens destinés à compenser ou réparer la mise à sac de Nauru par l'industrie. Mais cela n'enraya pas la chute, d'autant que les investissements engagés se révélèrent médiocres, rongés par la corruption et les erreurs de placements. Les politiques avaient beau se succéder, aucun ne réussissait à redresser la barre. Les caisses se vidèrent, et les riches se muèrent en nécessiteux.

Les politiques optèrent alors pour les solutions du désespoir. Nauru devint une place *offshore*, dont les « banques » (on en dénombra 400, toutes fictives) se réduisaient à des boîtes aux lettres, blanchissant tout l'argent sale qui passait à portée. Le juteux trafic de passeports fut une autre pompe à finance, tandis que l'État, devenu membre des Nations unies, commença de monnayer son vote pour tout et n'importe quoi, qu'il s'agisse du droit de pêcher la baleine ou de la non-admission de la Palestine (en revanche, il reconnut l'Abkhazie et l'Ossétie du Sud moyennant 50 millions de dollars). La veille sanitaire s'effondra, l'instruction publique également. L'île se voulait pilote et prospère, elle devint le prototype du système voyou dont l'économie était à présent l'une des trois plus faibles de la planète.

Certains proposèrent de reconstituer lentement les terres arables, les forêts, d'autres envisagèrent de s'expatrier carrément. Mais on trouva mieux : le recel de migrants pour le compte de l'Australie. Cela commença, de 2001 à 2007, par la création d'un centre de détention pour immigrés clandestins – et cela rapporta jusqu'à 20 % des finances du pays. Mais ce centre violait trop de lois, de règles, de traités, il commençait à faire trop de bruit et finit par être fermé. À partir de 2013, c'est l'île entière, l'île elle-même, qui accepta de devenir un des piliers de la politique migratoire australienne, ou plutôt de la non-politique, puisqu'elle se résume en un farouche déni de droit.

En 2016, deux chercheurs d'Amnesty International et de Human Rights Watch ont réussi, avec la caution de l'ONU, à vérifier ce qu'il en était. Ils ont constaté que 1 200 personnes, qui essayaient de gagner l'Australie par la mer, avaient été contraintes de s'installer à Nauru, en échange de 415 millions de dollars australiens (soit 284 millions d'euros) annuels. Ces « déportés » demandeurs d'asile s'ajoutaient à 300 autres ayant obtenu le statut de réfugié, mais non la possibilité de vivre ailleurs que sur l'île. Au total, les migrants représentaient 15 % de la population de l'État, et logeaient soit dans un centre de traitement régional complètement débordé, soit dans des baraquements de fortune ou dans des conteneurs. Leurs pays d'origine étaient l'Irak, l'Iran, la Somalie, le Bangladesh, le Pakistan, l'Afghanistan ou le Koweït…

Le Haut-Commissariat des Nations unies pour les réfugiés, constatant que le centre de rétention et les baraquements avaient un caractère « carcéral », que les résidents étaient soumis à des fouilles humiliantes et que leurs conditions d'hygiène étaient déplorables, s'est tourné vers les autorités australiennes. Lesquelles n'ont pas même fait semblant de s'émouvoir, y compris sur le sort des enfants dont certains, hospitalisés en Papouasie-Nouvelle-Guinée, ont trahi des troubles psychiques importants et expressément (et vainement) demandé à ne pas être réexpédiés à Nauru.

Peter Young, anciennement employé par l'International Health and Medical Service, en charge pour le compte du gouvernement australien des « détenus » de Nauru, a déclaré au *Guardian* anglais : « Si on retient la définition de la torture comme étant d'infliger délibérément une douleur à quelqu'un dans le but de le forcer à faire quelque chose, je crois que la situation correspond à cette définition. » Les suicides, les confrontations physiques entre migrants et population locale, les harcèlements et les coups dont la police îlienne se rend coupable au vu et au su de tous sont choses courantes et admises. L'Australie ne tolère pas un seul réfugié illégal. Elle sait tout, elle paie tout, et ça dure. Beaucoup d'hôtes forcés sont sur Nauru depuis plus de cinq ans. Et le chômage y est endémique.

Au printemps 2019, le gouvernement de Canberra, mis en difficulté par l'opposition qui réclamait, non pas l'accueil des migrants, mais une meilleure prise en charge médicale, y compris sur le sol australien, des plus malades, a répondu en décrétant la réouverture du centre de détention de l'île Christmas. L'île en question se trouve à 2 800 kilomètres de Perth, au sud de Djakarta, et le camp avait été fermé en 2018 parce que les émeutes, les suicides, les automutilations s'y multipliaient. En décidant de le remettre en fonction, le pouvoir australien espère bien regagner de la popularité, tant il est vrai que l'éloignement du « péril » migratoire se révèle un atout électoral – le raisonnement est exactement le même qu'on a pu observer en Hongrie et ailleurs. Au demeurant, les Australiens ont envisagé sans rire – même jaune – que toute personne suspecte de coronavirus serait déportée vers Christchurch…

Ce type de dossier me déchire l'âme. Il contredit si fort l'image qui naît spontanément de l'île, à la fois autre et accueillante, de l'île de rêve. Les Nauruans ont rêvé et obtenu les moyens de ce rêve, mais c'était, en réalité, le pire des cauchemars. Quant aux Australiens, ils montrent que, sous des dehors policés, sous l'image de sportifs blancs capables de surfer sur les meilleures vagues, ils sont les dignes héritiers de leurs anciens maîtres et juges, les inventeurs des pontons – la plus effroyable des prisons, la plus corrosive, la plus glaciale et impitoyable, qui voisinait sans heurt avec le gazon impeccable des terrains de cricket.

North Sentinel

John Allen Chau est mort à l'âge de vingt-sept ans, le 16 novembre 2018, criblé de flèches, sur le rivage de North Sentinel, petite île ignorée de l'archipel des Andaman, entre la Birmanie et Sumatra. Né en Alabama, il se réclamait du christianisme évangélique, plus précisément du groupe All Nations de Kansas City.

« Vous pensez peut-être que je suis fou de faire tout ça, mais je pense que ça vaut la peine d'apporter Jésus à ces gens », écrivait-il aux siens le matin de sa mort. Et il ajoutait : « Ce n'est pas en vain, les vies éternelles de cette tribu sont à portée de main, et j'ai hâte de les voir adorer Dieu dans leur propre langage… » Son journal révèle qu'il projetait son expédition de longue date, et qu'il avait déjà tenté, avec la complicité de pêcheurs locaux, de s'approcher de l'île par deux fois. Il tenait une bible à la main, quand un enfant lui a décoché une flèche qui s'est fichée dans le Saint Livre. « Je ne veux pas mourir », a-t-il consigné dans son journal. Mais il y est retourné.

Deux pêcheurs l'ont accompagné, se sont arrêtés à bonne distance. Puis il est parti en kayak. Les pêcheurs l'ont vu marcher, tel saint Sébastien, percé de flèches. Il est tombé, et des îliens lui ont passé une corde autour du cou et ont traîné son corps sur la plage. Les témoins se sont alors enfuis.

S'agissait-il d'un « missionnaire » ? Pas exactement, a déclaré Dependra Pathak, chef de la police des îles Andaman, questionné par le site indien The News Minute. Il faut savoir que l'archipel est, depuis 1947, sous l'autorité de l'Inde qui interdit à quiconque de naviguer à moins de 5 milles de North Sentinel, *a fortiori* de tenter d'y débarquer, puisque le peuple qui y réside refuse catégoriquement tout contact avec l'extérieur. Sept pêcheurs, au total, ont d'ailleurs été inculpés dans cette affaire. Pour sa part, Kirk Huffman, anthropologue britannique qui étudie depuis quarante ans les sociétés océaniennes et est chercheur associé à l'Australian Museum de Sydney, fournit un diagnostic comparable. Pour lui, John Chau est assurément un chrétien obstinément prosélyte, mais il voit d'abord en lui un de ces *adventures junkies*, un accroc de l'aventure insolite, un personnage « *addict* à l'adrénaline que procurent les situations périlleuses ».

De North Sentinel, on ne sait à peu près rien. On sait qu'il s'agit d'une île d'environ 60 kilomètres carrés, distincte des Andaman proprement dites, totalement couverte de forêt. On ignore le nom que lui donnent ses habitants – et s'ils lui donnent un nom. On ignore le nom que se donnent ses habitants. Kirk Huffman, par ailleurs conservateur honoraire du musée national au Centre culturel du Vanuatu, estime qu'ils sont au nombre d'environ 150, qu'ils pourraient être apparentés aux A'ng de l'Andaman du Sud qui refusent également les visiteurs, et que ce seraient les descendants d'humains qui ont migré depuis l'Afrique voilà quelque soixante-mille ans. Certains chercheurs généticiens considèrent qu'ils furent parmi les premiers à avoir colonisé l'Asie à l'époque paléolithique – donc avant l'apparition de l'agriculture. Quant à leurs coutumes, leurs croyances, leur mode de vie, leurs mythes, on en ignore à peu près tout, sinon qu'ils ne souhaitent, farouchement, ni être connus ni être étudiés. Ce que l'on sait, en revanche, c'est qu'ils semblent physiquement assez différents de leurs voisins – leur peau est plus sombre et leur taille plus petite.

On a pu le constater à la suite du tsunami qui a frappé toute la région, et notamment le golfe du Bengale, le 26 décembre 2004. Quand un hélicoptère indien est allé vérifier l'état des populations îliennes, les pilotes, à leur grande surprise, ont découvert que les Onge de la Petite Andaman et les gens de North Sentinel ne semblaient absolument pas en avoir souffert, alors que, partout, les occupants du rivage avaient été totalement surpris et sinistrés – contrairement à d'autres, ce tsunami n'avait pas été précédé d'un retrait marin suffisamment ample pour donner l'alerte. Les habitants de North Sentinel ne répondirent à l'hélicoptère que par un puissant jet de lance, mais les Onge expliquèrent qu'ils avaient reconnu des signes avant-coureurs qui annonçaient l'imminence du danger, signes transmis de génération en génération – essentiellement le comportement d'animaux, fourmis, lézards, oiseaux.

Ce savoir et cette mémoire indigènes sont peut-être bien l'explication de la résistance à toute intrusion des occupants de North Sentinel. Depuis que l'île est administrée par l'Inde, 26 tentatives de prises de contact ont été menées par des anthropologues indiens. Leur but était d'apporter des cadeaux en signe de bonne volonté et d'intentions pacifiques. Quelques-unes de ces *gift giving missions* ont obtenu des résultats, de rares frôlements. Mais, à partir de 1996, le rejet fut la seule réponse, et les autorités indiennes comprirent que ces gens refusaient le contact, notamment parce qu'ils avaient compris que des maladies leur seraient transmises et que l'issue en serait fatale. Kirk Huffman et l'Anthropogical Survey of India plaidèrent en ce sens et obtinrent qu'on les laisse tranquilles, à la fois par respect culturel et par nécessité sanitaire.

Il est vrai que la démarche de l'anthropologue Triloknath Pandit, qui avait réussi à effleurer Sentinel, montra, quand il noua des liens autrement solides avec les Jarawa (populations installées dans la partie centrale d'Andaman), quels désastres pouvaient en être la conséquence.

Les Jarawa, rompant avec leurs pratiques ancestrales, furent maintenus en marge de la société, clochardisés et ridiculisés – quand ils n'étaient pas l'objet d'une ignoble exploitation sexuelle. Les touristes indiens leur lançaient des bananes. Il n'en reste plus que 400. Et les Onge, sur la Petite Andaman, ne dépassent guère la centaine.

Mais, pour vraiment comprendre ce qu'il s'est passé, il faut remonter au XIXe siècle, quand les Britanniques prirent possession d'Andaman et décidèrent d'y implanter un centre pénitentiaire pour les rebelles indiens. Ils entamèrent, à cette fin, une formidable déforestation et liguèrent contre eux les peuples autochtones – plusieurs milliers de combattants. Les Anglais écrasèrent ce soulèvement, regroupèrent les populations indigènes dans des camps ou des foyers où elles mouraient vite, dépourvues de défenses immunitaires, ravagées par les épidémies. De 3 500 en 1858, les autochtones passèrent à 90 en 1931… Les Jarawa réussirent à se réfugier dans leur forêt et échappèrent au lot commun. Quant aux populations de North Sentinel, elles furent protégées par leur situation d'île minuscule, négligeable et négligée.

Ici intervient un étrange (et sinistre) personnage, Maurice Vidal Portman, noble s'il en est, né au Canada et officier britannique. Il est nommé en charge des Andaman, s'autoproclame anthropologue, historien, et photographe, et développe la thèse du « domptage ». Lui-même et ses collaborateurs, estimant qu'il est parfaitement inutile d'amener la civilisation aux indigènes, entendent les maintenir à l'état sauvage, mais sous bonne garde, sous garde experte. Portman s'en explique d'ailleurs dans un ouvrage qu'il publie en 1899 : « Des équipes de recherche doivent aller dans la jungle pour attraper les mâles. Il faut les garder dans des camps, les amener à pêcher la tortue, leur donner cette tortue à manger, comme ils en ont l'habitude chez eux. Il faut leur donner des cadeaux, et la moitié des captifs doivent être rendus à leur village au bout de quelques jours. »

Il va sur North Sentinel, embarque un couple et quatre enfants. Ce qu'il fait aussi dans plusieurs autres groupes, amenant les prisonniers à Port Blair, la capitale des Andaman, où la plupart des individus « prélevés » meurent de maladies infectieuses. Il photographie hommes, femmes et enfants, ne cache pas ses fantasmes sexuels, érotise volontiers les images qu'il recueille, livre les femmes aux gardiens qui les violent – et leur transmettent la syphilis –, noie dans l'alcool les trop fortes têtes, disant qu'il faut inculquer aux sauvages de nouveaux désirs. Il se flatte de placer sous contrôle North Sentinel, mais l'île ne vaut pas la peine d'une expédition ordonnée. Elle est rétive, elle est petite, elle est loin.

S'il est une chose que nous avons apprise des peuples autochtones, c'est que la mémoire partagée s'y transmet fidèlement et durablement. Les « Sentinels », comme on les appelle faute de savoir comment les appeler, ont probablement tiré les leçons de l'expérience des anciens : l'intrus, même s'il apporte des cadeaux, est dangereux. L'histoire l'a prouvé, mais la biologie le confirme. Le corps du téméraire (et stupide) John Chau est demeuré sur l'île où il a été abattu, et il a été convenu que personne n'irait le chercher. Pour lui, tout est fini. Mais pour ceux qui ont lancé les flèches, reste à espérer que ce soit le cas.

Nosy Be

Madagascar, c'est la « grande île », et Nosy Be, c'est la grande île de la grande île (dans la langue des Antakàrana, le peuple du Nord). Et puis c'est le centre d'un archipel – Nosy Komba, Nosy Tanikely, Nosy Sakatia, Nosy Iranja, Nosy Mitsio, toutes plus exquises les unes que les autres. C'est un délice, Nosy Be, au point qu'un groupe cosmétique français a repris son nom. À cause de l'onctuosité qu'il évoque, à cause de l'ylang-ylang dont les feuilles sont odorantes et les fleurs (il en faut 100 kilos pour obtenir 2,5 kilos d'une essence unique) infiniment renaissantes. C'est velouté, Nosy Be, c'est caressant, c'est suave, c'est tout en nuances, ça sent la vanille, et, à vrai dire, c'est un peu plus compliqué que les clichés pastel.

Madagascar, tout entière, est ainsi. Le plus aimable pays du monde, les gens les plus doux et les plus beaux, la végétation et la faune les plus singulières, la terre la plus rouge, les arbres les plus surprenants, à commencer par les huit espèces de baobabs, la mer la plus tentante et changeante, les coutumes les plus insolites – morts qu'on déterre et invite à danser, *fady* (interdits) parfaitement inattendus. Mais ce monde prenant est, malgré lui, un monde coriace. On meurt de faim dans le Sud, la corruption, comme toujours chez les plus pauvres, se niche dans chaque recoin du système. Et les souvenirs collectifs ne sont guère souriants : de 1895, date de la première révolte nationaliste, aux manifestations de 1929 et à l'insurrection de 1947 réprimée dans le sang par la puissance coloniale française. Sans omettre les désastres d'un régime communiste totalement rigide et catastrophique pour les populations : cette île qui exportait du riz a dû en importer ensuite, et, à présent, elle vend des terres aux Chinois sans parvenir à nourrir tous les siens.

Je me rappelle Antananarivo. Je me souviens que par la fenêtre de mon logement, j'avais vue sur le trottoir qui mène à la grande poste, et que chaque centimètre de ce trottoir était attribué et âprement disputé : mendiants, enfants abandonnés, voleurs professionnels s'y relayaient suivant une cadence absolument préétablie et respectée. Je me souviens du palais en ruine, cramé, de la reine Ranavalona deuxième du nom, et des marchés dans la boue, à la saison des pluies. Je me souviens des 4×4 briqués qui côtoyaient des épaves roulantes dont chaque pièce, reprise ou copiée maintes fois, témoignait du génie mécanique de leurs conducteurs.

Évidemment, quand on arrive à Nosy Be, on ne peut qu'être ébloui. Tant de luxuriance, tant de fleurs, tant d'eau tranquille, à peine frissonnante, tant de gentillesse dans l'accueil. Tout paraît délicat, même les trous de la route, même les cases sommaires et savantes, détachées du sol, où habitent les simples gens. Le rhum est le meilleur du pays, le poisson plus que frais, parfaitement cuisiné avec un riz au lait de coco, les promenades vous coupent le souffle et la lumière, celle du soir surtout, sur le canal du Mozambique, joue avec l'indigo, l'or, et le gris-vert. Des femmes pêchent la crevette au moyen d'un tissu dont les mailles ont été desserrées, d'autres déploient sur le sable les nappes qu'elles ont patiemment brodées, et un homme, dans sa pirogue rudimentaire, déploie une voile mal ravaudée car le vent est portant pour rentrer de Nosy Sakatia.

Rien de tout cela n'est trompeur. Rien ne constitue une mise en scène, pour la carte postale. Les pêcheuses pêchent, les brodeuses brodent, les carangues, les vivaneaux sont réellement cuits à point, et les fleurs sont aussi réelles que le ciel du soir. Mais, en parlant avec les locaux, vous apprenez à connaître, vous apprenez à voir. Le cours de la canne à sucre s'est effondré et les propriétaires ont carrément décidé de ne pas la couper, ce qui met au chômage un grand nombre d'îliens (la société nationale, qui a laissé des capitaux chinois la pénétrer, n'a nullement compensé cette décision). La population augmente, le tourisme aidant (on frise les 60 000), et, du coup, la végétation merveilleuse est sacrifiée pour cultiver sur brûlis et bâtir des hôtels mal conçus qui sont maintenant en surnombre.

J'ai choisi pour gîte une belle maison de bois, en face de Sakatia. Et loué une des principales voitures disponibles : une 2CV d'époque qui m'a ramené aux prémices de Mai 1968. On m'avait prévenu : sur l'unique route menant à Hellville, la « capitale » – qui n'est pas aux portes de l'enfer mais rend hommage au contre-amiral de Hell, gouverneur de la Réunion au XIXe siècle –, je risquais fort d'être arrêté par les gendarmes de l'île qui me rançonneraient sous un prétexte ou un autre. Ils étaient là, en effet, au nombre de trois, et plutôt débonnaires. Une canette de bière pour chacun me servit de sésame, et je pris l'habitude d'en avoir toujours à bord. Du reste, on ne négociait pas, ils étaient aussi pauvres que les autres, leur salaire n'avait pas été versé, et je profitais de ces arrêts pour tailler une bavette sur l'état des services publics et les pensées de leurs serviteurs.

Hellville est une capitale en ruine. Trottoirs défoncés, électricité très intermittente, bâtiments à l'abandon. Seul le marché lui prête vie : c'est un vrai marché, un marché sans intermédiaires, où ceux qui vendent sont ceux qui ont produit, et qui, selon la tradition de tous les marchés de la planète, en particulier les marchés îliens, ont le verbe haut et le rire prêt à fuser quand vous étalez votre ignorance de *vazaha*, c'est-à-dire d'étranger.

Cela ne me choque en rien. À Valparaíso, je suis *gringo*, à Nosy Be, je suis *vazaha*. C'est la rançon de ma peau viking, c'est aussi la rançon de ma condition de voyeur, c'est encore la rançon de siècles esclavagistes et coloniaux. Alors le rire et le partage du rire sont le seul et unique antidote à cette condition seconde – voilà de quoi relire mes fondamentaux sur la dialectique du maître et de l'esclave.

Ça ne me gêne guère, d'être étiqueté *vazaha*. Ce qui me gêne, c'est le vaste foutoir pour *vazaha* qui s'est construit à Ambatoloaka, la principale « station » touristique où s'entassent hôtels, restaurants, boîtes de nuit, et maisons de passe. Ce que, dans certains guides, on décrit comme le « secteur animé » de Nosy Be. Ce que nombre de voyagistes proposent comme destination première. J'y suis allé et j'ai eu honte. Si les îliens s'abaissent à proposer de tels services, c'est qu'ils ont constaté que de tels services correspondent à une demande, une demande pressante. C'est glauque, c'est sale, c'est l'exact contraire de l'élégance malgache. Les bars sont laids, les restaurants bricolés, mal finis, les hôtels puent la crasse. Et les boîtes de nuit ne sont que le territoire d'une prostitution déclarée. La dernière fois où j'ai vu une chose pareille, aussi minable et délabrée, c'était en Algérie, dans les bordels désertés par la troupe française au lendemain de la guerre d'indépendance.

Les jeunes filles, les jeunes femmes, les jeunes garçons qui le souhaitent ou qui n'ont pas le choix viennent ici s'offrir pour quelques dollars. Dans les familles, on n'aime pas ça, ce n'est rien de le dire, mais on serre les dents, on endure. Difficile, d'ailleurs, de juger où commence le tourisme sexuel. Et où commence la prostitution. Souvent, pour une ou deux semaines, une jolie fille (et Dieu sait qu'elles sont jolies, les Malgaches) « accompagne » un homme plus âgé, sourit quand il faut sourire, feint l'orgasme quand il faut feindre l'orgasme, puis reçoit, au terme du parcours, son « petit cadeau ». Les rencontres sont aussi faciles que les séparations, rien n'est explicite et tout est convenu. À la limite, c'est plus tolérable que la viande à l'étal d'Ambatoloaka.

En 2013, dans cette ambiance sulfureuse et frelatée, une rumeur a couru : des *vazaha*, au milieu de cette pourriture, enlevaient et tuaient de jeunes enfants pour le compte de trafiquants d'organes. La rumeur a enflé, est devenue certitude, il était question d'un garçon de huit ans disparu, et, dans la nuit du 3 octobre, deux touristes européens et un Malgache d'origine comorienne ont été tirés de leur lit par une foule écumante, traînés sur la plage et lynchés. Les gendarmes avaient essayé d'intervenir, mais les deux ou trois centaines d'individus déchaînés n'avaient pas hésité à attaquer le poste, à les réduire à l'impuissance. Il s'avéra vite qu'elle était parfaitement fausse, cette rumeur. Le tourisme s'effondra, Tana dépêcha des enquêteurs indifférents aux canettes de bière, et la justice malgache condamna bientôt quatre personnes aux travaux forcés et six autres à des peines plus modérées.

Depuis, l'île a retrouvé sa tranquillité. Mais le chancre d'Ambatoloaka n'a pas été éradiqué.

Il suffit de contourner systématiquement la pointe sud-ouest de Nosy Be pour s'échapper, pour découvrir l'autre monde, le vrai. Les gens sont liants, parlent volontiers pourvu qu'on recherche l'échange et qu'on ne soit pas dépendant d'un groupe, d'un car, d'une organisation qui dresse entre eux et vous un mur définitif. La solution est individuelle, tâtonnante, mais efficace.

Vous apprenez que le chemin d'Andilana est magnifique, et qu'on peut l'arpenter en toute quiétude. Vous découvrez les criques du Sud-Est où « personne » ne va, et les troublants secrets de la mangrove, cet entrelacs de racines marines où la vie grouille. Avec un peu de chance et de soin, vous pénétrez – accompagné, c'est la règle – la réserve naturelle de Lokobe où a été, malgré tout, préservée la végétation endémique de la grande île, où, plus que les boas timides, il est possible de fréquenter les lémuriens, makis macaco ou lépilémurs mustélins, qui sont venus d'Afrique et n'ont survécu qu'à Madagascar – leurs espèces, quoique protégées, sont en danger. Ce sont des primates, de lointains cousins, leur vie sociale est passionnante, à commencer par le fait que la dominance y est femelle. Avec un pêcheur du coin, je me suis approché d'une île où il était interdit de débarquer pour ne pas les importuner, mais on pouvait aisément étudier leur comportement de groupe, le rapport à leurs petits, leur curiosité : ils se savaient en sécurité, n'avaient nullement peur de nous et nous observaient les observant.

Le plus beau, c'est de quitter l'île pour les îles. Tous les bateaux sont disponibles, du voilier à la pirogue en passant par la vedette à moteur que j'ai pour ma part évitée. Dès qu'on s'éloigne un peu, on est seul, seul sur la mer, seul sur l'île. Seul avec l'incroyable, le total bonheur de nager près d'une volumineuse tortue luth dont on a le sentiment qu'elle pourrait vous croquer alors que ce sont les hommes qui s'obstinent à lui donner la chasse.

Tout cela est à la fois sublime et intensément fragile – un goût de fin, amer, sur la langue. Les gens vivent mal, la forêt s'étiole, et, malgré les réserves, on devine la beauté sur le fil, éblouissante mais susceptible de s'éteindre avec la même soudaineté, la même force qu'elle éclate. Au vrai, ce n'est pas la vanille locale qui caractérise le mieux mon impression dernière : c'est le rhum intense, délicat, puissant et susceptible de s'enflammer.

O

Oissel

Je dois, ici, avouer mon passé hollywoodien. C'était en 1957, j'avais douze ans, et l'équipe du film *Les Vikings* avait décidé de tourner l'assaut d'un château tout près de chez moi, au Fort la Latte, sous le cap Fréhel. Ma famille passait alors ses étés à Saint-Cast, et les pêcheurs, pour les besoins de la cause, avaient enjolivé leurs doris de figures de proue menaçantes, et garni les bordés de boucliers peints. Je rêvais d'en être, évidemment, et, surtout, je rêvais d'apercevoir, en chair et en os, la fossette de Kirk Douglas. L'ennui, c'était que, pour jouer le figurant mort (les figurants vivants devaient être majeurs), il fallait avoir seize ans. Mais j'étais grand pour mon âge (cette croissance subite s'est arrêtée comme elle était venue) et j'ai été retenu, parmi quelques centaines d'autres.

Nous, les gamins, avions assisté à la préparation. Un arbre gigantesque avait été abattu, son tronc monté sur roues. Et la production s'était aperçue que personne, rigoureusement personne ne parvenait à le faire bouger d'un millimètre. Les techniciens avaient alors conçu une structure grillagée recouverte d'écorce, ce qui donnait un bélier beaucoup plus manœuvrable quoique, du point de vue militaire, parfaitement inefficace.

Au jour dit, il faisait grand soleil, nous avons dû enfiler une sorte de robe de chambre grise et nous coucher dans l'herbe, face contre terre. Un monsieur qui semblait plus américain que nordique, muni d'un porte-voix, nous hurla de ne pas bouger d'un poil. Trois ou quatre heures plus tard, j'eus enfin le droit de lever le nez. Et je ne vis rien, rien de rien, ni Kirk Douglas, ni Tony Curtis, ni même l'ombre d'une caméra. Ma carrière d'acteur était achevée, et, en tant que Viking, le Valhalla et ses Walkyries promises m'avaient échappé. Par Odin.

Je m'en remettrai donc à l'histoire pour justifier l'importance stratégique de l'île d'Oissel durant la période 845-862, et plus particulièrement l'an 857.

Mais il faut, auparavant, évoquer ces Vikings (de *vik*, « port » ou « baie ») qui, dès la fin du VIIIe siècle, et pour deux cents années, au bas mot, non seulement circulèrent partout, non seulement attaquèrent tout le monde, mais encore remodelèrent profondément nos peuples, nos cultures et nos frontières. Leur civilisation était multiple et brillante, leur art non moins raffiné, leur maîtrise des métaux remarquable. Bref, ce n'étaient pas – seulement – les pillards qu'on décrit fréquemment. J'en veux pour preuve la singularité de leurs constructions navales. Des bateaux qui n'étaient nullement des « drakkars » (le mot fut inventé au XIXe siècle, pour faire romantique et joli), mais dont la véritable dénomination est *knörr* ou *knarr*, voire *langskip* lorsque la coque atteint une vingtaine de mètres et peut transporter autant d'hommes, sans compter les chevaux.

Ils étaient uniques, ces bateaux, parce que légers, à fond plat (mais dotés d'une quille en bois pour compenser la dérive), construits « à clin », c'est-à-dire en clouant les planches l'une sur l'autre, ce qui les dispensait de lourdes structures. À la voile, ils pouvaient atteindre 10 nœuds – c'est plus que mon sloop personnel – et, si le vent venait à manquer, l'équipage ramait et maintenait la vitesse. De plus, ces esquifs étaient capables d'aller dans un sens ou un autre, sans pesante manœuvre de retournement, et de s'échouer facilement, de remonter les embouchures à faible tirant d'eau. Qu'ils fussent danois, norvégiens ou suédois, ils allaient conquérir notre monde.

Au début, au tout début, ce furent des raids éclair. Le premier coup d'éclat, qui déstabilisa tout l'Occident, fut le pillage de l'île « anglaise » (faute d'Angleterre, mieux vaudrait parler de Northumbrie) de Lindisfarne et de son prestigieux monastère. La technique était celle de l'action courte et violente. Il s'agissait de créer la terreur pour paralyser la proie et de s'emparer au plus vite de biens précieux, éventuellement négociables. Mais ce n'était que le coup d'envoi. L'île de Skye, celle de Rathlin en Irlande, ou encore d'Iona aux Hébrides furent frappées à leur tour. Puis le royaume franc fut touché sur la côte vendéenne, et les Danois attaquèrent la Frise.

Ce ne sont, au départ, que des expéditions rapides destinées à capter des richesses là où elles sont entreposées, notamment les abbayes. Mais, au siècle suivant, les incursions scandinaves, au fil des fleuves, mobilisent plusieurs flottes et s'aventurent de plus en plus loin. Londres, Cantorbéry sont visées, mais aussi l'Italie, l'Andalousie. Le royaume franc est systématiquement pénétré, surtout la vallée de la Loire : Nantes, Tours, Orléans. Les équipages ne se contentent plus d'un coup de main suivi d'un retour au pays. Ils s'installent pour hiverner – en Irlande, en Aquitaine, en Angleterre. Ils harcèlent leurs cibles et s'aperçoivent bientôt qu'il est aussi rentable d'exiger un tribut pour décamper que de mener une bataille périlleuse. Les Vikings apprennent à connaître la situation politique de leurs adversaires, s'y insinuent, savent en jouer. Ils marchandent, ils négocient, ils prennent pied.

S'ils se désignent eux-mêmes comme Vikings, leurs adversaires, eux, les qualifient d'« hommes du Nord », *Nortmanni* ou *Normands*. Ils remontent la Seine et trouvent une île pour leur servir de base : l'île d'Oissel. Le nom est, à présent, celui d'une petite cité, mais les îles d'en face sont toujours là, île aux Bœufs, île Mayeux, etc. En 845, leur chef, Ragnar « aux braies velues », y rassemble 120 bateaux, 5 000 à 6 000 hommes, pille toutes les églises possibles et imaginables, monte jusqu'à Paris qui se résume alors à l'île de la Cité et n'est guère défendue par des remparts. Les habitants fuient à toutes jambes, les religieux cachent les reliques de saint Germain, de sainte Geneviève. Le roi Charles le Chauve essaie de protéger l'opulente abbaye de Saint-Denis, mais les « Normands » sont les plus forts, exécutent leurs prisonniers, occupent la ville et obtiennent une énorme rançon s'ils consentent à décamper.

Charles le Chauve s'incline devant Ragnar. Ce n'est qu'un répit. Dix ans plus tard, toujours à partir de l'île d'Oissel, les Vikings attaquent, sans répit, la Seine et la Loire. En 857, ils s'emparent de l'abbé de Saint-Denis et négocient pied à pied le prix déraisonnable de sa libération. Le roi, cette fois encore, n'a d'autre recours que de payer. Mais, tant qu'à faire, il achète à prix d'or leurs services pour se protéger d'autres attaques, ce qui lui laisse le temps de bâtir quelques ouvrages fortifiés et de placer sous le commandement de puissants nobles des troupes plus importantes. Il faudra attendre 886 pour que le comte Eudes réussisse à stopper les agresseurs – ce qui lui vaudra d'être choisi comme roi de la Francie occidentale.

Le temps des rapines n'est pas encore achevé, mais les Vikings regardent plus loin, ne visent plus seulement des trésors mais des territoires. L'Écosse, l'Irlande, la Normandie, la Bourgogne. D'autres iront jusqu'à la Russie, jusqu'à Constantinople. À partir de l'Islande, ils atteindront le Groenland, puis les rives du Saint-Laurent, très longtemps avant Colomb.

Ils n'avaient pas de boussole, ils se guidaient au soleil et au vent. Ce sont assurément les marins les plus extraordinaires de leur temps sur leurs bateaux légers. Un brin sanguinaires, sans doute, mais guère plus que leurs homologues. Et peut-être bien avec une fossette au creux du menton. J'ai fini par rencontrer Kirk Douglas, grâce à Yves Montand. Il descendait de Biélorusses et je ne jurerais pas que ses yeux bleus ne sont point un legs de ces assassins géniaux qui ne furent pas seulement des assassins, mais, *in fine*, des civilisateurs.

Et tout ça, pour ce qui nous concerne, à partir de l'île aux Bœufs, juste devant Oissel, en aval de Lutèce.

Ouessant

Des souvenirs d'Ouessant, j'en ai plein, j'en ai des milliers. Mais, bizarrement, le premier qui me vient à l'esprit, c'est une loupiote frêle, toujours la même, que j'apercevais, la nuit, par le hublot de ma cabine, sur l'*Abeille Flandre*. Un gros coffre nous était réservé au mouillage du Stiff, un coffre où nous nous amarrions par l'arrière quand le temps fraîchissant nous contraignait à monter vers l'île, à nous tenir prêts, en embuscade. Et, dans la nuit de janvier, ce que j'apercevais, ce n'étaient pas les falaises sombres, les roches qui paraissaient, tout près, des lames de couteau, c'était cette infime balise qui marquait la sortie du port.

Elle clignotait sous la pluie, elle clignotait dans le vent, elle disait qu'ici, même ici, la mer était habitée, les chemins étaient tracés par des gens sérieux. Et moi, ça me faisait chaud d'être là, dans ma cabine plutôt frisquette – la cabine du second, en principe, mais nul n'en voulait car elle était située trop haut et roulait affreusement : l'avantage, c'est qu'elle comportait un bureau, et ceci compensait cela – où le rideau de douche en plastique avait perdu la moitié de ses anneaux. Je songeais que j'étais à Ouessant, et que non seulement j'étais à Ouessant, mais aussi que j'y étais sur l'eau, et au cœur de l'hiver. Et en sécurité. Une chose pareille, voyez-vous, c'est un privilège plus rare que de gagner au Loto ou même à EuroMillions. Car les gens qui ont bouclé le tour de l'île par la mer et par force 12, ils sont morts noyés ou bien ils ont été marins à bord d'un remorqueur tous temps. Nous avons eu des vagues de 18 mètres, devant la chaussée de Keller, là où la remontée des fonds est la plus violente, où l'Iroise paraît se replier sur elle-même, et je puis attester que personne, à bord, ne trahissait la moindre panique – tant que nous étions à l'abri de notre coffre-fort, tant que nous n'avions pas à sortir pour manœuvrer. Là, en revanche, nul ne faisait le fier, tous les gens de mer savent que la peur est un instrument précieux quand il est correctement étalonné.

Si le vent forcissait, au Stiff, la houle envahissait le port et le mouillage devenait intenable. Il fallait alors appareiller et tirer des bords, de long en large, dans le Fromveur, le long chenal qui sépare Ouessant de Molène, et dont le phare de Kéréon est la vigie. Le courant y est inouï par des fonds de 50 mètres. Mais c'était la seule manière de naviguer sous le vent de l'île. Ça tanguait plus encore que ça ne roulait, et le pire, c'était quand le bateau devait faire demi-tour, quand le lieutenant, à la passerelle, ne réussissait pas à amortir le coup de ballast. Soudain, le navire se couchait, et nous, sur nos bannettes, avions intérêt à anticiper le mouvement, à l'anticiper même en dormant, sans quoi nous nous retrouvions sur le lino. J'en ai passé, des nuits dans le Fromveur. Au début, je jugeais cela épique, mais à force d'entendre les copains dire et répéter que « C'est encore là qu'on est le mieux », je m'y suis presque habitué.

Ouessant, longtemps après Vauban qui a créé le phare du Stiff sur les hauts de la côte nord, les ingénieurs, au

XIXe siècle, l'ont ceinturée de feux. Men Korn à l'est, Kéréon, déjà mentionné, au sud-est, la Jument au sud-ouest, Nividic et Créac'h à l'ouest : tous des phares d'anthologie, le pire étant assurément celui de la Jument qui encaisse la tempête de plein fouet, et dont les anciens gardiens m'ont assuré qu'il tremblait si fort que c'en était intenable. Quant à Créac'h, le plus éminent, allumé en 1863, sa lampe à huile originelle fut remplacée, six ans plus tard, par un arc électrique, et c'était, alors, le plus puissant du monde. Quand on se dote d'un arsenal pareil, d'un cercle de lumière aussi délibéré, on montre l'île du doigt et l'on proclame à tous ceux qui l'approchent qu'elle est exceptionnelle, qu'elle est plus occidentale que les autres, plus hérissée que les autres, plus menaçante que les autres.

On valide aussi le constat des anthropologues : l'éloignement est une notion pour le moins ambivalente (ce que les marins expérimentent tous les jours). Ouessant n'est qu'à 12 milles de la terre. C'est peu. Mais, avec cette mer-là, c'est beaucoup et, parfois, énorme, si énorme que ces 12 milles deviennent infranchissables. Du coup, la traversée n'est pas, n'est jamais une formalité, c'est un voyage, voire une aventure. En tout cas un départ. Et, du même coup, le regard s'étonne et même s'inverse. J'ai déjà cité la blague des Sénans, quand le bateau de servitude ne peut passer, la mer étant trop forte : « Le continent a été isolé pendant trois jours… » Au fond, cette blague n'en est pas une, cette blague nous avoue ce que leur île, et, d'une manière ou d'une autre, toute île, recèle de double sens, de contradiction intrinsèque. « Là-bas » signifie asile et exil, prison et paradis, solitude recherchée et exclusion subie. En cela, les îles nous fascinent et nous effraient, leurs habitants les quittent mais en portent à jamais la nostalgie, et reviennent s'y faire enterrer.

Nul ne « visite » une île comme on visite le château de Versailles : on entre et on ressort, on a rêvé dans la galerie des Glaces, on a respiré le parfum de Marie-Antoinette, et senti, derrière la nuque, la main du bourreau. Mais, sitôt dehors, ce ne sont que souvenirs charmants ou tragiques, et vite évanescents. Une île, on n'en sort pas ainsi. Et, surtout, on ne l'a pas « vue » si l'on n'y a dormi, si l'on n'a pas assisté au départ du dernier bateau, si l'on n'est pas – quelque peu – entré dans la confidence des gens « d'ailleurs », des gens d'ici. Découvrir une île n'est pas en faire le tour à vélo (je me rappelle ce groupe de théâtre ouessantin qui projetait, en se marrant fort, de conter Ouessant vu par un touriste vélocipédiste, à la manière du *Je me souviens* de Georges Perec joué par Sami Frey). Découvrir une île, c'est découvrir ses habitants, et les découvrir hors saison, hors marée moutonnière.

S'émerveiller, à Ouessant, c'est facile, c'est du cousu main. Le petit port d'Arlan, et, en face, à l'ouest, celui de Yusin (là où vint s'écraser, en 1976, le pétrolier *Olympic Bravery*), la plage de Lampaul quand le ciel est bleu – ce qui arrive plus qu'on ne pense : la pluie s'accroche bien moins que sur le Finistère –, les rochers de Pern ou de Keller, les moutons sur les friches, les maisons simples, souvent mitoyennes, aux fenêtres encadrées de pierre, les bras de lumière qui tournent autour de Créac'h dans la nuit et qu'on n'en finit pas d'admirer, couché dans l'herbe, près du musée des Phares et Balises.

Oui, tout cela est disponible, à portée, tout cela vous saute aux yeux, selon l'expression consacrée, et mérite amplement le voyage. Mais Ouessant par beau temps, Ouessant serein, Ouessant l'été, Ouessant carte postale, Ouessant ragoût dans les mottes rien que pour vous, Ouessant vu à la télé, c'est Ouessant, non pas faux, mais tronqué. Ouessant, pour de vrai, c'est l'hiver, et c'est le vent. Il y a, sur l'île, deux fois plus de jours avec vent violent que dans le reste du département. Et les tempêtes de suroît, qui finissent en traînes de noroît, c'est en novembre, décembre et janvier. Statistiquement. Il ne s'agit pas de céder à je ne sais quel vibrato romantique, à la quête de « l'extrême » pour collectionner les émotions. Il se trouve, plus simplement, que si vous voulez connaître le royaume du vent, si vous voulez découvrir ce dont la mer est capable, c'est à ce moment-là que ça se joue. Les habitants à l'année, les purs et durs, ne seront pas légion (800, sur 32 kilomètres carrés). Ils seront contents de vous voir – évitez la période des vacances scolaires. Ils se plaindront du temps, du sale temps. Et vous, vous aurez l'extraordinaire prérogative de constater que la tempête n'est pas un trou noir, un abîme, mais un camaïeu de lumières.

Évidemment, pour vérifier cela, il faut fixer ses priorités, il faut savoir que la tempête, la violente tempête, n'a d'autre règle qu'elle-même. N'espérez pas bénéficier d'une heureuse conjonction. Rendez-vous disponible et, quand le phénomène est annoncé, ne discutez rien, ni l'heure ni le lieu, sautez dans le premier train, le premier avion, la première voiture afin de ne pas manquer le dernier bateau. La tempête s'annonce trois jours à l'avance, mais on ne sait que quarante-huit plus tôt si ce sera la bonne, la majeure, la magnifique, et pas seulement un coup de frais. Quand j'étais le « treizième homme » de l'*Abeille*, je travaillais aussi aux Éditions du Seuil, à Paris. Plus d'une fois, mon ami Carlos, le commandant du remorqueur, m'a appelé à 5 heures du matin. À 6 h 10, j'étais dans l'avion d'Orly pour Brest. À 7 h 20, j'étais dans le Cessna Caravan de Finist'air, la compagnie aérienne qui dessert Ouessant. À 7 h 40, nous nous posions sur l'île. Et, dix minutes plus tard, la grue de l'*Abeille* hissait le Zodiac à bord. Chaque fois, je me disais que j'allais rater mon coup, que j'allais arriver au Stiff pour voir le bateau s'éloigner, répondant à un appel d'urgence. Je dois être chanceux, cela ne s'est jamais produit. Toujours à temps pour le grand cirque, *Erika* incluse.

Cela s'organise, d'être paré à tout larguer. Je me rappelle un matin où Carlos et moi avons bénéficié d'un avion spécial pour gagner Ouessant. La ligne était fermée, le vent trop fort. Mais mon ami devait relever son collègue, prisonnier du gros mauvais temps (deux équipages se relaient, mois après mois). Le pilote, Rémi, était un ancien des Canadair. Le vent était furieux. Il nous a dit, très calmement : « Attachez-vous bien, ça va décoller tout seul. » C'était exact : à mi-piste, nous avons eu le sentiment de prendre un ascenseur géant, l'avion est monté tout droit, d'un seul élan. Sous nous, Molène et ses îles n'étaient qu'écume, l'eau avait comme disparu. Je ne me souviens pas très bien de l'atterrissage. Je sais que, une fois à bord, pas le temps de saluer les copains, nous étions appelés. Le bateau ahanait dans le Fromveur, nous n'étions pas encore amarinés et avons « craché notre fusée », selon l'expression consacrée. Après quoi, les affaires sérieuses ont commencé.

Il n'est pas d'hiver de la mer. Ce que l'Iroise et les roches d'Ouessant m'ont appris, c'est que, dans ces eaux-là, la forte tempête, l'ouragan sont étincelants. Au début, quand le vent est au sud-ouest, tout est sombre, sinistre, bouché. Puis les rafales montent à l'ouest et la pluie déboule, la pluie nous noie, on se débat là-dedans, il n'y a rien à voir. Enfin le ciel vous signale que cela valait la peine d'attendre. Le vent passe au nord-ouest, le soleil joue avec les nuages, l'anémomètre s'emballe : c'est le « mieux de la fin ». On sort du trou noir, les déferlantes sont plus hautes, plus vaches, mais elles flamboient, elles vous balancent en pleine tronche leur éclat, les vagues deviennent turquoise, éblouissantes. Qui n'a pas été le témoin de cela, à Ouessant, n'est pas allé à Ouessant.

Quand nous étions dans l'attente, au Stiff, il fallait, chaque matin, qu'un homme descende à terre pour aller chercher le pain – car le pain frais, sur un bateau, c'est signe que tout va bien, que la vie est appétissante, qu'elle continue quels que soient les éléments. Comme par hasard, Carlos me chargeait de cette mission essentielle. Mais j'ai toujours soupçonné mon ami d'avoir raisonné en chef responsable : des 13 hommes du bateau, j'étais assurément le moins précieux. Si l'on appareillait sans moi – et sans pain –, ce serait un moindre mal. Je me présentais donc à la boulangerie de Lampaul vêtu de ma tenue rouge, botté de jaune, le *bip* à la ceinture en cas d'alerte, et je prenais la file comme tout le monde. Et, chaque matin, une voix s'élevait : « Laissez passer, c'est un gars de l'*Abeille*... » Les clients s'écartaient pour que je gagne du temps, accompagnant le geste d'un propos amical, solidaire. C'est ainsi qu'à Ouessant, j'étais, durant cinq minutes, un héros, un héros modeste comme il convient, un héros par défaut, un héros à éclipse. Mais un héros quand même...

Il faut imaginer ce que ça peut être, là-bas, le déchaînement. Difficile, ça, difficile à raconter si l'on ne s'appelle pas Joseph Conrad, si l'on n'a pas écrit *Typhon*, qui reste à mes yeux sans égal. La tempête, c'est comme l'amour, c'est indicible : le début, les préliminaires, ça va ; l'après, ça va aussi. Mais le cœur de l'action, c'est relativement intransmissible, c'est impensable, on contourne les mots en désignant, par la suite, les traces, les effets d'une telle violence – vêtements épars ou branches brisées, c'est tout comme. Le vif du sujet est un mystère. Je me rappelle, un jour d'ouragan, avoir vu le ciel d'Ouessant chargé de paquets d'écume qui défilaient à toute vitesse puis s'écrasaient dans les jardins. Je me rappelle, à la pointe de Pern, près des ruines de la « Villa des tempêtes » où logea, au début du XXe siècle, l'écrivain allemand Bernhard Kellermann, je me rappelle m'être couché sur le vent. Bras écartés, sans plus aucun souci de l'équilibre, les rafales me tenaient fermement, me portaient, incliné à 40 degrés du sol, niant la gravitation universelle, sans mollir aucunement. J'observais les vagues qui chevauchaient les vagues et je songeais qu'aucun être humain n'était susceptible de survivre dans un tohu-bohu pareil, dans l'impétuosité de ce désordre. Et, le lendemain, nous y étions, nous étions là-dessus, la vie courante se simplifiait, les gestes élémentaires – se laver les dents, prendre une douche – se réduisaient à l'essentiel, nos paroles elles-mêmes devenaient rares et courtoises, mais nous étions vivants là où la vie, hier, paraissait inconcevable, nous étions vivants même si le cuisinier devait se limiter aux plats en sauce, ceux qu'on peut réchauffer par n'importe quel creux, et à volonté. Nous étions vivants, nous savions où nous allions, où nous étions, et c'était une très bonne nouvelle.

Conrad a écrit tout cela. Mais il en est un autre qui a conté Ouessant, et qui l'a fait très bien. C'est Édouard Prigent, mon professeur de lettres, au lycée – et le père de mon ami Christian, poète s'il en est –, qui, un beau jour où nous discutions à bâtons rompus, m'a mis entre les mains *La Mer*, de Kellermann.

« Lisez donc ça, vous verrez, c'est l'œuvre d'un Allemand, un type plutôt anarchiste qui a séjourné sur l'île avant la Grande Guerre. »

Édouard Prigent était un homme timide, concis, généreux. La littérature, il aimait qu'elle circule. Je me suis jeté sur le texte, et n'en suis jamais ressorti. Kellermann avait un peu plus de vingt-cinq ans quand il loua sa maison à la pointe de Pern. L'île n'est pas nommée, dans son roman (qui parut, outre-Rhin, en 1910). Mais tout y est, les femmes sans hommes, les hommes qui boivent, la brume et le vent, la pêche et les naufrages, la mort à portée. Et la mer extravagante, la mer éternelle, obstinée : « Jour et nuit elle était au travail. Elle trouvait une fissure et commençait à percer un tunnel. Il fallait qu'il soit fini dans mille ans, et elle se mettait courageusement à l'œuvre. Quelques pas plus loin elle martelait dans une grotte et burinait dans une faille. Dans mille ans, la faille devait rejoindre le tunnel. Alors, pendant les grandes tempêtes, elle lancerait en l'air des pics et des pointerolles pour creuser une galerie. Et mille autres années plus tard, le plafond serait si mince qu'il s'écroulerait sous les averses, et un rocher se dresserait, dégagé et tranchant comme une faux. Et la mer se cherchait une nouvelle tâche. Elle avait le temps… »

Il y avait du Cendrars, chez Kellermann. En 1913, il connut un formidable succès international avec *Le Tunnel* – critique acerbe des officiers et des soldats face à la population civile –, livre que les nazis brûlèrent en place publique. *La Mer*, en revanche, ne fut traduite en France qu'en 1924, chez Flammarion, et jamais retraduite depuis. Kellermann, lui, fut élu député en Allemagne de l'Est (sans être aucunement communiste), boycotté par l'autre Allemagne, et plaida pour la réconciliation jusqu'à sa mort, en 1951. Il avait saisi Ouessant au vol, le fait est tellement rare qu'on ne saurait l'omettre. Comme hier mon professeur, j'ai envie de dire, ainsi qu'on le dit dans une cour de récréation : faites passer.

Mais si la mer poursuit son travail avec une rage intacte, les Ouessantins, eux, ne sont plus les mêmes. Ce ne furent jamais des pêcheurs, tels les Molénais ou les Sénans, car ils ne disposaient pas d'un port assez sûr pour abriter une flotte. Quelques canots fonctionnaient, qu'on tirait au sec le soir. Mais l'essentiel des hommes s'engageaient dans la marine, militaire ou marchande, et s'absentaient de l'île pendant des mois, de très longs mois. Les femmes et les vieux travaillaient à fournir l'alimentation des 2 660 îliens que l'on recensait en 1911. Louis Brigand le souligne dans son excellent *Guide d'Ouessant* : « Tout l'espace disponible est alors voué à l'agriculture et à l'élevage. L'essentiel des productions provient de l'île. L'autonomie alimentaire de la population est assurée, et l'intégralité du paysage fait l'objet d'un partage et d'une utilisation aussi intensive que le milieu le permet ». Ouessant, qui compte 1 550 hectares, est divisée en 50 000 parcelles ouvertes ou encloses. Chaque famille en possède plusieurs qui sont réparties sur l'ensemble du territoire. Toutes les îles sont grandes. Toutes les îles sont divisées. Françoise Péron, dans son grand ouvrage *L'Île sentinelle*, parle, évoquant cette époque, d'un « genre de vie » singulier où l'isolat, l'endogamie, le marginalisme sont déterminants.

Aujourd'hui, l'agriculture est abandonnée ou en voie d'abandon, hors les moutons et l'abeille noire. Un appel a été lancé pour qu'un agriculteur, cultivant bio et amenant quelques vaches, veuille bien s'établir. Les pâtures se trouvent à l'intérieur des terres, tandis que le littoral devient l'apanage des touristes, ressource croissante du pays. Mais « le touriste » ne renvoie guère à une catégorie homogène. Le touriste, ce peut être le visiteur d'un jour, débarqué à 11 heures, rembarqué à 18 heures. Le touriste, ce peut être le découvreur attentif, qui prend son temps, passe une semaine, explore, fouille, discute. Le touriste, ce peut être encore l'amoureux régulier, soit qu'il ait acquis une maison, soit qu'il loue durant ses vacances. Et le touriste, enfin, ce peut être le commerçant saisonnier, qui tient une crêperie quand les mangeurs de crêpes sont là, et met la clé sous la porte dès que l'argent s'évanouit, l'hôtelier qui se contente de « faire sa saison » et vous avoue que l'hiver lui paraît long s'il reste sur l'île. Les résidences secondaires vont bientôt l'emporter, ce qui fait hurler les Ouessantins à demeure, non parce qu'ils voient arriver des inconnus – ils y sont, de plus en plus, préparés –, mais parce qu'une véritable spéculation s'exerce sur les biens, parce que « la mode » a un coût, et un coût élevé.

Mais il ne s'agit pas que de la mode. Ouessant appartient à la réserve biosphère, au parc naturel de la mer d'Iroise, et cela, ce n'est pas la mode, c'est l'avenir. Je me souviens d'être monté, un jour de grand vent – un de plus – tout en haut de la tour radar (70 mètres) construite après le naufrage de l'*Amoco Cadiz*, en 1978. Elle n'abrite plus que les relais indispensables, mais un jeune homme, parfaitement solitaire, veillait sur ses machines et logeait dans une cellule où le boucan était effroyable. Je m'attendais à trouver un technicien esseulé : erreur complète. Surmontant le hurlement des rafales, mon interlocuteur m'expliqua qu'il était le plus heureux des ornithologues, qu'il avait demandé ce poste fou parce qu'il pouvait observer mieux que personne, non seulement le busard, la grive musicienne, ou le cormoran huppé, mais les migrateurs : bruants, grivettes, pouillots, labbes ou sarcelles. Je lui demandai si les nuits n'étaient pas trop sinistres, si le ronflement des rafales ne l'effrayait pas. Il écarquilla de grands yeux : il était, lui, au septième ciel.

Ouessant n'est plus Ouessant, mais reste un univers d'absolus passionnés. Et il est probable qu'en s'appuyant sur eux plutôt qu'en les rejetant, elle trouvera son deuxième souffle. Le maire, Denis Palluel (né à Marseille, ce qui ne l'empêche guère d'être ouessantin parmi les Ouessantins), vient d'inaugurer une hydrolienne immergée dans le Fromveur qui sera complétée par une centrale solaire photovoltaïque. Quant au sémaphore de Créac'h, abandonné par la marine qui mise à présent sur d'autres guetteurs et d'autres moyens de surveiller les navires, il a été transformé en résidence d'artistes qui prennent part à la vie culturelle de l'île, celle des enfants et collégiens notamment.

La toute première fois que j'ai pris pied à Ouessant, je devais avoir onze ans, et je me souviens qu'on débarquait en baie de Lampaul au moyen d'un canot à rames qui transportait les voyageurs depuis le traversier. Et là, j'ai vu le premier cadavre de ma vie. C'était un jeune garçon, un garçon de mon âge, qui était tombé d'une falaise, et dont des hommes ramenaient le corps sur un brancard. Il était d'une blancheur que je n'avais jamais observée et paraissait absolument intact, sans le moindre sang. Les hommes qui le portaient se taisaient, inexpressifs.

La scène m'a fortement impressionné, précisément parce que rien ne paraissait terrifiant. Mon père m'a tiré par le bras :

« Viens. C'est un accident, un accident terrible. Mais Ouessant, tu verras, ça n'est pas que ça. »

Non, résolument non, ça n'est pas que ça.

Ouvéa

Jacques Chirac, le copain universel, l'amateur de tête de veau, n'est plus. Je ne sais quels sentiments l'assaillaient, lui qui reconnut courageusement la participation de l'État français à la rafle du Vél' d'Hiv'. Était-il accessible au remords en d'autres domaines ? Je le suppose. Bernard Pons, pour sa part, est content de lui, c'est ce qu'il a longuement exposé dans ses mémoires, déclarant qu'au fil de sa brillante carrière, il fut toujours en accord avec lui-même. Est-ce une posture ? Laisse-t-il, *in petto*, l'ombre d'un doute se faufiler jusqu'à sa cervelle ? Quant à Mitterrand, il est mort, on l'a célébré à Notre-Dame comme un roi. Rien à ajouter.

Toujours est-il que ces trois-là, à des degrés divers, ont été les acteurs de ce qu'il faut bien nommer une « faillite de la République » française, entre le 22 avril et le 5 mai 1988. Mitterrand était à l'Élysée, Chirac à Matignon, et Pons ministre des DOM-TOM. Lui seul se trouvait sur le terrain, aussi loin que possible de Paris, en Nouvelle-Calédonie. Et le drame s'est joué sur la plus septentrionale des îles de la Loyauté, Ouvéa, reconnue par James Cook et qualifiée par tous de paradis des paradis.

Comme tous les drames, celui-ci s'est préparé de manière shakespearienne, lentement, longuement, les pièces s'ajustant les unes aux autres comme dans un puzzle, jusqu'à la crise finale. Et fatalement mortelle.

Je ne vais pas, ici, retracer l'histoire coloniale de la Nouvelle-Calédonie. Je n'en suis guère l'expert. Mais, pour comprendre ce qui va suivre, il suffit de savoir que, au fil des années 1980, les rapports entre les autochtones et les occupants de plus fraîche date n'ont cessé de se dégrader. Le pouvoir central a tout fait pour cela, encourageant une immigration très ample d'Européens ou de populations ultramarines à seule fin de noyer les Kanaks dans un océan d'arrivants. En 1986, sous un gouvernement de cohabitation, Bernard Pons défait le statut antérieur qui tolérait une représentation des indépendantistes dans les institutions, et militarise le territoire à outrance. Au point que Jean-Marie Tjibaou, leader du FLNKS (Front de libération nationale kanak et socialiste), en appelle à l'ONU et obtient l'inscription de la Nouvelle-Calédonie sur la liste des pays à décoloniser.

Les indépendantistes se livrent à des opérations de guérilla, incendient et pillent les domaines de quelques propriétaires « caldoches ». Qui répliquent par une embuscade à Hienghène, en décembre 1984 : 10 militants kanaks périssent, parmi lesquels deux frères de Tjibaou. Et, un mois plus tard, Éloi Machoro, l'un des dirigeants les plus en vue du FLNKS, est tué par le GIGN et devient le martyr phare des indépendantistes. En septembre 1987, Jacques Chirac lance un référendum pour ou contre l'appartenance à la République française – mais il suffit, si l'on souhaite voter, d'être dans le pays depuis trois ans. Les Kanaks boycottent le scrutin, le oui l'emporte avec 98 % des voix (mais près de la moitié des électeurs ne se sont pas exprimés). Dans la foulée, à la cour d'assises de Nouméa, les « caldoches » qui ont monté l'agression de 1984 sont purement et simplement acquittés par un jury entièrement blanc. Et, pour couronner le tout, Bernard Pons impose un nouveau statut très défavorable aux indépendantistes et qui confère aux habitants du Sud, c'est-à-dire aux propriétaires, aux investisseurs, aux commerçants, l'essentiel du pouvoir.

Telle est, à gros traits, la toile de fond locale. À Paris, c'est sans précédent, un Premier ministre se présente contre son président. Et l'élection se joue amplement sur la sécurité, la fermeté.

Le 22 avril, aux aurores, soit deux jours avant le premier tour, un groupe de membres du FLNKS décide d'investir la gendarmerie de Fayaoué, la plus importante d'Ouvéa. Leur intention est de l'occuper jusqu'au jour du scrutin ; leur chef, Alphonse Dianou, ancien séminariste, est un militant expérimenté. L'opération n'est nullement prévue pour être sanglante, elle vise à rappeler l'existence et l'importance du mouvement kanak en cette période électorale. Mais un gendarme dégaine, ça tiraille de partout, et quatre hommes en uniforme sont tués, les trois premiers par balle, la quatrième victime d'un coup de tamioc (la hache des Mélanésiens). Ce qui permettra à Jacques Chirac d'évoquer « un massacre à l'arme blanche » – les autopsies le contrediront. Les occupants survivants de la gendarmerie sont emmenés en otages, l'armurerie est pillée.

Les Kanaks se séparent en trois groupes qui détiennent 27 prisonniers. Les groupes du Sud et du centre, à la demande des anciens, ne tardent pas à se rendre et à rendre leurs otages. Le troisième, celui de Dianou, qui détient 16 gendarmes, chemine vers une grotte au nord de l'île, près de Gossanah. Les villages qu'ils traversent, même si les indépendantistes y sont actifs, leur refusent l'hospitalité (et le bureau politique du FLNKS prend ses distances). Bernard Pons et le haut-commissaire du gouvernement en appellent à la troupe et confient la direction des opérations au général Jacques Vidal. Isabelle Leblic, dans le *Journal de la société des océanistes*, note que « pour la première fois depuis la guerre d'Algérie, le pouvoir a fait intervenir, non pas la police ou la gendarmerie, mais l'armée sur un territoire français, décision et situation purement coloniales… »

C'est du lourd : détachements de l'infanterie de marine, compagnie de marche du 1er régiment d'infanterie de l'armée de terre, parachutistes, sans compter les fusiliers marins, une équipe lance-flammes, une autre du 11e choc issue des services secrets, et 48 hommes du GIGN spécialement dépêchés de Paris. Aujourd'hui, les survivants kanaks disent qu'on leur a « déclaré la guerre, qu'on a déclaré la guerre à une tribu de quelques centaines de membres ».

Trois jours plus tard, la grotte est repérée (plusieurs jeunes Kanaks ont été soumis à des interrogatoires « poussés » en présence de leurs parents). Le capitaine Philippe Legorjus, chef du GIGN pour cette opération, accompagné du procureur de Nouméa, Jean Bianconi, cherchent à prendre contact avec Alphonse Dianou. Ce dernier accepte de parler, mais à condition que le procureur et des « supergendarmes » consentent à rejoindre les otages dans la grotte – six subordonnés de Legorjus se prêtent au jeu. Legorjus lui-même reste à l'extérieur pour mener les négociations. Il est convaincu que Dianou et les siens cherchent une porte de sortie, pour peu qu'on prenne le temps d'échanger avec eux et de trouver les médiations adéquates.

Mais, à Paris, nous sommes entre les deux tours, le premier scrutin a été serré, et a trahi une réelle poussée du Front national. Chirac et Pons sont convaincus qu'il faut frapper, et vite, que tout atermoiement serait dénoncé comme un signe de mollesse, de faiblesse. Legorjus se heurte à un mur, téléphone à son collègue Christian Prouteau, en poste à l'Élysée, auquel il ne cache pas sa crainte d'une intervention armée, avec les conséquences qu'elle entraînerait sur les relations intercommunautaires. Cette crainte est partagée, selon Gilles Ménage, alors directeur adjoint du cabinet présidentiel, par François Mitterrand lui-même, qui fait savoir à Chirac ses inquiétudes et ses réticences. Mais c'est Matignon qui a et garde la main. Les échanges verbaux entre le Président et son Premier ministre sont, semble-t-il, plus que nerveux. Chirac et Pons ne cèdent rien, ils veulent leur coup d'éclat.

Plusieurs responsables indépendantistes en appellent directement à Mitterrand qui réclame de Matignon une information en temps réel, et la certitude que des efforts seront fournis pour mettre sur pied une « mission de conciliation ». Refus sec de Jacques Chirac, qui précise : « Toute mesure de conciliation ou de médiation reviendrait à placer sur le même plan ceux qui, dans le territoire, se conforment aux lois et ceux qui les violent. »

Mitterrand s'incline : c'est au gouvernement qu'il revient d'agir. Il accepte même, après qu'on lui a garanti que les vies des Kanaks seraient aussi protégées que possible, de signer un accord en sa qualité de chef des armées. Le général Vidal a désormais les mains libres. Le bruit d'une intervention imminente court à travers toute la Nouvelle-Calédonie. Legorjus se démène pour tenter de gagner du temps. Il demeure persuadé que la négociation peut aboutir.

En vain. Le 5 mai, à 6 h 15, l'opération Victor est lancée. Les Kanaks possèdent une mitrailleuse, saisie à la gendarmerie, et des fusils, mais ils ne font pas le poids. Lors d'un premier assaut, 12 indépendantistes et 2 membres du 11e choc sont tués. Le second assaut est précédé d'un « nettoyage » au lance-flammes qui contraint les insurgés survivants à se blottir au fond de la grotte, où pénètrent des commandos qui lancent des grenades et des lacrymogènes. Deux jeunes Kanaks sont capturés, les otages s'enfuient par un conduit secondaire, Dianou et ce qu'il subsiste des siens acceptent de se rendre.

Les otages sont saufs, les autorités peuvent crier victoire. Mais la Ligue des droits de l'homme établira ensuite que nombre d'indépendantistes ont été exécutés sommairement alors qu'ils étaient encore vivants – 12 sur 19, selon les médecins légistes, ont été tués d'une balle dans la tête, et Alphonse Dianou, laissé sans soins après avoir été blessé au genou, meurt lors de son transfert. Ces accusations seront constamment niées ou démenties. Dans deux ouvrages, par la suite, le capitaine du GIGN Philippe Legorjus soutiendra, avec la dernière énergie, que la boucherie aurait pu être évitée, qu'il était sur le point d'aboutir quand le massacre a été déclenché pour des raisons à la fois colonialistes et électoralistes.

C'est cette position qu'adopte, après mille difficultés, le film de Mathieu Kassovitz (où il tient lui-même le rôle de Legorjus) *L'Ordre et la Morale*, qui sort en 2011. Kassovitz a rencontré une avalanche de complications financières, mené une enquête aussi soigneuse que possible. Mais il se heurte à des barrages de toutes sortes. Impossible de tourner en Nouvelle-Calédonie, l'équipe doit se replier sur Tahiti. Le film lui-même n'est pas projeté dans les salles « officielles » de Nouméa, diversement commenté par la critique, diversement apprécié par les indépendantistes eux-mêmes, et boycotté ou décrié par les autres. C'est un four – 150 000 entrées –, Kassovitz y laisse sa chemise et jusqu'au goût de réaliser.

Le carnage d'Ouvéa n'empêche pas François Mitterrand de remporter le second tour. Michel Rocard, nommé Premier ministre, prend le contre-pied de Bernard Pons. Il s'appuie sur tous les réseaux possibles et imaginables, francs-maçons et religieux, il dépense énormément d'argent afin de donner des gages aux deux parties, et parviendra à ce que les accords de Matignon soient finalement signés. Le référendum de 2018 prévu par ces accords a donné, après maints épisodes douloureux, 54 % aux partisans de l'union avec la France (terriblement déçus) et 46 % à ceux de l'indépendance (qui ont fêté ce résultat comme une victoire). Et le FLNKS a pris la présidence du Congrès, avec l'appui des élus de Wallis et Futuna, et ce n'est peut-être qu'un début.

La grotte ne se visite plus. Au centre de l'île est dressé le mémorial des 19 tués. L'histoire nous suggère qu'Ouvéa fut elle-même prise en otage.

P

Palaos

J'ai trouvé le jardin d'Éden. Pas la peine de ricaner, je suis sérieux. Je sais très bien que, depuis le début de ce livre « amoureux », j'aligne, en fait d'amour, une kyrielle de bagnes, de terres d'esclavage, de brûlots écologiques, de séquelles des colonialismes. Et je vous imagine, désespérés, cherchant l'île de rêve, l'île pure, celle pour laquelle on s'embarque comme on s'embarquait pour Cythère au bon temps de *L'Astrée*, celle dont on ne peut se détacher sans un arrachement, sans y laisser une part de soi.

Eh bien, pour une fois, je serai formel : le paradis existe. Bien sûr, c'est un paradis terrestre, avec toutes les contingences afférentes, ses aléas politiques, ses hommes qui ne sont que des hommes. Mais enfin, la mer à 29 °C toute l'année, un des plus beaux récifs coralliens du monde, un archipel de petites îles à la fois diverses et unies, une population qui réfléchit intelligemment sur le tourisme et qui est pionnière en matière d'environnement, qui dit mieux ? J'ajouterai que le drapeau de l'archipel est éloquent : un soleil sur fond de ciel radieux.

La république des Palaos, ce sont 16 États, pas moins, disséminés sur une centaine d'îles dont la plupart sont désertes. Évidemment, pour nous autres Européens, c'est un peu plus loin que les Seychelles. Considérez, à l'ouest (pas tout près), les Philippines, au sud (pas tout près non plus), la Papouasie, et à l'est l'archipel des Carolines dont les Palaos constituent le (lointain) prolongement, et vous y êtes – vous êtes en Micronésie. La capitale, sur l'île Babeldaob, la plus grande, se nomme Melekeok. L'archipel fut revendiqué par l'Espagne, le Royaume-Uni, passa sous domination allemande, puis japonaise jusqu'à ce que les États-Unis le « libèrent » et lui concèdent l'indépendance en 1994. Ce qui fait qu'on y parle maintes langues : le paluan est le plus répandu, l'espagnol est oublié, mais l'anglais et le japonais demeurent pratiqués.

Melekeok est la capitale la plus modeste de la planète, avec moins de 300 habitants – ils sont une vingtaine de milliers, en tout. Et, sitôt maîtres de leur destin, ils ont inscrit dans leur Constitution la protection du milieu naturel. D'abord en décrétant que leur zone maritime – elle couvre 630 000 kilomètres carrés – serait un sanctuaire pour les requins, ce qui interdit la pêche aux amateurs d'ailerons et en premier lieu aux Chinois. Ensuite, en étendant la mesure aux baleines, aux dauphins, aux dugongs (mammifère marin herbivore qu'on appelle aussi « vache aquatique »).

On estime que 70 millions de requins sont tués chaque année et que nombre d'espèces de squales sont également menacées. Après les Palaos, les Kiribati, les îles Cook, la Nouvelle-Zélande ont décidé de sanctuariser leurs eaux. Et les Samoa, dont l'espace maritime équivaut à l'Angleterre, ont décidé de suivre.

Mais la dernière mesure qu'a prise le président des Palaos, décision applicable à partir de 2020, est la plus spectaculaire.

Vous songez déjà à vous envoler vers l'archipel pour y bronzer sereinement ? Parfait. Mais sachez qu'il faudra y parvenir sans crème solaire. En effet, les Micronésiens – et ils ne sont pas les seuls – ont établi que l'usage de ces huiles et crèmes est toxique pour les récifs de corail, fût-ce à dose infime. Or les Palaos sont un des meilleurs *spots* du monde. Chaque heure, quatre ou cinq bateaux chargés de plongeurs s'y pressent, ce qui induit des litres et des litres de produits répandus. La recherche scientifique a prouvé que l'oxybenzone, l'octocrylène (filtres à UV), les parabènes (abondants dans les cosmétiques) sont autant de poisons, non seulement pour l'homme, mais pour les polypes et leur squelette calcaire. En conséquence, et c'est une vraie première, l'usage des crèmes solaires est passible de 1 000 dollars d'amende et les touristes sont invités, dès leur arrivée, à prêter le serment d'y renoncer une fois pour toutes. Il est d'ailleurs fort question que les visiteurs soient soumis à des quotas afin que le ratio touristes/habitants demeure raisonnable et contrôlé.

D'autres îles, y compris les grandes, les très grandes, réfléchissent à l'exemple donné par les Palaos. Ainsi Hawaï.

Craig Downs, patron du Haereticus Environmental Laboratory qui y est installé, salue l'audace et la sagesse des Micronésiens : « Je crois, dit-il, que c'est le premier pays à bannir ces produits chimiques du secteur touristique. Ils ne veulent pas ressembler à la Thaïlande, les Philippines ou l'Indonésie, tous pays où l'on doit fermer des plages, parce que les récifs coralliens de ces plages sont morts… » J'ai finalement trouvé le paradis. Ce faisant, j'ai découvert que le paradis n'est point un lieu exempt de règles et d'interdictions. Mais ce n'est pas la pomme qui est proscrite, et le serpent y serait plutôt sous haute protection.

Pitcairn

L'île Pitcairn était connue mais ne figurait correctement sur aucune carte. Hors des routes commerciales, à 2 000 kilomètres de l'île de Pâques et autant de Tahiti, on ne pouvait tomber sur elle que par hasard. Un archéologue travaillant à l'université de Berkeley a établi que, aux temps dits « préhistoriques », il y avait là des temples, d'ailleurs il a retrouvé des outils, preuve que des Polynésiens s'y étaient fixés, puis l'avaient abandonnée.

Mais depuis, rien de rien. Jusqu'au jour de juillet 1767 où le navigateur anglais – l'explorateur, plutôt – Philippe Carteret l'aperçoit, ne parvient pas à y débarquer, et lui donne le nom de son plus jeune matelot : Robert Pitcairn. Mais cela lui paraît trop anecdotique pour que sa latitude et sa longitude soient communiquées aux cartographes de l'Amirauté. Là-dessus, donc, on l'oublie.

C'est ici qu'entre en scène le lieutenant de vaisseau William Bligh. C'est un excellent marin, un sacré marin, qui a fait ses preuves auprès de James Cook lui-même, en qualité de maître d'équipage. Il a trente-quatre ans, il est lieutenant de vaisseau quand on songe à lui pour diriger une expédition un peu spéciale. Nous sommes en 1787, l'Angleterre vient de perdre ses colonies américaines, ce qui met fin au commerce triangulaire, et les planteurs manquent de ressource pour alimenter leurs esclaves, en particulier à la Jamaïque. On pense à l'arbre à pain dont les Tahitiens se régalent : cuits, les fruits donnent une sorte de mie blanche, excellente et nourrissante. Et il est donc proposé à Bligh de commander une frégate, un ancien bateau charbonnier, pour aller chercher en Polynésie des plants de l'arbre miraculeux. Rebaptisée *Bounty* au lieu de *Bethia* (rappelons que pour les Anglais, les navires sont féminins, pour les Français ils sont masculins), la frégate est équipée de quatre canons, et pourvue d'un équipage de 44 hommes professionnels et volontaires. Ce qui change de la racaille ou des jeunots embarqués de force.

Quarante-quatre hommes sur un bateau de 27 mètres...

On appareille juste avant Noël. Ça commence mal, une tempête terrible cueille le *Bounty* qui doit relâcher à Tenerife pour réparer. Puis, au cap Horn, il tente vainement, pendant un mois entier, de passer de l'autre côté, dans le Pacifique. Les hommes, le gréement, les voiles sont extrêmement éprouvés, les pompes fonctionnent à jet continu tant l'eau pénètre, attaque les réserves de pain. Bligh abandonne, vire de bord, décide de passer par le cap de Bonne-Espérance, et là, il trouve des calmes tels qu'il faut mettre les chaloupes à l'eau et remorquer le navire à la rame. En août, il relâche en Tasmanie. Et il n'atteindra Tahiti qu'en octobre.

Propulsé capitaine, William Bligh se comporte à l'anglaise. Dur, exigeant au-delà du possible. L'Amirauté l'a doté d'un second, John Fryer, mais il s'appuie tout autant, et même un peu plus sur le lieutenant Fletcher Christian avec qui il a déjà navigué, pour lequel il aurait même une certaine amitié. Nombre d'incidents émaillent le voyage. Une affaire de fromage disparu, des citrouilles plus ou moins avariées imposées par le maître du navire qui, faute de pain, les a achetées au Cap. Bligh n'hésite pas à punir, à faire donner le fouet – ce qui n'a rien d'exceptionnel dans la marine de Sa Majesté. Mais il veille aussi à l'hygiène des hommes, aère les entreponts, limite les risques de maladie. Il est jugé brutal, quoique digne de sa fonction.

C'est Tahiti qui va tout chambouler. Après cette traversée très rude, les hommes sont à bout, mais l'accueil des femmes indigènes va les revigorer au-delà de toute attente. Des liens se forment qui deviennent des liaisons. Et, tandis que les plants d'arbre à pain (échangés contre de l'outillage britannique) sont patiemment et méthodiquement rangés dans l'entrepont, l'escale des délices se prolonge. D'abord, le *Bounty* est arrivé en octobre, à la mauvaise saison climatique. Et puis récolter des arbres à pain, c'est très fastidieux. Bligh s'aperçoit, comme avant lui James Cook, que les indigènes n'ont aucun sens de la propriété (des « chapardeurs », disait Cook, très condescendant), et ira jusqu'à en punir plus d'un, ce que les Tahitiens ne comprennent absolument pas. Mais, malgré tout, Tahiti, c'est Capoue, et quitter Tahiti, c'est le retour vers l'enfer.

D'autant que Bligh, sentant l'atmosphère « relâchée », ne tarde pas à donner un sérieux tour de vis. Il s'approprie les porcs que les hommes ont ramenés à bord, fait fouetter avec « le chat à neuf queues » deux déserteurs qui se sont rendus, entre en transe quand il découvre que des voiles ont moisi dans un local mal fermé, etc. Selon le récit du capitaine lui-même, le 28 avril 1789, à l'aube, Fletcher Christian, Charles Churchill, le maître d'armes, John Mills, second canonnier, et Thomas Burkitt, matelot, font irruption dans la cabine où il est encore couché et le ligotent proprement – en chemise.

Comme toujours en cas de mutinerie, trois groupes se dessinent : ceux qui assument, dirigés par Fletcher Christian, ceux qui restent avec Bligh, et ceux qui hésitent mais qui ne quittent pas le navire au prétexte que la manœuvre exige des bras. Bligh embarque dans une chaloupe avec 18 fidèles, les autres sont mutins ou complices des mutins. La chaloupe ne mesure que 7 mètres, Bligh réussira à la mener à Timor, soit une traversée de 3 600 milles – et ce, en quarante et un jours, allant d'île en îlot pour trouver de l'eau et du ravitaillement. Cette chaloupe, dit-on, était franchement pourrie, et le nombre de passagers la transformait en sous-marin dès que la mer se levait un peu. Mais Bligh ne faiblit pas. Un pur exploit. Il rentre en Angleterre pour se venger, et finira amiral.

Fletcher, lui, retourne d'abord à Tahiti où 16 de ses compagnons préfèrent débarquer (nombre d'entre eux se mettent au service du roi Pomaré, premier du nom, qui les trahira quand le *Pandora* viendra s'enquérir d'eux – un procès retentissant se déroulera en Angleterre et trois mutins seront pendus). Il rembarque avec 8 hommes d'équipage, 6 Tahitiens, ainsi que 1 serviteur noir et 11 femmes. Pour échapper à la vindicte britannique qu'il sait totalement inéluctable, il n'a qu'une solution : trouver une île introuvable. Après une tentative malchanceuse, ce sera Pitcairn où il échoue la frégate puis l'incendie. L'expression « brûler ses vaisseaux » n'a jamais été aussi pertinente. Anglais et Tahitiens se condamnent à vivre ensemble sur cette terre minuscule et agréablement inhospitalière – pas de mouillage, pas d'abri signifie que les vaisseaux de passage se tiendront, en principe, à l'écart.

Dans les adaptations cinématographiques de l'aventure (avec Errol Flynn et Mayne Lynton en 1933, avec Clark Gable et Charles Laughton, inoubliable en capitaine quasi dément, deux années plus tard, avec Marlon Brando et Trevor Howard en 1962, où Brando campe un Fletcher Christian sensible et tragique), les motifs de la révolte tiennent aux excès de Bligh, ce que reprend également Jules Verne. Mais d'autres hypothèses ont été avancées, en particulier l'amour passionné que « M. Christian » portait à une femme de Tahiti dont il entendait ne pas être séparé.

Bligh, dans son récit de l'affaire publié en 1790, récit sujet à caution où il minimise constamment sa propre part de responsabilité, et nie avoir fait régner une discipline inhumaine, raconte que, au moment de monter dans la chaloupe, il rappelle à Christian l'amitié qui les unissait, et que ce dernier lui répond sans dissimuler une extrême émotion : « Je suis en enfer, capitaine Bligh, je suis en enfer… »

Mais cette interrogation n'est rien à côté du mystère qui s'ouvre. Car, en deux années, les hommes de Pitcairn vont s'entre-tuer. Plusieurs explications sont avancées, qui ne sont d'ailleurs pas incompatibles entre elles. Les uns accusent Christian d'être devenu complètement tyrannique – prenant, en quelque sorte, le relais de celui qu'il avait renversé – et d'avoir dressé les groupes les uns contre les autres. Les effets d'un alambic de fortune auraient, par ailleurs, été désastreux. Une thèse plus complexe soutient que, après la mort accidentelle d'une des Tahitiennes (elle serait tombée d'une falaise en ramassant des œufs), le partage des femmes, très inégal, aurait été la cause des antagonismes, les Tahitiens se plaignant d'avoir une femme pour deux hommes alors que les Anglais s'en étaient attribué une chacun. Il est encore soutenu que les femmes elles-mêmes complotèrent activement. Sir John Barrow, qui publia le premier, en 1831, un livre-dossier sur la question, plaide que la femme tombée de la falaise était celle du nommé Williams, armurier sur le *Bounty*. Williams menaça d'abord de partir, puis consentit à rester car sa qualité d'armurier était précieuse, à condition de « voler » la compagne d'un Tahitien. Qui fit bloc avec les autres pour se venger et tua cinq Anglais. Mais la révolte avait été éventée par les femmes elles-mêmes dont certaines se retournèrent contre ceux qui avaient massacré leurs époux – tout se termina dans un bain de sang. Telle est, en tout cas, la version que donne Dumont d'Urville qui visita Pitcairn au XIXe siècle.

Parmi l'abondante littérature que l'histoire a inspirée, de Lord Byron à Mark Twain, j'avoue avoir un faible pour le roman de Robert Merle, *L'Île*, paru chez Gallimard en 1962. Merle s'est soigneusement documenté mais ne prétend en rien nous apporter la vérité. Il laisse courir son imagination, il se laisse délibérément aller à la fiction, et cela nous vaut des pages subtiles. Le capitaine retranché chez lui avec son épouse et s'efforçant de reproduire, trait pour trait, le mode de vie anglais. La séance du partage des femmes, lequel partage se discute exclusivement entre Britanniques qui « se servent » les premiers. Le jeu diabolique du charpentier, démagogue-né, qui prend l'ascendant sur le groupe et, finalement, le détruira. Les Tahitiens non moins divisés que les Anglais. Le double jeu des « épouses ». Et, finalement, l'optimisme relatif de l'auteur qui donne à entendre une issue dramatique mais non close.

Ce qui est absolument sûr, c'est que, en septembre 1808, un navire baleinier, le *Topaz*, parvint à mouiller par beau temps devant Pitcairn car il manquait d'eau douce. Et découvrit un seul survivant britannique, John Adams (on dit aussi qu'il s'appelait Smith et se cachait sous ce pseudonyme), au milieu d'une dizaine de femmes et d'une kyrielle d'enfants. Il avait récupéré une bible et un livre de prières dans l'épave du *Bounty*, avait appris à lire puis s'était appliqué à transmettre son savoir à ses rejetons métis. Cette petite communauté semblait vivre paisiblement et le patriarche mourut de sa belle mort, à l'âge de soixante-cinq ans. Ses descendants commémorent chaque année l'épopée du *Bounty*. « Rester là n'est qu'une autre façon de mourir », aurait conclu Fletcher Christian. Marlon Brando, lui, fit mentir cette prédiction : il tomba amoureux de sa partenaire polynésienne au cours du tournage, l'épousa, et ils vécurent heureux – enfin, aussi heureux que Brando pouvait l'être – sur l'atoll de Tetiaroa…

R

Raiatea

La Polynésie, c'est comme la Norvège.

C'est tellement beau, inlassablement beau, qu'on finirait par solliciter une trêve, une pause, un entracte, une respiration. Je parle du paysage, bien sûr, de la mer et des nuages, des fleurs et des poissons. Les humains, c'est autre chose, les humains, tout arrive, tout peut arriver. Mais le coup d'œil… Est-ce qu'il n'existerait pas un fjord moche, à tout le moins un fjord banal, quelconque, négligé ? Est-ce qu'il n'existerait pas un lagon raté, saumâtre, un corail hideux ? Voulez-vous que je vous dise ? En Norvège, la neige, le froid, tout ce que l'être normal est censé fuir, sont des cadeaux. Et là-bas, à l'autre bout du monde, là-bas où Louis-Antoine de Bougainville, en avril 1768, avec les équipages de *La Boudeuse* et de *L'Étoile*, a pensé trouver l'homme primitif idéal et la nature intacte, là-bas, au premier regard, et même au second, la tentation vous vient qu'il n'avait pas tort.

Il est vrai que Bougainville avait cheminé péniblement, lui, qu'il avait franchi l'Atlantique puis emprunté le détroit de Magellan. Vous, en vingt-trois heures chrono, escale à Los Angeles comprise, vous tombez des nues, parfaitement décalé, estourbi, ébloui par la lumière, par toutes ces couleurs qui vous sautent au visage. Et que vous entrevoyez comme une récompense. Vous ne savez pas encore que vos yeux ne vous trompent pas, mais qu'il vous faudra, pourtant, apprendre à voir. Quand vous serez réveillé. Je suis allé sur l'île de Raiatea, une des plus grandes des îles Sous-le-Vent, parce que j'y avais un ami très cher, et que cet ami avait besoin qu'on le distraie. Cela tombait bien, j'étais en plein divorce, et l'idée de distraction, au sens éminemment pascalien du terme, me paraissait une idée neuve et parfaitement exaltante.

Mais laissez-moi vous présenter l'ami en question. Sa carte de visite est excellente, il exerçait alors comme chirurgien en gynécologie, il est muni de tous les titres requis et même d'un peu plus, sa réputation professionnelle est très supérieure à la moyenne, mais si vous ne voyez en lui qu'un faiseur de miracles à la blouse maculée du sang de ses patientes, vous avez tout faux. Car cet ami, avec lequel, par ailleurs, je navigue (il fournit le bord en excellent bourgogne, et j'observe que les rares fois où j'ai talonné, c'était en sa compagnie, curieuse coïncidence), cet ami, dis-je, possède un sens de l'autodérision très prononcé et satisfait cette inclination de mille manières, toutes plus surprenantes les unes que les autres. Un soir, je l'ai trouvé déguisé en gendarme et jouant de l'accordéon chromatique, plutôt bien, mais, en gendarme, il était plutôt bien aussi. Au fil de nos conversations longues et décousues, comme je lui demandais pourquoi il avait choisi la gynécologie, il m'a répondu que sa réelle vocation était le métier d'acteur, et que, faute d'être parvenu à jouer Spider-Man et toute cette sorte de choses, il lui avait semblé qu'une salle d'opération était un théâtre digne de son talent : toutes ces femmes à sa dévotion, qui pour intuber, qui pour passer la bonne pince, toutes ces femmes qui applaudissaient à la fin quand le héros triomphait du méchant…

Il y est allé par petites touches pour amorcer mon initiation. Il m'a montré le lagon de Raiatea (qui est aussi celui de l'île voisine, Tahaa). Il m'a montré comment la mer gonfle au niveau des passes, et comment elle s'apaise, brillante et transparente, à l'abri de la barrière corallienne. Nous avons nagé ensemble, exploré les *motus*, les îlots intérieurs couverts de végétation et bordés de petites plages divines. Il m'a montré la montagne, aussi – toutes les îles de la société, qu'elles soient au vent ou sous le vent, sont des volcans refroidis, du basalte que les plantes, sous ce climat humide et chaud, colonisent aisément : sur Raiatea, on culmine à 1 000 mètres, et les pentes forment un troublant camaïeu de verts, du tendre au sombre, assez inquiétant.

Puis il m'a montré comment la population locale, une dizaine de milliers d'habitants sur 170 kilomètres carrés, était fortement, profondément divisée, même si le métissage, sous toutes ses formes, était de règle. Raiatea, malgré son absolue beauté, était à peu près exempte de tourisme. Les visiteurs s'intéressaient à Tahiti, à Moorea, à Bora Bora – la seule qui fût en péril d'être défigurée par les grandes chaînes et tout ce qui s'ensuit. Ici, nous étions dans une sorte de sous-préfecture provinciale, avec un sous-administrateur, un aéroport, un hôpital, un lycée, mais guère de restaurants et d'hôtels, tout au plus quelques pensions de famille. Les « locaux » vivaient entre eux, cultivaient la terre le long des baies, pêchaient, exportaient peu et consommaient sur place. Les Chinois tenaient les commerces et les (rares) supermarchés, achetant aux premiers leurs fruits, leurs légumes, leur poisson, et gérant les comptes de leurs débiteurs, c'est-à-dire des îliens. Et puis venait le monde des Blancs de blanc, des « expats », des *popa'as* selon la terminologie autochtone. Quelques-uns avaient réellement pris racine, mais la plupart, selon mon mentor, étaient « en fuite », jouissant – à l'époque – des conditions extravagantes, notamment fiscales, que leur accordait la métropole (et aussi de salaires très amplifiés quand ils dépendaient de la fonction publique), mais incapables de revenir sur terre, de reprendre l'avion, de retrouver une société relativement normale, de se plier de nouveau aux difficultés de l'existence européenne. Leurs maisons donnaient le change, leurs piscines aussi, mais ce n'était qu'un leurre : pour beaucoup, ils se trouvaient dans une impasse, une impasse dorée.

Mon ami n'était nullement dans ce cas. Il avait atterri là, car, expliquait-il, il avait été la proie de phéromones invincibles, ce dont il ne se repentait nullement : l'émettrice de ces substances mystérieuses avait été, était, et serait sa joie. Pour faire court, il disait d'elle que c'était le seul être capable de le calmer. Mais tous deux avaient soigneusement calculé leur point de chute : une maison, un travail les attendaient en France et ils n'étaient pas partis sans programmer ce retour ni en fixer le calendrier.

Nous avons exploré le lagon par la mer, à la voile, et cela, c'était aussi doux, aussi tendre que le glissement d'un traîneau groenlandais dans la splendeur des glaciers. Sauf que nous étions torse nu, que la baie de Faaroa, où poussent les fleurs, les bananes, la vanille, l'ananas, se livrait sans difficulté aucune. Un peu plus loin, le grand *marae* de Taputapuatea, temple essentiel de la culture et de la religion polynésiennes, voué au dieu 'Oro, le dieu de la guerre, nous rappelait que notre petite sous-préfecture n'en était pas une, que Raiatea était « l'île sacrée », le centre d'un très vaste domaine d'influence, spirituel et politique, qui s'étendait jusqu'aux Samoa, aux îles Cook, aux Tongas, à Niue, à Tuvalu, etc. Tandis que nous avancions vent portant, mon ami me contait que, de 1888 jusqu'à la fin du siècle, quand les Français prononcèrent officiellement l'annexion de l'archipel, le chef Teraupoo leur tint brillamment tête avec les siens, au point qu'il fallut plus de 1 000 hommes pour le capturer et l'expédier aux Marquises. Rien ne s'oublie, les îles sous le vent portent avec elles un souffle d'amertume. En écho à Loti, Segalen répondait cruellement « [Ils] marchent gaiement [...] vers la fin de leur race », et le linguiste Duro Raapoto écrivait avec rage : « À bien regarder de près, qu'est-ce que Tahiti a été sinon la putain du Pacifique… ? »

Il faut, ici, se méfier des clichés, des sourires convenus, des colliers de fleurs obligatoires, de l'apparente langueur, de la nonchalance. Il faut traverser le décor, il faut savoir que les charpentiers de marine ne se cantonnent guère à la base Moorings de Raiatea, mais que les catamarans polynésiens traditionnels, des coques longues d'une trentaine de mètres (comparables aux navires de Bougainville ou de Cook), capables d'embarquer 30 personnes, avec les animaux, l'eau, les plantes et les semences nécessaires à toute installation, permettaient aux anciens Océaniens d'investir îles et lagons. Pour carte, ils utilisaient des systèmes de nœuds qui indiquaient le temps parcouru, les renverses des vents, et le chemin des étoiles. Actifs, ces hommes-là, actifs et singulièrement hardis.

La douceur, pourtant, la douceur omniprésente et contagieuse, c'est à Tahaa que nous l'avons trouvée dans sa version la plus captivante, la plus raffinée. Tahaa produit des perles, Tahaa est une perle. Quand nous nous sommes enfoncés, avant le crépuscule, dans la profonde baie de Haamene, ce n'était pas la joliesse qui l'emportait bien que ce fût très joli, ni la perfection bien que ce fût absolument parfait, ni l'harmonie bien que ce fût harmonieux au-delà de ce que ma cervelle pouvait accoler à ce terme, ce qui l'emportait, c'était la puissance d'une telle beauté : non pas la séduction d'un spectacle ravissant, mais une beauté qui vous pénètre, qui prend possession de vous comme une musique vous emporte. Je me rappelle que j'en lâchais la barre du bateau, que je ne savais plus quel instrument me transportait, quelle coque, quel truchement. J'étais distrait, pour le coup, ça marchait, ça marchait rudement bien.

Plus tard, mon ami est rentré en France, il a renoué avec ses attaches bretonnes, a navigué sous la pluie froide. Quand je lui posais la question, il répondait invariablement que la Polynésie, c'était fini, qu'il n'éprouvait aucune nostalgie, qu'il n'y retournerait pas (il y avait quand même passé une quinzaine d'années), ne gâchons pas notre salive. Et puis ses yeux devenaient flous, et il me parlait des femmes qui venaient le consulter parce qu'elles avaient trop mal. Elles arrivaient de petites îles, elles étaient pauvres, elles n'étaient plus jeunes, elles avaient trop tardé à prendre rendez-vous, la famille s'était cotisée. Et elles lui demandaient crûment si elles avaient une chance de survie. Mon ami leur répondait franchement, avec leurs mots à elles. En un instant, elles avaient compris, cela ne les réjouissait guère, mais elles avaient compris et se préparaient déjà. Alors, souvent, mon ami les serrait contre lui, évitant les sanglots inutiles. Et, de ces moments-là, de ces moments de compassion et de courage, oui, me disait-il, il garderait à jamais la nostalgie.

Ré

Île qui souffrit énormément des guerres de Religion, dont la citadelle, de 1873 jusqu'à 1938, servit de « centre de concentration et d'embarquement des condamnés aux travaux forcés » (cf. « Merde à Vauban », écrit par Pierre Seghers et chanté par Léo Ferré), et qui a, depuis, basculé dans le chic et l'ensorceleur hors de prix. Il est recommandé de s'appeler ou de s'être appelé Michel Piccoli, Madeleine Chapsal, Sonia Rykiel, Régine Deforges, Lionel Jospin, Philippe Sollers, Pierre Bénichou, Fabrice Luchini, Charles Berling et *tutti quanti* pour posséder un lopin près du phare des Baleines ou cueillir le ciste hirsute dans le bois de Trousse-Chemise.

Le beau monde ayant horreur d'attendre le bac, l'île de Ré, c'est son droit, a renoncé à être une île le 19 mai 1988, jour de la Saint-Yves, par la grâce de M. Francis Bouygues.

On s'en tiendra donc là.

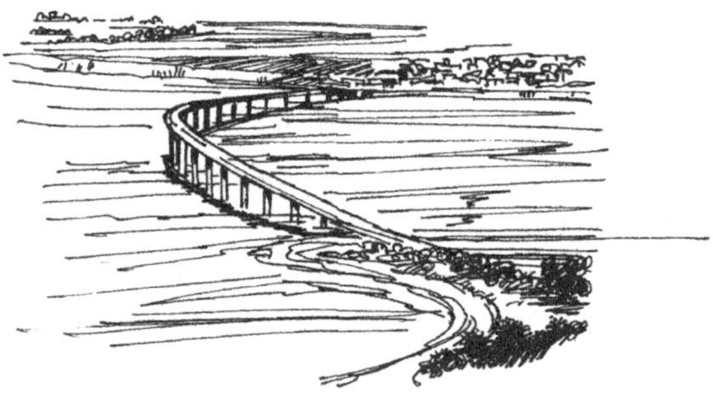

Robben

Le 20 janvier 1977, Pierre Haski, alors journaliste à l'Agence France-Presse, reçoit un singulier Télex signé par le secrétaire à l'information du gouvernement sud-africain. Le régime de l'apartheid est, à cette époque, férocement établi mais condamné comme « raciste » par le Conseil de sécurité de l'ONU. Des émeutes, à

Soweto, ont éclaté et subi une terrible répression l'année précédente. Steve Biko, fondateur du Mouvement de conscience noire, est retenu prisonnier et va bientôt mourir sous la torture. Dans ce contexte, le message que décrypte le journaliste est pour le moins surprenant : « L'AFP est invitée à envoyer un journaliste chevronné le 25 avril 1977 pour couvrir un événement d'intérêt national pour la République. Cet événement sera unique et ne sera sans doute jamais renouvelé. Hélas ! aucune information ne peut être donnée avant le 25 avril. »

L'AFP vérifie que seules Reuters et Associated Press, pour ce qui est des agences étrangères, ont fait l'objet de la même mystérieuse invitation. S'agit-il, se demande Haski, d'une annonce diplomatique importante, de la libération de prisonniers politiques, de l'explosion de la première bombe thermonucléaire sud-africaine ? Mystère. Mais l'agence décide de l'envoyer au Cap. Et là-bas, on lui explique, ainsi qu'à ses confrères, qu'il va visiter Robben Island, petit caillou de 5 kilomètres carrés à quelques milles du continent, île qui servit de terre de relégation, de centre psychiatrique, et même de léproserie, maintenant transformée en prison de haute sécurité où sont bouclés les cadres de l'ANC (African National Congress) et autres irréductibles. L'Alcatraz du régime de l'apartheid. Avec son hôte d'honneur, depuis 1964 : Nelson Mandela, matricule 4664. Il est précisé aux journalistes qu'il sera interdit de parler aux prisonniers, interdit de faire des photos, et que leurs articles seront relus par les autorités avant parution.

Folle ambiance, comme on l'imagine.

Tant qu'à s'être déplacé, Haski accepte de prendre place dans l'avion qui, d'un rapide coup d'ailes, se pose sur le rocher. Et là, ses compagnons et lui sont « témoins » que l'administration pénitentiaire n'inflige à ses hôtes aucun « traitement dégradant ». Certes, la cellule vide de Nelson Mandela ne mesure que 2,1 sur 2,4 mètres. Mais quelques livres y sont disposés, une bible, des ouvrages de droit. Quelques tomates fraîches... D'ailleurs, au-dehors, les visiteurs aperçoivent le leader de l'ANC, en habits propres, une pelle à la main, muni de lunettes de soleil et coiffé d'une sorte de bob. Avec lui, Govan Mbeki, proche compagnon, ou Toivo le barbu, leader du mouvement de libération de la Namibie, occupés à jardiner. Une photographie « officielle » est prise par un individu autorisé. Elle est unique en son genre, mais on ne saurait dire que le prisonnier s'y prête. Visage fermé, il fait ostensiblement la gueule, furieux de ne pouvoir communiquer avec les journalistes (il portera d'ailleurs plainte contre la direction de l'établissement pour avoir ainsi disposé de son image sans son consentement).

Pierre Haski observe que Mandela et Mbeki dorment sur des lits « médicaux », des lits de fer, et que le vieux Toivo couche à même le sol, sur une natte. Mais il ignore la véritable condition des 370 prisonniers politiques (de toutes obédiences, marxistes, Indiens, métis). Séparés des droits communs, leur régime est plus dur encore. Réveil à 5 h 30, un seau d'eau froide pour la toilette, un bol de porridge en guise de petit déjeuner. Puis, travaux forcés dans une carrière de chaux où l'on est victime de kératite. Quelquefois, à la place de la carrière, les détenus sont menés dans une cour où ils doivent casser des cailloux à cadences forcenées. Le plus dur n'est pas là. Le plus dur, quand on appartient, comme Mandela, à la « classe D » (la plus sévère), c'est qu'on n'a droit qu'à une visite et une lettre tous les six mois. Encore, pour Mandela, l'arrivée de la lettre est-elle aléatoire, et la visite de son épouse dépend-elle de ses propres incarcérations. Winnie, sa deuxième femme, put le voir une demi-heure en 1964, le revit deux ans plus tard, puis en 1971 et 1975…

Il séjourna, si l'on ose écrire, sur Robben Island, de 1964 à 1982 (il fut alors transféré à la prison de Pollsmoor, dans la banlieue du Cap, puis assigné à résidence dans une villa jusqu'à sa libération triomphale en 1988). À Robben, les gardiens se comportaient parfois de manière épouvantable : ils obligeaient les prisonniers à creuser leur tombe, leur urinaient dessus, puis leur ordonnaient de reboucher le trou. Mandela fut un homme de fer, il partagea toutes les grèves de la faim, refusa de donner aux matons le nom de *baas* (« patron ») comme ils l'exigeaient, mais, contrairement à nombre de ses amis et camarades, il jugea nécessaire de connaître l'histoire des Afrikaners, apprit leur langue pour dialoguer avec eux, quitte à enfreindre les thèses de l'ANC qui considérait le pouvoir blanc comme un pur et simple avatar du colonialisme.

Au demeurant, malgré les brimades, Robben devint ce qu'on baptisa par la suite l'« université Mandela ». L'idée de regrouper tous les leaders subversifs des mouvements les plus révolutionnaires dans la même île se révéla une idée désastreuse : la prison était close mais le débat était ouvert, et les uns et les autres, à travers leurs querelles de tendance, au fil des controverses, parvinrent ainsi à surmonter leurs désaccords, ou du moins à comprendre et maîtriser la nécessité de négociations. Mandela, lui, suivait par correspondance les cours de l'université de Londres et obtint, tout détenu qu'il fût, son diplôme de *Bachelor of Laws*. Il apprit, mieux que personne, à conjuguer l'intransigeance et l'ouverture. Au départ, en 1969, un complot fut mis sur pied pour qu'il participe à une tentative d'évasion et soit tué à cette occasion – ce sont les services secrets britanniques qui firent échouer l'affaire. Au début de 1976, avant la visite de Pierre Haski, le ministre des prisons, Jimmy Kruger, vint le voir dans sa cellule pour lui proposer son élargissement contre un reniement honteux. Mandela l'envoya vertement paître, tout comme il répondit, en 1985, à une offre du Président lui-même : « Quelle liberté m'est offerte alors que l'organisation du peuple demeure interdite ? Seuls les hommes libres peuvent négocier. Un prisonnier ne peut passer de contrat… »

On connaît le dénouement : c'est le pouvoir qui finit par craquer et l'homme de Robben par l'emporter, acceptant de négocier dès lors que le statut d'homme libre lui était restitué. Jimmy Kruger, dépité après sa première tentative, avait lâché aux journalistes : « En Afrique du Sud, la prison à vie dure toute la vie. » Eh bien, Mandela prouva que non, trois fois non.

Robben, aujourd'hui, site classé par l'UNESCO, se visite comme un musée.

Dans les années 1990, cette fois pour le journal *Libération*, Pierre Haski revint voir Mandela, pas seulement le voir mais l'interviewer. Et lui demanda s'il se souvenait de l'« opération communication » de 1977. L'ancien détenu éclata de rire : « Si je m'en souviens ? Et comment ! Il avait fallu repeindre tous les murs, nous avions reçu des beaux vêtements propres et bien repassés. C'est pour ça que cette exhibition m'a rendu fou de rage, et que j'avais porté plainte, évidemment sans suite… »

L'île de Robben reste probablement la seule d'où sont issus, par la suite, tant de dirigeants éminents. Outre « Madiba » lui-même, futur président de la République, citons, entre autres, Nceba Faku, futur maire de la métropole de Port Elizabeth, Mosiuoa Lekota, futur président du Congrès du peuple, Amos Masondo, futur maire de Johannesburg, Govan Mbeki, père du futur président Thabo Mbeki, Robert Sobukwe, président fondateur du Congrès panafricain. Ou encore Jacob Zuma, futur président de l'Afrique du Sud. Une sorte de synthèse de Harvard et de Princeton. En moins convenu…

Ruach

Ce « dictionnaire » qui n'en est pas un devrait héberger Conrad et son *Paria des îles*, Bernardin de Saint-Pierre et l'île Maurice, Stevenson et ses trésors, sans oublier Jules Verne, Jack London, Hemingway ou Jean-Marie Gustave Le Clézio, et la liste n'est certes pas exhaustive. Mais je ne suis pas en train d'écrire une sorte de Lagarde et Michard, une recension dévote et ordonnée des auteurs au programme. Ceux-là, vous, lecteurs, les connaissez sûrement, et avez forcément mis vos pas dans les leurs. Je compilerais sans autre ambition, et la compilation n'est pas ce qui me chatouille le cœur.

Mais je parlerai de Rabelais, qui est moins attendu. Je me souviens que, lorsque nous l'étudions en classe, *via* le Lagarde et Michard susnommé, je découvrais avec enthousiasme frère Jean des Entommeures qui s'en va-t-en-guerre avec un peu trop d'ardeur pour un moine moinillant. Mais ce que j'ignorais, faute d'avoir eu accès au texte, au vrai texte, c'est que MM. Lagarde et Michard l'avaient caviardé, ce texte, sans même des points de suspension entre parenthèses ou crochets, parce qu'ils s'accordaient le droit de décider ce qui est lisible et non lisible, convenable et non convenable, comme tout marchand de camelote qui veut plaire à tout le monde et surtout ne déplaire à personne (en khâgne, à Louis-Le-Grand, j'ai eu l'illustre Michard en littérature : un cruel naufrage…).

La seule excuse qu'on peut concéder à MM. Lagarde et Michard tient à Rabelais lui-même. Au fond, on ne sait pas où le ranger, cet homme-là, sur quelle étagère, dans quel rayon. Ce religieux anticlérical, ce contempteur de la scolastique, ce pourfendeur d'Aristote, ce passionné des Grecs, ce médecin pionnier (à Montpellier d'abord, puis à Lyon qu'il rebaptisait Myrelingues la brumeuse), ce père de famille assumé et ce diplomate occasionnel, qu'en faire ? Un grand esprit de la Renaissance ? Certainement. Mais il y a sa langue, celle qu'il fréquente et qui lui vient de Chinon, celle qu'il invente et qui ne vient de nulle part, sauf de son talent, de son génie paillard, de ce mélange inouï de rigolade et d'érudition pointilleuse.

Où, MM. Lagarde et Michard, classez-vous un écrivain qui décrit avec une passion non feinte les mille manières de se torcher le cul, et qui conclut que la plus suave est peut-être le recours au duvet soyeux d'un oisillon ?

Des îles, Rabelais en a imaginé beaucoup, plus exquises les unes que les autres. Et parfois plus vaches, plus saignantes. Dans *Le Quart-Livre*, qui fut évidemment condamné par les théologiens de la Sorbonne, et dont l'objet est de questionner l'oracle de la Dive Bouteille, elles sont 14, ces îles, pas moins, dont l'île de Medhamoti où Épistémon acquiert une peinture des idées platoniciennes, ou bien Macraeons où l'on disserte sur l'immortalité de l'âme selon diverses religions, et encore l'île des Papefigues et celle des Papimanes qui voit s'opposer à mort, lors de la guerre des Andouilles, les détracteurs du pape et ceux qui le déifient. Je serais, bien sûr, tenté d'aborder les eaux qui tiennent les paroles prisonnières de la glace (ce qui ne pourrait que séduire mon ami le poète Christian Prigent), mais, s'il faut choisir, et il le faut bien, j'opterai pour l'île des vents.

Et, comme Rabelais ne se raconte pas, ne s'imite pas, ne se parodie pas, ne se résume pas, je ne vois d'autre solution que de le citer.

« Deux jours après, nous arrivâmes dans l'île de Ruach, et je vous jure, par l'étoile poussinière, que je trouvai l'état de vie du peuple plus étrange que je ne le dis.

« Ils ne vivent que de vent. Ils ne mangent rien. Ils ne boivent rien, si ce n'est du vent. Ils n'ont en leurs maisons que des girouettes. Dans leurs jardins, ils ne sèment que les trois espèces d'anémones [du grec *anemos*, « souffle » : les anémones sont nées des soupirs de Vénus séparée d'Adonis]. Ils en arrachent soigneusement la rue et autres plantes carminatives. Le commun peuple, pour s'alimenter, emploie des éventails de plume, de papier, de toile, selon leur faculté et puissance. Les riches vivent de moulins à vent. Quand ils font quelque festin ou banquet, on dresse les tables sous un ou deux moulins à vent. Là, ils se régalent à leur aise comme à des noces, et, durant le repas, ils discutent de la bonté, de l'excellence, de la salubrité, de la rareté des vents, comme vous, buveurs, pour les banquets, philosophez en matière de vin. »

Et le docteur Rabelais, comme toujours, ne manque pas de se pencher sur les tripes, les humeurs et les orifices.

« S'ils ne fientent, ne pissent ni ne crachent dans cette île, en revanche, ils vessent, ils pètent, ils rotent copieusement. Ils souffrent de toutes espèces de maladies. Aussi toute maladie naît et procède des vents, comme le déduit Hippocrate dans son *Flatibus*. Mais la plus épidémique est la colique venteuse. Pour y remédier, ils usent de larges ventouses et y rendent force vents. Ils meurent tous hydropiques, enflés ; les hommes meurent en pétant, les femmes en vessant. Leur âme sort ainsi par le cul… »

Il s'en passe beaucoup d'autres, sur l'île Ruach, dont les habitants ne parlent que de vent, ne mangent que du vent et vont jusqu'à en mourir. Le roi lui-même est fort soucieux qu'un quidam lui ait dérobé « un vase plein du même vent que le bon ronfleur Éole donna jadis à Ulysse pour guider son navire par temps calme ».

Que cette île pleine d'enflés et de paroles de vent nous délivre à jamais de tous les Lagarde et Michard qui rôdent autour des lettres, et en font leur aigre miel. Lequel empeste.

S

Saint-Barthélemy

De grâce, soyez tendance. Ne dites pas Saint-Barthélemy, mais Saint-Barth (la Saint-Barthélemy, ça fait poisseux et peu ragoûtant, ça fait poule au pot qui tourne poulet au sang). Et, tant qu'à faire, prononcez Saint-Bâââârth, je vous prie. Hier, le truc, c'était Saint-Trop. Eh bien, aujourd'hui, le truc, ça n'est plus « la côte » qui grouille de populo, le truc, c'est un tout petit truc au nord de l'arc antillais. Qui s'appelle Saint-Bâââârth (c'est même Christophe Colomb en personne qui l'a découvert et baptisé en l'honneur de son frère). Il suffit d'arpenter Gustavia, la capitale, pour vérifier que c'est la capitale d'Hermès, Vuitton, Chanel, Prada, Dior et Versace réunis. Du reste, jetez un œil au port – qui est ravissant –, juste à côté, et jouez à mesurer les yachts. Vous saurez où vous êtes.

Tout est joli à Saint-Bâââârth, tout est hors de prix, à commencer par les hôtels, les villas qui ne doivent pas être plus hautes qu'un palmier, les plages où l'on chercherait en vain un papier gras, et les voitures où domine, et de loin, le coupé décapotable. Tout est charmant à Saint-Bâââârth, depuis le miniaéroport à la piste trop courte jusqu'aux pontons de teck qui sont évidemment des pontons privés afin que votre bronzette reste confidentielle.

Dans le passé, c'était pauvre, Saint-Bâââârth, c'était même sous la coupe des Suédois qui ont réussi à y implanter un port franc. Puis c'est devenu français, ça a végété quelques décennies avant que ne se présente l'élément fondateur : Mr. Rockefeller, un beau matin de 1956. Il a eu le coup de foudre, Mr. Rockefeller, il s'est dit qu'on pourrait transformer ce caillou trop sec en paradis pour VIP, il a ouvert son carnet d'adresses, invité ses copains, et c'était parti. Gazon tondu au ciseau, petites routes impeccables, hôtels Relais & Châteaux, et maisons à l'avenant. Ça a marché, ça a même marché très fort, et aujourd'hui, vous savez quoi ? Saint-Bâââârth est vraiment le paradis de l'entre-soi. Même quand le cyclone Irma a soufflé comme un perdu, dix-huit mois plus tard, tout était nickel – tandis que les pouilleux de Saint-Martin en étaient encore à clouer la tôle et réclamer des pompes.

Même moi, j'y suis passé, à Saint-Bâââârth. Une erreur de casting. J'ai aimé deux choses : les petites criques, après le mont Saint-Jean, et le plongeon redoutable des pélicans, à l'anse des Cayes. Et puis j'ai filé, j'ai filé vers la Guadeloupe et les Saintes, que j'aime tant. Ce n'était pas seulement que ma carte Visa « Privilège » chauffait trop fort. C'était autre chose : sur cette île-là, il n'y a pas de Noirs. Peut-être aux cuisines, peut-être cinq ou six jardiniers, par-ci, par-là. Mais cachés, bien cachés.

Et ça, voyez-vous, cette absence sur une île des Caraïbes, ça m'a mis mal à l'aise. Comme une faute de goût enchâssée de diamants. Moi, toute la musique que j'aime, comme eût dit Johnny, elle vient de là, elle vient du blues.

Saint-Pierre

À l'époque où je naviguais sur l'*Abeille Flandre*, une affaire majeure préoccupait l'équipage : aurions-nous ou n'aurions-nous pas la possibilité de capter la télévision ce soir ? En mer, c'était inconcevable. À l'ancre, tout dépendait du lieu. Le Stiff d'Ouessant, un trou sous la falaise, c'était fichu d'avance. Bertheaume, sur le côté nord du goulet, devant Plougonvelin, c'était, disons, neigeux. Le bon mouillage se trouvait aux portes de Camaret, là où nous étions expédiés quand le vent de suroît n'était pas trop méchant, ou quand la brume devenait drue. On s'assemblait au carré de l'équipage, tous en rond sauf les hommes de veille. Et le pastis coulait gaiement.

Les matelots, le maître d'équipage et son adjoint, le graisseur, le cuisinier, tous étaient passés par la grande pêche. La plupart d'entre eux étaient partis mousses à quatorze ans, et avaient appris le métier, le « grand métier » à la dure. Ils n'avaient pas connu le temps des goélettes de Paimpol ou de Saint-Malo qui s'en allaient pêcher « à Islande » ou bien sur les bancs de Terre-Neuve. Mais ils avaient connu des bateaux qui défiaient le temps, le temps météorologique et le temps du travail, le temps où, quand « ça » donnait, « ça » ne s'arrêtait plus. La mer du Nord, les Féroé, les vagues de Saint-Pierre-et-Miquelon, ils connaissaient plus qu'à leur tour.

Alors quand le réalisateur Hervé Baslé a proposé à la télévision une série, disons même une saga sur les héroïques pêcheurs de morue – héroïques parce que contraints à l'héroïsme, héroïques par destination plus que par origine –, intitulée *Entre terre et mer*, vous pensez bien qu'on n'a pas manqué un épisode (ceux qu'on manquait, on se débrouillait pour les enregistrer ailleurs, et on les regardait quand même). *Entre terre et mer* nous proposait, sur un mode Loti sans le souffle de Loti, tous les clichés d'usage sur le pêcheur qui est toujours pauvre et le capitaine qui est toujours courageux.

Je suis désolé pour le réalisateur, mais le public de l'*Abeille* est, autant l'avouer, le public le plus difficile du monde. Et ça se tapait sur les cuisses, et ça relevait la moindre approximation, et ça gloussait sur les pauvres femmes esseulées qui attendaient leur mari (« Moi, la mienne, elle disait toujours quand je revenais : "Bah ! deux mois, c'est vite passé !" », rigolait le bosco), et ça dégoisait sur les Parisiens devant le flèche ou le hunier de *La Belle Poule*, et sur la lanterne du carré qui se baladait dans tous les sens alors que la goélette était forcément calée sur un bord, et ça se moquait des braves comédiens qui parlaient le marin comme ils auraient parlé le quechua.

Et puis, un soir, un beau soir où le pastis circulait gaiement pour changer, les commentaires se sont faits plus rares. L'épisode racontait l'arrivée du bateau à Saint-Pierre, et les pêcheurs qui, toutes affaires cessantes, mettaient le cap sur le bordel local où ils étaient accueillis comme des héros de western. Je me suis soudain aperçu que le public le plus exigeant du monde ne riait plus, ne parlait plus, totalement silencieux, chacun dans ses pensées et peut-être ses souvenirs.

Saintes

Il m'est arrivé, là-bas, aux Saintes, aux merveilleuses Saintes, d'assez étranges aventures.

C'est la première et – j'espère – la dernière fois qu'un iguane m'est tombé sur le dos, sans crier gare. Un iguane argenté aux griffes puissantes (en latin *Iguana delicatissima*, espèce endémique des Antilles), qui avait manqué la branche d'un mancenillier en baie de Pompierre et s'était rattrapé à mon épaule gauche, y creusant les sillons qu'on peut imaginer. Un peu désagréable, mais cela m'a permis de connaître l'incroyable demeure du médecin, qui est en forme de proue de navire, toute blanche, et domine le mouillage – la maison appartient à la municipalité qui dispose ainsi d'un formidable appât pour attirer les enfants d'Esculape. Les iguanes, à Terre-de-Haut surtout, l'île la plus fréquentée, abondent et sont protégés. Les gens râlent qu'ils ravagent leurs potagers. Mais j'ai le souvenir, inoubliable, d'un *Iguana iguana*, l'autre espèce, l'espèce marine, émergeant, vert tendre, d'une vague tranquille, et me regardant d'un œil aussi effaré que le mien, quoique nettement plus mobile.

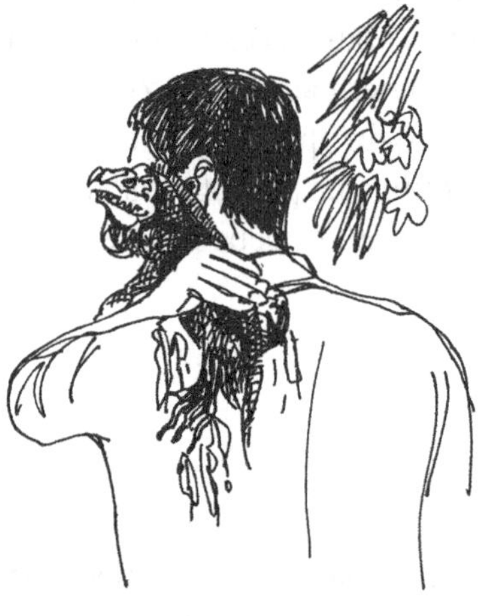

C'est aussi la première fois qu'une gendarmerie m'a ému. Lorsque vous descendez du bateau qui vient de Pointe-à-Pitre, l'estomac plutôt chahuté, vous ne pouvez pas la manquer. Une aimable gendarmerie qui se partage entre le bleu céleste et le jaune léger, avec des fenêtres chevronnées et un balcon colonial du plus bel effet. Vous vous demandez si ce n'est pas un décor, si vous n'êtes pas assis, au Châtelet, pour ouïr une opérette d'antan. Mais non, cette gendarmerie tendre et républicaine est tout ce qu'il y a de plus officielle, quoique ses occupants réglementaires, dont je regrette infiniment que l'uniforme ne soit pas assorti à la maison, n'aient aucun véhicule à surveiller, aucun radar en embuscade – ici, on se déplace à pied, à vélocipède (mais ça monte et ça descend, le pic du Chameau dépasse les 300 mètres, c'est tout dire), et, pour les plus paresseux et les mieux nantis, en scooters loués.

C'est encore la première fois que, contemplant une rade, je me suis dit que j'avais devant moi la plus belle rade du monde, et que c'était un sacré privilège. Pas la plus vaste, pas la plus grandiose, non, cela, il y en a mille, mais la plus harmonieuse. En face, l'îlet à Cabrit, qui est désert (et propriété du Conservatoire du littoral), au nord la passe de la Baleine, à l'ouest celle du Pain de Sucre. Et, au centre, une merveille où se mêlent les bateaux de croisière (mais seulement les petits, les élégants), les yachts de passage, ceux où logent nombre de saisonniers, et puis les outils de travail des pêcheurs, les « saintoises ». Calme, luxe et volupté. À condition de ne pas oublier que la Guadeloupe et les îles qui lui sont rattachées sont une terre qui tremble (le dernier séisme, en 2004, a atteint 6,3 sur l'échelle de Richter). Et, surtout, qu'à la saison des cyclones (d'août à octobre), les Saintes sont fréquemment sur le chemin des ouragans. Même les pires : Hugo, rafales à 310 kilomètres/heure en 1989, ou bien Irma, catégorie 5 sur 5, suivie de Maria, en 2017.

C'est vraiment la première fois que je suis devenu poisson – comme tant de marins, l'eau, je veille plutôt à me tenir au-dessus. La plupart des visiteurs arrivent à 11 heures et repartent à 17. Ils n'ont quasiment rien vu. Les Saintes, ça s'explore, ça se fouille, il y faut des jours et des nuits. Tout le monde se rue sur la plage de Pompierre, veut visiter le fort Napoléon, et néglige, parce que ce n'est pas le parcours fléché, les petites criques à l'ouest du Pain de Sucre, les anses Crawen, Rodrigue, ou celle du Figuier. Là, tranquillement, sans cohue, il est loisible de découvrir l'envers de la terre émergée : les délices marins. Il suffit d'un masque et d'un tuba (on s'équipe un peu plus si l'on veut accéder à la roche du Sec Pâté, un des plus beaux sites imaginables) pour avoir accès aux poissons-perroquets, aux trompettes, aux mérous, aux poissons-soleils, aux poissons-coffres, aux carangues à plume. Je n'oublierai pas de sitôt les petits calamars aux yeux dorés qui, à mon approche, se mettaient en rang et au garde à vous, prêts à cracher leur encre. Je ne bougeais pas, eux non plus, et nous demeurions ainsi longtemps, longtemps. Ils finissaient par s'apprivoiser, je les retrouvais de jour en jour. Et lorsque je sortais de l'eau, les minuscules crabes aux yeux proéminents et aux jambes de danseurs filaient à toute vitesse sur le sable, s'arrêtaient, puis reprenaient leur course dont le sens m'échappait.

Les Saintes ont évité l'esclavage pour une raison bien simple : les îles sont toutes petites, la terre y est ingrate et les éventuels investisseurs avaient renoncé à y installer des plantations. Ce sont plutôt des pêcheurs, notamment bretons ou normands, qui ont traversé l'Atlantique pour venir s'y établir, et je m'amusais de croiser autant de métis aux yeux gris, mes éventuels cousins, me demandant si leurs ancêtres étaient originaires de Paimpol ou de Carteret. En revanche, sur l'autre île, Terre-de-Bas, qui est un peu plus grande et moins peuplée, et où les touristes ont grand tort de ne pas pointer le nez (il suffit d'emprunter une navette), la population, fort accueillante, est beaucoup plus noire. Les marchands d'esclaves y regroupaient leur « cargaison » avant de la mettre sur le marché. Le sol est plus montagneux, les boutiques de souvenirs absentes, trois ou quatre gîtes, deux ou trois restaurants, tout est simple, pas de fioritures mais des chemins pentus qui vous emmènent au ciel.

À Terre-de-Haut, j'ai connu un hôtel de rêve (je crains bien qu'il n'ait été revendu à des propriétaires moins fantasques). Ne songez ni aux étoiles ni aux Relais & Châteaux. C'était à l'écart, en hauteur, et l'endroit avait été acheté par un couple de chineurs. Si bien que la maison, décorée comme nulle part ailleurs, était aussi une brocante. Ce que vous voyiez dans votre chambre était intégralement à vendre : la table de nuit, le miroir, les lampes, le lustre, les tableaux, et ainsi de suite. À peine étiez-vous arrivé qu'une coupe de champagne surgissait, tandis que Pavarotti *and friends* entonnaient Caruso. Une règle était imposée par la direction : tous les trois jours, il fallait changer de chambre, afin que nul ne soit jaloux de l'autre, et que chacun puisse jouir des différents points de vue qu'offrait la maison. Ce n'était pas un hôtel à proprement parler, c'était plutôt une pension de famille où l'on était libre de tout, et même de protester. Le cuisinier était excellent mais il nous servait toujours le même plat : du thazard (poisson local), accompagné de toutes les sauces possibles et imaginables. Nous avons mené une révolte antithazard et sommes tombés sur un bec : le ravitaillement, aux Saintes, est essentiellement importé, et, si nous voulions du frais, pas du congelé, il fallait en passer par là.

Je n'ai, dans ce prétendu dictionnaire, guère présenté d'îles vacancières – les belles plages de Maurice, le raffinement des Seychelles, etc. Les Saintes seront ma délicieuse exception.

N'empêche que l'édition m'y a saisi en pleine contemplation des sucriers et des colibris, des frégates et des pélicans bruns. Soudain, au détour du Bois Joli, je suis tombé nez à nez avec Claude Durand et me suis retrouvé à Saint-Germain-des-Prés.

Claude, je le connaissais bien, cela faisait des années qu'il essayait de m'arracher au Seuil comme lui-même en avait été arraché. Dans la douillette maison du 27, rue Jacob, son tempérament « à coups » heurtait, dérangeait. Mais quels coups, grands dieux ! Soljenitsyne et *L'Archipel du goulag*, García Márquez et *Cent Ans de solitude* (qu'il avait, par ailleurs, traduit avec sa femme). On lui reprochait de « jouer perso », et il avait pris la tête de Fayard après un détour par Grasset. Nous déjeunions en douce, de temps autre, et il m'invitait à franchir le pas, à le rejoindre. Il m'avait même proposé la direction de Stock – j'avais décliné, je voulais rester libre d'écrire – avant de la confier à Jean-Marc Roberts. Et, quand Rotman et moi nous étions lancés dans une biographie de Montand, ce dernier avait exigé que Durand en fût le coéditeur parce que Simone Signoret ne jurait que par lui.

Je savais qu'il disparaissait, de temps à autre, pour souffler un peu, et que sa destination était maintenue secrète. Il m'a tendu la main et m'a soufflé :

« Chut ! Bienvenue au paradis. »

Et il a souri en coin, de son sourire timide et énigmatique. En plein paradis, parmi les tamariniers, les flamboyants, les cactus cierges, les aloès, une image forte m'a envahi. TF1 avait consacré une soirée spéciale à Montand, et avait invité Kirk Douglas pour la circonstance. Après l'émission, Claude m'avait proposé de dîner chez Lipp. En précisant : « Mais nous ne serons pas seuls… » Il ne parlait pas de la clientèle. Nous étions à peine installés qu'Ismaïl Kadaré est entré, avec sa femme et sa fille, une valise à la main. C'était la première fois que je le voyais, il avait l'air épuisé, le visage blafard, la main tremblante. Je le lisais assidûment depuis toujours, avec ferveur. Claude m'a glissé : « Lui et sa famille ont fui leur pays. Ils arrivent directement de Roissy. » Kadaré, bouleversé d'avoir abandonné une Albanie intenable, cherchait ses mots, et, moi qui admirais tant son aisance, son talent fictionnel, j'étais désarçonné de le trouver ainsi, perdu, tandis que les siens restaient muets.

Je ne sais pourquoi, c'est cette scène-là, cette scène d'abandon terrible, qui m'a envahi sous le soleil joyeux. Claude et moi avons bavardé quelque temps, blagué comme il convient, puis nous sommes débrouillés pour ne pas nous rencontrer de nouveau. Chut ! Le paradis ne se partage pas.

Sakhaline

Qu'est-ce qu'il lui prend, à Anton Tchékhov, de partir pour Sakhaline le 21 avril 1890 ? Il a tout juste trente ans, il commence à cracher le sang tandis que son frère Nikolaï vient de mourir d'une tuberculose foudroyante. Il est médecin, soigne par-ci, par-là, fait payer ses patients de temps à autre, mais la littérature le dévore et il a reçu le prix Pouchkine. Il porte à bout de bras sa famille pauvre, loge tout le monde dans une datcha louée près de Soumy (qui dépend de Kharkov). De plus, il a signé avec son ami Souvorine, le très cynique patron des *Temps nouveaux*, journal prospère mais passablement réactionnaire de Saint-Pétersbourg (il n'en partage guère les idées), un pacte – enfin – rémunérateur.

Son succès commence à poindre à Moscou et ailleurs. Qu'est-ce qu'il lui prend donc de tout plaquer pour filer au bagne, au bout du monde ?

Roger Grenier, qui préface subtilement l'édition française de *L'Île de Sakhaline*, avance une explication fine : « Il faut penser au goût de l'errance des Russes en général et de Tchékhov en particulier… » Mais l'auteur lui-même s'en explique dans une lettre à Souvorine : « Je regrette de ne pas être sentimental, sinon je vous dirais qu'à des lieux comme Sakhaline, nous devrions aller en pèlerinage comme les Turcs vont à La Mecque […]. Il s'avère que nous avons laissé pourrir dans les prisons des millions d'hommes, que nous les y avons laissés pourrir en vain, sans raison, de façon barbare ; nous avons fait parcourir des dizaines de milliers de verstes dans le froid à des hommes enchaînés, nous les avons rendus syphilitiques, nous les avons corrompus, nous avons augmenté le nombre des criminels, et nous en avons rejeté la faute sur les gardiens de prison au nez rouge. Aujourd'hui toute l'Europe cultivée sait quels sont les responsables : non les gardiens, mais chacun de nous. »

Sakhaline, qui prolonge l'Empire nippon, c'est une très grande île orientale, deux fois vaste comme la Grèce, mais tout en longueur. Et c'est un bagne naissant. Plus loin, il n'y a pas. En 1875, les soldats russes s'y sont définitivement installés contre l'octroi au Japon des îles Kouriles. C'est un bagne, un ensemble de prisons, et une terre de relégation que le tsar veut coloniser. On y trouve de tout : des condamnés à mort, des détenus dans leur geôle, des forçats enchaînés, des forçats libérés de leurs chaînes pour devenir paysans, des forçats mariés à des femmes libres, des concubines qui se prostituent, des enfants, à la pelle, qui se prostituent aussi, et des fonctionnaires plus ou moins efficaces – plutôt moins que plus –, qui ne rêvent, comme tout le monde, que de fuir. Le bagne, c'était la Sibérie. Sakhaline, c'est l'au-delà du bagne. La plus grande île jamais vouée à pareille fonction.

Le voyage aller dure pratiquement trois mois. Du train, beaucoup de train (mais le Transsibérien n'existe pas encore), des chemins de montagne à peine tracés, des calèches qui s'embourbent, des bateaux sur le lac Baïkal, le fleuve Amour, ou la Manche de Tartarie. Le printemps est la saison des inondations, on se traîne, on patauge. Jusqu'à l'enfer cerné de vagues.

Pour toute recommandation, Tchékhov n'a qu'une carte de journaliste des *Temps nouveaux*. Il a essayé de se procurer des recommandations plus fournies, ornées de cachets et de timbres, mais les hauts dirigeants se méfiaient un brin de cet esprit libre. Toutefois, la fameuse carte lui donne accès à tout un chacun, sauf les détenus politiques qui sont regroupés et condamnés au silence. Le personnel de l'administration le reçoit plutôt bien. Un homme de lettres, ça change, les militaires comme les civils « au nez rouge » l'accueillent convenablement, lui ouvrent les portes qu'il a le droit de franchir.

En trois mois et deux jours, Tchékhov abat un travail de titan. Il existe, sur l'île, 10 000 condamnés (politiques exclus). Il va systématiquement les visiter, les interroger. Il va remplir 10 000 fiches où sont consignés l'âge, la raison d'être là, les données sanitaires, les structures (plus ou moins) familiales, l'origine, etc. Cela démarre comme un inventaire de médecin, ou de sociologue. Mais Tchékhov est Tchékhov et, très vite, on court d'histoire en histoire, de nouvelle en nouvelle.

L'histoire de ceux qui ne connaissent pas leur âge – « Peut-être trente ans, ou peut-être même cinquante ». L'histoire de ceux qui se prétendent ignorants par pure modestie. L'histoire de celui qui attache son coq parce qu'à Sakhaline, tout le monde porte des chaînes. L'histoire de la femme si belle qu'elle enjôlait ses geôliers, et qui maintenant ressemble à une souris grise. L'histoire du meurtrier qui a massacré sa femme à coups de marteau parce qu'une force invisible lui soufflait à l'oreille « Tue-la, tue-la ! », et qui est devenu quelque peu philosophe – « Rien n'est plus noble que le sentiment de la vengeance... ». L'histoire de l'ancien bourreau qui s'est battu à mort, pour le principe, avec l'actuel bourreau. L'histoire de l'ex-baronne que les forçats nomment, à présent, « la barine travailleuse ». L'histoire des enfants qui jouent aux soldats, qui défilent, se donnent des ordres et les exécutent.

« Je suis entré dans chaque isba », dit Tchékhov. Dans chaque prison aussi. Les isbas qui respirent le vagabondage et celles qui respirent l'ennui. Dans toutes, on lui donne du « Votre Haute Noblesse », lui qui est parfaitement roturier. Quant aux prisons, c'est effroyable, il mesure le cubage d'air disponible pour chacun, et il étouffe à cette seule pensée. Les détenus, les bagnards, on les baptise « les malheureux » (c'est ainsi que Dostoïevski les nomme également dans ses *Souvenirs de la maison des morts*). En règle générale, il n'est pas de situation fixée, de peine à vie : les travaux forcés sont limités à vingt ans, les enchaînés sont susceptibles de devenir paysans – mais perdent alors leur petite allocation d'État. En prison, les détenus s'évadent, sont remis en prison, s'évadent. « Presque toujours, leur crime manque totalement d'intérêt, il est banal, tout au moins vu du dehors… »

Mais, outre l'écume des jours, d'autres réalités ont autrement de relief. Par exemple l'arrivée d'un convoi de femmes au débarcadère : « On dirait la migration des harengs à Aniva, où des bataillons entiers de baleines, de phoques et de dauphins, gourmands des femelles œuvées, suivent les bancs de poisson. » Le climat, horriblement humide, le fait suffoquer. Comme il suffoque au spectacle des hommes qu'on attache sur la roue avant de leur donner le fouet, des forçats qui ont tenté l'évasion et qu'on lie désormais à une brouette qu'ils sont contraints de traîner derrière eux. Il y a pire. Les condamnés à mort sont pendus revêtus de leur linceul.

Le retour est moins pénible que l'aller, mais Tchékhov se sent comme barbouillé, tandis que le bateau longe le Japon sans s'y arrêter car le choléra sévit, et file sur Hong Kong. « Tandis que je vivais à Sakhaline, je ne ressentais dans mes entrailles qu'une sorte d'amertume, telle qu'on en ressent après avoir mangé du beurre rance... » Désormais, tout remonte en lui, et hurle. Ceylan le repose un peu (« Je me suis repu de palmiers et de femmes de bronze... »), il y achète des mangoustes qui l'accompagneront jusqu'au terme, *via* le canal de Suez, Istanbul, et enfin Odessa.

Ses *Notes de voyage* commenceront à paraître dans la revue *La Pensée russe* en 1893, mais le livre entier ne sortira que deux ans plus tard. Le dossier Sakhaline, il l'a mâché et remâché jusqu'à l'écœurement. Mais il y mettra aussi toute sa passion combative, la même qui l'amènera à démissionner de l'Académie quand Gorki – dont il ne partage pourtant pas les idées révolutionnaires – en sera exclu pour raisons politiques. Ou bien à s'écarter des *Temps nouveaux*, juste avant de mourir, parce que le journal est antidreyfusard.

L'écho de son livre sur Sakhaline fut considérable. L'époque n'était pourtant pas à l'indulgence, le tsar Alexandre II venait d'être assassiné. Pourtant, son successeur envoya deux enquêteurs à Sakhaline, qui confirmèrent en tout point ce qu'avait révélé Anton Tchékhov. Le bagne resta le bagne, mais un peu moins lourd à porter.

Et, sans aucun doute, les soldats continuèrent de chanter la chanson qu'avait notée l'écrivain sur son carnet toujours disponible :

Dix filles pour moi tout seul
Où vont les filles je les suis
Elles vont au bois, au bois je suis

Salar d'Uyuni

Évidemment, pour aller jusque-là, il faut le vouloir. Le chemin est long, pentu, éventuellement casse-gueule. Car je vais vous parler d'îles tout en haut de chaînes abruptes, d'îles bizarres, sans mer, sans bateaux, voire sans eau, mais qui, selon mon esprit amoureux, comptent parmi les plus sublimes que j'aie jamais vues. Des îles qu'on trouve à 3 700 mètres d'altitude, au sein d'une étendue de sel, la plus grande connue, 10 500 kilomètres carrés au bas mot, des îles cernées de montagnes, des îles qui ne sont pas des îles et qui sont le comble de l'île.

Cela se passe en Bolivie, pays dépourvu de rivage mais non de pics ni de forêts amazoniennes. Pour se rendre où j'aimerais vous emmener, je suis parti de Sucre, jolie ville coloniale et pauvre, à la fois grandiose par l'héritage espagnol et modeste par le train de vie de ses habitants, nichée en pleine cordillère. Ensuite, il faut monter jusqu'à Potosi, à 4 000 mètres. Là, vos oreilles sifflent un peu, grimper un escalier vous essouffle. Ça ne vous dit probablement rien, Potosi, mais c'est là que les colonisateurs, faute d'or, ont produit tout l'argent de l'Europe, tout l'argent du monde dit développé. Ils obligeaient les autochtones à ramper dans des boyaux de mines pour extraire le métal précieux transformé ensuite en monnaie tout ce qu'il y a plus sonnante – ils avaient même importé des esclaves africains pour s'y atteler – à la *Casa de la moneda* dont on visite encore les presses. Mais vous n'êtes qu'à mi-chemin. Des cols, des précipices vous attendent jusqu'à la petite cité d'Uyuni. Je me rappelle y être parvenu à la nuit tombante, il faisait un froid de loup, les sacs de plastique noir que le quart-monde abandonne après usage tournoyaient dans le vent. Mon hôtel ne comportait pas de fenêtre : juste un long couloir intérieur sur lequel donnaient les cellules des clients.

J'étais au bord de la huitième merveille mais je ne le savais pas encore.

Il y a quatorze mille à dix-sept mille ans, conséquence d'un réchauffement climatique violent, le lac Tauca a commencé de s'évaporer, de s'assécher, jusqu'à ne plus concéder que deux grandes mares nommées Poopó et Uru Uru. Pour l'essentiel, ses eaux avaient laissé place à une immense croûte de sel, profonde de 2 à 120 mètres, parfaitement plane et découpée en hexagones quasi réguliers. Un désert haut perché, un désert cerné de volcans sur les pentes desquels des hommes tenaces élèvent des lamas et cultivent savamment ce qui les a sauvés de la faim et de la malnutrition : le précieux quinoa. Il porte un nom, ce désert, il s'appelle le Salar.

Pour l'aborder, on n'a pas le choix. Il faut louer un 4 × 4 robuste, constamment dessalé sinon tout y passe, de la tôle aux pneus. Et il faut louer les services d'un chauffeur du cru. Car le Salar est comme une mer capricieuse : on s'y perd, on s'y noie de janvier à mars, lorsque la saison des pluies transforme le solide en liquide, la blancheur incandescente en miroir. Le jour, on a trop chaud. La nuit, on a trop froid. Le rayonnement du soleil est si intense, les UV si agressifs qu'on s'enveloppe la tête comme un Bédouin, qu'on ne quitte pas les lunettes de haute protection. La peau, là-bas, c'est fait pour griller, pour générer du mélanome. Quand la voiture a abordé l'étendue blanche, à Colchani, je suis descendu observer le travail d'hommes qui creusaient le sel puis le mettaient en tas ou en briques. Ils portaient des salopettes épaisses, étaient chaussés de bottes, leur tête était couverte d'une cagoule, et leurs yeux protégés par des lunettes noires et rondes, cerclées d'acier. Des lunettes de soudeur. J'ai pensé à Montand, aux images de *L'Aveu*.

Puis nous nous sommes perdus dans la blancheur étincelante. Les volcans, derrière nous, ont régressé. Les autres, devant nous, n'étaient qu'une ligne. Et aucune route, aucune trace. Nous étions au large, cap sur l'île d'Incahuasi. En quechua, cela signifie « la maison de l'Inca » (référence très contestable, selon les historiens). Quatre ou cinq voitures étaient garées devant, une petite cabane accueillait le visiteur : nous étions en zone « touristique » – toutes proportions gardées, et assez loin du Mont-Saint-Michel. Mais Incahuasi était assez grande et tourmentée pour qu'il soit aisé de s'isoler. Mon compagnon m'expliqua qu'elle était toute de corail puis déclara qu'il avait soif d'une bière. Je montai, montai. Entre les pierres du sentier, juste quelques touffes, rien d'autre. Rien ne poussait ici, hormis les cactus « candélabres », les cactus immenses dont je savais que certains, hauts de plusieurs mètres, avaient bien mille ans. Le vent avait forci, quelques nuages étaient apparus, qui jetaient sur l'étendue de sel des taches sombres et mouvantes. Surtout, ce vent sifflait dans les épines, l'île émettait une sorte de cri aigu et modulé. Parvenu au sommet, je trouvai une jeune femme qui essayait de vendre, à l'ombre d'un cactus à trois branches, des sortes de petits pains. Je lui en achetai un ou deux pour le principe. Elle était belle et trapue, ses yeux découverts brillaient, souriants. Elle m'expliqua que les touristes, à cette saison, se faisaient rares, que beaucoup de paysans s'en allaient travailler sur les chantiers de gaz ou de lithium qui se multipliaient en lisière du Salar, que l'avenir de son monde était incertain. D'ailleurs, le dernier lama qu'on avait sacrifié à la *Pachamama* avait rechigné en grimpant, ce qui était mauvais signe.

Nous sommes repartis pour une autre île, bien moins fréquentée, l'Isla del Pescado – ainsi nommée parce qu'elle a la forme d'un poisson. Plus de cabane, plus personne, encore plus de cactus, encore plus de vent dans les épines. L'après-midi basculait. Le Salar, qui d'abord semblait lisse sous le soleil vertical, laissait maintenant apparaître le contour de ses milliers d'hexagones. J'ai lu, depuis, une explication du phénomène dont je ne sais si elle est juste : le sol se contracte sous l'effet du froid, et se fissure, l'eau s'infiltre, dissout un peu le sel, et, la chaleur revenant, le sol se dilatant, la saumure est expulsée vers la surface, les cristaux sèchent et dessinent ces figures bizarrement régulières. La lumière, jusqu'ici impitoyable, s'adoucit, devint caressante. Le Salar qui flambait jusqu'alors prenait des couleurs pastel, délicieuses. Mon chauffeur me dit qu'ici, la nuit tombait vite et qu'il n'aimait pas tailler sa route dans l'obscurité. Il me parla de gens perdus, de pannes tragiques, de petites croix qui émaillaient l'océan. J'avais envie de lui répondre en marin, de sortir un GPS portable, une carte précise. Mais ce n'était pas ainsi que les rites s'accomplissaient. On avançait à l'estime, selon des repères qui me restaient obscurs.

Nous traversâmes toute une aile du Salar sans parler, regardant le volcan Tunupa – qui culmine à 5 400 mètres – envahir le paysage. Dans les Andes, les volcans, entités humanisées, connaissent des amours, des querelles, des désirs. Tunupa est un volcan femelle qui est en couple avec une autre entité sacrée, le volcan Chillima. Ce qui ne l'empêche pas d'avoir eu maintes aventures avec d'autres monts, nommés Qhura Qhura et Cuzco. De ces liaisons tumultueuses sont nés trois enfants, trois volcans. Mais Chillima s'est rebellé et est sorti victorieux de sanglantes batailles avec ses rivaux. Tunupa fut contrainte d'abandonner la fille qu'elle avait eue de Cuzco. Et le lait de son sein s'écoula, s'écoula jusqu'à former le Salar (que les indigènes disent « de Tunupa » et non « d'Uyuni » qui n'est qu'un lieu, un bourg, pas une entité puissante). Les pentes, dans la lumière du soir, s'éclairaient en vert tendre, en vert sombre, tandis que le Salar lui-même tournait au violet. Tahua, le village implanté au pied de Tunupa, était dans l'ombre quand nous y arrivâmes. Il y avait un hôtel mais personne à la réception. Il y avait une grande chambre avec une fenêtre de plastique donnant sur l'océan de sel mais l'électricité était en panne. Nous avons dîné aux bougies, et, le lendemain matin, l'homme de garde était incapable de nous dire combien nous lui devions.

Mais, au réveil, un peu congelé, j'ai regardé par la fenêtre en plastique, et ce que j'ai vu m'a réchauffé l'âme à défaut des muscles. Sous mes yeux, au bord du Salar rose, entre volcan et sel, une armée douce de flamants rouges – oui, rouges – semblait sortie de je ne sais quel magasin des accessoires, comme posés là par un décorateur trop prévenant, trop consciencieux.

Les îles paraissaient loin, de l'autre côté de la mer, deux ou trois petits traits sur l'horizon, et je comptais bien les rejoindre. Mais, auparavant, j'ai tenu à jeter un œil sur le port de Tahua. L'église, à flanc de coteau, était blanche et belle. Une arcade extérieure, flanquée de deux condors, y donnait accès. De son enclos, on embrassait l'immensité fulgurante. Je remarquai qu'à l'entrée, là où l'honnête Breton que je suis se serait attendu à trouver saint Yves ou sainte Anne, il y avait une statue d'une tout autre nature : celle d'un félin. Et je me suis dit que le curé du lieu, s'il en était un, avait encore du pain théologique sur la planche et l'opportunité d'étudier le syncrétisme des cultures.

On m'avait dit qu'au Salar, les momies étaient légion. Pas des momies embaumées, non, pas les cousins de Toutankhamon. Mais, plus simplement, le sel et l'extraordinaire sécheresse de l'air conservaient les corps très au-delà de ce que, chez nous, la nature tolère sans artifice. Avec mon chauffeur, nous sommes montés sur la colline et avons gagné le hameau de Coquesa. Une pierre dressée indiquait simplement *chullpas* (« ancêtres ») et désignait une petite porte, à flanc de coteau. Mon compagnon (il devait avoir trente ans) n'avait manifestement aucune attirance pour la visite, et je m'en fus vers le gardien du lieu tandis qu'il demeurait au-dehors. J'étais dans une grotte, sombre et froide, et j'attendis que mes yeux s'habituent à l'obscurité. Il y avait là cinq corps non pas allongés mais assis, et je distinguai, à mes pieds, des allumettes et des bougies. À la lueur de ces dernières, il me parut que les habitants de Coquesa continuaient d'honorer ces morts qui dataient (je l'appris ensuite) de mille trois cents ans. Des feuilles de coca, une petite bouteille d'alcool ou de vin sucré, des cigarettes en témoignaient. Les squelettes portaient encore des morceaux de tissu, de la coca fraîche était répandue auprès de chacun d'entre eux, et je reconnus sans peine une femme et un enfant, probablement le sien. Je n'ai aucun goût pour les cimetières ni pour le funèbre. Mais ces momies qui n'étaient pas exactement des momies me concernaient en ce qu'elles participaient à la vie présente des gens du cru, qu'elles ne constituaient pas des restes quelconques, des choses, mais faisaient l'objet, plus d'un millénaire après leur existence sur cette terre, d'une attention perpétuée. Elles restaient présentes.

Nous avons repris notre route, avons grignoté je ne sais quoi je ne sais où, puis retrouvé la mer de sel. Le soleil était écrasant, le ciel d'un bleu que je n'avais jamais vu, même dans les Alpes, même au Népal, un bleu safre, inaltérable, éternel. J'avais résolu d'aller visiter l'île Phiu Phiu, complètement à l'écart des autres, hors de tout trajet touristique. Mon chauffeur paraissait parfaitement réjoui de cette option, heureux d'aller voir de près cette émergence insolite. La traversée était assez longue, nous y sommes parvenus vers les 5 heures. Il s'agissait d'un bloc presque noir, assez peu avenant, quasiment dépourvu de végétation, même de cactus.

« Ça doit être plein de grottes, là-dedans, dit le conducteur, tout excité par l'inconnu. Attends-moi, je vais jeter un œil, et puis je te ferai signe. »

J'attendis un bon moment, cependant qu'il escaladait puis disparaissait. Je m'aperçus que, d'un coup, le ciel bleu d'un bleu éternel avait viré au gris, qu'un voile sombre s'étendait sur le Salar, le grignotant à toute vitesse. Le vent, lui, se levait, devenait fougueux. Soudain, je ne sais par où il était passé, le garçon fut près de moi. Il était blanc comme un linge, sa lèvre tremblait, son regard était fixe.

« Il faut partir. »

J'allais l'interroger mais il actionna le démarreur.

« Il faut partir tout de suite. »

Le 4 × 4 s'éloignait déjà. Je sentais que je ne tirerais rien de mon compagnon, on ne discute pas avec un homme qui vient de voir le diable. Les mâchoires serrées, il fuyait à toute vitesse tandis que le vent tournoyait, que le ciel devenait noir. Je sais, l'histoire que je vous conte peut sembler quelque peu hollywoodienne, comme les flamants rouges de ce matin qui étaient trop rouges. Mais c'est ainsi, je le jure sur la tête de mon éditeur. Nous foncions dans une tempête subite, on n'y voyait plus rien de rien, le vent sifflait autour de nous, et c'est avec un soulagement manifeste que nous parvînmes enfin au village d'Atulcha, quasi symétrique de Tahua – nous avions traversé le Salar de part en part. Le jour déclinait, mon compagnon avait retrouvé quelque couleur, nous avions, l'un et l'autre, besoin d'un maté de coca bien chaud.

Quelques maisons modestes et un hôtel dont la porte battait au vent. Nous sommes entrés. Personne, rigoureusement personne. Nous nous trouvions à l'intérieur d'une maison de sel. Les murs étaient en sel, les cloisons étaient de sel, les tables étaient en sel, recouvertes d'une nappe rouge et d'une toile cirée transparente, les sièges étaient des blocs de sel qu'un coussin venait coiffer. Nous avons appelé, sans résultat. Deux couloirs conduisaient à des chambres de sel où des lits, évidemment en sel, flanqués d'une table de nuit, c'est-à-dire de deux blocs de sel, s'abritaient sous une couverture toujours rouge, d'un rouge brillant et synthétique. Nous nous sommes attribué des chambres identiques. Nous avions froid et faim.

Et puis tout s'est illuminé, tout s'est réchauffé, la patronne est apparue, des clients sont apparus derrière la patronne, un cuistot a annoncé que la soupe était prête, et notre cathédrale grise a pris des couleurs. Ça rigolait, ça causait joyeusement, ça racontait, ça racontait encore – sauf mon conducteur qui, lui, ne racontait rien. L'air, là-dedans, était si sec que j'en avais la peau tirée, outrancièrement tendue, malgré la crème que j'étalais et étalais encore. Mes lentilles de contact me faisaient mal, durcies par l'atmosphère. Mais, les petits verres d'alcool (avec de la cannelle) succédant aux petits verres d'alcool, je me suis réchauffé, et j'ai dormi, sur mon lit froid et raide, comme un sonneur légèrement – ou peut-être lourdement – ivre.

Je ne vais pas vous conter tout mon Salar, vous auriez l'impression de subir une de ces « soirées diapo » que nous endurions du temps de mes parents. J'aimerais vous dire comment des paysans, le lendemain matin, ont essayé de m'initier à l'art de produire le quinoa quand on vit à 4 000 mètres d'altitude, où quasiment rien ne pousse, où il faut choisir telle semence à telle hauteur, telle semence pour tel sol précis. Ils avaient composé un passionnant petit musée de leurs cultures, et expliquaient comment, avant de planter quoi que ce soit, ils lavaient et relavaient la terre pour la délivrer du sel. J'aimerais aussi vous dire comment la tempête avait disparu tel un rêve du diable, comment le bleu profond était redevenu éternel.

Et puis cette image. Quittant Atulcha vers une petite île, nous avons aperçu une bande de vigognes. C'est plus rare qu'un flamant rouge, une vigogne. C'est une sorte de lama tout fin, tout sauvage, tout clair aussi, qui vous glisse sur la rétine avec une grâce si précieuse et fugitive qu'il n'est pas question de la fixer, de la photographier sans embuscade patiente. Un don du Salar.

Je ne sais ce que penseront les spécialistes de ces îles-là. Je ne sais s'ils auront l'indulgence ou la générosité de les admettre dans un tel livre. Mais je sais que, les ayant croisées une fois, ces îles, je les ai adoptées pour toujours. D'autant qu'elles sont menacées.

Au bord du Salar se trouve un grand tiers des réserves de lithium exploitables de la planète, ce même lithium indispensable à nos batteries, à nos téléphones portables. Sous les contreforts des volcans, Total a détecté puis mis en exploitation, à 5 600 mètres de profondeur, un champ gazier monstrueux – l'objectif est de produire 6,5 millions de mètres cubes de gaz et 6 000 barils de condensat. Évidemment, tout le monde, absolument tout le monde s'engage à ce que le site demeure intact, à ce que l'écologie l'emporte. Mais, à supposer que cela soit vrai, le gouvernement bolivien a autorisé, trois années de suite, le Paris-Dakar à traverser plein pot l'océan de sel. Quitte à détruire au passage maints sites archéologiques. Heureusement, la deuxième et la troisième fois, le volcan Tunupa s'est mis en colère, a déclenché la pluie, et obligé la caravane à faire un détour.

Comme eût dit l'autre, je crois aux forces de l'esprit. Nous allons en avoir grand besoin.

Salut

Albert Londres, ça n'a rien à voir avec Piccadilly. C'était un petit, Albert Londres, son père était chaudronnier, son grand-père colporteur, et s'il finit par s'appeler Londres, c'est, semble-t-il, parce que le patronyme originel, Loundrès, un nom gascon évoquant les marécages, s'était asséché au fil des migrations professionnelles de la famille. C'était un petit, Albert Londres, mais il était doué, très doué : il commença par écrire des poésies, puis il triompha dans le reportage. En 1919, il fut licencié de son journal sur ordre de Clemenceau parce que ses papiers critiquaient les conditions d'occupation des vainqueurs. Et, en partant, il dit à ses patrons : « Messieurs, vous apprendrez à vos dépens qu'un reporter ne connaît qu'une seule ligne : celle du chemin de fer… » Il avait trente-cinq ans.

Il écrit serré, nerveux, ça se lit d'un trait aujourd'hui comme hier. Et surtout, surtout, le petit Albert Londres, il sait faire parler les petits, les humbles, les gens, ceux qui ne sont rien. Parce que ça l'intéresse, les gens, parce qu'il pense que la vérité sort de ce puits-là, pas des conférences de presse, pas des communiqués officiels. C'est un homme de terrain et, sur le terrain, il prend son temps, tout le temps nécessaire pour se former un point de vue.

En 1923, il s'embarque à Marseille sur le *Biskra*, un assez mauvais paquebot qui dessert la Guyane. Il s'en va au bagne, il vogue vers les îles du Salut, les très mal nommées, dont personne, strictement personne, en métropole, ne se soucie. Et je le suis pas à pas, tant c'est torride et terrible (les éditions Arléa ont eu la très bonne idée de republier son récit).

Les îles du Salut sont trois, bien organisées en triangle, l'île Royale à gauche, l'île Saint-Joseph à droite, et, à la pointe, la plus petite, l'île du Diable. Juridiquement rattachées à Saint-Laurent-du-Maroni, elles se trouvent à 7 milles de Kourou. Contrairement au rivage guyanais, il y a du fond, auprès de ces îles, on peut mouiller, débarquer, malgré un courant violent et des requins à foison. Quant à leur nom, qui semble bien étrange, il vient de la triste aventure, amorcée en 1763, de malheureux colons dépêchés par l'administration royale pour affirmer la présence française sur cette forêt obscure où le minimum vital est à défricher. Soixante pour cent d'entre eux ne résistent ni à la faim ni aux fièvres. Les survivants s'embarquent vers le petit archipel, dangereux, où le peu de terre est médiocre, où la pêche est difficile et l'humidité constante. Mais c'est mieux que la forêt. D'où le salut, un salut très provisoire. Les autochtones, eux, parlent des « îlets du Diable » parce que l'esprit du mal s'y est établi.

Plus tard, les esclaves venant à manquer, Napoléon III décide de faire d'une pierre deux coups : limiter la population carcérale des bagnes portuaires et, en transférant les détenus outre-mer, utiliser ces derniers pour coloniser les territoires. Il s'agit, tout à la fois, d'assainir les prisons françaises en les délestant de leurs apaches et autres voyous, et d'offrir aux condamnés l'occasion d'une « régénération », d'une vie nouvelle – leur peine accomplie. Ainsi naissent le bagne de Cayenne (l'administrateur général siège à Saint-Laurent-du-Maroni) et ses satellites îliens où l'on enferme les « incorrigibles » (quoique la vie sur les îles, si féroce soit le règlement, fût moins assassine que celle des bagnards affectés à des travaux dans la forêt ou à la construction d'une route, telle la célèbre « route coloniale numéro 1 » qui ne progressa, en vingt ans, que de 24 kilomètres). Quant à la « régénération » promise, c'est une autre histoire : la durée de vie des « transportés » n'excède pas cinq ans, faute d'hygiène, de nourriture convenable, et de soins aux malades (paludisme, ankylostomes, ver parasite de l'intestin grêle, amibes de la dysenterie, sans compter la syphilis). Au total, 70 000 personnes passèrent par le bagne, et la plupart y laissèrent la vie. Ce qu'Albert Londres résume en ces termes : « Le bagne n'est pas une machine à châtiment bien définie, réglée, invariable. C'est une usine à malheur qui travaille sans plan ni matrice. » Et il ajoute : « Quand un forçat joue le tout pour le tout, il s'écrie : "Ou les Bambous ou les îles !" Les bambous, c'est le cimetière ; les îles, la réclusion. Ils les appellent aussi : la guillotine sèche. »

L'y voici, sur ces îles apparemment bien tenues et où, de loin, on prendrait les cocotiers et les vagues du rivage pour un paradis exotique, avec ombrelles et casino. Mais le Salut, en vérité, est un lieu féroce où l'on n'enterre pas : on immerge. À chaque île sa destination : la Royale abrite l'administration, Saint-Joseph est vouée aux « fortes têtes », et « le Diable » – de loin la plus petite –, aux espions, aux détenus politiques. À Saint-Joseph, Albert Londres est effaré par ce qu'il découvre : les cellules se résument à des cages grillagées, sans toit, où les gardiens observent d'en haut les prisonniers. « À la première évasion, généralement, on acquitte. La seconde coûte de deux à cinq ans. Ils passent vingt jours par mois dans un cachot complètement noir et dix jours (autrement ils deviendraient aveugles) dans un cachot demi-clair... Mais les peines peuvent s'ajouter aux peines. Il en est qui ont deux mille jours de cachot. » Dont le dénommé Roussenq, le grand Inco (incorrigible).

Il réussit à le rencontrer, Roussenq, matricule 37 664, condamné à vingt ans pour incendie volontaire. Il fait tout pour battre le record, Roussenq. Il a même écrit au directeur : « Je vous emmène tous à la campagne, tant que vous êtes : directeur, procureur, gouverneur et toute la séquelle de sangsues et de ratés. Ah ! vous faites un beau troupeau de vaches ! Charognards ! Tas d'ordures ! Êtres infects vomis par la nature dans un moment de dégoût. Je préfère ma place à la vôtre. Signé : Roussenq. » Au journaliste, il ajoute : « Je ne puis plus me souffrir moi-même. Le bagne est entré en moi. Je ne suis plus un homme, je suis un bagne. Je ne puis pas croire que j'ai été un petit enfant... »

L'autre escale, c'est le Diable que les condamnés appellent le « Rocher Noir ». « La mer, ici, écrit Albert Londres, semble un mur hérissé de tessons de bouteille. » Un temps, l'île avait été désertée, transformée en léproserie. Puis l'arrivée du capitaine Dreyfus, en 1895, l'a rendue à sa fonction ancienne. Pour cinq années. Dreyfus, dont la case avait été entourée d'une palissade afin de l'isoler de l'océan. Dreyfus que ses gardiens attachaient la nuit, allongé, à des barres métalliques – on n'est jamais trop prudent avec ces gens-là. Dreyfus qui tint un journal où la chaleur étouffante occupait le premier rôle, ainsi que les déluges torrentiels. Et encore les bêtes, les bestioles : « Les moustiques, au moment de la saison des pluies – plus de mille piqûres par jour, les fourmis en toute saison, en nombre si considérable, mais la bête la plus malfaisante était l'araignée-crabe : sa morsure est venimeuse. L'araignée-crabe est un animal dont le corps a l'aspect de celui du crabe, les pattes la longueur de celles de l'araignée. L'ensemble est de la grosseur d'une main d'homme. J'en tuais de nombreuses dans ma case où elles pénétraient par l'intervalle entre la toiture et les murs… »

Albert Londres, à la place de Dreyfus, trouve Ullmo, un officier de marine accusé d'intelligence avec l'ennemi. Et aussi le détenu infirmier Marcheras qui, à dix-huit ans, « avait tiré un coup de feu sans résultat, et volé 1 000 francs ». « Songez que moi, dit Marcheras, je suis le 27 307. Un très vieux cheval ! On en est maintenant à 47 000. Cherchez une route, un chemin de fer, cherchez la trace de passage de 47 000 Blancs. On ne voit pas même leurs tombes. On aurait pu au moins élever une pyramide avec les ossements. C'eût été un souvenir. Le bagne n'est qu'une machine à faire le vide… »

Elle a vu du beau monde, l'île du Diable ! Au milieu du XIXe siècle, Charles Delescluze, amnistié en 1860 et, dix ans plus tard, l'un des « meneurs » de la Commune. L'anarchiste Clément Duval, appartenant au mouvement « La Panthère des Batignolles » –, après force tentatives, réussira à s'évader et finira ses jours à New York. Les anarchistes, au demeurant, sont une clientèle assidue :

Jean De Boë, Marius Jacob (qui inspira Maurice Leblanc pour le personnage d'Arsène Lupin). Guillaume Seznec, lui, fut détenu sur l'île Royale, puis à Saint-Joseph.

Tout prisonnier songe à s'évader. Mais les requins sont plus vigilants encore que les matons. Et rares, très rares sont ceux qui réussissent à leur survivre. Le plus célèbre est sans doute Eddie Guerin, l'amant de la sulfureuse Chicago May avec laquelle il avait braqué l'agence American Express, à Paris. Aidé de trois compagnons, il fabrique un radeau avec des arbres abattus et entreprend de gagner la Guyane néerlandaise, à 200 milles de là. Les requins attaquent, ils se défendent à coups d'aviron mais l'un d'entre eux est aspiré, broyé. Eddie Guerin choisit le Nord, tandis que les deux autres se perdent dans la forêt. Capturé par des indigènes, il s'échappe et, finalement, gagnera l'Angleterre.

Tout prisonnier songe à s'échapper, et Albert Londres en parle longuement avec un expert, qui a tout essayé. « L'évasion, monsieur, n'est pas un jeu mais une science… » Et le forçat conte les plus extravagantes tentatives. Celui qui fut tenu pour mort, un couteau dans l'épaule, à l'hôpital de la Royale : il avait disparu le lendemain, et la table d'opération avec – il s'en était servi comme radeau. Ceux qui ont essayé de prendre la mer dans des cercueils. L'équipage d'une chaloupe qui a salué avant de virer de bord. Joli, mais où cela mène-t-il ? « Onze jours, une fois, je suis resté dans les bois. Les singes roux étaient mes compagnons. Je me battais avec eux pour voler leur nourriture. Toute la nuit, ils criaient lugubrement. Las des marécages, je montais, parfois aussi, dans les arbres. Quand le sommeil me terrassait, je rêvais que les singes m'emportaient… »

Et si l'on réussit à s'en tirer, à échapper au grage, le serpent qui donne la mort ? « Alors, on est tour à tour scieur de long à Paramaribo, cireur de bottes à Demerara, barman à Panama, tenancier de tripot à Colón, chercheur d'or un peu partout. Au Mexique, on s'engage dans les bandes de Francisco Madero contre Francisco Diaz. Cela dure un mois. Et l'on s'engage ensuite chez Francisco Diaz contre Francisco Madero. De bagnard, on s'élève au rang de pirate… » L'interlocuteur d'Albert Londres s'est évadé trois fois. Il a même été riche, enfin riche comme on devient riche quand on sort du bagne, du bagne qui paraît si loin. Il vivait à New York, à l'hôtel, fastueusement : « Passant, un soir d'été, dans un quartier ouvrier, je vis des familles, le père, la mère, causant et jouant devant les portes. C'était honnête, c'était beau. Pourquoi ne deviendrais-tu pas cela ? me dis-je. Et puis… Et puis je suis une canaille. Nous sommes tous des canailles… » Londres note amèrement : « "[…] je suis innocent". Ce n'est pas la rengaine du bagne. On ne vous dit pas souvent : "Je suis innocent !" mais plutôt : "Moi, je suis une crapule !" »

Il y a pire, il y a plus grave, plus cruel, c'est que le bagne commence à la libération. On appelle cela « le doublage ». Quand un homme est condamné de cinq à sept ans de travaux forcés, il doit rester autant d'années en Guyane. Et si c'est plus de sept ans, il doit y rester pour toujours. « Combien de jurés savent cela ? questionne le reporter. C'est la grosse question du bagne : pour ou contre le doublage. Le jury, ignorant, condamne un homme à deux peines. Le but de la loi était noble : amendement et colonisation. Le résultat est pitoyable. »

Car, après les îles du Salut, la terre ferme n'est aucunement une consolation. Détenus ou assignés, selon l'estimation du médecin questionné par Londres, 1 000 bagnards, pas moins, meurent chaque année.

De retour à Paris, le reporter publie son enquête explosive – en août et septembre 1923 – dans *Le Petit Parisien*. Les patrons sont contents, les tirages s'affolent, les histoires d'îles assassines et d'hommes en cage passionnent les foules. On le vérifia, quarante-cinq ans plus tard, quand Henri Charrière, s'attribuant des aventures qui étaient amplement celles de ses camarades, publia, avec le succès qu'on connaît, ses prétendus souvenirs sous le titre *Papillon*, en 1969. Albert Londres, lui, est autrement rigoureux. Et il estime que l'audience recueillie, et la connaissance qu'il a maintenant du dossier lui font obligation de ne pas demeurer simple observateur. Il écrit une lettre ouverte à Albert Sarraut, ministre des Colonies. Et n'y va pas par quatre chemins : « J'ai fini. Au gouvernement de commencer… » Il énumère ce qui l'a horrifié : l'absence de sélection parmi les condamnés, la manière dont les « transportés » sont livrés à la maladie, l'absence de rétribution du travail, la nécessité de la suppression du doublage et de la résidence perpétuelle. Il ne mâche pas ses mots : « Le libéré ne s'amende pas mais se dégrade. La colonie ne profite pas de lui mais en meurt. J'ai dit pourquoi. Vous le savez… »

Édouard Herriot, président du Conseil, décide en 1924 de ramener en France la totalité des forçats. Néanmoins, le camp des îles du Salut va rester en activité jusqu'au 17 juin 1938 – quoique 666 condamnés, après la signature du décret, y soient encore acheminés. Il faut, en fait, attendre la fin de la Seconde Guerre mondiale pour que le bagne soit fermé. L'unique habitant des îles du Salut – qui, maintenant, relèvent du centre spatial de Kourou mais comportent un musée de la détention – fut, entre 1964 et 1968, l'ultime gardien du phare de l'île Royale.

Albert Londres est mort, en 1932, dans l'incendie du paquebot *Georges Philippar*, au large d'Aden. Il avait auparavant reçu une lettre du forçat Marcheras, devenu médecin dans un village de montagne, toujours au-delà des mers, décidé à « rester honnête » après sa cinquième évasion : « Mon vieux sang d'aventurier bouillonne dans mes veines, je suis assailli par mille tentations et, jusqu'à maintenant, je suis sorti vainqueur de la lutte... »

Pas de doute : le salut était définitivement hors des îles.

San Domino

À coup sûr, Mussolini et les nazis ne regardaient pas l'homosexualité du même œil. Himmler, dès 1937, prédit l'éradication : « Un peuple de race noble qui a très peu d'enfants possède un billet pour l'au-delà : il n'aura plus aucune importance dans cinquante ou cent ans, et dans deux cents ou cinq cents ans, il sera mort... L'homosexualité fait échouer tout rendement, tout système fondé sur le rendement ; elle détruit l'État dans ses fondements. » Trois ans plus tard, il en tire les conséquences : « Il faut abattre cette peste par la mort. » Les homosexuels allemands, ceux qui portent l'étoile rose, sont voués à l'extermination dans des camps de concentration.

Mussolini, lui, n'interdit pas formellement l'homosexualité, n'éprouve pas le besoin de légiférer sur elle et contre elle, pour la bonne et simple raison qu'un peuple fasciste, selon lui, ne saurait être homosexuel. Giuseppe Maggiore, l'un des juristes phares du régime, écrit en 1929 : « Le fascisme est mâle. Il aime le danger, se défend du bavardage, dédaigne – par sauvagerie naturelle – la courtoisie, tape – si besoin est – du poing ; il est forgé dans la pierre dure et non pas dans la pâte molle des fruits confits. Cela suffit à déterminer son sexe. Le fascisme est, en un mot, révélateur de virilité contre toute sorte d'effémination… » Et Eugenio Galvano, dans *Il Popolo d'Italia*, enfonce le clou en 1934 : la fierté de la race italienne consiste en ce qu'elle se vit comme « race virile de dominateurs toujours armés, d'hommes destinés à la domination sexuelle ».

L'homosexuel italien perturbe cette « normalité », perturbe l'ordre national, porte préjudice à son prestige, bouscule les valeurs clés de la morale nouvelle. Mais son vice abominable n'est pas considéré comme suffisamment répandu pour qu'il relève de lois inédites : la corruption des mœurs et l'atteinte à la pudeur sont déjà inscrites dans le code civil. En soi, la pédérastie n'est pas analysée comme de l'antifascisme, mais comme une déviance, une perversion, une maladie déplorable, éventuellement contagieuse.

Bien sûr, en ces heures noires, tout est conçu pour traquer de tels éléments indésirables, pour les détecter, les démasquer, mettre à nu leur monstruosité. La délation est la règle. La police dépêche ses espions et ses moutons sur les lieux de rencontre. La sanction est toujours la même : le *confino*, c'est-à-dire l'assignation à résidence qui équivaut à un internement.

Mais en 1938, le maire – évidemment fasciste – de la bonne ville de Catane, en Sicile, estime que la mesure n'est pas suffisante. Il engage son conseil municipal « à tenter de contenir une telle aberration sexuelle qui contrevient aux bonnes mœurs et qui est catastrophique, tant du point de vue de la santé publique que de celui de l'amélioration de la race ». À l'appui, il plaide que « dans les bars, sur les plages et dans les montagnes, on trouve beaucoup de ces hommes dépravés ». Qui plus est, ils ont du succès, les dépravés, ils attirent des jeunes de toutes classes sociales. Il est entendu, il est approuvé, les différents échelons de l'appareil fasciste sont mobilisés, et une solution est trouvée afin d'enrayer « la propagation de la dégénérescence ».

Cette solution, c'est une île, l'île de San Domino.

C'est la plus grande des îles du petit archipel des Tremiti, en mer Adriatique, au large des Pouilles, à deux heures de ferry de la côte, et à 600 kilomètres de Catane – ce qui paraît rassurant. Enfin, la « plus grande » est manière de parler : 2 600 mètres sur 1700, cela reste confidentiel. Des indésirables politiques sont déjà assignés à résidence dans l'archipel, mais il est convenu que San Domino sera exclusivement réservée aux homosexuels. La police et la milice de Catane rassemblent un premier contingent de 45 hommes qu'on transporte là-bas dans des conditions difficiles : ils sont menottés et, à l'arrivée, logés dans des dortoirs sans eau ni électricité. D'autres vont suivre, de toutes provenances. San Domino va devenir l'« île des pédés » de Benito Mussolini.

Pour la plupart des familles, c'est un déshonneur que de compter un détenu de cette nature. De plus, on manque de témoignages sur l'expérience insulaire des proscrits. Quelques chercheurs, notamment Gianfranco Goretti et Tommaso Giartosio, sont parvenus à recueillir le récit des derniers survivants.

Il est ambigu, ce récit. D'un côté, la vie n'était pas simple, l'essentiel manquait, et puis les pestiférés se trouvaient coupés des leurs, déchirés, couverts d'opprobre. Mais d'autres confessions révèlent que, sur San Domino, ils ont aussi pu vivre une vie totalement impensable : une vie où l'homosexualité serait, non seulement permise, mais deviendrait la règle commune.

Et ils racontent. Tandis que, sur le continent, un homosexuel (un peu vite confondu, mais c'était l'obsession du temps, avec une figure efféminée) était la risée des villes et des villages, était harcelé de toutes parts et d'abord par la police, sur ce lieu d'exil, des relations impensables, interdites, étaient susceptibles de se nouer. Il y avait des fêtes, à commencer par les fêtes des saints vénérés, notamment saint Sébastien. Il y avait aussi des fêtes de bienvenue pour accueillir les nouveaux arrivants. Ceux qui souhaitaient se travestir étaient libres de s'habiller en femme sans offusquer personne, voire de vivre ainsi. Un théâtre fut conçu, un théâtre où l'interdit ne l'était plus, et des spectacles furent donnés. Sans compter, fatalement, les amours qui se nouèrent et se dénouèrent, parfois dans l'ivresse, parfois dans le conflit – comme ailleurs.

En 2008, un roman graphique a entrepris de raconter l'irracontable sous le titre *In Italia Sono Tutti Maschi* (ce que l'éditeur Dargaud a repris en France, et cela s'appelle *En Italie, il n'y a que de vrais hommes* – la phrase est tombée des lèvres du *Duce* lui-même). Et dix ans plus tard, en 2018, une comédie musicale, *San Domino*, a célébré la mémoire de cette incroyable entreprise – du reste, des militants LGBT italiens ont tenu à ce que, sur l'île aujourd'hui envahie par les touristes qui ne cherchent que le sable et le soleil, une plaque rappelle qu'ici furent déportés des hommes auxquels on ne reprochait « que » leur orientation sexuelle.

La chronique (imparfaite) rapporte que, au terme de la déportation, quand le développement de la guerre mondiale contraignit les autorités italiennes à rapatrier leurs « dépravés », on assista à des scènes poignantes, les amants séparés criant la douleur de leur sort, et se préparant à revivre la flétrissure de la « normalité » retrouvée.

São Tomé

Attention, cette île-là, cette grande île, au large du Gabon, avec son satellite Principe (l'île du Prince) qui, lui, est à 200 kilomètres de la Guinée équatoriale, cette île africaine a changé la face du monde. Il ne s'agit pas ici d'anecdote pittoresque, il s'agit d'Histoire avec majuscule. Ce qu'il s'est passé là a révolutionné le destin de peuples entiers, et continue de le faire, d'essaimer à travers les continents.

Qu'ils soient *mesticos* (métis descendants d'esclaves), *angolares* (descendants, eux, d'autres esclaves, ceux du comptoir négrier de Luanda), *forros* (descendants d'affranchis, la caste des « grandes familles »), *serviçais* (descendants de travailleurs contractuels venus du Cap-Vert, d'Angola, du Mozambique), qu'ils parlent portugais, créole, bantou, kwa ou un mélange de tout cela, les Santoméens participent de la même aventure : c'est chez eux, dans leur île transformée en laboratoire, que le pire fut inventé puis exporté par-delà les mers.

L'esclavage ne débute certes pas le 21 décembre 1471 (jour où l'on fêtait la Saint-Thomas), quand des navigateurs portugais, maîtres des océans grâce à leurs caravelles, « découvrirent » ces îles inhabitées, dites « du milieu du monde », puis quand Lisbonne, une décennie plus tard, y dépêcha d'abord des colons, avec leurs esclaves, et enfin des sujets indésirables poursuivis par l'Inquisition. Jusque-là, rien que de classique : Rome comptait des esclaves, l'Égypte comptait des esclaves, les Abbassides irakiens en voulaient de plus en plus, et négociaient avec Tombouctou et l'empire du Mali pour en obtenir encore et encore, à travers l'immense Sahara. L'esclavagisme, au fil des siècles, perpétuait l'esclavagisme – un commerce ancestral, un commerce comme un autre.

Les Portugais de São Tomé commencèrent par échanger de la camelote – armes à feu, verroterie, tissus, alcool, comme d'habitude – avec les riches dignitaires de l'empire du Kongo contre des esclaves razziés dans l'intérieur du pays. Puis ils embarquaient ces derniers jusqu'à Elmina, sur la côte du Ghana où se marchandait le produit des mines d'or, et les troquaient alors contre quelques pépites – leur destin était de devenir mineurs. Cette amorce de commerce triangulaire n'était pas sans danger maritime et financier. L'or était rare, les esclaves mortels, et la mer dangereuse.

Ils décidèrent alors d'exploiter les terres de São Tomé elle-même. L'île, volcanique, vaste (850 kilomètres carrés), s'y prêtait, et leur idée fut de se consacrer à la canne à sucre. Ils achetèrent au royaume du Kongo 4 000 esclaves, pas moins, d'abord pour défricher, ensuite pour cultiver et récolter. Ils avaient inventé la plantation, une plantation où ils disposaient d'une main-d'œuvre gratuite puisqu'ils ne donnaient rien, absolument rien, pas même un peu de nourriture, aux malheureux qui travaillaient quatorze heures par jour – la végétation équatoriale y suffisait. Avec la bénédiction du pape (accordée dès 1455), un modèle économique prenait forme, qui associait le Noir et la canne. C'était moins aventureux, moins aléatoire que la quête de l'or, et tout aussi rentable. La seule difficulté vint de ce que les Noirs furent assez vite en surnombre et se révoltèrent. La riposte portugaise fut pragmatique : ils encouragèrent le métissage et inculquèrent leurs propres valeurs aux enfants nés de ces croisements. Ainsi émergea une nouvelle couche, les *Filhos da terra*, une sorte de caste mulâtre participant au règne des maîtres tout-puissants.

Une étape nouvelle est franchie lorsque Pedro Álvares Cabral atteint les côtes du Brésil, l'an 1500. En principe, l'or est et reste l'objectif premier des colons. En fait, la canne et les épices rapportent à moindre coût. L'expérience de São Tomé montre le chemin, et les hommes de São Tomé (je parle des Portugais, qui disposent à présent de tous les moyens diplomatiques, militaires, bancaires, sans compter les compagnies d'assurances) deviennent les agents indispensables, les intermédiaires pour quiconque veut acheter des esclaves et se lancer dans la traite négrière.

À la fin du XVIe siècle, un captif prend la tête d'une insurrection à São Tomé. Il s'appelle Amador, et, durant un an, il tient tête aux *Filhos da terra* et sème la terreur avant d'être capturé et pendu. Les Portugais entendent l'avertissement. Ils ont, à présent, plus que testé leur système, ils savent que la traite rapporte gros et pour longtemps. Ils savent aussi que ce sont eux qui ont assis la puissance commerciale et maritime de Lisbonne, laquelle a désormais pris la tête du commerce mondial. Alors ils démontent les usines à sucre, les fours, et ils transfèrent le tout au Brésil, n'oubliant surtout pas les esclaves qui ont appris les techniques nécessaires.

Plus de 300 000 hommes, femmes et enfants ont été arrachés à leur vie, entassés dans les navires lusitaniens. Devant un tel miracle économique, la France, l'Espagne, la Hollande, l'Angleterre imitent les Portugais, installent des plantations aux Caraïbes et ailleurs. Les esclaves sont niés dans leur individualité, dans leur culture, leur appartenance originelle. Pour que la machine fonctionne à plein, il est primordial que les relations soient entièrement « racialisées », qu'il ne subsiste plus que des Noirs et des Blancs. Ce qui nourrit, à présent, toute la réflexion et la littérature des penseurs et des artistes du secteur, de Saint-Domingue à Haïti, de Cuba à la Guadeloupe. Et qui alimente à bon droit les controverses sur la négritude.

Les Anglais seront les premiers à proscrire la traite, en 1807, mais maintiendront l'esclavage durant encore trente ans. La Révolution française décrétera la fin de l'esclavage, mais Napoléon, sous la pression des grandes compagnies caribéennes, le rétablira prestement. Aux États-Unis, il faudra une guerre pour que l'abolition soit prononcée en 1865. Et au Brésil, où résident et fonctionnent les inventeurs de la traite, ce n'est qu'en 1888, pratiquement à la fin du XIXe siècle, que les abolitionnistes auront le dernier mot. Chez nous, Bordeaux a été une grande bénéficiaire du commerce triangulaire, tout comme Nantes, mais on pense moins à Lorient ou Saint-Malo, dont les investisseurs ont fortement profité de l'esclavage. Lorient assume : un musée très instructif l'enseigne à Port-Louis. Saint-Malo est plus hypocrite, préférant dissimuler son cruel passé derrière Surcouf et le romantisme des corsaires.

São Tomé n'a connu l'abolition qu'en 1876 et l'indépendance qu'un siècle plus tard – c'est aujourd'hui le plus petit État africain. Au fond, s'il fallait résumer en termes anachroniques l'histoire de cette île, on pourrait dire que ce fut la start-up de la traite négrière, l'incubateur d'un système « génial » qui a enrichi l'Occident, puis migré en se généralisant. Tellement génial que pas grand monde – ni prêtres ni laïques – ne s'en est offusqué. Les révoltes ont été plus éloquentes que les intellectuels, et Toussaint Louverture plus entendu que Montaigne ou Montesquieu.

Sommes-nous plus « civilisés », à présent ? Nous nous prélassons dans la Méditerranée qui est un cimetière, et aidons les Libyens à enfermer les migrants et à les torturer. Les audacieux Portugais raisonnaient-ils autrement ?

Sark

Nous étions arrivés au Havre Gosselin avec la marée. C'était la fin d'après-midi, mais le brouillard était tel qu'on se serait cru au crépuscule. Nous avions jeté l'ancre bien profond, sous la falaise abrupte, mis l'annexe à l'eau, et tâtonné pour trouver, caché comme il l'est par une roche, le point de débarquement. Nous ne voyions pas grand-chose, mais étions assaillis par le vacarme des oiseaux, goélands, pétrels, cormorans, et autres… Ils tournaient et tournaient en vociférant, en se prenant le bec, rien n'était là pour les déranger. Une à une, nous avons gravi les 130 marches qui montaient jusqu'au Pilcher Monument, une tour érigée au point le plus haut par la veuve d'un homme disparu en mer, au XIXe siècle, avec trois compagnons. Ensuite, un chemin, des arbres, quelques maisons prises dans le brouillard.

Et puis nous avons entendu le pas d'un cheval, un cheval lourd qui martelait le sol. En fait, ils étaient deux, avec des plumes sur les sabots, des culs superbes. Une calèche venait tranquillement à notre rencontre. Et son cocher portait cravate. Il nous salua courtoisement, feignant de ne prêter nulle attention à nos tenues excessivement maritimes et voileuses, et disparut comme il était apparu, c'est-à-dire souverain.

Sark, Sercq dans notre langue, c'est ça. C'est une tranquillité spéciale, une tranquillité indiscutablement britannique qui n'est pas nonchalance ni paresse, mais art de vivre, connivence. Pas d'aéroport. Les voitures sont évidemment interdites : tout au plus un tracteur consentira-t-il à remorquer la sorte de chariot qui accueille, au petit port de Maseline, les visiteurs venus de Guernesey sur un solide bateau bleu qui en a connu d'autres (je ne parle pas des passagers, mais des coups de chien) et qui se nomme, en français normand, le *Bon Marin de Serk.* Hissés par ce moyen collectif et rustique au haut de la Collinette, lesdits visiteurs sont rendus à eux-mêmes sur les chemins terreux strictement dépourvus d'éclairage – Sark se flatte d'être *The world's first dark sky island* (la première île au monde où le ciel se veut sombre).

Maseline, à l'est, est le port des pêcheurs et des touristes. Les plaisanciers, eux, mouillent comme nous à l'ouest, au péril des vents dominants. Et, entre les deux, l'île est la pure merveille des anglo-normandes : la vue coupe le souffle, les champs sont ouverts, et chaque maison comporte un jardin bichonné avec une passion délirante. Le stress, d'ailleurs, est perceptible depuis qu'un loueur de vélocipèdes a introduit ses diaboliques machines : un peu partout, près des maisons, de discrets panneaux suggèrent de ranger les vélos en prenant garde de ne point agresser les talus. On arrive au « centre » par une sorte de route, large de 2 bons mètres, et, elle, goudronnée, laquelle, juste avant la prison (à deux places, elle a servi deux ou trois jours, paraît-il, au début du siècle dernier), comporte le seul panneau de signalisation de l'île : « *Dangerous bend* » (« Virage dangereux ») – il faut dire que cela tourne légèrement à gauche et que deux vélos, dans l'ivresse de la célérité, pourraient, très éventuellement, s'effleurer. Ensuite s'ouvre L'Avenue (*The Avenue*), de terre de nouveau, autour de laquelle se groupent cinq à six commerces, et une banque. Pas d'arc de triomphe, mais une arche d'humour.

Les falaises, tout autour, sont d'une beauté monstrueuse. Et le sable d'une finesse insolite. Rappelons que nous sommes au milieu d'une mer tourmentée, violente, sournoise, haineuse parfois. Mais, au sud, quand il fait très, très beau – cela se produit puisque j'y ai, trois ou quatre fois, jeté ma pioche – Derrible Bay et Baleine Bay donnent envie d'écrire, parodiant l'époque où mes professeurs m'emmenaient au cinéma voir les documentaires de *Connaissance du monde*, Sark, « terre de contraste » : du bleu, du bon, du suave. Victor Hugo, qui évitait les bobards touristiques, a résumé tout cela d'une phrase définitive : « Le plus merveilleux poème de pierre qui surgisse de la surface de l'eau… » Il faisait probablement allusion à l'île entière, mais peut-être aussi à ce qui fut baptisé Little Sark : un prolongement rocheux qui n'est rattaché à l'île mère que par un étroit passage, un isthme, La Coupée, reliant la roche à la roche.

Quand la brume s'est dissipée, nous avons pu constater que le Havre Gosselin est sans doute le plus beau mouillage, le plus spectaculaire qu'on puisse trouver dans ces eaux. Une sorte d'amphithéâtre minéral hautain, presque effrayant, où, pourtant, une fois blotti, on a l'impression d'être niché, d'être au chaud, même si l'endroit est inaccessible par temps vif et si le petit passage du Gouliot, qui sépare Sark d'un satellite nommé Brecqhou – nous allons en parler, de Brecqhou, car il y a fort à dire –, ne cesse de grogner, de gronder, comme s'il allait profiter de la nuit pour vous aspirer méchamment.

Parlons-en donc, de Brecqhou. Sark n'est pas seulement le domaine des rhododendrons, des camélias, des calèches et des maisons couleur vanille ou menthe à l'eau. Sark est la plus petite communauté de la Couronne, placée sous l'autorité d'un seigneur, de son connétable, de son sénéchal et de son prévôt. Allégeance envers la reine, mais non possession de cette dernière – les îliens ne font partie ni du Royaume-Uni ni de l'Union européenne. On ne l'a peut-être pas assez souligné, mais Sark fut exempte d'inquiétude lors des controverses sur le Brexit. Et pour cause : son statut est longtemps resté féodal. Et ce, depuis 1565 où la reine Elizabeth Ire octroya au seigneur du lieu, épaulé par son parlement, propriétaires terriens et jurats, le droit de régner en maître, le droit de colombier, ou celui de posséder la seule chienne capable de procréer.

À noter que le régime féodal, dans les années 1990 notamment, se combinait avec une modernité certaine : grâce aux très discrètes officines sercquoises, les observateurs spécialisés notèrent que, en principe, les 600 habitants du lieu dirigeaient, à eux seuls, 15 000 entreprises. Ce qu'on baptisa, dans les différentes places financières, « la farce de Sark ». Bien évidemment, la très grande majorité des cultivateurs de rhododendrons étaient étrangers à cette farce, et n'y tenaient strictement aucun rôle. Mais une poignée de cabinets obscurs et de minuscules banques avaient découvert les vertus, si j'ose écrire, de l'*offshore*, et mué le paisible repaire de homards en fabuleux refuge pour l'argent plus ou moins licite, et plutôt moins que plus.

Ici entrent en scène les seigneurs de Brecqhou, l'îlot ci-dessus mentionné. Ce sont de vrais jumeaux, David Barclay est né dix minutes avant Frederick Barclay. Pour les distinguer, c'est assez complexe, cela fait penser aux Dupont et Dupond chez Hergé. Le journaliste du *Monde* qui leur a taillé le portrait dit élégamment que « l'un porte la raie à gauche et l'autre la raie à droite, ou bien l'inverse ». Anoblis par la reine vu leur réussite financière, sir David et sir Frederick achètent en 1993 la petite île de Brecqhou sur laquelle ils érigent un manoir de style Tudor, le flanquent de jardins à la Giverny, d'une vingtaine de canons et d'une croix géante. Ils construisent un héliport parfaitement opérationnel. Et cernent le tout d'une myriade de caméras propres à dissuader les curieux. Je n'ai donc pu visiter l'intérieur de la forteresse, mais il m'a été rapporté de source sûre – ne comptez pas sur moi pour la divulguer, j'ai des principes – que les lustres sont massifs et étincelants, les marbres et les tapisseries dignes de la chapelle Sixtine, *and so on*. Bref, aux portes de Sark, son exact contraire : un château trumpien qui ferait un malheur à Orlando.

Il faut dire que les jumeaux sont milliardaires. Ils se sont d'abord enrichis dans l'immobilier, ce qui constitue un excellent point de départ comme chacun sait, puis ont investi dans le transport maritime, dans l'énergie, dans les casinos. Ils étaient devenus la trentième fortune du royaume quand ils ont réussi un doublé exemplaire : d'abord, acheter l'hôtel Ritz de Piccadilly, ensuite, faire main basse sur *The Daily Telegraph*, le plus puissant des journaux londoniens, éminemment conservateur, et parfaitement doué pour l'intox.

Mais les milliardaires eux-mêmes ont parfois des pépins. Les Barclay Brothers ont, selon la coutume britannique, acheté Brecqhou sous forme de bail emphytéotique – valable quatre-vingt-dix-neuf ans. Mais le plein propriétaire, suivant la charte royale accordée par Elizabeth Ire, est John Michael Beaumont, seigneur de Sark, lequel a cédé Brecqhou « parce que les acheteurs étaient sujets de la reine et n'avaient pas de casier judiciaire ». Il avait, par ailleurs, reçu un treizième du montant de la transaction, toujours conformément au droit féodal. Sir David et sir Frederick n'ayant guère l'habitude de se plier à des règles médiévales, réclament puis exigent l'entière et définitive propriété de leur île. Le seigneur de Sark, lui, invoque la tradition. Et la guerre commence.

C'est une guerre à outrance. Les Barclay dénoncent « la dictature médiévale », exigent l'abolition du droit d'aînesse, saisissent la Cour européenne des droits de l'homme. L'assemblée locale sercquoise accepte de réformer sa législation afin de contrer sir David et sir Frederick qui en profitent pour proclamer la sécession de Brecqhou – mais cette déclaration d'indépendance est cassée par un tribunal de Guernesey. Du coup, les Barclay partent à l'assaut de Sark. Ils acquièrent les terres disponibles, plantent des vignes car le réchauffement climatique semble prometteur sur ce terrain bien que le *Daily Telegraph* soit obstinément eurosceptique, rachètent les hôtels les plus chic, et obtiennent de Londres – ils ont le bras long – l'organisation d'élections au suffrage universel afin de « casser l'oligarchie ». Michael Beaumont, pour sauver son peuple, renonce à l'essentiel de ses droits seigneuriaux.

La révolte, à Sark, est profonde contre les nouveaux riches qui promettent des hôtels de luxe, un train funiculaire, un héliport. Mais ils perdent les élections, et pas qu'un peu : aucun de leurs candidats n'est élu. Ils se vengent comme se vengent les grands patrons dépités, ferment toutes les entreprises, mettent à pied les 140 personnes qu'ils emploient. Plus : ils lancent un nouveau journal, la *Sark Newsletter* qui multiplie les *fakes*, les fausses rumeurs, les calomnies. Cette fois, les Barclay Brothers vont trop loin : dans une édition de leur feuille de chou, ils qualifient de « nazie » la célèbre « dame de Sark », celle qui précéda Michael Beaumont, et qui, durant la guerre, s'illustra en cachant, au péril de sa vie car les anglo-normandes étaient occupées, résistants et aviateurs abattus. C'en est trop. Pour la première fois depuis la Libération, une manifestation parcourt *The Avenue* (40 personnes selon la police, 53 selon les organisateurs). Le secrétaire d'État en charge des Colonies et Territoires d'outre-mer, lord McNally, déclenche une enquête qui conclut que les publications des Barclay sont « contraires à l'esprit de tolérance » tandis que le seigneur Michael est félicité par l'Union européenne pour avoir accepté de démocratiser son territoire.

Les châtelains sont renvoyés sur leur île, dans leur palace d'opérette. Sark ne sera jamais leur. Et Brecqhou, en 2092, risque d'échapper à leurs ayants droit. Mais pourquoi se sont-ils ainsi battus comme des chiffonniers ? Par passion îlienne ? Ils ont quand même investi, au total, 30 millions de livres dans cette aventure, alors que, sur les places financières, on ne les considère point comme des flambeurs. La BBC enquête sur le sujet et découvre que sir David et sir Frederick ont peut-être obéi à de noirs calculs. Sark est, pour les entreprises, un paradis fiscal comme on n'en trouve plus, du moins à portée d'hélicoptère. Aucun impôt sur le revenu, aucun impôt sur le capital, aucun impôt sur l'héritage. Certes, une taxe sur l'alcool et le tabac existe bien, les visiteurs sont astreints à un péage quand ils débarquent, et chaque résident doit supporter une contribution foncière et un impôt personnel. Mais l'investisseur, lui, est libre de ses mouvements.

Or il se trouve que les seigneurs de Brecqhou sont des adeptes de l'*offshore* – en toute légalité, bien sûr. Officiellement, ils sont domiciliés à Monaco. Quant à leurs avoirs, ils sont disséminés au gré du vent fripon qui répartit les fondations, les compagnies, les trusts un peu partout dans le monde, singulièrement le monde îlien. Mais s'ils avaient réussi à se constituer une juridiction sur mesure, indépendante de la Couronne, une juridiction à leur botte, ils devenaient non plus les rois ni les princes du pétrole, mais les empereurs de l'évasion fiscale. Mieux que les îles Vierges, mieux que Panama, mieux que Malte, mieux que Nauru : une île rien que pour eux, une île dont ils auraient édicté les règles. Les habitants de Sark, au cours de la bataille, ont perdu des traditions médiévales dont ils aimaient le pittoresque. Mais ils ont gagné contre deux des pires figures de la mondialisation.

Généralement, quand nous appareillons, le matin, du Havre Gosselin, nous sommes bien loin de ces joutes, nous sommes éblouis par la majesté du lieu. Et puis nous prenons le Gouliot, histoire de nous faufiler entre ces méchants écueils qui se touchent presque. De l'autre côté, le château de Disneyland se déploie, de grandes pancartes « Interdit d'accoster » apparaissent, et, souvent, un hélicoptère décolle, sans doute pour rejoindre Londres. Son bruit enfle, brouille le paysage. N'empêche, marbre ou pas marbre, le complot des jumeaux, c'est raté.

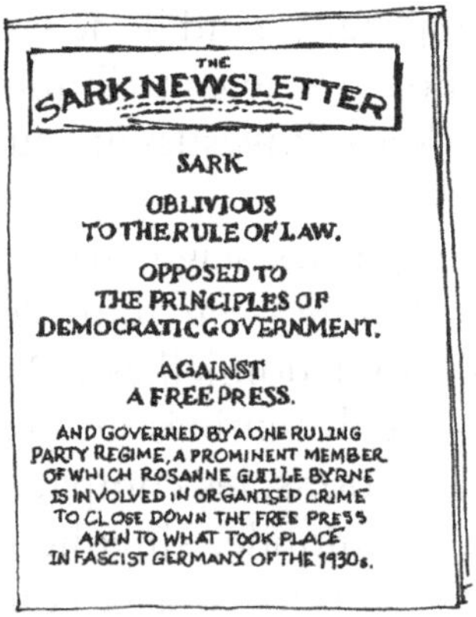

Scilly

Pas facile d'arriver jusque-là. Il y a, bien sûr, outre-Manche, un ferry qui part de Penzance, en Cornouailles, non loin du bout du bout. Il s'appelle le *Scillonian* et met trois bonnes heures, selon le temps, pour assurer la traversée. Il y a aussi un tout petit avion qui, lui, part d'Exeter et se pose, quand le vent est favorable, sur l'aéroport confidentiel de St Mary's, la plus importante des îles, celle qui héberge 1 660 habitants sur les 2 000 et quelques qui peuplent l'archipel. Nous sommes en mer Celtique, pas bien loin de la mer d'Irlande, nous sommes vraiment au large, nous avons débordé un finistère, et, d'ailleurs, l'extrême pointe du Royaume-Uni se nomme Land's End, ce qui veut clairement dire ce que ça veut dire.

Franchement, le plus simple, si vous voulez les connaître, ces fameuses « Sorlingues » – et vous devriez les connaître –, c'est quand même d'y aller à la voile. Vous partez de l'Aber-Wrac'h en fin de journée, et vous y êtes l'après-midi du lendemain. Et puis voilà. Je sais, vous allez commencer à hurler qu'il faut traverser le Rail la nuit, l'autoroute des mastodontes qui remontent ou descendent la Manche. Mais, outre que nous disposons maintenant de transpondeurs qui nous signalent, qui avertissent l'autre, le géant, que nous existons même si nous sommes à peu près invisibles, les chances de s'en sortir sont réelles. Il suffit de viser obstinément le cul du navire, de ne pas chercher à biaiser, à faire le malin, à invoquer je ne sais quelle règle de priorité. Le cul, vous dis-je. Et vous passez derrière, et l'équipage respire, et votre épouse vous regarde d'un œil que vous ne lui connaissiez plus. Le seul ennui, le seul péril, c'est le brouillard, le brouillard épais. Je me rappelle avoir entendu, tout près de moi, une machine de cargo que je tentais désespérément de joindre par radio. Mais c'était au bon vieux temps où nos instruments étaient élémentaires. Aujourd'hui, ça passe sans émoi ni convulsions.

Je n'oublierai jamais la première fois où nous avons jeté l'ancre dans le New Grimsby Sound, le chenal qui sépare Tresco, la (relativement) grande, de Bryher, la (séduisante) petite. Il faisait froid, une pluie torrentielle tombait sans discontinuer, on n'y voyait pas à 20 mètres. Nous savions que Tresco était une île incroyable, couverte de palmiers, de fleurs exotiques, et autres espèces inattendues, mais nous ne discernions qu'une vague lueur qui devait être celle d'un pub. Nous n'avons pas tenté de nous changer, conservé nos bottes et nos vestes de quart, et obéi au réflexe de tout marin qui a terminé son travail : nous voulions une bière, brune, dorée ou légère, mais soigneusement tirée.

Nous avons ramé sous la douche. C'était bien un pub, c'était bien le lieu de la récompense. Mais, sur la vitre de ce dernier, nous avons découvert une affiche ainsi libellée : « Ce soir, à 20 heures, la grande troupe de théâtre londonienne [pardon, j'ai oublié son nom, mais je me rappelle qu'elle était excellente], jouera *Comme il vous plaira* de Shakespeare, dans la clairière voisine, et ce, quel que soit le temps. Merci de vous munir des accessoires éventuellement appropriés. » *Regardless of the weather.* Plus forte encore que notre aspiration à une boisson maltée, l'admiration nous a saisis. *Regardless of the weather.* Shakespeare était proclamé plus puissant que tous les éléments réunis, que toutes les catastrophes célestes. Dégoulinants mais protégés par nos vestes de quart dont le sel s'en allait grâce à la mansuétude du ciel, nous n'avons pas voulu manquer une occasion pareille.

La clairière n'était pas loin. En guise de scène, un plateau de gazon verdoyant – et pour cause – sur lequel des techniciens s'acharnaient à faire passer des câbles tout en les isolant. Les projecteurs étaient montés sur pied, d'autres accrochés aux branches. Et, dans le crépuscule naissant de cette soirée parfaitement crépusculaire, le public a surgi. La plupart des spectateurs avaient eu le bon goût d'éviter le parapluie, afin de ne point gêner un voisin ou une voisine. Ils étaient roulés dans une vaste cape de plastique transparent, et coiffés de suroîts. Chacun avait apporté son pliant, et même parfois plusieurs, ce qui nous permit de nous asseoir dignement. Et, à 20 heures pétantes, les comédiens, sans même considérer le déluge, sans se soucier, apparemment, de la manière dont leurs costumes, au fur et à mesure, se gorgeaient d'eau, ont joué gaiement, lestement cette comédie inspirée. *All the world's a stage*… À la fin, le public ne s'est pas levé pour courir se mettre au chaud. Il y eut onze rappels. Et il pleuvait toujours.

Ce soir-là, j'ai compris pourquoi Nelson avait gagné la bataille de Trafalgar, quitte à y perdre la vie.

Le lendemain, comme souvent sur les îles, le soleil était revenu. Nous nous sommes promenés dans les surprenants jardins subtropicaux de Tresco, avons visité le Valhalla, collection de figures de proue, souvent livrées par les naufrages. Mais, surtout, nous ne voulions pas manquer la course des *gigs*. Il s'agit de bateaux légers et marins, chacun doté de six rameurs et d'un barreur. Chaque *gig* défend l'honneur d'une île (il y en a six principales, environnées d'une bonne trentaine d'îlots). Mais il ne s'agit pas que d'exploit sportif. La spécialité des Scilly, outre la pêche qui est là-bas miraculeuse, c'était la qualité de ses pilotes. Quand un navire marchand ou un paquebot embouquait la Manche, il requérait généralement les services d'un de ces pilotes pour le conduire en sécurité jusqu'à Southampton, voire jusqu'à Londres. Et les *gigs* faisaient la course pour décrocher le marché.

Premier arrivé, premier servi. Et ça payait bien, un trajet pareil.

Les batailles d'aujourd'hui ne font que reprendre et commémorer cette compétition ancienne, les jeunes – garçons et filles – s'y jettent avec une passion totale, et l'entraînement est sévère. Mais, comme pour Shakespeare, c'est le public qui est le plus étonnant. Car, les courses se déroulant sur l'eau, les spectateurs les suivent sur l'eau. Et le mercredi et le vendredi soir, des centaines de yachts, de canots, de vedettes, bref, de tout ce qui flotte, convergent pour former une sorte d'arène aquatique et assister aux empoignades. Le peuple des îles devient un peuple flottant. Quel que soit le temps, ça va de soi. On ne va pas annuler ou différer une épreuve parce qu'il y a de la brume, du vent, ou toute cette sorte de choses. Les équipages se donnent à fond, mieux que les élégants de Cambridge ou d'Eton. Mais le plus impressionnant, c'est le barreur. Il impose le rythme en hurlant, et se couche littéralement à chaque signal d'effort, ce qui doit être épuisant. Après quoi, on fraternise en trinquant sur l'eau jusqu'à la prochaine.

Les Scilly, c'est un monde, un monde où il est sage de se déplacer avec une extrême précaution. D'abord, il n'existe pas, dans l'archipel, de port digne de ce nom. Le mouillage de St Mary's est le plus fourni, mais si une vraie tempête s'annonce – je ne parle pas d'un vent frais, mais d'une dépression sérieuse –, il n'existe que deux solutions. Rejoindre d'urgence Newlyn ou Penzance, les robustes ports de pêche de la côte cornouaillaise, ce qui constitue malgré tout une réelle traversée. Ou bien tirer le bateau au sec – les locaux sont équipés pour cela, avec des treuils, des béquilles – jusqu'à ce que la mer veuille bien s'apaiser. Sur l'abri (relatif) de St Mary's, un pub, le Mermaid (« la Sirène »), est le plus beau, le plus chaleureux que j'aie jamais connu. Un pub de légende, tendu de tous les pavillons du monde, orné de barres, de feux, de bouées couronnes, alliant tous les bois possibles. Un détail, cependant : il a la réputation d'être exclusivement décoré avec des morceaux d'épaves.

Ensuite, c'est un monde où la navigation est vraiment complexe. Non seulement les écueils abondent, mais les fonds sont inégaux, et parfois carrément insuffisants. Il faut respecter les passes, les alignements, sans dévier d'un pouce. Nous avions d'ailleurs opté, lors de nos déplacements, pour la plus simple et la plus modeste des méthodes : suivre un bateau du cru, ne pas jouer au plus malin. Bien nous en a pris, les bancs de sable sont mobiles, et les échouements fréquents.

Mais, d'une île à l'autre, on s'aperçoit vite que l'archipel ne mérite ni deux jours ni une semaine d'exploration, mais un bon mois. Parce que chaque île est différente de l'autre (Ah ! l'exquise anse de St Agnes, Ah ! les dunes blondes de Bryher). Et, pour comble, ici ou là, de très discrets établissements destinés à plus riche que vous mais dont les portes sont ouvertes vous offrent des expositions d'art moderne, sans annonce, sans pancarte, juste au fil de la balade.

Inutile de brûler tant de kérosène, d'accroître le réchauffement de la planète. Les Bahamas ont déménagé. On les rencontre par 49° 56' de latitude nord, et 6° 19' de longitude ouest. Au seuil de la mer d'Irlande. Étonnant, non ? C'est comme il vous plaira.

Seguin

Mon ami Jacques Frémontier n'avait vraiment pas le profil requis. Énarque, il était passé au journalisme (rédacteur en chef de *Paris-Presse* puis directeur de *Paris-Jour* qui avaient alors des tirages énormes mais étaient assez éloignés des feuilles révolutionnaires). Et, là-dessus, il fut pris d'une sorte de haut-le-cœur au lendemain de Mai 1968, il adhéra au Parti communiste – on disait « le Parti » tout court, à l'époque –, et s'en fut visiter les métallos en leur bastion : l'île Seguin, à Billancourt. L'île Seguin, siège historique de Renault, fief de la grande CGT. De cette expérience sortit un livre, *La Forteresse ouvrière*, qui, à défaut de constituer un reportage « objectif », devint une référence, un emblème, un étendard. La forteresse ouvrière, c'était exactement ça, c'était le titre parfait.

Louis Renault, quand il commença à fabriquer des voitures, n'avait guère songé à l'île Seguin. Ses parents possédaient une résidence secondaire, à Boulogne-Billancourt, et c'est là qu'il créa son premier atelier, au numéro 139 de la rue du Point du Jour. Puis, au fur et à mesure que son activité s'affirmait, il achetait des terrains alentour. En 1900, Renault produisit 179 véhicules, en 1905, c'était 1 779, et 5 100 cinq ans plus tard. Les locaux étaient à l'avenant, grappillés un à un, notamment pendant la Première Guerre mondiale où pavillons et jardins se muèrent en fonderies, se couvrirent de voies ferrées. En 1918, l'empire de Louis Renault s'étendait sur 365 000 kilomètres carrés et formait un trapèze qui démarrait à la Seine et mangeait ensuite Boulogne-Billancourt. L'industriel avait en tête de se développer à l'américaine, en s'équipant de chaînes de montage. Il avait déjà imposé à ses ouvriers le chronométrage du temps de travail – ce qui avait déclenché un rude mouvement de contestation. Il lui fallait une base cohérente et homogène. Et l'île Seguin lui vint à l'esprit.

L'ennui, c'était qu'elle appartenait à quatre propriétaires différents. Il négocia avec trois, le quatrième ne voulait rien entendre, mais Renault fit le pari que la pression des installations industrielles serait la plus forte. En 1929, aux portes de Paris, l'île était conquise. Il fallut la surélever de quelques mètres pour se protéger des crues de la Seine et de l'érosion, construire une plate-forme gigantesque. Outre les chaînes, elle comprenait une centrale électrique autonome, une piste d'essai souterraine et un quai d'embarquement permettant le transport des véhicules par le fleuve. Les travaux durèrent cinq années. Et Renault-Billancourt, le vaisseau phare de l'industrie française, fut inauguré en 1934.

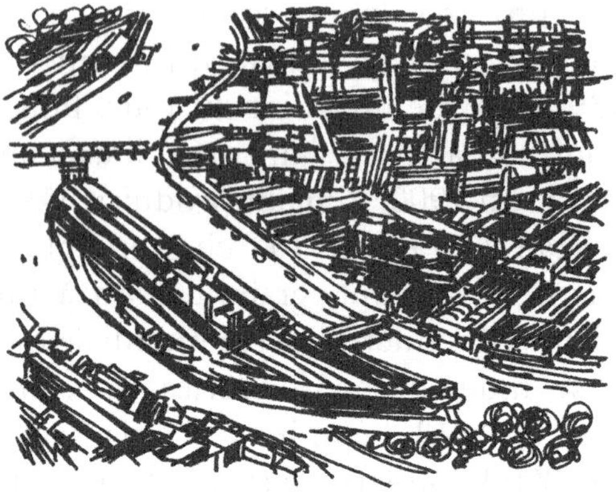

C'était un moment plutôt remuant. Crise mondiale, tentatives peu convaincantes de pénétration sur le marché américain, Louis Renault licencia tant qu'il put. Mais il se heurta à forte partie. La syndicalisation s'étendait, l'élection du Front populaire, même si le parti communiste demeura en retrait du gouvernement, montra que « la lutte paie ». Le 28 mai 1936, les premières grèves éclataient, les dirigeants jetèrent du lest, acceptèrent d'augmenter les salaires, mais la grève reprit jusqu'à ce que, pour la première fois, l'usine ferme ses portes en raison des congés payés. L'entreprise Renault, fer de lance de l'innovation industrielle, était aussi devenue le laboratoire de la contestation ouvrière.

Après la guerre, le fondateur s'étant englué dans la collaboration (il mourut à Fresnes avant son procès), l'usine fut nationalisée et devint la Régie nationale des usines Renault – RNUR. Un comité d'épuration débarqua la moitié des cadres, mais ne parvint pas à expulser les autres. La tension sociale était extrême, que ce soit en 1947 ou en 1953, mais cela n'empêcha guère le triomphe commercial des nouveaux modèles : 1 million de 4CV, 2 millions de Dauphine, puis de 4L. Et ce n'était qu'un début.

Reste que, pendant la guerre d'Algérie, le front syndical se fissura. FO ne voulait rien entendre, demeurant strictement corporatiste. La CFTC menait campagne contre la torture, ses dirigeants avaient rencontré le FLN et n'hésitaient pas à parler de décolonisation. Quant à la CGT, de très loin la plus puissante, elle s'en tenait prudemment à des mots d'ordre du style « paix en Algérie », ne s'engageant guère au-delà – suivant les consignes du PC lui-même. Ce que vivaient fort mal les travailleurs maghrébins, de plus en plus nombreux à l'île Seguin, et aussi dans les usines périphériques qui commençaient d'apparaître.

Mais c'est en 1968 que la « forteresse ouvrière » fut au centre des contestations et de l'attention générale. La CGT avait consolidé son hégémonie, et son leader, Aimé Halbeher, en droite ligne avec le bureau politique du PC, veillait à ce qu'une « conscience de classe » très orthodoxe anime les troupes. Il était convenu, par exemple, qu'un technicien ne pouvait atteindre un « haut niveau » en ce domaine, comme il était convenu que la jeune CFDT était excessivement perméable à l'idéologiste gauchiste « qui, disait-on dédaigneusement, traduisait chez les petits-bourgeois une première phase de la prise de conscience »... Bref, sur l'île Seguin, les échos du mouvement étudiant ne parvenaient qu'amortis, et ce furent les jeunes travailleurs, provinciaux ou immigrés, de Cléon, qui se mirent en grève avant Billancourt. Où l'on veillait extrêmement soigneusement à ce que les « provocateurs gauchistes » ne puissent entrer en contact avec les authentiques représentants de la classe ouvrière, seuls habilités à juger si une situation est révolutionnaire ou non.

À l'issue des pourparlers de Grenelle, où les dirigeants du PC et Georges Pompidou avaient contraint le patronat à une capitulation rapide qui calmerait le mouvement, le secrétaire général de la CGT, Georges Séguy, vint rendre compte aux grévistes qui occupaient l'île Seguin. Il s'attendait à un accueil triomphal puisqu'il apportait une augmentation de 35 % du salaire minimum, 7 % de plus pour les travailleurs statutaires, et la reconnaissance de la section syndicale d'entreprise – qui, jusqu'alors, était illégale, ce qui en dit long sur l'état d'esprit des responsables patronaux. À sa totale stupéfaction, il se fit huer : les travailleurs de Renault, que ce soit à Billancourt, à Cléon ou à Flins, refusaient de retourner au travail. La reprise ne fut votée qu'à la mi-juin.

Ces journées – on ne l'appréciera que rétrospectivement – constituent une sorte d'apogée de la forteresse ouvrière. La décennie suivante sera minée par les luttes entre gauchistes et « réformistes » (un militant est assassiné, son assassin l'est à son tour, et Georges Besse, patron éclairé, est victime d'un attentat imbécile), mais, surtout, l'entreprise elle-même va être confrontée à une double préoccupation : les méthodes de production changent du tout au tout, les voitures, et leur clientèle, se transforment, Renault perd de l'argent et doit, de toute urgence, trouver des partenaires pour affronter les géants allemands ou japonais.

L'entreprise est partiellement dénationalisée pour pouvoir passer des alliances avec d'autres groupes. Et, en 1989, le site de l'île Seguin est fermé sans tambour ni trompette. La forteresse est démantelée silencieusement. En France, au fond, on n'aime pas l'industrie, on n'aime pas les usines, on les cache, on les tient à l'écart du public, comme si ces créations-là étaient secondes, utilitaires, comme si les robots, les grues, les laminoirs n'étaient pas nobles. Place à Jean Nouvel, à des architectes qui vont servir « la culture » – du moins le spectacle de la culture. Il n'empêche : cette île, dans la mémoire ouvrière, restera unique.

Sein

Pardon pour tant d'irrévérence. Mais si vous mettez le cap sur Sein au creux de la saison des tempêtes, quand ils ne sont plus que 100 à 160, les îliens, vraiment entre eux, je me permettrai un conseil : oubliez Queffélec (Henri), auteur du *Recteur de l'île de Sein*, roman culte dont Pierre Fresnay, à l'écran, incarna le héros. Non qu'elle ne soit authentique, son histoire de prêtre improvisé, de veuves éternelles et toutes-puissantes, d'épaves et d'ouragans. Aussi juste que son récit de la construction du phare d'Ar Men, ultime sentinelle de l'Atlantique, au rythme des grandes marées basses, épopée balisant l'assassine chaussée d'écueils que les Sénans baptisèrent Ar Vered Ne, « le nouveau cimetière ».

Tout cela est bel et bien avéré. Pourtant, j'y insiste : partant à Sein, oubliez provisoirement Queffélec et n'oubliez pas vos lunettes de soleil. Délaissez un instant le *pathos* dont vous êtes fatalement encombré, sitôt posé le pied sur l'*Enez Sun*, le robuste traversier qui dessert l'île au départ d'Audierne, et songez que vous êtes en route – passablement houleuse, la route, surtout auprès de la Vieille, la tourelle carrée qui jouxte la pointe du Raz – vers un royaume de lumière. Elle est si basse, l'île, si confondue avec la vague que les nuages et les pluies ne s'y accrochent guère, qu'ils défilent à tout vent comme s'emballe, dans le Raz, le courant déraisonnable. Pour le franchir, ce fameux Raz, un conseil, un seul : attendre l'étale ou bien le tout début du courant portant. Ou encore, posséder, comme l'*Enez Sun*, une machine infernale et une étrave souveraine.

Elle est si basse, l'île, 150 centimètres en moyenne, 6 mètres en son point culminant, le tumulus du Nifran, derrière l'église, qu'on y arrive par surprise après une heure de voyage. Aucune falaise ne l'annonce, aucun promontoire, comme à Belle-Île ou à Ouessant. Le bateau laisse sur tribord la roche de Nerroth, et on y est. C'est un beau port, un vrai port. Voici la lanterne verte de Men Brial, l'abri du canot de sauvetage, les maisons étroites et accolées, et le débarcadère, tantôt à la « gare maritime », sous le petit phare, tantôt à la cale neuve, côté sud, suivant la marée. (Vous apprendrez bientôt qu'à Sein, 2 kilomètres de long, 30 à 800 mètres de large, 56 hectares grand maximum, les « nordistes » et les « sudistes » s'opposent allégrement, tant il est vrai que les îles sont toujours portées à la distinction.)

Ouvrez attentivement les yeux, quand vous quittez le navire. Car cette heure-ci est la plus instructive. Celle du grand rassemblement. L'arrivée de l'*Enez Sun* est l'événement quotidien, le moment où bouge tout ce qui est susceptible de bouger, où sort tout ce qui est susceptible de sortir. Ce n'est pas seulement un bateau, l'*Enez.* C'est le cordon nourricier, le ravitailleur flottant, la « continuité territoriale » à l'œuvre. On en extrait des fûts de bière et des ardoises, du pain et des journaux, des surgelés et du papier toilette, des panneaux de contreplaqué, des cordages, des médicaments, des rideaux de douche, des plants de patate. Et le courrier, bien sûr. Autrefois, on désignait le bateau en l'appelant justement « la poste » ou « le courrier », et c'est ainsi que les premiers Sénans gagnèrent l'Angleterre le 22 juin 1940 sur l'*Ar Zénith*, « le courrier » de l'époque, suivi d'autres bateaux. Ce jour-là, un poste de TSF en bois était installé sur le rebord d'une fenêtre, quai sud, et la rediffusion de l'appel du 18 Juin persuada le maire, le recteur, les patrons de navires qu'il fallait rejoindre la France libre. Ils furent 128 hommes, de quatorze à cinquante-quatre ans, qui partirent – l'île tout entière fut faite Compagnon de la Libération.

En 1936, Sein comptait 1 326 habitants, auxquels s'ajoutèrent les familles des Paimpolais ou de Douarnenistes qui venaient raser les cailloux. Et 361 pêcheurs sénans dont il ne reste que 6, parmi lesquels 2 retraités et 4 qui se partagent entre l'île et Audierne. En ce temps-là existaient de véritables « quartiers », on s'entassait dans la moindre maison, et toute terre cultivable était cultivée. À présent, les petits jardins sont pour beaucoup en friche, les femmes ont cessé depuis maints lustres de brûler goémon et laminaires pour en tirer des pains de soude, c'est le continent qui ravitaille, et l'île qui reçoit, avec le mélange de gratitude et de rancune que ruminent ceux qui ont perdu leur autonomie, mais n'ont pas abdiqué leur orgueil.

Seule voiture, la guimbarde de l'hôtel Ar Men transporte les bagages des clients. À quoi bon, d'ailleurs, s'embarrasser d'automobiles ? Il faudrait, à cette fin, posséder quelques routes. Et il n'en est qu'une, celle qui mène au grand phare. Route, d'ailleurs, est un mot présomptueux pour désigner un chemin cimenté. Mais tout est ainsi, sur l'île. Les routes sont des allées et les rues sont des venelles. La plus large, la rue Abbé-le-Borgne, excède d'un mètre la plus étroite, la rue Saint-Guénolé, dont on dit qu'elle respecte l'espace nécessaire au roulage d'un tonneau. Le bourg, en son cœur, est un labyrinthe, nécessité de grignoter le moindre espace, le moindre fragment de sol, et aussi d'offrir au vent le moins d'emprise. On le traverse en cinq minutes, le bourg, mais on peut s'y perdre, confondre la rue du Coq-Hardi avec la rue Dumas-le-Berger, et se demander, à la sortie, ce qu'on fabrique devant la poste, rue Fernand-Crouton, poste sur laquelle fut longuement écrit « PTT » plutôt qu'autre chose, histoire de montrer que toutes les traditions n'étaient pas perdues.

Sortant de l'*Enez Sun*, donc, et cherchant votre chemin, vous percevez aussitôt qu'il existe, à Sein, deux catégories d'individus. Les premiers, comme vous, portent à la force du poignet leur valise ou leur sac. Les autres sont munis d'une petite carriole à une ou deux roues. Le luxe. Et plus que cela, l'élément d'un code, un symbole d'appartenance. Ceux-là sont des « vrais ».

En insistant mais sans insister, vous apprendrez vite à repérer les signes distinctifs de l'îlien. Rien à voir avec la coiffe noire des femmes, telle qu'on la découvre dans les documentaires de Jean Epstein en 1930 et encore d'Alain Kaminker, le frère de Simone Signoret, disparu en mer lors d'un tournage en 1958 : semblable à celle de Plogoff, elle était jadis blanche mais une épidémie de choléra, fin 1885, causa 24 morts d'un coup, et la teignit en sombre. Non, les signes distinctifs de l'îlien ne sont pas l'aspect mais une intime conviction : celle que la qualité d'îlien ne s'acquiert pas. Vous pouvez acheter une maison sur l'île, vous pouvez vous y installer comme médecin ou hôtelier. Mais, quinze ans plus tard, et même trente, cela ne vous transformera pas en îlien. N'insistez pas.

Affinant un peu votre regard et votre ouïe, vous parviendrez à nuancer ces catégories premières, et à découvrir qu'elles sont trois, et non point deux : l'îlien, le touriste, et l'habitué. L'îlien est îlien par définition, parce que les autres îliens le reconnaissent pour tel, et parce qu'il se nomme Guilcher, Follic, Fouquet, Menou, Milliner, Porsmoguer ou Spinec. Le touriste est également touriste par définition, il ne fait que passer, il se déguise quelquefois en îlien, version Armor Lux, et il disparaît. L'habitué, lui, est d'une essence plus complexe. Sa qualité est le fruit de l'obstination. Il vient et revient.

Elle est aussi le fruit de la solidarité. Car les îliens, qui ont horreur d'avouer qu'ils ont besoin de compagnie, recherchent pourtant ces derniers, et les accueillent avec tendresse, récompensant leur fidélité.

Le narrateur qui a séjourné sur l'île par très gros temps est tenté de sacrifier à l'emphase, de céder à « l'extrême ». La matière ne manque pas. La mort est autour. « Mon voisin, rapporte une Sénane, a perdu son fils et son mari en même temps. Mon oncle et trois de mes cousins sont aussi péris en mer. Le beau-père d'un de ces cousins a lui-même disparu. N'importe quelle famille te dirait la même chose. » Le temps n'est plus où la religion dominait la vie et le trépas, où le libre-penseur était un original, où chaque dimanche impliquait – pour les femmes, du moins – messe de communion, grand-messe, adoration, chapelet, vêpres et prière du soir. Où l'île entière extrayait la roche des grèves pour bâtir l'église Saint-Guénolé « à la grâce de Dieu et à la sueur du peuple », selon l'inscription qu'on y lit en latin. Le temps est devenu moins homogène, moins rude. Et la carte des assistances, grâce aux bénévoles de la SNSM – la Société nationale de sauvetage en mer – dont la liste des interventions, panneaux noirs et cadres orange, tapisse l'abri du canot, a remplacé celle des naufrages.

Reste que le vent souffle aussi fort, que la mer lève aussi haut, et que Serge, le dernier gardien du grand phare, qui a connu – avant l'automatisation – Ar Men, les Pierres Noires, le Four ou la Vieille, touchant ici son « bâton de maréchal », n'a fréquemment eu sous les yeux qu'un tohu-bohu d'écume. Pas besoin, en ces lieux, de forcer le trait et l'épithète, de rappeler que les arbres sont inexistants, les arbustes courbés, les murs des maisons parfois aveugles tant l'ennemi est agressif. Et que l'île même, qui n'est pas circulaire mais effilée, divisée, partagée entre Mordiou (la mer de droite) et Morkleiz (la mer de gauche), est un affleurement menacé. « Nous ne sommes pas granit, nous autres, nous sommes galet, m'a dit mon amie Joséphine, ancienne présidente de la SNSM. Nous ne sommes qu'un serpent, une virgule sur l'eau. La nuit, j'entends rouler les pierres, là-dessous, je sens le creusement, je sens que ça ronge. Notre orgueil est lié à ce point d'interrogation. Nous avons peut-être mille ans devant nous, mais pas plus, nous vivons dans l'incertitude et, dès que le vent passe au sud en devenant méchant, il nous rappelle notre fragilité. L'hiver est chez nous le moment de vérité. »

Qui s'étonnera que les enterrements soient, sur l'île, un rendez-vous majeur, et que les hommes y chantent le *Libera* « de parade » avec une sorte de rage majestueuse qui tord les tripes ? À Sein, on se sait un peu plus qu'ailleurs voué à l'éphémère. En 1638, 1756, 1830, 1866, l'île a été envahie par les flots. Les pouvoirs publics ont recommandé l'évacuation générale mais les Sénans, malgré leur misère, ont refusé tout net. On a construit des digues. En 1924 et 1929, l'île fut coupée en deux. On a renforcé les digues. Elles tiennent, tant qu'elles tiennent. Mais l'immortalité, parlons d'autre chose. André Guilcher, lui-même sénan et docteur très émérite en géographie, écrivait déjà dans sa thèse, qui date de 1948 : « L'île est-elle menacée de disparition ? C'est une opinion générale, même parmi les îliens, que Sein n'en a plus pour longtemps. » Ce que vient conforter le réchauffement climatique en cours, et l'indiscutable érosion des côtes.

Aucune des îles du ponant n'est plus arasée que Sein. Sur aucune la rumeur de la mer n'est à ce point omniprésente – il arrive que des visiteurs s'enfuient, poursuivis par cette clameur incessante dont ils ne supportent plus la pérennité. La mer, on l'aime généralement sage, doux ornement de la rive. À Sein, même bleue, et elle l'est souvent, elle n'est pas sage pour autant, elle reste livrée à la puissance du flot et du jusant, aux halètements de la lune. « L'homme n'est pas fait pour vivre là », écrivit Renan, Breton de Tréguier, quand il découvrit, depuis la pointe du Raz, ce fragment de terre et de roche paradoxal. Propos de bon sens apparent. Mais les Sénans, qui n'en manquent pas, aiment à se dire un peu fous.

On pourrait sans mentir continuer sur ce mode. On négligerait toutefois une évidence : Sein, à sa manière, est douce, chaude. D'abord, elle est « grande », cette plus petite commune de France. Vous n'en épuisez pas le périmètre. Elle n'est pas ronde, elle s'étire, elle se déchiquette, et vous n'êtes pas près d'en avoir fait le tour. Depuis le phare, qui est aussi le fournisseur de la commune en électricité et en eau potable (naguère, on y rechargeait les accus des postes de TSF), jusqu'aux « petits champs » dont l'accès est barré par le flot à marée haute, la route n'est pas seulement longue : elle est, au sens propre, « accidentée ». Entre la côte au vent et la côte sous le vent, c'est un basculement de monde. Entre le rocher du Sphinx (minipyramide que les indigènes baptisaient, en breton, « la pierre écumante ») et les grèves étales où le moindre morceau de bois flotté est marqué d'un caillou, signe qu'il appartient à son inventeur, c'est un complet changement de bord. Les îles vous incitent à fouiner, à vous perdre dans leurs replis, à changer d'échelle, à sillonner les méandres de l'infiniment petit, et vous êtes fort étonné du temps qu'il y faut. Sur un point du moins, les îliens, divisés en clans rivaux, cimentés par mille querelles, sont unanimes : leur enfance est mémoire d'espace, de terrain dégagé, c'est la ville qui leur a paru bornée.

L'autre « douceur » que vous offre l'île, c'est l'hiver qu'on la perçoit bien, quand les quais sont déserts, quand les chiens, innombrables, sont maîtres des lieux et courent en liberté. Sein est « simple ». Non point à vivre. Pas de boucherie, pas de poissonnerie, pas de supermarché. À moins de tutoyer Jeannot, ex-bosco de l'*Enez Sun* et pêcheur intrépide, il n'est guère facile de trouver un bar frais. Ce qui est simple, ce sont les maisons.

Les ethnologues ont longtemps cherché la « demeure typique » de l'île, celle qu'on pourrait transformer en écomusée. Mais ils ont fait chou blanc. Elle n'existe pas, la maison typique, chacun a bâti à sa guise et à la mesure de ses moyens, qui étaient maigres. Chacun peint en rose ou en vert sa façade, heurtant le conformisme des gardiens du bon goût (nous sommes en « parc naturel »). De l'individualisme, tant qu'on veut – sur ce chapitre, voyez Bruno, dont le café jaune flambe quai des Français-Libres devenu quai Sud. Bruno est collectionneur de boules neigeuses, chasseur d'ormeaux assidu, buveur de thé à toute heure, exquis compagnon de comptoir, et définitivement intransigeant quant à la teinte de ses murs, teinte qu'il a choisie après réflexion et qu'aucun décret n'altérera.

Elles sont têtues, les maisons de Sein, têtues comme Bruno. Mais elles n'ont pas l'arrogance des « propriétés » bréhatines ni le chic des refuges de capitaine qu'on trouve sur l'île de Batz. Elles ne posent pas, le site est assez fort par lui-même, inutile d'en rajouter, et ce dépouillement tranquille est réconfortant, presque tendre. Comment imaginer que les quais étaient noirs non pas de touristes mais d'autochtones, les jours de fête, quand le curé bénissait la mer ? Trop de ruines, sans doute, mais une quiétude aussi, et une courtoisie attentive. Le touriste, en hiver du moins, est pris au sérieux. Il a fourni l'effort de traverser le Raz, de choisir la destination la plus improbable. En retour, il n'est guère d'habitant qui ne le salue, paisiblement, dans les ruelles. L'incontournable Louis Brigand le dit avec sensibilité dans l'ouvrage, *Enez Sun*, qu'il a récemment consacré à ce « caillou » qu'il goûte entre tous : « L'île est un œuf. Un œuf protecteur. Personne n'est oublié ou marginalisé, tout le monde est à l'abri, et chacun à sa place. On peut y vivre de peu. Ce coconnage est comme une couverture qui enveloppe et préserve. » Même si l'on s'entend comme chien et chat…

Et puis, là plus qu'ailleurs, l'humour l'emporte. Contre la solitude et le suroît, l'antidote suprême reste la dérision – et l'autodérision. On rit beaucoup, à l'île de Sein, on rit et on rigole, on rigole et on s'esclaffe, on s'aime et on ne se rate pas, ça fuse léger ou acide. C'est à l'apéro que vous mesurerez combien l'île est chaude (l'apéro, sachez-le, couvre une plage de temps considérable, de 11 heures à 13 heures, de 18 à 20 : avec l'arrivée du bateau, c'est le carrefour universel). Installez-vous chez Brigitte, quai des Paimpolais. Ne bougez pas, au début, taisez-vous. Ne vous laissez pas intimider par les giclées d'écume qui battent la vitre, par-dessus le quai, ce n'est que la marée haute et du vent mal orienté. Écoutez la chronique du jour s'inventer à haute voix. Et n'imaginez pas que le « bar Brigitte » est au bout du monde. La bonne hôtesse, dont le ragoût de homard est un mystère patrimonial, en connaît, du monde. Et quand elle aime, Brigitte, le monde vient à elle, tout simplement – Orsenna, Kersauzon, ses copains ne sont pas n'importe qui, comme tout le monde sur l'île de Sein.

On rit de grand cœur. Parce qu'on aime ça. Et parce qu'on n'est pas dupe. Les Sénans d'hiver, ceux qui habitent là par tous les temps, qui ne se contentent pas d'ouvrir les volets à Pâques et de les fermer à la Toussaint, les derniers des derniers savent compter. Ils sont moins de 200, 10 meurent bon an mal an, et un bébé sur l'île est l'espèce la plus protégée. Les jeunes îliens font défaut : ce sont plutôt des nouveaux venus qui s'installent et font des enfants. Les très vieux, pour la plupart, sont contraints de finir leurs jours sur le continent. L'équipage du canot de sauvetage, dont les prouesses (un mot qu'ils n'aiment pas) sont avérées, n'est guère certain de trouver des successeurs. Si des « habitués » souhaitent prendre racine, difficile de louer, de se loger : les maisons appartiennent à des familles « exilées » qui reviennent aux vacances, ou bien sont vendues, trop cher, à des touristes amoureux de l'endroit. Les électeurs, en majorité, habitent au-dehors. Le maire lui-même ne réside pas toujours sur place. Ce sont les parents d'élèves qui logent les enseignants. Quand on s'est avisé, voilà deux décennies, de relever quatre ruines afin d'accueillir d'éventuels « immigrants », on a dénombré, pour l'une d'entre elles, 65 héritiers, dont l'un en Tanzanie.

Pourquoi s'est-elle donc vidée, Sein, en quarante ans ? Parce que les Sénans sont partis. Les pêcheurs, virtuoses de la palangre, du casier, du filet ou de la ligne, ont jugé plus rentable de s'en aller chaluter la coquille en baie de Saint-Brieuc ou à Port-en-Bessin. Le dernier, François

Spinec, s'est obstiné à conserver son métier d'art, à chasser le congre au milieu des cailloux. « La coquille, dit-il, ce n'est plus le charme de la mer, tu n'es plus le roi de rien, tu récoltes sans avoir semé. Je voulais poursuivre la pêche douce, celle qui respecte la ressource. Quand tu as ta ligne en main, tu l'écoutes. » Il a pris sa retraite et vendu son bateau, la *Patience*, espérant que le métier ne ficherait pas le camp avec le chalutier.

Les femmes aussi sont parties. Les pêcheurs n'étaient plus là, ils se sont mariés à Erquy ou ailleurs. Elles en ont fait autant, elles ont filé vers le continent. Et leurs enfants sont nés hors de l'île. Bien sûr, ils reviennent, dès que possible, passionnément. Mais le système est verrouillé, la spirale est enclenchée. Restent des innovations précieuses : l'association des îles du Ponant, le journal numérique *Id-îles*, le projet de substituer des énergies renouvelables à une électricité défaillante l'été, et hors de prix toute l'année, la présence d'artistes et d'abord du peintre Didier Le Bihan près de l'ancienne corne de brume du Guéveur, la « nuit blanche » où l'on chante et l'on danse, partageant avec les touristes et les habitués…

« Moi, m'a confié François Spinec, j'ai longtemps défendu de manière assez farouche l'identité de l'île, l'idée qu'on était entre nous et qu'on devait le rester. Aujourd'hui, je pense que nos meilleurs partenaires sont des gens qui viennent de l'extérieur et qui l'aiment pour de bon. » Comme à Ouessant, mais ici c'est peut-être plus vital, plus déchirant, on est définitivement voué à l'ambivalence, et ce dans les deux sens : les îliens vont et viennent, et leurs complices également.

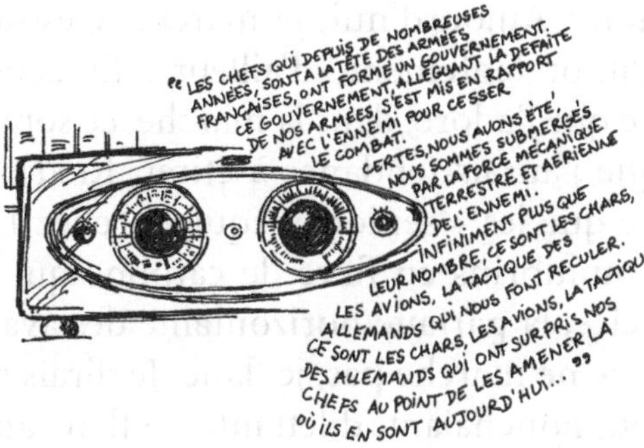

Sillon de Talbert

C'est une zone indécise. On ne sait même pas l'énoncer proprement. Le bout du bout du Goëlo, et pas encore, pas du tout la splendeur du granit rose. La côte, ici, semble s'être délitée. La roche est sombre, aiguë, éparse. Entre Bréhat la somptueuse, la chic, la bourgeoise, la fleurie, et Plougrescant l'infernale, une presqu'île hachée, une presqu'île en vrac où j'aime souvent marcher.

Enfin, quand je dis marcher, il faut y aller avec précaution. Car la marche, pour moi, consiste à mettre un pied devant l'autre, et puis voilà. Du temps de mon enfance, j'ai marché sac au dos, la langue pendante, le menton rivé à la nuque de mon prédécesseur. Parfois même on chantait, c'est dire. Ensuite, à l'âge des séductions hasardeuses, j'ai montré que j'avais du jarret sur l'asphalte, du jarret dans le désert, du jarret sur la neige, du jarret dans les pierriers, du jarret tout terrain, mes muscles étaient ivres de testostérone et de performance, mais l'enjeu était de taille, non ? Aujourd'hui, je marche, c'est-à-dire que j'avance. Plutôt lentement, d'ailleurs. Et généralement sans but. Ce que j'adore, dans la marche, ce sont les temps d'arrêt – que j'aurais tendance à étirer. Rien ne me met plus en joie que les « seniors » équipés, chez Decathlon, de bâtons multibrins en fibre de carbone qui certifient, dans l'exercice, la parfaite horizontalité des avant-bras.

Au fond, je ne marche pas, je flâne. Je dirais même que je flâne mou, nonchalant, dilettante. Je flâne amateur.

Pourquoi donc choisir de flâner vers le sillon de Talbert quand Henri Rivière vous attend au bord du Trieux et le géant Calder à l'orée du Jaudy ? Pourquoi ne pas opter pour le joli, le ravissant ? Pourquoi mettre obstinément le cap sur ce fatras minéral ? D'autant que l'arrivée n'a rien, mais alors rien d'exquis. Une bâtisse rectangulaire s'interpose entre la mer et vous, un parallélépipède lugubre qui affiche « Bigouden Blues » – humour finistérien délocalisé –, ainsi que « Moulerie » et « Pataterie », deux solides piliers de la vulgarité estivale. Alentour, des maisons de parpaings qui se veulent « avec vue », où prédomine le style néobreton qui nous ferait presque regretter les missions religieuses de la fin du XIXe siècle et leur contribution à l'enlaidissement trégorois.

Oui, mais il se trouve qu'ici, j'observe, en direct, la naissance des îles. Ici, j'ouvre le livre de la Genèse.

La seule méthode, c'est de tourner le dos, résolument, et d'avancer. Encore plus lentement que d'habitude car le chemin est de sable, et marcher dans le sable, ce n'est plus marcher, c'est patauger dans du sec, dans une matière qui vous masse et vous freine, vous contraint à forcer du talon, à grignoter le sol plus qu'à le dévorer. C'est à la fois élastique et tenace, hostile et prenant. Vous cheminez entre des herbes, le jusant est avancé, et, sur votre droite, la lagune est à sec devant Pen Vir, les oiseaux sont en plein travail, et une odeur de vase, une odeur de compost vous assaille. Un camaïeu de fragrances méphitiques répond à un camaïeu de couleurs diffuses, du presque noir à l'argenté, et puis du vert frissonnant, celui des herbes car il y a du vent, il y a forcément du vent puisque rien ne saurait l'arrêter.

Le sillon de Talbert, vous ne le voyez guère. C'est, paraît-il, une longue et fragile langue de cailloux et de sable, plus de 3 kilomètres, qui s'avance dans la mer. Mais cela, vous l'avez lu, vous l'avez étudié, vous savez déchiffrer une carte terrestre ou marine, tout paraissait clair et net. Ici, ça n'a plus rien d'évident, ce n'est ni un pont, ni une route, ni une chaussée, ni même un sentier, juste une indication – il suffit de se laisser porter par le souffle qui halète entre vos omoplates. On suit la trace sans aller nulle part, et soudain l'univers bascule.

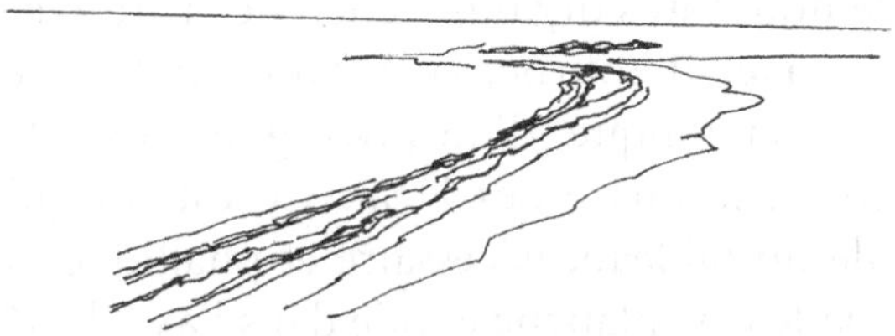

Il bascule radicalement. Vous étiez le nez dans le sable, vous le relevez, et quasiment tout a disparu. Plus de Bigouden Blues, plus de maisons néobretonnes : un champ de pierres envahi par le ciel, un ciel colossal, absolument souverain, qui embrasse la terre, la domine, la réduit à presque rien, une ligne de fuite. Évidemment, ce ciel n'est pas vide – nous sommes en Bretagne. Évidemment, les cumulus le chargent et l'animent. Évidemment, ce jeu des nuages n'étouffe pas la lumière mais la diffuse, la module, lui donne vie, nuance et mouvement. Je connais des pays où un ciel indigo, sans même un cirrus, est une merveille. Mais, chez nous, le ciel tout bleu, le ciel que prisent tant les comités du tourisme et les fabricants de cartes postales, le ciel nu est un peu niais, comme un dessin inachevé, comme une ébauche qui traîne dans un coin, après usage. La tonalité du jour est grise, mais ce gris n'a rien de morne, rien d'éteint. Il permet de contempler la nuée sans ciller, de se laisser gagner par elle, par sa toute-puissance. Alors, et alors seulement, loin, par-delà la laisse sablonneuse et les milliards de cailloux qui l'habitent, on aperçoit la mer. Ce ciel-là engendre cette mer-là, cette mer vert sombre ponctuée d'écume blanche, d'écume volatile, avec des éclats d'émeraude, des flashs sur le bronze dominant. Et petit à petit, ce monde nouveau s'organise, cherche et trouve sa cohérence, son axe. Il tourne, ce monde. Il tourne autour d'un pivot magnifique, d'un pivot grandiose et bâti par les hommes : le phare des Héaux. C'est lui qui fournit la verticale du tableau, nécessaire et phallique, un poil à droite de la Roche blanche et pile dans l'axe de Min Buas.

C'est peu dire que je le connais, celui-là, c'est peu dire que je le fréquente, que je le salue et le respecte. Que je le crains. Trois occultations toutes les douze secondes et 15 milles de portée dans le secteur blanc (il en est deux autres, l'un rouge qui signifie naufrage, et l'autre vert). Autant je suis pataud sur les chemins de terre, autant je sais emprunter les chemins d'eau. Moins fatigants pour les mollets, à coup sûr, mais plus tortueux, plus incertains suivant l'heure ou le vent. On ne l'a pas construit n'importe où, ce phare, on a eu beaucoup de mal pour l'implanter sur une roche dont le nom dit tout (comme parlent tous les rochers du monde, la Mauvaise, les Couillons, la Pute et j'en passe) : les Épées. Aux Héaux, voyez-vous, ça déchire. Le roc déchire, la mer déchire, le courant déchire. La houle se replie sur elle-même, les marmites tourbillonnent, le flux ou le jusant s'étranglent, se perdent entre des portes sous-marines. À l'approche de ce cap déguisé, en bateau, je choisis l'étale, sinon ça va danser. Et la nuit, rentrant d'Angleterre, je me cale sur le faisceau qu'on discerne de très loin, mais me méfie de l'arrivée. Comme d'habitude, c'est au large qu'on est le mieux, qu'on est en sécurité, en paix. La côte, ici, est méchante, sournoise. De l'autre côté des Héaux, une tourelle, la Moisie, une tourelle trapue qu'affectionnent les cormorans pour se sécher les ailes, ouvre un raccourci vers Bréhat, mais un raccourci précautionneux, l'amer blanc par le clocher de la chapelle Saint-Michel, sans quoi deux pavés invisibles, deux pavés immergés ne vous ratent pas.

Entre le phare et le Sillon, c'est autre chose, on est à l'abri des grosses vagues, le mal de mer n'est plus de saison. Mais il faut lentement ruser si l'on espère gagner Tréguier sans faire le grand tour. Le chenal de la Gaine se faufile de perche en perche, au pied du grand phare, sous Roch ar Hanap, puis le long de la Basse des Héaux jusqu'au Colombier où il convient de viser juste, la rouge à bâbord la verte à tribord, avant de rejoindre Pen ar Guézec. Deux de mes amis y ont laissé leur quille, et ce n'étaient pas des néophytes.

Du sillon mangé par le ciel, c'est tout cela que je devine, tout cela qui remonte vers moi comme un rêve récurrent. La mer inonde la terre, il faut s'acharner en ces lieux pour garder les pieds au sol. À présent, le gravier y a remplacé le sable, le bord de ce que je n'ose appeler le sentier s'est effondré sous le coup des tempêtes, malgré les enrochements entassés et renouvelés. On ne doit pas être très loin de la marée basse. Les promeneurs, à ce stade, se font rares, de plus en plus rares, et bredouillent rituellement un salut complice. J'avance mieux. Même moi. J'ai pris le rythme, enfin mon rythme. Le vent a fraîchi, pousse encore un peu plus. Et je ne sais toujours pas où je vais, vers quoi, vers où.

Je pense au beau livre d'Alain Corbin *Le Territoire du vide* où il explique combien le désir de rivage est une conquête récente, contre nature, comment les autochtones qui avaient le malheur de naître là étaient considérés et se considéraient eux-mêmes comme oubliés de Dieu, éventuellement punis par Lui qui leur infligeait le spectacle effrayant des éléments – on comprendra sans peine pourquoi ils construisaient leurs petites maisons dos à l'océan, à l'abri de sa rage salée. Nous autres qui aujourd'hui cherchons « la vue » sommes les héritiers des jansénistes qui, eux, cherchaient ces paysages pour y faire retraite, des romantiques qui frissonnaient à l'invite des orages désirés, des peintres qui épiaient la lumière, et des congés payés qui ont, tout soudain, découvert la plage à défaut de découvrir la mer.

J'assume. J'assume le plaisir de prendre du plaisir là où mes ancêtres n'en avaient pas l'idée, où ils poussaient, tiraient, bordaient, se cassaient le dos, se cassaient la tête, et craignaient Dieu ou, s'ils ne Le craignaient pas, se révoltaient contre Lui, hurlaient leur vindicte, Lui accordaient, fût-ce pour Le nier, une totale éminence. Je suis d'une génération qui, face à la mer, jouit du vide et s'accorde même le luxe de goûter la plaisance. La mort est là, tout homme le sait ou devrait le savoir, tout marin – fût-il plaisancier – le sait nécessairement, et nous avons le loisir de nous approprier le territoire du vide sans convoquer d'autres puissances que les puissances observables, lesquelles, pour n'être plus déifiées, n'en demeurent pas moins mystérieuses.

Témoins ce gravier que je foule, ces pierres contre lesquelles je bute. Si je suis un marcheur désinvolte, je me documente cependant et, abordant le sillon, j'ai lu attentivement le panneau pédagogique qui s'offre à l'entrée. J'ai découvert que, voilà vingt mille ans, le niveau des mers était bas, très bas, 120 mètres en dessous de ce que nous connaissons, et que les roches ainsi découvertes étaient exposées au gel qui les fissurait, les éclatait. J'ai découvert ensuite qu'un peu plus de dix millénaires après cet âge glaciaire, un réchauffement général a fait remonter les eaux, lesquelles ont brassé et réuni les milliers, millions ou milliards de fragments antérieurs. Et que le granit leur a servi de point d'appui, de point d'accroche. J'ai encore appris que, voilà deux siècles, ce cordon de galets allait jusqu'à l'île d'Olonne, non loin de la Moisie déjà nommée, mais qu'une tempête plus violente que les autres a rompu la digue et rendu Olonne à sa destinée îlienne. Et je me suis demandé si le destin prochain du sillon n'était pas de se couper en trois, en quatre, en six morceaux distincts que les courants attaqueront de toutes parts avec leur furie patiente qui n'est pas à un millier d'années près. En 2019, au demeurant, un « trou » de 30 mètres a transformé une partie du sillon en île. Il sera comblé, le trou. Mais pour combien de temps ?

J'avance toujours, j'avance encore. J'ai dépassé, maintenant, la marée basse. Autour de moi, des poches d'eau çà et là, des bribes de fucus vésiculeux, de laminaires, de ce goémon dit « de coupe » ou « d'épave » qu'on tranchait ou ramassait, puis qu'on faisait sécher et brûlait pour en extraire « la soude » destinée à la fabrication du verre. Ici, dans la lagune, les dromes suivaient le flot, longs radeaux sur lesquels on entassait le varech séché. Il se ramasse toujours, mais il devient rare, il s'épuise, c'est en tracteur qu'on vient le chercher et c'est l'industrie cosmétique qui le demande.

Me voici seul. Tout seul. Seul au bout du monde, vraiment au bout du monde. Encore qu'on peut se demander si le sillon a un « bout », s'il a un terme, si ce n'est pas le coefficient de marée qui en détermine l'achèvement. Paradoxe : je croyais que ce mince passage, cette passerelle sur les eaux, allait me permettre d'expérimenter l'extrême limite de la terre, et je m'aperçois que ce qu'elle permet, c'est exactement l'inverse, c'est de vérifier qui dessine qui, qui trace quoi, qui est l'auteur du contour, de la limite, de la frontière, et – bon sang mais c'est bien sûr ! –, c'est encore l'eau qui gagne. Le sillon n'est que l'outil de sa démonstration, que la preuve par *a* plus *b* que l'océan fait la côte et non l'inverse. Tel Moïse guidant les siens et séparant les eaux, je croyais m'avancer au milieu des flots. Je l'ai fait, mais c'est pour constater que pareille émergence n'est nullement une concession mais une épreuve, une anomalie provisoire, une incertitude calculée.

Autour de moi, tout est minéral. Je ne discerne plus ni les vagues ni le phare des Héaux. Je me recroqueville, me niche contre le vent, me tasse sur une pierre, et j'écoute. Ce qui prend du temps. Il faut d'abord franchir le bruit d'aile des risées. Il faut ensuite s'affranchir de la rumeur du clapot. Je ferme les yeux, j'essaie de faire en sorte qu'un seul de mes sens soit actif, disponible, efficace. Pendant un moment, je n'entends rien d'autre que ce que j'entends. Et puis cette turbulence ordinaire se dissout, s'estompe. Et ce que je capte, à présent, c'est le bruit du fond de la mer, c'est sa vie la plus secrète, la plus intime. J'entends ce que n'entendent pas les plongeurs – chez eux, c'est la vue qui est à la fête. J'entends ce que recèlent les flaques qui sont un concentré d'existence, un bouillon de culture fébrile. J'entends le grincement des crevettes, l'effroi des crabes, les tentacules des anémones, j'entends la nervosité des vives et la très lente, très prudente translation des berniques. J'entends les homards trémuler des antennes et la vigilance d'un congre aux aguets. J'entends encore toutes sortes de minuscules êtres qui fouillent le sable, qui le forent, qui profitent du terrain libéré, qui tentent une sortie puis se replient aussitôt, qui émettent des bulles, comme un pétillement. Tout ce monde grouille, travaille, craint, désire, agresse, griffe, rampe. Le fond de la mer est terriblement actif et la merveille des marées, la merveille du sillon, est d'y avoir accès. Partiellement, brièvement, mais accès malgré tout. Ici, on range son appareil photographique, on ne prend plus, on se laisse prendre.

Danger.

Ce n'est pas du tout le bruit des flots. C'est un chuintement, un sifflement pas plus audible, au début, que le cheminement d'un néréis, d'un ver de sable taillant sa galerie. Et, aussitôt, je suis en alerte. Car la mer, la mer qui revient, est tout sauf franche. Si vous croyez qu'elle progresse comme une légion romaine, vous avez tout faux, vous êtes en péril, vous pouvez y rester. Quand j'étais élève dans le primaire, à Saint-Brieuc, deux de mes camarades sont morts ainsi, près du Rocher Martin, au fond de la baie. Ils étaient pourtant au courant, ils connaissaient la violence, chez nous, du va-et-vient, du marnage extravagant.

La mer monte. Et, montant, elle se ramifie, s'insinue, se dissimule, se planque dans des filières pour qu'on ne la voie pas à l'œuvre. Elle vous enlace et puis surgit, et puis vous assiège, et puis vous liquide. Sans vagues scélérates, sans déferlantes, sans tonnerre ni éclairs, ni capitaine Achab, ni monstre sacré. Tout en douceur. Elle se noue à votre cou comme un foulard de soie, fluide et discret.

Danger.

Je me lève d'un coup. Il faut rentrer avant que le sillon ne soit tronçonné, découpé en îlots. Il faut rentrer avant de mourir. Ça paraît un brin solennel, ça sonne comme une trompette au champ d'honneur, mais c'est aussi rustique que cela. Si tu t'endors, tu ne te réveilles plus, ou alors à la droite de Dieu voire dans un chaudron du diable. C'est ce qu'il y a de reposant dans l'environnement marin. Parfois, ça devient tout simple, simplet même, carrément binaire – on tombe à l'eau où l'on n'y tombe pas, l'eau est froide ou n'est pas froide, on y reste ou l'on s'en tire, point final, pas besoin d'étudier les ondes gravitationnelles pour en arriver là.

Du coup, je me mets en marche d'un pas vif, d'un pas de jeune homme puisque les circonstances l'exigent, d'un pas oublié, vu mon grand âge. La question n'est plus de savoir si le sol est de ceci ou de cela, si sa texture me convient, la question est de s'assurer que le sol est, qu'il me porte, qu'il ne va pas se dérober. Et la question n'est plus de me demander si j'ai, ou n'ai pas, du jarret. Curieusement, j'en ai.

Bien sûr, maintenant que j'évolue cap à l'ouest, le vent se rappelle à moi, le vent debout paraît avoir quintuplé de force. Il s'exprime par gifles courtes, par baffes sèches. Il feint de s'apaiser puis vocifère méchamment. Mes paupières se plissent, mes yeux se ferment à demi. Nous sommes au point où l'humide m'abandonne, où ma peau devient sèche, se crispe, où le ciel et la mer me reviennent, mais filtrés par mes cils quasi collés. Je suis le dernier à quitter le sillon. Je suis à temps, sans quoi je n'écrirais pas ces lignes. Voici les maisons néobretonnes. Voici Bigouden Blues, tout le monde descend. C'était un brin de promenade. Une fois encore, j'ai marché au fond de l'océan.

Avant que la promenade, définitivement, ne se scinde en îles.

Solovki

Une mince terre, un archipel découpé, un archipel de six îles prises par les glaces la majeure partie du temps, dans la baie d'Onega, en mer Blanche. Nous sommes tout au nord de la Russie, à quarante-cinq minutes d'avion d'Arkhangelsk, à 160 kilomètres du cercle polaire Arctique.

Le monastère de Solovki a été fondé au XVe siècle et, très vite, il est devenu un haut lieu de la plus orthodoxe des orthodoxies, abritant, derrière de massifs remparts en granit noir ou gris, pas moins de quatre églises, deux cathédrales, une bibliothèque sans pareille. La première chose qu'on aperçoit, d'ailleurs, c'est une prolifération de bulbes et de croix émergeant de murs blancs comme la neige. Pierre le Grand lui-même lui a rendu visite à deux reprises (c'était aussi pour s'assurer que les pères de la Sainte-Transfiguration n'étaient pas schismatiques et se pliaient au cours dominant). D'ailleurs, les tsars ne dédaignaient point d'y déporter, pour qu'on les enferme, quelques esprits forts ou déviants – une centaine en l'espace de trois cent cinquante ans.

Un bastion de la foi planté sur son île.

Mais aussi la matrice d'un autre archipel, celui du goulag. C'est là, écrit Soljenitsyne, « qu'il commença son existence maligne, laquelle aurait bientôt des métastases dans tout le corps du pays ». Le début du début, entre 1920 et 1923, est l'œuvre de la Tcheka, la police secrète des bolcheviques chargée d'éliminer les adversaires de la révolution, officiers tsaristes, koulaks, nobles, popes, etc. Le monastère est fermé et incendié, les centaines de moines réquisitionnés pour accueillir les premiers contre-révolutionnaires, puis carrément intégrés à la masse des détenus. Il y a là, outre les classiques « ennemis du peuple », des intellectuels, mencheviks, anarchistes, sociaux-révolutionnaires, clairement séparés des détenus de droit commun.

Jusque vers 1926-1928, les politiques jouissent de certains privilèges. Le travail n'est pas obligatoire, ils ont le droit de retirer des livres à la bibliothèque, de s'abonner à des journaux, de recevoir du courrier. Mais tout change après l'accession au pouvoir de Staline, en 1927. Un ex-déporté de droit commun, Naftali Frenkel, condamné pour contrebande, devient le chef du camp et sera le premier « inventeur » du goulag. Il veut que l'institution devienne économiquement rentable, et partage les détenus en trois catégories : les « KR », autrement dit tous ceux qui incarnent la Russie d'avant, les « politiques », c'est-à-dire ceux que la Guépéou, qui succède à la Tchéka, a décidé de rejeter dans les ténèbres extérieures, et le tout-venant, criminels ou prostituées. Lénine avait déclaré froidement : « Pourquoi éliminer les contre-révolutionnaires alors qu'ils peuvent nous être utiles ? » Naftali Frenkel – que Staline hissera au rang de « héros du travail socialiste » – met cette idée en musique sous l'égide du SLON (acronyme pour camp de Solovki à destination spéciale).

Le « camp-prison » devient, sous sa direction, un « camp-chantier ». On abat des arbres, on ramasse de la tourbe, on creuse des routes et, surtout, on s'attaque à percer un canal entre la mer Blanche et la mer Baltique. Ceux qui accomplissent un travail « lourd » reçoivent 800 grammes de pain et 80 grammes de viande. Ceux qui ne fournissent qu'un travail « léger » ont une ration diminuée : 500 grammes de pain et 40 grammes de viande. Quant aux autres, aux invalides, ils crèvent. Naturellement, la vermine, le typhus sont le lot de tous. Mais s'y ajoutent les exécutions sommaires, les tortures (les récalcitrants, l'été, sont attachés nus dans une taïga infestée de moustiques et, l'hiver, ils ne résistent pas longtemps au froid mordant), le viol des femmes. Après l'assassinat de Kirov en 1934 et le déclenchement des grandes purges, les liquidations s'intensifient, tournent au massacre. Toutefois, le théâtre est conservé pour sauver un peu les apparences, et je ne puis m'empêcher de faire un rapprochement avec les orchestres qu'entretenaient les nazis dans leurs camps de concentration.

On estime qu'au total 80 000 à 100 000 personnes auraient séjourné aux Solovki, et que des dizaines de milliers y auraient péri. Mais aucun registre, aucune archive ne permet d'avancer un chiffre exact. Les habitants, aujourd'hui, témoignent qu'ils ne peuvent pas creuser la terre sans tomber sur des ossements. Au début de la guerre, en 1939, les détenus survivants sont transférés dans d'autres camps, plus à l'est, car la proximité de la Finlande inquiète les autorités. Quelques rares rescapés ont livré leur témoignage, tel Boris Chiriaev (il est mort en 1959), un intellectuel moscovite qui a passé sept ans au SLON, et qui a raconté comment les Solovki furent l'*alma mater* du goulag.

À présent, l'Église orthodoxe a reconquis son territoire et s'efforce de recueillir des fonds pour achever la reconstruction – en particulier celle de la bibliothèque qui, malgré l'incendie, a conservé des ouvrages précieux, des incunables. Mais les 30 000 touristes, essentiellement russes, qui viennent en pèlerinage à la cathédrale de la Sainte-Transfiguration ne semblent pas être des quêteurs de mémoire ni des lecteurs assidus d'Alexandre Soljenitsyne. L'amnésie n'est pas seulement un fait mais une volonté.

À l'initiative de la fondation Sakharov, une plaque rappelle que ce lieu saint hébergea des dizaines de milliers de martyrs, et un « musée du goulag » projette un film de propagande tourné par les Soviétiques à la fin des années 1920 (une visite « fraternelle » de Gorki y est évoquée). On voit des travailleurs enthousiastes, des matons solidaires. Et l'on peut y déchiffrer le message qui s'affichait à l'entrée du SLON : « D'une main de fer, emmenons l'humanité vers le bonheur. »

Surtsey

Take a piece of Iceland… Je me trouvais à l'office du tourisme de Reykjavik, j'étais venu y chercher une carte, et j'aperçus un grand bac de bois où s'entassaient des pierres ponces noires, à la libre disposition du public. Petit souvenir pour ne pas oublier sur quel sol nous étions, et à quel point ça chauffait, là-dessous. Elle est devenue terriblement à la mode, l'Islande, depuis que les pays du Sud sont moins fréquentables, mais aussi parce que sa manière de gérer la crise bancaire de 2008 en a fait réfléchir plus d'un, chez les autochtones comme à l'étranger (sans oublier ses exploits footballistiques, remarquables pour un pays de 300 000 habitants). Rien, là-bas, n'est carrément banal. Je me rappelle qu'en sortant de l'avion, l'ami qui m'attendait m'a présenté la présidente de la République comme si c'était sa voisine de palier.

Côté cartes postales, rien de banal non plus. Les geysers sont ponctuels, les macareux abondent, les balades en bateau où le patron donne un coup de chalut et où l'on se partage, à vif, les pétoncles sont parfaites et roboratives, les fragments d'iceberg scintillent à merveille. Mais il m'en vient d'autres. Le piquant des plages grises balayées d'écume blanche, les chevaux qui courent sur la lande, le rigolard fou furieux qui a racheté un camion amphibie de la dernière guerre et qui m'emmène, dans la houle, jusqu'à une île, le soleil qui refuse de se coucher et le paysan, mon hôte, qui démarre son tracteur à 23 heures sonnées, les sternes, les millions de sternes qui viennent de pondre et qui n'hésitent pas à vous agresser, visant le crâne, pour défendre leur progéniture. Et surtout, surtout, la mélancolie des rochers noirs sous le ciel noir, les dépressions qui se succèdent de vingt minutes en vingt minutes, sans oublier la grêle ni les éclairs.

Comme aux Féroé, les épithètes tombent dru et juste : authentique, somptueux, vigoureux, dérangeant, etc. Mais ce n'est pas pour chasser les épithètes que je suis là. C'est pour faire connaissance avec une île extraordinaire – sur laquelle je n'aurai jamais le droit de poser le pied : son caractère extraordinaire, justement, la réserve aux scientifiques dûment agréés. Elle s'appelle Surtsey, et elle appartient à l'archipel des Vestmann, non loin de la côte Sud islandaise, dont elle est la plus méridionale.

Rien d'extraordinaire, me direz-vous. Sauf que Surtsey est, d'une certaine manière, la plus jeune île du monde.

Cela se passe en 1963, le 14 novembre. Des pêcheurs – on ne fait que cela, pêcher, dans le coin – aperçoivent une colonne de vapeur, une colonne énorme, qui s'élève bien à 10 kilomètres dans le ciel. L'Islande est habituée à toutes sortes de phénomènes spectaculaires : l'éruption des volcans qui coupe les routes, projette des cendres en l'air (au point de perturber l'aviation), les eaux chaudes qui sourdent sous la neige et la glace, la terre qui tremble, et ainsi de suite. Mais, ce 14 novembre 1963, après avoir craché sa vapeur, voici la mer qui s'ouvre, libère des scories, et donne peu à peu naissance à de la roche émergée. Les pêcheurs assistent en direct à une éruption sous-marine, à la naissance d'une île issue de l'activité volcanique qui est à l'œuvre au fond de l'océan, dans la faille qui sépare l'Europe de l'Amérique. Les Vestmann étaient 17. Voici la 18e.

Cela prend un peu de temps, l'accouchement d'une île. Elle émerge, elle monte, les eaux bouillonnent autour d'elle, et cette terre nouvelle (le mot « terre » est-il vraiment approprié ?) se dessine, prend la forme de deux grands croissants longs de 1,5 kilomètre. Et cela va durer jusqu'en juin 1967. Elle s'élève alors à 175 mètres au-dessus du niveau de la mer, et couvre 2,65 kilomètres carrés. Il n'y a pas que les eaux qui bouillonnent : les chercheurs, eux aussi, sont en ébullition, et s'en approchent dès que possible, se réservant le droit de l'étudier.

On lui donne un nom soigneusement choisi, issu de la mythologie scandinave selon laquelle la vie est née de la rencontre entre la boue fille des eaux froides et les chaudes vapeurs qui contrarient ces dernières. Surtur est le dieu du feu et des flammes, il est armé d'une épée ardente, mais à la fin des fins, il vaincra tous les autres dieux, incendiera le monde, et préparera la venue des hommes sur une terre née de l'océan. Selon les termes de Vanessa Doutreleau (dans la revue *Ethnologie française*), dont Surtsey est la passion scientifique, « Surtur est certes le feu créateur, mais il est aussi l'un des grands acteurs du crépuscule des dieux ». Et elle cite, à l'appui, la belle phrase de son confrère Frank Lestringant : « Toute île reçoit la forme de la mer sur laquelle elle se surimpose, et qui un jour l'engloutira… »

L'île, si soudainement apparue, est passionnante du point de vue géologique, mais elle touche directement à l'imaginaire, au mythe – l'Islande n'était-elle pas perçue par les chrétiens, au Moyen Âge, comme une des portes de l'enfer, dont le cratère du volcan Hekla, actif entre tous, fournissait l'idée ? Vanessa Doutreleau note que, le 1er mai 1783, à peu près au même endroit, le capitaine Mindelberg, commandant le brick danois *Boesland*, aperçut une fumée s'élevant de l'océan et nota dans son journal de bord : « Le Jugement dernier approche… »

Les observateurs s'aperçoivent que Surtsey doit se battre pour perdurer, à la fois contre l'érosion marine et contre l'érosion éolienne. Depuis sa naissance, ses côtes ont rapetissé de 350 mètres. Elle est « mouvante », menacée d'être ramenée à son « noyau basaltique », elle incarne pleinement le caractère provisoire des terres émergées. D'autant que, près d'elle, une autre île, nommée Surtla, tente de faire surface mais n'y parvient pas, et finit dans la catégorie de ce que les scientifiques qualifient d'« îles avortées ».

D'abord explosive, Surtsey se calme peu à peu. Et une autre aventure commence, dont les biologistes sont les témoins passionnés. La première mouche, le premier papillon, la première araignée sont apportés par les bois flottés qui errent au gré des courants et des vents. Ces derniers transportent également les graines légères des liondents d'automne, aux fleurs jaunes. Les spores de mousses, de lichens, de champignons voyagent jusque-là. Et, tandis qu'au creux de sa roche, les chercheurs trouvent des fossiles très anciens, à la surface, la vie, dans sa diversité, commence à s'affirmer. Des saules nains apparaissent. Toutes sortes d'espèces tentent leur chance, la plupart échouent car le sol est terriblement pauvre en azote. Mais, un peu plus d'une dizaine d'années après l'émergence, la colonisation verte s'affirme. Grâce aux oiseaux.

Le pionnier est le guillemot noir, en 1970, imité, la même année, par le pétrel fulmar. Leurs fientes contiennent des graines de fruit, leurs pattes transportent des spores de lichen, leurs plumes abritent des insectes, des invertébrés. Ils ont besoin de branchages pour nidifier, et les apportent. Ce qui veut dire azote, ce qui veut dire verdure. Et la verdure, à son tour, incite des oiseaux plus terrestres, plus continentaux, à s'installer sur ce territoire offert.

Dix ans passent encore, et l'on découvre les premiers vers, signe que le sol est à présent « comestible ». Soixante-quinze sortes de mousses, 71 lichens, 24 champignons figurent désormais au palmarès, sans compter 355 espèces d'invertébrés. La revue *Sciences et Avenir*, dressant le bilan de ces implantations, estime qu'un nouveau tournant est franchi quand apparaissent des vertébrés brouteurs, en l'occurrence des oies cendrées. Une « colonisation secondaire » s'amorce, dont la seule limite sera le destin même de l'île. Car elle perd 1 hectare chaque année. Les spécialistes estiment que, d'ici un siècle, elle en sera réduite à son cœur de palagonite, une roche vitreuse fort incompatible avec les plantes et les bêtes. L'orchidée qui a vaillamment fleuri en 2003 ne sera plus de saison.

Surtsey, c'est l'occasion unique d'étudier un biotope à sa genèse, d'étudier par quels chemins la vie s'y est installée. C'est une sorte de laboratoire unique. Mais ce laboratoire, chacun le sait, est un fusil à un coup : la mort est programmée autant que la vie a surgi. L'île retrouve ainsi son aura mythique, sa charge émotionnelle et imaginaire. Il faut dire que l'Islande est propice à cela. L'idée d'un pays « pur », où la nature serait intacte, préservée et – pourquoi pas ? – éternelle est une idée courte.

Faut-il un exemple ? En 1973, l'île de Heimaey, la plus grande et la seule habitée des Vestmann (elle compte 4 000 habitants et concentre toute son activité sur la pêche et la transformation du poisson) a vu son volcan, l'Eldfell, entrer en éruption, la recouvrir de cendres, puis libérer des coulées de lave qui bloquent le port. Les îliens sont évacués. Mais j'ai pu converser avec quelques membres de l'équipe qui était restée, dans des conditions inouïes, qui avait fait venir les plus grosses lances à incendie qui soient, et a, pendant des jours et des jours, arrosé la lave sans savoir si elle en viendrait à bout. Elle en est venue à bout, et Heimaey est repeuplée, active. Jusqu'à la prochaine.

La plupart des Terriens ne connaissent ni volcans ni séismes. Mais les îles se chargent de nous rappeler combien la contingence est notre lot. Bien loin des Vestmann, sur la côte du Balouchistan, au Pakistan, un îlot est apparu sans crier gare, le 24 septembre 2013. C'était face au port stratégique de Gwadar, dont les habitants se sont frotté les yeux quand ils ont vu surgir, à quelques encablures, un monticule haut de 20 mètres et long de 40. Un séisme venait de se produire, un violent tremblement de terre puisqu'il a occasionné 200 morts et atteint une magnitude de 7,7. Mais son épicentre se trouvait loin, à 400 kilomètres de là.

Il n'empêche, c'est près de Gwadar que l'îlot a émergé. On l'a baptisé Zalzala Koh (« la montagne du séisme », en ourdou), c'était une sorte de volcan de boue, poussé par un dégagement de méthane – les scientifiques ont pu vérifier que des bulles inflammables en crevaient la surface. Toutefois, Zalzala Koh n'a pas connu le destin de Surtsey. Les sismologues estimaient que, même si de la roche était mêlée à la boue, l'île allait se désagréger avant qu'on n'ait pu étudier son biotope. Ils lui donnaient quelques mois, peut-être deux ou trois ans. Et puis elle s'en irait comme elle était venue, taraudée, balayée, rayée de la carte. De fait, elle a disparu en 2016. *Gone with the sea*, comme tant d'autres…

T

Tromelin

Une flûte, dans le vocabulaire maritime, ça ne sert pas à jouer du pipeau. C'est une corvette de charge, généralement destinée au transport de vivres et de munitions. La flûte *L'Utile*, 44 mètres de long, 122 hommes d'équipage, appartenait à la Compagnie française des Indes, et, en l'an 1761, avait fait route sur ce qu'on appelait alors les Mascareignes (île Bourbon, Réunion, Rodrigues, etc.). Elle reçut mission de se rendre à Foulpointe, sur la côte est de Madagascar, à 55 kilomètres au nord de Tamatave, pour y acheter des vivres, principalement du riz et de la viande de bœuf.

Mais Foulpointe n'était pas seulement un port d'avitaillement. C'était également par là que transitaient les esclaves malgaches capturés sur la côte ouest de la Grande Île (on les appelait esclaves « du Mozambique »), ou bien sur les hauts plateaux, plus au sud. Lorsque le commandant Jean de La Fargue, qui menait *L'Utile*, parvint à Foulpointe, il se trouva qu'un « lot » de 160 esclaves attendait d'être acheté puis conduit à l'île Rodrigues et transféré ensuite, par d'autres moyens, à l'île Bourbon (qui allait bientôt s'appeler Maurice). Cent soixante esclaves des deux sexes, cela coûtait cher, très cher. Environ 25 000 livres. Et ce n'était en rien ce que l'armateur de *L'Utile* et le gouverneur de Madagascar avaient signé. Mais Jean de La Fargue ne résista pas : il y avait gros à gagner. Son salaire mensuel n'excédait guère 200 livres, il lui fallut donc trouver des investisseurs, et probablement mettre dans le coup plusieurs de ses officiers, pour transformer épisodiquement sa flûte en navire négrier et acheter 90 esclaves. Ni vu ni connu.

Sans cette opération mafieuse, aurait-on jamais entendu parler de l'île Tromelin qu'on nommait alors l'île de Sable, et dont la position exacte était mal définie ?

Le 23 juillet 1761, sur le coup de 16 heures, *L'Utile* appareilla, comme en témoigna l'écrivain du bord, Hilarion Dubuisson de K'audic (du moins, on suppose que c'était bien lui), dans un mémoire détaillé. Le vent soufflait de sud-sud-est, et, toutes voiles dehors, La Fargue fit directement cap sur Rodrigues. Le 31 juillet, à 22 h 20, dans la nuit, le navire talonna brutalement. Tout le monde était pris au dépourvu : les cartes n'indiquaient strictement rien à cet endroit. On tenta de se dégager en brassant à culer, mais les vagues saisirent la flûte par le travers. Le capitaine donna l'ordre de jeter à la mer la mâture et les espars pour soulager la coque, mais rien n'y fit. Les coups étaient si terribles que le bateau se brisa en deux. On imagine la panique générale, on peine à imaginer la terreur des esclaves enchaînés dans la cale.

La route empruntée par La Fargue était singulière. À l'époque, on ne parvenait à déterminer de façon « certaine » que la latitude, et les navigateurs avaient coutume de rejoindre cette position connue, puis de tailler la route en s'en écartant le moins possible. Mais le capitaine avait hâte de se débarrasser de sa cargaison illégale, il avait donc choisi de suivre le chemin le plus court, oblique, louvoyant vers Rodrigues. Et l'écueil sur lequel il vint se fracasser n'était pas un récif isolé mais bel et bien l'île de Sable qui, sur la carte, était portée à 25 milles de là. De plus, cette île minuscule, 1 600 mètres sur 700, ne se voyait guère : elle culminait à 9 mètres. Et, pour couronner le tout, elle était intégralement bordée de brisants coralliens sur lesquels la mer déferlait durement.

Après une nuit d'épouvante, les naufragés découvrirent l'étendue du désastre. Leur bateau éventré, disloqué. Et l'île sur laquelle ils s'étaient plantés, aussi nue que possible : un ovale sans un arbre, sans eau, une terre seulement peuplée d'oiseaux et de tortues. Il fallut bien s'organiser, sauver ce qui pouvait l'être, l'écrivain du bord l'a noté avec minutie : 22 barils de farine, 8 barriques de vin rouge, 2 pièces d'eau-de-vie, etc. Une grande tente fut bricolée avec les voiles. Le peu d'eau était réservé aux Blancs et, note Dubuisson, « plusieurs Noirs mouraient, ne leur donnant rien ». Les vols se multipliaient tandis qu'on s'efforçait en vain de creuser un puits, au point que le capitaine annonça que tout larcin serait puni de mort. Deux matelots, justement, furent pris à dérober des jambons et l'un d'eux allait être exécuté quand le maître canonnier, Louis Taillefer, qui avait décidé de forer à l'autre extrémité de l'île, surgit avec une bouteille d'eau potable, saumâtre et filtrée par le corail, mais potable. Les coupables furent pardonnés et l'on partit chanter un *Te Deum* sur les pas de l'aumônier, sauf « quelques Noirs très affaiblis qui étaient morts en chemin ».

La majorité des marins étaient prostrés, démoralisés, le capitaine lui-même ne commandait plus grand-chose, et c'est le premier lieutenant, Castellan du Vernet, qui réunit les bonnes volontés disponibles afin de récupérer méthodiquement, du moins quand le ressac, terrible sur le corail, le permettait, ce qui pouvait servir à la construction d'un bateau de secours : ferrures, charpentes, cadènes, voiles. Les Noirs, auxquels il avait été promis qu'ils seraient du voyage, ne ménagèrent pas leur peine. Un four à pain, une forge furent construits à terre. Le charpentier en titre, embarqué au dernier moment, n'était guère à la hauteur de la tâche. Il fallut le remplacer. Mais, faute de pièces de bois suffisantes, et surtout d'éléments de quille, on se limita à une embarcation de 10 mètres. Ce navire de fortune fut baptisé *La Providence*. Les Blancs y prirent place et les Noirs, redevenus des Nègres, les virent s'éloigner, tassés comme des sardines.

Castellan leur avait laissé une part de nourriture et leur avait promis que, dans les deux mois, on viendrait à la rescousse.

Parole de Blanc. Les secours ne vinrent pas. *La Providence* gagna Foulpointe, on remercia de nouveau le Seigneur, en grande pompe. Quant aux esclaves... Eh bien, les esclaves, c'était d'abord une cargaison. Est-ce qu'on monte une expédition pour récupérer une cargaison égarée ? Et puis, cette cargaison était illicite, ce qui mit en fureur le gouverneur de l'île Bourbon. Du reste, Jean de La Fargue eut la bonne idée de rendre l'âme durant le transfert de Madagascar à Port-Louis, ce qui lui évita de devoir expliquer quels étaient ses investisseurs et combien de fonctionnaires de la Compagnie des Indes il avait soudoyés. Les malheureux demeurés sur l'île de Sable avaient l'inconvénient d'avoir la peau trop sombre, mais aussi d'être des clandestins. Mois après mois, année après année, leur sauvetage fut différé – le gouverneur de l'île Bourbon se montrant intransigeant –, malgré les protestations de Castellan qui finit par rentrer en France où il supplia vainement les directeurs de la Compagnie des Indes d'intervenir, et finit par s'adresser au secrétaire d'État à la Marine lui-même. Cela dura quatorze ans, quatorze ans sur un caillou minuscule, cerné par une mer très hostile, brûlé par le soleil, et livré aux cyclones. Seul Condorcet, en 1781, relata l'histoire des oubliés de Tromelin dans son livre *Réflexions sur l'esclavage des nègres* qu'il édita sous pseudonyme.

L'archéologue Max Guérout s'est passionné pour ces folles conditions de survie. Avec une équipe de collaborateurs, il s'est attelé à rechercher la trace des esclaves, et a mené plusieurs campagnes de fouilles – dont il a publié les conclusions, notamment aux Éditions du CNRS. Et il a trouvé bien des choses : « Récipients en cuivre, clous de charpente, pierre de lest utilisée comme affûtoir, mais aussi les restes de la faune consommée et de la cendre… »

Les naufragés avaient de l'eau, des œufs à volonté car les oiseaux étaient maîtres du terrain, des tortues. Et ils ont réussi à pêcher au moyen de pirogues légères à balancier – le bois étant récupéré de *L'Utile* puisqu'il n'y avait pas le moindre arbre sur ce rocher. Les fouilles ont révélé des petits gîtes, groupés les uns contre les autres, et qui ont d'abord énormément intrigué les chercheurs. Car cette dizaine de constructions en grès de plage et en corail contredisait la tradition malgache qui voulait que les cases fussent de bois et de végétaux. Seuls les tombeaux étaient bâtis en dur. Max Guérout s'est donc demandé s'il n'avait pas affaire à des lieux de sépulture, mais il s'est vite avéré que non : une cuisine centrale prouvait qu'il s'agissait bel et bien d'habitations. Lesquelles avaient été esquintées à plusieurs reprises, sans doute à la suite de submersions consécutives à des cyclones. D'ailleurs, un mur avait été élevé pour limiter la casse.

« Voici, écrivent Guérout et son coauteur Thomas Romon, des naufragés coupés de leurs racines, isolés du monde, dans le dénuement le plus complet, qui s'organisent pour survivre, utilisent les rares ressources de l'île pour rebâtir une petite société et vivre debout, opposant un vivant démenti à ceux qui leur avaient dénié toute humanité… »

En ce sens, l'îlot dérisoire, le minuscule plateau corallien est aujourd'hui une butte témoin de l'esclavage et de la traite. Pas étonnant que nombre d'écrivains s'y soient intéressés, depuis Irène Frain (*Les Naufragés de l'île Tromelin*) jusqu'à divers excellents auteurs de bandes dessinées.

Max Guérout et son équipe ont mis en évidence nombre de pièces arrachées à *L'Utile* et détournées de leur fonction première : penture de porte transformée en hache, gond de sabord d'artillerie en marteau, clou de charpente en tisonnier. D'autres ont été complètement fabriquées. Avec du cuivre, des jattes, des cuillères ; avec du plomb, des bassines et leurs couvercles ; avec du fer, des burins ou des pointes de lance. On a également retrouvé des bijoux rudimentaires, bracelets ou bagues. Signes qu'une vie partagée, organisée, s'était mise en place.

On croit savoir également que, avec les restes des restes, les débris des débris, un radeau fut construit, doté d'une petite voile (sans doute un morceau de tente arrachée par les tempêtes), et que nombre de rescapés, des hommes surtout, partirent à l'aventure trois ans après

La Providence. Nul n'a jamais eu vent de ce qu'il leur est advenu. Se sont-ils noyés ? Ont-ils atterri quelque part ? Le mystère reste pesant.

Castellan du Vernet, pour sa part, n'avait pas renoncé. Le gouverneur de l'île Bourbon finit par changer, et, simultanément, le secrétaire d'État à la Marine répondit en réclamant plus d'informations sur *L'Utile* et son naufrage. Castellan fournit aussitôt tout ce qu'il pouvait avoir en sa possession et l'on présume qu'ordre fut donné au gouverneur de s'inquiéter enfin des malheureux abandonnés. En 1775, le cotre *La Sauterelle* fit route vers l'île de Sable mais ne put s'approcher tant la mer déferlait. Une chaloupe fut mise à l'eau, montée par deux hommes, et chavira bientôt, hachée menu par le corail. Le premier matelot réussit à regagner le cotre à la nage, tandis que le second n'eut d'autre choix que de rejoindre les îliens survivants.

L'année suivante, deux autres tentatives se révélèrent infructueuses. Chaque fois, le navire se heurtait aux déferlantes générées par le récif. On imagine sans peine le désespoir et la frustration des guetteurs qui apercevaient la voile libératrice, puis voyaient le bateau virer de bord et s'éloigner. Le matelot de *La Sauterelle*, n'en pouvant plus d'espérer, rassembla les ultimes débris de *L'Utile*. Il n'y avait plus, sur l'île de Sable, le moindre carré de toile disponible, tout avait été brûlé par le soleil, rongé par le sel, corrompu par l'eau de mer. Les femmes de l'île avaient pris l'habitude de tresser des plumes d'oiseau pour s'en vêtir. C'est ainsi que furent confectionnés la voile et les cordages du radeau. Le matelot prit la mer avec trois hommes et leurs compagnes. Ils disparurent à jamais.

La troisième expédition fut la bonne. Mandaté, une fois encore, par le gouverneur de l'île Bourbon, l'enseigne de vaisseau Jacques-Marie Lanuguy de Tromelin, sur la corvette *La Dauphine*, fut en vue de l'île de Sable le 28 novembre 1776 au soir. Il avait pris soin d'embarquer à son bord une pirogue de pêche, le temps était manœuvrable, et, le lendemain matin, cette pirogue, accompagnée d'une chaloupe, réussit à accoster. En trois heures, les derniers rescapés étaient récupérés : sept femmes et un enfant de huit mois – le fils du marin de *La Sauterelle*. Quinze ans après le naufrage de *L'Utile*.

Tromelin n'avait nullement demandé que ce maudit caillou prît son nom. C'est un hydrographe français travaillant pour les Anglais de l'île Maurice, ex-île Bourbon, ex-île de France, qui le porta sur les cartes, et l'usage resta. Il lui fallut presque deux semaines pour regagner Port-Louis où les esclaves n'eurent pas besoin d'être affranchies pour être déclarées libres, puisque leur asservissement avait été illégal. L'intendant des îles les accueillit très humainement. On leur proposa de regagner Madagascar, mais elles refusèrent avec la dernière énergie, sans que l'on sache exactement les raisons de ce refus. Le bébé fut nommé « Moyse » – l'usage du tréma était capricieux –, et sa mère, qui s'appelait, au vrai, Tsimiavo (« celle qui n'a pas d'orgueil », en malgache) fut rebaptisée Ève.

Le feu ne s'est jamais éteint sur l'île des Sables. Les Noirs avaient confectionné un briquet de silex qui ranimait la flamme même quand l'eau et le vent la condamnaient sans appel. Et les hommes qui vinrent les secourir s'émerveillèrent de leur ingéniosité…

Ainsi s'achève l'histoire des esclaves oubliés, victimes, non seulement de la traite, mais des trafics qu'elle engendra. On oublia ensuite Tromelin même, comme le cerveau se charge d'éliminer les rêves maléfiques qui trahissent des pulsions inavouables. Dans les années 1950, Météo France s'intéressa au récif, on y traça une petite piste d'atterrissage et construisit un bâtiment rudimentaire afin d'abriter les techniciens qui viendraient relever mesures et tracés (il s'agissait aussi de mesurer les effets des essais nucléaires atmosphériques). Puis, l'automatisation aidant, le bâtiment lui-même fut quasi déserté et l'île rendue aux oiseaux et aux tortues.

Mais voici qu'elle est, de nouveau, l'objet d'une actualité. Car, depuis son indépendance, en 1968, Maurice réclame que le récif corallien lui soit concédé. Après mille négociations, la France a envisagé une cogestion, une autorité partagée. Mais, d'année en année, la signature de l'accord est repoussée, retirée de l'ordre du jour. Tromelin, en effet, n'est plus un caillou stérile parmi les îles dites « éparses », c'est un domaine poissonneux dont on se dispute et se disputera le contrôle, un domaine que convoitent tous les chalutiers industriels de la planète. Décidément, en matière d'îles, rien n'est jamais rien.

U

Utopia

Au lendemain de Mai 1968, parmi les amples nuages de fumée qui s'entrecroisaient alors, l'utopie était à la mode, à toutes les modes, je serais même tenté d'écrire « à toutes les sauces ». Le terme n'était jamais explicité : par utopie, on entendait un projet téméraire, une rêverie transgressive, une audace poétique, une tentative, réelle ou fantasmée, de changer la vie, de changer de vie. Les cueilleurs de châtaignes étaient des utopistes, et ceux qui dédaignaient une carrière académique pour se lancer dans une expérience d'autant plus féconde qu'elle semblait radicale ne l'étaient pas moins. L'utopie, au fond, c'était l'imagination au pouvoir, c'était sympathique, c'était la séduisante promesse d'échapper aux normes.

Il se trouve qu'à cette époque, j'enseignais la philosophie en Bretagne – ou plutôt, je me débattais avec un programme à la fois prétentieux et convenu. Ce qui me conduisit à lire Thomas More dans le texte, et à découvrir l'île qu'il avait décrite, île imaginaire, « sous la forme d'un croissant de lune » dont les deux cornes garantissaient une mer paisible et un port défendu. D'ailleurs l'île de More ne l'avait pas toujours été : son créateur, Utopus, l'avait arrachée au continent et séparée de ce dernier par un isthme, afin que les aléas du monde extérieur ne viennent en rien perturber son organisation définitive – à commencer par les voyageurs de passage.

Dans l'Angleterre de 1515, où la Réforme se profilait sans être, pour l'instant, à l'ordre du jour, Thomas More n'était pas encore conseiller d'Henri VIII, moins encore grand chancelier puis martyr : c'était un juriste en vue, auquel le pouvoir commençait à confier des missions diplomatiques. Comme beaucoup d'intellectuels de l'époque, il lisait Platon et les Grecs avec enthousiasme et se sentait, à titre personnel, fort proche d'Érasme. Et comme tout le monde, il était captivé par les publications d'un Florentin, Amerigo Vespucci, lequel – avant Magellan – avait assez parcouru les mers pour certifier que le Nouveau Monde était effectivement nouveau, et non un lointain prolongement de l'Ancien.

L'*Utopie* de More voulait bien dire ce qu'elle disait : en grec, cela signifie *nulle part*. Et, bien que la première partie soit une conversation fictive avec le marin portugais Raphaël Hythlodée, compagnon de voyage de Vespucci, son objet véritable était de pourfendre les injustices sociales de l'Angleterre contemporaine, et les chemins redoutables et hypocrites qu'y empruntait l'ambition politique : mensonges, flagornerie des courtisans, cynisme des affrontements guerriers, vanité du paraître, hiérarchie des castes.

La société d'Utopie ne surgit qu'ensuite, décrite par Hythlodée. Elle est intégralement, méticuleusement égalitaire.

La propriété privée en est strictement exclue, tout comme la monnaie, le luxe, l'or et l'argent. Chacun porte les mêmes habits, chacun se voit prêter une maison pour dix ans, puis doit déménager. Il n'existe pas de nobles, les 54 villes – identiques – de l'île sont administrées par un conseil élu, et un sénat de 162 membres se réunit tous les ans dans la capitale Amaurote (« fantôme », en grec…), ce qui n'empêche pas les affaires publiques d'être débattues devant le peuple. Tous les Utopiens doivent être agriculteurs pendant au moins deux ans, et peuvent le rester s'ils le désirent. Ils travaillent six heures par jour et se consacrent ensuite aux loisirs, notamment à l'apprentissage des belles lettres.

Les femmes sont les égales des hommes, il n'est pas question qu'elles demeurent à la maison. Elles s'investissent aussi dans les tâches militaires, ces dernières n'étant que défensives. Les futurs mariés, avant de choisir, doivent se présenter nus l'un à l'autre, afin de se prendre « sans danger d'être mal assortis ». Le divorce par consentement mutuel est autorisé, mais non l'adultère. La première entorse est punie d'esclavage, la deuxième de mort.

En matière religieuse, la tolérance est la règle : « Les uns adorent le soleil, les autres la lune, et les autres quelque planète en guise de Dieu. » Nul ne doit être persécuté pour ses convictions, tant qu'il admet deux choses : l'immortalité de l'âme et le gouvernement du monde par la Providence divine. En revanche, il n'est pas question de matérialisme ni d'athéisme. Pas plus qu'il n'est question que se forme « une conspiration des riches » : un système de péréquation entre les villes permet de venir au secours des démunis. Et More conclut : « L'orgueil ne mesure pas le bonheur sur le bien-être personnel, mais sur l'étendue des peines d'autrui. »

Bien sûr, l'auteur ne voit pas là un programme, mais un aiguillon pour la pensée, une « médecine enrobée de miel ». L'île d'Utopie, *Utopia* dans le texte original, est précisément conçue pour ne pas prendre chair, pour ne pas être un modèle, sinon fictif. C'est une sorte de chimère pédagogique, tout comme Gargantua ou Pantagruel ne sont point réalistes, ou comme *La Cité du soleil* de Tommaso Campanella n'a pas vocation à naître.

Ce qui me frappait, en lisant Thomas More, c'était l'abolition de l'histoire, c'était une société séduisante, novatrice par certains aspects, mais définitivement verrouillée, close, ne visant qu'à se perpétuer elle-même à l'infini, où tout était prévu, planifié, réglé. Où le moindre interstice était dépisté et comblé. Où l'improvisation était une sorte de débauche. Tout le contraire de l'après-Mai. Il ne s'agissait pas de mettre l'imagination au pouvoir, mais, à l'inverse, de se prémunir contre ses aventures et ses fantaisies. Il m'apparut vite que mes chers camarades (de toutes obédiences), là-dessus, faisaient fausse route, et empruntaient à Thomas More un schéma qui contredisait sa pensée.

Je décidai de mener une recherche à ce propos, je lus Saint-Simon, Cabet, Fourier, etc., et me permis d'adresser à François Châtelet le bilan de ces lectures. Je ne le connaissais absolument pas, mais j'avais une grande admiration pour ce qu'il avait écrit sur *La République* de Platon – auquel Thomas More se référait constamment. À ma complète stupéfaction, il me répondit rapidement, me suggéra de venir le voir. J'ai ainsi trouvé, dans ce géant débonnaire, un maître exigeant et plus tard un ami. J'avais une tout autre vision de la plupart des universitaires installés : distants, méprisants, fort peu soucieux d'écouter et d'entendre – ce que nous appelions, non sans raison, les mandarins.

Châtelet, lui, était habité par la rage d'enseigner. Il m'introduisit dans l'univers de la toute jeune faculté de Vincennes – Deleuze, Lacan et compagnie. Et il me poussa dans mes retranchements. Non, l'utopie, ce n'était nullement l'expérimentation spéculative d'esprits chauffés à blanc. C'était un aveu. L'aveu que la transformation, ici et maintenant, de la société telle qu'elle est, est impensable et impossible. Et que le désespoir des esprits qui concoctaient ces modèles fermés, ces îles imaginaires, inabordables ou dont il était impossible de s'évader, trahissait que leur situation n'était soluble que par la fiction ou par la guerre.

J'entends encore le rire grandiose de François, tonitruant et chaleureux. Lui serait mort pour la résistance à la tyrannie, ce qui, malheureusement, ne fut pas une option que l'intègre Thomas More se jugea autorisé à prendre. Entre l'île d'*Utopia* et le martyre final, la corrélation fut tragique. Et logique.

W

W

Wight

Le Solent – le bras de mer, assez étroit, qui sépare l'Angleterre de l'île de Wight, je le connais bien pour l'avoir maintes fois emprunté. Je me souviens d'une nuit (c'était avant le GPS, les traceurs, et toute cette sorte de choses) où nous étions fort perplexes : nous cherchions la bouée d'entrée de la petite mer intérieure qui conduit à Poole, et ne la trouvions pas. Pourtant, la visibilité était aussi bonne que possible. En désespoir de cause, nous avons suivi un collègue qui semblait s'y engager, nous avons mouillé à l'écart du chenal. Et l'explication nous fut fournie le lendemain : la bouée manquait parce qu'on était en train de la repeindre. Le balisage anglais est toujours minimaliste…

Mais, le lendemain, nous avons touché notre récompense : nous avons franchi les Needles au moment où le soleil commençait à donner. C'est l'extrémité occidentale de Wight, des hautes falaises crayeuses, ça avait de l'allure, c'était la porte du paradis des *yachtmen*. Ici, sous le règne de Victoria, fut fondé en 1851 le Royal Yachting

Club qui lança le défi de la Coupe de l'America. En route vers Cowes, nous croisions des navires qui n'entraient pas exactement dans notre catégorie : coques d'acajou, voiles (nombreuses) sur mesure, équipage en uniforme blanc ou bleu, ou les deux. Sir Thomas Lipton n'était sûrement pas loin.

Nous, fils des Glénans et de la vareuse rose, nous n'étions pas de ce monde-là, nous n'avions guère l'esprit « club », notre bateau – qui marchait bien, cependant – ne serait jamais photographié par Frank ou Kenneth Beken, et nous ne serions sûrement pas les hôtes des messieurs en blazer qui régnaient sur le site (Victoria venait en voisine, avec son mari, et peut-être y était-elle encore). Mon ami l'amiral Stéphan qui, lui, avait été reçu en grande pompe au Royal Yacht Squadron – augmenté d'une véranda pour la reine, les femmes n'étant évidemment pas admises dans le saint des saints – lors d'une soirée entre « gens de mer » à Cowes, m'avait conté que, au milieu du dîner, un garçon avait trébuché et flanqué son plateau d'argent sur le carrelage, ce qui avait provoqué un boucan effroyable. Et qu'aucun, strictement aucun des convives, n'avait réagi, sursauté, moins encore émis un juron. Il faut des siècles d'éducation supérieure, voire nombre de quartiers de noblesse pour atteindre à une telle maîtrise. Nous autres, assurément, aurions dit « Merde », comme tout le monde.

C'est très charmant, l'île de Wight, et tellement près de Londres. Ceux qui ont de la fortune, du « bien », comme on dit, y sont rejoints par les fils de la City qui ont appris l'art de s'en fabriquer une vite fait. Ils ont besoin les uns des autres, les premiers parce qu'ils recherchent des gestionnaires plus malins que les copains, les seconds parce qu'ils aspirent, non pas à blanchir leurs capitaux (là-dessus, ils connaissent le dossier mieux que Cambridge et Harvard réunis), mais à s'intégrer, à être reconnus, à « en » faire partie – l'Angleterre, malgré son esprit de caste, a toujours su, *in fine*, se montrer pragmatique en matière d'argent. Inutile, à Wight, de chercher un petit *cottage* ni une place de marina : tout est pris, verrouillé, tenu, jusqu'à la moindre grange, et pour les siècles des siècles.

Et c'est ce qui me plonge dans un état de nostalgique jubilation.

Car, l'île de Wight, pour ma génération, à l'époque où nous ne possédions aucun navire et n'imaginions même pas en acquérir un jour, c'est tout autre chose que les rideaux de dentelle, les chevaux parfaitement peignés, et le vernis qu'on passe (ou plutôt que des ouvriers passent pour vous) 12 à 18 fois avant qu'il soit jugé digne d'habiller vos planchers. L'île de Wight, selon moi et – accessoirement – 600 000 jeunes Européens réunis le temps d'un long week-end, c'est de la colère contre Richard Nixon, de la solidarité avec les Noirs de Los Angeles ou les Vietnamiens en lutte, des débardeurs, des robes à fleurs, de la fumette, beaucoup de fumette, et de la musique pop rock, encore et encore de la musique, jour et nuit, sans relâche. Il y avait eu Woodstock, de l'autre côté de l'Atlantique. Il y aurait Wight.

Cela a commencé *piano*, le 31 août et le 1er septembre 1968. Dix mille participants, autant dire rien – il faut songer que l'année 1968 avait suscité une myriade d'occupations de toutes natures. Alors on a remis ça, à la même date, l'année d'après, en 1969. Avec, cette fois, 150 000 spectateurs qui n'étaient pas que des spectateurs.

Ils entouraient Bob Dylan et The Moody Blues, Joe Cocker et The Who, *and so on*. L'affaire prenait sérieusement tournure. Mais c'est l'année suivante, du mercredi 26 au dimanche 30 août, qu'à l'île de Wight j'ai vécu, nous avons vécu le festival de notre vie.

Venir si nombreux sur une île si paisible, ce n'était pas une paire de manches. La plupart des inscrits passaient par Douvres puis gagnaient Portsmouth (nous autres, Bretons, avions une liaison plus directe) et découvraient les très sinueuses routes de la perfide Albion. Puis, de Portsmouth, ils mettaient le cap sur Ryde, à l'extrémité est de l'île. L'ennui, c'est que la fête, elle, se tenait à Freshwater, près des Needles, c'est-à-dire à l'exact opposé. Belle occasion de découvrir combien cette annexe de la capitale est grande (380 kilomètres carrés), combien elle est accidentée. Pour tout dire, on n'en finissait pas d'arriver, qu'on ait pris le bus ou qu'on se soit entassés à six par voiture.

Au bout du bout se trouvait l'enceinte même du festival, dominée par une haute colline : 600 mètres sur 300, la scène nichée dans un angle, et, tout autour, des dizaines de milliers de tentes dont les couleurs et les fonctions étaient indéfiniment variées. Il y avait la canadienne individuelle, la bâche collective, les tentes-marabout qui servaient de refuges, d'infirmeries, de salles de cinéma, de chapelles, voire de magasins où se vendaient des œuvres plus ou moins d'art, des vêtements, des parapluies ou des lunettes de soleil, ainsi que du shit et autres drogues dont vous étaient longuement vantés les caractéristiques, la provenance et l'effet garanti.

Les organisateurs, Fiery Creations, redoutant légitimement un assaut à l'entrée, avaient demandé aux festivaliers d'acheter leur billet à l'avance, et le prix de la place avait été fixé à 3 livres sterling. Pour 3 livres sterling, il vous était promis Procol Harum, The Doors, The Who, Jimi Hendrix, Joan Baez, Miles Davis, Leonard Cohen, Gilberto Gil, Donovan, et j'en oublie mille. Bob Dylan était présent, mais avait décidé de ne pas se produire. Le mercredi et le jeudi étaient gratuits, des vedettes de moindre importance devant chauffer la foule, et on entrait ensuite dans le vif du sujet.

Les choses, à l'accueil, se passèrent plutôt bien tant que les Anglais, les Belges, les Allemands, les Hollandais, bref les peuples nordiques, se présentèrent et respectèrent un minimum d'organisation. C'est l'arrivée des Français, extrêmement nombreux, qui déclencha l'émeute. Refusant de payer, de montrer leur billet, nombre d'entre eux apostrophaient les organisateurs, les accusaient d'être complices du capitalisme et de l'exploitation du peuple, au point qu'on en vint aux mains. Fiery Creations avait pourtant annoncé qu'une large part des bénéfices, s'il en restait, serait versée à des œuvres caritatives et révolutionnaires, mais, couverts d'opprobre, ils durent faire appel à un service d'ordre qui faillit, de peu, être débordé.

Ces formalités accomplies, la musique put se répandre. Il était très difficile d'approcher de la scène, tant nous étions nombreux, beaucoup avaient choisi de s'installer sur la colline : les chanteurs et musiciens devenaient quasi indiscernables mais le vent portait dans la bonne direction, et le son était excellent. Les artistes succédaient aux artistes, absolument sans relâche, hormis les réglages techniques. Ten Years After succédait à John Sebastian, Cactus à Procol Harum, Tiny Tim à Joni Mitchell, et ainsi de suite. Miles Davis ne joua que vingt-cinq minutes, on ne le rappela pas. En revanche, The Doors (le groupe allait vers sa fin) firent un triomphe, Jim Morrison ne parvenait pas à partir tant le public en voulait *again and again*. Et The Who, ce fut pareil, peut-être mieux ou pire : ils tinrent la scène pendant deux heures et demie, et ne finirent qu'à 4 heures du matin, devant un public totalement délirant.

Bien sûr, beaucoup des présents étaient des connaisseurs, des fans, des amateurs exigeants et critiques. Mais, en l'occurrence, la musique n'était pas seulement de la musique, la musique n'était pas un spectacle, la musique devenait le lien qui transcendait les barrières linguistiques, idéologiques ou autres. La musique exprimait ce qu'un slogan de Mai 1968, à Paris, avait déjà formulé : nous sommes jeunes, nous sommes nombreux et nous reconnaissons entre nous. La musique disait à la fois *peace and love* et *revolution*, les deux n'étant paradoxalement guère contradictoires : il s'agissait, de toutes manières, de changer le monde, urgemment ; il s'agissait aussi de résister à tous ceux qui ne l'entendaient pas de cette oreille, avec leurs soldats, leurs flics, leurs dictatures, leur rideau de fer. Nous autres, les 600 000, prenions, sur cette île aristocratique et/ou bourgeoise, un bain partagé de cette musique-là, mais encore de ce qu'elle portait.

Les Moody Blues furent jugés sans surprise, balance impeccable, bonnes chansons, ton juste, succès garanti. Jimi Hendrix, dont c'était une des dernières apparitions, eut apparemment du mal à s'éveiller, à se mettre à l'unisson, mais il y parvint, l'enthousiasme déferla vers lui comme une mer. Tout autre fut la prestation de Leonard Cohen : délibérée, lente (trop lente pour beaucoup), prenant le temps d'imposer son texte et les nuances de son texte, je sentis que les amateurs de rock voulaient bien le respecter, et aimer son personnage, mais qu'ils ne communieraient jamais totalement avec lui. Moi, j'étais aux anges. Et Joan Baez mit tout le monde d'accord, tout le monde dans sa poche, à ses pieds. Elle commença par « Let It Be ». La nuit tombait, il faisait froid, les gens étaient fatigués, on arrivait au sommet du festival, et personne ne sentait la nuit ni n'éprouvait le froid.

Pourquoi ? Parce que Joan Baez chantait bien ? Assurément. Mais aussi parce qu'elle était notre dénominateur commun, parce que sa voix si juste était exactement notre voix. Parce qu'elle évoquait des combats et des douleurs que nous partagions. Parce qu'elle devenait notre sœur et notre messagère quand elle évoquait le racisme, l'intolérance, l'inégalité, la répression, la dureté du monde.

Je sais. Je sais qu'aujourd'hui, un cliché voudrait que les années 1960 et le tout début des suivantes aient été des années de légèreté ou de sécurité. Quelle blague ! La planète était plus violente qu'aujourd'hui, les dictatures s'étalaient en Asie, en Amérique latine. En Europe même, l'Espagne était en dictature, le Portugal était en dictature, la Grèce était en dictature, et le rideau de fer verrouillait tout l'est du continent. L'avortement était interdit, le divorce par consentement mutuel était impossible, les homosexuels devaient se cacher dans les *backrooms*. Alors, sans aucun doute, le peuple de Wight faisait la fête, les filles montraient leurs seins avec un naturel épatant, les garçons s'excusaient d'être nés mâles mais ne détestaient pas de faire l'amour et de recommencer tout en confessant que le patriarcat était odieux. Mais, de grâce, n'entonnez pas le couplet du laxisme et de l'insouciance. Nous étions nés de la guerre mondiale, avions grandi sous les guerres coloniales, et nous trouvions encore en pleine guerre froide.

Alors, la bringue de l'île de Wight, c'étaient des réjouissances, ô combien, mais c'était aussi l'envers d'un système où le napalm se répandait à la tonne, et où les frontières étaient furieusement gardées. Cette île de Wight-là, maintenant que je suis vieux, me manque. Follement. L'autre, la cossue, la huppée, la nantie, la raffinée, je vous la concède volontiers.

Y

Yeu, etc.

Il y a des îles, comme ça, qu'on ne laisse pas mener tranquillement leur vie d'île avec les charmes et les soucis de la condition insulaire. Prenez l'île d'Yeu, par exemple, qui est une île épatante où la pêche demeure active malgré l'irruption du beau monde – comme ailleurs –, elle est polluée par un cadavre qui l'encombre, celui du maréchal Pétain, lequel a fini par échouer là et, pire, y mourir. Sitôt condamné à mort par la Haute Cour de justice, sitôt cette condamnation commuée en détention à vie par le général de Gaulle, Pétain a été interné au fort du Portalet, dans les Pyrénées-Atlantiques. Parfait. Mais un fort terrestre, cela ne paraissait pas assez sûr. La solution : une île, évidemment. Et c'est sur Yeu que c'est tombé.

Pensez que, lorsqu'il est décédé, à quatre-vingt-quinze ans, en juillet 1951, 400 journalistes, une foule considérable et nombre de « personnalités » ont investi l'église Notre-Dame du port où ce mécréant n'entendit pas sa dernière messe. Pensez que, douze ans plus tard, un commando d'extrême droite profana la tombe, enleva le cercueil, avec l'intention de le transporter à Verdun ou à Douaumont – les services secrets retrouvèrent ledit cercueil, trois jours plus tard, dans un garage de la région parisienne. Retour à l'île d'Yeu.

Et ça dure, ça dure. Ceux qui mettent des fleurs, ceux qui les retirent, ceux qui regrettent l'homme qui fit don de sa personne à la France, ceux qui découvrent, ou feignent de découvrir, que ce fut un fieffé antisémite, coresponsable de la rafle du Vél' d'Hiv', et non pas, comme le soutiennent ses derniers sectateurs, un homme acculé qui tentait de limiter les dégâts. Même le président Macron a cru bon d'en remettre, déclarant qu'avant d'être un traître, il avait été un grand soldat. Et vers où les regards se sont-ils portés ?

Vers l'île d'Yeu, naturellement.

On m'objectera qu'on se rend où le sort le décide. Le comble, c'est évidemment Sainte-Hélène. L'ex-Empereur se retrouva d'abord à Plymouth et était persuadé que les Anglais allaient le mettre au vert dans quelque château bien gardé, peut-être en Écosse. Mais Albion est encore plus perfide qu'on ne le croit. Parce que Sainte-Hélène, il fallait quand même y penser. Une île escarpée, à 1 900 kilomètres des côtes africaines, dépourvue de port digne de ce nom, une île où nul ne s'arrête jamais, sinon pour faire de l'eau, une île-garnison sans charme, sans confort, c'était une sorte de compromis entre le ponton flottant et le cachot.

Longwood House n'avait aucun attrait, pas l'ombre d'une douceur. Et les amis de l'Empereur, même Las Cases, auteur du fameux *Mémorial de Sainte-Hélène*, même Mme de Montholon, s'en sont allés un à un. Et Bonaparte le fougueux a commencé de s'engluer dans une langueur interminable, poisseuse, poursuivi par ses gardes, haï par le gouverneur Lowe qui refusera qu'on inscrive sur sa tombe quoi que ce soit signalant sa gloire enfuie.

Aujourd'hui, les bureaux de tourisme qui sont prêts à vendre n'importe quoi à n'importe qui clameront que Napoléon, même déchu, ce fut la chance de Sainte-Hélène – d'ailleurs, les Sud-Africains viennent d'y créer un aéroport desservi, très irrégulièrement, par une compagnie aérienne. Mais est-ce le destin d'une île que de devenir mausolée ?

Z

Zile Latòti

Voici que j'ai le sentiment de vous embarquer, c'est le cas de le dire, pour un roman d'aventures, du Stevenson par exemple, ou bien, plus près de nous, un écrit du merveilleux Gilles Lapouge (sans oublier Michel Le Bris, auquel pas un pirate n'a échappé). Eh bien, non. Si l'aventure est fort présente, s'il va être question d'abordages, de huniers, de flèches et de pavillons noirs à tête de mort, juré, c'est du réel, de l'avéré, quoique fortement chargé de péripéties et rebondissements. Car Zile Latòti est le nom créole de l'île que Christophe Colomb baptisa Tortuga en raison de son dessin, de sa montagne caractéristique, et les Français île de la Tortue quand ils mirent le grappin sur Haïti, dont elle dépend.

La Tortue, au temps où Haïti et Saint-Domingue ne formaient qu'un territoire sous le nom d'Hispanolia – ce qui veut bien dire qui était alors le patron –, c'est une petite île de forme allongée, 37 kilomètres sur 7, qui n'avait, en principe, ni grand intérêt ni grande importance. Une côte nord hostile, une côte sud, la côte sous le vent, accueillante, entre plages et mouillages bien abrités, et puis, au centre, une dorsale montagneuse qui lui valut son nom. En 2004, après un fameux ouragan, on l'a même cru disparue. Mais non, elle est toujours là. Et, à tout jamais, pour l'histoire, c'est le principal repaire de la piraterie française, ou plutôt majoritairement française, durant deux siècles, soit entre 1520 et 1720.

Les Espagnols et les Portugais, sitôt après la « découverte » de l'Amérique, s'étaient mis d'accord pour se partager les océans en traçant une ligne imaginaire à 370 lieues des îles du Cap-Vert. Ce qui abandonnait à l'Espagne le contrôle des Amériques, et d'abord des Caraïbes où Madrid entreprit de fonder plusieurs ports. On imagine l'état de frustration des Anglais, des Hollandais, des Français. On imagine aussi combien les galions ibériques lestés d'or et surtout d'argent faisaient saliver toutes sortes d'aventuriers. Au point que les Espagnols avaient organisé des navigations en groupe, *la flota*, afin de sécuriser et d'encadrer leurs navires marchands. Ils partaient de Cadix ou de Séville, et c'est sur le retour qu'ils devenaient « intéressants ».

L'île de la Tortue se situait et continue de se situer malgré les ouragans au milieu de ce qu'on nommait alors les « îles du Pérou », manière éloquente de désigner les Antilles. Ces îles espagnoles, tout le monde les convoitait, les Anglais n'avaient d'yeux que pour la Jamaïque ou la Barbade, les Français pour la Martinique, la Guadeloupe et l'ouest d'Hispanolia, mais tous se heurtaient à l'armada ibérique jalouse de sa totale domination. C'est pourquoi les États, pendant des décennies, s'accommodèrent de la piraterie, voire s'appuyèrent sur elle afin d'affaiblir l'adversaire et de prendre pied sur ces terres inabordables.

Pour comprendre les flibustiers, il faut se représenter ce qu'était alors la vie de marin. Était-elle seulement choisie ? En Angleterre, notamment, beaucoup de jeunes, raflés sur les quais, étaient enrôlés de force et se retrouvaient à bord d'un navire où les hommes étaient entassés (ces bateaux, aujourd'hui, nous paraissent extrêmement petits quand on pense aux mers qu'ils affrontaient et à l'importance des équipages). Aucun confort, aucune zone de vrai repos, une nourriture insuffisante, et, surtout, une discipline effroyable. Le capitaine était réellement maître à bord après Dieu, l'ambiance, la vie concrète dépendaient de lui et de nul autre. Les punitions physiques – allant jusqu'à la pendaison – étaient la règle. Ceux qui en avaient l'occasion désertaient, mais ils savaient alors qu'ils étaient proscrits à jamais, et que, s'ils étaient repris, ils finiraient au bout d'une corde.

Malgré une telle menace, les mutineries étaient fréquentes. On devenait pirate parce que, du jour au lendemain, en tant que mutin, on n'avait plus ni famille ni nationalité. Il arrivait d'ailleurs qu'après un assaut les flibustiers « convertissent » un équipage et le persuadent de se joindre à eux. La tradition, quand un bateau était pris, était de juger le capitaine. S'il avait été honnête et pondéré, il était épargné et même indemnisé. S'il s'avérait qu'il s'agissait d'une brute, il subissait les mêmes punitions qu'auparavant il infligeait à ses subordonnés.

L'île de la Tortue fut choisie comme repaire par ces hommes qui avaient rompu toutes leurs attaches. Elle paraissait suffisamment à l'écart, et surtout ses baies protégées garantissaient les navires contre les tempêtes et aussi contre un éventuel agresseur. Les flibustiers n'aimaient ni les gros bateaux ni les gros équipages. Ils voulaient du rapide et du léger. Leur objectif n'était absolument pas de détruire ou d'endommager leur cible, ils n'emportaient qu'un minimum de canons et leur manœuvre favorite était de paraître un bateau marchand en difficulté, de s'amarrer à l'autre tout en hissant le drapeau noir, puis de ramener leur proie et sa cargaison. Quand pointait *la flota* espagnole, ils guettaient patiemment les navires à la traîne, ou bien ceux qui s'étaient écartés du groupe à la suite d'un coup de vent, et s'en emparaient.

C'étaient des hommes qui n'avaient strictement rien à perdre, dont la vie était excitante mais courte. Ils se battaient furieusement quand il fallait se battre et étaient légitimement redoutés. Cependant, sauf les personnalités extrêmes ou dérangées, une fois le combat remporté, ils ne se montraient pas inutilement cruels. En maintes occasions, quand la traite a commencé de fonctionner, ils ont libéré les prisonniers, et enrôlé les hommes disponibles – on connut ainsi plusieurs équipages mêlés, sans oublier les Indiens qui parfois se joignirent à eux.

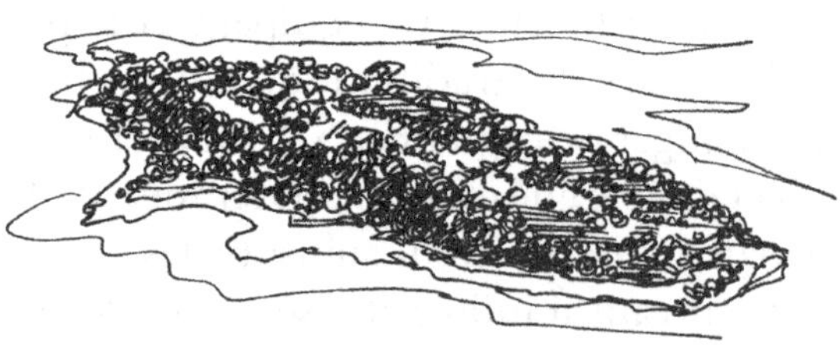

Sur l'île de la Tortue comme à la Jamaïque, une société alternative naît, celle des « Frères la côte » (et non pas

« de la côte », comme il se dit usuellement). C'est une société farouchement égalitaire, où le partage est la loi, où le souci de respecter des règles équitables est constant : chacun reçoit sa part, et si tel ou tel reçoit plus, c'est parce qu'il possède un talent particulier ou parce qu'il a pris un risque exceptionnel. La vie du flibustier est réputée « brève mais joyeuse ». Les équipages, de 15 à 20 hommes, élisent leur capitaine et le révoquent si ce dernier a un comportement abusif ou se montre insuffisamment compétent. Les blessés, les estropiés – qui sont nombreux – ne sont pas oubliés : ils perçoivent une sorte d'indemnité compensatoire qui leur garantit la possibilité de vivre à terre. Les jambes de bois et les crochets ne sont pas une invention des bandes dessinées ou des dessins animés, ils abondent, ils font partie du paysage.

On a souvent parlé d'une sorte d'anarchie ou de pré-anarchie à propos de la flibuste. Et ce n'est pas faux. Ces hommes de mer rencontrent sur leur île des paysans rescapés des jacqueries, des huguenots pourchassés, et des Indiens dont les coutumes sont strictement communautaires, et qui ignorent la propriété individuelle. Non seulement ils n'ont pas de patrie, mais ils en renient l'idée même. Les Frères la côte se veulent multinationaux, multiraciaux, multiculturels. Au XVIIIe siècle, le capitaine pirate noir Sam Bellamy accueille à son bord des Français, des Britanniques, des Hollandais, des Espagnols, des Suédois, des Amérindiens, et d'anciens esclaves qui prennent part à la flibuste et s'y taillent même une réputation d'excellence au combat. Des femmes en seront, jusqu'à occuper le commandement.

Les boucaniers, au départ, c'est autre chose, ce sont principalement des évadés des colonies qui traquent, sur

Hispanolia, les bœufs sauvages et en préparent la viande, selon la coutume indienne, au moyen d'un *boucan*, un gril en bois. Le terme *boucan* vient de la langue arawak, et les boucaniers vendaient leur viande séchée aux bateaux de passage. Mais les Espagnols les chassèrent d'Hispaniola et ils se regroupèrent, pour la plupart, sur l'île de la Tortue où la faune locale n'offrait pas les mêmes ressources. Ils adoptèrent les règles démocratiques et fraternelles de l'île et, outre la chasse (ils avaient la réputation de manier le fusil comme personne), ils devinrent fort habiles en matière de construction navale. Mais ils ne dédaignaient pas de naviguer avec les pirates, si bien qu'on finit souvent par assimiler les appellations.

Au fil des ans, les divers États britannique, hollandais, français s'organisèrent mieux et construisirent des navires plus nombreux, mieux équipés, aptes à rivaliser avec les terribles Espagnols. Petit à petit, on grignote du terrain, on utilise les flibustiers puis on les récupère. Le cas le plus flagrant est celui de Henry Morgan, mort en 1688. Extraordinaire stratège mais aussi extraordinairement brutal, il mobilise 37 navires, 2 200 hommes à la fois anglais et français, devient la terreur des côtes, et, en 1670, réussit à prendre Panama, relais capital des Espagnols sur la route du Pérou. On est loin, très loin de la piraterie « artisanale », des coups d'éclat qui se soldaient par des fêtes et des beuveries. On est loin des « chasseurs des mers », Alexandre dit Bras de fer, Roche Brasileiro dit le Brésilen ou le Roc, François L'Olonnais dit le Cruel, Daniel Monbars dit l'Exterminateur. Henry Morgan vise plus haut et plus loin, il enfreint la loi de la flibuste, vole le magot de ses compagnons, négocie avec les Anglais et devient gouverneur adjoint de la Jamaïque.

C'est la fin d'une grande époque, d'une grande aventure. En 1697, par exemple, une flotte semi-officielle, mais commandée par un officier du roi de France, part de Brest et met le cap sur l'actuelle Colombie où elle est rejointe par 11 navires pirates et arrache aux Espagnols la ville et le port de Carthagène. Désormais, les Frères la côte ne sont plus frères mais mercenaires. Les vaisseaux des grandes puissances s'orientent vers la traite négrière, à commencer par les Anglais, lesquels demandent bientôt à Woodes Rogers, gouverneur des Bahamas, de faire la chasse aux pirates et de « nettoyer » les rivages et les mers.

La flibuste de l'île de la Tortue disparaît peu à peu. Quelques capitaines, tel Jean Laffitte, s'illustreront encore sous la Révolution ou pendant les guerres napoléoniennes. Mais, pour l'essentiel, la piraterie migre vers l'océan Indien puis vers le Pacifique. Les Frères la côte n'étaient certainement pas une première – ni une dernière – dans l'histoire. L'Antiquité méditerranéenne regorge de pirates, la Chine, la Malaisie ne sont certes pas en reste. Ce qui est singulier, et qui le demeure, c'est la république fraternelle, anarchiste et autoproclamée, de Zile Latòti.

Épilogue

Aurais-je aimé me nommer Louis-Antoine de Bougainville ? Ce fut un honnête mathématicien, auteur d'un *Traité de calcul intégral.* Ce n'était pas un excellent technicien de la voile, mais il en avait près de lui et se révéla bon capitaine. Ce ne fut pas un guerrier exemplaire : à la bataille des Saintes, contre les Anglais, il laissa tomber son amiral et dut en rendre compte. Mais il boucla un tour du monde et en revint vivant, contrairement à M. de Lapérouse – grand marin s'il en fut – qui, lui, s'éteignit à Vanikoro après un naufrage. Reste que Louis-Antoine de Bougainville, dans le récit qu'il publia en 1771, fit rêver la France entière, si ce n'est l'Europe, à l'idée des Tahitiennes souriantes et nues, des sauvages exquises. Cela valait bien qu'on lui dédiât une fleur, une fleur exotique, ce que fit Commerson, le naturaliste de *La Boudeuse.*

Diderot n'est pas dupe de tant d'innocence fleurie dans son *Supplément au Voyage de Bougainville.* Mais il est troublé tout en restant critique : « Je considère les hommes non civilisés comme une multitude de ressorts épars et isolés. Sans doute s'il arrivait à quelques-uns de ces ressorts de se choquer, l'un ou l'autre ou tous les deux se briseraient. Pour obvier à cet inconvénient, un individu d'une sagesse profonde et d'un génie sublime rassembla ces ressorts et en composa une machine, et dans cette machine appelée société tous les ressorts furent rendus agissants, réagissant les uns contre les autres, sans cesse fatigués ; et il s'en rompit plus d'un dans un jour sous l'état de législation qu'il ne s'en rompait en un an sous l'anarchie de la nature. Mais quel fracas, quel ravage, quelle énorme destruction de petits ressorts, lorsque deux, trois, quatre de ces énormes machines vinrent à se heurter avec violence ! »

Voilà qui était dit, et bien dit.

Le bon sauvage, dont les anthropologues nous ont appris qu'il n'était ni bon ni sauvage, nous, inventeurs de techniques de pointe et obsédés par la richesse concurrentielle, l'avons agressé, asservi, déporté, déculturé, baptisé, exterminé. Et tout homme qui entame le tour des îles, malgré la puissance de l'imaginaire, malgré l'esthétique du lointain, malgré l'attrait et l'épreuve du voyage, ressort de ce périple avec, à l'âme, plus que du vague. Les îles sont aussi terribles qu'elles sont séduisantes : elles nous disent, elles nous crachent la vérité de notre monde. Loin d'en constituer le refuge ou l'abri, elles parlent toujours cru.

Je m'attendais à ce que ce « Dictionnaire amoureux » ne sente pas la guimauve, mais, plus je creusais, plus j'en obtenais confirmation. La mer, que j'aime, est un milieu hostile, meurtrier, menaçant, parfois attirant par cette menace même. Les îles qui émergent de la mer lui ressemblent : même aimables, et Dieu sait comme elles savent l'être, parfois, elles sont en première ligne de notre vérité. Elles rassemblent nos mythes, nos sagas, nos aventures, nos projets avortés ou menés à terme, nos appétits et nos rêves. Elles sont notre plaque sensible.

J'en donnerai trois exemples, parmi beaucoup d'autres. D'abord l'histoire, notre histoire occidentale. Les îles nous rapportent notre obsession de la conquête, de la conquête furieuse plus que curieuse, comme le reflux nous ramène ses encombrantes épaves. À des siècles de distance, elles nous renvoient une image cuirassée, guerrière, calculatrice, avide. Elles ne détiennent certes pas le monopole de cette violence, mais cette violence transite par elles, s'exporte par elles. Pour parodier le vocabulaire contemporain et son franglais ridicule, elles sont le *hub* de nos concupiscences. La mer est si vaste, la terre si minoritaire qu'elles forment autant de relais, de chaînes de relais. Militaires : observons la manière dont la Chine s'approprie sans discussion aucune, pour construire ses bases d'Asie, tant d'îles voisines, tant d'îles qui ne lui appartiennent guère. Économiques : nous vivons l'époque des porte-conteneurs, des navires géants qui transportent dans leurs « boîtes » à peu près toute la production du monde, et qui nécessitent des escales, des plaques tournantes. Quant aux places *offshore*, je n'ai rien, absolument rien à ajouter : tout est dit, à défaut d'être pris en charge.

Ensuite, l'écologie. Les îles sont des épicentres du déclin de la biodiversité, tantôt havres, tantôt zones fragiles, tantôt les deux. Les chercheurs ont identifié 1 189 espèces d'oiseaux, de reptiles, de mammifères, d'amphibiens qui figurent sur la liste rouge de l'Union internationale pour la conservation de la nature. Quarante et un pour cent des vertébrés terrestres les plus menacés sont insulaires, particulièrement en Océanie. Il faut, pour atténuer le phénomène, préserver le milieu, éviter les introductions d'espèces continentales. C'est d'autant moins gagné que le réchauffement climatique transforme les îles en cibles prioritaires. Les cyclones dévastent habitations et cultures. Le ruissellement altère les sols. Et, souvent, le niveau des eaux monte déjà. C'est notamment vrai aux Marshall et aux Fidji (un millier d'îlots en plein Pacifique). Tous ces atolls coralliens sont désespérément au ras de l'eau, leur point culminant est l'île de Likiep – 10 mètres de haut…

Ma troisième inquiétude, c'est le tourisme de masse. Je n'ai rien contre le tourisme raisonné, chacun est le touriste de l'autre, et, même si les voyages habituels sont, à mon goût, un peu trop organisés, je songe que celui qui sort de ses habitudes, qui bouge ses repères, s'est assurément enrichi. Mais que penser de ces *spots* mondiaux qui deviennent, pour les foules plus ou moins aisées, des destinations non pas choisies mais fléchées ? J'ai beaucoup hésité, dans ce livre, à parler de l'île de Pâques, de la manière dont les Péruviens venaient s'y fournir en travailleurs forcés pour leurs « mines » de guano, de l'erreur grandiose de Thor Heyerdahl sur son *Kon-Tiki*, répondant héroïquement, mais faussement, à Alfred Métraux et à ses successeurs. Et puis le goût m'en est passé quand j'ai constaté la déferlante de charters qui s'abattait là-dessus comme les nuées s'abattent sur le Mont-Saint-Michel.

Tout cela signifie que les îles sont un enjeu crucial, pour les îliens, bien sûr, mais pour nous aussi, continentaux. Mon discours est « amoureux » en ce que l'amour d'un tel sujet n'est pas seulement une inclination, mais une totale et urgente nécessité. Aimer les îles, c'est frémir, ô combien…

Merci

Je ne saurais, ici, dresser l'inventaire exhaustif de mes dettes. Envers les îliens qui m'ont accueilli, qui m'ont parlé, qui m'ont informé. Envers les marins qui m'ont conduit vers eux, ainsi que l'équipage de mon propre bateau. Envers les experts dont j'ai recueilli les conclusions, qu'ils jugeront sans doute hâtives ou fragmentaires. Envers Louis Brigand qui a bien voulu m'escorter. Envers Rosalia Martinez, qui a eu non seulement la patience de me supporter, mais la vigilance de l'anthropologue pointilleuse. Envers Jean-Louis Chiflet, auprès de qui a surgi ce projet. Et, bien évidemment, envers Jean-Claude Simoën qui m'a apporté son amitié, son humour et sa complicité attentive, tout comme Grégory Berthier-Saudrais chez Plon.

Table

Du même auteur

Les Porteurs de valises. La résistance française à la guerre d'Algérie, avec Patrick Rotman, Albin Michel, 1979 ; Points, 1982.

Les Intellocrates. Expédition en haute intelligentsia, avec Patrick Rotman, Ramsay, 1981 ; Complexe Poche, 1985.

La Deuxième Gauche. Histoire intellectuelle et politique de la CFDT, avec Patrick Rotman, Ramsay, 1982 ; Points, 1984.

Tant qu'il y aura des profs, avec Patrick Rotman, Éditions du Seuil, 1984 ; Points, 1986. Prix de l'Association des journalistes universitaires.

Génération, 1. Les Années de rêve ; 2. Les Années de poudre, avec Patrick Rotman, Éditions du Seuil, 1987 et 1988, coll. « Points », 1990. Prix Gutenberg.

Crète, Éditions du Seuil, coll. « Points Planète », 1989.

Tu vois, je n'ai pas oublié (Montand), avec Patrick Rotman, Éditions du Seuil/Fayard, 1990 ; Points, 1991.

La Cause des élèves, avec Marguerite Gentzbittel, Éditions du Seuil, 1991 ; Points, 1992.

Nos médecins, Éditions du Seuil, 1994 ; Points, 1996. Prix Medec.

Besoin de mer, Éditions du Seuil, 1997 ; Points, 1999. Grand prix Henri-Queffélec du livre maritime. Prix des écrivains de langue française.

L'Abeille d'Ouessant, Éditions du Seuil, 1999 ; Points, 2000. Prix de l'Acoram.

Au bout de la remorque, avec Charles Claden, Éditions du Seuil, 2001.

Le Livre des tempêtes, photographies de Jean Gaumy, Éditions du Seuil, 2001. Prix Nadar.

Le Vent du plaisir, Éditions du Seuil, 2001 ; Points, 2002.

Tant qu'il y aura des élèves, Éditions du Seuil, 2004 ; Points, 2006.

Paquebot (roman d'aventures), Éditions du Panama, 2007 ; Points, 2011.

Un amour de Brest, Dialogues, 2008.
Toute la mer va vers la ville (récit), Stock, 2009.
La Diagonale du traître (nouvelles), Dialogues, 2010.
Comédie musicale (roman hollywoodien), JBZ & Cie, 2011.
Les Mots de la mer, Glénat, 2011.
Ceux d'en haut. Une saison chez les décideurs, Éditions du Seuil, 2013.
Pour l'amour du capitaine (roman d'aventures), Éditions du Seuil, 2015.
Prévert l'irréductible. Tentative d'un portrait, TohuBohu, 2017.
Demandons l'impossible (roman-feuilleton), Panama, 2008, Glyphe, 2018.
Ne me libère pas, je m'en charge (roman-feuilleton), Glyphe, 2018.
Éloge de la marée, Dialogues, 2018.
L'Esprit de Mai. Retour sur un cinquantenaire, Éditions de l'Observatoire, 2018.

Dans la même collection

Ouvrages parus

Philippe Alexandre
Dictionnaire amoureux de la politique

Albert Algoud
Dictionnaire amoureux de Tintin

Claude Allègre
Dictionnaire amoureux de la science

Metin Arditi
Dictionnaire amoureux de la Suisse
Dictionnaire amoureux de l'esprit français

Pierre Assouline
Dictionnaire amoureux des écrivains et de la littérature

Jacques Attali
Dictionnaire amoureux du judaïsme

Alain Baraton
Dictionnaire amoureux des jardins

Christophe Barbier
Dictionnaire amoureux du théâtre

Jean-Baptiste Baronian
Dictionnaire amoureux de la Belgique

Alain Bauer
Dictionnaire amoureux de la franc-maçonnerie
Dictionnaire amoureux du crime

Olivier Bellamy
Dictionnaire amoureux du piano

Yves Berger
Dictionnaire amoureux de l'Amérique (épuisé)

Adam Biro
Dictionnaire amoureux de l'humour juif

Patrice BLANC-FRANCARD
Dictionnaire amoureux du jazz

Denise BOMBARDIER
Dictionnaire amoureux du Québec

Éric BOUHIER
Dictionnaire amoureux de San-Antonio

Hervé BOURGES
Dictionnaire amoureux de l'Afrique

Jean-Claude CARRIÈRE
Dictionnaire amoureux de l'Inde
Dictionnaire amoureux du Mexique

Jean DES CARS
Dictionnaire amoureux des trains
Dictionnaire amoureux des monarchies

Michel DEL CASTILLO
Dictionnaire amoureux de l'Espagne

Antoine DE CAUNES
Dictionnaire amoureux du rock

Patrick CAUVIN
Dictionnaire amoureux des héros (épuisé)

Jacques CHANCEL
Dictionnaire amoureux de la télévision

Malek CHEBEL
Dictionnaire amoureux de l'Algérie
Dictionnaire amoureux de l'islam
Dictionnaire amoureux des Mille et Une Nuits

Jean-Loup CHIFLET
Dictionnaire amoureux de l'humour
Dictionnaire amoureux de la langue française

Catherine CLÉMENT
Dictionnaire amoureux des dieux et des déesses

Gérard DE CORTANZE
Dictionnaire amoureux des Sixties

Xavier DARCOS
Dictionnaire amoureux de la Rome antique
Dictionnaire amoureux de l'école

Bernard DEBRÉ
Dictionnaire amoureux de la médecine

Jean-Louis DEBRÉ
Dictionnaire amoureux de la République

Alain DECAUX
Dictionnaire amoureux d'Alexandre Dumas

Didier DECOIN
Dictionnaire amoureux de la Bible
Dictionnaire amoureux des faits divers

Jean Francois DENIAU
Dictionnaire amoureux de la mer et de l'aventure

Bertrand DICALE
Dictionnaire amoureux de la chanson française

Alain DUAULT
Dictionnaire amoureux de l'opéra

Alain DUCASSE
Dictionnaire amoureux de la cuisine

Jean-Paul et Raphaël ENTHOVEN
Dictionnaire amoureux de Marcel Proust

Nicolas D'ESTIENNE D'ORVES
Dictionnaire amoureux de Paris

Vladimir FÉDOROVSKI
Dictionnaire amoureux de Saint-Pétersbourg

Dominique FERNANDEZ
Dictionnaire amoureux de la Russie
Dictionnaire amoureux de l'Italie (deux volumes sous coffret)
Dictionnaire amoureux de Stendhal

Franck FERRAND
Dictionnaire amoureux de Versailles

Luc Ferry
Dictionnaire amoureux de la philosophie

Jean-Louis Fournier
Dictionnaire amoureux du Nord

José Frèches
Dictionnaire amoureux de la Chine

Max Gallo
Dictionnaire amoureux de l'histoire de France

René Guitton
Dictionnaire amoureux de l'Orient

Claude Hagège
Dictionnaire amoureux des langues

Hervé Hamon
Dictionnaire amoureux des îles

Daniel Herrero
Dictionnaire amoureux du rugby
Dictionnaire amoureux de l'Ovalie

Homeric
Dictionnaire amoureux du cheval

Gilles Jacob
Dictionnaire amoureux du Festival de Cannes

Daniel Jouanneau
Dictionnaire amoureux de la diplomatie

Serge July
Dictionnaire amoureux du journalisme
Dictionnaire amoureux de New York

Alain Juppé
Dictionnaire amoureux de Bordeaux

Christian Laborde
Dictionnaire amoureux du Tour de France

Jacques Lacarrière
Dictionnaire amoureux de la Grèce
Dictionnaire amoureux de la mythologie (épuisé)

Andre-Jean Lafaurie
Dictionnaire amoureux du golf

Pierre et Olivier de Lagarde
Dictionnaire amoureux du patrimoine

Mathieu Laine
Dictionnaire amoureux de la liberté

Jack Lang
Dictionnaire amoureux de François Mitterrand

Gilles Lapouge
Dictionnaire amoureux du Brésil

François Laroque
Dictionnaire amoureux de Shakespeare

Michel Le Bris
Dictionnaire amoureux des explorateurs

Bernard Lecomte
Dictionnaire amoureux des papes

Nicole Le Douarin
Dictionnaire amoureux de la vie

Jean-Yves Leloup
Dictionnaire amoureux de Jérusalem

Évelyne Lever
Dictionnaire amoureux des reines

Paul Lombard
Dictionnaire amoureux de Marseille

Peter Mayle
Dictionnaire amoureux de la Provence

Michel Meyer
Dictionnaire amoureux de l'Allemagne

Christian Millau
Dictionnaire amoureux de la gastronomie

Richard Millet
Dictionnaire amoureux de la Méditerranée

Pierre NAHON
Dictionnaire amoureux de l'art moderne et contemporain

Alexandre NAJJAR
Dictionnaire amoureux du Liban

Henri PENA-RUIZ
Dictionnaire amoureux de la laïcité

Gilles PERRAULT
Dictionnaire amoureux de la Résistance

Jean-Christian PETITFILS
Dictionnaire amoureux de Jésus

Jean-Robert PITTE
Dictionnaire amoureux de la Bourgogne

Bernard PIVOT
Dictionnaire amoureux du vin

Gilles PUDLOWSKI
Dictionnaire amoureux de l'Alsace

Yann QUEFFÉLEC
Dictionnaire amoureux de la Bretagne
Dictionnaire amoureux de la mer

Christiane RANCÉ
Dictionnaire amoureux des saints

Alain REY
Dictionnaire amoureux des dictionnaires
Dictionnaire amoureux du diable

Pierre ROSENBERG
Dictionnaire amoureux du Louvre

Jean-Marie ROUART
Dictionnaire amoureux de Jean d'Ormesson

Élisabeth ROUDINESCO
Dictionnaire amoureux de la psychanalyse

Marcel RUFO
Dictionnaire amoureux de l'enfance et de l'adolescence

Ève RUGGIERI
Dictionnaire amoureux de Mozart

Danièle SALLENAVE
Dictionnaire amoureux de la Loire

Elias SANBAR
Dictionnaire amoureux de la Palestine

Jérôme SAVARY
Dictionnaire amoureux du spectacle (épuisé)

Jean-Noël SCHIFANO
Dictionnaire amoureux de Naples

Alain SCHIFRES
Dictionnaire amoureux des menus plaisirs (épuisé)
Dictionnaire amoureux du bonheur

Robert SOLÉ
Dictionnaire amoureux de l'Égypte

Philippe SOLLERS
Dictionnaire amoureux de Venise

Michel TAURIAC
Dictionnaire amoureux de De Gaulle

Frédéric THIRIEZ
Dictionnaire amoureux de la montagne

Denis TILLINAC
Dictionnaire amoureux de la France
Dictionnaire amoureux du catholicisme
Dictionnaire amoureux du Général

Trinh Xuan THUAN
Dictionnaire amoureux du ciel et des étoiles

André TUBEUF
Dictionnaire amoureux de la musique

Jean TULARD
Dictionnaire amoureux du cinéma
Dictionnaire amoureux de Napoléon

Mario Vargas Llosa
Dictionnaire amoureux de l'Amérique latine

Dominique Venner
Dictionnaire amoureux de la chasse

Jacques Vergès
Dictionnaire amoureux de la justice

Pascal Vernus
Dictionnaire amoureux de l'Égypte pharaonique

Frédéric Vitoux
Dictionnaire amoureux des chats

Olivier Weber
Dictionnaire amoureux de Joseph Kessel

Jean-Michel Wilmotte
Dictionnaire amoureux de l'architecture

À paraître

Laurent Binet et Antoine Benneteau
Dictionnaire amoureux du tennis

André Comte-Sponville
Dictionnaire amoureux de Montaigne

Pierre Lemaître
Dictionnaire amoureux du polar

Pour en savoir plus
sur les Éditions Plon
(catalogue, auteurs, vidéos, actualités…),
vous pouvez consulter
www.plon.fr
www.lisez.com

et nous suivre sur les réseaux sociaux

Editions Plon

@EditionsPlon

@editionsplon

Imprimé en France par EPAC Technologies
N° d'impression : 4550414330920
Dépôt légal : avril 2020